LES CHRONIQUES DE KRONDOR

2. MILAMBER : LE MAGE

http://www.seishin.fr/~reinenoire

Mister Fantasy :
7/9 passage Dagorno 75020 Paris
Éditions de la Reine Noire :
1, rue Méhul 75002 Paris

LES CHRONIQUES DE KRONDOR

2. MILAMBER : LE MAGE

RAYMOND E. FEIST

TRADUIT DE L'AMÉRICAIN
PAR ANTOINE RIBES

Mister Fantasy/Éditions de la Reine Noire

DÉJÀ PARU DANS LA MÊME COLLECTION :

RAYMOND E. FEIST :
LES CHRONIQUES DE KRONDOR
VOL 1 : PUG, L'APPRENTI
VOL 2 : MILAMBER, LE MAGE

À PARAÎTRE DANS LA MÊME COLLECTION :

RAYMOND E. FEIST :
LES CHRONIQUES DE KRONDOR
VOL 3 : SILVERTHORN
VOL 4 : A DARKNESS AT SETHANON

MELANIE RAWN :
PRINCE DRAGON

Je dédie ce livre à la mémoire de mon père,
Felix E. Feist,
en tous points, un magicien.

AVANT-PROPOS

Fin 1977 j'ai décidé de m'essayer à l'écriture, à mi-temps, alors que j'étais employé à l'université de Californie, San Diego. Quelque quinze ans plus tard, je suis écrivain à plein temps, avec un succès qui dépasse mes rêves les plus fous. *L'Apprenti*, le premier roman de ce qui est maintenant devenu *Les Chroniques de Krondor*, est un livre qui s'est rapidement animé d'une vie propre. J'hésite à l'admettre publiquement, mais en fait, l'une des raisons du succès du livre était mon ignorance de ce qui fait vendre un livre. Mon désir de plonger à l'aveuglette dans un récit montrant deux mondes totalement différents, couvrant douze ans de la vie de plusieurs personnages principaux et de douzaines de figurants tout en brisant de nombreuses règles d'intrigue littéraire a semblé trouver un écho chez de nombreux lecteurs partout dans le monde. Dix ans après la première publication, je crois que l'attrait de ce livre se fonde sur le fait qu'il est ce que l'on appelait un « récit merveilleux ». Je voulais simplement écrire une bonne histoire, qui satisfasse mon sens du merveilleux, de l'aventure et de la fantaisie. Visiblement, plusieurs millions de lecteurs — dont un bon nombre ont lu des traductions dans des langues dont je ne comprends pas un traître mot — ont trouvé que le merveilleux de ce livre leur plaisait aussi.

C'est avec une profonde gratitude que je veux vous remercier tous, les nouveaux lecteurs comme les anciens, car sans votre soutien et vos encouragements, il ne m'aurait pas été possible de passer ces dix ans à écrire des « récits merveilleux ». Si j'ai la chance de pouvoir vous transmettre une petite partie du plaisir que j'ai à partager mes aventures imaginaires avec vous, nous sommes également récompensés, car en vous passionnant pour mes ouvrages, vous m'avez permis d'en créer d'autres. [...] Les lettres sont lues, même si elles ne reçoivent pas de réponses — et même si parfois elles mettent des mois à me parvenir — et les remarques sympathiques, lors de mes apparitions en public, m'ont apporté plus que tout le reste. Mais par-dessus tout, vous m'avez donné la possibilité de pratiquer un art que j'avais abordé « pour voir si j'y arriverais », alors que je travaillais aux résidences universitaires du collège John Muir à UCSD.

C'est pour cela que je vous remercie. Je crois que j'ai « réussi ».

Raymond E. FEIST
San Diego, Californie
août 1991

TUNDRA DE
LA
CITÉ DES MAGICIENS
Empire de
TSURANUANNI
AMBOLINA
NESHSKA
N
S
ILES DE LA GARDE
Mer de Sang
Banganok
(ruines)
DUSTARI
TSUBAR
(la terre oubliée)
GRAND DESERT DE SABLE

Kelewan
échelle :
1 cm : 210km

RÉSUMÉ DES ÉPISODES PRÉCÉDENTS

Dans le monde de Midkemia, le puissant royaume des Isles s'était élevé face au vaste empire de Kesh la Grande au sud. Le royaume avait atteint une ère de puissance : la nation s'étendait sur tout un continent, de la mer du Royaume à la Mer sans Fin.

Lors de la douzième année du règne de Rodric IV, dans la province la plus à l'ouest du royaume, le duché de Crydee, un garçon de cuisine orphelin nommé Pug fut nommé apprenti du mage Kulgan. Étudiant en magie peu remarquable, il fut anobli pour avoir sauvé la fille du duc Borric, la princesse Carline, d'un destin fatal et il devint écuyer à la cour ducale. Pug devint alors le centre des attentions de la jeune Carline et, en conséquence, le rival du jeune châtelain Roland, membre de la cour. En compagnie de son meilleur ami Tomas, Pug découvrit l'épave d'un navire étranger échoué sur laquelle se trouvait un homme mourant de nationalité inconnue. Le prêtre du duc, le père Tully, usa de sa magie et apprit que le mourant venait d'un autre monde, Kelewan, dominé par un puissant empire de guerriers, les Tsurani. Ils étaient arrivés sur Midkemia par un portail magique, une faille dans l'espace et préparaient peut-être une invasion. Le duc Borric réunit un conseil avec la reine des elfes, Aglaranna, qui reconnut qu'une étrange menace rôdait sur la côte Sauvage du royaume : les elfes avaient vu d'étranges guerriers faire des reconnaissances à l'ouest, des hommes qui disparaissaient mystérieusement.

Craignant que tout ceci ne soit le prélude à une invasion, le seigneur Borric et son fils cadet, Arutha, partirent avec un groupe d'hommes prévenir le roi qu'ils risquaient de se faire attaquer, laissant Crydee aux bons soins de son fils aîné Lyam et du maître d'armes Fannon. Le groupe comportait le mage Kulgan, Pug et Tomas, le sergent Gardan et cinquante soldats de Crydee. Dans la forêt nommée le Vercors, la troupe ducale fut attaquée par les terribles moredhel, les elfes noirs connus sous le nom de Fraternité de la Voie des Ténèbres. Au bout d'un combat long et sanglant, le duc et les autres survivants furent sauvés par Dolgan, un chef de guerre nain, et ses compagnons.

Dolgan leur fit traverser les mines de Mac Mordain Cadal, où ils furent attaqués par une âme en peine, qui sépara Tomas du reste de la troupe. Tomas s'enfonça loin dans les mines pour fuir, tandis que Dolgan conduisait les autres en lieu sûr.

Dolgan retourna dans les mines pour retrouver Tomas et découvrit que le garçon s'était réfugié chez l'un des derniers puissants dragons d'or, vieux et mourant. Le dragon, Rhuagh, leur parla de sa vie, de sa rencontre avec l'étrange sorcier Macros le Noir et d'autres merveilles. Rhuragh disparut dans un ultime instant de gloire merveilleuse, grâce à un cadeau de Macros et il légua à Tomas un objet spécial, une armure d'or magique.

La troupe ducale, de son côté, arriva à la cité de Bordon, où elle prit le navire pour Krondor, la capitale de l'ouest du royaume. Ils furent poussés par une tempête vers l'île du Sorcier, retraite du légendaire Macros. Là, Pug rencontra un mystérieux ermite, dont ils comprirent plus tard que ce devait être Macros lui-même. Il les prévint de l'approche d'un terrible danger et leur promit de venir quand son aide se ferait indispensable.

À Krondor, le prince Erland dit au duc de continuer son voyage jusqu'à Rillanon, la capitale du royaume, pour aller voir le roi. Au palais, Pug rencontra la princesse Anita, la fille unique d'Erland et il apprit qu'elle était promise en mariage au prince Arutha.

À Rillanon, le duc Borric découvrit que le roi était un visionnaire, mais aussi un homme à la santé mentale instable, qui avait des accès de colère et tenait des discours incohérents. Le duc Caldric de Rillanon, oncle de Borric, les prévint que la tâche de repousser les Tsurani incomberait aux seigneurs de l'ouest si jamais il devait y avoir la guerre, car le roi ne faisait aucune confiance au prince de Krondor, qui imaginait sans cesse des complots contre la couronne et refusait de laisser les armées de l'Est quitter les terres de l'Est. Puis vint la nouvelle de l'invasion tsurani et Borric fut chargé du commandement des armées de l'Ouest. Il rentra précipitamment dans l'Ouest alors que la guerre de la faille commençait.

Au début de la guerre, un raid fut lancé en territoire Tsurani et Pug fut capturé. Tomas fut, avec les armées naines de Dolgan, parmi les premiers à résister aux envahisseurs. Quelque chose de complètement étranger s'était manifesté dans l'armure de Tomas et quand il la portait, il devenait un guerrier d'une puissance terrifiante. Hanté par d'étranges visions, son apparence se modifiait lentement. Lors d'une bataille frénétique dans les mines des nains, les Tsurani obligèrent Tomas et les troupes de Dolgan à fuir dans les forêts. Ne pouvant trouver refuge nulle part, les nains se dirigèrent vers Elvandar, cherchant alliance avec les elfes. Ils furent bien accueillis à la cour de la reine des elfes. Quelque chose dans l'apparence de Tomas inquiéta les anciens magiciens elfes, mais ceux-ci turent leur découverte.

Lyam quitta Crydee pour rejoindre son père et le maître d'armes Fannon prit le commandement du château, secondé par Arutha. Carline pleurait la perte de Pug et se tourna vers Roland qui la réconforta. Les Tsurani firent un raid sur Crydee grâce à un navire capturé. Durant la bataille, Arutha secourut Amos Trask, le capitaine du navire, pirate repenti.

Les Tsurani assiégèrent Crydee et furent repoussés maintes et maintes fois. Lors d'une bataille, le maître d'armes Fannon fut blessé et Arutha dut prendre le commandement. Après une terrible bataille sous terre entre les hommes d'Arutha et les sapeurs tsurani, Arutha donna l'ordre de rassembler les garnisons autour de Crydee pour lancer une dernière bataille contre les Tsurani. Mais avant que la bataille ne commence, le général tsurani, Kasumi des Shinzawai, reçut l'ordre de rentrer dans son pays avec son armée.

Malgré ce tour inattendu des événements, qui laissa Arutha victorieux par défaut, la guerre se poursuivit sans effet, quatre ans encore...

Nous étions, belle reine,
Deux gamins qui au-delà de la vie ne voyaient
qu'un lendemain tout pareil à ce jour
et resteraient des enfants pour l'éternité.

SHAKESPEARE, *Conte d'hiver.*

CHAPITRE I

Étendu par terre, l'esclave agonisant hurlait.

La chaleur du jour était implacable. Les autres esclaves poursuivaient leur travail, s'efforçant autant que possible d'ignorer ses cris. La vie ne valait pas cher dans ce camp de travail et il ne servait à rien de se préoccuper d'un destin qui en attendait tant d'autres. Le mourant avait été mordu par un relli, une créature du marais semblable à un serpent. Son venin agissait lentement et provoquait de terribles douleurs. Sans magie, il n'était pas possible de le soigner.

Soudain, le silence se fit. Pug regarda par-dessus son épaule et vit un garde essuyer son épée. Une main s'abattit sur l'épaule de Pug. La voix de Laurie lui souffla à l'oreille : « Il semblerait que notre vénérable contremaître n'ait pas apprécié les cris d'agonie de Toffston. »

Pug se noua soigneusement un bout de corde autour de la taille. « Au moins, il est mort rapidement. » Il se tourna vers le grand chanteur blond de Tyr-Sog, une ville du royaume des Isles et dit : « Fais gaffe. Celui-ci est vieux et il est peut-être pourri. » Sans un mot de plus Pug fila le long du tronc du ngaggi, un arbre des marais qui ressemblait à un sapin, dont les Tsurani utilisaient le bois et la résine. Comme ils ne disposaient pas de métaux, les Tsurani avaient trouvé d'astucieux substituts. Le bois de cet arbre pouvait être modelé comme du papier. Séché, il atteignait une dureté incroyable. Il pouvait servir à des centaines de choses. La résine servait à coller le bois et à tanner les peaux. Les peaux convenablement traitées pouvaient donner des armures de cuir aussi dures que les cottes de mailles midkenianes et les armes en lamelles de bois feuilletées étaient presque aussi efficaces que l'acier midkemian.

Quatre ans de travail dans les marais avaient endurci le corps de Pug. Il faisait jouer ses muscles noueux en grimpant dans l'arbre. Sa peau avait bruni au soleil brûlant des Tsurani et il avait le visage mangé par une barbe d'esclave.

Pug atteignit les premières grandes branches et jeta un coup d'œil à son ami. Laurie se tenait dans l'eau sombre jusqu'aux genoux, chassant d'un air absent les insectes qui pullulaient dans le camp de travail. Pug aimait bien Laurie. Le troubadour n'avait pas sa place ici. Il n'avait pas eu non plus de bonnes raisons de suivre une patrouille militaire en espérant voir des soldats Tsurani. Il disait qu'il cherchait de quoi écrire des ballades qui l'auraient rendu célèbre dans tout le royaume. Il en avait vu plus qu'il ne l'aurait voulu. La patrouille s'était retrouvée prise au milieu d'une offensive Tsurani en règle et Laurie s'était fait capturer. Il était arrivé au camp quatre mois auparavant et Pug et lui s'étaient rapidement liés d'amitié.

Pug reprit son escalade, toujours attentif aux dangereuses créatures arboricoles de Kelewan. En atteignant l'endroit où il pourrait commencer l'écimage, Pug se figea en apercevant un mouvement. Il se détendit en constatant qu'il ne s'agissait que d'un pic-pic, une créature avec des piquants pour se protéger, qui ressemblait à un buisson d'épines de ngaggi. L'animal s'enfuit en voyant arriver l'humain et sauta sur une branche d'arbre un peu plus loin. Pug revérifia, puis il commença à fixer ses cordes. Il devait couper les cimes de ces arbres gigantesques, afin qu'ils ne risquent pas de blesser quelqu'un dans leur chute.

Pug donna quelques coups dans l'écorce pour l'entailler, puis il sentit la lame de bois de sa hache s'enfoncer dans une pulpe molle. Il renifla prudemment et une odeur âcre assaillit ses narines. Il jura et hurla à Laurie : « Celui-ci est pourri. Préviens le contremaître. »

Il attendit, en regardant au travers des cimes. Tout autour volaient d'étranges insectes et des créatures qui ressemblaient à des oiseaux. Cela faisait quatre ans qu'il avait été emmené comme esclave dans ce monde, mais il ne s'était toujours pas habitué à l'apparence de ces formes de vie. Elles n'étaient pas si différentes de celles de Midkemia, mais les similitudes lui rappelaient sa terre natale autant que les différences. Les abeilles auraient dû être rayées jaune et noir et pas rouge vif. Les aigles n'auraient pas dû avoir de bandes jaune vif sur les ailes, ni les faucons des bandes violettes. Ces créatures n'étaient pas des abeilles, des aigles ni des faucons, mais la ressemblance était frappante. Pug acceptait plus facilement les créatures franchement bizarres de Kelewan que celles-ci. Les needra à six pattes, ces bêtes de somme domestiques qui ressemblaient à des sortes de bœufs avec deux grosses pattes supplémentaires, ou les choja, ces créatures insectoïdes qui servaient les Tsurani et qui parlaient leur langue : celles-là, il avait fini par les trouver familières. Mais chaque fois que du coin de l'œil il apercevait une créature et se retournait en s'attendant à voir une bête de Midkemia, il se rendait compte qu'il s'était illusionné et il sentait le désespoir l'envahir.

La voix de Laurie le tira de sa rêverie : « Le contremaître arrive. »

Pug jura. Si le contremaître devait se salir en marchant dans l'eau, il allait être de mauvaise humeur — ce qui présageait des coups de bâton, ou une réduction de la nourriture souvent trop pauvre. Il était déjà furieux du retard dans les coupes. Une famille de fouisseurs — des sortes de castors à six pattes — s'était installée sous les racines des grands arbres. Ils rongeaient les racines le plus tendres et les arbres tombaient malades, puis mouraient. La pulpe molle du bois devenait aigre, se gorgeait d'eau et au bout de quelque temps, l'arbre s'effondrait sur lui-même. On avait mis du poison dans plusieurs tunnels de fouisseurs, mais les arbres étaient déjà abîmés.

Nogamu, le contremaître, arriva en pataugeant dans le marécage, en jurant d'une voix forte. C'était un esclave lui aussi, mais il avait atteint le plus haut rang auquel un esclave pouvait aspirer et même s'il ne serait jamais libre, il jouissait de nombreux privilèges et pouvait même donner des ordres aux soldats et aux hommes libres placés sous son commandement. Un jeune soldat le suivait, l'air assez amusé. Il était rasé à la manière des hommes libres Tsurani et quand il leva les yeux vers Pug, l'esclave put distinguer clairement son visage. Il avait les pommettes hautes et les yeux presque noirs de tant de Tsurani. Il fixa Pug et sembla acquiescer légèrement. Pug n'avait jamais vu d'armure bleue comme il en portait, mais étant donné l'étrange organisation militaire tsurani, ce n'était pas surprenant. Chaque famille, domaine, région, ville, cité et province semblait avoir sa propre armée. La manière dont elles arrivaient à se coordonner au sein de l'empire était une énigme pour Pug.

Le contremaître vint se placer à la base de l'arbre, en soulevant sa courte robe pour la garder au-dessus de l'eau. Il grogna comme l'ours auquel il ressemblait tant et cria à l'adresse de Pug : « Comment ça, encore un arbre pourri ? »

Pug parlait tsurani bien mieux que n'importe quel Midkemian du camp, car il était là depuis plus longtemps que tout le monde, à l'exception de quelques vieux esclaves tsurani. Il cria : « À l'odeur, il est pourri. Il va falloir en préparer un autre et laisser celui-ci, maître esclave. »

Le contremaître agita le poing. « Vous êtes tous des fainéants. Cet arbre va très bien. Vous voulez juste vous épargner du travail. Coupez, maintenant ! »

Pug soupira. Inutile de discuter avec l'Ours, comme l'appelaient tous les esclaves midkemians. Visiblement, quelque chose l'avait mis en rogne et les esclaves allaient payer. Pug se mit en devoir de couper la cime et rapidement, elle tomba par terre. L'odeur de pourriture se faisait de plus en plus forte et Pug retira rapidement les cordes de l'arbre. Juste au moment où il en enroulait la dernière longueur autour de sa taille, il entendit un craquement juste devant lui. » Il tombe ! » cria-t-il aux esclaves en dessous. Sans hésitation, ils s'enfuirent immédiatement. On n'ignorait jamais ce cri-là.

Maintenant qu'on avait coupé le haut, le fût de l'arbre se fendait par le milieu. Ce n'était pas courant, mais si un arbre était assez abîmé pour que la pulpe soit complètement molle, il pouvait craquer de haut en bas, cédant sous son propre poids à la moindre faille dans l'écorce. Le poids des branches entraînait chaque moitié dans deux directions opposées. Si Pug était resté encordé au fût, il aurait été coupé en deux avant que les cordes ne cèdent.

Pug estima dans quelle direction il allait tomber. Puis, quand la partie sur laquelle il se trouvait commença à bouger, il s'écarta d'un bond. Il tomba dans l'eau, à plat sur le dos, essayant de profiter au maximum des soixante centimètres d'eau du marais pour amortir sa chute. Le choc de l'eau fut suivi immédiatement d'un impact plus dur contre le sol. Il y avait surtout de la boue au fond et il n'en souffrit pas trop. Ses poumons éclatèrent et il sentit le décor tourner autour de lui. Il eut assez de présence d'esprit pour s'asseoir et prendre une grande goulée d'air.

Soudain, un énorme poids s'abattit sur son estomac, lui coupa le souffle et lui enfonça la tête sous l'eau. Il essaya de se dégager et découvrit qu'une grande branche lui barrait l'estomac. Il arrivait tout juste à sortir la tête hors de l'eau pour prendre de l'air. Ses poumons le brûlaient et il ne contrôlait plus sa respiration. De l'eau lui coula dans la gorge et il toussa. Toussant et crachant, il tenta de garder son calme, mais il sentait la panique le gagner. Il poussa frénétiquement sur le poids qui l'écrasait mais il ne parvint pas à le faire bouger.

Brusquement, sa tête fut tirée hors de l'eau. Laurie dit : « Crache, Pug ! Crache la boue que tu as dans les poumons, ou tu vas avoir la fièvre. »

Pug toussa et cracha. Grâce à Laurie qui lui maintenait la tête hors de l'eau, il arriva à reprendre son souffle.

Laurie hurla : « Soulevez cette branche. Je vais le tirer de là-dessous. »

D'autres esclaves arrivèrent en pataugeant, ruisselants de sueur. Ils plongèrent les mains dans l'eau et attrapèrent la branche. Ils tirèrent, réussirent à la faire déplacer un peu, mais Laurie n'arriva pas à sortir Pug de là.

« Apportez des haches : il va falloir couper la branche du tronc. »

D'autres esclaves s'apprêtaient à ramener des haches quand Nogamu cria : « Non. Laissez-le. Nous n'avons pas le temps. Il faut couper des arbres. »

Laurie lui hurla presque dessus : « On ne peut pas le laisser ! Il va se noyer ! »

Le contremaître s'approcha et fouetta Laurie au visage. Le chanteur reçut une profonde entaille à la joue, mais il ne lâcha pas la tête de son ami. « Retourne au travail, esclave. Tu seras battu ce soir pour m'avoir parlé sur ce ton. Il n'est pas le seul à pouvoir écîmer un arbre. Maintenant, lâche-le ! » Il frappa Laurie encore une fois. Laurie cilla, mais il garda la tête de Pug hors de l'eau.

Nogamu leva son fouet pour frapper une troisième fois, mais il fut arrêté par une voix derrière lui. « Coupez cette branche et libérez cet esclave. » Laurie vit que l'homme qui venait de parler était le jeune soldat qui accompagnait le maître esclave. Le contremaître fit volte-face, n'ayant pas l'habitude que l'on discute ses ordres. Lorsqu'il vit qui venait de parler, il ravala les mots qui lui étaient montés aux lèvres. Inclinant la tête, il dit : « Comme mon maître voudra. »

Il fit signe aux esclaves qui portaient des haches de libérer Pug et en peu de temps, ce dernier se retrouva sorti d'affaire. Laurie le ramena vers le jeune soldat. Pug recracha l'eau qu'il avait encore dans les poumons et dit, dans un souffle : « Je remercie le maître pour ma vie. »

L'homme ne répondit rien, mais quand le contremaître approcha, il se tourna vers lui. « L'esclave avait raison, vous aviez tort. L'arbre était pourri. Il n'est pas convenable de votre part de le punir pour vos erreurs et votre mauvais caractère. Je devrais vous faire battre, mais je n'en ai pas le temps. Le travail avance trop lentement et mon père est mécontent. »

Nogamu inclina la tête. « Je perds la face devant mon seigneur. Ai-je la permission de me donner la mort ?

— Non. L'honneur serait trop grand. Retournez au travail. »

Le visage du contremaître s'empourpra de rage et de honte. Relevant son fouet, il fit signe à Laurie et à Pug. « Vous deux, retournez au travail. »

Laurie se releva et Pug essaya. Il avait failli se noyer et ses genoux tremblaient sous lui, mais il réussit à se mettre debout au bout de quelques essais.

« Ces deux-là sont excusés pour la journée, dit le jeune seigneur. Celui-ci, dit-il en montrant Pug, ne servira pas à grand-chose. L'autre doit soigner les coupures que vous lui avez faites, sinon elles vont s'infecter. » Il se tourna vers un garde. « Remmenez-les au camp et faites en sorte qu'ils reçoivent les soins nécessaires. »

Pug se sentait reconnaissant, pas tant pour lui-même que pour Laurie. Moyennant un peu de repos, Pug aurait pu retourner au travail, mais dans le marais, avec une blessure ouverte on avait une chance sur deux d'y passer. Les infections se développaient très vite dans cet endroit chaud et sale et il n'y avait pas grand-chose pour lutter contre.

Ils suivirent le garde. En partant, Pug vit le maître esclave leur jeter un regard lourd de haine.

Le plancher craqua et Pug se réveilla instantanément. Son instinct d'esclave lui disait que ce son n'était pas normal dans cette hutte en pleine nuit.

Dans la pénombre, il entendit des pas s'approcher, puis s'arrêter au pied de sa paillasse. De l'autre paillasse, il entendit Laurie retenir son souffle et il sut que le ménestrel avait lui aussi été réveillé par l'intrus, de même probablement que la moitié des esclaves de la hutte. L'étranger hésita et Pug attendit, inquiet et tendu. Il y eut un grognement et sans une hésitation, Pug roula de sa natte. Un poids s'abattit violemment et Pug entendit le bruit sourd d'une dague frapper le sol là où se trouvait sa poitrine quelques instants auparavant. Soudain, la pièce sombra dans le chaos. Des esclaves criaient et couraient vers la porte.

Pug sentit des mains se poser sur lui dans le noir et une douleur aiguë lui transperça les côtes. Il attrapa son assaillant sans le voir et lutta contre lui pour tenter de lui prendre sa dague. Un second coup lui entailla la paume. Brusquement, l'assaillant cessa de bouger et Pug se rendit compte qu'un troisième corps recouvrait celui de son assassin.

Des soldats entrèrent en courant dans la hutte avec des lanternes et Pug vit Laurie, allongé sur le corps immobile de Nogamu. L'Ours respirait encore, mais vu la dague qui saillait de ses côtes, cela ne durerait pas longtemps.

Le jeune soldat qui avait sauvé la vie de Pug et de Laurie entra et les autres lui firent place. Il se tint au-dessus des trois combattants et demanda simplement : « Il est mort ? »

Les yeux du contremaître s'ouvrirent et dans un murmure à peine audible, il répondit : « Je vis, monseigneur. Mais je meurs par la lame. » Il avait un faible sourire de défi sur son visage couvert de sueur.

L'expression du jeune soldat ne laissa voir aucune émotion, mais ses yeux flamboyèrent. « Je ne pense pas », dit-il doucement. Il se tourna vers deux soldats qui se trouvaient dans la pièce. « Emmenez-le tout de suite dehors et pendez-le. Son clan ne pourra pas chanter ses honneurs. Laissez le corps aux insectes. Ce sera un avertissement pour tous ceux qui voudraient me désobéir. Allez. »

Le visage du mourant pâlit et ses lèvres tremblèrent. « Non, maître. Je vous en prie, laissez-moi mourir par la lame. Quelques minutes de plus. » Une écume rouge apparut au coin de sa bouche.

Deux soldats solidement taillés se baissèrent pour attraper Nogamu et, sans s'inquiéter de lui faire mal, le tirèrent à l'extérieur. On l'entendit crier tout le long du trajet. Il avait encore une voix d'une force impressionnante, comme s'il retrouvait un second souffle dans sa peur de la corde.

Ils restèrent figés comme un tableau jusqu'à ce que les hurlements s'éteignent sur un cri étranglé. Le jeune officier se tourna alors vers

Pug et Laurie. Pug s'assit, du sang coulant d'une longue coupure qui lui barrait la poitrine. Il serrait sa main blessée. La coupure était profonde et ses doigts ne bougeaient plus.

« Amenez votre ami blessé », ordonna le jeune soldat à Laurie.

Laurie aida Pug à se remettre debout et ils sortirent de la hutte à la suite de l'officier. Il les emmena de l'autre côté du campement jusqu'à ses propres quartiers et leur donna l'ordre d'entrer. Quand ils furent à l'intérieur, il dit à un garde d'aller chercher le médecin du camp. Il les fit rester debout en silence jusqu'à ce que le médecin arrive. C'était un vieux Tsurani, vêtu de la robe d'un de leurs dieux — lequel, les Midkemians auraient eu bien du mal à le dire. Il inspecta les blessures de Pug et dit que la blessure à la poitrine était superficielle. La main, ajouta-t-il, serait une autre affaire.

« La coupure est profonde, les muscles et les tendons ont été sectionnés. Elle va guérir, mais elle va perdre de sa mobilité et de sa force. Il est probable qu'il ne soit plus bon qu'à de petits travaux. »

Le soldat acquiesça, une étrange expression sur le visage : un mélange de dégoût et d'impatience. « Très bien. Soignez les blessures et laissez-nous. »

Le médecin se mit en devoir de nettoyer les blessures. Il fit quelques points de suture sur la main, la pansa, exhorta Pug à la garder propre, puis partit. Pug oublia la douleur, relaxant son esprit grâce à un vieil exercice mental.

Quand le médecin fut parti, le soldat observa les deux esclaves qui se tenaient devant lui. « Selon la loi, je devrais vous faire pendre pour avoir tué le maître d'esclaves. »

Ils ne répondirent rien. Ils resteraient silencieux jusqu'à ce que le soldat leur dise de parler.

« Mais comme j'ai fait pendre le maître d'esclaves, je suis libre de vous garder en vie, si cela m'arrange. Je peux juste vous punir de l'avoir blessé. » Il se tut un moment. « Considérez-vous comme punis. »

D'un geste de la main, il ajouta : « Laissez-moi, mais soyez ici à l'aube. Je dois décider de ce que je vais faire de vous. »

Ils sortirent, heureux de s'en tirer à bon compte, car normalement ils auraient dû se balancer au bout d'une corde à côté du maître d'esclaves. En traversant le campement, Laurie dit : « Je me demande ce que ça veut dire. »

Pug répondit : « J'ai trop mal pour me poser une telle question. Je suis simplement heureux de pouvoir voir le jour se lever demain. »

Laurie resta silencieux jusqu'à ce qu'ils arrivent à la hutte. « Je crois que le jeune seigneur a quelque chose en tête.

— Possible. Ça fait longtemps que je ne cherche plus à comprendre nos maîtres. Je fais juste ce qu'on me dit de faire et je supporte. » Pug montra l'arbre auquel pendait le corps du contremaître sous la lune pâle — seule la petite lune était visible ce soir. « C'est bien trop facile de finir comme ça. »

Laurie acquiesça. « Tu as peut-être raison. Je crois encore pouvoir m'enfuir. »

Pug eut un rire amer. « Où ça, chanteur ? Où est-ce que tu irais ? Vers la faille, en traversant une armée de dix mille Tsurani ? »

Laurie ne répondit rien. Ils retournèrent à leurs paillasses et essayèrent de se rendormir dans la nuit moite et chaude.

Le jeune officier se tenait sur une pile de coussins, les jambes croisées à la tsurani. Il renvoya le garde qui avait accompagné Pug et Laurie, puis il leur fit signe de s'asseoir. Ils le firent avec beaucoup d'hésitations, car habituellement, un esclave n'avait pas le droit de s'asseoir en présence d'un maître.

« Je suis Hokanu, des Shinzawai. C'est à mon père qu'appartient ce camp, dit-il sans préambule. Il est très mécontent de la récolte de cette année. Il m'a envoyé voir ce que l'on pouvait y faire. Voilà maintenant que je n'ai plus de contremaître pour ce travail, à cause d'un imbécile qui vous a blâmé pour sa propre stupidité. Qu'est-ce que je vais faire ? »

Ils restèrent cois. Il demanda : « Cela fait combien de temps que vous êtes là ? »

Pug et Laurie répondirent chacun leur tour. Il réfléchit à leur réponse, puis dit : « Vous — en montrant Laurie — n'êtes pas inhabituel, sauf que vous parlez notre langue mieux que la plupart des barbares, tout bien pesé. Mais vous — il désigna Pug — êtes resté en vie plus longtemps que la plupart de vos têtes de bois de compatriotes et vous parlez bien notre langue. Vous pourriez presque passer pour un paysan d'une province lointaine. »

Ils restèrent immobiles, sans comprendre où Hokanu voulait en venir. Pug réalisa brusquement qu'il était probablement plus vieux d'un an ou deux que ce jeune seigneur. Il était bien jeune pour disposer d'un tel pouvoir. Les manières des Tsurani étaient très étranges. À Crydee, il serait encore apprenti, ou vu sa naissance, il en serait toujours à suivre son éducation de dirigeant.

« Comment se fait-il que vous parliez si bien ? demanda-t-il à Pug.

— Maître, j'ai été l'un des premiers capturés et j'ai été amené ici. Nous n'étions que sept et tous les autres étaient des esclaves tsurani. Nous avons appris à survivre. Au bout de quelque temps, il n'est plus resté que moi. Les autres sont morts de fièvres ou de blessures infectées, ou encore ils ont été tués par les gardes. Il ne restait plus personne qui me comprenne à qui je puisse parler. Pendant un an, j'ai été tout seul de mon pays ici. »

L'officier acquiesça, puis dit à Laurie : « Et vous ?

— Maître, je suis un chanteur, un ménestrel dans mon pays. Selon nos coutumes, nous voyageons beaucoup et devons apprendre de nombreuses langues. J'ai aussi l'oreille musicale. Votre langue est ce qu'on appelle une langue à tons : le même son répété sur un ton différent donne deux sens complètement différents. Nous avons plusieurs langues de ce genre au sud de notre royaume. J'apprends vite. »

Un éclat brilla dans les yeux du soldat. « Il est bon que je sache cela. » Il réfléchit profondément. Au bout d'un moment, il acquiesça pour lui-même. « Le destin des hommes est soumis à de nombreuses influences, esclaves. » Il sourit, d'un air plus enfantin qu'adulte. « Ce campement est dans une pagaille absolue. Je dois préparer un rapport pour mon père, le seigneur des Shinzawai. Je crois savoir où réside le problème. » Il fit signe à Pug. « Je voudrais que vous me disiez ce que vous en pensez. Vous êtes ici depuis plus longtemps que n'importe qui. »

Pug se recueillit. Cela faisait longtemps que personne ne lui avait demandé son avis sur quoi que ce soit. « Maître, le premier contremaître, celui qui était là au moment de ma capture, était un homme très perspicace, qui savait que des hommes, même des esclaves, ne peuvent pas travailler efficacement s'ils sont affaiblis par la faim. Nous étions mieux nourris et si nous recevions une blessure, on nous laissait le temps de guérir. Nogamu avait mauvais caractère et il prenait chaque retard comme un affront personnel. Quand des fouisseurs abîmaient une futaie, c'était de la faute des esclaves. Un esclave qui mourait et c'était un complot pour discréditer sa manière de superviser les hommes. Chaque problème se soldait par une baisse de nourriture, ou par des heures de travail supplémentaires. Tout ce qui arrivait de bien, il le considérait comme un dû.

— C'est bien ce que je me disais. Nogamu était auparavant quelqu'un de très important. C'était le hadonra — le responsable du domaine — des États de son père. Sa famille s'est rendue coupable de trahison envers l'empire et son propre clan a vendu en esclavage tous ceux qui n'ont pas été pendus. Il n'a jamais fait un bon esclave. On a pensé qu'en lui donnant la responsabilité d'un camp, il pourrait faire bon usage de ses compétences. Cela n'a pas été le cas. Y a-t-il un homme parmi les esclaves qui soit capable ici de reprendre le commandement ? »

Laurie inclina la tête, puis dit : « Maître Pug, ici...

— Je ne pense pas. J'ai des projets pour vous deux. »

Pug, étonné, se demanda ce qu'il voulait dire. Il répondit : « Peut-être Chogana, maître. Il était fermier, puis ses récoltes ont périclité et il a été mis en esclavage pour rembourser les taxes. On peut lui faire confiance. »

Le soldat tapa une fois dans ses mains et un garde entra immédiatement dans la pièce. « Allez me chercher l'esclave Chogana. »

Le garde salua et sortit. « Il est bon qu'il soit tsurani, dit le soldat. Vous autres barbares ne savez pas où est votre place et je n'ose imaginer ce qui arriverait si j'en laissais un en charge de l'exploitation. Il dirait aux soldats de couper les arbres et aux esclaves de les surveiller. »

Il y eut un moment de silence, puis Laurie éclata de rire. C'était un rire riche et grave. Hokanu sourit. Pug le regarda attentivement. Ce jeune homme qui tenait leurs vies entre ses mains semblait faire beaucoup d'efforts pour gagner leur confiance. Laurie semblait l'apprécier, mais Pug restait réservé. Cela faisait plus longtemps que Pug avait quitté la vieille société midkeniane. Là-bas, dans la guerre, les nobles et les manants étaient des compagnons d'armes qui partageaient les repas comme les souffrances sans distinction de rang. Ici, il avait très vite appris une chose sur les Tsurani, c'était qu'ils n'oubliaient jamais leur statut. Ce qui arrivait dans cette hutte était uniquement du fait de ce jeune soldat et n'avait rien à voir avec la chance. Hokanu parut sentir les yeux de Pug fixés sur lui et il le dévisagea. Leurs regards se croisèrent un bref instant puis Pug baissa le sien comme un bon esclave. Un instant, un message était passé entre eux. C'était comme si le soldat lui avait dit : Vous ne croyez pas que je sois votre ami. Soit, tant que vous continuez à jouer votre rôle.

D'un geste de la main, Hokanu dit : « Retournez à votre hutte. Reposez-vous bien, car nous partons après le repas de midi. »

Ils se levèrent et s'inclinèrent, puis sortirent à reculons de la hutte. Pug marchait en silence, mais Laurie dit : « Je me demande où nous allons. » Comme il n'y avait pas de réponse, il ajouta : « De toute manière, ce sera mieux qu'ici. »

Pug se demanda si ce serait effectivement le cas.

Une main lui secouait l'épaule. Pug se réveilla. Il s'était endormi dans la tiédeur du matin, sautant sur l'occasion de prendre un peu plus de repos avant que Laurie et lui ne partent avec le jeune noble après le repas. Chogana, l'ancien paysan que Pug avait recommandé, lui fit signe de se taire, montrant Laurie qui dormait profondément.

Pug sortit de la hutte avec le vieil esclave et s'assit à l'ombre d'un mur. Parlant lentement, comme à son habitude, Chogana dit : « Mon seigneur Hokanu m'a dit qu'il a suivi tes conseils pour me choisir comme maître esclave du camp. » Son visage brun et ridé s'inclina dignement devant Pug. « Je te suis redevable. »

Pug lui rendit son salut, formel et inhabituel pour ce camp. « Il n'y a pas de dette. Tu te conduiras comme le doit un contremaître. Tu t'occuperas bien de nos frères. »

Un sourire fendit le visage de Chogana, révélant des dents teintées de brun par toutes les années passées à mâcher des noix de tatine. Cette noix légèrement narcotique — que l'on trouvait facilement dans les marais — ne vous rendait pas moins efficace, mais le travail vous paraissait moins rude. Pug avait évité de prendre cette habitude, sans véritable bonne raison, comme la plupart des Midkemians. Cette pratique devait sans doute correspondre pour eux à un ultime renoncement.

Chogana regarda le camp, les yeux plissés à cause de la lumière. Il était vide, à l'exception du garde du corps du jeune seigneur et des cuisiniers. On entendait au loin les gens qui travaillaient sous les arbres.

« Quand j'étais petit, dans la ferme de mon père à Szetac, commença Chogana, on avait découvert que j'avais un talent. On m'a inspecté, mais on a dit que ce n'était pas vrai. » Pug ne comprit pas le sens de cette dernière phrase, mais il ne l'interrompit pas. « Je suis donc devenu fermier comme mon père. Mais j'avais bel et bien un talent. Parfois je vois des choses, Pug, des choses dans les hommes. J'ai grandi et on a commencé à parler de mon talent et des gens, la plupart du temps pauvres, venaient me demander des conseils. Au début quand j'étais jeune, j'étais arrogant et je demandais beaucoup en échange, pour dire ce que je voyais. Plus vieux, je suis devenu plus humble et je prenais ce qu'on m'offrait, mais je disais toujours ce que je voyais. De toute manière, les gens partaient mécontents. Tu sais pourquoi ? » demanda-t-il avec un petit rire. « Pug secoua la tête. « Parce qu'ils ne venaient pas pour entendre la vérité, mais pour entendre ce qu'ils voulaient entendre. »

Pug rit avec Chogana. « Alors, j'ai fini par dire que mon talent était parti et au bout d'un moment, les gens ont cessé de venir à ma ferme. Mais mon talent n'est jamais mort, Pug, et je vois encore des choses, parfois. J'ai vu quelque chose en toi et je voudrais te le dire avant que tu ne partes pour toujours. Je vais mourir dans ce camp, mais le destin qui t'attend est différent. Veux-tu l'entendre ? « Pug répondit oui et Chogana dit : « En toi réside un pouvoir caché. Ce qu'il est et ce que cela signifie, je l'ignore. »

Sachant l'étrange attitude que les Tsurani avaient envers la magie, Pug s'inquiéta soudain que quelqu'un ait pu sentir l'entraînement qu'il avait subi auparavant. Pour la plupart d'entre eux, il n'était qu'un esclave du camp. Quelques rares personnes savaient qu'il avait été écuyer.

Chogana poursuivit, les yeux fermés. « J'ai rêvé de toi, Pug. Je t'ai vu sur une tour et tu affrontais un adversaire terrible. » Il ouvrit les yeux. « Je ne sais pas ce que signifie ce rêve, mais tu dois savoir ceci : avant de monter dans cette tour pour affronter cet ennemi, tu dois chercher ton wal. C'est le centre secret de ton être, le lieu idéal où la paix règne en toi. Quand tu y seras, tu seras protégé de tout. Ta chair pourra souffrir, mourir même, mais au sein de ton wal, tu endureras cela en paix. Cherche bien, Pug, car rares sont ceux qui trouvent leur wal. »

Chogana se releva. « Tu vas partir bientôt. Viens, il faut réveiller Laurie. »

En allant vers l'entrée de la hutte, Pug dit : « Chogana, merci. Mais encore une chose : tu as parlé d'un ennemi sur une tour. Peux-tu me dire quelque chose de lui ? »

Chogana rit et agita sa tête de haut en bas. « Oh, oui, je l'ai vu. » Il continuait à rire en montant les marches de la hutte. « C'est l'ennemi que tout homme craint le plus. » Ses yeux plissés transpercèrent Pug. « C'était toi. »

Pug et Laurie étaient assis sur les marches du temple, avec six gardes Tsurani étendus à côté. Les gardes avaient été — à peu près — aimables pendant le voyage. Celui-ci avait été fatigant, même s'il n'avait pas été difficile. Sans chevaux ni rien qui puisse les remplacer, les Tsurani qui n'étaient pas dans un chariot tiré par un needra devaient employer des jambes humaines, les leurs ou celles d'autres personnes. Les nobles se faisaient porter le long des larges rues de la ville sur des litières portées à dos d'esclaves soufflants et suants.

Pug et Laurie avaient reçu la simple robe courte grise des esclaves. Leur pagne, pratique dans les marais, était considéré comme indécent pour se déplacer au milieu des citoyens tsurani. Les Tsurani avaient quand même un peu de pudeur, même si elle était moins marquée que celle des gens du royaume.

Ils avaient longé la côte de l'immense étendue d'eau qu'ils nommaient la baie de la Bataille. Pug ne l'aurait jamais cru. Elle était bien plus grande que toutes les baies du royaume, car même des hautes falaises qui la surplombaient, on ne pouvait pas en voir l'autre côté. Au bout de plusieurs jours de voyage, ils avaient fini par arriver sur des terres cultivées et peu après ils virent l'autre rive grandir rapidement. Quelques jours de route supplémentaires et ils se retrouvèrent dans la ville de Jamar.

Pug et Laurie regardaient les passants et Hokanu faisait des offrandes au temple. Les Tsurani semblaient fous des couleurs. Ici, même le plus pauvre des ouvriers avait des chances d'être vêtu d'une robe courte aux couleurs éclatantes. Les plus riches avaient des vêtements bien plus impressionnants, couverts de dessins compliqués. Seuls les esclaves ne portaient pas de couleurs.

Partout dans de la ville, la foule se pressait : des fermiers, des marchands, des ouvriers et des voyageurs. Des rangées de needra piétinaient, tirant des chariots remplis de produits et de marchandises. La simple masse de ces gens était écrasante pour Pug et Laurie. Les Tsurani étaient comme des fourmis qui grouillaient en tous sens, comme si le commerce de l'empire devait se faire au détriment du confort de ses citoyens. De nombreux passants s'arrêtaient pour regarder les Midkemians, qu'ils considéraient comme des géants barbares. Eux-mêmes ne dépassaient pas un mètre soixante-cinq et même Pug paraissait grand, avec son mètre soixante-dix. De leur côté, les Midkemians avaient fini par traiter les Tsurani de nains.

Pug et Laurie regardaient tout autour d'eux. Ils attendaient dans le centre de la ville, sur la place des grands temples. Dix pyramides construites au beau milieu d'une série de parcs de tailles diverses. Tous étaient magnifiquement ornés de fresques murales, composées à la fois de mosaïques et de peintures. D'où ils se trouvaient, les deux hommes pouvaient voir trois des parcs. Chacun d'eux était construit en terrasses, avec de petits ruisseaux et de minuscules cascades. Des arbres nains et de grands arbres pour l'ombrage avaient été plantés sur les pelouses. Des musiciens passaient en jouant de la flûte et d'étonnants instruments à cordes qui produisaient une musique étrange, polytonale, pour distraire les gens qui prenaient un peu de repos dans les parcs ou les simples passants.

Laurie écoutait, fasciné. « Écoute ces accords ! et ces mineurs ! » Il soupira et baissa la tête, l'air sombre. « C'est bizarre, mais c'est de la musique. » Il leva les yeux et regarda Pug ; sa voix, d'ordinaire si joyeuse, était devenue sinistre. « Si seulement je pouvais encore jouer. » Il regarda les musiciens qui s'éloignaient. « Je pourrais même apprécier la musique tsurani. » Pug le laissa s'abandonner à sa nostalgie.

Pug fit des yeux le tour de la place bourdonnante d'activité, s'efforçant de mettre de l'ordre dans les impressions qui l'assaillaient sans cesse depuis qu'il était entré dans les faubourgs de la ville. Partout les gens se pressaient à leur travail. À quelque distance des temples, ils étaient passés par un marché, qui ressemblait un peu à ceux des villes du royaume, tout en étant plus grand. Les cris des colporteurs et des acheteurs, les odeurs, la chaleur, tout lui rappelait étrangement sa patrie.

À l'approche de la troupe d'Hokanu, les gens s'écartaient, prévenus par les gardes à la tête de la procession qui criaient « Shinzawai ! Shinzawai ! », pour annoncer à tous qu'une noble personne approchait. La troupe ne céda le passage qu'une seule fois, à un groupe d'hommes entièrement vêtus de rouge, en robe et cape de plumes écarlates. Celui que Pug prit pour le grand prêtre portait un masque de bois qui ressemblait à un crâne rouge, et les autres avaient le visage peint en rouge. Ils tenaient des sifflets de roseau dans lesquels ils soufflaient et les gens se dispersaient pour les laisser passer. L'un des soldats fit un signe de protection et Pug apprit plus tard que ces gens étaient des prêtres de Tukamaru, le mangeur de cœurs, le frère de la déesse Sibi, celle qui est la Mort.

Pug se tourna vers un garde à côté d'eux et demanda la permission de parler. Le garde acquiesça une fois et Pug montra le temple où priait Hokanu en demandant : « Maître, quel dieu réside en ces lieux ?

— Barbare ignorant, répondit aimablement le soldat, les dieux ne résident pas là, mais dans les Cieux supérieurs et inférieurs. Ce temple est destiné aux hommes, qui y font leurs dévotions. Le fils de mon seigneur fait ici des offrandes et des suppliques à Chochocan, le dieu bénéfique des Cieux supérieurs et à son serviteur, Tomachaca, le dieu de la paix, pour que les Shinzawai aient la chance avec eux. »

Quand Hokanu les rejoignit finalement, ils repartirent. Ils se frayèrent un chemin dans la ville, Pug continuant à s'étonner de tous les gens qu'ils croisaient. La foule était incroyablement dense et Pug se demanda comment ils pouvaient la supporter. Comme des fermiers venant à la ville pour la première fois, Pug et Laurie restaient bouche bée devant les merveilles de Jamar. Même le troubadour qui prétendait avoir une grande expérience du monde s'extasiait de tout. Les gardes s'amusaient du plaisir évident que prenaient les barbares aux choses les plus communes.

Tous les bâtiments étaient faits de bois et d'un matériau translucide, semblable à du tissu, mais rigide. Quelques-uns, comme les temples, étaient en pierre, mais le plus remarquable était que tous les bâtiments qu'ils croisaient, du temple à la hutte d'ouvrier, étaient peints en blanc, à l'exception des poutres apparentes et des encadrements de porte, bruns et soigneusement polis. Tout mur dégagé était décoré de fresques colorées. Des animaux, des paysages, des dieux et des scènes de bataille abondaient. Partout, l'œil fasciné se perdait dans cette débauche de couleur.

Au nord des temples, de l'autre côté d'un des parcs, au bout d'un large boulevard, se trouvait un bâtiment unique, écarté des autres par de grandes pelouses bordées de haies. Deux gardes, vêtus d'une armure et d'un heaume semblables à ceux de l'escorte d'Hokanu, surveillaient la porte. Ils saluèrent Hokanu quand celui-ci s'approcha.

Sans un mot, les autres gardes contournèrent la maison, laissant les esclaves seuls avec le jeune officier. Il fit un signe et l'un des deux gardes fit coulisser sur le côté la grande porte tendue de tissu. Ils entrèrent dans un couloir ouvert sur l'extérieur qui s'enfonçait dans le bâtiment, avec des portes de chaque côté. Hokanu les mena jusqu'à une porte au fond, qu'un esclave de la domesticité leur ouvrit.

Pug et Laurie découvrirent alors que la maison ressemblait à un grand carré, troué d'un jardin au centre, auquel on pouvait accéder par tous les côtés. Près d'un bassin glougloutant se trouvait un vieil homme, vêtu d'une simple robe bleu-noir d'excellente coupe. Il consultait un parchemin. Il leva les yeux à l'entrée des trois hommes et se leva pour accueillir Hokanu.

Le jeune homme retira son heaume et se mit au garde-à-vous. Pug et Laurie se tinrent légèrement en retrait, silencieux. L'homme fit un signe de tête et Hokanu approcha. Ils se prirent dans les bras l'un de l'autre et le vieil homme dit : « Mon fils, c'est bon de te revoir. Comment vont les choses au camp ? »

Hokanu fit un bref rapport sur la situation au camp, en allant à l'essentiel, sans rien omettre d'important. Puis il expliqua les mesures qu'il avait prises pour remédier à la situation. « Le nouveau contremaître fera en sorte que les esclaves aient de quoi se nourrir et se reposer. Il devrait rapidement augmenter la production. »

Son père acquiesça. « Je pense que tu as agis avec sagesse, mon fils. Nous enverrons quelqu'un d'autre dans quelques mois pour voir comment la situation aura évolué, mais cela ne peut pas être pire. Le Seigneur de Guerre exige une production acccrue et nous risquons de tomber en disgrâce. »

Il sembla finalement remarquer les esclaves. « Ceux-là ? » demanda-t-il simplement en montrant Laurie et Pug.

« Ils sont spéciaux. Je pensais à la discussion que nous avions eue la nuit d'avant le départ de mon frère pour le nord. Ils pourraient s'avérer utiles.

— As-tu parlé de ceci à qui que ce soit ? » Les rides autour de ses yeux gris se creusèrent. Bien qu'il fût beaucoup plus petit, Pug trouvait en lui quelque chose du duc Borric.

« Non, mon père. Seuls ceux qui ont tenu conseil cette nuit... »

Le seigneur de la maison le coupa de la main. « Garde tes remarques pour plus tard. Ne confie jamais un secret à une ville. Préviens Septiem. Nous fermons la maison et partons pour nos terres demain matin. »

Hokanu s'inclina légèrement, puis se retourna pour sortir. « Hokanu. » La voix de son père l'arrêta. « Tu as bien agi. » L'air visiblement fier, le jeune homme sortit du jardin.

Le seigneur de la maison se rassit sur un banc de pierre gravée, à côté d'une petite fontaine et regarda les deux esclaves. « Comment vous appelez-vous ?

— Pug, maître.

— Laurie, maître. »

Il sembla soudain comprendre quelque chose en entendant leur réponse. « Par cette porte, dit-il en désignant la gauche, se trouve la cuisine. Mon hadonra se nomme Septiem. Il s'occupera de vous. Partez, maintenant. »

Ils s'inclinèrent et quittèrent le jardin. En rentrant dans la maison, Pug faillit renverser une jeune fille au détour d'une allée. Elle était vêtue d'une robe d'esclave et portait un grand paquet de linge, qui vola en tous sens.

« Oh ! s'exclama-t-elle. Je viens juste de les laver. Il va falloir tout recommencer. » Pug se pencha immédiatement pour l'aider à ramasser. Elle était grande pour une Tsurani, presque autant que Pug, et bien faite. Ses cheveux bruns étaient tirés en arrière et de longs cils noirs encadraient ses yeux bruns. Pug se figea dans son mouvement et la regarda d'un air admiratif. Elle eut un moment d'hésitation en sentant son regard sur elle, puis ramassa rapidement le reste des vêtements et s'enfuit. Laurie regarda sa svelte silhouette battre en retraite, ses jambes brunes mises en valeur par sa courte robe d'esclave.

Laurie donna une tape sur l'épaule de Pug. « Ah ! Je t'avais bien dit que les choses allaient s'arranger. »

Ils sortirent de la maison et s'approchèrent des bâtiments des cuisines, où l'odeur de nourriture bien chaude leur aiguisa l'appétit. « J'ai l'impression que tu as fait de l'effet à cette fille, Pug. »

Pug n'avait pas une grande expérience des femmes et il sentit ses oreilles s'échauffer. Au camp des esclaves, on parlait beaucoup de femmes et cela, plus encore que tout le reste, lui avait donné l'impression d'être encore un garçon. Il tourna la tête pour voir si Laurie se moquait de lui, mais vit que le chanteur blond regardait derrière eux. Il suivit le regard de Laurie et aperçut un visage timide et souriant disparaître à l'une des fenêtres de la maison.

Le jour suivant, la maisonnée de la famille Shinzawai se retrouva sens dessus dessous. Des esclaves et des serviteurs couraient en tous sens pour préparer le voyage vers le nord. Pug et Laurie se retrouvaient livrés à eux-mêmes, car personne n'avait eu le temps de leur assigner une tâche. Ils s'étaient assis à l'ombre d'un grand arbre assez semblable à un saule, profitant de ces instants de loisir si nouveaux pour eux, tout en observant la maison en effervescence.

« Ces gens sont fous, Pug. Même pour les caravanes, on fait moins de préparatifs. On dirait qu'ils veulent tout emmener avec eux.

— Peut-être bien. Ces gens ne me surprendront plus. » Pug se releva et s'appuya contre le tronc. « J'ai vu des choses qui défient toute logique.

— C'est bien vrai. Mais quand comme moi on a vu tant de terres différentes, on apprend que plus les choses sont différentes, plus elles sont pareilles.

— Comment ça ? »

Laurie se leva lui aussi pour s'appuyer de l'autre côté de l'arbre. Tout bas, il dit : « Je n'en suis pas certain, mais il y a quelque chose qui se prépare et nous sommes censés y jouer un rôle, à coup sûr. Soyons subtils et nous pourrions bien retourner cela à notre avantage. Garde bien ça en tête. Quand quelqu'un a besoin de toi, tu peux toujours marchander, si grande que soit la différence entre toi et lui.

— Bien sûr. Donne-lui ce qu'il veut et il te laissera la vie.

— Tu es trop jeune pour montrer autant de cynisme, répliqua Laurie, les yeux pétillants de joie. Tu veux que je te dise ? Laisse-moi donc ce genre de réplique de vieux voyageur désabusé et je ferai en sorte que tu ne rates pas une certaine opportunité. »

Pug renifla. « Quelle opportunité ?

— Eh bien, tout d'abord, dit Laurie en désignant quelqu'un derrière Pug, cette petite fille que tu as failli renverser hier semble avoir quelque difficulté à soulever ces coffres. » Pug, tournant la tête, vit la fille au linge essayer d'empiler plusieurs grandes caisses dans les chariots. « Je pense qu'elle ne refusera pas un peu d'aide, non ? »

Pug avait l'air confondu. « Quoi ? »

Laurie le poussa gentiment. « Vas-y, nigaud. Un peu d'aide maintenant et après... qui sait ? »

Pug trébucha. « Après ?

— Par les dieux ! » Laurie éclata de rire et donna à Pug un petit coup de pied aux fesses.

La joie du troubadour était contagieuse et Pug souriait encore en s'approchant de la fille. Elle essayait de placer une énorme caisse au-dessus d'une autre. Pug la lui prit des mains. « Attendez, je m'en occupe. »

Elle s'écarta, hésitante. « Ce n'est pas lourd. C'est juste trop haut pour moi. » Elle évitait de regarder Pug.

Pug souleva aisément la caisse et la plaça sur les autres, en faisant bien attention à sa main blessée. « Voilà qui est fait », dit-il en s'efforçant de prendre un ton désinvolte.

La fille écarta une mèche de cheveux noirs qui lui était tombée dans les yeux. « Vous êtes un barbare, n'est-ce pas ? » demanda-t-elle timidement.

Pug tressaillit. « C'est vous qui nous nommez comme ça. Moi, j'aime à croire que je suis aussi civilisé que n'importe qui. »

Elle rougit. « Je ne voulais pas vous offenser. Ils traitent aussi mon peuple de barbares. Tout ce qui n'est pas tsurani, ils l'appellent comme ça. Ce que je voulais dire, c'est que vous venez de cet autre monde. »

Pug acquiesça. « Comment tu t'appelles ? »

Elle répondit : « Katala », puis très vite, elle ajouta : « Et toi, comment tu t'appelles ?

— Pug. »

Elle sourit. « C'est un nom bizarre, Pug. » Elle semblait en apprécier les consonances.

C'est alors que le hadonra, Septiem, un vieil homme encore bien droit au port de général à la retraite, passa le coin de la maison. «

Vous deux ! cria-t-il. Il y a encore du travail à faire ! Ne restez pas là. »

Katala rentra en courant dans la maison et Pug resta là, sans savoir que faire, face au régisseur en robe jaune. « Toi ! Comment tu t'appelles ?

— Pug, seigneur.

— Visiblement, toi et ton ami le géant blond, vous n'avez rien à faire. Je vais remédier à ça. Appelle-le. »

Pug soupira. Tant pis pour leur tranquillité. Il fit signe à Laurie de venir et on les mit à charger les chariots.

CHAPITRE 2

Le temps avait fraîchi ces trois dernières semaines.

Malgré tout, la chaleur de l'été se faisait encore sentir. La saison d'hiver sur ces terres — si l'on pouvait réellement appeler cela une saison — durait à peine six semaines, avec de brèves pluies froides venant du nord. Les arbres gardaient la plupart de leurs feuilles bleu-vert et il ne semblait pas y avoir d'automne. Cela faisait quatre ans que Pug vivait en Tsuranuanni et il n'avait vu aucun de ces signes familiers qui indiquent le passage des saisons : pas de migration d'oiseaux, de gelée blanche au matin, de pluies glaciales, de neige ou de fleurs sauvages qui s'ouvrent. Cette terre semblait éternellement prise dans l'ambre doux de l'été.

Au début du voyage, ils avaient suivi la grand-route de Jamar, vers la ville de Sulan-qu au nord. La rivière Gagjin était encombrée de bateaux et de barges, tout comme la grand-route, embouteillée de caravanes, de carrioles de paysans et de nobles en litière.

Le seigneur des Shinzawai était parti dès le premier jour par bateau vers la Ville sainte, pour assister au Grand Conseil. La domesticité suivait à un rythme plus tranquille. Hokanu s'arrêta non loin de la ville de Sulan-qu pour aller faire une visite de politesse à la dame des Acoma, ce qui permit à Pug et à Laurie de parler avec un autre esclave midkemian récemment capturé. Les nouvelles de la guerre étaient décourageantes. Rien n'avait changé depuis la dernière fois où ils en avaient entendu parler : le conflit était toujours dans l'impasse.

À la Ville sainte, le seigneur des Shinzawai rejoignit son fils et sa suite et ils poursuivirent leur route vers les États des Shinzawai, non loin de la cité de Silmani. Jusqu'ici, le voyage vers le nord s'était déroulé sans encombre.

La caravane Shinzawai approchait des frontières des États nord de la famille. Pug et Laurie n'avaient pas grand-chose à faire, à l'exception de quelques tâches occasionnelles : vider les marmites, nettoyer les excréments de needra, charger et décharger des marchandises. Ils s'étaient assis à l'arrière d'un chariot, les jambes pendantes. Laurie mordit dans un fruit de jomach bien mûr, un fruit vert un peu plus gros qu'une grenade à la chair semblable à celle d'une pastèque. Il recracha les pépins et demanda : « Comment va ta main ? »

Pug regarda sa main droite, examinant les plis de la cicatrice écarlate qui lui barrait la paume. « Elle est encore engourdie. Je crains que ça ne s'améliore plus. »

Laurie jeta un coup d'œil. « N'espère pas tenir à nouveau une épée. » Il sourit.

Pug éclata de rire. « Toi non plus. Quelque part, j'ai l'impression qu'ils auraient du mal à te trouver de la place chez les lanciers montés de l'empire. »

Laurie cracha des pépins sur le nez du needra qui tirait le chariot derrière eux. La créature à six pattes gronda et le conducteur leur fit des signes rageurs de son bâton. « Hormis le fait que l'empereur n'a pas de lanciers et qu'il n'a pas non plus de chevaux, je ne vois pas de meilleure place. »

Pug rit d'un air moqueur.

« Je vous montrerai, mon jeune ami, dit Laurie sur un ton d'aristocrate, que nous autres troubadours sommes souvent en butte à de peu recommandables personnages, brigands et coupe-jarrets qui en veulent à nos émoluments durement gagnés — si maigres soient-ils. Si nous n'apprenions à nous défendre, nous ne pourrions conserver notre travail, si tu vois ce que je veux dire. »

Pug sourit. Il savait qu'un troubadour était presque sacro-saint dans une ville. Si jamais il se faisait blesser ou voler, la nouvelle se répandrait et aucun autre troubadour ne viendrait là. Mais sur la route, c'était autre chose. Il ne doutait pas que Laurie soit parfaitement capable de se défendre, mais il n'allait pas le laisser prendre ce ton pompeux sans de cinglantes représailles. Il ouvrait la bouche quand il fut coupé par des cris venant de l'avant de la caravane. Des gardes se mirent à courir et Laurie se tourna vers son petit compagnon. « À ton avis, qu'est-ce que c'est que ce remue-ménage ? »

Sans attendre de réponse, il sauta et courut vers l'avant. Pug le suivit. Quand ils arrivèrent derrière la litière des Shinzawai, ils virent des formes s'avancer sur la route dans leur direction. Laurie tira Pug par la manche. « Des cavaliers ! »

Pug n'en croyait pas ses yeux, car en effet c'étaient bien des cavaliers qui s'approchaient sur la route, en armure Shinzawai. Comme ils s'approchaient, il vit qu'en fait de cavaliers, il n'y en avait qu'un seul accompagné de trois cho-ja, tous trois d'une belle couleur bleu sombre.

Le cavalier, un jeune Tsurani aux cheveux bruns, assez grand pour les siens, mit pied à terre. Il était plutôt gauche et Laurie fit remarquer : « Ce n'est pas avec ça qu'ils risquent de renverser la situation militaire. Regarde, il n'a ni selle ni étriers, juste une sorte de vague muselière de cuir, même pas de mors. Et visiblement, personne n'a soigné ce pauvre cheval depuis un bon mois. »

Le rideau de la litière se releva à l'approche du cavalier. Les esclaves la posèrent au sol et le seigneur des Shinzawai sortit. Hokanu s'était placé à côté de son père, laissant les gardes à l'arrière de la caravane et il étreignit chaleureusement le cavalier. Puis le cavalier prit le seigneur des Shinzawai dans ses bras. Pug et Laurie entendirent le cavalier dire : « Père ! C'est bon de vous revoir. »

Le seigneur des Shinzawai répondit : « Kasumi ! C'est bon de revoir mon premier fils. Depuis quand es-tu là ?

— Cela fait moins d'une semaine. Je serais bien passé à Jamar, mais on m'a dit que vous deviez revenir ici, alors je vous ai attendus.

— Je suis content. Qui sont ceux-là ? » Il montra les créatures.

« Celui-ci, dit-il en montrant le plus proche, est le chef de guerre X'calak, qui revient de la guerre contre les petites gens sous les montagnes de Midkemia. »

La créature s'avança et leva sa main droite — très humaine d'apparence — en signe de salut et d'une voix aiguë et sifflante elle dit : « Salut, Kamatsu, seigneur des Shinzawai, honneur à ta maison. »

Le seigneur des Shinzawai s'inclina légèrement. « Bienvenue, X'calak. Honneur à ton essaim. Les cho-ja sont toujours les bienvenus. »

La créature recula et attendit. Le seigneur se tourna vers le cheval. « Que montes-tu, mon fils ?

— Un cheval, père. Une créature que les barbares montent en combat. Je vous en ai déjà parlé. C'est vraiment une créature merveilleuse. Sur son dos, je puis courir plus vite que le plus rapide des coureurs cho-ja.

— Comment tient-on dessus ? »

L'aîné des fils Shinzawai rit. « Avec beaucoup de difficulté, je le crains. Les barbares ont des techniques qui me sont encore inconnues. »

Hokanu sourit. « Peut-être pourrons-nous obtenir des leçons. »

Kasumi lui donna une tape dans le dos. « J'ai demandé à plusieurs barbares, mais malheureusement ils étaient tous morts.

— J'en ai deux ici qui ne le sont pas. »

Kasumi jeta un coup d'œil par-dessus l'épaule de son frère et vit Laurie, qui faisait une bonne tête de plus que les autres esclaves rassemblés là. « Je vois. Bien, il faudra lui demander. Père, avec votre permission, je vais rentrer et faire en sorte que tout soit prêt pour vous accueillir. »

Kasumi étreignit son fils et accepta. L'aîné prit la crinière dans une main et d'un bond athlétique sauta à dos de cheval. Avec un signe de la main, il repartit.

Pug et Laurie retournèrent rapidement à leur place dans le chariot. Laurie demanda : « Tu as déjà vu des êtres comme ceux-là ? »

Pug acquiesça. « Oui. Les Tsurani appellent ça des cho-ja. Ils vivent dans des grandes fourmilières de terre, comme des fourmis. Les esclaves tsurani avec lesquels j'ai discuté au camp ont dit qu'ils étaient là depuis toujours. Ils sont loyaux à l'empire, bien que d'après ce qu'on m'a dit, chaque termitière ait sa propre reine. »

Laurie lorgna vers l'avant, en se tenant d'une main. « Je n'aimerais pas me battre contre ça à pied. Regarde comment ils courent. »

Pug ne répondit rien. La remarque faite par l'aîné des Shinzawai à propos des petites gens sous les montagnes lui rappelait de vieux souvenirs. Si Tomas est en vie, se dit-il, ce doit être un homme maintenant. S'il est en vie.

Le manoir des Shinzawai était énorme. C'était le plus gros bâtiment d'un seul tenant — hormis les temples et les palais — que Pug ait jamais vu. Il se trouvait au sommet d'une colline, avec une vue sur des kilomètres à la ronde. La maison était carrée, comme celle de Jamar, mais d'une taille nettement supérieure. La maison de la ville aurait aisément tenu à l'intérieur du jardin central de celle-ci. Derrière se trouvaient les communs, la cuisine et les quartiers des esclaves.

Pug tournait la tête de tous côtés pour pouvoir voir le jardin. Ils le traversaient très vite, ce qui ne laissait que peu de temps pour s'en faire une idée. Le hadonra, Septiem, lui fit les gros yeux. « Ne traîne pas. »

Pug accéléra le pas et se retrouva à côté de Laurie. Même en marchant vite, le jardin était impressionnant. On avait planté de nombreux arbres qui procuraient de l'ombre aux alentours des trois bassins entourés d'une forêt de fleurs et d'arbres miniatures. Il y avait des bancs de pierre où s'installer pour se reposer en contemplant les lieux. Des sentiers de gravillons serpentaient partout. Le bâtiment s'élevait tout autour de ce petit parc, haut de trois étages. Les deux étages supérieurs disposaient de balcons, reliés par de nombreux escaliers. On voyait des serviteurs se presser en haut, mais il semblait n'y avoir personne dans le jardin, ou tout au moins dans la partie qu'ils traversaient.

Ils arrivèrent à une porte coulissante et Septiem leur fit face. D'un ton ferme, il leur dit : « Vous deux, les barbares, soignez vos manières devant les seigneurs de cette maison, ou par les dieux, je vous ferai écorcher le dos. Faites bien attention à respecter tout ce que je vous ai dit, ou vous regretterez que maître Hokanu ne vous ait pas laissés pourrir dans les marais. »

Il fit coulisser la porte et annonça les esclaves. On leur donna l'ordre d'entrer et Septiem les poussa à l'intérieur. La pièce dans laquelle ils se retrouvèrent était éclairée par de la lumière filtrée au travers de panneaux translucides peints de multiples couleurs. Des gravures, des tapisseries et des tableaux finement dessinés étaient accrochés aux murs. Le sol était couvert d'une épaisse pile de coussins, à la manière tsurani. Sur un grand coussin se tenait Kamatsu, seigneur des Shinzawai. Non loin de lui se trouvaient ses deux fils. Ils étaient tous vêtus de courtes robes de tissu précieux, impeccablement coupées, comme ils en mettaient lorsqu'ils ne tenaient plus de fonction officielle. Pug et Laurie attendirent debout les yeux baissés qu'on leur adresse la parole.

Hokanu prit la parole le premier. « Le géant blond se nomme Lohri et celui qui est de taille plus normale se nomme Peug. »

Laurie ouvrit la bouche, mais un rapide coup de coude de Pug le fit taire avant qu'il ne puisse intervenir.

L'aîné remarqua l'échange et dit : « Tu veux parler ? »

Laurie releva les yeux, puis les rabaissa rapidement. Leurs instructions étaient claires : ne pas parler jusqu'à ce qu'on leur en donne l'ordre. Laurie n'était pas sûr que cette question fût un ordre.

Le seigneur de la maison dit : « Parle. »

Laurie regarda Kasumi. « Je me nomme Laurie, maître. Lau-rie. Et mon ami se nomme Pug et non Peug. »

Hokanu sembla estomaqué de s'être fait corriger, mais l'aîné acquiesça et prononça les noms plusieurs fois, jusqu'à ce qu'il arrive à les dire correctement. Puis il demanda : « Avez-vous déjà fait du cheval ? »

Les deux esclaves acquiescèrent. Kasumi dit : « Bien. Alors vous pourrez m'enseigner comment on fait. »

Pug, malgré ses yeux baissés, observait la pièce et quelque chose attira son regard. À côté du seigneur des Shinzawai se trouvait un plateau de jeu, avec des figurines familières. Kamatsu le remarqua et il lui demanda : « Tu connais ce jeu ? » Il se pencha et rapprocha le plateau, de manière à ce qu'il se retrouve devant lui.

Pug répondit : « Maître, je connais ce jeu. Nous l'appelons les échecs. »

Hokanu échangea un regard avec son frère, qui s'inclina en avant. « Comme beaucoup le disent, père, il y a déjà eu des contacts avec les barbares. »

Son père écarta le commentaire d'un geste. « C'est une théorie. » Il s'adressa à Pug : « Assieds-toi là et montre-moi comment on bouge les pièces. »

Pug s'assit et tenta de se souvenir ce que lui avait appris Kulgan. Il n'avait jamais été brillant à ce jeu, mais il connaissait quelques ouvertures classiques. Il avança un pion et dit : « Cette pièce ne peut avancer que d'une case, sauf dans son premier mouvement, maître. Dans ce cas, elle peut se déplacer de deux cases. » Le seigneur de la maison acquiesça et lui fit signe de continuer. « Cette pièce est un cavalier et se déplace ainsi », dit Pug.

Après avoir vu comment se déplaçaient les différentes pièces, le seigneur des Shinzawai dit : « Nous appelons ce jeu le shāh. Les pièces portent d'autres noms, mais le reste est pareil. Allons, jouons. »

Kamatsu donna les pièces blanches à Pug. Il fit une ouverture conventionnelle par le pion du roi et Kamatsu fit un contre. Pug jouait mal et il se fit battre rapidement. Les autres regardèrent la partie sans un mot. Quand ce fut fini, le seigneur dit : « Tu joues bien, pour ton peuple ?

— Non, maître, je joue mal. »

Il sourit et des rides se formèrent aux coins de ses yeux. « Alors il est possible que ton peuple ne soit pas aussi barbare qu'on le dit en général. Nous rejouerons bientôt. »

Il fit un signe de tête à son fils aîné et Kasumi se leva. Il s'inclina devant son père et dit à Pug et Laurie : « Venez. »

Ils s'inclinèrent devant le maître de maison et sortirent de la pièce à la suite de Kasumi. Il leur fit traverser la maison, jusqu'à une petite pièce avec des paillasses et des coussins. « Vous dormirez ici. L'autre porte donne sur ma chambre. Je veux vous avoir à portée de main constamment. »

Laurie demanda avec hardiesse : « Qu'est-ce que le maître veut de nous ? »

Kasumi le regarda un moment. « Vous autres barbares ne ferez jamais de bons esclaves. Vous oubliez trop souvent votre place. »

Laurie commença à bégayer une excuse, mais Kasumi le coupa : « Cela n'a que peu d'importance. Vous devrez m'apprendre des choses, Laurie. Vous allez m'apprendre à monter à cheval et à parler votre langue. Tous les deux. Je veux savoir ce que signifie tout votre charabia quand vous parlez entre vous. »

Un gong résonna dans la maison et leur conversation s'arrêta. Kasumi dit : « Un Très Puissant arrive. Gardez vos appartements. Je dois aller lui souhaiter la bienvenue en compagnie de mon père. » Il sortit à grands pas, laissant les deux Midkemians s'installer dans leurs nouveaux quartiers en se demandant ce qu'auguraient ces changements dans leur vie.

Par deux fois lors des deux jours qui suivirent, Pug et Laurie aperçurent l'hôte de marque des Shinzawai. Il ressemblait beaucoup au seigneur des Shinzawai. Toutefois il était plus mince et il portait la robe noire des Très Puissants tsurani. Pug posa quelques questions au personnel mais ne récolta que peu d'informations. Pug et Laurie n'avaient jamais une peur comparable à celle que les Très Puissants pouvaient inspirer aux Tsurani. C'était visiblement un pouvoir à part et comme Pug n'était pas très au fait des réalités de la société tsurani, il avait du mal à comprendre exactement quelle était leur place dans la structure. Au début, il avait cru qu'ils étaient sous le coup d'une sorte de tabou social, car on lui disait toujours que les Très Puissants étaient « en dehors de la loi » . Un esclave tsurani exaspéré, qui n'arrivait pas à croire que Pug puisse être aussi ignorant de choses si importantes lui fit finalement comprendre que les Très Puissants n'avaient que très peu — ou pas — de contraintes sociales, car ils rendaient un service indéfinissable à l'empire.

Pug fit aussi une découverte qui allégea quelque peu sa nostalgie due à la captivité. Derrière les enclos à needra, il avait découvert un chenil plein de chiens qui aboyaient et remuaient la queue. C'étaient les seuls animaux que Pug ait vus à Kelewan qui ressemblaient parfaitement à des animaux de Midkemia et leur simple présence lui apporta une immense joie. Il avait couru chercher Laurie dans leur chambre et l'avait ramené au chenil. Ils s'étaient assis sur la piste, en plein milieu d'un groupe de chiens joueurs.

Laurie riait aux éclats de leurs jeux bruyants. Ils ne ressemblaient pas aux chiens de chasse du duc. Ils avaient les pattes plus longues et ils étaient plus maigres. Ils avaient des oreilles pointues qui se dressaient au moindre bruit.

« J'en ai vu des semblables, à Gulbi. C'est une ville sur la grande route commerciale au nord de Kesh. On appelle ça des lévriers et ils servent à chasser les fauves rapides et les antilopes des savanes autour de la vallée du Soleil. »

Le maître-chien, un esclave très maigre aux paupières tombantes nommé Rachmad, arriva et leur jeta un regard soupçonneux. « Qu'est-ce que vous faites là ? »

Laurie regarda l'homme à l'air sévère et tira gentiment sur le museau d'un chiot surexcité. « Nous n'avons pas vu de chiens depuis que nous avons quitté notre pays, Rachmad. Notre maître est occupé avec le Très Puissant, alors nous nous sommes dit que nous allions visiter ton beau chenil. »

À la mention de son « beau chenil », son visage sombre s'éclaira. « Je m'efforce de maintenir ces chiens en bonne santé. Nous devons les garder enfermés, ils essayent toujours de s'attaquer aux cho-ja, qui ne les aiment pas du tout. » Un moment, Pug se dit qu'on les avait peut-être pris à Midkemia, comme le cheval. Quand il demanda d'où ils venaient, Rachmad le regarda comme s'il était devenu fou. « Le soleil t'a tapé sur la tête. Il y a toujours eu des chiens. » Sur cette dernière phrase, il considéra la conversation comme close et s'en alla.

Plus tard dans la nuit, Pug se réveilla en entendant Laurie entrer dans la chambre. « Qu'est-ce que tu faisais ?

Chut ! Tu veux donc réveiller toute la maison ? Rendors-toi.

— Où tu es allé ? » demanda Pug en chuchotant.

Il vit Laurie sourire dans la pénombre. « Je suis allé voir une certaine petite cuisinière, pour... discuter.

— Oh ! Almorella ?

— Oui, répondit-il joyeusement. C'est une sacrée fille. » La jeune esclave qui servait aux cuisines faisait les yeux doux à Laurie depuis l'arrivée de la caravane quatre jours auparavant.

Après un temps de silence, Laurie ajouta : « Tu devrais essayer de te faire quelques amis aussi. Ça permet de voir les choses sous un autre angle.

— J'imagine », répondit Pug l'air à la fois un peu choqué et envieux. Almorella était une très jolie fille, pleine de joie, qui avait à peu près de l'âge de Pug, avec des yeux sombres et malicieux.

« Cette petite Katala, par exemple. Tu lui as tapé dans l'œil, je crois bien. »

Les joues brûlantes, Pug jeta un coussin sur son ami. « Oh, tais-toi et va dormir. »

Laurie étouffa un rire. Il retourna à sa paillasse et laissa Pug seul avec ses pensées.

Pug profitait de la fraîcheur du vent qui portait une odeur de pluie. Laurie montait le cheval de Kasumi, sous l'œil attentif du jeune officier tout proche. Laurie avait demandé à des artisans tsurani de confectionner une selle et un mors pour la monture et il était en train de faire une démonstration de leur utilisation.

« Ce cheval est entraîné au combat, cria Laurie. On pourrait presque lui lâcher la bride — ce qu'il montra en laissant pendre les rênes d'un côté de l'encolure du cheval, puis de l'autre — ou encore on peut le diriger avec les genoux. » Il leva les mains et montra au fils aîné de la maison comment on faisait.

Cela faisait trois semaines qu'ils enseignaient au jeune noble à monter à cheval et celui-ci semblait doué. Laurie sauta de selle et Kasumi prit sa place. Le Tsurani, gêné par la selle, eut un peu de mal au départ. Il passa devant Pug, qui lança : « Maître, serrez bien les jambes ! » Le cheval sentit la pression et partit en un trot rapide. La vitesse, au lieu d'inquiéter Kasumi, sembla le fasciner. « Plus bas les talons ! » cria Pug. Puis, sans qu'aucun des deux esclaves ne lui ait donné d'instruction, Kasumi talonna violemment son cheval et l'envoya au galop dans le champ.

Laurie le regarda disparaître sur la prairie et dit : « Soit il est doué, soit il se tue. »

Pug opina. « Je crois qu'il tient le bon bout. En tout cas, il ne manque pas de courage. »

Laurie cueillit un long brin d'herbe et le cala entre ses dents. Il s'accroupit et gratta l'oreille d'une chienne allongée à ses pieds, autant pour empêcher le chien de courir après le cheval que pour jouer avec elle. Elle roula sur le dos et lui mordilla la main pour jouer.

Laurie se tourna vers Pug. « Je me demande à quel jeu notre ami est en train de jouer. »

Pug haussa les épaules. « Comment ça ?

— Tu te souviens de quand nous sommes arrivés ici ? J'ai appris que Kasumi devait partir avec ses compagnons cho-ja. Bon, ces trois cho-ja sont partis ce matin — raison pour laquelle Bethel peut sortir du chenil — et j'ai entendu dire que les ordres du fils aîné des Shinzawai venaient subitement d'être modifiés. Mets tout bout à bout, ajoute les cours de cheval et de langue et qu'est-ce qu'on a au final ? »

Pug s'étira. « Je l'ignore.

— Moi aussi. » Laurie sembla dégoûté. « Mais quelque chose de très important se joue ici même. » Il parcourut la plaine du regard et dit d'un ton léger : « Moi, je voulais juste voyager et raconter mes histoires, chanter mes chansons et puis un jour j'aurais trouvé une veuve avec une auberge. »

Pug éclata de rire. « Je crois que tu trouverais le travail d'aubergiste bien morne après toutes ces belles aventures.

— Belles aventures, vraiment. Je pars avec une troupe de milice provinciale et je tombe pile au beau milieu de toute l'armée tsurani. Depuis, je me suis fait battre plusieurs fois, j'ai passé des mois à patauger dans les marais, j'ai traversé la moitié de ce monde à pied...

— Sur un chariot, si je me souviens bien.

— Bon, j'ai traversé la moitié de ce monde et voilà maintenant que je donne des cours de cheval à Kasumi Shinzawai, fils aîné d'un seigneur de Tsuranuanni. Ce n'est pas de ça que sont faites les grandes ballades. »

Pug sourit d'un air désabusé. « Tu aurais pu y rester quatre ans, dans les marais. Estime-toi heureux. Au moins, tu peux espérer être encore en vie demain. Tout au moins tant que Septiem ne t'attrape pas la nuit près des cuisines. »

Laurie regarda Pug. « Tu te moques de moi. Pour Septiem, je veux dire. Ça fait longtemps que je me demande quelque chose, Pug. Pourquoi est-ce que tu ne parles jamais de ta vie avant ta capture ? »

Pug regarda au loin d'un air absent. « Ça doit être une habitude du camp des marais. On ne gagne rien à se rappeler ce qu'on était. J'ai vu des hommes très braves mourir parce qu'ils n'arrivaient pas à oublier qu'ils étaient nés libres. »

Laurie tira l'oreille de la chienne. « Mais les choses sont différentes, ici.

— Vraiment ? Souviens-toi de ce que tu disais à Jamar sur les gens qui veulent obtenir quelque chose de toi. Je crois que mieux tu te sens ici, plus ce sera facile pour eux d'obtenir ce qu'ils veulent de toi. Ce seigneur Shinzawai est loin d'être bête. » Sautant du coq à l'âne, il demanda : « Quelle est la meilleure manière de dresser un chien ou un cheval ? Avec un fouet ou avec des caresses ? »

Laurie leva les yeux. « Quoi ? Eh bien, avec des caresses, mais il faut de la discipline, aussi. »

Pug acquiesça. « Je crois qu'on nous traite exactement comme Bethel et ses congénères. Mais nous restons des esclaves. Ne l'oublie jamais. »

Laurie regarda le pré un long moment sans rien dire.

Les cris de l'aîné de la maison qui réapparaissait les sortirent tous deux de leurs pensées. Il stoppa le cheval devant eux et sauta de selle. « Il vole », dit-il dans la langue du royaume, sur un ton haché. Kasumi était un élève doué, qui apprenait très vite à parler leur langue. Il complétait ses cours de langue par un flot incessant de questions sur les terres et les gens de Midkemia. Il ne laissait de côté aucun aspect de la vie du royaume. Il posait des questions sur les choses les plus communes, comme la manière de marchander et la manière de s'adresser aux gens de toutes les conditions.

Kasumi ramena le cheval dans son enclos construit spécialement pour lui et Pug vérifia qu'il ne s'était pas abîmé les pattes. Par tâtonnements, ils lui avaient fait des fers avec du bois traité à la résine, qui semblaient tenir assez bien. En marchant, Kasumi dit : « J'ai réfléchi à une chose. Je ne comprends pas comment règne votre roi, ni toutes ces histoires de congrès des seigneurs. Expliquez-moi cela, s'il vous plaît. »

Laurie leva un œil vers Pug. Bien que ce dernier ne soit pas plus au fait des subtilités de la politique du royaume que Laurie, il semblait plus apte à expliquer ce qu'il en savait. Pug dit : « Le congrès élit le roi, mais c'est une élection pour la forme.

— Pour la forme ?

— C'est une tradition. L'héritier du trône est toujours élu, hormis quand la succession n'est pas tout à fait claire. On considère que c'est le meilleur moyen d'empêcher une guerre civile, car la décision du congrès est sans appel. » Il expliqua comment le prince de Krondor avait laissé la place à son neveu et comment le congrès avec accédé à ses vœux. « Comment cela fonctionne-t-il dans l'empire ? »

Kasumi réfléchit, puis dit : « Ce n'est peut-être pas si différent. Chaque empereur est l'élu des dieux, mais vu ce que vous m'en avez dit, il n'est pas comme votre roi. Il règne dans la Cité sainte, mais son pouvoir est un pouvoir spirituel. Il nous protège de la colère des dieux. »

Laurie demanda : « Alors qui dirige ? »

Ils arrivèrent à l'enclos, Kasumi retira la selle et le mors et commença à étriller le cheval. « Ici, ce n'est pas la même chose que chez vous. « Il semblait avoir des difficultés à s'exprimer dans leur langue et passa au tsurani. « Un chef de famille règne en maître sur ses États. Chaque famille fait partie d'un clan et le seigneur le plus influent du clan est le chef de guerre. Au sein de ce clan, chaque seigneur de famille dispose de certains pouvoirs qui dépendent de son influence. Les Shinzawai font partie du clan Kanazawai. Nous sommes la seconde famille la plus importante dans ce clan après les Keda. Mon père, dans sa jeunesse, dirigeait les armées du clan, c'était un chef de guerre, ou un général, dans votre langue. La position de chaque famille change de génération en génération, il est donc peu probable que j'atteigne une position aussi importante.

« Les seigneurs régnants de chaque clan siègent au Grand Conseil. Ils conseillent le Seigneur de Guerre. Celui-ci dirige au nom de l'empereur, quoique l'empereur puisse théoriquement annuler ses ordres.

— Est-ce qu'il arrive vraiment à l'empereur d'annuler les ordres du Seigneur de Guerre ? demanda Laurie.

— Jamais.

— Comment le Seigneur de Guerre est-il choisi ? demanda Pug.

— C'est difficile à expliquer. Quand le Seigneur de Guerre meurt, les clans se rassemblent. C'est une grande assemblée de seigneurs, car ce n'est pas uniquement le conseil qui vient, mais il y a aussi les chefs de toutes les familles. Ils se retrouvent et intriguent, parfois il y a des vendettas, mais à la fin, un nouveau Seigneur de Guerre est élu. »

Pug repoussa les cheveux qui lui tombaient dans les yeux. « Alors qu'est-ce qui empêche le clan du Seigneur de Guerre d'exiger la position, si ce sont les plus puissants ? »

Kasumi parut troublé. « Ce n'est pas facile à expliquer. Peut-être faut-il être tsurani pour comprendre. Nous avons des lois, mais au-delà des lois, il y a la coutume. Quelle que soit la puissance d'un clan, ou celle d'une famille au sein d'un clan, le Seigneur de Guerre ne peut être élu qu'au sein de cinq familles : les Keda, les Tonmargu, les Minwanabi, les Oaxatucan et les Xacatecas. Donc il n'y a que cinq seigneurs que l'on puisse réellement prendre en compte. L'actuel Seigneur de Guerre est un Oaxatucan, ce qui fait que le clan Kanazawai ne brille pas beaucoup. Son clan, les Omechan, se renforce pour l'instant. Il n'y a que les Minwanabi pour les égaler et ils sont alliés dans l'effort de guerre. C'est ainsi que vont les choses. »

Laurie secoua la tête. « En regard de toutes ces histoires de familles et de clans, notre politique a l'air plutôt simple. »

Kasumi rit. « Ce n'est pas de la politique, ça. La politique, c'est l'affaire des partis.

— Des partis ? demanda Laurie, visiblement de plus en plus perdu.

— Il y a de nombreux partis. La Roue bleue, la Fleur d'or, l'Œil de jade, le parti du Progrès, le parti de la Guerre et d'autres. Les familles peuvent se rallier à différents partis, pour faire avancer leurs propres intérêts. Parfois, des familles d'un même clan se rallient à différents partis. Parfois, elles changent leurs alliances en fonction des besoins du moment. D'autres fois, elles supportent deux partis à la fois, ou aucun.

— Cette forme de gouvernement semble très instable », fit remarquer Laurie.

Kasumi éclata de rire. « Cela fait deux mille ans que ça dure. Nous avons un vieux dicton : "Dans le Grand Conseil, garde-toi de ton frère." Gardez bien cela en tête et vous comprendrez. »

Pug réfléchit mûrement sa question suivante. « Maître, dans tout cela, vous n'avez rien dit des Très Puissants. Pourquoi ? » Kasumi cessa d'étriller son cheval et regarda Pug un moment, puis il se remit au travail. « Ils n'ont aucun rapport avec la politique. Ils sont en dehors de la loi et ils n'ont pas de clan. » Il resta silencieux un moment. « Pourquoi me demandez-vous cela ?

— C'est juste qu'ils semblent bénéficier d'un grand respect et comme l'un d'eux est venu récemment, je me suis dit que vous pourriez m'expliquer.

— On les respecte car le sort de l'empire est constamment entre leurs mains. C'est une grave responsabilité. Ils renoncent à tous leurs liens et peu d'entre eux entretiennent une vie privée en dehors de leur communauté de magiciens. Ceux qui ont une famille vivent à part et leurs enfants sont envoyés dans leur ancienne famille quand ils sont assez grands. C'est une chose difficile. Ils doivent sacrifier beaucoup de choses. »

Pug regarda Kasumi avec attention. Il semblait assez troublé par cette discussion. « Le Très Puissant qui est venu voir mon père était, quand j'étais petit, un membre de cette famille. C'était mon oncle. C'est difficile pour nous, maintenant, car il doit respecter les formalités et il ne peut pas dire qu'il fait partie de notre famille. Ce serait mieux s'il restait à l'écart, je pense. » Il prononça tout bas ces derniers mots.

« Pourquoi cela, maître ? demanda Laurie tout bas.

— Parce que c'est difficile pour Hokanu. Avant qu'il ne devienne mon frère, c'était le fils du Très Puissant. »

Ils en terminèrent avec les soins pour le cheval et quittèrent la cabane. Bethel fonça devant, car elle savait que l'heure du repas était proche. En passant devant le chenil, Rachmad l'appela et elle rejoignit les autres chiens.

Ils ne parlèrent plus de tout le chemin et Kasumi rentra dans sa chambre sans ajouter quoi que ce soit à l'adresse des deux Midkemians. Pug s'assit sur sa paillasse, attendant qu'on les appelle pour le dîner et réfléchit à ce qu'il venait d'apprendre. Malgré leurs étranges manières, les Tsurani étaient des hommes comme les autres. Il trouva cela rassurant et inquiétant à la fois.

Deux semaines plus tard, Pug se retrouva confronté à un autre problème. Katala lui avait fait clairement sentir qu'elle était très loin d'apprécier le manque d'attentions que Pug lui accordait. Par des détails d'abord, puis par des signes de plus en plus évidents, elle avait fini par éveiller son intérêt. La crise s'était déclenchée quand il l'avait rencontrée inopinément derrière le bâtiment des cuisines plus tôt dans l'après-midi.

Laurie et Kasumi essayaient de confectionner un petit luth, avec l'aide d'un menuisier Shinzawai. Kasumi avait voulu s'intéresser à la musique du troubadour et, ces derniers jours, il avait observé de près les préparatifs tandis que Laurie se battait avec l'artisan sur le choix et la coupe des bois et sur la manière de façonner l'instrument. Il s'inquiétait de la qualité des cordes en boyaux de needra, ainsi que de milliers d'autres petits détails. Pug ne trouvait pas cela particulièrement passionnant et au bout de quelques jours, il commença à chercher toutes les bonnes raisons de s'éloigner. L'odeur du bois traité lui rappelait trop celle des arbres qu'il coupait dans les marais pour apprécier de se trouver dans l'atelier du menuisier plein d'odeurs de résine.

Cet après-midi, il était allongé à l'ombre des cuisines quand Katala apparut. Son ventre se serra quand il la vit. Il la trouvait très attirante, mais chaque fois qu'il avait essayé de lui parler, il n'avait pas su comment. Il faisait simplement quelques remarques sans intérêt, s'embrouillait, puis s'enfuyait. Ces derniers temps, il avait fini par ne plus rien dire du tout. Cette fois-ci, il avait souri prudemment et elle était passée à côté de lui. Brusquement, elle s'était retournée, visiblement au bord des larmes.

« Qu'est-ce qui ne va pas, chez moi ? Je suis donc si laide que tu ne supportes pas de me voir ? »

Pug en était demeuré muet, bouche bée. Elle était restée là un moment, puis lui avait donné un coup de pied dans la jambe. « Stupide barbare », avait-elle dit en reniflant. Puis elle s'était enfuie.

Il était maintenant dans sa chambre, confus et mal à l'aise. Laurie taillait des chevilles pour son luth. Finalement, il reposa son couteau et son bois et lui demanda : « Qu'est-ce qui ne va pas, Pug ? On dirait qu'ils t'ont promu au rang de maître esclave et qu'ils te renvoient aux marais. »

Pug s'allongea sur sa paillasse, regardant fixement le plafond. « C'est Katala.

— Oh, dit Laurie.

— Comment ça, « Oh » ?

— Rien, sauf qu'Almorella me dit que cette fille a été impossible ces deux dernières semaines et que tu as l'air aussi en forme qu'un bœuf à qui on aurait collé un coup de merlin, ces derniers jours. Qu'est-ce qu'il y a ?

— Je ne sais pas. Elle m'a juste... m'a juste... elle m'a donné un coup de pied, aujourd'hui. »

Laurie éclata de rire. « Mais pourquoi, au nom du ciel, est-ce qu'elle t'a fait cela ?

— Je ne sais pas. Elle m'a juste donné un coup de pied.

— Qu'est-ce que tu lui avais fait ?

— Je n'ai rien fait.

— Ah ! » Laurie gloussait, très amusé. « C'est ça, le problème, Pug. Les femmes n'aiment pas qu'un homme qu'elles n'apprécient pas leur montre trop d'intérêt, mais il y a une chose qu'elles haïssent encore plus, c'est le manque d'attention de la part d'un homme qu'elles apprécient. »

Pug parut abattu. « Je me disais bien que ça devait être quelque chose dans le genre. »

Laurie sembla surpris. « Comment ? Tu ne l'aimes pas ? »

Pug se pencha en avant, les coudes sur les genoux, et dit : « C'est pas ça. Je l'aime bien. Elle est très jolie et elle a l'air assez gentille. Mais c'est juste que...

— Quoi ? »

Pug scruta son ami, pour voir s'il se moquait de lui. Laurie souriait, mais de manière amicale et rassurante. Pug continua. « C'est juste... qu'il y a quelqu'un d'autre. »

La mâchoire de Laurie béa, puis se referma d'un coup. « Qui ? Hormis Almorella, Katala est la plus jolie fille que j'ai vue dans ce monde perdu. » Il soupira. « Honnêtement, elle est plus mignonne qu'Almorella, mais juste un tout petit peu. Et puis je ne t'ai vu parler à aucune autre femme et je ne t'ai vu traîner avec personne d'autre. »

Pug secoua la tête et baissa les yeux. « Non, Laurie, je parle de chez nous. »

La mâchoire de Laurie béa de nouveau, puis il se renversa en arrière et gémit. « Chez nous ! Mais qu'est-ce que je vais faire de ce gamin ? Il a perdu l'esprit ! » Il se releva sur un coude et dit : « C'est bien Pug qui parle ? Le gamin qui me conseille d'oublier le passé ? Celui qui affirme que s'attarder sur la manière dont les choses étaient avant ne mène qu'à une mort certaine ? »

Pug balaya cette série de questions. « C'est différent.

— Comment ça, différent ? Par Ruthia — qui dans ses jours les plus tendres protège les fous, les ivrognes et les ménestrels — comment oses-tu me dire que c'est différent ? Est-ce que tu envisagerais un seul instant que tu aies une chance sur dix fois dix mille de revoir cette fille un jour, quelle qu'elle soit ?

— Je sais, mais c'est en pensant à Carline que j'ai pu éviter de perdre la tête... » Il eut un gros soupir. « Nous avons tous besoin d'un rêve, Laurie. »

Laurie regarda calmement son jeune ami pendant un moment. « Oui, Pug, nous avons tous besoin d'un rêve. Malgré tout, ajouta-t-il joyeusement, un rêve est une chose. Une femme chaude, bien vivante, en est une autre. » Comme Pug semblait gêné par ses remarques, il changea de sujet. « Qui est Carline, Pug ?

— La fille de monseigneur Borric. »

Les yeux de Laurie s'écarquillèrent. « La princesse Carline ? » Pug opina. Laurie demanda, d'un ton amusé : « La noble la plus convoitée de toutes les terres de l'Ouest après la fille du prince de Krondor ? Tu as des facettes que je n'aurais jamais soupçonnées ! Parle-moi d'elle. »

Pug commença à parler, lentement au début, de sa passion d'enfant, puis de la manière dont s'était développée leur relation. Laurie ne dit rien, remettant ses questions à plus tard, laissant Pug se décharger d'émotions qu'il gardait enfouies en lui depuis des années. Finalement, Pug dit : « C'est peut-être ce qui me gêne le plus avec Katala. Par certains côtés, Katala ressemble à Carline. Elles ont toutes les deux de la volonté et elles savent se faire comprendre. »

Laurie acquiesça, sans rien dire. Pug retomba dans le silence, puis au bout d'un moment, il dit : « Quand j'étais à Crydee, j'ai cru un moment que j'étais amoureux de Carline, mais je n'en suis pas sûr. Ce n'est pas bizarre ? »

Laurie secoua la tête. « Non, Pug. Il y a bien des manières d'aimer quelqu'un. Parfois on veut tellement être amoureux qu'on n'est pas trop regardant sur la personne. D'autres fois, on fait de l'amour quelque chose de si pur et de si noble que nul ne peut correspondre à la vision que l'on s'en fait. Mais pour la plupart, l'amour est une reconnaissance, l'opportunité de dire : Il y a quelque chose en toi que je chéris. Cela n'oblige pas à se marier, ou même à avoir des relations physiques. On aime ses parents, on aime sa ville, son pays, on aime la vie, on aime les gens. Tout cela a beau être différent, c'est le même terme. Mais dis-moi, les sentiments que tu ressens pour Katala, ce sont les mêmes que ceux que tu ressens pour Carline ? »

Pug haussa les épaules et sourit. « Non, pas du tout, enfin pas tout à fait. Avec Carline, j'avais l'impression qu'il fallait que je l'empêche d'approcher, tu vois, comme si je devais la maintenir à bout de bras. Une manière de garder le contrôle de ce qui se passait, j'imagine. »

Laurie creusa délicatement : « Et Katala ? »

Pug haussa les épaules encore une fois. « Je ne sais pas. C'est différent. Ce n'est pas comme si je devais la garder sous contrôle. C'est plus comme si j'avais des choses à lui dire, sans savoir comment. Comme la manière dont j'ai été complètement chamboulé quand elle m'a souri pour la première fois. Je pouvais parler à Carline, quand elle se taisait et qu'elle me laissait dire. Katala ne dit rien, mais je ne sais pas quoi lui dire. » Il se tut un moment, puis émit une sorte de soupir à la limite du grognement. « J'ai simplement l'impression que Katala me fait mal, Laurie. »

Laurie se renversa en arrière avec un petit ricanement amical. « Ouais, je connais bien cette douleur. Et je dois admettre que tu a du goût pour les femmes intéressantes. Katala a l'air d'être un sacré morceau. Et la princesse Carline... »

Un peu rudement, Pug lança : « Je ne manquerai pas de te la présenter quand nous rentrerons. »

Laurie ne fit pas attention au ton. « Je m'en souviendrai. Écoute, ce que je veux dire, c'est que tu sembles avoir développé un don pour trouver des femmes de valeur. » Un peu tristement, il ajouta : « J'aimerais bien pouvoir en dire autant. Ma vie est essentiellement ponctuée de filles d'auberge, de filles de ferme et de prostituées. Je ne sais pas ce que je peux bien te dire.

— Laurie », dit Pug. Laurie se releva et regarda son ami. « Je ne sais pas... Je ne sais pas comment faire. »

Laurie regarda Pug un moment, puis il eut un éclair de compréhension et il éclata de rire, en rejetant la tête en arrière. Pug commença à s'énerver et Laurie leva les mains d'un air suppliant. « Je suis désolé, Pug. Je ne voulais pas t'embarrasser. C'est juste que ce n'était pas à ça que je m'attendais. »

Rasséréné, Pug continua : « J'étais jeune au moment de ma capture, j'avais moins de seize ans. Je n'ai jamais été aussi grand que les autres garçons, alors les filles ne se sont jamais beaucoup intéressées à moi, jusqu'à Carline, bien sûr et après je suis devenu châtelain et elles avaient toutes peur de me parler. Après ça... zut, Laurie. J'ai été dans les marais pendant quatre ans. Quand est-ce que j'aurais pu avoir une femme ? »

Laurie resta assis un moment sans rien dire et la tension s'apaisa. « Pug, je n'y avais jamais pensé, mais comme tu dis, quand est-ce que tu te serais trouvé une femme ?

— Laurie, qu'est-ce que je dois faire ?

— Qu'est-ce que tu voudrais faire ? » Laurie regarda Pug, l'air désolé pour lui.

« Je voudrais... aller la voir. Je crois. Je ne sais pas. »

Laurie se frotta le menton. « Écoute, Pug, je n'aurais jamais cru avoir une conversation comme ça avec quelqu'un, sinon un fils si jamais ça m'arrivait. Je ne voulais pas me moquer de toi. Tu m'as juste pris par surprise. » Il réfléchit, les yeux dans le vague, puis dit : « J'avais à peine douze ans quand mon père m'a jeté dehors. J'étais l'aîné et il avait sept autres bouches à nourrir. Et je n'ai jamais été très fort pour l'agriculture. Un voisin et moi, on est allés à pied à Tyr-Sog et on y a passé un an, à vivre dans la rue. Il a rallié une bande de mercenaires comme aide-cuistot et plus tard il est devenu soldat. Moi, je me suis trouvé une troupe de musiciens itinérants. D'un jongleur, j'ai appris des chants, des sagas et des ballades, tout en voyageant. J'ai grandi vite, j'étais un homme à treize ans. Il y avait une femme dans la troupe, la veuve d'un chanteur, qui voyageait avec ses frères et ses cousins. Elle avait un peu plus de vingt ans, mais elle me paraissait très vieille, à moi. C'est elle qui m'a appris les petits jeux entre hommes et femmes. » Il se tut un moment, revivant des souvenirs oubliés depuis longtemps.

Laurie sourit. « C'était il y a plus de quinze ans, Pug. Mais je revois encore son visage. Nous étions tous les deux un petit peu perdus. On n'avait rien prévu à l'avance. C'est juste arrivé un après-midi sur la route. Elle était... gentille. » Il tourna les yeux vers Pug. « Elle savait que j'avais peur, malgré mes bravades. » Il sourit et ferma les yeux. « Je vois encore le soleil briller entre les branches derrière son visage et son odeur mêlée à celle des fleurs sauvages. « Il rouvrit les yeux. Nous avons passé les deux années suivantes ensemble, le temps que j'apprenne à chanter. Et puis j'ai quitté la troupe.

— Qu'est-ce qui est arrivé ? » demanda Pug, car c'était la première fois qu'il lui racontait cette histoire. Laurie ne lui avait jamais parlé de sa jeunesse auparavant.

« Elle s'est remariée. C'était un homme bien, un tavernier sur la route de la croisée de Malac au val Durrony. Sa femme était morte d'une fièvre l'année d'avant, le laissant avec deux fils en bas âge. Elle a bien tenté de m'expliquer, mais je n'ai pas voulu l'écouter. Qu'est-ce que je savais ? Je n'avais pas tout à fait seize ans et le monde était simple. »

Pug opina. « Je vois ce que tu veux dire. »

Laurie continua : « Écoute, ce que j'essaye de te dire, c'est que je comprends ton problème. Je peux t'expliquer comment on fait... »

Pug le coupa : « Je sais tout ça. Je n'ai pas été élevé par des moines.

— Mais tu ne sais pas comment on fait. »

Pug opina et ils éclatèrent de rire tous les deux. « Je crois que tu devrais juste aller voir la fille et lui dire ce que tu ressens pour elle, dit Laurie.

— Juste lui parler ?

— Bien entendu. L'amour, c'est comme pour beaucoup de choses, il vaut mieux ne pas perdre la tête ! Quand tu fais des choses ordinaires, pas la peine de te casser la tête, mais l'amour c'est différent. Maintenant, vas-y.

— Maintenant ? » Pug paniqua.

« Ce serait difficile de le faire plus tôt, non ? »

Pug hocha la tête et sortit sans un mot. Il parcourut les couloirs sombres et silencieux, sortit pour aller au quartier des esclaves et se glissa jusqu'à sa porte. Il leva la main pour frapper contre le chambranle, mais se figea. Il resta là un moment sans rien dire en essayant de se décider, quand la porte s'ouvrit en coulissant. Almorella se tenait sur le seuil, serrant sa robe autour d'elle, les cheveux défaits. « Oh, murmura-t-elle. Je croyais que c'était Laurie. Attends un moment. » Elle disparut dans la pièce, puis réapparut peu de temps après avec un paquet d'affaires entre les bras. Elle tapota le bras de Pug et partit en direction de la chambre qu'il partageait avec Laurie.

Pug resta à la porte, puis il entra lentement. Il voyait Katala couchée sur son lit sous une couverture. Il s'avança vers elle et s'accroupit. Il lui toucha l'épaule et l'appela doucement. Elle s'éveilla et s'assit brusquement, en se protégeant de sa couverture et elle dit : « Qu'est-ce que tu fais là ?

— Je... je voulais te parler. » Maintenant qu'il avait commencé, les mots se bousculaient pour franchir ses lèvres. « Je suis désolé si j'ai fait quoi que ce soit qui ait pu te mettre en colère contre moi. Ou si je n'ai rien fait. Je veux dire, Laurie a dit que si on ne fait rien alors que quelqu'un s'attend à ce qu'on fasse quelque chose, c'est aussi mal que si on vous serrait de trop près. Je ne suis pas sûr, tu vois. » Elle cacha un petit gloussement en se couvrant la bouche de la main, voyant sa détresse malgré la pénombre. « Ce que je veux dire... ce que je veux dire c'est que je suis désolé. Désolé pour ce que j'ai fait. Ou pas fait... »

Elle le fit taire en posant un doigt sur ses lèvres. Katala glissa ses bras autour du cou de Pug et elle l'attira contre elle. Elle l'embrassa doucement, puis dit : « Idiot. Ferme la porte. »

Ils étaient couchés tous les deux ensemble, les bras de Katala autour de la poitrine de Pug, qui regardait le plafond. Elle semblait endormie. Il caressa son épaisse chevelure et ses épaules douces.

« Quoi ? demanda-t-elle tout ensommeillée.

— Je me disais juste que je n'avais jamais été aussi heureux depuis le jour où l'on m'a fait membre de la cour ducale.

— C'est bien. » Elle s'éveilla un peu. « C'est quoi, un duc ? »

Pug réfléchit un moment. « C'est comme un seigneur ici, mais c'est un peu différent. Mon duc était le cousin du roi, c'était le troisième homme le plus important du royaume. »

Elle se glissa plus près de lui. « Tu devais être quelqu'un d'important, pour faire partie de la cour d'un tel homme.

— Pas vraiment. Je lui ai rendu un service et il m'a remercié pour ça. » Il ne voulait pas évoquer le nom de Carline ici. D'une certaine manière, ses histoires avec la princesse lui semblaient bien infantiles après cette nuit.

Katala roula sur le ventre. Elle releva la tête et la posa sur sa main, formant un triangle avec son bras. « J'aimerais que les choses soient différentes.

— Comment ça, mon amour ?

— Mon père était un fermier de Thuril. Nous sommes l'un des derniers peuples libres de Kelewan. Si nous pouvions retourner là-bas, tu obtiendrais une bonne position dans le Coaldra, le conseil des guerriers. Ils ont toujours besoin de gens ingénieux. Alors, nous pourrions être ensemble.

— Nous sommes ensemble, ici, non ? »

Katala l'embrassa doucement. « Oui, cher Pug, nous le sommes. Mais nous savons tous deux ce que c'est qu'être libre, n'est-ce pas ? »

Pug se redressa. « J'essaye de ne pas penser à ce genre de choses. »

Elle glissa ses bras autour de lui, le tenant comme un enfant. « Ça a dû être terrible, dans les marais. On en entend parler, mais en fait, on ne sait pas vraiment ce qui s'y passe, dit-elle tout bas.

— C'est mieux ainsi. »

Elle l'embrassa et peu de temps après ils retrouvèrent ce lieu hors du temps, où tous deux oubliaient leurs malheurs et leur nostalgie.

Ils passèrent une nuit de plaisir, se découvrant tous deux des sentiments dont ils n'auraient jamais soupçonné la force. Pug n'aurait su dire si elle avait déjà connu des hommes avant lui et il ne le lui demanda pas. Cela n'avait pas d'importance à ses yeux. La seule chose importante, c'était d'être là, avec elle, maintenant. Il était plongé dans un océan de plaisirs et d'émotions si nouveau pour lui. Il ne comprenait pas tout à fait ses sentiments, mais il ne doutait pas que ce qu'il ressentait pour Katala était plus réel, plus irrésistible, que la dévotion confuse qu'il avait eue pour Carline.

Les semaines passèrent et Pug vit sa vie prendre une routine rassurante. Certains soirs, il jouait aux échecs — ou au shāh, comme on l'appelait ici — avec le seigneur des Shinzawai et leur conversation permettait à Pug de comprendre certaines choses de la vie des Tsurani. Il ne pouvait plus considérer ces gens comme de parfaits étrangers, car il les voyait dans leur vie quotidienne, tellement semblables à sa propre vie d'enfant. Il y avait des différences surprenantes, comme le strict respect d'un code d'honneur, mais les similitudes étaient bien plus nombreuses.

Katala devint le centre de son existence. Ils se retrouvaient dès qu'ils le pouvaient, partageaient leurs repas, échangeaient quelques mots et passaient ensemble toutes les nuits où l'un pouvait se glisser jusqu'à l'autre. Pug était certain que les autres esclaves de la maisonnée savaient tout de leurs déplacements nocturnes, mais la promiscuité de la vie tsurani avait développé chez les gens un aveuglement sélectif sur les habitudes personnelles des autres et nul ne s'inquiétait vraiment des faits et gestes de deux esclaves.

Plusieurs semaines après sa première nuit avec Katala, Pug se retrouva seul avec Kasumi. Laurie se disputait de nouveau à grands cris avec le menuisier qui achevait son luth. L'homme considérait que Laurie était quelque peu déraisonnable de s'opposer à ce que l'on peigne l'instrument en jaune vif avec des bandes rouges. Et il ne voyait aucun intérêt à laisser au bois sa couleur naturelle. Pug et

Kasumi avaient laissé le chanteur expliquer au menuisier ce dont le bois avait besoin pour donner une résonance acceptable, visiblement prêt à tenter de le convaincre autant par le volume sonore que par la pure logique.

Ils s'étaient dirigés vers les écuries. Des agents des Shinzawai avaient acheté à grands frais plusieurs autres chevaux pour les envoyer ici, en faisant visiblement jouer leurs appuis politiques. Dès que Kasumi était seul avec les esclaves, il parlait la langue du royaume et insistait pour qu'ils l'appellent par son nom. Il apprenait aussi facilement la langue qu'il apprenait à monter à cheval.

« Notre ami Laurie, dit le fils aîné de la maison, ne fera jamais un bon esclave d'un point de vue tsurani. Il n'apprécie pas notre art. »

Pug écouta les bruits de la dispute qui venaient jusqu'à lui. « Je crois que ce qu'il veut surtout, c'est que l'on reconnaisse vraiment son art. »

Ils arrivèrent au corral et regardèrent un étalon gris nerveux hennir et ruer à leur approche. Ce cheval avait été amené une semaine auparavant, solidement attaché par plusieurs longes à un chariot et il avait tenté systématiquement d'attaquer tous ceux qui l'approchaient.

« À ton avis, pourquoi celui-ci est-il si agressif, Pug ? »

Pug regarda le magnifique animal faire le tour du corral, entraînant loin des hommes les autres chevaux avec lui. Quand les juments et un autre étalon moins dominant se furent écartés suffisamment, le gris se retourna et regarda les deux hommes d'un air méfiant.

« Je n'en suis pas sûr. Peut-être a-t-il simplement mauvais caractère, peut-être est-il mal dressé, ou peut-être a-t-il subi un entraînement spécial pour le combat. La plupart de nos montures de guerre sont entraînées à ne pas reculer en combat, à rester silencieuses quand on les tient, à répondre aux ordres de leur cavalier en cas de danger. Quelques-uns, la plupart du temps des montures de nobles, sont entraînés spécialement à n'obéir qu'à leur maître et ils peuvent servir d'arme autant que de monture, car ils ont appris à attaquer. C'est peut-être un de ceux-là. »

Kasumi le regarda frapper le sol et incliner la tête. « Je le monterai, un jour, dit-il. Quoi qu'il en soit, il engendrera d'une bonne lignée. Nous avons maintenant cinq juments et père en a obtenu cinq autres. Elles vont arriver dans quelques semaines et nous cherchons dans tout l'empire pour en trouver d'autres. Kasumi regarda au loin d'un air pensif. Quand je suis arrivé dans votre monde, Pug, j'ai exécré la simple vue de ces chevaux. Ils nous tombaient dessus et nos soldats mouraient. Mais ensuite je me suis rendu compte des magnifiques créatures que c'étaient. Il y avait d'autres prisonniers, à l'époque où j'étais encore là-bas, qui disaient que chez vous il y avait des familles nobles connues essentiellement pour leurs élevages de chevaux. Un jour, les meilleurs chevaux de l'empire seront shinzawai.

— Vu ceux-là, c'est un bon début, quoique du peu que je sache, il vous en faudrait plus pour faire un véritable élevage.

— Nous en aurons autant qu'il est nécessaire.

— Kasumi, comment vos dirigeants peuvent-ils ne pas tenir compte de ces bêtes capturées pour la guerre ? Vous devez bien comprendre que des unités montées pourraient vous être particulièrement utiles pour vos conquêtes ? »

Kasumi prit un air malicieux. « Nos dirigeants, pour la plupart, ont les mains liées par les traditions, Pug. Ils ne voient aucun intérêt à créer une cavalerie. Ce sont des imbéciles. Vos cavaliers piétinent nos guerriers, mais nos dirigeants prétendent que nous n'avons rien à apprendre et ils qualifient votre peuple de barbares. Une fois, j'ai fait le siège d'un de vos châteaux et ceux qui l'ont défendu m'ont appris beaucoup de choses sur l'art de la guerre. On pourrait m'accuser de traîtrise pour avoir dit une telle chose, mais si nous avons tenu c'est uniquement grâce au nombre. Pour la plupart, vos généraux en savent plus que nous. Essayer de garder ses soldats en vie au lieu de les envoyer à une mort certaine, cela vous apprend à mieux vous battre. Non, en vérité, nous sommes dirigés par des hommes qui... » Il se tut, réalisant qu'il abordait un terrain dangereux. « En vérité, dit-il finalement, nous sommes aussi tête de bois que vous. »

Il regarda Pug un moment puis sourit. « Nous avons lancé des raids pour vous voler des chevaux, la première année, pour que les Très Puissants du Seigneur de Guerre puissent les étudier, pour voir si c'étaient des alliés intelligents, comme nos cho-ja, ou s'ils n'étaient que de simples animaux. La scène fut plutôt comique. Le Seigneur de Guerre exigea d'être le premier à monter sur un cheval. J'imagine qu'il en avait choisi un dans le genre de ce gris, car dès qu'il approcha de l'animal, celui-ci l'attaqua et faillit le tuer. Son honneur ne pouvait lui permettre de laisser quelqu'un monter à cheval alors que lui avait échoué. Et je crois qu'il avait peur d'essayer avec un autre animal. Notre Seigneur de Guerre, Almecho, est un homme très orgueilleux et qui a beaucoup de caractère, même pour un Tsurani. »

Pug dit : « Mais alors, comment votre père peut-il acheter des chevaux capturés ? Et comment pouvez-vous faire du cheval malgré les ordres ? »

Le sourire de Kasumi s'élargit. « Mon père est un homme qui a une grande influence dans le conseil. Notre politique est tortueuse et il y a toujours un moyen de passer outre un ordre, même s'il est issu du Seigneur de Guerre ou du Grand Conseil. Il n'y a que la Lumière du Ciel dont les ordres ne puissent être discutés. Mais surtout, ces chevaux sont là et le Seigneur de Guerre n'y est pas. » Il eut un autre sourire. « Le Seigneur de Guerre ne règne en maître absolu que sur le champ de bataille. Sur ces terres, nul ne peut discuter les ordres de mon père. »

Depuis son arrivée sur les terres des Shinzawai, Pug se demandait ce que tramaient Kasumi et son père. Il n'avait aucun doute sur le fait qu'ils trempaient dans une intrigue politique tsurani, mais il n'avait aucune idée de ce que ce pouvait bien être. Un puissant seigneur comme Kamatsu ne se donnerait pas tant de mal pour satisfaire la passade d'un fils même aussi aimé que Kasumi. Pug savait toutefois qu'il valait mieux ne pas s'engager plus loin dans cette voie que ne l'exigeaient les circonstances. Il changea de sujet de conversation. « Kasumi, je me demande quelque chose.

— Oui ?

— Quelle loi régit le mariage des esclaves ?

Kasumi ne sembla pas surpris de la question. « Les esclaves peuvent se marier avec la permission de leur maître. Mais cette permission est rarement accordée. Une fois mariés, un homme et sa femme ne peuvent plus être séparés et leurs enfants ne peuvent être vendus tant que leurs parents vivent. C'est la loi. Si un couple marié vit longtemps, une terre peut s'encombrer de trois ou quatre générations d'esclaves, bien plus qu'elle ne puisse se le permettre économiquement. Mais il arrive que la permission soit accordée. Pourquoi, tu veux épouser Katala ?

Pug, surpris demanda : « Vous savez ? »

Sans arrogance, Kasumi répondit : « Rien ne se passe sur les terres de mon père dont il soit ignorant et il me fait toute confiance. C'est un grand honneur. »

Pug acquiesça pensivement. « Je ne sais pas encore. J'ai beaucoup de sentiments pour elle, mais quelque chose me retient. C'est comme si... » Il haussa les épaules, incapable d'exprimer ce qu'il ressentait.

Kasumi l'observa un moment, puis il dit : « C'est par la volonté de mon père que tu vis et c'est par sa décision que tu vis cette vie. » Kasumi se tut et Pug se rendit compte du gouffre qui les séparait, l'un d'eux fils d'un puissant seigneur et l'autre au dernier rang des propriétés de son père, un esclave. Déchiré le masque de l'amitié, Pug retrouvait ce qu'il avait appris dans les marais : ici, la vie ne valait pas grand-chose et la vie de Pug était suspendue au bon plaisir de cet homme ou de son père.

Comme s'il lisait dans ses pensées, Kasumi ajouta : « Souviens-toi, Pug, la loi est stricte. Un esclave ne sera jamais libre. Malgré tout, il y a le marécage et il y a ici. Et pour nous autres de Tsuranuanni, vous autres du royaume êtes des gens très impatients. »

Pug se rendit compte que Kasumi tentait de lui dire quelque chose, peut-être quelque chose d'important. Car malgré sa franchise,

Kasumi en revenait facilement aux manières tsurani que Pug trouvait particulièrement cryptiques. Il y avait une tension sous-jacente dans les mots de Kasumi, si bien que Pug se dit qu'il valait mieux ne pas aller plus avant. Changeant de nouveau de sujet de conversation, il demanda : « Comment va la guerre, Kasumi ? »

Kasumi soupira : « Mal des deux côtés. » Il regarda l'étalon gris. « Les lignes de front sont stables, elles n'ont pas changé ces trois dernières années. Nos deux dernières offensives ont été bloquées, mais votre armée n'a pas pu gagner non plus. Maintenant, il se passe des semaines sans qu'il y ait de combat. Puis les vôtres fondent sur l'une de nos enclaves et nous leur retournons le compliment. Cela ne mène pas à grand-chose si ce n'est à verser un peu plus de sang. Ça n'a aucun sens et il n'y a pas beaucoup d'honneur à gagner là-dedans. »

Pug s'étonna. Tout ce qu'il avait vu chez les Tsurani le confortait dans l'idée de ce qu'avait dit Meecham des années auparavant sur le fait que les Tsurani étaient une race de guerriers. En venant ici, il avait vu des soldats partout. Les deux fils de la maison étaient des soldats, comme l'avait été leur père dans sa jeunesse. Hokanu était le premier chef de troupe de la garnison de son père, car c'était le second fils du seigneur des Shinzawai, mais Hokanu avait fait preuve, avec le maître d'esclaves dans le camp des marais, d'une impitoyable efficacité et Pug savait que cela n'avait rien d'anormal. Chez les Tsurani, on apprenait le code dès le plus jeune âge, car il fallait le suivre à la lettre.

Kasumi sentait les yeux de Pug sur lui et il dit : « Je suis en train de me faire ramollir par vos manières étranges, Pug. » Il fit une pause. « Allons, dis-m'en plus sur ton peuple et ce que... » Kasumi se tut. Il serra le bras de Pug et pencha la tête de côté, pour écouter. Quelques instants plus tard, il s'exclama : « Non ! Ce n'est pas possible ! » Il fit volte-face et hurla : « Un raid ! Les Thūn ! »

Pug tendit l'oreille et entendit au loin un faible grondement, comme si une bande de chevaux galopait dans la plaine. Il grimpa sur la barrière du corral et scruta dans la direction d'où venait le bruit. Il y avait une grande prairie derrière le corral, bordée par une zone d'arbres clairsemés. Quand l'alerte sonna derrière lui, il vit des formes émerger à la lisière des arbres.

Pug regarda, fasciné et terrifié, ces fameux Thūn galoper vers la propriété. Ils grandirent dans son champ de vision, galopant furieusement dans sa direction. C'étaient de grands êtres semblables à des centaures, ce qui leur donnait de loin un faux air de cavaliers montés. Le bas de leur corps n'était pas tout à fait celui d'un cheval, il ressemblait plus à celui d'un grand cerf, ou d'un élan, quoique plus musclé. Le haut du corps était tout à fait humain, mais ils avaient un visage plutôt simiesque, avec un long museau. Le corps tout entier, à l'exception du visage, était couvert d'une fourrure assez longue, gris tacheté de blanc. Chacune des créatures portait un bâton ou une hache, dont la lame de pierre était fixée au manche par une ficelle.

Hokanu et les gardes de la maisonnée sortirent en courant des baraquements des soldats et prirent position derrière le corral. Les archers tendirent leurs arcs et les fantassins se mirent en réception de charge.

Laurie surgit à côté de Pug, tenant son luth presque fini. « Quoi ?

— Un raid thun ! »

Laurie resta figé, aussi fasciné que Pug. Soudain, il posa son luth de côté et sauta dans le corral. « Mais qu'est-ce que tu fais, tu es fou ? » hurla Pug.

Le troubadour esquiva une feinte de l'étalon gris et sauta sur le dos d'un autre cheval, la jument dominante de la petite bande. « J'essaye d'emmener les bêtes en lieu sûr. »

Pug opina et ouvrit la barrière. Laurie fit sortir le cheval, mais le gris empêcha les autres de suivre, en les ramenant en arrière. Pug hésita un instant, puis il dit : « Algon, j'espère que tu savais ce que tu disais. » Il s'avança calmement vers l'étalon, s'efforçant sans un mot de lui faire sentir son autorité. Quand l'étalon ramena les oreilles en arrière et renâcla, Pug lui dit : « Calme ! »

Les oreilles du cheval se dressèrent et il sembla réfléchir. Pug savait qu'il devait minuter son action à la perfection et il continua à s'approcher, toujours sur le même rythme. Le cheval le regarda venir se placer à côté de lui et Pug lui redit : « Calme ! » Puis, avant que l'animal ne puisse partir au galop, il lui attrapa la crinière et se hissa sur son dos.

Le cheval, entraîné au combat, décida de lui-même, par chance, que Pug était assez proche de son maître précédent pour répondre. Peut-être était-ce dû aux bruits du combat, mais en tout cas, quand Pug lui donna un coup de talon il bondit en avant et il sortit du corral au galop par la barrière. Pug serrait les jambes de toutes ses forces. Lorsque le cheval eut dégagé le passage, Pug hurla : « Laurie, va récupérer les autres ! » L'étalon tourna à gauche. Pug regarda derrière lui et il vit les autres animaux suivre la jument de Laurie qui repassait devant l'entrée du corral.

Pug vit Kasumi sortir en courant de la sellerie, une selle à la main et il cria : « Ooh ! » en s'accrochant du mieux qu'il pouvait au dos du cheval sans selle. L'étalon s'arrêta et Pug ordonna : « Calme ! » Le gris frappa le sol, impatient d'aller au combat. Kasumi lui hurla en approchant : « Empêchez les chevaux de se battre. C'est un raid de tueurs et les Thūn ne partiront pas tant que chacun d'eux n'aura pas tué au moins une fois. » Il cria à Laurie de s'arrêter et quand la petite troupe de chevaux fut à peu près immobile, il sella rapidement l'un d'eux et l'écarta des autres.

Pug donna du talon, alors le gris et la jument de Laurie menaient les quatre autres chevaux derrière les bâtiments. Ils gardèrent les animaux les uns contre les autres en les empêchant de regarder l'attaque des Thūn.

Un soldat arriva en courant avec des armes. Il s'approcha de Pug et de Laurie et cria : « Mon maître Kasumi vous ordonne de défendre les chevaux même au prix de votre vie. » Il donna une épée et un bouclier à chacun des esclaves, puis il fit demi-tour et repartit en courant au combat.

Pug regarda les étranges armes, qui pesaient moitié moins que celles avec lesquelles il s'était entraîné dans le royaume. Un cri suraigu interrompit son examen quand Kasumi passa le coin du bâtiment à cheval en se battant contre un guerrier thun. L'aîné des Shinzawai montait bien et même s'il n'avait pas encore eu l'occasion de se battre à cheval, c'était un combattant expérimenté. Son propre manque d'habitude était compensé par le fait que le Thūn ne connaissait rien des chevaux, car bien que le combat contre un cavalier ne soit pas si différent du combat contre un Thūn, le cheval pouvait attaquer indépendamment, en mordant la créature au torse et au visage.

Lorsqu'il sentit dans le vent l'odeur du Thūn, le gris de Pug rua et faillit l'éjecter. Pug s'accrocha fermement à la crinière et serra les jambes. Les autres chevaux hennirent et Pug s'efforça d'empêcher le sien de charger. Laurie hurla : « Ils n'aiment pas l'odeur de ces choses. Regarde la réaction du cheval de Kasumi. »

Une autre de ces créatures arriva et Laurie fonça sur lui en hurlant. Il y eut un grand fracas d'armes et Laurie para le coup de massue du Thūn avec son bouclier. Il frappa la créature au torse, qui poussa un hurlement dans un étrange langage guttural, puis s'effondra.

Pug entendit un cri venant de l'intérieur de la maison et quand il se retourna, il vit une des fines portes coulissantes exploser sous le poids d'un corps. Un esclave de la maison se releva en titubant, puis s'effondra, du sang coulant à flots d'une blessure à la tête. D'autres silhouettes se ruèrent par la porte.

Pug vit Katala et Almorella sortir en courant avec les autres, poursuivies par un guerrier thūn. La créature fonçait droit sur Katala, sa massue levée au-dessus la tête.

Pug hurla son nom et le gris sentit l'inquiétude de son cavalier. Sans ordre, l'énorme cheval de guerre bondit, interceptant le Thūn qui s'approchait de l'esclave. Le cheval était enragé par les bruits de combat ou par l'odeur des Thūn. Il percuta violemment le Thūn, le mordit et le frappa de ses lourds sabots. Le Thūn s'effondra sous le cheval. Pug fut éjecté par l'impact et il retomba lourdement. Il resta sonné un moment, puis il se releva. Il tituba vers Katala, accroupie par terre, et l'écarta de l'étalon fou.

Le gris donnait des ruades contre le Thūn immobile, abattant rageusement ses sabots. Le cheval frappa le Thūn encore et encore, jusqu'à ce qu'il soit sûr qu'il n'y avait plus un souffle de vie dans la créature abattue. Pug cria au cheval de s'arrêter et de l'attendre. Le cheval, avec un grognement méprisant, cessa son attaque, mais il avait encore les oreilles en arrière et il tremblait. Pug s'approcha de lui et lui caressa l'encolure, jusqu'à ce que l'animal arrête de frissonner.

Le calme se fit. Pug regarda autour de lui et il vit Laurie galoper pour rattraper les chevaux dispersés. Il laissa sa propre monture et revint à Katala. Elle était dans l'herbe, tremblante, Almorella à côté d'elle.

S'agenouillant devant elle, il lui demanda : « Ça va ? »

Elle prit une profonde inspiration, puis lui fit un faible sourire : « Oui, mais j'ai vraiment cru un moment qu'il allait m'écraser. »

Pug regarda la jeune esclave qui avait fini par compter tellement pour lui et dit : « Moi aussi, je l'ai cru. » Ils se sourirent. Almorella se releva et dit qu'elle allait s'occuper des autres. « J'ai eu si peur que tu sois blessée, dit Pug. J'ai cru perdre la tête quand je t'ai vue fuir devant cette créature. »

Katala posa sa main sur la joue de Pug, qui se rendit compte qu'elles étaient trempées de larmes : « J'ai eu si peur pour toi, dit-il.

— Et moi pour toi. J'ai cru que tu allais te faire tuer, en percutant ce Thūn comme ça. » Elle s'effondra en sanglots. Elle se glissa lentement entre ses bras. « Je ne sais pas ce que je ferais si tu te faisais tuer. » Pug la serra de toutes ses forces. Ils restèrent ainsi quelques minutes, jusqu'à ce que Katala retrouve ses esprits. Elle s'écarta doucement de Pug et dit : « La propriété est dévastée. Septiem va avoir des centaines de choses à nous faire faire. » Elle essaya de se relever et Pug lui prit la main.

Il se remit debout face à elle et dit : « Je ne savais pas, avant, je veux dire. Je t'aime, Katala. »

Elle lui sourit en lui caressant la joue. « Moi aussi, Pug. »

Ce moment de découverte mutuelle fut interrompu par l'arrivée du seigneur des Shinzawai et de son fils cadet. Regardant autour de lui, il évaluait les dégâts qu'avait subis sa maison. Kasumi apparut à cheval, couvert de sang.

Kasumi salua son père et dit : « Ils ont fui, j'ai donné des ordres pour qu'on envoie des hommes aux forts de garde au nord. Ils ont dû prendre une des garnisons, pour passer. »

Le seigneur des Shinzawai acquiesça pour montrer qu'il avait compris et il rentra dans sa maison, appelant son premier conseiller et les autres serviteurs les plus haut placés pour avoir un rapport des dégâts.

Katala souffla à Pug : « Nous parlerons plus tard » et elle répondit aux cris enroués du hadonra, Septiem. Pug rejoignit Laurie, qui était venu se placer à côté de Kasumi.

Le ménestrel regardait les corps des créatures étendus par terre et il demanda : « Qu'est-ce que c'est ? »

Kasumi répondit : « Des Thūn. Ce sont des nomades des toundras du Nord. Nous avons des forts au pied des montagnes qui séparent nos États de leurs terres, devant chaque passe. Auparavant, ils vivaient sur ces terres, puis nous les avons repoussés vers le nord. » Il montra un talisman noué dans la fourrure de l'une des créatures. « C'était un raid de mort. Ce sont tous de jeunes mâles qui n'ont pas encore fait leurs preuves et qui n'ont pas de femelle. Ils ont échoué aux rites de combat à l'été et ils ont été bannis de leur bande par les mâles plus forts. Ils leur fallait aller au sud et tuer au moins un Tsurani avant de pouvoir réintégrer leur harde. Chacun d'eux devait revenir avec une tête de Tsurani, ou ne pas revenir du tout. C'est leur coutume. Nous allons poursuivre ceux qui se sont enfuis, car il est hors de question qu'ils retournent dans leurs montagnes. »

Laurie secoua la tête. « Cela arrive souvent ?

— Chaque année, répondit Hokanu avec une grimace. D'habitude, les forts de garde les repoussent, mais cette année, il a dû y avoir une grosse bande. Nombre d'entre eux ont déjà dû retourner au nord avec les têtes prises sur nos hommes des forts. »

Kasumi dit : « Ils ont dû tuer deux patrouilles, aussi. » Il secoua la tête. « Nous avons dû perdre entre soixante et cent hommes. »

Hokanu semblait aussi sombre que son aîné face à une telle déconvenue. « Je vais diriger personnellement une patrouille pour estimer les dégâts. »

Kasumi lui en donna la permission et il partit. Kasumi se tourna vers Laurie. « Les chevaux ? » Laurie montra l'endroit où se tenait l'étalon qu'avait monté Pug, qui veillait sur la petite troupe.

Soudain, Pug prit la parole. « Kasumi, je voudrais réellement demander à votre père la permission d'épouser Katala. »

Kasumi plissa les yeux. « Écoute-moi bien, Pug. J'ai essayé de t'expliquer, mais tu n'as visiblement pas compris ce que j'ai voulu te dire. Ton peuple n'est pas très fin. Je vais te dire les choses simplement. Tu peux le demander, mais cela te sera refusé. »

Pug commença à protester, mais Kasumi le coupa. « J'ai dit que vous étiez un peuple impatient. Il y a de bonnes raisons. Je ne puis en dire plus, mais il y a des raisons, Pug. »

La colère brilla dans les yeux de Pug et Kasumi ajouta, dans la langue du royaume : « Un seul mot prononcé sous le coup de la colère à portée d'ouïe de n'importe lequel des soldats de cette maison, tout particulièrement de mon frère et tu es un esclave mort. »

Raidement, Pug répondit : « Comme vous voudrez, maître. »

Voyant combien Pug était amer, Kasumi répéta doucement : « Il y a de bonnes raisons, Pug. » Un instant, il essaya d'être autre chose qu'un maître tsurani, un ami qui essayait de l'apaiser. Il croisa le regard de Pug et le soutint, puis un voile passa sur ses yeux et ils redevinrent esclave et maître. Pug baissa les yeux comme devait le faire un esclave et Kasumi lui dit : « Occupe-toi des chevaux. » Il partit, laissant Pug seul.

Pug ne parla jamais de sa requête à Katala. Elle sentait bien que quelque chose le troublait profondément, quelque chose qui apportait une pointe d'amertume au bonheur qu'ils tiraient de leurs relations. Il découvrit la profondeur de son amour pour elle et commença à explorer sa nature complexe. Elle n'était pas seulement volontaire, elle avait aussi l'esprit vif. Il lui suffisait de lui expliquer les choses une fois pour qu'elle comprenne. Il apprit à aimer son ironie, une qualité qu'elle tirait de son peuple, les Thuril, finement aiguisée par la captivité. Elle était très observatrice, s'intéressait à tout ce qui se passait autour d'elle et commentait sans pitié les travers de tous les gens de la maison, pour le plus grand plaisir de Pug. Elle insista pour que Pug lui enseigne un peu sa langue, ce qu'il commença à faire. Elle était douée.

Deux mois passèrent sans histoire. Puis un soir, Pug et Laurie furent appelés dans la salle à manger du maître de maison. Laurie avait terminé de travailler sur son luth et bien qu'il eût des centaines de petits détails à revoir, il le jugeait assez bon pour en jouer. Ce soir-là, il devait le montrer au seigneur des Shinzawai.

Ils entrèrent dans la pièce et virent que le seigneur avait un invité à table, un homme en robe noire, le Très Puissant qu'ils avaient entr'aperçu quelques mois auparavant. Pug se mit à côté de la porte et Laurie prit place au pied de la table basse où se trouvaient les plats. S'asseyant confortablement sur un coussin, il commença à jouer.

Lorsque les premières notes s'élevèrent, il commença à chanter : un vieil air que Pug connaissait bien. Il chantait les joies de la récolte et la richesse de la terre. C'était l'un des airs favoris des villages du royaume. Outre Pug, seul Kasumi en comprenait les paroles, même si son père en comprenait quelques-unes, qu'il avait apprises au cours de ses parties d'échecs avec Pug.

Pug n'avait jamais entendu Laurie chanter auparavant et il était réellement impressionné. Le troubadour était peut-être un vantard, il était tout de même le meilleur que Pug ait jamais entendu. Sa voix était un instrument parfait, qui s'exprimait à la fois par les mots et la musique. Quand il eut fini, les convives frappèrent poliment la table avec leurs couteaux, sans doute l'équivalent des applaudissements chez les Tsurani, se dit Pug.

Laurie commença une autre mélodie, un air joyeux que l'on jouait lors des festivals dans tout le royaume. Pug se souvint de la dernière fois où il l'avait entendue, au festival de Banapis l'année précédant son départ de Crydee pour Rillanon. Il revit presque les paysages familiers de sa patrie. Pour la première fois depuis des années, Pug ressentit une profonde tristesse et l'envie de retrouver sa terre natale.

Pug avala sa salive, sentant sa gorge se serrer. Il se sentait déchiré entre la nostalgie, le désespoir et la frustration, et sa maîtrise sur lui-même si durement acquise commença à lui échapper. Il invoqua rapidement l'un des exercices tranquillisants que lui avait appris Kulgan. Un sentiment de bien-être l'envahit et il se détendit. Tout le temps que Laurie joua, Pug usa de sa concentration pour écarter les fantômes de son passé. Grâce à ses capacités, il put créer une aura de calme au sein de laquelle il pouvait se tenir, comme un refuge contre une rage inutile que provoquait en lui cette réminiscence.

Plusieurs fois lors du spectacle, Pug sentit le regard du Très Puissant se poser sur lui. L'homme semblait l'observer d'un air interrogateur. Quand Laurie eut terminé, le magicien se pencha pour parler à son hôte.

Le seigneur des Shinzawai fit signe a Pug de s'installer à table. Quand il fut assis, le Très Puissant prit la parole. « Je dois te demander quelque chose. » Sa voix était claire et forte et Pug retrouva un peu le ton de Kulgan quand il s'apprêtait à lui faire une leçon. « Qui es-tu ? »

La question simple et directe prit tous les convives par surprise. Le seigneur de la maison ne semblait pas bien saisir la question et il commença à répondre. « C'est un esclave... »

Il fut interrompu par la main dressée du Très Puissant. Pug répondit : « Je m'appelle Pug, maître. »

À nouveau, les yeux noirs de l'homme le scrutèrent. « Qui es-tu ? »

Pug commençait à se sentir mal à l'aise. Il n'avait jamais aimé se retrouver au centre de l'attention et cette fois, tout le monde fixait les yeux sur lui comme jamais.

« Je suis Pug, j'appartenais avant à la cour du duc de Crydee.

— Qui es-tu, toi qui te trouves ici, irradiant de pouvoir ? » À cela, les trois hommes de la maison Shinzawai sursautèrent et Laurie regarda Pug, confondu.

« Je suis un esclave, maître.

— Donne-moi ta main. »

Pug tendit la main et le Très Puissant la lui prit. Les lèvres de l'homme bougèrent et ses yeux se voilèrent. Pug sentit comme une chaleur passer par sa main, puis le submerger. La pièce sembla briller d'une légère brume blanche. Il ne vit bientôt plus que les yeux du magicien. Son esprit s'engourdit et le temps resta suspendu. Il sentit une pression dans sa tête comme si quelque chose tentait d'entrer. Il lutta et la pression se retira.

Sa vision s'éclaircit et les deux yeux noirs s'écartèrent, jusqu'à ce qu'il finisse par revoir toute la pièce. Le magicien lui lâcha la main. « Qui es-tu ? » Une lueur d'inquiétude passa dans ses yeux.

« Je suis Pug, apprenti du magicien Kulgan. »

À cela, le seigneur des Shinzawai pâlit, visiblement confus. « Comment... »

La silhouette sombre du Très Puissant se releva. Il annonça : « Cet esclave n'est plus la propriété de cette maison. Il est désormais sous la juridiction de l'Assemblée. »

Le silence se fit dans la pièce. Pug ne comprenait rien à ce qui se passait, complètement terrifié.

Le magicien tira un objet de sa robe. Pug se souvint d'en avoir déjà vu un, lors du raid sur le camp tsurani, et sa terreur monta. Le magicien activa l'objet, qui bourdonna comme l'avait fait l'autre. Il mit la main sur l'épaule de Pug et la pièce disparut dans la grisaille.

CHAPITRE 3

Le prince elfe patientait en silence.

Calin attendait sa mère. Il avait le cœur lourd et sentait le besoin de lui parler cette nuit. Ils n'en avaient pas eu beaucoup l'occasion ces derniers temps, car la guerre s'était étendue et il pouvait de moins en moins rester dans les bois enchantés d'Elvandar. En sa qualité de chef de guerre des elfes, il avait été au front presque tous les jours depuis la dernière fois que les étrangers avaient tenté de traverser la rivière.

Depuis le siège du château de Crydee trois ans auparavant, les étrangers étaient venus à chaque printemps, grouillant comme des fourmis à l'assaut des gués, à douze contre un. Chaque année, la magie elfe avait fini par les vaincre. Ils pénétraient par centaines dans les bois de songe et tombaient dans un sommeil éternel, leur corps nourrissant le sol et les arbres enchantés. D'autres répondaient à l'appel des dryades et suivaient les chants des esprits des bois jusqu'à ce qu'ils meurent de soif et de passion dans l'étreinte de leur inhumaine amante, sacrifiant leur vie aux dryades. D'autres encore tombaient sous les griffes des créatures des forêts, les loups géants, les ours et les lions qui répondaient à l'appel des cors de guerre elfes. Même les branches et racines des arbres des forêts elfiques résistaient aux envahisseurs qui finissaient toujours par s'enfuir.

Mais cette année, pour la première fois, les Robes noires étaient venues. Une grande partie de la magie elfique avait perdu de son pouvoir. Les elfes avaient gagné, mais Calin se demandait ce qu'ils feraient quand les étrangers reviendraient.

Cette année, les nains des Tours grises étaient de nouveau venus à l'aide des elfes. Les moredhel étant partis du Vercors, les nains avaient pu rapidement quitter leur hivernage dans les montagnes, ajoutant leurs forces à la défense d'Elvandar. Pour la troisième année consécutive depuis le siège de Crydee, les nains avaient aidé les elfes à maintenir les étrangers de l'autre côté de la rivière. Et de nouveau les nains étaient venus avec l'homme qui se nommait Tomas.

Calin leva la tête, puis il se leva à l'approche de sa mère. La reine Aglaranna s'assit sur son trône et dit : « Mon fils, comme je suis heureuse de te revoir.

— Mère, je suis très heureux de te voir moi aussi. » Il s'assit à ses pieds et attendit que les mots lui viennent. Sa mère attendit patiemment, sentant qu'il avait le cœur sombre.

Finalement, il prit la parole. « Je suis troublé par Tomas.

— Tout comme moi, dit la reine, grave et pensive.

— Est-ce pour cela que tu t'absentes quand il vient à la cour ?

— Pour cela... et pour d'autres raisons.

— Comment se peut-il que l'emprise de la magie des Anciens soit toujours aussi forte au bout de tant de siècles ? »

Une voix s'éleva de derrière le trône. « C'est donc cela, alors ? »

Ils se retournèrent, surpris, et Dolgan sortit de l'ombre, allumant sa pipe. Aglaranna s'emporta : « Les nains des Tours grises nous espionnent-ils donc, Dolgan ? »

Le chef nain ignora le ton mordant de la question. « Normalement non, madame, mais j'étais sorti faire une promenade — ces petites pièces se remplissent si vite de fumée — et je vous ai entendus par hasard. Je ne voulais pas vous interrompre. »

Calin dit : « Vous savez vous déplacer avec une discrétion surprenante, quand vous le voulez, Dolgan. »

Dolgan haussa les épaules et souffla un nuage de fumée. « Les elfes ne sont pas les seuls à avoir le pied léger. Mais nous parlions du gamin. Si ce que vous dites est vrai, c'est effectivement une affaire sérieuse. Si j'avais su, je ne lui aurais jamais laissé prendre ce cadeau. »

La reine lui fit un sourire. « Ce n'est pas votre faute, Dolgan. Vous ne pouviez pas savoir. Je craignais ce qui arrive depuis que Tomas est venu parmi nous en portant l'habit des Anciens. Au début, j'ai cru que la magie des Valheru ne fonctionnerait pas sur lui, car c'était un mortel, mais je me rends compte maintenant qu'il est de moins en moins mortel au fil des ans.

« C'est un malheureux concours de circonstances qui est la cause de tout cela. Nos tisseurs de sorts auraient découvert ce trésor il y a bien longtemps, sans la magie du dragon. Nous avons passé des siècles à rechercher et à détruire ces reliques, afin que les moredhel ne puissent les utiliser. Maintenant il est trop tard, car Tomas ne nous laisserait jamais détruire l'armure de son plein gré. »

Dolgan tira sur sa pipe. « Chaque hiver, il ronge son frein dans nos grandes salles et attend le printemps, le temps des combats. Il n'a pas grand intérêt pour autre chose. Il reste là, il boit ou regarde la neige sur le pas de la porte, voyant des choses que lui seul peut voir. Il garde l'armure soigneusement enfermée dans sa chambre pendant ce temps et quand il est en campagne, il ne la retire jamais, même pour dormir. Il a changé, mais ce n'est pas normal. Non, sûr qu'il ne se passerait pas de cette armure de bon cœur.

— Nous pourrions essayer de l'y forcer, dit la reine, mais ce pourrait être mal venu. Quelque chose est en train de naître en lui, qui pourrait sauver mon peuple et je suis prête à prendre beaucoup de risques pour un tel enjeu. »

Dolgan dit : « Je ne comprends pas, madame.

— Je ne suis pas sûre de bien comprendre moi-même, Dolgan, mais je suis la reine d'un peuple en guerre. Un ennemi terrible ravage nos terres et chaque année, il s'enhardit. La magie des étrangers est puissante, peut-être plus que toutes les autres depuis que celle des Anciens a disparu. Peut-être la magie du cadeau du dragon sauvera-t-elle mon peuple. »

Dolgan secoua la tête. « Il me semble bizarre qu'un tel pouvoir réside dans une armure de métal. »

Aglaranna sourit au nain. « Vraiment ? Et que faites-vous du marteau de Tholin que vous portez ? N'est-il pas investi de pouvoirs datant de plusieurs siècles ? Des pouvoirs qui font de vous le nouvel héritier du trône des nains de l'Ouest ? »

Dolgan scruta la reine. « Vous connaissez bien nos coutumes, dame. Il ne faut pas que j'oublie que votre apparence de jeune fille masque une sagesse séculaire. » Il balaya sa remarque. « Cela fait bien longtemps que nous n'avons plus de rois à l'Ouest, depuis que Tholin a disparu dans le Mac Mordain Cadal. Nous nous débrouillons aussi bien que ceux de Dorgin, qui obéissent au roi Halfdan. Mais si jamais mon peuple voulait restaurer le trône, nous nous réunirions pour en discuter, après la fin de cette guerre. Bien, pour en revenir au gamin ? »

Aglaranna semblait troublée. « Il devient ce qu'il devient. Nous pouvons l'aider dans sa transformation. Nos tisseurs de sorts y travaillent déjà. Si jamais toute la puissance des Valheru s'éveillait en Tomas sans quelque chose pour la maîtriser, il serait capable de balayer notre magie protectrice comme vous écarteriez une brindille gênante sur votre route. Mais il n'est pas né Ancien. Sa nature est aussi étrangère aux Valheru que leur nature l'était à quiconque. Aidé par nos tisseurs, la faculté d'aimer, la pitié, la compassion qu'il a héritées des hommes, il pourrait résister au pouvoir Valheru. S'il y arrive, il pourrait... il pourrait nous rendre de grands services. » Dolgan eut brusquement la certitude que la reine s'apprêtait à dire quelque chose d'autre, mais il ne dit rien et la laissa continuer. « Si jamais le pouvoir de ce Valheru se nourrissait de la faculté de haine, de sauvagerie et de cruauté des humains, il deviendrait un être terrifiant. Seul le temps nous dira ce qu'il adviendra d'une telle alliance.

— Les seigneurs dragons... dit Dolgan. Nos légendes parlent quelquefois de ces Valheru, mais juste un peu à l'occasion. J'aimerais en savoir plus, si vous le voulez bien. »

La reine regarda au loin. « Notre savoir, le plus ancien qui soit au monde, parle des Valheru, Dolgan. Il est de nombreuses choses que je n'ai pas le droit de dire, des noms de pouvoir, affreux à invoquer, des choses terribles à se rappeler, mais voici ce que je peux en dire. Bien avant que les hommes et les nains ne viennent dans ce monde, les Valheru régnaient. Ils faisaient partie de ce monde ; issus de sa création, ils disposaient de pouvoirs quasi divins et leurs desseins étaient insondables. Leur nature était chaotique et imprévisible. Ils étaient plus puissants que tout. Ils chevauchaient de grands dragons et nulle place ne leur était inaccessible dans tout l'univers. Ils partaient vers d'autres mondes, pour en ramener ce qui leur plaisait, trésors et connaissances arrachés à d'autres êtres. Ils n'étaient assujettis à nulle autre loi que leur propre volonté et leurs propres désirs. Ils se battaient souvent entre eux, avec la mort pour seule issue. Ils régnaient sur ce monde. Et nous étions leurs créatures.

« Nous et les moredhel ne formions qu'une seule race alors et les Valheru nous élevaient comme du bétail. Certains, des deux races, étaient pris comme... animaux familiers, choisis pour leur beauté... et d'autres qualités. D'autres étaient élevés pour s'occuper des forêts et des champs. Ceux qui vivaient dans les bois devinrent les précurseurs des elfes, tandis que ceux qui restèrent avec les Valheru devinrent les précurseurs des moredhel.

« Puis vint un temps où tout changea. Nos maîtres cessèrent leurs guerres intestines et ils s'allièrent. Pourquoi ? La raison s'est perdue, quoiqu'il soit possible que certains des moredhel le sachent encore, car ils étaient plus proches de nos maîtres que l'étaient les elfes. Nous avons peut-être su leurs raisons alors, mais c'était l'âge des guerres du Chaos et bien des choses furent perdues. Il est une chose que nous savons : tous les serviteurs des Valheru furent libérés et l'on ne revit jamais les Anciens, ni les elfes ni les moredhel. Lors des terribles guerres du Chaos, de grandes failles s'ouvrirent dans l'espace et le temps et par ces failles vinrent les gobelins, les hommes et les nains. Seuls quelques-uns d'entre nous et des moredhel survécurent et ceux qui le purent rebâtirent nos demeures. Les moredhel voulaient hériter de la puissance de nos maîtres disparus, au lieu de se chercher une destinée propre comme le firent les elfes et, par la ruse, ils retrouvèrent des vestiges des Valheru, choisissant la Voie des Ténèbres. C'est la raison pour laquelle nous sommes si différents, alors que nous étions frères.

« L'ancienne magie a gardé sa puissance. En force et en bravoure Tomas saurait vaincre les plus grands héros. Il a pris cette magie sans le savoir et peut-être cela permettra-t-il de changer les choses. L'ancienne magie a transformé les moredhel pour en faire les créatures de la Confrérie des Ténèbres, parce que ce pouvoir, ils le voulaient de toute la noirceur de leur âme. Tomas était un enfant au cœur bon et noble, l'âme innocente de tout mal. Avec de la chance, il finira par maîtriser le côté noir de la magie. »

Dolgan se gratta le crâne. « C'est sacrément risqué, à ce que vous dites. C'est vrai, il m'inquiétait, ce gamin, mais je n'avais jamais vraiment pensé à ce que ça finirait par donner. Vous savez mieux que moi, mais j'espère qu'on ne va pas finir par regretter de l'avoir laissé garder cette armure. »

La reine descendit de son trône. « J'espère aussi que nous n'aurons pas à le regretter, Dolgan. Ici, à Elvandar, l'ancienne magie est moins forte et Tomas a le cœur plus léger. Peut-être est-ce un signe que nous sommes dans le vrai, en accompagnant les changements plutôt qu'en nous y opposant. »

Dolgan s'inclina courtoisement. « Je m'en remets à votre sagesse, madame. Et je prie pour que vous ayez raison. »

La reine leur souhaita bonne nuit et partit. Calin dit : « Je prie aussi pour que ma reine mère parle avec sagesse, sans que d'autres sentiments ne brouillent son jugement.

— Je saisis mal le sens de vos paroles, prince elfe. »

Calin baissa les yeux sur le personnage courtaud. « Ne vous faites pas passer pour plus bête que vous n'êtes avec moi, Dolgan. Votre sagesse est connue de tous et tenue en haute estime. Vous le voyez aussi bien que moi. Entre ma mère et Tomas, quelque chose est en train de se passer. »

Dolgan soupira, la brise fraîche souffla la fumée de sa pipe. « Ouais, Calin, je l'ai vu moi aussi. Un regard, pas plus, mais c'est suffisant.

— Elle regarde Tomas comme elle regardait avant le roi mon père, bien qu'elle refuse de se l'avouer à elle-même.

— Et il y a quelque chose en Tomas, dit le nain en observant les réactions du prince, bien que ce soit moins tendre que ce que ressent votre dame. Malgré tout, il se retient bien.

— Faites attention à votre ami, Dolgan. S'il se déclare à la reine, il va y avoir du grabuge.

— Vous l'aimez donc si peu, Calin ? »

Calin regarda pensivement Dolgan. « Non, Dolgan. Ce n'est pas que je ne l'aime pas. Je le crains. C'est suffisant. » Calin se tut un moment. « Nous ne plierons jamais plus le genou devant un autre maître, nous qui vivons à Elvandar. Si jamais les espoirs de ma mère pour Tomas se révélaient erronés, ii nous faudrait en passer par un jugement. »

Dolgan secoua lentement la tête. « Ce jour serait bien triste, Calin.

— C'est sûr, Dolgan. » Calin sortit du cercle du conseil, passa à côté du trône de sa mère et laissa le nain seul. Dolgan regarda au-dehors les lumières féeriques d'Elvandar, priant pour que les espoirs de la reine ne soient pas sans fondements.

Les vents hurlaient dans la plaine. Ashen-Shugar était solidement assis sur les larges épaules de Shuruga. Les pensées du grand dragon d'or parvinrent à son maître. *Nous partons à la chasse ?* On sentait la faim dans l'esprit du dragon.

« Non, nous attendons. »

Le seigneur du Nid d'Aigle attendait en regardant le flot de moredhel qui se dirigeait vers la cité en construction. Ils étaient des centaines à pousser d'énormes blocs de pierre tirés de carrières à l'autre bout du monde, pour les amener vers la cité des plaines. Nombre d'entre eux étaient morts et bien d'autres mourraient encore, mais cela n'avait aucune importance. *Ou est-ce que cela en avait ?* Ashen-Shugar se sentit troublé par cette pensée nouvelle et étrange.

Un rugissement retentit dans les cieux. Un autre grand dragon descendait en spirale, un magnifique noir qui appelait au combat. Shuruga leva la tête et barrit en réponse. À son maître, il dit, *Nous allons nous battre ?*

« Non. »

Ashen-Shugar sentit du désappointement chez sa monture, mais il décida d'en faire abstraction. Il regarda l'autre dragon se poser gracieusement sur le sol à une courte distance de là, repliant ses ailes puissantes dans son dos. Ses écailles noires réfléchissaient la lumière scintillante comme de l'ébène poli. Le cavalier du dragon leva la main et le salua.

Ashen-Shugar lui rendit son salut et l'autre dragon s'approcha prudemment. Shuruga siffla et Ashen-Shugar donna un coup de poing à sa bête d'un air absent. Shuruga retomba dans le silence.

« Le seigneur du Nid d'Aigle nous rejoindrait-il enfin ? » demanda le nouvel arrivant, Draken-Korin, le seigneur des Tigres. Son armure noire rayée d'orange étincela quand il descendit de son dragon.

Par courtoisie, Ashen-Shugar descendit aussi. Sa main ne s'écartait jamais beaucoup de la poignée blanche de son épée d'or, car bien que les temps fussent en train de changer, les Valheru ne connaissaient pas la confiance. Naguère, ils se seraient simplement battus, mais pour l'instant, le besoin d'information était plus pressant. Ashen-Shugar dit : « Non, je regarde juste. »

Draken-Korin observa le seigneur du Nid d'Aigle, ses yeux bleu pâle ne révélant aucun émotion. « Tu es le seul à ne pas avoir accepté, Ashen-Shugar.

— Me joindre à vous pour piller le cosmos est une chose, Draken-Korin. Ce... ce plan que tu as est une folie.

— Quelle folie ? J'ignore de quoi tu parles. Nous sommes. Nous faisons. Que te faut-il de plus ?

— Ce n'est pas dans nos manières.

— Ce n'est pas dans nos manières d'en laisser d'autres nous tenir tête. Ces nouveaux êtres, ils s'opposent à nous. »

Ashen-Shugar leva les yeux au ciel. « Oui, en effet. Mais ils ne sont pas comme les autres. Eux aussi sont issus du monde lui-même, tout comme nous.

— Quelle importance ? Combien d'entre nous as-tu tués ? Le sang de combien des nôtres a-t-il passé tes lèvres ? Quiconque s'oppose à toi doit mourir, ou te tuer. C'est tout.

— Et ceux que nous laissons derrière, les moredhel et les elfes ?

— Quoi ? Ils ne sont rien.

— Ils sont à nous.

— Tu es devenu bizarre, à force de vivre sous tes montagnes, Ashen-Shugar. Ce sont nos serviteurs. Ce n'est pas comme s'ils avaient un vrai pouvoir. Ils existent pour notre plaisir, rien de plus. Qu'est-ce qui t'ennuie ?

— Je ne sais pas. Il y a quelque chose... »

« Tomas. »

Un instant durant, Tomas exista en deux endroits. Il se secoua et ses visions se dissipèrent. Il tourna la tête et vit Galain couché dans les buissons à côté de lui. Une troupe d'elfes et de nains attendait à quelque distance de là. Le jeune cousin du prince Calin montra le campement tsurani de l'autre côté de la rivière. Tomas suivit le geste de son compagnon, il vit les soldats étrangers près de leurs feux de camp et il sourit. « Ils restent bien sagement chez eux », murmura-t-il.

Galain acquiesça. « Nous leur avons fait assez mal pour qu'ils sentent le besoin de se réchauffer. »

Le printemps avait fait monter une brume vespérale sur la forêt, recouvrant d'un linceul le camp des Tsurani. Même les feux de camp semblaient briller moins fort. Tomas observa de nouveau le camp. « J'en vois trente et trente de plus dans chaque camp à l'est et à l'ouest. »

Galain ne dit rien, attendant les ordres de Tomas. Bien que Calin fût chef de guerre d'Elvandar, Tomas avait pris le commandement de l'armée coalisée des elfes et des nains. Il n'y avait pas eu clairement de passation de pouvoir, mais lentement, alors qu'il grandissait, ses qualités de chef s'étaient affirmées. En combat il lui suffisait de crier que l'on fasse quelque chose et les elfes comme les nains s'empressaient d'obéir. Au début, c'était parce que ses ordres étaient logiques et évidents. Mais la situation avait fini par être acceptée et maintenant ils obéissaient parce que c'était Tomas qui commandait.

Tomas fit signe à Galain de le suivre et il s'écarta de la rive, jusqu'à ce qu'ils soient hors de vue du camp Tsurani, avec ceux qui attendaient plus loin cachés entre les arbres. Dolgan regarda le jeune homme qu'était devenu le garçon qu'il avait sauvé des mines de Mac Mordain Cadal.

Tomas mesurait plus d'un mètre quatre-vingt-quinze, autant qu'un elfe. Il se déplaçait avec une parfaite assurance, comme un puissant guerrier. En six ans de vie avec les nains, il était devenu un homme... et plus encore. Dolgan regarda Tomas inspecter les hommes rassemblés devant lui et il se dit que maintenant, Tomas aurait été capable de parcourir les mines des Tours grises sans crainte de quoi que ce soit.

« Les autres éclaireurs sont-ils revenus ? »

Dolgan opina, montrant des silhouettes qui approchaient. Trois elfes et trois nains arrivèrent. « Des traces de Robes noires ? »

Quand les éclaireurs firent signe que non, l'homme en blanc et or fronça les sourcils. « Il serait bon que nous en capturions un pour le ramener à Elvandar. Leur dernière attaque a été plus loin que les autres. Je donnerais cher pour savoir quelles sont les limites de leurs pouvoirs. »

Dolgan sortit sa pipe, estimant qu'ils étaient assez loin de la rivière pour qu'on ne la voie pas. En l'allumant, il dit : « Les Tsurani veillent sur les Robes noires comme un dragon veille sur son trésor. »

Tomas éclata de rire et Dolgan retrouva un instant le garçon qu'il avait connu. « Ouais, et il faut un nain plein de courage pour piller la caverne d'un dragon. »

Galain dit : « S'ils suivent la même stratégie que ces trois dernières années, ils en ont probablement fini avec nous pour la saison. C'est bien possible que nous ne voyions pas d'autre Robe noire avant le printemps prochain. »

Tomas devint pensif, ses yeux pâles semblant brûler d'un feu intérieur. « Leur stratégie... leur stratégie, c'est prendre, tenir, puis prendre encore. Nous les avons sciemment laissés faire comme ils voulaient, tant qu'ils ne traversaient pas la rivière. Il est temps de changer cela. Et si nous les dérangeons assez, nous pourrions avoir l'opportunité de capturer l'une de ces Robes noires. »

Dolgan secoua la tête devant le risque implicite de ce que proposait Tomas. Puis, avec un sourire, Tomas ajouta : « De plus, si nous ne pouvons relâcher leur emprise sur la rivière un certain temps, les nains et moi serons forcés de passer l'hiver ici, car maintenant les étrangers tiennent une bonne part du Vercors. »

Galain regarda son ami. Tomas devenait de plus en plus elfique d'année en année et Galain était sensible à l'humour sombre qui transparaissait souvent dans ses paroles. Il savait que Tomas apprécierait de rester auprès de la reine. Mais malgré ses inquiétudes à l'égard de la magie de Tomas, il avait fini par apprécier l'homme qu'il était devenu. « Comment ?

— Envoyez des archers de l'autre côté des camps de gauche et de droite. Quand je ferai le cri d'une oie cendrée, qu'ils tirent, mais à l'opposé de notre position par rapport à eux, comme si l'attaque venait de l'est et de l'ouest. » Il eut un sourire froid. « Cela devrait isoler ce campement assez longtemps pour que nous fassions couler beaucoup de sang. »

Galain acquiesça et envoya dix archers en direction de chaque camp. Les autres se préparèrent à attaquer et après avoir laissé passer un peu de temps, Tomas leva les mains à sa bouche. Il les mit en coupe et imita le bruit d'une oie sauvage. Quelques instants plus tard il entendit des cris venant à l'est et à l'ouest de leur position sur l'autre rive. Les soldats du camp tsurani se levèrent et regardèrent des deux côtés, plusieurs d'entre eux s'approchant du bord de l'eau, pour scruter les ténèbres de la forêt. Tomas leva la main puis l'abattit comme une faux.

D'un seul coup une pluie de flèches elfes traversa la rivière et les soldats tsurani plongèrent derrière leurs boucliers. Avant qu'ils ne puissent se remettre du premier choc, Tomas se lança à l'assaut avec les nains en traversant le banc de sable qui servait de gué. Une autre volée de flèches leur passa au-dessus de la tête, puis les elfes remirent leurs arcs à l'épaule, tirèrent l'épée et suivirent les nains, à l'exception d'une douzaine qui restèrent pour couvrir leur retraite si cela s'avérait nécessaire.

Tomas fut le premier à mettre pied sur l'autre rive et il abattit un Tsurani qui l'attendait là. Il s'enfonça immédiatement dans leurs rangs, pour y semer la mort. Son épée d'or était éclaboussée de sang tsurani et les cris des blessés et des mourants s'élevaient dans la fraîcheur de la nuit.

Dolgan tua un garde et n'en trouva pas d'autre face à lui. Il se retourna et vit Galain au-dessus du corps d'un autre Tsurani, qui regardait quelque chose plus loin. Le nain suivit son regard et vit Tomas penché sur un soldat tsurani blessé au crâne, dégoulinant de sang, un bras levé pour demander grâce. Sur le visage de Tomas était comme plaqué un masque de rage inhumaine. Avec un cri terrible, d'une voix dure et cruelle, il abattit son épée d'or et prit la vie du Tsurani. Il se retourna en un éclair, cherchant de nouveaux adversaires. Il n'en trouva pas d'autre, sembla perdre conscience un instant, puis ses yeux s'éclaircirent.

Galain entendit un nain crier : « Ils arrivent. » Des cris fusèrent des autres camps tsurani qui, ayant découvert la ruse, s'approchaient rapidement du véritable lieu des combats.

Sans un mot, le groupe de Tomas traversa rapidement la rivière.

Ils atteignirent l'autre bord au moment où les archers tsurani commençaient à leur tirer dessus, immédiatement contrés par les elfes de l'autre côté. Le groupe d'attaque se replia prestement sous le couvert des arbres, jusqu'à ce qu'ils se retrouvent à bonne distance, en sécurité.

Quand ils s'arrêtèrent, les elfes et les nains s'assirent pour reprendre leur souffle et pour dissiper l'excitation du combat qui courait encore dans leurs veines. Galain regarda Tomas et dit : « Nous nous sommes bien débrouillés. Pas un mort et juste quelques blessés. Trente morts chez les étrangers. »

Tomas ne sourit pas, mais il sembla pensif un moment, comme s'il écoutait quelque chose. Il se tourna vers Galain, comme s'il saisissait enfin les mots de l'elfe. « Ouais, nous nous sommes bien débrouillés, mais il va falloir frapper encore, demain et après-demain et encore le jour suivant, jusqu'à ce qu'ils réagissent. »

Chaque nuit ils traversèrent la rivière. Ils attaquaient un camp et la nuit suivante frappaient à des kilomètres de là. Ils laissaient passer une nuit sans attaquer, puis réattaquaient le même camp trois nuits de suite. Parfois, une unique flèche frappait un garde depuis l'autre rive, puis rien, tandis que ses compagnons attendaient une attaque qui ne venait jamais. Une fois, ils attaquèrent les lignes à l'aube, après que les défenseurs se furent dit qu'il n'y aurait pas d'attaque. Ils passèrent un campement, s'enfoncèrent sur des kilomètres dans la forêt, prirent un convoi de ravitaillement, massacrant même les étranges bêtes à six pattes qui tiraient les chariots. Ils menèrent cinq combats différents lors de ce raid et perdirent deux nains et trois elfes.

Maintenant, Tomas et sa bande, plus de trois cents elfes et nains, attendaient des nouvelles des autres camps. Ils mangeaient un ragoût de gibier, accompagné de mousses, de racines et de tubercules.

Un messager rejoignit Tomas et Galain. « Un message de l'armée royale. » Derrière lui, une silhouette grise s'approchait du feu de camp.

Tomas et Galain se levèrent. « Salut à toi, Léon le Long du Natal, dit l'elfe.

— Salut à toi, Galain », répondit le grand ranger à la peau noire.

Un elfe apporta du pain et un bol de ragoût fumant aux deux arrivants et quand ils furent assis, Tomas demanda : « Quelles sont les nouvelles du duc ? »

Entre deux bouchées, le ranger répondit : « Monseigneur Borric vous envoie ses salutations. Les choses vont mal. Comme de la mousse sur un arbre, les Tsurani avancent lentement vers l'est. Ils gagnent quelques mètres, puis ils s'installent. Ils ne semblent pas être pressés. Le duc pense qu'ils cherchent à atteindre la côte pour l'année prochaine, afin d'isoler les cités libres du Nord. Puis ils tenteront peut-être une attaque sur Zun ou LaMut. Qui pourrait le dire ? »

Tomas demanda : « Des nouvelles de Crydee ?

— Des pigeons sont arrivés juste avant mon départ. Le prince Arutha tient bon contre les Tsurani. Ils sont aussi mal lotis qu'ici. Mais ils s'enfoncent vers le sud par le Vercors. » Il regarda les nains et Tomas : « C'est étonnant que vous ayez réussi à arriver à Elvandar. »

Dolgan tira sur sa pipe. « Le voyage a été long. Nous avons dû faire vite et discrètement. Il est peu probable que nous puissions rentrer dans nos montagnes maintenant que les envahisseurs sont sur le pied de guerre. Une fois en place, ils n'aiment vraiment pas céder du terrain. »

Tomas faisait les cent pas devant le feu. « Comment avez-vous évité leurs sentinelles ?

— Vos raids ont créé beaucoup de confusion dans leurs rangs. Des hommes qui se battaient contre les armées de l'Ouest ont été déplacés pour aller vers la rivière. J'ai tout simplement suivi l'un de ces groupes. Il m'a suffi de me glisser entre leurs lignes quand ils se sont repliés, puis j'ai traversé la rivière. »

Calin dit : « Combien viennent en renfort contre nous ? »

Léon haussa les épaules. « J'ai vu six compagnies, il doit y en avoir d'autres. » Ils avaient estimé la taille d'une compagnie tsurani à vingt escouades de trente hommes.

Tomas applaudit de ses mains gantées. « Ils ne peuvent ramener trois mille hommes que pour lancer un nouvel assaut de notre côté de la rivière. Ils doivent vouloir nous renvoyer dans la forêt, pour nous empêcher de harceler leurs positions. » Il vint se placer juste en face du ranger. « Est-ce qu'il y a des Robes noires avec eux ?

— De temps en temps j'en ai vu une avec la compagnie que je suivais. »

Tomas applaudit de nouveau. « Cette fois, ils viennent en force. Prévenez les autres camps. Dans deux jours, l'armée d'Elvandar devra être rassemblée à la cour royale, à l'exception des éclaireurs et des messagers qui surveilleront les étrangers. »

Sans bruit, des messagers s'écartèrent du feu et coururent prévenir les autres bandes d'elfes semées le long de la rivière Crydee.

Ashen-Shugar était assis sur son trône, oublieux des danseurs. Les femelles moredhel avaient été choisies pour leur grâce et leur beauté, mais leur sensualité le laissait indifférent. Son esprit cherchait au loin les signes de la bataille à venir. En lui, quelque chose d'étrange ; une sensation inconnue de vide le rongeait.

Cela s'appelle la tristesse, dit la voix en lui.

Ashen-Shugar pensa : Qui es-tu, toi qui viens me voir dans ma solitude ?

Je suis ce que tu deviens. Tout ceci n'est qu'un rêve, un souvenir.

Ashen-Shugar tira son épée et se leva de son trône, hurlant de rage. Instantanément, les musiciens cessèrent de jouer. Les danseurs, les serviteurs et les musiciens se jetèrent au sol, se prosternant devant leur maître. « Je suis ! Ceci n'est pas un rêve ! »

Tu n'es qu'un souvenir du passé, dit la voix. *Nous devenons un.*

Ashen-Shugar leva son épée, puis l'abattit. La tête d'un serviteur tremblant roula sur le sol. Ashen-Shugar s'agenouilla et mit ses mains sous la fontaine de sang. Levant ses doigts à ses lèvres, il goûta la saveur salée et cria : « N'est-ce donc pas le goût de la vie !

C'est une illusion. Tout est fini.

« Je ressens des choses étranges, un malaise qui me fait... qui me fait... il n'y a pas de mot pour cela. »

C'est la peur.

Ashen-Shugar abattit de nouveau son épée et une jeune danseuse mourut. « Ces choses savent ce que c'est que la peur. Quel rapport la peur peut-elle avoir avec moi ? »

Tu as peur. Toutes les créatures craignent les changements, même les dieux.

Qui es-tu ? demanda muettement le Valheru.

Je suis toi. Je suis ce que tu vas devenir. Je suis ce que tu étais. Je suis Tomas.

Un cri monta, sortant Tomas de sa rêverie. Il se leva et quitta sa petite chambre, puis emprunta un pont de branchages pour aller au niveau de la cour royale. Depuis une rambarde, il distingua les silhouettes indistinctes de centaines de nains qui campaient en contrebas d'Elvandar. Il resta un long moment à regarder les feux de camp sous lui. À chaque heure, des centaines d'autres elfes et guerriers nains venaient rejoindre l'armée qu'il commandait. Demain, il tiendrait conseil avec Calin, Tathar, Dolgan et d'autres et il dévoilerait ses plans pour faire face à l'assaut à venir.

Six ans de guerre avaient fourni à Tomas un étrange contrepoint aux rêves qui troublaient encore son sommeil. Quand il était pris par la rage du combat, il entrait dans les rêves d'un autre. Loin de la forêt des elfes, il lui était beaucoup plus difficile de résister à l'appel de ces rêves. Il n'avait plus peur de ces visions comme auparavant. Il était plus qu'humain à cause des rêves d'une sorte d'être mort depuis longtemps. Des pouvoirs sommeillaient en lui, des pouvoirs dont il savait user et qui faisaient désormais partie de lui, comme ils avaient fait partie de celui qui avait porté le blanc et l'or. Il savait qu'il ne redeviendrait jamais Tomas de Crydee, mais que devenait-il ?

Un bruit de pas étouffé se fit entendre derrière lui. Sans se retourner, il dit : « Bonsoir, madame. »

La reine des elfes vint se placer à côté de lui, le visage soigneusement composé. « Voilà maintenant que vous avez les sens des elfes, dit-elle dans sa propre langue.

— Il semblerait, Lune qui Brille », répondit-il dans la même langue, en utilisant l'ancienne traduction de son nom.

Il se retourna pour lui faire face et vit de l'étonnement dans ses yeux. Elle toucha doucement son visage. « Est-ce bien le garçon qui était si embarrassé dans la chambre du conseil ducal à l'idée de parler devant la reine des elfes, est-ce bien celui qui parle maintenant la vraie langue comme si c'était sa langue maternelle ? »

Il écarta sa main avec douceur. « Je suis ce que je suis, ce que vous voyez. » Sa voix était ferme, autoritaire.

Elle scruta son visage, retenant un frisson en reconnaissant quelque chose d'effrayant dans son expression. « Mais qu'est-ce que je vois, Tomas ? »

Ignorant sa question, il dit : « Pourquoi m'évitez-vous, dame ? »

Elle répondit délicatement : « Ce qui se passe entre nous ne devrait pas être. C'est arrivé dès l'instant où tu es arrivé chez nous, Tomas. »

Avec presque une pointe d'amusement, Tomas dit : « Avant cela, dame, dès le moment où j'ai posé les yeux sur vous. » Il se pencha vers elle. « Et pourquoi cela ne devrait pas arriver ? Qui pourrait mieux se tenir à vos côtés ? »

Elle s'écarta de lui, perdant contrôle un bref instant. Il vit alors une chose que bien peu avaient vu : la reine des elfes confuse et incertaine, doutant de sa propre sagesse. « Vous êtes un homme, avant tout. Malgré les pouvoirs qui vous ont été octroyés, vous vivrez une vie d'homme. Je régnerai jusqu'à ce que mon esprit fasse le voyage jusqu'aux îles Bénies et retrouve mon seigneur, qui l'a déjà accompli. Puis Calin régnera, car il est fils de roi. Il en est ainsi dans mon peuple. »

Tomas l'attrapa et l'obligea à lui faire face. « Il n'en a pas toujours été ainsi. »

Ses yeux étincelèrent de peur. « Non, nous n'avons pas toujours été un peuple libre. »

Elle sentait son impatience, mais elle le vit aussi lutter contre. Il força sa voix à rester calme. « Ainsi vous ne ressentez rien ? »

Elle fit un pas de recul. « Je mentirais si je disais cela. Mais c'est une étrange attirance, quelque chose qui m'emplit d'incertitude et d'une certaine crainte. Si vous devenez Valheru plus encore, plus que l'homme ne saurait le maîtriser, vous ne serez plus le bienvenu ici. Nous ne permettrons pas que reviennent les Anciens. »

Tomas éclata de rire, amusé et amer à la fois. « Quand je vous ai vu, garçon, je vous ai désiré comme un garçon. Maintenant je suis un homme et je vous désire comme le ferait un homme. Est-ce ce pouvoir qui me donne l'audace d'aller vous chercher, ce pouvoir qui me donne les moyens de le faire, qui va aussi nous séparer ? »

Aglaranna porta la main à ses joues. « Je ne sais. La famille royale n'a jamais changé. D'autres se sont liés à des humains. Je ne veux pas connaître la tristesse de vous voir vieux et gris en restant moi-même telle que je suis. »

Les yeux de Tomas étincelèrent et sa voix se fit plus dure. « Cela n'arrivera jamais, dame. Je vivrai mille ans dans ces forêts. Je n'en doute pas un seul instant. Mais je ne vous dérangerai plus... tant que nous n'aurons pas réglé d'autres affaires. C'est le destin qui veut que cela arrive, Aglaranna. Vous finirez par le comprendre. »

Elle resta là, la main à la bouche, les yeux humides. Il s'éloigna, la laissant seule dans sa cour réfléchir à ses paroles. Pour la première fois depuis la mort de son seigneur et roi, Aglaranna se retrouvait déchirée entre la peur et le désir.

Tomas se retourna à un cri venant de la lisière des arbres. Un elfe sortait des bois, suivi par un homme vêtu d'une robe simple. Il coupa court à sa conversation avec Calin et Dolgan et ils coururent tous les trois à la suite de l'homme que l'on guidait vers la cour de la reine.

Aglaranna était assise sur son trône, les sages installés sur des bancs de chaque côté. Tathar se tenait à côté de la reine.

L'étranger s'approcha du trône et s'inclina légèrement. Tathar jeta un regard à la sentinelle qui avait escorté l'homme, mais l'elfe semblait perplexe. L'homme en brun dit, dans un elfe impeccable : « Mes hommages, madame. »

Aglaranna répondit dans la langue du royaume : « Vous avez de l'audace, pour venir ainsi chez nous, étranger. »

L'homme sourit, appuyé sur son bâton. « Malgré tout, j'ai recherché un guide, je n'aurais pas voulu entrer à Elvandar sans y avoir été invité. »

Tathar dit : « J'ai l'impression que votre guide n'a pas eu trop le choix. »

L'homme dit : « Il y a toujours un choix, même si on ne le voit pas nécessairement. »

Tomas s'avança. « Que venez-vous faire ici ? »

Se tournant au son de la voix, l'homme sourit : « Ah ! celui qui porte le cadeau du dragon. Heureux de vous rencontrer, Tomas de Crydee. »

Tomas recula d'un pas. Les yeux de l'homme irradiaient de pouvoir et ses manières tranquilles cachaient une force presque palpable pour Tomas. « Qui êtes-vous ? »

L'homme dit : « J'ai de nombreux noms, mais ici l'on m'appelle Macros le Noir. » Il pointa son bâton en arc de cercle vers l'audience. « Je suis venu, car vous vous êtes lancés dans un plan courageux. » Finalement, il pointa son bâton sur Tomas. Il le reposa et s'appuya de nouveau dessus. « Mais ce plan pour capturer une Robe noire n'amènera rien d'autre que la destruction d'Elvandar si je ne vous aide pas. » Il eut un petit sourire. « Vous aurez une Robe noire un jour, mais pas maintenant. » Il y avait comme de l'ironie dans sa voix.

Aglaranna se leva. Elle avait les épaules en arrière et elle le regarda droit dans les yeux. « Vous savez beaucoup de choses. »

Macros inclina légèrement la tête. « Oui, je sais beaucoup de choses, bien plus qu'il ne le faudrait pour que je me sente à l'aise, parfois. » Il passa à côté d'elle et mit une main sur l'épaule de Tomas. Il le guida vers un siège près de l'endroit où se tenait la reine et le força à s'asseoir d'une légère pression sur son épaule. Il prit un siège à côté de lui et laissa reposer son bâton dans le creux de son cou. Regardant la reine, il dit : « Les Tsurani viendront aux premières lueurs de l'aube et ils fondront droit sur Elvandar. »

Tathar vint se placer devant Macros et dit : « Comment le savez-vous ? »

Macros sourit de nouveau. « Vous ne vous souvenez pas de la fois où j'ai tenu conseil avec votre père ? »

Tathar recula, les yeux écarquillés. « Vous...

— Je suis celui-ci, bien que je ne porte plus le même nom qu'à l'époque. »

Tathar semblait troublé. « Cela fait si longtemps. Je ne l'aurais jamais cru possible. »

Macros dit : « Bien des choses sont possibles. » Il regarda avec insistance la reine et Tomas.

Aglaranna s'assit lentement, pour cacher sa gêne. « Vous êtes le sorcier ? »

Macros acquiesça. « C'est ainsi que l'on m'appelle, quoique cette histoire soit trop longue pour l'évoquer ici. M'écouterez-vous ? »

Tathar fit un signe de tête à la reine. « Il y a bien longtemps, il est venu à notre aide. Je ne comprends pas comment il peut être le même homme, mais à l'époque, ce fut un bon ami de votre père et du mien. Nous pouvons lui faire confiance.

— Que nous conseillez-vous, alors ? demanda la reine.

— Les mages tsurani ont repéré vos sentinelles et savent où elles se cachent. Ils viendront aux premières lueurs et passeront la rivière en deux vagues, comme les cornes d'un taureau. Quand vous les affronterez, une vague de créatures appelées cho-ja passera au centre, là où vous serez les plus faibles. Ils ne les ont pas encore utilisés contre vous, mais les nains pourront vous dire comme ils se battent bien. »

Dolgan s'avança. « Ouais, madame. Ce sont des créatures terribles, qui se battent dans le noir aussi bien que mon propre peuple. Je les croyais confinées aux mines. »

Macros dit : « C'était le cas, jusqu'aux raids. Ils en ont amené toute une armée, qui s'apprête à traverser la rivière, hors de vue de vos éclaireurs. Ils vont venir en nombre. Les Tsurani se fatiguent de vos raids et ils veulent mettre fin aux combats le long de la rivière. Leurs mages ont fait tout ce qui était en leur pouvoir pour tout savoir des secrets d'Elvandar et maintenant ils savent que si le cœur sacré des forêts elfiques tombait, les elfes ne seraient plus de grands adversaires. »

Tomas dit : « Alors nous allons les retenir et nous défendre au centre. »

Macros ne dit rien pendant un moment, comme s'il se remémorait quelque chose. « C'est un début, mais leurs mages viennent avec eux, car ils désirent vraiment en finir. Leur magie permettra à leurs guerriers de passer dans les forêts sans crainte des pouvoirs de vos tisseurs de sorts et ils vont venir ici. »

Aglaranna dit : « Nous les combattrons donc ici et tiendrons jusqu'à la fin. »

Macros acquiesça. « Bien dit, madame, mais vous allez avoir besoin de mon aide. »

Dolgan regarda le sorcier : « Qu'est-ce qu'un homme seul peut faire ? »

Macros se leva. « Beaucoup. Au matin, vous verrez. N'ayez crainte, nain, la bataille sera rude, beaucoup d'entre vous rejoindront les îles Bénies, mais si vous tenez bon, nous devrions vaincre. »

Tomas dit : « Vous parlez comme quelqu'un qui aurait déjà vu tout ce qui va arriver. »

Macros sourit et ses yeux exprimaient cent choses et rien à la fois. « En effet, Tomas, je parle ainsi. » Il se tourna vers les autres et avec un grand mouvement de bâton, il dit : « Préparez-vous. Je serai avec vous. » Il s'adressa à la reine : « J'aimerais me reposer. Puis-je disposer d'une pièce ? »

La reine se tourna vers l'elfe qui avait amené Macros au conseil. « Emmenez-le à une chambre et donnez-lui tout ce qu'il voudra. »

Le sorcier s'inclina et suivit son guide. Les autres restèrent là en silence, jusqu'à ce que Tomas dise : « Préparons-nous. »

La nuit fit place à l'aube et la reine restait seule sur son trône. En toutes ses années de règne, elle n'avait jamais dû faire face à de tels événements. Des centaines d'images passaient devant ses yeux, venant d'aussi loin que sa jeunesse et d'aussi près que les dernières nuits.

« Vous recherchez des réponses dans le passé, dame ? »

Elle se retourna et vit le sorcier derrière elle, appuyé sur son bâton. Il s'approcha pour se placer à côté d'elle.

— Vous lisez donc dans mon esprit, sorcier ? »

Avec un sourire et un geste de la main, Macros dit : « Non, madame. Mais je sais et je vois bien des choses. Votre cœur est lourd et vous ruminez de sombres pensées.

— Savez-vous pourquoi ? »

Macros rit tout bas. « Indubitablement. Mais j'aimerais vous entretenir de ces choses.

— Pourquoi, sorcier ? Quel est votre rôle dans tout cela ? »

Macros tourna les yeux vers les lumières d'Elvandar. « C'est un rôle, comme celui de bien d'autres.

— Mais vous connaissez le vôtre à la perfection.

— C'est vrai. Certains peuvent voir ce que les autres ne peuvent voir. Tel est mon destin.

— Pourquoi êtes-vous là ?

— Parce que c'est nécessaire. Sans moi, Elvandar risquerait de tomber et il ne le faut pas. C'est ainsi que sont les choses, et je dois y jouer mon rôle.

— Resterez-vous si nous gagnons ?

— Non, j'ai d'autres tâches. Mais je reviendrai, quand à nouveau vous serez menacés.

— Quand ?

— Cela, je ne peux vous le dire.

— Bientôt ?

— Ce sera bien assez tôt, mais pas assez.

— Vous parlez par énigmes. »

Macros eut un sourire triste et amer. « La vie est une énigme. Elle est entre les mains des dieux. Leur volonté doit être faite et de nombreux mortels verront leur vie changée.

— Tomas ? » Aglaranna plongea dans les yeux noirs du sorcier.

« Lui, cela se voit, mais aussi celle de tous ceux qui vivent ces événements.

— Qu'est-ce qu'il est ?

— Que voudriez-vous qu'il soit ? »

La reine des elfes se trouva incapable de répondre. Macros posa doucement une main sur son épaule. Elle sentit le calme l'envahir et elle s'entendit dire : « Je voudrais que cela ne gêne pas mon peuple, mais sa simple vue m'emplit de désir. J'ai envie d'un homme... un homme qui ait sa... puissance. Tomas ressemble plus à mon seigneur perdu qu'il ne l'imaginera jamais. Et je le crains, car quand j'aurai prononcé les vœux, quand je l'aurai placé au-dessus de moi, je perdrai le droit de régner. Croyez-vous que les Anciens accepteraient cela ? Mon peuple n'acceptera jamais de subir à nouveau le joug des Valheru. »

Le sorcier resta silencieux un moment, puis il dit : « Malgré toute ma puissance, il est des choses qui me restent inconnues. Mais sachez ceci : cette histoire est empreinte d'une magie bien au-delà de toute imagination. Je ne saurais l'expliquer, mais elle nous parvient par-delà le temps, plus forte encore que nous ne le soupçonnons. Car si le Valheru possède en partie Tomas ici, Tomas possède le Valheru à des millénaires de notre temps. Tomas porte les armes d'Ashen-Shugar, le dernier des seigneurs dragons. À l'époque où les guerres du Chaos faisaient rage, lui seul resta en ce monde, car il avait des sentiments totalement étrangers à son espèce.

— Tomas ? »

Macros sourit. « N'y réfléchissez pas trop longtemps, madame. Ce genre de paradoxe a tendance à faire tourner la tête. Ashen-Shugar se sentait comme obligé de protéger ce monde. »

Aglaranna scruta le visage de Macros sous les lumières scintillantes d'Elvandar. « Vous en savez plus sur les temps anciens que n'importe qui, sorcier.

— On m'a... donné beaucoup, madame. » Il regarda par-dessus les cimes des forêts elfiques et énonça, plus pour lui-même que pour la reine : « Les épreuves vont bientôt commencer pour Tomas. Je ne sais pas exactement ce qu'il va se passer, mais je puis vous en dire un peu. D'une manière ou d'une autre, ce garçon de Crydee, grâce à son amour pour vous et les vôtres, par sa simple humanité, a jusque-là réussi à résister au membre le plus puissant de la race mortelle la plus puissante qui en vécu sur ce monde. Et les arts subtils de vos tisseurs de sorts l'aident beaucoup à supporter la douleur terrible que lui occasionne ce conflit entre ses deux natures. »

Elle jeta un regard dur à Macros. « Vous savez cela ? »

Il éclata d'un rire franc. « Madame, je ne suis pas dénué de vanité. Je suis déçu que vous puissiez croire que de si beaux sortilèges puissent échapper à mon attention. Ce que vous avez fait est sage et cela pourra faire pencher la balance du côté de Tomas.

— C'est ce que je m'efforce de croire, dit tranquillement Aglaranna, lorsque je vois en Tomas un seigneur qui vaut le roi de ma jeunesse, l'époux qui me fut arraché bien trop tôt. Se pourrait-il que cela soit vrai ?

— S'il survit à l'épreuve, c'est cela ? Il se pourrait que le conflit entraîne la mort de Tomas et d'Ashen-Shugar en même temps. Mais si Tomas survit, il pourrait devenir ce que vous espérez en secret. Maintenant, je vais vous dire une chose que seuls les dieux et moi savons. Je connais bien des choses qui restent à venir, mais bien des choses me restent obscures encore. Voici ce que je sais : à vos côtés, Tomas pourrait apprendre à régner avec sagesse et, quand la sagesse aura remplacé sa jeunesse, il pourrait devenir le seigneur que vous souhaitez, si son cœur humain est capable de tempérer son pouvoir. S'il était rejeté, il se pourrait qu'un tragique destin frappe le royaume et les peuples libres de l'Ouest. »

Aglaranna semblait le supplier des yeux et il poursuivit : « Je ne peux voir ce sombre avenir, madame, je ne peux que supposer. Si jamais ses pouvoirs surgissaient dans toute leur noirceur, il serait d'une puissance terrible, qu'il faudrait détruire. Ceux qui le voient lorsqu'il est pris par la folie du combat ne voient que l'ombre des ténèbres qui s'agitent en lui. Même si la balance penche et que Tomas garde son humanité, si vous l'écartez d'ici, la colère, la douleur et la haine que peuvent ressentir les humains resurgiront en lui. Je vous le demande : si Tomas était chassé et qu'un jour il dressait au nord la bannière du dragon, qu'arriverait-il ? »

La reine était visiblement effrayée, perdant son masque d'impassibilité. « Les moredhel se rassembleraient.

— Oui, madame. Non pas en simples bandits, mais en armée. Vingt mille Frères des Ténèbres et avec eux cent mille gobelins et des compagnies d'hommes à l'âme sombre qui voudraient tirer profit des destructions et de la sauvagerie à venir. Une puissante armée menée par la main d'acier d'un guerrier-né, un général que même votre propre peuple suit sans poser de questions.

— Vous me conseillez de le garder ici ?

— Je ne puis que vous montrer les alternatives. C'est à vous de décider. »

La reine de elfes rejeta la tête en arrière, ses cheveux roux ébouriffés, les yeux humides et contempla Elvandar. Les premières lueurs de l'aube pointaient. Des doigts de rose couraient sur les arbres, projetant des ombres bleutées. Les oiseaux pépiaient dans les clairières. Elle se retourna vers Macros, pour le remercier de ses conseils, mais il était parti.

Les Tsurani s'avancèrent comme l'avait prédit Macros. Les cho-ja attaquèrent par la rivière, après que les deux vagues d'hommes se furent portées sur les flancs. Tomas avait placé des combattants légers, des lignes d'archers avec quelques porteurs de boucliers en protection, qui reculaient en tirant sur l'armée, pour leur donner une impression de résistance.

Tomas se tenait devant l'armée alliée d'Elvandar et des nains des Tours grises, mille cinq cents hommes contre les six mille envahisseurs et leurs magiciens. Ils attendaient en silence. L'ennemi approcha et ils entendirent à travers les arbres les cris des soldats tsurani et les hurlements de ceux qui tombaient sous les flèches de elfes. Tomas leva les yeux vers la reine, qui se tenait sur une terrasse au-dessus du champ de bataille à venir, aux côtés du sorcier.

Soudain, des elfes arrivèrent vers eux en courant et l'on put voir les premiers éclats de couleur des armures tsurani entre les arbres. Quand les tireurs eurent rejoint le corps d'armée principale, Tomas leva son épée.

« Attendez », cria une voix au-dessus et le sorcier fit un signe vers la clairière dégagée où accouraient les premiers éléments des forces tsurani. Confrontée à l'armée elfe tout entière, l'avant-garde s'arrêta pour attendre leurs camarades. Les officiers donnèrent l'ordre de reformer les rangs, ils retrouvaient enfin un type de combat qu'ils connaissaient, avec deux armées en terrain dégagé et l'avantage était nettement en leur faveur.

Les cho-ja attendaient aussi en rangs serrés, attentifs aux ordres de leurs officiers. Tomas était fasciné, car il ne connaissait toujours pas grand-chose de ces créatures et il les considérait autant comme des animaux que comme des alliés intelligents des Tsurani.

Macros cria : « Attendez ! » de nouveau et il fit tournoyer son bâton au-dessus de sa tête, décrivant de grands cercles dans les airs. Le calme s'appesantit sur la clairière.

Soudain, un hibou survola la tête de Tomas, filant droit sur les lignes tsurani. Il décrivit plusieurs cercles au-dessus des étrangers, puis il piqua et frappa un soldat au visage. L'homme poussa un hurlement de douleur lorsque les serres se plantèrent dans ses yeux.

Un faucon passa et renouvela l'attaque. Puis un grand freux noir descendit du ciel. Un vol de fauvettes jaillit des arbres derrière les Tsurani et elles les frappèrent au visage et aux bras sans protection. Des oiseaux arrivèrent de tous les côtés de la forêt et attaquèrent les envahisseurs. Presque d'un seul coup, l'air s'emplit de bruits d'ailes tandis que toutes sortes d'oiseaux de la forêt s'abattaient sur les Tsurani. Des milliers, du plus petit colibri à l'aigle le plus puissant, se jetèrent sur l'armée de l'autre monde. Les hommes hurlaient, certains brisèrent les rangs et s'enfuirent, en essayant d'éviter les becs vicieux et les griffes qui leur frappaient les yeux, tiraient sur les capes et déchiraient les chairs. Les cho-ja reculèrent, car bien que leur épaisse peau fût insensible aux coups de bec et de serres, leurs grands yeux à facettes semblables à des pierres précieuses faisaient des cibles faciles pour leurs assaillants emplumés.

Un cri s'éleva de chez les elfes quand les lignes tsurani se dispersèrent en désordre. Tomas lança un ordre et les archers elfes ajoutèrent leurs flèches empennées à la mêlée. Les soldats tsurani tombaient, frappés avant d'avoir pu en découdre avec l'ennemi. Leurs propres archers étaient incapables de répondre, constamment harcelés par des centaines de minuscules adversaires.

Les elfes regardèrent les Tsurani essayer de garder leur position, malgré les oiseaux qui continuaient à ensanglanter leurs rangs. Les Tsurani reculèrent du mieux qu'ils purent, en abattant autant d'oiseaux que possible, mais pour chaque oiseau mort, il en surgissait trois nouveaux.

Soudain, un bruit entre sifflement et déchirement couvrit ce fracas d'ailes et d'armes. Il y eut un instant de silence et tout ce qui bougeait du côté de la clairière où se trouvaient les Tsurani sembla s'arrêter. Puis les oiseaux furent projetés vers le haut, dans un grésillement d'énergie, comme s'ils avaient été repoussés par une force invisible. Les oiseaux ayant disparu, Tomas vit les robes noires des mages tsurani passer dans l'armée pour y remettre de l'ordre. Des centaines de Tsurani gisaient par terre, mais les étrangers aguerris reformèrent rapidement leurs lignes, ignorant les blessés.

L'énorme nuage d'oiseaux se rassembla de nouveau au-dessus des envahisseurs et piqua. Immédiatement, un bouclier d'énergie rougeoyant se forma autour des Tsurani. Quand les oiseaux le frappaient, ils se raidissaient et tombaient, leurs plumes fumantes emplissant l'air d'une forte odeur de brûlé. Les flèches elfes qui frappaient la barrière étaient stoppées en plein vol, s'enflammaient et tombaient à terre sans faire le moindre mal.

Tomas donna l'ordre d'arrêter de tirer et il se tourna vers Macros. De nouveau, le sorcier cria : « Attendez ! »

Macros agita son bâton et à son ordre muet les oiseaux se dispersèrent. Puis il le dirigea vers la barrière rougeoyante, droit sur les Tsurani. Un éclair d'énergie dorée jaillit. Il traversa la clairière comme la foudre et transperça la barrière rouge, pour frapper en pleine poitrine un magicien en robe noire. Le magicien s'effondra au sol et un cri d'horreur et de fureur monta de l'armée tsurani. Les autres magiciens tournèrent leur attention en direction de la plate-forme au-dessus de l'armée elfe et des globes de feu bleu jaillirent en direction de Macros. Tomas hurla : « Aglaranna ! » d'un ton rageur en voyant les petites étoiles bleues frapper la plate-forme, la faisant disparaître à sa vue dans une explosion de lumière aveuglante. Puis il recouvra la vue.

Le sorcier était debout sur la plate-forme, indemne, avec la reine. Tathar écarta celle-ci et Macros pointa de nouveau son bâton. Un autre mage en robe noire tomba. Les quatre mages restants constatèrent que Macros était encore en vie et ils contre-attaquèrent, leur air à la fois furieux et terrifié visible même de l'autre bout de la clairière. Ils redoublèrent de sortilèges contre le sorcier et des vagues de feu et de lumière bleue frappèrent la barrière protectrice de Macros. Les hommes au sol durent détourner les yeux, pour éviter d'être aveuglés par ce monstrueux déchaînement d'énergie. À la fin de cet assaut de magie, Tomas leva les yeux et il vit de nouveau que le sorcier restait indemne.

Un magicien lança un cri de terreur absolue et il sortit un appareil de sous sa robe. Il l'activa et disparut de la clairière, suivi quelques instants plus tard par ses compagnons. Macros baissa les yeux vers Tomas, montra l'armée tsurani du bout de son bâton et cria : « Maintenant ! »

Tomas leva son épée et donna le signal de l'attaque. Une pluie de flèches passa au-dessus de leurs têtes et ils chargèrent dans la clairière. Les Tsurani étaient démoralisés, leur élan brisé par les oiseaux et par la vue de leurs mages tués ou mis en fuite. Mais ils tinrent le choc. Des centaines d'entre eux étaient morts sous les coups de bec et de griffes des oiseaux et plus encore sous les flèches, mais ils étaient encore trois fois plus nombreux que les elfes et les nains.

Le combat s'engagea et Tomas fut envahi par la brume rouge qui le poussait à tuer encore et encore. Frappant de droite et de gauche, il se tailla un chemin à travers les Tsurani, parant chacun des coups qu'on lui portait. Les Tsurani comme les cho-ja tombaient sous sa lame et il donnait la mort à tous ceux qui se dressaient devant lui, d'une main toujours égale.

La bataille se déplaça dans la clairière. Les hommes, les cho-ja, les elfes et les nains tombaient de partout. Le soleil monta dans le ciel et le combat continua sans répit. Les cris des mourants emplissaient l'air et haut dans le ciel, des vautours et des milans commençaient à s'assembler.

Lentement, les forces tsurani repoussèrent les elfes et les nains. Ils avançaient lentement vers le cœur d'Elvandar. Il y eut une courte pause, comme si les deux partis en présence finissaient par s'équilibrer et les adversaires s'écartèrent les uns des autres, laissant un espace entre eux. Tomas entendit la voix du sorcier qui couvrait les bruits de la bataille. « Reculez ! » cria-t-il. Et comme un seul homme, les forces d'Elvandar battirent en retraite.

Les Tsurani s'arrêtèrent un moment, puis, sentant que les elfes et les nains hésitaient encore, ils commencèrent à avancer. Brusquement, il y eut un grondement et la terre trembla. Ils se figèrent tous et les Tsurani semblèrent terrifiés.

Tomas vit les arbres vibrer de plus en plus violemment, comme le tremblement augmentait. Soudain, il y eut un terrible claquement de tonnerre et un énorme morceau de terre jaillit dans les airs, comme soulevé par une main de géant invisible. Les Tsurani qui se trouvaient dessus furent projetés en l'air et retombèrent violemment à terre. Tous ceux qui se trouvaient à côté furent renversés.

Un autre morceau de terrain jaillit, puis un troisième. Soudain l'air s'emplit d'énormes morceaux de terre qui jaillissaient puis retombaient sur les Tsurani. Les Tsurani firent volte-face en hurlant de terreur et s'enfuirent. Ils partaient en désordre, quittant des lieux où la terre elle-même les rejetait. Tomas regarda la clairière se vider de tous les assaillants à l'exception des morts et des mourants.

En quelques minutes, le calme revint, la terre s'apaisa et les spectateurs bouleversés restèrent là sans rien dire. On entendait l'armée tsurani faire retraite dans les bois. Leurs cris laissaient imaginer toutes les horreurs qu'ils rencontraient en chemin.

Tomas se sentit faible et épuisé et il baissa les yeux sur ses bras couverts de sang. Son tabard, son bouclier et son épée d'or étaient toujours aussi propres, mais pour la première fois, ils sentait les vies humaines qui avaient coulé sur lui. À Elvandar, la folie de la bataille le quittait après le combat et il se sentit écœuré jusqu'au plus profond de lui-même.

Il se tourna et dit doucement : « C'est fini. » Les elfes et les nains poussèrent un faible hourra, sans joie, car ils n'avaient pas vraiment l'impression d'avoir gagné. Ils avaient vu une puissante armée abattue par des forces primitives, des pouvoirs élémentaires qui défiaient toute description. Tomas passa lentement entre Calin et Dolgan et il monta l'escalier. Le prince elfe envoya des soldats à la suite des envahisseurs en fuite, afin de soigner leurs compagnons blessés et d'achever les Tsurani mourants.

Tomas alla jusqu'à sa petite chambre et tira son rideau. Il s'assit lourdement sur son lit, jeta son épée et son bouclier. Une douleur sourde dans le crâne lui fit fermer les yeux. Des souvenirs l'assaillirent.

Les cieux étaient déchirés par des vortex d'énergie délirante de part et d'autre de l'horizon. Ashen-Shugar chevauchait le puissant Shuruga, contemplant la trame même de l'espace-temps, déchirée.

Par sa magie, il entendit un clairon sonner. L'instant tant attendu arrivait. Lançant Shuruga dans les airs, Ashen-Shugar scrutait le ciel, cherchant celui qui devait se découper sur ce spectacle de folie. Shuruga se raidit et au même moment Ashen-Shugar aperçut sa proie. La silhouette de Draken-Korin se fit plus reconnaissable, sur son dragon noir. Une flamme étrange brûlait dans ses yeux et pour la première fois de sa longue vie, Ashen-Shugar commença à comprendre le sens du mot horreur. Il ne pouvait lui donner de nom, il ne pouvait la décrire, mais il la voyait dans les yeux torturés de Draken-Korin.

Ashen-Shugar poussa Shuruga en avant. Le puissant dragon d'or rugit un défi, auquel répondit le puissant noir de Draken-Korin. Les deux s'affrontèrent dans le ciel et leurs cavaliers usèrent de leurs arts.

La lame d'or d'Ashen-Shugar fit un moulinet et frappa, fendant en deux le bouclier noir à la tête de tigre souriant. C'était presque trop simple, comme Ashen-Shugar l'avait prévu. Draken-Korin avait donné trop de lui-même à cette création. Face à la puissance du dernier des Valheru, il ne valait pas beaucoup mieux qu'un mortel. Une fois, deux fois, trois fois encore Ashen-Shugar frappa et le dernier de ses frères tomba du dos de son dragon noir. Il alla s'écraser sur le sol. Par la puissance de sa pensée, Ashen-Shugar descendit du dos de Shuruga et flotta jusqu'en bas pour s'approcher du corps désarticulé de Draken-Korin, laissant Shuruga achever son combat contre le dragon noir déjà presque mort.

Il restait une étincelle de vie dans cette forme brisée, une vie infiniment ancienne. Draken-Korin jeta un regard suppliant à Ashen-Shugar qui s'approchait. Il murmura : « Pourquoi ? »

Montrant les cieux de sa lame d'or, Ashen-Shugar dit : « Cette obscénité n'aurait jamais dû être. Tu mets fin à tout ce que nous connaissions. »

Draken-Korin leva les yeux vers ce que montrait Ashen-Shugar. Il regarda les vortex d'énergies furieuses et déchaînées, qui lançaient des arcs de lumière crépitant à travers la voûte céleste. Il contempla l'horreur qui venait de naître, composée des forces vitales de ses frères et de ses sœurs, cette chose sans âme pleine de haine et de rage.

Draken-Korin gargouilla : « Ils étaient si forts. Nous ne pouvions pas savoir. » Son visage se tordit de terreur et de haine comme Ashen-Shugar levait son épée d'or. « Mais j'avais le droit ! » hurla-t-il.

Ashen-Shugar abattit son épée, décapitant Draken-Korin d'un coup sec et précis. Immédiatement, la tête et le corps se couvrirent d'une lumière scintillante et l'air siffla autour d'Ashen-Shugar. Puis le Valheru abattu disparut sans laisser de traces, son essence retournant à ce monstre sans conscience qui se déchaînait contre les nouveaux dieux. Ashen-Shugar, amer, dit : « Le droit n'existe pas. Il n'y a que le pouvoir. »

C'est donc ainsi que les choses se sont passées ?

« Oui, voici comment j'ai tué le dernier de mes frères. »

Les autres ?

« Ils font maintenant partie de cela. » Il montra les cieux terribles.

Ensemble, pour toujours, ils observèrent le monde en folie des guerres du Chaos. Au bout d'un moment, Ashen-Shugar dit : « Viens, c'est la fin. Partons. »

Ils commencèrent à s'avancer vers Shuruga qui les attendait. Puis une voix leur parvint.

« Vous êtes plus calme. »

Tomas ouvrit les yeux. Devant lui se trouvait Aglaranna, un bol d'infusion d'herbes et un tissu à la main. Elle lui retira son tabard et l'aida à se dégager de sa cotte de mailles en or. Il s'assit, épuisé et elle commença à laver le sang qui lui recouvrait le visage et les bras. Il la regarda sans rien dire.

Quand il fut propre, elle appliqua une serviette sèche sur son visage et lui dit : « Vous semblez fatigué, monseigneur.

— Je vois bien des choses, Aglaranna, des choses qu'un homme n'aurait jamais dû voir. Je porte en mon âme le poids des siècles et je suis fatigué.

— N'y a-t-il rien qui puisse vous réconforter ? »

Il la regarda, droit dans les yeux. Son regard autoritaire s'était adouci, mais malgré tout elle dut baisser les yeux.

« Vous vous moquez, dame ? »

Elle secoua la tête. « Non, Tomas. Je... je suis venue te réconforter, si tu en as besoin. »

Il se pencha, lui prit la main et l'attira à lui, plein de désir. Quand elle se retrouva prisonnière de ses bras, sentant la passion monter dans son corps, elle l'entendit dire : « J'en ai terriblement besoin, dame. »

Plongeant au fond de ses yeux pâles, elle fit tomber l'ultime barrière qui subsistait entre eux. « Tout comme moi, monseigneur. »

CHAPITRE 4

Il se réveilla dans le noir.

Il enfila une robe blanche toute simple, la marque de son statut, et sortit de sa cellule. Il attendit à l'extérieur de la petite chambre qui ne contenait qu'une natte pour dormir, une unique chandelle et une étagère à parchemins : ce que l'on jugeait nécessaire et suffisant à son éducation. Le long du couloir il y avait d'autres personnes, toutes bien plus jeunes que lui, qui attendaient tranquillement devant la porte de leur cellule. Le premier maître vêtu de noir passa dans le couloir et s'arrêta devant l'un des autres. Sans un mot l'homme fit un signe de tête, le garçon se mit à côté de lui et ils s'enfoncèrent dans la pénombre. Les hautes fenêtres étroites du couloir laissaient filtrer la lumière grisâtre de l'aube. Comme les autres, il éteignit sa torche sur le mur opposé à sa porte, à la première lueur du jour. Un autre homme en noir descendit le couloir et un autre des enfants qui attendaient partit a sa suite. Puis un troisième. Et un quatrième. Au bout d'un moment, il se retrouva seul. Le silence régnait dans le couloir.

Une silhouette émergea des ombres, sa robe le dissimulant à la vue presque jusqu'au dernier instant. Il se plaça devant le jeune homme en blanc et fit un signe de tête, montrant le couloir. Le jeune homme se mit derrière son guide en robe noire et ils traversèrent une série de corridors éclairés par des torches, sans quitter ce grand bâtiment qui, aussi loin qu'il se souvienne, avait été le seul foyer du jeune homme. Ils débouchèrent finalement dans une série de tunnels au plafond bas, qui sentaient le vieux et le moisi, humides comme si tout au fond, autour du bâtiment, se trouvait un lac.

L'homme en noir s'arrêta devant une porte de bois, fit coulisser un verrou et ouvrit. Le jeune homme entra à la suite de son aîné et se retrouva devant une série de bassins de bois. Chacun d'eux faisait une moitié d'homme en longueur et et un quart d'homme en largeur. L'un d'eux reposait sur le sol et les autres étaient disposés au-dessus, en marches successives, soutenus par des piliers de bois, montant approximativement à hauteur de tête. Tous les bassins du dessus avaient un trou à un bout, donnant sur le bassin du dessous. Dans le bassin le plus bas, de l'eau clapotait à chacun de leurs pas sur le sol de pierre.

L'homme en noir montra un seau, il se tourna et laissa seul le jeune homme en blanc. Le jeune homme se saisit du seau et il se mit à la tâche. Tous les ordres donnés à ceux en blanc l'étaient sans un mot et, comme il l'avait compris dès la première fois, ceux en blanc n'avaient pas le droit de parler. Il savait qu'il devait en être capable, car il en comprenait le concept et il avait tenté silencieusement d'articuler quelques mots dans le noir sur sa natte. Comme pour tant d'autres choses, il comprenait les faits, sans savoir pourquoi il les comprenait. Il savait qu'il avait existé avant de se réveiller dans cette cellule, mais il ne s'inquiétait absolument pas de son manque de souvenirs. Cela lui semblait normal, sans qu'il soit capable de l'expliquer.

Il se mit à la tâche. Comme pour nombre d'autres ordres, cela lui semblait impossible. Il prit le seau et remplit le bassin du dessus avec l'eau de celui du bas. Comme les fois précédentes, l'eau coula d'un bassin à l'autre, jusqu'à ce que le contenu du seau se retrouve de nouveau tout en bas. Il poursuivit obstinément son travail, laissant son esprit vagabonder hors de son corps occupé à remplir cette tâche répétitive.

Comme souvent, laissé à lui-même, son esprit passa d'image en image, des formes et des couleurs défilèrent devant ses yeux, sans qu'il arrive jamais à les saisir. Il y eut tout d'abord une plage, des vagues qui s'écrasaient sur des rochers noirs et érodés. Un combat. Une étrange substance blanche et froide sur le sol — un mot, la neige, qui lui échappa aussi vite qu'il était venu. Un campement boueux. Une grande cuisine avec des garçons qui travaillaient frénétiquement. Une chambre dans une haute tour. Tout cela passa à une vitesse aveuglante, ne laissant qu'une image rémanente.

Chaque jour, une voix résonnait dans sa tête et la voix de son esprit répondait, tout en travaillant à cette tâche sans fin. La voix posait une question simple et la voix de son esprit répondait. Si la réponse était incorrecte, la question était répétée. Si la réponse était fausse à plusieurs reprises, la voix cessait de poser des questions et revenait parfois un peu plus tard dans la journée. Parfois elle ne revenait pas.

Le travailleur en blanc sentit la pression familière s'imprimer sur la trame de ses pensées.

— *Qu'est-ce que la loi ?* demanda la voix.

— *La loi est la structure qui entoure nos vies et qui lui donne un sens,* répondit-il.

— *Quelle est l'incarnation suprême de la loi ?*

— *L'empire est l'incarnation suprême de la loi.*

— *Qui es-tu ?* fut la question suivante.

— *Je suis un serviteur de l'empire.*

Le contact mental se troubla un moment, puis revint, comme si l'autre réfléchissait longuement à la question suivante.

— *De quelle manière es-tu autorisé à servir ?*

Cette question lui avait été posée plusieurs fois auparavant et chaque fois, sa réponse avait déclenché ce silence intérieur qui lui indiquait qu'il avait échoué. Cette fois il pesa soigneusement sa réponse, éliminant toutes ses réponses précédentes, ainsi que celles qui n'étaient que des combinaisons ou des extrapolations des réponses incorrectes.

Finalement, il répondit : *Comme je le juge bon.*

Un sentiment venu de l'extérieur l'envahit, un sentiment d'approbation. Une autre question suivit rapidement.

« Quelle est la place qui t'est assignée ? »

Il réfléchit à cette question. Il se dit que la réponse la plus évidente devait être fausse, mais il devait malgré tout l'essayer. Il répondit.

« Ma place est ici. »

Le contact mental fut brisé, comme il s'y attendait. Il savait qu'il subissait un entraînement, bien que le but de cet entraînement lui fût caché. Il pouvait maintenant réfléchir à cette question à la lumière de ses précédentes réponses et il trouverait peut-être la bonne.

Cette nuit-là, il fit un rêve.

Un étrange homme en robe brune, nouée d'une simple corde à la taille, avançait le long de la route. L'homme en brun se retourna et dit : « Presse-toi, nous n'avons pas beaucoup de temps et il ne faut pas que tu restes en arrière. »

Il s'efforça d'aller plus vite, mais découvrit que ses pieds étaient de plomb et qu'il avait les bras liés au corps. L'homme en brun cessa d'avancer de son pas alerte et dit : « Très bien, d'accord. Une seule chose à la fois. »

Il essaya de parler et découvrit que sa bouche était paralysée. L'homme en brun se gratta pensivement la barbe, puis il dit : « Réfléchis bien : tu es l'architecte de ta propre prison. »

Il baissa les yeux et vit ses pieds nus sur une route poussiéreuse. Il leva les yeux et l'homme en brun était reparti de son pas vif. Il tenta de le suivre et de nouveau il se trouva incapable de bouger.

Il s'éveilla, couvert de sueur froide.

On venait à nouveau de lui demander où se trouvait sa place et à nouveau sa réponse — *là où l'on a besoin de moi* — n'avait pas été satisfaisante. Il était occupé à une autre tâche inutile. Dans une épaisse couverture de laine, il plantait des clous, qui tombaient systématiquement par terre. Il les ramassait et les faisait traverser encore et encore.

Il réfléchissait à la question qu'on lui avait posée et fut interrompu par le bruit de la porte. Son guide venait d'ouvrir et lui faisait signe de le suivre. Ils suivirent de longs couloirs qui serpentaient jusqu'à l'étage où ils devaient prendre leur maigre repas du matin.

Quand ils entrèrent dans la salle, le guide prit place à côté de la porte. D'autres Robes noires en escortaient elles aussi des blanches dans la salle. Ce jour-là, c'était au tour du guide du jeune homme de surveiller que les garçons en blanc mangeaient bien en silence. Chaque jour, un porteur de robe noire différent remplissait cet office.

Le jeune homme mangea en réfléchissant à la question du matin. Il pesa chaque réponse possible, cherchant une erreur possible et l'écartant dès qu'il en découvrait une. Brusquement, une réponse jaillit d'elle-même, une intuition fournie par son subconscient. *Je suis l'architecte de ma propre prison.* Plusieurs fois par le passé, quand sa progression s'était vue bloquée par des problèmes particulièrement épineux, il avait bénéficié de ce phénomène, qui expliquait son avancement rapide dans ses études. Il chercha si cette réponse contenait des erreurs et quand il fut certain qu'elle était correcte, il se leva. Des yeux le regardèrent furtivement, car il violait les règles.

Il traversa la salle et se campa devant son guide, qui le regardait approcher d'un visage impassible, ne dévoilant sa curiosité que d'un léger haussement de sourcils.

Sans préambule, le jeune homme en blanc dit : « Je n'ai plus rien à faire ici. »

L'homme en noir ne montra aucune émotion, mais il mit la main sur l'épaule du jeune homme et eut un léger hochement de tête. Il fouilla dans sa robe et en ressortit une petite cloche, qu'il fit sonner une fois. Un autre homme en robe noire apparut quelques instants plus tard. Sans un mot, le nouvel arrivant prit place à la porte, tandis que le guide faisait signe au jeune homme de le suivre.

Ils avancèrent en silence comme ils l'avaient fait de nombreuses fois auparavant, jusqu'à ce qu'ils arrivent dans une pièce. L'homme en noir se tourna vers le jeune et dit : « Ouvre la porte. »

Le jeune homme s'apprêta à pousser la porte, mais il eut un pressentiment et retira la main. Il fronça les sourcils en se concentrant et ouvrit la porte par le pouvoir de sa pensée. Elle s'ouvrit lentement vers l'intérieur. L'homme en noir se tourna et sourit. « Bien », dit-il d'une voix douce et plaisante.

Ils entrèrent dans une pièce où de nombreuses robes blanches, grises et noires pendaient à des patères. L'homme en noir dit : « Prends une robe grise. »

Le jeune homme s'exécuta rapidement puis se mit face à l'autre. L'homme en noir regarda le nouveau porteur de robe grise. « Tu n'es plus astreint au silence. On répondra à toutes tes questions, du mieux possible, mais tu devras encore attendre d'avoir mis le noir pour certaines choses. Alors tu comprendras tout. Viens. »

Le jeune homme en gris suivit son guide dans une autre pièce où se trouvaient des coussins disposés autour d'une table basse, sur laquelle il y avait un pot de chocha chaud, une boisson âcre et aigre-douce. L'homme en noir versa deux coupes. Il en tendit une au jeune homme, en lui faisant signe de s'asseoir. Ils s'assirent ensemble et le jeune homme demanda : « Qui suis-je ? »

L'homme en noir haussa les épaules. « Cela, ce sera à toi d'en décider, car toi seul peux découvrir ton vrai nom. C'est un nom qui ne doit être dit à personne d'autre, si tu ne veux pas qu'ils aient une emprise sur toi. À partir de maintenant, tu t'appelleras Milamber. »

Le nouvellement nommé Milamber réfléchit un moment et dit : « Ça ira. Comment vous appelez-vous ?

— On m'appelle Shimone.

— Qui êtes-vous ?

— Ton guide, ton professeur. Tu en auras d'autres maintenant, mais c'est à moi que l'on a confié la responsabilité du début de ton apprentissage, la part la plus longue.

— Depuis combien de temps suis-je ici ?

— Presque quatre ans. »

Milamber s'étonna de cette réponse, car ses souvenirs ne remontaient qu'à quelques mois, au mieux. « Quand est-ce que mes souvenirs me reviendront ? »

Shimone sourit, il était content que Milamber ne lui ait pas demandé si on les lui rendrait et il l'avait clairement exprimé. « Ton esprit te rendra ton passé à mesure que tu progresseras dans l'équilibre de ton entraînement, lentement au début, puis plus rapidement ensuite. Il y a une bonne raison à cela. Tu dois réussir à ne pas succomber aux attraits de ton ancienne vie, de ta famille, ton pays, tes amis et ta maison. Dans ton cas, c'est particulièrement vital.

— Pourquoi cela ?

— Quand ton passé te reviendra, tu comprendras », dit Shimone, le visage souriant. Ses traits de rapace et ses yeux noirs firent comprendre à son interlocuteur qu'il n'en dirait pas davantage à ce sujet.

Milamber réfléchit à plusieurs questions, qu'il écarta rapidement car elles n'avaient que peu d'importance. Finalement, il demanda : « Que serait-il arrivé si j'avais ouvert la porte à la main ?

— Tu serais mort. » Shimone énonça cela sans émotion.

Milamber n'en fut ni surpris ni étonné, il l'accepta simplement. « Pour quelle raison ? »

Shimone fut pris au dépourvu par la question et le montra. « Nous ne pouvons pas nous surveiller les uns les autres, tout ce que nous pouvons faire, c'est nous assurer du fait que chaque nouveau mage est capable d'assumer les responsabilités de ses actes. Tu as estimé que ta place n'était plus avec ceux qui portent le blanc, les novices. Si là n'était pas ta place, tu devais effectivement faire la preuve de ta capacité à gérer les responsabilités correspondant à ce changement. Les élèves brillants mais irresponsables meurent souvent à ce stade-là. »

Milamber réfléchit à cela et il reconnut la validité d'un tel test. « Combien de temps va encore durer mon entraînement ? »

Shimone fit un geste de prudence. « Aussi longtemps qu'il le faudra. Tu montes rapidement, toutefois, je pense donc que pour toi, cela ne devrait pas être trop long. Tu as certains dons naturels ainsi — tu le comprendras quand tes souvenirs reviendront — qu'un certain avantage sur les autres élèves plus jeunes qui ont commencé en même temps que toi. »

Milamber scruta le contenu de sa tasse. Dans le liquide noir, il sembla apercevoir un simple mot, comme du coin de l'œil, qui disparut dès qu'il tenta de le fixer. Il ne pouvait s'y accrocher, mais cela avait été un nom court, simple.

Cette nuit-là il fit un nouveau rêve. L'homme en brun avançait sur la route et cette fois Milamber arriva à le suivre. « Tu vois, il y a peu de limites objectives. Ce qu'ils t'enseignent est utile, mais ne te dis jamais que parce qu'une solution te permet de résoudre un problème, ce doit être la seule. »

L'homme en brun s'arrêta. « Regarde ça », dit-il en montrant une fleur sur la route. Milamber se pencha pour regarder ce que lui montrait l'homme. Une petite araignée tissait une toile entre deux feuilles. « Cette créature, dit l'homme en brun, travaille sans faire attention à nous. Toi ou moi, nous pourrions l'annihiler sur un simple coup de tête. Réfléchis bien, donc : si cette créature était capable d'appréhender notre existence et le danger que nous représentons pour sa vie, l'araignée nous vénérerait-elle ?

— Je ne sais pas, répondit Milamber. Je ne sais pas comment pense une araignée. »

L'homme en brun s'appuya sur son bâton. « Tous les humains pensent différemment les uns des autres, il se pourrait donc que cette araignée ait une réaction de peur, de défiance, d'indifférence, de fatalisme ou d'incrédulité. Tout est possible. » Il tendit son bâton et toucha doucement de la pointe un bout de la toile. Soulevant le minuscule arachnide, il le déposa de l'autre côté de la route. « À ton avis, est-ce que cette créature sait que cette fleur n'est pas la même ?

— Je l'ignore. »

L'homme en brun sourit. « C'est peut-être la plus sage des réponses. »

Reprenant sa marche, il dit : « Bientôt, on te fera voir quantité d'images, certaines d'entre elles ne signifieront pas grand-chose pour toi. Quand cela t'arrivera, souviens-toi d'une chose.

— Quoi donc ? demanda Milamber.

— Les apparences sont parfois trompeuses. Souviens-toi de l'araignée, qui en ce moment même me prie peut-être pour me remercier d'une proie inespérée. » Montrant de nouveau la plante de la pointe de son bâton, il dit : « Il y a bien plus d'insectes sur celle-là que sur l'autre. » En se grattant la barbe, il ajouta : « Je me demande si la plante aussi me prie pour me remercier. »

Il passa plusieurs semaines en compagnie de Shimone et de quelques autres. Il apprit de nouvelles choses sur sa vie, quelques fragments seulement. Il avait été esclave et on avait découvert qu'il avait le pouvoir. Il se souvenait d'une femme et ressentait un vague tiraillement en se remémorant l'image un peu floue qu'il en avait.

Il apprenait vite. Chaque leçon, il l'accomplissait en un seul jour, deux au plus. Il disséquait rapidement chaque problème qu'on lui donnait et quand il en arrivait au moment où il devait en discuter avec ses professeurs, ses questions allaient droit au but, elles étaient toujours justes et bien pensées.

Un jour, il s'éveilla dans une nouvelle cellule, toujours aussi simple que les précédentes. Quand il en sortit, Shimone l'attendait. Le magicien en robe noire lui dit : « À partir de maintenant, tu n'as plus le droit de parler jusqu'à ce que tu aies accompli la tâche qui t'a été assignée. »

Milamber fit signe qu'il avait compris et il suivit son guide dans le couloir. Le magicien lui fit traverser une série de longs couloirs et ils débouchèrent finalement dans une partie du bâtiment qu'il n'avait encore jamais visitée. Ils prirent un escalier interminable, qui s'élevait plusieurs étages au-dessus de leur palier de départ. Enfin,

Shimone lui ouvrit une porte. Milamber passa devant et se retrouva sur un toit plat à ciel ouvert, au sommet d'une haute tour. Au centre du toit se dressait une aiguille de pierre. Elle jaillissait vers le ciel, faite en apparence d'un seul tenant. Un étroit escalier s'enroulait tout autour, creusé à même le flanc de l'aiguille. Milamber la suivit des yeux, mais elle se perdait dans les nuages. Il trouva la chose fascinante, car elle semblait violer toutes les lois physiques qu'il avait étudiées. Mais elle était bien là devant lui et son guide lui faisait signe de monter les marches.

Il commença l'ascension. Après avoir fini son premier tour, il remarqua que Shimone avait disparu par la porte de bois. Libéré de sa présence, Milamber détacha les yeux du toit et il s'extasia sur le panorama qui s'étendait tout autour à perte de vue.

Il se trouvait au sommet de la plus haute tour d'une immense cité de tours. Où que porte son regard, des centaines de doigts de pierre s'élevaient, de solides structures dont les fenêtres jetaient un regard vide sur le monde. Certaines s'ouvraient sur le ciel, comme celle-ci et d'autres étaient couvertes de toits de pierre ou de dômes de lumière scintillante. Mais seule celle-ci disposait de cette fine flèche. Sous ces centaines de tours, des ponts s'élançaient dans le vide, les reliant entre elles, enjambant la masse gigantesque de l'unique bâtiment loin en bas qui portait toutes ces constructions offertes à sa vue. C'était un édifice monstrueux. Sous ses pieds, il s'étendait sur des kilomètres dans toutes les directions. Milamber avait toujours su que le bâtiment devait être énorme, car il avait parcouru ses couloirs de long en large, mais le fait de l'avoir imaginé ne changeait en rien la crainte révérencieuse qu'il ressentait à sa vue.

Toujours plus bas, à l'extrême limite de son champ de vision, il apercevait le vert tendre de l'herbe, une fine bordure qui encerclait la masse noire du bâtiment. Tout autour il y avait de l'eau, ce lac qu'il avait entr'aperçu une fois. Au loin il devinait l'esquisse d'une chaîne de montagnes, mais à moins de se concentrer très fort, c'était comme si le monde entier s'étalait sous lui.

Il monta en tournant autour de l'aiguille. Chaquc tour lui permettait de voir de nouveaux détails. Un oiseau solitaire le survola, oublieux des affaires des hommes, les ailes écarlates largement étendues dans les airs en scrutant les profondeurs du lac de ses yeux perçants. Saisissant du coin de l'œil un éclair révélateur à la surface de l'eau, il replia ses ailes et piqua, crevant la surface un bref instant avant de remonter, une proie gigotante serrée entre ses griffes. Il poussa un cri de victoire, décrivit un cercle dans le ciel, puis partit vers l'ouest.

Un tour supplémentaire. Des vents. Chacun portait le souvenir de terres lointaines et étrangères. Du sud souffla l'odeur des jungles étouffantes où les esclaves s'acharnaient à arracher des terres arables aux marais mortels recouverts d'eau. De l'est, une brise lui fit parvenir le chant de victoire d'une douzaine de guerriers de la confédération Thuril qui venaient de vaincre une troupe de douze soldats de l'empire lors d'un incident de frontière. En contrepoint, il entendait le faible écho d'un soldat tsurani mourant, pleurant pour sa famille. Du nord lui vinrent des odeurs de glace et le son des sabots de milliers de Thūn qui martelaient la toundra gelée, galopant vers le sud pour conquérir des terres plus clémentes. De l'ouest, il entendit le rire de la jeune épouse d'un noble puissant qui poussait un garde de sa maison mi-terrifié, mi-excité, à tromper son époux parti faire affaire avec un marchand de Tusan au sud. De l'est, l'odeur des fameuses épices des places de marché de Yankora. Encore le sud et l'odeur salée de la mer de Sang. Le nord et le vent de plaines glacées que l'homme n'a jamais foulées, où marche une race ancienne dont la sagesse est inconnue de l'homme, une race qui attend un signe venant des cieux — un signe qui n'est jamais venu. Chaque vent lui portait une note et un ton, une couleur et une teinte, un goût et une odeur. La texture du monde soufflait autour de lui et il inspira profondément, pour mieux la savourer.

Un tour. Des marches sous ses pieds monta un battement, comme si le monde lui-même était vivant. Au travers de l'île, du bâtiment, de la tour, de l'aiguille et de son corps même lui parvenait le battement rapide et éternel du cœur de la planète. Il baissa les yeux et vit de profondes cavernes, dont les plus proches de la surface étaient exploitées par des esclaves qui en extrayaient les rares métaux précieux qui s'y trouvaient, ainsi que du charbon pour le chauffage et de la pierre de taille. Il y avait d'autres cavernes encore en dessous, certaines naturelles et d'autres, vestiges d'une cité perdue, couvertes d'une poussière qui avait fini par se changer en terre au fil des ans. Ici, vivaient auparavant des créatures qu'il ne pourrait jamais imaginer. Sa vision plongea plus loin encore, jusqu'à un royaume de chaleur et de lumière où luttaient des forces primitives. Du roc liquide, étincelant, couvert de flammes, se hissait sur son socle solide, se frayait un passage vers le haut, poussé par la nature inconsciente. Plus profond encore, jusqu'à un monde de forces pures, où des lignes d'énergie parcouraient le cœur du monde.

Un tour et il arriva à une petite plate-forme tout en haut de l'aiguille. C'était un perchoir incroyablement précaire, plus petit que lui dans sa plus grande largeur. Il se plaça au centre, surmontant un vertige qui risquait de le jeter en hurlant par-dessus bord. Il lui fallut toutes ses capacités et tout son entraînement pour rester là, car il savait sans qu'on ait eu besoin de le lui dire que s'il échouait à cette épreuve, la mort serait sa seule sanction.

Il apaisa son esprit terrifié et regarda la scène autour de lui, avec l'impression d'être minuscule devant tout ce vide. Jamais il ne s'était senti aussi isolé, aussi totalement seul. Il n'y avait rien ici qui puisse s'interposer entre lui et son destin.

En dessous s'étendait le monde et au-dessus le ciel vide. Le vent était légèrement humide et il vit des nuages noirs remonter très vite du sud. La tour, ou l'aiguille qui se trouvait dessus, se balançait doucement et il compensa inconsciemment les oscillations en portant son poids d'un côté ou de l'autre.

Les nuages lourds qui s'élançaient vers lui s'illuminèrent d'éclairs et le tonnerre retentit tout autour de lui. Ce simple bruit aurait suffi à le faire tomber de la petite plate-forme et il dut puiser plus loin encore dans ses ressources de puissance, dans ce lieu silencieux nommé wal. Là, il trouva la force de résister aux assauts de la tempête.

Les vents le frappaient sans cesse, le poussant vers les bords de la plate-forme. Il tituba, retrouva l'équilibre, malgré l'abysse ténébreux qui l'appelait, qui l'invitait à basculer. Il fit un effort de volonté pour s'arracher encore au vertige et il prépara son esprit à la tâche qui l'attendait.

Dans sa tête, une voix hurla : *Voici venu le temps de l'épreuve. Sur cette tour tu devras te tenir et si ta volonté n'est pas assez forte, de cette tour tu tomberas.*

Il y eut une brève pause, puis la voix reprit en hurlant : *Prends garde ! Observe et apprends ce qui fut.*

Les ténèbres s'élevèrent et l'engloutirent.

Il flotte un certain temps, perdu, sans nom. Une étincelle de conscience vacillante, un nageur inconnu dans une mer noire et vide. Puis une note unique envahit le vide. Elle résonne, un son sans bruit, qui s'impose à ses sens inexistants. *Sans les sens, comment percevoir ?* lui demande son esprit. Son esprit ! *Je suis !* hurle-t-il et un million de philosophies s'exclament alors : *Si je suis, alors qu'est-ce qui n'est pas moi ?* se demande-t-il.

Un écho lui répond : *Tu es ce que tu es et tu n'es pas ce que tu n'es pas.*

— *Réponse bien peu satisfaisante,* se dit-il.

— *Bien,* répond l'écho.

— *Quel est ce son ?* demande-t-il.

— *C'est la caresse du sommeil d'un vieillard juste avant la mort.*

— *Quel est ce son ?*

— *C'est la couleur de l'hiver.*

— *Quel est ce son ?*

— *C'est le son de l'espoir.*

— *Quel est ce son ?*
— *C'est le goût de l'amour.*
— *Quel est ce son ?*
— *C'est une sonnerie pour que tu t'éveilles.*

Il flotte. Autour de lui nagent un milliard de milliards d'étoiles. De grands amas dérivent non loin, embrasés de déchaînements d'énergie. Ils tournoient en projetant de multiples couleurs, des géantes rouges et bleues, des oranges et des jaunes plus petites et des naines rouges et blanches. Les noires furieuses s'abreuvent à la tempête de lumière qui les entoure, tandis que d'autres projettent des énergies dans des spectres inconnus et que d'autres encore distordent la trame de l'espace-temps, troublant sa vision quand il cherche à déceler leur passage. Des lignes de force tendues entre ces astres les relient tous en formant un puissant filet. L'énergie coule le long de ces lignes, allant et venant, pulsant d'une vie qui n'en est pas vraiment une. Les étoiles le savent, quand elles s'approchent. Elles prennent conscience de sa présence, mais elles ne s'y intéressent pas. Il est trop petit pour elles. Tout autour de lui s'étend l'univers.

En certains points de cette toile d'araignée, de puissantes créatures se reposent ou sont à l'œuvre, toutes différentes, mais d'une certaine manière toutes semblables. Certaines sont des dieux, car elles lui sont familières et d'autres le sont plus ou moins. Chacune joue un rôle. Certaines le regardent, car son passage ne va pas sans être remarqué. Certaines sont au-delà de lui, trop grandes pour qu'elles puissent le comprendre et de ce fait, sont moins que lui. D'autres l'étudient de près, évaluant ses pouvoirs et ses capacités et les comparant aux leurs. Il les examine de son côté. Toutes sont silencieuses.

Il file entre ces étoiles et ces puissances, jusqu'à ce qu'il atteigne une étoile, une parmi tant d'autres, mais une qui l'appelle. De cette étoile, vingt lignes d'énergie repartent et près de chacune d'elles se trouve une puissance. Sans le savoir, il sait que ce sont les anciens dieux de Kelewan. Chacun d'eux agit sur la ligne la plus proche qui influence la structure de l'espace-temps autour d'elle. Certains luttent entre eux, d'autres alimentent visiblement la dispute et d'autres encore ne font rien de remarquable.

Il s'approche encore. Une unique planète tourne autour de l'étoile, une sphère bleu-vert voilée de nuages blancs. Kelewan.

Il plonge le long des lignes de force, jusqu'à ce qu'il se retrouve à la surface. Là, il découvre un monde intouché par l'homme. De grandes bêtes à six pattes parcourent le monde et une jeune race d'êtres à l'esprit vif se cache à leur approche.

Les cho-ja, quelques bandes isolées de créatures toujours pressées, à peine plus développées que les grands insectes qui les ont fait naître, filent entre les arbres des grandes forêts, dans la crainte des prédateurs qui les chassent. Ils chassent en retour des gibiers plus petits. Ils ont commencé à raisonner et maintenant leurs reines les modèlent dans des buts précis, afin que des soldats forts et bien armés protègent les cueilleurs. Il y a davantage de nourriture dans la ruche et la race commence à prospérer.

Dans les plaines court la jeune race des Thūn mâles, qui se battent entre eux à coups de cailloux et de bâtons, de poing et de dents. Ils se battent, uniquement poussés par un instinct dont ils ne savent rien, qui veut qu'un seul d'entre eux chasse tous les autres et soit le père de la génération suivante. Il leur faudra des siècles pour devenir des êtres raisonnables, capables de mettre leurs forces en commun contre des créatures à deux pattes qui ne sont pas encore apparues dans ce monde.

Près de la mer, qui ne porte pas encore le nom qu'on lui donnera à cause du sang des milliers de personnes qui y mourront, les Sunn paressent sur le rivage, à peine sortis de l'eau, gênés par l'environnement terrestre, mais déjà incapables de vivre dans les profondeurs. Craignant toutes choses, ils complotent dans leurs cavernes marines pour assurer leur sécurité et développent des réflexes contre les étrangers qui seront la cause de leur génocide, des générations plus tard.

Au-dessus des montagnes, les Thrillillil fendent les airs. Leur culture est encore simpliste et en formation, à peine plus développée qu'une vague association entre un couple reproducteur et ses rejetons. Leurs grandes ailes délicates projettent des ombres sur les Nummongnum, qui rampent le long des rochers, dissimulés sous leur fourrure mouchetée pareille aux pierres derrière lesquelles ils grouillent, à la recherche des œufs de Thrillillil, entamant une guerre qui durera un millier d'années et débouchera sur l'annihilation des deux races.

C'est un monde dur, plein de vie, mais d'une vie sauvage, sans merci pour les faibles. De ces races qu'il voit, seules deux resteront, les Thūn et les cho-ja. Il voit les ténèbres s'approcher comme une subite tempête, qui l'engloutit.

Comme le calme après la tempête, la lumière revient.

Il se tient en haut d'une falaise qui surplombe une grande plaine herbeuse séparée de la mer par une petite plage de sable. L'air commence à s'iriser et la mer au loin se fait plus houleuse. Comme si la chaleur troublait l'air ambiant, la scène se distord. Un scintillement de couleurs apparaît dans l'air. Puis, comme si deux mains gigantesques la déchiraient, la trame de l'espace-temps s'ouvre sur une faille qui s'élargit de plus en plus, au travers de laquelle il voit. De l'autre côté de cette faille, le chaos se révèle à ses yeux, un déchaînement d'énergie délirant, comme si toutes les lignes de force de l'univers venaient de se briser. Des éclairs assez puissants pour détruire des soleils éclatent en milliers de couleurs que l'œil des mortels ne saurait percevoir, laissant en rémanence leur image ternie. Des profondeurs de cette faille géante, un large pont de lumière dorée s'élance vers le bas et se pose sur la plaine herbeuse. Sur le pont, des milliers de silhouettes s'avancent, échappant à la folie de la faille pour se réfugier dans le calme de la plaine.

Elles se pressent de descendre, certaines portant sur elles tout ce qu'elles possèdent, d'autres avec des chariots et des traîneaux débordant de richesses tirés par des animaux. Elles courent, fuyant une horreur innommable.

Il scrute les visages et bien que ceux-ci lui soient étrangers, il voit bien des traits familiers en eux aussi. Nombre d'entre eux portent des robes courtes très simples et il sait que ce sont ceux-là qui finiront par donner la race des Tsurani. Leur visage est plus primitif, il est moins marqué par le métissage qui viendra au fil des ans. La plupart sont clairs de peau, avec des cheveux bruns ou blonds. Des chiens jappent et leur courent entre les jambes, des lévriers et des whippets fins et rapides.

À côté d'eux s'avancent de fiers guerriers, les yeux en amande et la peau couleur bronze. Ce sont des combattants. mais pas des soldats organisés, car ils portent des vêtements de coupes et de couleurs très diverses d'un individu à l'autre..Ils s'écartent tous du pont, certains blessés, tous cachant leur peur sous un masque implacable. Ils portent dans le dos de longues épées de bon acier, faites avec grand soin. Ils ont le sommet du crâne rasé et le reste des cheveux ramenés en arrière par un catogan. Ils ont le port fier des hommes qui ne savent pas s'il est bon pour eux d'avoir survécu à la bataille. Au milieu d'eux se trouvent encore d'autres gens, tous étrangers les uns aux autres.

Une race de gens de petite taille porte des filets. Des pêcheurs, bien qu'ils soient les seuls à savoir dans quelle mer ils pêchent. Ils ont les cheveux noirs, le teint olivâtre et des yeux gris-vert. Les hommes, les femmes et les enfants portent de simples pantalons de fourrure, laissant le torse nu.

Derrière encore arrive une nation d'hommes grands et nobles, à la peau noire. Leurs vêtements sont richement ornés de couleurs pastel et subtiles. Nombreux sont ceux qui portent des gemmes au front et des bracelets d'or aux bras. Ils pleurent tous le pays qu'ils ne reverront jamais.

Puis viennent des cavaliers montés sur des bêtes impossibles qui ressemblent à des serpents volants avec des têtes d'oiseau couvertes de plumes. Les cavaliers ont des masques d'animaux et d'oiseaux sur le visage, peints de couleurs vives et ornés de plumes. Ils n'ont que des peintures pour seul vêtement, leur monde natal était chaud. Ils sont drapés dans leur nudité, car leurs corps sont beaux, comme si un sculpteur de génie les avait taillés dans la pierre, et ils portent des armes de verre noir. Les femmes et les enfants, sans masque, montent derrière les hommes, le visage durci par le monde cruel qu'ils abandonnent. Les cavaliers-serpents tournent leurs créatures vers l'est et s'enfuient. Les grands serpents volants mourront dans les hauteurs glacées de l'est, mais ils resteront à jamais dans les légendes de la fière Thuril.

Ils viennent par milliers, descendant tous le pont d'or pour mettre pied sur Kelewan. Quand ils arrivent dans la plaine, certains partent vers d'autres parties de la planète, mais nombreux sont ceux qui restent et en regardent des milliers d'autres passer le pont. Le temps passe, le jour succède à la nuit, qui succède à nouveau au jour et une foule toujours plus nombreuse sort de cette tempête de chaos en folie.

Vingt puissances les accompagnent, qui fuient elles aussi la destruction totale d'un univers. Les foules dans la plaine ne peuvent pas les voir passer, mais lui les voit. Il sait que ces êtres deviendront les vingt dieux de Kelewan, les Dix Supérieurs et les Dix Inférieurs. Ils s'envolent, pour arracher les lignes de pouvoir des mains des anciens êtres trop faibles qui veillaient sur ce monde. Les nouveaux dieux, en prenant leur place respective, n'ont pas à se battre car les anciens savent qu'un nouvel ordre va régner sur le monde.

Après plusieurs jours d'observation, il remarque que le flot d'humanité est en train de se tarir. Des centaines d'hommes et de femmes tirent de gros navires construits en une sorte de métal qui brille au soleil, montés sur des roues faites dans une étrange substance noire. Ils arrivent dans la plaine et voient l'océan au bout de l'étroite bande de plage. Ils crient et poussent leurs navires vers l'eau pour les mettre à flot. Cinquante navires lèvent voile et partent sur l'océan, en direction du sud, vers la terre qui deviendra Tsubar, la terre oubliée.

Le dernier groupe est composé de milliers d'hommes en robes de multiples coupes et couleurs. Il sait que ce sont les prêtres et les mages de multiples nations. Ensemble il se tiennent là, repoussant le déchaînement de folie qui fait rage de l'autre côté. Il les voit tomber comme des mouches, leur vie soufflée comme une simple chandelle. À un signal décidé à l'avance, plusieurs d'entre eux, quoique moins de un sur cent de ceux qui se tiennent sur le pont d'or, tournent les talons et s'enfuient vers le sol. Ils portent tous des livres, des parchemins, des ouvrages d'érudition. Quand ils arrivent en bas du pont, ils se retournent et regardent le drame qui se déroule plus haut.

Ceux qui se trouvent au-dessus ne regardent pas ceux qui se sont échappés mais ce qu'ils retiennent. Ils lancent un cri et incantent un puissant sortilège au pouvoir magique monstrueux. Ceux qui se trouvent en dessous répondent à leur cri et l'on entend leurs voix trembler. Le pont commence à se dissoudre, à partir du sol. Un flot de terreur et de haine se déverse de la faille et ceux qui se tiennent sur le pont commencent à plier devant l'assaut. Le pont et la faille au-dessus disparaissent, accompagnés d'une explosion de rage qui balaie et assomme la plupart des gens qui restaient en bas dans la plaine.

Pendant quelque temps, ceux qui avaient réussi à échapper à la terreur sans nom derrière la faille ne prononcent plus un mot. Puis ils commencent à se disperser lentement. Des groupes se forment puis s'en vont. Il sait que, dans les années à venir, ces réfugiés en haillons vont conquérir ce monde, car ce sont eux les graines des nations qui peupleront Kelewan.

Il sait qu'il vient de voir le commencement des nations et leur fuite de l'Ennemi, la terreur sans nom qui avait détruit les foyers des races humaines et avait dispersé celles-ci dans d'autres univers.

À nouveau le voile du temps se tire sur lui, le renvoyant aux ténèbres.

Puis à la lumière.

Sur la plaine qui auparavant était vide se dresse une grande cité. Ses tours blanches s'élèvent haut vers les cieux. Sa population est industrieuse et la cité, prospère. Des caravanes de marchandises viennent de partout et de grands navires arrivent par la mer. Les années filent, apportant guerre et famine, paix et abondance.

Un jour un vaisseau entre dans le port, aussi malade et blessé que son équipage. Ce vaisseau est l'un des rares survivants d'une grande bataille. Le peuple de l'autre côté de l'eau va bientôt venir et la cité des plaines va tomber si elle ne reçoit pas d'aide. On envoie des messagers au nord pour prévenir les villes sur la grande rivière, car si jamais la cité blanche tombait, rien n'empêcherait les envahisseurs de continuer vers le nord. Les messagers reviennent avec de bonnes nouvelles. Les armées des autres cités viendront. Il les regarde s'assembler et affronter les envahisseurs près de la mer. Les envahisseurs sont repoussés, mais à cher prix, car la bataille a duré douze jours. Cent mille hommes sont morts et le sable restera rouge pendant des mois. Mille vaisseaux brûlent et le ciel s'emplit d'une fumée noire qui mettra des jours et des jours à retomber sur des kilomètres, recouvrant la région d'une fine couche de cendres. La cité blanche devient la cité grise. La mer est nommée mer de Sang depuis ce jour et la grande baie, baie de la Bataille. Mais grâce à cette bataille, une alliance s'est créée et les graines de l'empire sont plantées, l'empire de Tsuranuanni qui régnera sur le monde.

Comme le silence qui s'appesantit, les ténèbres reviennent.

Comme le son du clairon, la lumière réapparaît.

Il se retrouve en haut d'un temple, au cœur de la cité centrale de l'empire. En dessous, se trouvent des milliers de gens. Ils emplissent les rues, pressés les uns contre les autres et chantent, tandis que des milliers de mains levées font passer de grandes plates-formes de bois au-dessus de leur tête. Sur les plates-formes se tiennent les nobles de l'empire, les seigneurs des cinq grandes familles. Sur la dernière plate-forme, la plus grande, se trouve un trône d'or, fait des métaux les plus rares de ce monde pauvre en minerais. Sur le trône est assis un jeune garçon. Quand la plate-forme atteint la grande place des Vingt Dieux Supérieurs et Inférieurs, on la dépose sur le sol et le trône est porté sur le dos des citoyens jusqu'au sommet du temple le plus élevé.

Le trône est reposé, faisant face au sud-est, là d'où sont venues les nations au début. Des profondeurs du temple surgissent une douzaine de prêtresses vêtues de noir, accompagnées de prêtres vêtus de rouge. Les prêtresses de Sibi, la déesse de la mort, désignent au hasard plusieurs citoyens dans la foule et les prêtres en rouge du dieu qui donne la mort les attrapent. Ils prennent des hommes, des femmes et parfois des enfants. Tous sont traînés jusqu'en haut du temple, où des prêtres du Dieu rouge leur arrachent le cœur de la poitrine, tandis que les prêtres et prêtresses des dix-huit autres ordres regardent en silence. Après des centaines de sacrifices, les marches du temple sont couvertes de sang, la grande prêtresse de la déesse de la mort juge que les dieux sont satisfaits. Ils mettent un anneau d'argent à la main du garçon et un cerclet d'or sur son front et ils le proclament Lumière du Ciel Minjochka, onze fois empereur. Le garçon s'amuse avec un jouet de bois qu'on lui a donné au début de la journée car il s'ennuie vite, tandis que la foule se presse pour plonger ses mains dans le sang de ses compatriotes, rituel qui porte chance.

À l'est, le ciel s'assombrit car la nuit approche.

Au lever du soleil, il se trouve devant un magicien qui vient de travailler toute la nuit. L'homme s'inquiète de ce que lui montrent ses calculs et il incante un sortilège qui l'amène en un autre lieu. L'observateur le suit. Dans une petite pièce, plusieurs autres magiciens semblent apeurés par les nouvelles que leur apporte le premier magicien. Un messager est envoyé au Seigneur de Guerre, qui dirige l'empire au nom de l'empereur. Le Seigneur de Guerre convoque les magiciens. L'observateur suit. Les magiciens expliquent ce qu'ils ont découvert. Les signes dans les étoiles, interprétés selon d'anciens écrits, annoncent l'arrivée d'un grand désastre. Une étoile, un vagabond dans les cieux là où personne ne l'avait encore vu, reste immobile mais devient de plus en plus brillant. Il va apporter la destruction des nations. Le Seigneur de Guerre est sceptique, mais ces derniers temps de plus en plus de nobles en viennent à écouter les magiciens. Il y a toujours eu des légendes parlant de magiciens qui auraient sauvé des nations de l'Ennemi, mais rares sont ceux qui y croient vraiment. Malgré tout, actuellement, il y a cette nouvelle assemblée de magiciens, qui ont formé ce qu'ils appellent l'Assemblée, dans quel but, eux seuls le savent. Donc, comme les temps changent, le Seigneur de Guerre accepte de rapporter ces explications à l'empereur. Au bout d'un moment, l'empereur envoie un ordre à l'Assemblée. Sa demande : apporter des preuves. Les magiciens secouent la tête et retournent à leurs modestes salles.

Des dizaines d'années passent et les magiciens font une campagne de propagande, cherchant à influencer tous les nobles de l'empire qui veulent bien les entendre. Un jour arrive où l'on proclame la mort de l'empereur et l'accession au trône de son fils. Les magiciens rassemblent tous ceux d'entre eux qui peuvent aller à la Cité sainte pour le couronnement du nouvel empereur.

Des milliers de gens sont sortis dans les rues, tandis que des esclaves portent les nobles de tout le pays en litières jusqu'aux grands temples. Le nouvel empereur s'avance sur l'antique trône d'or, porté par une centaine d'esclaves athlétiques. Il se fait couronner et l'on sacrifie un esclave, loin dans les salles du temple du dieu de la mort, Turakamu, pour demander aux dieux de laisser l'âme du précédent empereur reposer au ciel.

La foule applaudit, car Sudkahanchoza, trente-quatre fois empereur, est très aimé et qu'ils le voient pour la dernière fois. Il va maintenant se retirer dans le palais sacré, où son âme veillera à jamais sur ses sujets, tandis que le Seigneur de Guerre et le Grand Conseil s'occuperont de diriger les affaires de l'empire. Le nouvel empereur aura une vie consacrée à la contemplation, la lecture, la peinture, l'étude des grands livres des temples, la purification de son âme pour cette vie difficile.

Cet empereur n'est pas comme son père et, après avoir entendu les graves nouvelles que lui apporte l'Assemblée, il donne l'ordre de construire un grand château sur une île au centre du lac géant qui se trouve au centre des montagnes d'Ambolina.

Le temps...

... passe.

Des centaines de magiciens vêtus de noir se tiennent en haut de tours qui s'élèvent au-dessus de la cité sur l'île. Ce n'est pas encore la magnifique entité unique à venir. Deux cents ans ont passé et désormais deux soleils brûlent dans le ciel, l'un jaune-vert et chaud et l'autre petit, blanc et furieux. L'observateur voit ces hommes œuvrer à leur magie, le plus grand sortilège lancé dans toute l'histoire des nations. Même le pont légendaire de l'extérieur, au début des temps, n'avait pas été si grand, car alors ils n'avaient fait que se déplacer entre les mondes, alors que cette fois, c'est une étoile qu'ils vont déplacer. En dessous, il sent la présence de centaines d'autres magiciens, qui ajoutent leurs pouvoirs à ceux qui sont en haut. Cela fait des années qu'ils tissent ce sortilège, accomplissant chaque étape avec le plus grand soin, tandis qu'approche l'Étranger. Bien qu'il soit d'une puissance au-delà de tout, cet enchantement est aussi extrêmement délicat. Toute erreur réduirait à néant le travail accompli. Il lève les yeux et voit l'Étranger, qui file clairement vers ce monde. Il ne va pas frapper Kelewan, mais on ne peut douter que sa chaleur, ajoutée à celle de l'étoile déjà très chaude de Kelewan, détruira toute vie sur la planète. Kelewan sera prise plus d'un an entre son étoile et l'Étranger, sous un jour perpétuel, et tous les magiciens s'accordent pour dire que très peu pourront survivre, dans de profondes cavernes et qu'ils remonteront sur une planète complètement brûlée. Ils doivent agir maintenant, avant qu'il ne soit trop tard, afin de pouvoir tenter un nouvel essai si leur enchantement ne marchait pas.

Maintenant ils agissent, de concert, prononçant la dernière incantation de leur grand œuvre. Le monde semble s'arrêter un moment, vibrant du dernier mot du sortilège. Lentement cette résonance se fait plus forte, monte, développe de nouvelles harmoniques, de nouveaux tons, comme si elle devenait indépendante. Bientôt elle devient assez forte pour assourdir ceux qui sont dans les tours, qui se couvrent les oreilles. En dessous, les gens au sol restent muets, fascinés par les couleurs éclatantes qui commencent à se former dans le ciel. Des éclairs fendent l'air, faisant pâlir la lumière des deux astres par à-coups aveuglants et qui frapperont certains de cécité pour le reste de leur vie. Il n'est affecté ni par le bruit ni par la lumière, comme si quelque chose prenait soin de le protéger de leurs effets. Une grande faille apparaît dans le ciel, très semblable à celle par laquelle était arrivé le pont d'or des milliers d'années auparavant. Il regarde tout cela avec une sorte fascination détachée. La faille grandit dans le ciel, entre l'Étranger et Kelewan et commence à s'écarter de la planète, se dirigeant vers l'étoile en approche.

Mais quelque chose d'autre se passe. Une éruption d'énergie sans précédent jaillit du cœur de la faille, plus forte encore qu'au temps du pont d'or. Le déferlement de haine irrésistible rivalise avec cette scène chaotique. L'Ennemi, le pouvoir maléfique qui a fait fuir les peuples vers Kelewan est toujours dans l'autre univers et il n'a pas oublié ceux qui lui ont échappé il y a si longtemps. Il ne peut percer la barrière de la faille, car il a besoin de plus de temps pour passer d'un univers à l'autre, mais il s'en empare et la distord, la renvoyant loin de l'Étranger. La faille grandit et les gens à terre la voient prête à engloutir Kelewan, ramenant la planète sous la domination de l'Ennemi.

L'observateur regarde impassible, contrairement à ceux qui se trouvent autour de lui, car il sait que ce qu'il voit n'est pas la fin du monde. La faille se rue sur la planète et un magicien s'avance.

Il est vaguement familier à l'observateur. L'homme porte une robe marron, serrée à la taille par une ceinture de corde et il tient un bâton de bois. Il lève son bâton au-dessus de la tête et lance une incantation. La faille change. De couleurs indescriptibles, elle passe au noir d'encre et frappe la planète.

Les cieux explosent un moment, puis tout devient noir. Quand les ténèbres se lèvent, le soleil, celui de Kelewan, tombe à l'horizon.

Les magiciens qui ne sont pas morts ou fous regardent vers le haut avec horreur. Au-dessus d'eux, le ciel est un vide sans étoiles.

Et l'homme en brun se retourne vers lui et dit : « Souviens-toi, les choses ne sont pas toujours comme elles semblent être. »

Les ténèbres...

... annoncent à nouveau le passage du temps. Il se trouve dans les salles de l'Assemblée. Des magiciens apparaissent régulièrement, utilisant le motif géométrique sur le sol comme point focal pour leurs déplacements. Ils se souviennent tous du motif comme d'une adresse et il leur suffit de vouloir s'y trouver. Un message arrive de l'empereur. Il demande à l'Assemblée de résoudre le problème, leur promettant toute l'aide dont ils pourraient avoir besoin.

L'observateur passe plusieurs générations et retrouve les magiciens de nouveau rassemblés en haut des tours. Cette fois, au lieu de l'Étranger, c'est un ciel sans étoiles qu'ils observent. Il sont en train d'incanter un autre sortilège, qui leur a encore pris des années de travail. Lorsqu'il est terminé, la terre vibre de puissantes énergies. Soudain, le ciel s'illumine d'étoiles et Kelewan retrouve sa place normale.

« Les choses ne sont pas toujours comme elles semblent être », dit une voix.

L'empereur donne l'ordre à l'Assemblée tout entière de gagner immédiatement la Cité sainte. Individuellement ou par deux, ils prennent les motifs pour aller jusqu'à Kentosani. L'observateur les suit. Ils sont conduits jusqu'aux appartements à l'intérieur du palais de l'empereur, chose dont on n'avait jamais entendu parler de toute l'histoire de l'empire.

Des sept mille magiciens qui s'étaient rassemblés un siècle auparavant pour écarter l'Étranger, seuls deux cents ont survécu. Même maintenant, leur nombre n'a que très peu augmenté et pas même un magicien sur vingt de ceux qui se sont opposés à l'Étranger depuis leurs tours répondent à l'appel de l'empereur. Ils s'avancent devant Tukamaco, quarante fois empereur, descendant de Sudkahanchoza et Lumière du Ciel. L'empereur demande à l'Assemblée si elle accepterait de veiller à jamais sur l'empire, de le protéger jusqu'à la fin des temps. Les magiciens se consultent et acceptent. L'empereur descend alors de son trône et se prosterne devant les magiciens assemblés, chose qui n'avait jamais été faite auparavant. Il se rassied sur ses talons et, restant à genoux devant eux, écarte les bras et proclame qu'à partir de ce jour les magiciens se nommeront les Très Puissants, qu'ils seront libres de toute obligation, à l'exception de la charge qu'ils viennent d'accepter. Ils sont au-dessus des lois et nul ne peut leur donner d'ordre, y compris le Seigneur de Guerre, qui se trouve à ses côtés et fronce les sourcils. Quoi qu'ils désirent, il leur suffira de le demander, car leurs paroles auront force de loi.

Et un magicien sourit d'un air entendu à un autre non loin.

Les ténèbres...

... et le temps passe.

L'observateur se trouve devant le trône du Seigneur de Guerre. Une délégation de magiciens se tient devant le Seigneur de Guerre. Ils lui présentent la preuve de ce qu'ils viennent de lui dire. Une faille contrôlable, libre de toute influence de l'Ennemi, a été ouverte et l'on a trouvé un autre monde. Celui-ci n'est pas propice à la vie, mais on en a découvert un autre, un monde riche d'où l'on pourrait tirer beaucoup. Ils lui montrent une quantité de métal telle qu'une vie entière de travail n'aurait pas suffi à l'extraire et qu'ils n'avaient eu qu'à se baisser pour la ramasser. L'observateur sourit intérieurement en voyant s'éveiller l'intérêt du Seigneur de Guerre devant un plastron d'armure brisé, une épée rouillée et une poignée de clous tordus. Pour mieux prouver que ce monde est réellement étranger, ils lui montrent une belle fleur étrange. Le Seigneur de Guerre la renifle et son parfum entêtant lui plaît. L'observateur acquiesce, car lui aussi connaît le parfum d'une rose de Midkemia.

L'aile noire du temps qui passe le recouvre de nouveau.

Il se retrouva sur la plate-forme. Il regarda autour de lui et vit que la tempête se déchaînait encore. Ce n'était que par sa volonté inconsciente qu'il avait pu rester là, tandis que son esprit conscient était occupé à observer l'histoire de Kelewan. Il comprenait maintenant la nature du test, car il était épuisé par la dépense d'énergie qu'avait occasionnée cette ordalie. Tout en apprenant quelle était sa place dans la société, on lui avait fait subir l'épreuve de la nature enragée.

Il regarda une dernière fois autour de lui, trouvant plutôt agréable la vue de ce lac sombre agité par la tempête et des fenêtres des tours que fermaient des volets. Il s'efforça d'en graver l'image dans son esprit, comme pour s'assurer qu'il se souviendrait à jamais de ce moment où ses pouvoirs de Très Puissant s'étaient éveillés, car maintenant sa mémoire et ses émotions étaient libres de tout blocage. Il exultait de disposer d'un tel pouvoir. Il n'était plus Pug le gamin du château, mais un mage disposant de pouvoirs au-delà des rêves de son premier maître, Kulgan. Et jamais plus l'un de ces mondes, Midkemia ou Kelewan, ne lui semblerait le même.

Par la force de sa pensée il descendit sur le toit, flottant doucement malgré le vent furieux. La porte s'ouvrit comme si elle l'avait attendu. Il entra et elle se referma derrière lui. Shimone était là, un sourire aux lèvres. Alors qu'ils parcouraient les longs couloirs de la ville-bâtiment de l'Assemblée, les cieux éclatèrent à l'extérieur dans un roulement de tonnerre, comme pour annoncer son arrivée.

Hochopepa était assis sur sa natte, attendant l'arrivée de son invité. Le gros magicien chauve voulait jauger le tempérament du dernier membre de l'Assemblée, qui venait de passer la robe noire le jour précédent.

Un gong résonna, annonçant l'arrivée de son invité. Hochopepa se leva et traversa ses appartements richement meublés. Il fit coulisser la porte. « Bienvenue, Milamber. J'apprécie que vous ayez jugé bon d'accepter mon invitation.

— Je suis honoré », répondit simplement Milamber en entrant et en observant la pièce. De tous les quartiers qu'il avait vus dans les bâtiments de l'Assemblée, celui-ci était de loin le plus opulent. Les tentures aux murs étaient de tissus riches, rehaussés de fines broderies et sur diverses étagères se trouvaient de nombreux objets de métal précieux.

Milamber se tourna vers son hôte. Le magicien corpulent montra à Milamber un coussin face à une table basse puis il versa des coupes de chocha. Ses mains replètes se déplaçaient avec aisance et assurance, précision et efficacité. Ses yeux sombres presque noirs brillaient sous des sourcils épais qui accentuaient son air faussement débonnaire. C'était le magicien le plus gros qu'ait vu Milamber jusque-là, car la plupart de ceux qui portaient la robe noire tendaient à être maigres et ascétiques. Milamber se dit que ce devait être volontaire, pour jouer sur le fait que l'on pouvait se dire qu'un homme qui s'intéressait aux plaisirs de la chair ne pouvait s'embarrasser d'affaires trop compliquées.

Après la première gorgée de chocha, Hochopepa dit : « Vous représentez pour moi un certain problème, Milamber. »

Comme Milamber ne posait pas de question, Hochopepa ajouta : « Vous ne faites aucune remarque. » Milamber acquiesça. « Peut-être votre origine explique-t-elle votre extrême prudence. »

Milamber dit : « Un esclave qui devient magicien, ça peut donner matière à réfléchir. »

Hochopepa secoua la main. « Il est rare qu'un esclave mette la robe noire, mais ça a déjà été vu. Il arrive que le pouvoir ne se dévoile qu'à l'âge adulte. Mais la loi est explicite et quel que soit l'âge auquel le pouvoir se révèle ou la position sociale de l'homme chez qui il se révèle, cet homme passe immédiatement sous la responsabilité de l'Assemblée. Une fois, un soldat a été condamné à la pendaison par son seigneur. Il a flotté, suspendu dans les airs, à un cheveu de l'étouffement, par le simple pouvoir de sa volonté. Son pouvoir s'était finalement manifesté au moment où il en avait besoin. Il a été donné à l'Assemblée, où il a survécu à l'entraînement, mais ses pouvoirs n'ont jamais été très remarquables et il ne s'est pas beaucoup fait remarquer. Mais là n'est pas le sujet de notre discussion. La particularité de votre situation, celle qui fait de vous un problème à mes yeux, c'est que vous êtes un barbare — excusez-moi, étiez un barbare. »

Milamber eut un nouveau sourire. Il avait quitté la tour de l'épreuve en se rappelant toute son ancienne vie, bien qu'il n'ait que des souvenirs très parcellaires de son entraînement. Il comprenait le processus qui lui avait permis de contrôler sa magie. Ils l'avaient sélectionné entre cent mille et avaient fait de lui un Très Puissant. Des deux cent millions d'habitants de l'empire, il faisait partie des deux mille magiciens portant la robe noire. Sa méfiance d'esclave, qu'avait remarquée Hochopepa, et son intelligence lui conseillaient de ne rien dire. Hochopepa tentait de lui expliquer quelque chose et Milamber attendrait de savoir quoi, quels que soient les détours qu'emprunterait le magicien.

Voyant que Milamber ne disait rien, Hochopepa continua : « Votre position est étrange pour de multiples raisons. La plus évidente, c'est que vous êtes le premier qui ne soit pas de ce monde à porter la robe noire. La seconde est que vous étiez l'apprenti d'un magicien mineur. »

Milamber leva un sourcil : « Kulgan ? Vous savez pour mon entraînement ? »

Hochopepa éclata d'un rire franc et sincère. Milamber se détendit un peu et il considéra l'autre magicien avec un peu moins de méfiance. « Bien entendu. Il n'est pas un seul aspect de votre vie que nous n'ayons pas soigneusement examiné, vous pouviez nous fournir de nombreuses informations sur votre monde. » Hochopepa regarda son invité. « Le Seigneur de Guerre peut décider d'envahir un monde dont il ne connaît pratiquement rien — malgré les objections de certains de ses conseillers magiciens, si je puis me permettre — mais nous autres de l'Assemblée préférons étudier nos adversaires. Nous avons été fort soulagés d'apprendre que la magie chez vous était limitée aux prêtres et aux adeptes de la magie mineure.

— Vous parlez à nouveau de magie mineure. Qu'entendez-vous par là ? »

Ce fut à Hochopepa, cette fois, de paraître un peu surpris. « Je croyais que vous saviez. » Milamber secoua la tête. « La voie de la magie mineure est empruntée par ceux qui peuvent manier certaines forces grâce à leur volonté, mais c'est d'un ordre différent de ce que nous autres Robes noires faisons.

— Alors vous savez que j'avais échoué. »

Hochopepa rit à nouveau. « Oui. Si vous aviez été moins lié à la haute magie, vous auriez pu apprendre. En fait, vous aviez trop de capacités pour apprendre à devenir un magicien mineur. C'est un talent et non un art, la magie mineure. La haute magie est faite pour les savants. »

Milamber acquiesça. Chaque fois que Hochopepa lui expliquait un concept, c'était comme s'il l'avait toujours connu. Il le fit remarquer.

« C'est assez facile à comprendre. Durant votre entraînement, on vous a inculqué de nombreux faits et de nombreux concepts. Les concepts de base de la magie vous ont été enseignés dès le début et vos responsabilités envers l'empire vous ont été enseignées plus tard. Une part du processus qui vous permet de développer pleinement vos pouvoirs nécessite que vous puissiez disposer de ces informations au moment où vous en avez besoin. Pendant un moment encore, vous allez avoir des pensées qui vous viendront spontanément de temps en temps. Au moment même où vous vous posez une question, la réponse apparaît dans votre esprit. Et parfois une réponse vous viendra à l'esprit alors même que vous l'entendez ou que vous la lisez. Cela vous permet d'éviter d'avoir une somme de connaissances équivalente à plusieurs années d'apprentissage en tête d'un seul coup.

« Ce n'est pas si différent des sortilèges qui vous donnent ces visions dans la tour de l'épreuve. Évidemment, nous n'avons aucun moyen de "voir" ce qu'il y avait avant le pont, ni même en n'importe quel instant de l'histoire, mais nous pouvons implanter des suggestions, créer l'illusion... »

Les choses ne sont pas toujours comme elles semblent être. Milamber cacha difficilement sa surprise d'entendre cette voix inattendue dans sa tête.

« ... et fournir une structure qui vous permet d'avoir ces visions dans la tour de l'épreuve. Personnellement, je trouve que cette représentation sur la tour a des relents d'opéra Dō. Si on veut un cours d'histoire, on va dans une bibliothèque, pas dans un théâtre. » Voyant que tout cela lassait Milamber, Hochopepa ajouta : « Mais de toute manière, nous parlions d'autre chose. »

Milamber dit : « J'aimerais en savoir plus sur votre problème. »

Hochopepa ajusta sa robe et en lissa les plis. « Permettez-moi de faire une petite digression supplémentaire. Tout cela a un rapport avec la raison pour laquelle je vous ai demandé de venir. » Milamber fit signe à Hochopepa de poursuivre.

« On ne sait pas grand-chose de nos peuples avant la Fuite. Nous savons que les nations sont arrivées de nombreux mondes différents. On pense aussi que d'autres ont fui l'Ennemi en partant vers d'autres mondes, entre autres votre monde natal, peut-être. Nous avons quelques bribes de preuves qui nous permettent de soutenir cette hypothèse, mais ce ne sont que des conjectures pour l'instant. »

Milamber se rappela les parties de shāh qu'il avait jouées avec le seigneur des Shinzawai et il considéra cette possibilité.

« Nous sommes arrivés ici en tant que réfugiés. Nous étions des millions, seuls quelques milliers ont survécu et prospéré ici. Nous avons trouvé un monde vieux et usé. De grandes civilisations s'étaient développées avant et il ne reste d'elles que quelques pierres lisses et érodées aux endroits où leurs villes avaient été construites. Qui étaient ces créatures, nous l'ignorons. Ce monde n'a que peu de métaux et ce que nous avons apporté avec nous lors de la Fuite a fini par s'amenuiser avec le temps. Nos animaux comme vos chevaux et vos bestiaux sont morts, tous sauf les chiens. Il nous a fallu nous adapter à notre nouveau monde et aussi nous adapter les uns aux autres.

« Il y a eu beaucoup de guerres entre la Fuite et l'arrivée de l'Étranger. Il n'y avait pas grand-chose de plus que des cités-États jusqu'à la bataille des Mille Vaisseaux. Puis la plus humble des races, les Tsurani, s'est élevée pour conquérir toutes les autres, unissant la majeure partie de ce monde sous un seul empire.

« L'Assemblée soutient l'empire car c'est la force de cohésion la plus puissante — ce n'est pas parce qu'il est noble, ou équitable, ou beau, ou juste. Mais grâce à lui, la majeure partie de l'humanité peut vivre et travailler sans que la terre soit ravagée par la guerre. Les hommes peuvent vivre sans famine, sans épidémies, sans les désastres des anciens temps. Et cet ordre permet à l'Assemblée de travailler sans que rien ne la dérange.

« C'est notre tentative pour écarter l'Étranger qui nous a fait clairement comprendre pour la première fois que nous devions pouvoir travailler sans l'intervention de qui que ce soit, y compris de l'empereur, en disposant de toutes les ressources dont nous avions besoin. Nous avons perdu beaucoup de temps au début à cause du manque de coopération de l'empereur, quand nous avons remarqué l'Étranger. Si l'on nous avait aidés dès le début, nous aurions pu nous opposer à l'Ennemi quand il s'est emparé de la faille. C'est pour cela que nous avons accepté la charge de défendre et de servir l'empire, en échange d'une liberté absolue. »

Milamber dit : « Cela devient clair pour moi maintenant que vous m'en parlez. J'attends toujours que vous m'expliquiez le problème que je vous pose. »

Hochopepa soupira. « Chaque chose en son temps, mon ami. Je dois en finir avec une dernière réflexion. Il nous faut comprendre la raison pour laquelle l'Assemblée fonctionne comme elle fonctionne, si vous voulez pouvoir survivre plus de quelques semaines. »

Milamber s'étonna ouvertement de cette remarque : « Survivre ?

— Oui, Milamber, survivre, car nombreux sont ceux ici qui vous auraient bien noyé dans le lac lors de votre entraînement.

— Pourquoi ?

— Nous travaillons à restaurer la haute magie. Quand nous avons fui l'Ennemi, à l'aube de notre histoire, seul un magicien sur mille de ceux qui avaient combattu l'Ennemi avait survécu. Pour la plupart, c'étaient les mages mineurs ou des apprentis. Ils se sont rassemblés en petits groupes pour protéger les connaissances qu'ils avaient emportées de leur monde d'origine. Au début, ils s'efforcèrent de retrouver leurs compatriotes, puis ensuite il y eut des associations de plus en plus grandes, car nous avions besoin de restaurer les arts perdus. Des siècles plus tard, on fonda l'Assemblée et des mages vinrent du monde entier, jusqu'à aujourd'hui, où tous ceux qui sont sur la voie de la haute magie font partie de l'Assemblée. La plupart de ceux qui pratiquent la magie mineure viennent ici aussi, bien qu'ils ne soient pas aussi respectés et qu'ils ne disposent pas de la même liberté. Ils ont tendance à être meilleurs que nous autres Robes noires pour construire des machines et comprendre les forces de la nature — ce sont eux qui construisent les orbes qui nous servent à nous déplacer d'un endroit à un autre, par exemple. Bien qu'ils ne soient pas au-dessus des lois, les mages mineurs sont protégés de l'extérieur par l'Assemblée. Tous les magiciens sont sous la responsabilité de l'Assemblée. »

Milamber dit : « Donc, nous sommes libres d'agir comme bon nous semble, tant que nous agissons dans le sens de l'intérêt de l'empire. »

Hochopepa acquiesça. « Peu importe ce que nous faisons, il est même possible que deux magiciens fassent des actions contradictoires, tant qu'ils travaillent à ce qu'ils pensent être les intérêts de l'empire.

— De mon point de vue quelque peu "barbare", cette loi est plutôt étrange.

— Ce n'est pas une loi, c'est une tradition. Dans ce monde, mon cher barbare, la tradition et la coutume peuvent être aussi contraignantes que la loi. Les lois peuvent être changées, mais les traditions durent.

— Je pense que je saisis l'essence de votre problème, mon cher civilisé. Vous n'êtes pas certain que j'agisse réellement au mieux des intérêts de l'empire, car je viens d'ailleurs. »

Hochopepa acquiesça. « Si nous avions pu nous assurer que vous étiez capable de vous retourner contre l'empire, nous vous aurions tué. Pour l'instant, nous ne sommes sûrs de rien, bien que nous tendions à croire qu'il est peu probable que vous arriviez à faire une telle chose. »

Pour la première fois, Milamber ne comprenait pas tout à fait ce qu'il entendait. « Je croyais que vous aviez les moyens de vous assurer que tous ceux que vous entraînez restent loyaux à l'empire avant tout.

— Normalement, oui. Dans votre cas, nous avons été confrontés à des problèmes tout nouveaux. Autant que nous le sachions, vous êtes parfaitement dévoué à la cause sous-jacente des magiciens, l'ordre de l'empire. Habituellement, nous en avons la certitude. Nous lisons simplement dans l'esprit de l'apprenti. Nous n'avons pas pu le faire pour vous. Il nous a fallu utiliser des sérums de vérité, de longs interrogatoires et des exercices destinés à détecter toute duplicité possible.

— Pourquoi ?

— Nous l'ignorons. Nous connaissons les sortilèges qui permettent de masquer les pensées. Ce n'était rien de tout ça. C'est comme si votre esprit disposait d'une capacité que nous n'avions encore jamais rencontrée. Peut-être un talent naturel que nous ne connaîtrions pas, mais qui serait commun dans votre monde, ou encore l'effet d'un des entraînements de votre maître en magie mineure qui vous protégerait contre nos pouvoirs de lecture d'esprit.

« Quoi qu'il en soit, je peux vous garantir que vous avez défrayé la chronique par ici. Plusieurs fois, lors de votre entraînement, nous avons abordé la question de la poursuite de votre apprentissage et à chaque fois, notre incapacité à lire votre esprit nous donnait de bonnes raisons de vous éliminer définitivement. À chaque fois, il y en avait davantage qui voulaient vous voir continuer. Somme toute, vous êtes une source potentielle de connaissances considérable, ce qui vous accordait le bénéfice du doute — car nous n'aurions pas voulu perdre de nouveaux talents si intéressants, bien entendu.

— Bien entendu, dit sèchement Milamber.

— Hier, la question est devenue critique. Quand est venu le temps de vous accepter ou non dans l'Assemblée, le vote s'est soldé par une égalité. Il y avait une abstention, la mienne. Tant que je ne me prononce ni d'un côté ni de l'autre, la question de votre survie est en suspens. Vous êtes libre d'agir en membre de l'Assemblée à part entière tant que je n'use pas de mon vote pour ratifier ou non votre entrée dans l'Assemblée. Nos traditions ne permettent pas que l'on change son vote, une fois qu'il a été décidé, sauf les abstentions. Comme nul absent ne peut voter après coup, je suis seul à pouvoir décider. Donc, c'est à moi de décider du résultat du vote, quel que soit le temps que je prendrai pour cela. »

Milamber regarda longuement son aîné. « Je vois. »

Hochopepa secoua lentement la tête. « Je me demande si c'est vraiment le cas. Plus simplement, la question que je me pose en ce moment, c'est : que dois-je faire de vous ? Sans que je l'aie voulu, votre vie est maintenant entre mes mains. Ce que je dois décider, c'est si oui ou non vous devez être mis à mort. C'est pour cela que je voulais vous voir, pour savoir si je m'étais trompé dans mon jugement. »

Soudain, Milamber rejeta la tête en arrière et fut pris d'un rire tonitruant. Des larmes lui coulèrent sur les joues. Quand il se fut calmé, Hochopepa dit : « Je ne saisis pas le comique de la situation. »

Milamber leva la main dans un geste d'excuse. « Je ne voulais vous offenser d'aucune manière, mon cher civilisé. Mais vous devez bien voir l'ironie de ma situation. J'étais esclave et ma vie était sujette au bon vouloir d'autres que moi-même. Malgré tout mon entraînement et ma nouvelle situation, je me trouve confronté au même problème. » Il se tut un moment, un sourire amical aux lèvres. « Malgré tout, je préfère voir ma vie entre vos mains plutôt qu'entre celles de mon ancien contremaître. C'est cela que je trouve si drôle. »

Hochopepa fut étonné de cette réponse, puis lui aussi éclata de rire. « Nombre de nos frères ne s'intéressent pas tellement aux anciens écrits, mais si vous avez entendu parler de nos vieux philosophes, vous comprendrez ce que je veux dire. Visiblement, vous avez trouvé votre wal. Je pense que nous pourrions nous entendre, mon cher barbare. Je crois que nous sommes bien partis pour. »

Milamber observa Hochopepa. Sans savoir par quel processus inconscient, il en conclut qu'il venait de se trouver un allié et peut-être même un ami. « Je le crois aussi. Et je pense que vous aussi, vous avez trouvé votre wal. »

Feignant la modestie, Hochopepa dit : « Je ne suis qu'un homme, trop esclave des plaisirs de la chair pour avoir atteint une telle perfection. » Avec un soupir, il se pencha en avant et ajouta avec passion : « Écoutez-moi bien, Milamber. Pour toutes les raisons que je viens de citer, vous êtes une arme terrifiante autant qu'une source de savoir potentielle.

« Les Tsurani sont esclaves de la politique, comme le sait toute personne qui s'intéresse un tant soit peu au jeu du Conseil. Même nous, de l'Assemblée, qui avons la réputation d'être au-delà de ces choses, nous avons nos propres factions et nos propres divisions internes et nous ne réglons pas toujours nos différends de manière pacifique.

« Nombre de nos frères ne sont guère plus que de simples paysans superstitieux, qui se méfient de tout ce qui leur est étranger et inconnu. À partir d'aujourd'hui, il va falloir vous atteler à une tâche. Restez bien sagement dans votre wal et devenez un bon

Tsurani. Pour l'extérieur, il faut que vous soyez plus tsurani que tous les membres de l'Assemblée. Vous avez compris ?

— J'ai compris », dit simplement Milamber.

Hochopepa leur versa une autre coupe de chocha chaud. « Faites particulièrement attention aux toutous du Seigneur de Guerre, Elgahar et Ergoran et à un jeune fou nommé Tapek. Leur maître est furieux de la manière dont la guerre évolue dans votre ancien monde et il se méfie de l'Assemblée. Maintenant que deux de nos frères sont morts dans la dernière grande campagne, peu d'entre nous sont prêts à fournir de l'aide dans cette affaire. Les quelques magiciens qui lui restent dans sa faction sont trop occupés et l'on dit qu'à moins d'un miracle, il n'arrivera pas à conquérir davantage de terres dans votre monde. Il faudrait un Grand Conseil réellement uni — ce qui arrivera peut-être quand les Thūn seront devenus des agriculteurs et des poètes, mais pas avant— ou un grand nombre de Robes noires dans son camp. Cela devrait arriver environ un an après la première solution, vous voyez donc que la situation politique ne l'arrange pas vraiment. Les Seigneurs de Guerre qui n'arrivent pas à mener une guerre à bien ont tendance à tomber en disgrâce assez vite. » Il eut un sourire. « Bien entendu, nous autres à l'Assemblée nous sommes loin au-dessus de ces considérations bassement politiques. » Il reprit son sérieux. « Vous devez garder une chose en tête : il va vous considérer comme une menace potentielle, soit parce que vous risquez d'influencer des gens et les pousser à ne pas l'aider, soit que vous vous opposiez directement à lui par sympathie pour votre ancien pays. Vous êtes protégé de ses actions directes, mais vous pourriez toujours vous retrouver confronté à ses toutous. Certains d'entre eux le suivent encore aveuglément.

— Le chemin qui mène au pouvoir est ponctué de tours et de détours », cita Milamber.

Hochopepa acquiesça, l'air satisfait. Ses yeux semblèrent briller. « Ça, c'est tsurani. Vous apprenez vite. »

Les semaines qui suivirent, Milamber prit toute la mesure de sa nouvelle position et apprit les responsabilités qui lui incombaient. On fit remarquer plus d'une fois et parfois avec défiance, que rares étaient ceux qui avaient montré tant de capacités si peu de temps après avoir mis la robe noire.

Malgré tous les changements qu'avait subi son existence, Milamber découvrit que bien des choses n'avaient pas changé. La pratique aidant, il découvrit qu'il disposait toujours de réserves de puissance intactes en lui auxquelles il ne pouvait faire appel qu'en cas de grand stress. Il rechercha un moyen de contrôler cette brutale augmentation de pouvoir, mais sans grand succès. Il découvrit aussi qu'il était capable d'ignorer tout le conditionnement mental qu'on lui avait fait subir lors de son entraînement. Il préféra ne révéler ce fait à personne, pas même à Hochopepa. Le réarrangement de ce conditionnement lui rendit aussi quelque chose d'autre, un désir presque insurmontable de retrouver Katala. Il écarta ce désir d'aller la retrouver immédiatement et d'exiger du seigneur des Shinzawai qu'il la relâche, ce qu'il pouvait faire sans problème maintenant qu'il était un Très Puissant. Il hésitait, par peur des réactions que pourraient avoir les autres magiciens et par peur que ses sentiments à elle aient changé. Pour oublier, il se plongea dans ses études.

Le temps passé à l'Assemblée lui avait rendu sa véritable identité, comme on le lui avait dit. Cette identité fut pour lui la clé de sa maîtrise si inhabituelle de la haute magie. Il était lié à deux mondes, rejoints par une grande faille. Et tant que ces deux mondes resteraient ensemble, il tirerait son pouvoir des deux à la fois, deux fois le pouvoir dont disposaient les autres Robes noires. Cela lui révéla son véritable nom, ce nom qu'il ne devait jamais prononcer s'il ne voulait pas qu'un autre puisse le contrôler. Dans l'ancien langage tsurani, inusité depuis le temps de la Fuite, cela voulait dire : « celui qui se tient entre les mondes ».

CHAPITRE 5

Martin regarda attentivement la plaine.

Sans un bruit, il fit un signe de main à ses compagnons et ils sortirent discrètement des bois, hors de vue des sentinelles. On hurlait des ordres dans le campement tsurani. Martin s'accroupit, pour qu'aucun mouvement ne trahisse leur présence. Derrière lui s'avancèrent Garret et l'ancien esclave tsurani, Charles. Lors des six ans de siège à Crydee, Charles avait pleinement satisfait Martin, prouvant sa loyauté et sa valeur à de multiples reprises. C'était devenu aussi un chasseur passable, même s'il ne réussirait probablement jamais à avoir l'aisance naturelle de Garret ou de Martin.

Charles murmura : « Maître chasseur, je vois plusieurs nouvelles bannières.

— Où ? »

Charles montra un coin de l'autre côté du campement tsurani. Avec l'aide des nains qui habitaient dans les montagnes, Martin et ses deux compagnons avaient entrepris la dangereuse escalade des Tours grises et s'étaient glissés aisément derrière les quelques sentinelles laissées sur le flanc ouest de la vallée, le moins protégé par les Tsurani. Ils se retrouvaient maintenant à quelques centaines de mètres à peine de leur campement principal.

Garret laissa échapper un sifflement presque inaudible. « Cet homme a des yeux d'aigle. Je vois à peine ces bannières. »

Charles dit : « Je sais juste ce qu'il faut chercher.

— Que veulent-elles dire ? demanda l'Archer.

— Mauvaises nouvelles, maître chasseur. Ce sont les bannières de familles alliées au parti de la Roue bleue. En tout cas, au moment de ma capture. Elles ne sont plus là depuis le siège de Crydee. Cela ne peut vouloir dire qu'une chose : il y a eu à nouveau un changement majeur dans la politique du Grand Conseil. » Il regarda Martin. « Cela veut dire que l'Alliance pour la Guerre vient de se reformer. Au printemps prochain, nous pouvons nous attendre à une offensive de grande envergure. »

Martin leur fit signe de rentrer dans les bois. Les arbres portaient fièrement les couleurs de l'automne, une débauche de rouges, d'ors et de bruns. Passant en silence sur un tapis de feuilles mortes, ils trouvèrent refuge dans un buisson adossé à un vieux chêne et s'agenouillèrent derrière. Martin prit une petite tranche de bœuf séché et commença à mâcher. L'escalade des Tours grises, même avec l'aide des nains, ne les avait pas épargnés : ils étaient tous affamés, épuisés et crasseux. « Où sont les nouvelles troupes ? demanda Martin.

— Ils ne les feront pas passer cet hiver. Ils peuvent camper à l'extérieur de la Cité des Plaines sur Kelewan et bénéficier d'un climat plus agréable. Ils passeront la faille juste avant la fonte des neiges, au printemps. Au moment où il y aura de nouveau des fleurs dans le jardin de la princesse Carline, ils se mettront en marche. »

Une stridulation suraiguë monta du nord. Charles garda son calme, mais il semblait alarmé. « Des cho-ja ! » Il regarda autour de lui, puis pointa un doigt en l'air.

Martin opina et croisa les mains. Il lança Charles d'abord, puis Garret dans les branches du chêne. Puis il sauta et ils lui prirent la main pour le tirer à eux.

Ils grimpèrent plus haut dans les branches et se tinrent prêts, les armes sorties, lorsque la patrouille de cho-ja passa à vue sous l'arbre. Six de ces créatures semblables à des fourmis s'avançaient vers eux à un rythme soutenu. Puis leur chef, reconnaissable à un casque à cimier Tsurani, leur fit signe de s'arrêter. Il se tourna d'un côté puis de l'autre, puis leur lança quelques ordres dans leur langue aiguë. Les cinq autres se dispersèrent et pendant une bonne dizaine de minutes, les trois hommes perchés dans l'arbre les entendirent fouiller les environs.

Quand ils revinrent, ils se reformèrent rapidement et repartirent. Martin attendit qu'ils ne soient plus à portée d'ouïe et il murmura : « Qu'est-ce que c'était ?

— Ils nous ont sentis. Mon odeur a dû changer, avec toute la nourriture midkemiane que je prends. Ils savaient que nous n'étions pas Tsurani. »

Charles descendit de l'arbre et ajouta : « Les cho-ja ont du mal à lever la tête, alors ils le font rarement. »

Garret demanda : « Et s'il y avait eu de vos anciens compatriotes avec eux ? »

Charles haussa les épaules. « Les cho-ja auraient parlé tsurani. Leur langue est pratiquement impossible à apprendre, alors personne ne s'y essaye. »

Martin dit : « Est-ce qu'ils pourraient suivre nos traces ? »

Charles répondit : « Je ne pense pas, mais... » Il se tut en entendant des aboiements monter du campement Tsurani. « Des chiens ! »

Martin dit : « Eux peuvent nous retrouver. Venez. » Il partit au pas de course, vers une ancienne route de montagne presque complètement masquée par la végétation. Les Tsurani ne l'avaient pas encore découverte et la bande de Martin l'avait empruntée pour entrer dans la vallée.

Les trois hommes coururent dans les bois un long moment, attentifs aux aboiements derrière eux. Puis les aboiements des chiens se changèrent en hurlements. « Ils ont senti notre piste », dit Garret.

Martin fit juste un signe de tête et accéléra le pas. Ils coururent encore une minute et le bruit des chiens gagnait sur eux régulièrement, quand Martin fit halte et attrapa le bras de Garret pour l'arrêter. Il fit un signe et s'écarta de la piste pour conduire les autres à un petit cours d'eau. Se glissant dans l'eau, il dit : « Je me rappelais l'avoir entendu quand nous sommes passés à l'aller. »

Les deux autres entrèrent dans la rivière et Martin dit : « Nous allons gagner à peine quelques minutes. Ils vont fouiller en amont et en aval. »

Garret demanda : « De quel côté ? »

Martin répondit : « L'aval. Ils chercheront d'abord vers l'amont, c'est la sortie. »

Charles dit : « Maître chasseur, il y a un autre moyen. » Il se défit rapidement de son sac à dos et en retira une grosse bourse. Il commença à saupoudrer les rives qu'ils venaient de fouler d'une poudre noire.

Garret sentit ses yeux le piquer et il souffla par le nez pour éviter d'éternuer. « Du poivre ! »

Charles dit : « Le maître cuisinier Megar va être furieux, mais je me suis dit qu'on pourrait en avoir besoin. Les cho-ja et les chiens ne pourront plus rien sentir pendant des heures quand ils seront passés par ici. »

Martin opina. « Vers l'amont ! »

Les trois hommes pataugèrent dans l'eau, puis prirent un rythme plus calme et régulier. Ils étaient hors de vue quand les chiens commencèrent à éternuer. Il y eut des ordres furieux et des réponses frustrées. Charles se permit un petit sourire alors qu'ils continuaient à avancer dans l'eau.

Trouvant une branche assez basse qui surplombait la rivière, Martin aida ses compagnons à l'atteindre et y grimpa à leur suite. Ils progressèrent dans l'arbre jusqu'à ce qu'ils trouvent un autre chêne aux branches assez proches pour y sauter.

Ils remirent pied à terre à une douzaine de mètres de la rive. Martin jeta un coup d'œil alentour pour s'assurer que personne ne les avait vus, puis il fit signe aux autres de le suivre et les ramena vers les Tours grises.

Les vents marins fouettaient les murailles. Arutha regardait la ville de Crydee et la mer au-delà, les cheveux bruns ébouriffés par la bourrasque. Des taches d'ombre et de lumière couraient sur le sol, suivant la course des gros nuages qui filaient haut dans le ciel. Arutha contempla l'horizon au loin, la Mer sans Fin houleuse et frangée d'écume tout en écoutant le vent qui lui portait le bruit des ouvriers en train de reconstruire un bâtiment dans la ville.

C'était à nouveau l'automne à Crydee, le huitième depuis le début de la guerre. Arutha s'estimait heureux que l'été se soit terminé sans offensive majeure des Tsurani. Malgré tout, il ne se sentait pas à son aise. Ce n'était plus le jeune homme qui venait de prendre son premier commandement, c'était un vétéran. À vingt-sept ans, il avait vu plus de batailles et avait pris plus de décisions que la plupart des hommes du royaume n'auraient à le faire de toute leur vie. À son avis, les Tsurani gagnaient lentement la guerre.

Il laissa son esprit dériver un peu, puis se força à oublier ses sombre pensées. Il n'était peut-être plus un garçon maussade, mais il avait encore tendance à se laisser aller à l'introspection. Il préférait s'occuper pour éviter de perdre du temps à de telles futilités.

« L'automne va être court. »

Arutha tourna la tête à gauche et vit Roland à côté de lui. Le châtelain s'était approché assez discrètement pour surprendre le prince perdu dans ses pensées. Arutha eut un mouvement d'humeur. Il haussa les épaules et dit : « L'hiver aussi sera court, Roland. Et au printemps...

— Quelles nouvelles de l'Archer ? »

Arutha serra son poing ganté et frappa doucement les pierres du mur, d'un geste lent et contrôlé, plein de frustration. « Sans cesse je regrette d'avoir dû le laisser partir. Des trois, seul Garret semble avoir une vague notion de ce que peut être la prudence. Ce Charles est un Tsurani complètement fou, qui met son honneur au-dessus de tout et l'Archer est...

— L'Archer, termina Roland.

— Je n'ai jamais vu d'homme qui en dise si peu sur lui-même, Roland. Même si je vivais aussi longtemps qu'un elfe, j'ai l'impression que je ne comprendrais jamais pourquoi il est ce qu'il est. »

Roland s'appuya contre les pierres froides du mur et dit : « Tu crois qu'ils s'en sortiront ? »

Arutha reporta son attention sur la mer. « S'il est un homme à Crydee capable de passer les montagnes, de pénétrer la vallée des Tsurani et d'en revenir, c'est bien Martin. Malgré cela, je ne peux pas m'empêcher d'être inquiet. »

Roland trouva cet aveu surprenant. Comme Martin, Arutha n'était pas homme à révéler ses sentiments. Sentant le prince profondément troublé, Roland changea de sujet. « J'ai reçu un message de mon père, Arutha.

— On m'a dit qu'il y avait un message personnel dans le dernier bateau de Tulan.

— Alors tu dois savoir que mon père me rappelle.

— Oui. je suis désolé pour sa jambe cassée.

— Père n'a jamais été très bon cavalier. C'est la deuxième fois qu'il tombe de cheval et se casse quelque chose. La dernière fois, c'était quand j'étais petit et il s'était cassé le bras.

— Cela fait longtemps que tu n'es pas rentré chez toi. »

Roland haussa les épaules. « Avec la guerre, je n'ai pas vraiment eu envie de rentrer. La plupart des combats se sont déroulés par ici. Et puis, ajouta-t-il avec un sourire, j'ai d'autres raisons de rester. »

Lui rendant son sourire, Arutha demanda : « Tu en as parlé à Carline ? »

Roland prit un air grave. « Pas encore. Je pensais attendre de trouver un vaisseau pour le Sud. » La Fraternité ayant abandonné le Vercors, il était devenu pratiquement impossible d'aller au sud par voie de terre, car les Tsurani avaient coupé les routes pour Carse et Tulan.

Un cri venant de la tour les fit se retourner. « Des pisteurs approchent ! »

Arutha plissa les yeux pour ne pas être gêné par les reflets du soleil sur la mer et il distingua trois silhouettes qui couraient d'un pas souple sur la route. Quand ils se trouvèrent assez près pour qu'il puisse les reconnaître, Arutha dit, d'un ton soulagé : « L'Archer. »

Quittant la muraille, Arutha descendit l'escalier jusqu'à la cour pour attendre le maître chasseur et ses hommes. Roland se tenait à ses côtés quand les trois hommes poussiéreux passèrent les portes du château. Garret et Charles restèrent silencieux et Martin dit · « Salut à vous, altesse.

— Salut, Martin. Quelles sont les nouvelles ? » demanda le prince.

Martin commença à raconter ce qu'ils avaient pu tirer du camp tsurani et au bout d'un moment, Arutha le coupa. « Garde ton souffle pour le conseil, Martin. Roland, va voir le père Tully, le maître d'armes Fannon et Amos Trask et amène-les à la salle du conseil. »

Roland partit au pas de course et Arutha dit : « Charles et Garret doivent venir aussi, Martin. »

Garret regarda l'ancien esclave tsurani, qui haussa les épaules. Ils savaient qu'il leur faudrait attendre encore un peu le bon vouloir du prince pour prendre le repas chaud auquel ils rêvaient depuis longtemps.

Martin prit un siège à côté d'Amos Trask, Charles et Garret restèrent debout. L'ancien capitaine de navire salua Martin d'un signe de tête et Arutha tira lui-même sa chaise, comme à son habitude, ignorant les formalités d'usage quand il était avec ses conseillers. Amos était devenu un membre officieux de l'équipe d'Arutha depuis le siège du château. C'était un homme entreprenant plein de talents insoupçonnés.

Fannon siégeait à la droite d'Arutha. Depuis sa blessure, il laissait Arutha diriger Crydee et il avait envoyé un message personnel à monseigneur Borric pour l'en informer. Le duc avait envoyé une réponse ratifiant le transfert de commandement et Fannon avait repris son rôle d'officier adjoint. Le maître d'armes semblait apprécier la situation.

Arutha dit : « Martin vient de rentrer d'une mission particulièrement importante. Martin, dis-nous ce que tu as vu. »

Martin dit : « Nous avons grimpé les Tours grises et nous sommes entrés dans la vallée qui sert de base aux armées tsurani. »

Fannon et Tully regardèrent le maître chasseur, médusé, et Amos Trask gouailla : « Tu nous torches toute une saga en une seule phrase. »

Martin ignora le commentaire et poursuivit : « Je pense que Charles vous expliquera mieux que moi ce que nous avons vu. »

La voix de l'ancien esclave tsurani était inquiète. « Les signes montrent que le Seigneur de Guerre va lancer une grosse attaque au printemps. »

Tout le monde dans la pièce en resta sans voix, sauf Fannon. « Comment pouvez-vous en être sûr ? Des troupes fraîches sont arrivées dans leur campement ? »

Charles secoua la tête. « Non, les nouveaux soldats n'arriveront pas avant le printemps, à la fonte des neiges. Mes anciens compatriotes n'aiment pas beaucoup vos climats froids. Ils vont camper pendant les mois d'hiver dans mon ancien pays. Ils passeront la faille juste avant l'offensive. »

Même après cinq ans, Fannon avait toujours des doutes sur la loyauté de Charles, contrairement à l'Archer. « Alors, dit le maître d'armes, comment pouvez-vous avoir la certitude qu'il va y avoir une offensive ? Il n'y en a pas eu de nouvelle depuis l'assaut contre Elvandar il y a trois ans.

— Il y a de nouvelles bannières dans le campement du Seigneur de Guerre, maître d'armes, les bannières de maisons du parti de la Roue bleue. Cela faisait six ans qu'on ne les voyait plus. Cela ne peut vouloir dire qu'une chose : il y a eu un nouveau changement dans le Grand Conseil. L'Alliance pour la Guerre s'est reformée. »

De tous ceux qui se trouvaient dans la pièce, seul le père Tully sembla saisir ce qu'avait dit Charles. Il avait étudié les Tsurani et avait appris tout ce qu'il avait pu des esclaves capturés. Il dit : « Expliquez-leur, Charles. »

Charles réfléchit un moment, puis il commença : « Il faut avant tout que vous compreniez une chose sur mon ancien pays. Le Grand Conseil est au-dessus de tout, hormis l'honneur et l'obéissance à l'empereur. Gagner au Grand Conseil peut valoir de nombreux sacrifices, même de risquer sa vie. Plus d'une famille a été détruite à force de complots et d'intrigues au sein du conseil. Dans l'empire nous appelons cela le jeu du Conseil.

« Ma famille était bien placée dans le clan Hunzan, ni assez grande pour se faire remarquer par les rivaux de notre clan, ni assez petite pour être uniquement reléguée à des rôles subalternes. Nous avions la chance de savoir beaucoup de choses sur ce qui se passait dans le Grand Conseil, sans avoir à nous inquiéter outre mesure des décisions. Notre clan était dans le parti du Progrès, car nous disposions de nombreux savants, enseignants, soigneurs, prêtres et artistes dans nos familles.

« Pendant un temps, le clan Hunzan a quitté le parti du Progrès, pour des raisons peu claires sauf pour les chefs de famille les plus importants, dont je n'ai aucune idée. Mon clan a rejoint les clans du parti de la Roue bleue, l'un des plus anciens du Grand Conseil. Bien qu'il ne soit pas aussi puissant que le parti de la Guerre du Seigneur de Guerre ou que les traditionalistes du parti Impérial, il a quand même beaucoup d'honneur et il est très influent.

« Il y a six ans, quand je suis arrivé ici, le parti de la Roue bleue avait rejoint le parti de la Guerre pour créer l'Alliance pour la Guerre. Nous autres des familles mineures n'avons pas été tenus informés de la raison d'un tel changement de politique, mais il ne faisait aucun doute que cela concernait le jeu du Conseil.

« Ma disgrâce personnelle et ma mise en esclavage étaient sans doute nécessaires pour que mon clan reste au-dessus de tout soupçon jusqu'à ce qu'ils puissent accomplir une nouvelle manœuvre. La manœuvre en question est claire, aujourd'hui.

« Depuis le siège de ce château, je n'ai vu aucune trace de soldats d'une des familles de la Roue bleue. J'en avais déduit que l'Alliance pour la Guerre avait été dissoute. »

Fannon l'interrompit. « Vous seriez en train de dire que la conduite de cette guerre n'est qu'un des aspects du jeu politique de ce Grand Conseil ? »

Charles dit : « Maître d'armes, je sais que c'est une chose difficile à admettre pour quelqu'un d'aussi droit et loyal envers son pays que vous. Mais c'est exactement ce que je suis en train de vous expliquer.

« Les Tsurani ont de bonnes raisons de faire cette guerre. Votre monde est riche en métaux, des métaux qui nous sont précieux à Kelewan. Notre histoire est sanglante et tous ceux qui ne sont pas tsurani doivent être craints ou soumis. Si nous avons pu trouver votre monde, ne seriez-vous pas en mesure, vous, de trouver un jour le nôtre ?

« Mais plus encore, c'est un moyen pour le Seigneur de Guerre de garder son influence dans le Grand Conseil. Pendant des siècles, nous avons lutté contre la confédération Thuril et quand finalement nous nous sommes installés à la table de négociations, le parti de la Guerre a perdu beaucoup de pouvoir au sein du conseil. Cette guerre est un moyen de lui permettre de récupérer ce pouvoir perdu. L'empereur prend rarement des décisions, laissant diriger le Seigneur de Guerre, mais le Seigneur de Guerre n'est qu'un seigneur de famille, le chef de guerre d'un clan et en tant que tel il lui faut constamment chercher à avantager les siens dans le jeu du Conseil. »

Tully semblait fasciné. « Ainsi, le parti de la Roue bleue a rejoint le parti du Seigneur de Guerre, puis il s'est brusquement désengagé, mais ce n'était qu'un stratagème politique, une manœuvre pour gagner des avantages ? »

Charles sourit. « C'est très tsurani, bon père. Le Seigneur de Guerre a planifié sa première campagne avec beaucoup de soin, puis au bout de trois ans il se retrouve avec une armée réduite de moitié. Ses troupes sont trop étirées, et il ne peut plus annoncer des victoires remarquables au Grand Conseil et à l'empereur. Il perd de son influence et de son prestige dans le jeu. »

Fannon dit : « Incroyable ! Des centaines de gens sont morts à cause de ça.

— Il en va ainsi avec le jeu du Conseil, maître d'armes. Almecho, le Seigneur de Guerre, est un homme ambitieux. Il faut l'être pour devenir Seigneur de Guerre. Il lui faut s'appuyer sur des hommes ambitieux, qui n'hésiteraient pas à lui prendre son poste si jamais il échouait. Pour que ces gens lui restent alliés, pour qu'ils ne deviennent pas ses ennemis, il doit détourner les yeux de temps en temps.

« La première année de guerre, le général en second du Seigneur de Guerre, un homme nommé Tasaio des Minwanabi a donné l'ordre de lancer une attaque sur les garnisons de LaMut. Tasaio était général en second pour la campagne, mais c'était aussi le cousin du seigneur Jingu des Minwanabi. Il donna l'ordre d'attaquer au seigneur Sezu des Acoma, ennemis jurés de Jingu. Les soldats Acoma furent tués pratiquement jusqu'au dernier, y compris le seigneur Sezu et son fils. Tasaio arriva un tout petit peu trop tard pour sauver les Acoma, mais juste à temps pour sauver la bataille et ramener une victoire au Seigneur de Guerre. »

Les yeux de Fannon s'arrondirent d'étonnement. « C'est la plus sombre duplicité dont j'ai jamais entendu parler. »

Arutha dit : « C'est brillant, aussi, aux yeux de ces gens. »

Charles abonda dans le sens du prince. « Le Seigneur de Guerre pardonnerait à Tasaio le massacre de l'un de ses meilleurs généraux et la perte de l'intégralité de l'armée Acoma, en échange d'une victoire et de bonnes relations avec les Minwanabi.

« Tout seigneur régnant n'ayant pas d'intérêt direct dans ce jeu à dû applaudir à ce coup de maître, même ceux qui admiraient le seigneur Sezu. Cela a permis à Almecho et au seigneur Jingu de se faire de bons alliés dans le conseil. Les opposants politiques du Seigneur de Guerre, qui avaient besoin de trouver un moyen de contrer son pouvoir grandissant, ont créé la situation que je viens d'expliquer, étirant à l'extrême les lignes du Seigneur de Guerre et le laissant dans l'incapacité de poursuivre cette guerre. Après un tel coup, de nombreuses familles qui tournaient autour du parti de la Guerre ont dû se rallier à la Roue. »

Arutha dit : « Le fait important pour nous, c'est que la Roue bleue est de nouveau alliée au Seigneur de Guerre et que leurs soldats vont rentrer en guerre au printemps. »

Charles regarda les membres de la salle du conseil. « Je ne comprends pas la raison de ce changement. Cela fait trop longtemps que je ne suis plus le jeu. Mais comme l'a dit son altesse, ce qui importe pour nous autres de Crydee, c'est de savoir qu'il peut y avoir jusqu'à dix mille nouveaux soldats sur le front au printemps. »

Amos fronça les sourcils. « C'est un coup dur, c'est certain. »

Arutha déroula une demi-douzaine de parchemins. « Ces derniers mois, nous avons reçu ces messages, que vous avez presque tous lus. » Il regarda Tully et Fannon. « Vous avez vu leur stratégie se mettre en place. » Il prit l'un des parchemins. « De père : "Des raids Tsurani constants empêchent nos hommes de se reposer. Ils ne peuvent les attaquer de front et sont démoralisés. Je crains de ne jamais voir la fin de tout cela..." Du baron Bellamy : "... une activité Tsurani accrue près de la garnison de Jonril. Je pense qu'il serait bon de ramener des troupes là-bas cet hiver, quand les Tsurani sont inactifs, sinon nous risquons de perdre cette position au printemps prochain." Le seigneur Roland supervisera l'arrivée de renforts venant de Carse et Tulan pour Jonril cet hiver. »

Plusieurs têtes se tournèrent vers Roland, qui se tenait derrière l'épaule d'Arutha. Le prince poursuivit : « De monseigneur Dulanic, général de Krondor : "Quoique son altesse partage vos inquiétudes, il n'y a pas réellement lieu de s'alarmer. À moins que l'on ne puisse prouver que les Tsurani attaqueront à nouveau en masse, j'ai conseillé au prince de Krondor de rejeter votre requête concernant l'envoi sur la côte Sauvage d'éléments de la garnison de Krondor..." Arutha jeta un coup d'œil à la ronde. « Les choses sont donc claires, maintenant. »

cartant les parchemins, Arutha montra la carte fixée sur la table. « Nous avons engagé tous nos soldats. Nous n'osons pas ramener des hommes du sud de crainte que les Tsurani ne marchent sur Jonril. Si la garnison y est renforcée, la situation restera encore stable là-bas. Si l'ennemi attaque la garnison, elle pourra recevoir des renforts de Carse et de Tulan. Si l'ennemi attaque l'un des châteaux, ils auront

Jonril dans leur dos. Mais ça ne signifie plus rien si nous limitons ces garnisons.

« Et père doit maintenir un front très étiré, il ne peut donc pas nous fournir des hommes. » Il regarda Charles. « À votre avis, où vont-ils attaquer ? »

L'ancien esclave tsurani regarda la carte, puis il haussa les épaules. « C'est difficile à dire, altesse. Si la situation devait être jugée uniquement sur des questions militaires, le Seigneur de Guerre attaquerait le front le plus faible, soit les elfes, soit ici. Mais il est rare que la politique n'entre pas en considération pour les gens de l'empire . » Il regarda la disposition des troupes sur la carte, puis il ajouta : « Si j'étais le Seigneur de Guerre et que j'avais besoin d'une victoire facile pour asseoir ma position dans le Grand Conseil, j'attaquerais de nouveau Crydee. Mais si j'étais le Seigneur de Guerre et que ma position dans le Grand Conseil était précaire, j'aurais bien besoin d'un coup d'éclat pour retrouver mon prestige et je me risquerais à une offensive générale contre le gros de l'armée du royaume, donc contre les armées du duc Borric. Une telle victoire me donnerait une position dominante dans le conseil pour des années. »

Fannon s'adossa à sa chaise et soupira. « Donc nous risquons un nouvel assaut contre Crydee au printemps sans pouvoir bénéficier de renforts, par crainte d'une attaque sur un autre front. Il montra la carte d'un geste large de la main. Nous voilà confrontés au même problème que le duc. Toutes nos forces sont clouées sur le front tsurani. Les seuls hommes dont nous disposions sont les permissionnaires en ville, une toute petite partie de l'armée.

« Nous ne pouvons maintenir indéfiniment les hommes sur le terrain, même les seigneurs Borric et Brucal passent l'hiver à LaMut avec le comte, ne laissant que de petites compagnies pour lutter contre les Tsurani. » Agitant la main en l'air, il ajouta : « Mais je m'égare. Ce qu'il faut annoncer à votre père au plus vite, Arutha, c'est qu'il pourrait avoir à subir une attaque. Comme cela, si les Tsurani frappent contre ses lignes, il sera de retour de LaMut assez tôt, il sera prêt et sur ses positions. Même si les Tsurani amènent dix mille hommes de plus, il pourra rappeler d'autres soldats des garnisons autour de Yabon, ce qui lui fera encore deux mille hommes supplémentaires. »

Amos dit : « Deux mille contre dix mille, ça ne paraît pas bien fort, maître d'armes. »

Fannon était assez d'accord. « On fait ce qu'on peut. Il n'est pas garanti que ça suffise. »

Charles dit : « Au moins, ce seront des cavaliers, maître d'armes. Mes anciens compatriotes n'aiment pas beaucoup vos chevaux. »

Fannon acquiesça. « Mais même ainsi, les perspectives ne sont pas très bonnes.

— Il y a une chose, dit Arutha en montrant un parchemin. Le message de monseigneur Dulanic dit qu'il a besoin de preuves si nous voulons qu'il nous accorde de l'aide. Nous avons maintenant assez de renseignements pour le satisfaire, je crois. »

Fannon dit : « Même une toute petite partie de la garnison de Krondor nous permettrait ici d'avoir assez de forces pour résister à une offensive. Mais nous sommes déjà bien tard dans la saison et il faudrait lui envoyer le message immédiatement.

— Les dieux parlent par votre bouche, dit Amos. Même en partant cet après-midi, vous auriez du mal à traverser les passes des Ténèbres avant qu'elles ne soient impraticables à cause de l'hiver. Dans deux semaines, ce sera fini. »

Arutha dit : « J'ai déjà réfléchi à cela. Je pense que les temps sont suffisamment graves pour que je risque moi-même le voyage pour Krondor. »

Fannon se releva droit sur sa chaise. « Mais vous êtes le général en chef des armées du duché, Arutha. Vous ne pouvez pas abandonner vos responsabilités. »

Arutha sourit. « Je le puis et je le ferai. Je sais que vous n'avez aucune envie de reprendre le commandement des armées, mais vous le ferez. Si nous voulons l'aide d'Erland, je dois le convaincre moi-même. Quand père est allé parler des Tsurani à Erland et au roi, j'ai appris les avantages que l'on pouvait tirer à parler aux gens en personne. Erland est un homme prudent. Il va falloir être très persuasif. Ma présence pourra mieux appuyer notre demande. »

Amos renifla. « Et comment envisagez-vous d'arriver à Krondor, si votre altesse me permet ? Il y a trois armées tsurani qui campent entre ici et les cités libres, au cas où vous envisageriez d'y aller par la terre. Et il n'y a au port que quelques caboteurs, alors qu'il vous faudrait un navire de haute mer pour faire le voyage par bateau.

— Il existe un vaisseau de haute mer, Amos. Le *Vent de l'aube* est encore à quai. »

Amos en resta bouche bée. « Le *Vent de l'aube* ? s'écria-t-il horrifié. Hormis le fait qu'il est à peine plus grand qu'un lougre, il est coincé ici pour l'hiver. J'ai entendu son capitaine pleurer sur sa carlingue fendue quand cet incapable est arrivé au port la queue basse il y a un mois. Il faut le passer en cale sèche, inspecter la quille et remplacer toute la carlingue. Sans réparation, sa quille sera trop faible pour supporter la pression des vents d'hiver. Prenez plutôt un tonneau, si vous me permettez, altesse. Vous vous noieriez, mais au moins vous n'emporteriez personne d'autre avec vous. »

Fannon s'empourpra, mais Tully, Martin, Roland et Arutha sourirent. « Quand j'ai envoyé Martin, dit Arutha, j'ai envisagé la possibilité qu'il me faille un navire pour Krondor. Il y a deux semaines, j'ai demandé à ce qu'on le répare. Actuellement, il y a une foule de charpentiers à bord. » Il regarda Amos d'un air interrogateur. « Bien entendu, on m'a dit que ça ne vaudrait pas un passage en cale sèche, mais que ça suffirait.

— Ouais, pour faire un peu de cabotage le long de la côte au printemps, peut-être. Mais là, on parle des tempêtes d'hiver et de traverser les passes des Ténèbres. »

Arutha dit : « Eh bien, il faudra faire avec. Je pars dans quelques jours. Il faut que quelqu'un convainque Erland que nous avons besoin d'aide et il faut que ce soit moi qui le fasse. »

Amos refusa de lâcher le sujet. « Et Oscar Danteen a accepté de traverser les passes avec son bateau pour vous ? »

Arutha dit : « Je ne lui ai pas encore annoncé notre destination. »

Amos secoua la tête. « Je me disais, aussi. Cet homme a un cœur de requin, autant dire qu'il n'en a pas et le courage d'une méduse, ce qui ne vaut rien non plus. Dès que vous lui parlerez de ça, il vous coupera la gorge, vous jettera par-dessus bord, ira passer l'hiver avec les pirates des îles du Couchant et puis il ira droit sur les cités libres au printemps. Alors, il demandera à un quelconque scribouillard du Natal d'écrire un message affreusement désolé et plein de belles circonlocutions à votre père, décrivant votre courage juste avant de vous perdre par-dessus bord en haute mer lors d'un abordage avec des pirates. Et ensuite, il passera l'année à boire l'or que vous lui aurez donné pour le passage. »

Arutha dit : « Mais j'ai acheté ce navire. C'est moi qui en suis le maître, maintenant. »

Amos répliqua : « Propriétaire ou pas, prince ou pas, il n'y a qu'un seul maître à bord, c'est le capitaine. C'est lui le roi, le grand prêtre et personne ne lui dit ce qu'il doit faire, sauf quand on a un pilote de port à bord et encore, le pilote doit montrer du respect. Non, altesse, vous ne survivrez pas à un voyage avec Oscar Danteen comme officier. »

Quelques rides d'amusement apparurent aux coins des yeux d'Arutha . « Auriez-vous une autre suggestion, capitaine ? »

Amos soupira en se renversant sur sa chaise. « J'ai mordu à l'hameçon. Il est temps de me faire vider et écailler. Dites à Danteen de débarrasser la cabine du capitaine et de virer son équipage. Je vais essayer de trouver des remplaçants pour cette bande d'égorgeurs, même si à cette époque de l'année il ne reste plus guère que des ivrognes et des gamins dans le port. Et pour l'amour des dieux ne dites surtout à personne d'autre quelle est notre destination. Si une seule de ces canailles avinées apprend que vous voulez vous risquer dans les passes aussi tard dans la saison, vous allez devoir demander à la garnison de traquer les déserteurs qui se seront réfugiés dans les bois. »

Arutha répondit : « Très bien. Je vous laisse faire les préparatifs nécessaires. Nous partirons dès que le navire sera prêt. » Il se tourna vers l'Archer : « Je veux que vous veniez aussi, maître chasseur. »

L'Archer sembla légèrement étonné. « Moi, altesse ?

— Je veux un témoin oculaire pour monseigneur Dulanic et pour le prince. »

Martin fronça les sourcils, mais il finit par dire : « Je ne suis jamais allé à Krondor, votre altesse. » Il eut son petit sourire moqueur. « Je pourrais bien ne plus en avoir d'autre occasion. »

La voix d'Amos Trask couvrit les hurlements du vent. Des bourrasques portèrent ses mots à un gamin déconfit perché dans le gréement. « Mais non, espèce de marin d'eau douce, ramolli de la tête, tire donc pas les voiles si fort. Elles vont vibrer comme une corde de luth. C'est pas elles qui tiennent le bateau, c'est le mât. Les lignes servent uniquement quand le vent change. » Il regarda le gamin ajuster les voiles. « Oui, c'est ça. Non, ça c'est trop lâche. » Il jura. « Voilà, là c'est bon ! »

Il prit un air écœuré quand Arutha monta sur la passerelle. « Des fils de pêcheurs qui veulent devenir marins. Des ivrognes. Et quelques-unes des crapules de Danteen qu'il m'a bien fallu réengager. Quel équipage, votre altesse.

— Ils feront l'affaire ?

— Ils ont intérêt, sinon ils vont avoir affaire à moi. » Il regarda d'un œil critique les marins qui rampaient en haut dans les espars, vérifiant chaque nœud, chaque épissure, chaque ligne et chaque voile. « Nous avons besoin de trente hommes valables. J'en compte huit. Le reste ? J'espère en récupérer à Carse et à Tulan en descendant. Peut-être pourrons-nous remplacer les gamins et les hommes les moins dignes de confiance par des marins expérimentés.

— Ça ne risque pas nous retarder, pour les passes ?

— Si on les traversait aujourd'hui, ça irait. Vu le temps qu'il nous faudra pour y arriver, il vaut mieux pour nous avoir un bon équipage plutôt qu'arriver une semaine avant. On sera en plein dans la saison. » Il regarda Arutha. « Savez-vous pourquoi on appelle ce coin la passe des Ténèbres ? »

Arutha haussa les épaules. Amos dit : « Ce n'est pas juste une superstition de marin. C'est la description de ce qu'il y a. » Il ajouta, les yeux perdus dans le lointain : « Je pourrais vous parler des différents courants de la Mer sans Fin et de la Triste Mer, de comment ils se rejoignent là, ou encore des vagues délirantes de l'hiver au moment où les lunes sont dans leur plus mauvaise configuration, ou encore des vents qui soufflent du nord, avec une neige si épaisse que de la passerelle, on ne voit même pas le pont. Mais... en fait, il n'y a pas de mots qui puissent décrire les passes en hiver. C'est un, deux, trois jours de voyage en aveugle. Et si le vent ne vous renvoie pas dans la Mer sans Fin, il vous drosse sur les récifs de la côte sud. Ou alors, il n'y a pas de vent, le brouillard noie tout le reste et pendant ce temps-là, les courants vous baladent.

— Vous m'en faites une image bien sombre, capitaine, dit Arutha avec un sourire sardonique.

— Rien que la vérité. Vous êtes un jeune homme à l'esprit particulièrement pratique et vous avez un sacré sang-froid, altesse. Je vous ai vu tenir devant des choses qui auraient fait fuir bien des hommes plus expérimentés que vous. Je n'essaye pas de vous effrayer. Je veux juste que vous compreniez ce que vous voulez faire. S'il y a une personne qui peut traverser ces passes en hiver avec un tel baquet, c'est Amos Trask et je ne me vante pas. Ça m'est déjà arrivé de le faire en cette saison, l'automne et le printemps c'est une chose, mais l'hiver y a rien qui soit comparable à ça. Mais j'avais aussi autre chose à vous dire : avant de quitter Crydee, faites vos adieux à votre sœur, écrivez à votre père et à votre frère, faites votre testament et mettez de l'ordre dans vos affaires. »

Sans changer d'expression, Arutha dit : « Les lettres et le testament sont faits et Carline et moi dînons seuls ce soir. »

Amos acquiesça. « Nous partons demain matin avec la marée. Ce vaisseau est un pavé troué et pourri juste bon à faire du cabotage, mais on passera, quitte à ce que je le porte sur mes propres épaules. »

Arutha prit congé et quand il fut hors de vue, Amos se tourna vers le ciel. « Astalon, dit-il en invoquant le dieu de la justice, je suis un pécheur, c'est vrai. Mais si c'est toi qui rends la justice, pourquoi est-ce que tu m'as infligé cette peine-là ? » En paix avec son destin, Amos se remit à préparer le voyage.

Carline tournait en rond dans le jardin, triste comme les fleurs fanées de ses parterres. Roland la regardait, un peu à l'écart, ne sachant que dire pour la réconforter. Finalement, il se décida : « Un jour, je serai baron de Tulan. Cela fait plus de neuf ans que je ne suis pas rentré chez moi. Il faut que je parte avec Arutha. »

Elle répondit doucement : « Je sais. »

Elle semblait résignée et il s'avança pour la prendre dans ses bras. « Tu seras baronne un jour là-bas, aussi. »

Elle le serra contre elle, puis s'écarta et se força à prendre un ton léger. « Enfin, après toutes ces années, on aurait pu croire que ton père avait appris à se passer de toi. »

Il sourit. « Il devait passer l'hiver à Jonril avec le baron Bellamy, pour superviser l'extension de la garnison. Je vais y aller à sa place. Mes frères sont tous trop jeunes. Comme les Tsurani se sont retranchés pour l'hiver, c'est notre seule occasion d'améliorer les fortifications. »

Gardant le même ton, elle dit : « Au moins, je n'aurai pas à m'inquiéter que tu ailles briser les cœurs des dames à la cour de ton père. »

Il rit. « C'est peu probable. Ils réunissent déjà les hommes et le ravitaillement et les barges sont prêtes à remonter la rivière Wyndermeer. Quand Amos m'aura débarqué à Tulan, je passerai un ou deux jours à la maison, pas plus et puis je repartirai. L'hiver sera long, à Jonril, avec des soldats et quelques fermiers pour seule compagnie dans ce fort perdu. »

Carline eut un petit rire en portant la main à sa bouche. « J'espère que ton père ne découvrira pas au printemps que tu as perdu au jeu sa baronnie et ses soldats. »

Roland lui sourit. « Tu vas me manquer. »

Carline lui prit la main. « Tu vas me manquer aussi. »

Ils restèrent immobiles un moment, puis soudain la fausse vaillance de Carline céda et elle se retrouva dans ses bras. « Fais attention à toi. Je ne supporterais pas de te perdre.

— Je sais, dit-il doucement. Mais tu dois faire bon visage aux autres. Fannon aura besoin de ton aide pour diriger la cour et tu vas devoir prendre en charge toute la maison. Tu es la maîtresse de Crydee et beaucoup de gens vont dépendre de toi. »

Ils regardèrent les bannières sur les murs claquer dans le vent du soir. L'air était froid et il la prit dans sa cape. En tremblant, elle dit : « Reviens-moi, Roland. »

Doucement, il dit : « Je reviendrai, Carline. » Il essaya d'écarter un frisson glacé qui montait en lui, mais sans succès.

Ils se tenaient sur le quai, dans la pénombre du petit matin, juste avant le lever du soleil. Arutha et Roland attendaient à côté de la passerelle. Arutha dit : « Prenez bien soin de tout, maître d'armes. »

Fannon avait la main sur le pommeau de son épée, encore fier et droit malgré son grand âge. « Je vous le promets, altesse. »

Avec un petit sourire, Arutha dit : « Et quand Gardan et Algon reviendront de leur patrouille, dites-leur de prendre soin de vous. »

Les yeux de Fannon étincelèrent et il répliqua : « Jeune insolent ! Je suis encore capable de vaincre n'importe qui dans le château, à l'exception de votre père. Descendez de cette passerelle et tirez l'épée, que je vous montre pourquoi je porte encore l'insigne de maître d'armes. »

Arutha leva les mains dans un geste de fausse supplication. « Fannon, c'est bon de vous retrouver aussi vif qu'avant. Crydee ne risque rien avec un tel maître d'armes. »

Fannon s'avança et posa la main sur l'épaule d'Arutha. « Faites attention, Arutha, vous avez toujours été mon meilleur élève. Je ne voudrais pas vous perdre. »

Arutha sourit gentiment à son vieux maître. « Merci, Fannon. » Puis il fit une grimace. « Je ne voudrais pas me perdre, moi non plus. Je reviendrai. Avec des soldats d'Erland. »

Arutha et Roland sautèrent sur le pont et ceux qui restaient à quai leur firent des signes. Martin l'Archer était là, appuyé à la lisse. Il regarda les hommes retirer la passerelle et les gens sur le quai larguer les amarres. Amos Trask cria des ordres et l'on amena les voiles. Lentement, le vaisseau s'écarta du quai. Arutha regarda en silence la manœuvre se faire, Martin et Roland à ses côtés, et les quais s'éloignèrent.

« Je suis content que la princesse ait préféré ne pas venir. Je n'aurais pas supporté un adieu de plus, dit Roland

— Je comprends, dit Arutha. Elle tient beaucoup à toi, monseigneur, bien que je voie mal pourquoi ? » Roland regarda le prince pour savoir s'il plaisantait ou non et il vit que celui-ci avait un petit sourire aux lèvres. « Je ne t'en ai pas parlé, continua le prince. Mais comme nous risquons de ne pas nous voir avant un bon bout de temps à partir de Tulan, je voulais que tu saches que dès que tu pourras en parler à père, mon soutien te sera tout acquis.

— Merci, Arutha. »

La ville s'enfonça dans les ténèbres et ils virent la jetée qui menait au phare. L'aube, encore à peine levée, commençait à percer les ténèbres nocturnes, teintant tout de gris et de noir. Puis lentement, le grand piton rocheux des Gardiens apparut à tribord.

Amos donna l'ordre de changer de cap, ils se tournèrent vers le sud-ouest, et mirent plus de voile pour mieux profiter du vent. Le vaisseau prit de la vitesse et Arutha entendit des mouettes crier au-dessus d'eux. Il se rendit compte brusquement qu'ils venaient de sortir de Crydee. Glacé, il ramena frileusement sa cape autour de lui.

Arutha se tenait sur le pont arrière, l'épée tirée, Martin à côté de lui avec une flèche encochée. Amos Trask et son second, Vasco, avaient aussi tiré les armes. Six marins furieux s'étaient rassemblés sur le pont et l'équipage observait la confrontation.

Un marin cria depuis le pont : « Vous nous avez menti, capitaine, vous n'êtes pas reparti au nord vers Crydee comme vous l'aviez dit à Tulan. À moins d'aller à Kesh jusqu'à Élarial, il n'y a rien d'autre au sud que les passes. Vous voulez qu'on traverse les passes des Ténèbres ? »

Amos rugit : « Crénom, mon gars. Tu discuterais mes ordres ?

— Ouais, capitaine. La tradition dit qu'un contrat entre un capitaine et l'équipage, ça vaut plus rien si on doit traverser les passes en hiver, à moins d'être d'accord. Vous nous avez menti et on n'est pas obligés d'y aller avec vous. »

Arutha entendit Amos marmonner. « Un putain de marin légaliste. » Au marin, il dit : « Très bien » et il tendit son sabre à Vasco. Il descendit l'échelle jusqu'au pont et s'approcha du marin avec un sourire amical.

« Écoutez, gamins, » commença-t-il en s'approchant des six marins récalcitrants qui tenaient tous des cabillots ou des marlins. « Je vais être honnête avec vous. Le prince doit aller à Krondor, sinon ce sera l'enfer au printemps. Les Tsurani sont en train de rassembler une armée énorme et il se pourrait bien qu'elle attaque Crydee. » Il mit la main sur l'épaule du porte-parole des marins et ajouta : « Alors en conclusion, on doit aller à Krondor. » D'un geste brusque, Amos passa le bras autour du cou de l'homme. Il courut jusqu'à la lisse et poussa le marin par-dessus bord. « Si tu ne veux pas venir, cria-t-il, tu peux rentrer à Tulan à la nage ! »

Un autre marin esquissa un pas vers Amos et une flèche vint se planter dans le pont entre ses pieds. Il leva les yeux et vit que Martin avait encoché une autre flèche et le visait. Le maître chasseur lui dit : « Je ne te le conseille pas. »

L'homme lâcha son marlin et recula. Amos se retourna vers les marins. « Le temps que je remonte sur le pont arrière, je veux vous voir tous dans le gréement — ou par-dessus bord, ça ne me fait ni chaud ni froid. Celui qui ne se remet pas au travail sera pendu comme le chien de mutin qu'il est. »

On entendait encore les faibles cris de l'homme qui se débattait dans l'eau quand Amos arriva au pont supérieur : « Envoyez une corde à cet imbécile et s'il n'en démord pas, rebalancez-le par-dessus bord. » Amos cria : « Toutes voiles dehors ! Droit sur les passes des Ténèbres. »

Arutha cligna des yeux pour se protéger de l'eau de mer et il se retint de toutes ses forces à la corde. Une autre vague s'écrasa contre le flanc du navire, l'aveuglant de nouveau. Des mains puissantes l'attrapèrent par-derrière et dans le noir il entendit la voix de Martin. « Ça va ? »

Crachant de l'eau, il cria : « Oui » et continua à s'avancer vers le pont supérieur, Martin juste derrière lui. Le *Vent de l'aube* tanguait et roulait sous ses pieds et il glissa deux fois avant d'atteindre l'échelle. Le vaisseau avait été entièrement équipé de rampes de corde, car personne ne pouvait garder l'équilibre quand la mer était grosse si on n'avait rien pour s'accrocher.

Arutha prit l'échelle et se hissa jusqu'au pont supérieur. Il faillit percuter Amos Trask. Le capitaine se trouvait derrière le timonier, appuyant de tout son poids sur la grande roue en cas de besoin. Il était comme enraciné au pont, les pieds largement écartés, compensant chaque mouvement du navire, les yeux fixés sur le ciel ténébreux. Il regardait, écoutait, chacun de ses sens était à l'unisson avec le rythme du navire. Arutha savait que cela faisait deux jours et une nuit qu'il n'avait pas dormi et qu'il était resté debout encore une bonne partie de cette nuit-ci.

« Encore combien de temps ? cria Arutha.

— Un jour, deux, qui sait ? » Il y eut un craquement sec venant d'en haut, comme le bruit de la fonte des glaces sur la rivière Crydee au printemps. « La barre à bâbord toute ! » cria Amos en s'appuyant lourdement sur le gouvernail. Quand le vaisseau prit de la bande, il cria à Arutha : « Encore un jour avec ces maudites bourrasques et on aura de la chance si on peut rebrousser chemin et rentrer sur Tulan. »

Cela faisait neuf jours qu'ils avaient quitté Tulan et trois qu'ils étaient en pleine tempête. Depuis, le vaisseau était constamment la proie des vagues et du vent et Amos avait dû descendre par trois fois dans la cale, pour inspecter les réparations faites à la carlingue. Amos pensait qu'ils devaient se trouver juste à l'ouest des passes, mais il ne pouvait en être sûr tant que la tempête ne serait pas apaisée. Une autre vague frappa le navire, qui trembla.

« Une éclaircie ! cria une voix d'en haut.

— Par où ? hurla Amos.

— Tribord !

— On y va ! » ordonna Amos et le timonier s'appuya sur le gouvernail.

Arutha plissa les yeux pour les protéger des brûlures de l'écume saturée de sel et il aperçut une vague lueur qui lui parut osciller, jusqu'à ce qu'elle se retrouve droit devant. Puis l'éclaircie grandit à mesure qu'ils s'en approchairent. Comme s'ils sortaient d'une pièce sombre, ils passèrent de la pénombre à la lumière. Les cieux semblèrent s'ouvrir au-dessus de leur tête et ils virent des nuages gris. Les vagues étaient encore hautes, mais Arutha sentait que le temps avait enfin tourné. Il regarda par-dessus son épaule et vit la masse noire de la tempête s'écarter d'eux.

Petit à petit, les vagues s'apaisèrent et par contraste avec le vacarme de la tempête, la mer sembla soudain silencieuse. Le ciel s'éclaircissait rapidement et Amos dit : « C'est le matin. J'ai dû perdre le fil du temps. Je croyais qu'on était encore en pleine nuit. »

Arutha regarda la tempête qui s'en allait et il vit clairement une masse de ténèbres tourbillonnantes se découper contre le gris clair du ciel. Le gris devint rapidement ardoise, puis bleu-gris quand le soleil matinal perça les nuages. Pendant une bonne heure Arutha regarda le spectacle, tandis qu'Amos assignait ses hommes à leur tâche, renvoyant les marins du quart de la nuit en bas et faisant monter les marins du quart de jour.

La tempête filait vers l'est, laissant derrière elle une mer houleuse. Le temps semblait suspendu pour Arutha, qui regardait l'horizon, fasciné et terrifié à la fois. Une partie de la tempête semblait avoir été attrapée par des doigts de terre dans le lointain. De grandes gerbes d'eau jaillissaient en tournoyant sur elles-mêmes, prises dans un étroit passage au loin. On aurait cru qu'une masse de nuages noirs bouillonnants avait été bloquée là par une force surnaturelle.

« Les passes des Ténèbres, dit Amos derrière lui.

— Quand est-ce que nous traversons ? demanda tranquillement Arutha.

— Maintenant », répondit Amos. Le capitaine se retourna et hurla : « Le quart du jour en haut ! Ceux du soir, tenez-vous prêts. Timonier, la barre droit à l'est ! »

Les hommes grimpèrent dans les cordages et d'autres montèrent de la cale, encore hagards et visiblement mal reposés malgré quelques heures de sommeil depuis leur dernier quart. Arutha retira le capuchon de sa cape et sentit la froide morsure du vent sur ses cheveux trempés. Amos l'attrapa par le bras et dit : « Nous pourrions attendre des semaines avant d'avoir de nouveau un vent favorable. Cette tempête était une bénédiction déguisée, elle va nous permettre de nous lancer juste comme il faut. »

Arutha regarda fasciné les passes vers lesquelles ils s'avançaient. Un caprice du temps et du courant avait créé les conditions qui tenaient ces passes tout l'hiver sous un linceul d'eau ténébreuse. Lorsque le temps était bon, les passes étaient déjà difficiles. L'étroit bras de mer semblait s'élargir en plusieurs points, mais en fait de dangereux récifs affleuraient, cachés sous la surface, à des endroits critiques. En cas de mauvais temps, la plupart des capitaines les considéraient comme intraversables. Des murs d'eau et des tempêtes de neige tombant des pics les plus au sud des Tours grises venaient s'abattre là, pour se faire renvoyer en l'air par de violentes bourrasques, avant de retomber encore et encore. Il y avait des geysers monstrueux qui s'élevaient brutalement vers le ciel, restaient suspendus en tournoyant follement pendant plusieurs minutes avant de retomber en cascades aveuglantes. Des éclairs déchiraient les ténèbres, suivis de roulements de tonnerre qui rivalisaient de violence avec l'affrontement furieux des vents déchaînés.

« La marée monte, hurla Amos. C'est bien. On passera plus facilement les récifs. Soit on s'en tire, soit on s'écrase très vite. Si le vent tient, on devrait être sortis d'affaire avant la fin du jour.

— Et si le vent change ?

— Inutile d'en parler ! »

Ils filèrent en avant, s'attaquant au front de vents tourbillonnants de biais pour entrer dans la passe. Le vaisseau vibra comme s'il rechignait à affronter de nouveau le mauvais temps. Arutha s'agrippa fermement à la lisse quand le vaisseau commença à plonger dans les vagues. Amos dirigeait la course, contournant les sautes de vent soudaines, maintenant le navire dans le sillage de la tempête venue de l'ouest.

Il n'y eut plus du tout de lumière. Le vaisseau n'était éclairé que par les flammes dansantes des lampes tempête, qui jetaient des éclairs jaunes et vacillants dans les ombres. Le bruit assommant des vagues qui s'écrasaient au loin contre les falaises résonnait des deux côtés. Amos cria à Arutha : « Nous allons rester au centre de la passe. Si jamais nous dérivons d'un côté ou d'un autre, ou qu'on tourne, nous briserons la coque sur les rochers. » Arutha acquiesça et le capitaine hurla une série d'instructions à son équipage.

Arutha s'avança à grand-peine vers l'avant du pont supérieur et il appela Martin. Le maître chasseur lui répondit du pont inférieur qu'il allait bien, même s'il était trempé. Arutha se tint à la lisse quand le vaisseau plongea dans un creux de vague puis commença à se redresser en montant sur une crête. Le vaisseau s'éleva pendant une éternité, toujours plus haut, puis brusquement de l'eau balaya l'étrave et il retombèrent. Bientôt, seule la lisse lui servit de point d'appui dans ce chaos humide et froid. Les mains d'Arutha lui faisaient mal tant il serrait la rambarde.

Les heures passèrent dans une terrible cacophonie et Amos continuait à diriger son équipage contre vents et marée. De temps en temps, un éclair aveuglant déchirait les ténèbres, soulignant chaque détail du décor, ne laissant dans le noir qu'une image rémanente.

D'une embardée soudaine, le vaisseau glissa de côté et Arutha sentit ses pieds disparaître sous lui comme le vaisseau s'inclinait dangereusement. Il s'accrocha de toutes ses forces, les oreilles assourdies par un monstrueux grincement. Le vaisseau se redressa et Arutha se releva pour voir, à la lumière vacillante des lampes tempête, le gouvernail osciller follement d'un côté et de l'autre, le timonier affalé par terre, du sang noir coulant à flots de sa bouche sur tout le visage. Amos se releva désespérément, pour s'accrocher au gouvernail fou. Au risque de se briser les côtes, il se jeta dessus et s'efforça de le retenir pour garder le contrôle du navire.

Arutha tituba jusqu'au gouvernail et y ajouta son poids. Un long raclement monta de tribord et le vaisseau trembla.

« Tourne, putain de salope ! » cria Amos en tirant sur le gouvernail, rassemblant ses dernières forces. Arutha sentit ses muscles douloureux protester en s'appuyant sur le gouvernail désespérément immobile. Lentement, il commença à bouger, d'un centimètre, puis deux. Le raclement se fit plus fort, au point d'envahir les oreilles d'Arutha.

Soudain, le gouvernail recommença à osciller. Arutha, déséquilibré, se fit éjecter sur le pont. Il s'y écroula et glissa sur la surface détrempée, pour aller finalement s'écraser contre le bastingage, le souffle coupé. Une vague le recouvrit et il recracha de l'eau de mer. Étourdi, il se releva et tituba jusqu'au gouvernail.

Le visage d'Amos était blanc et crispé par l'effort à la lumière des lampes, mais ses yeux grands ouverts lui donnaient un air dément. Il éclata de rire. « Je croyais que vous étiez passé par-dessus bord. »

Arutha s'appuya sur le gouvernail et ils le forcèrent de nouveau à bouger. Le rire d'Amos mourut et Arutha lui demanda : « Qu'est-ce qu'il y a de si drôle ?

— Regardez ! »

Le souffle court, Arutha regarda dans la direction que lui montrait Amos. Dans le noir, il distingua des formes gigantesques s'élevant à côté du navire, des ombres dans les ténèbres. Amos hurla : « Nous sommes en train de longer les grandes falaises du sud. Tirez, prince de Crydee ! Tirez, si vous voulez revoir la terre ferme un jour ! »

Arutha tira sur le gouvernail, forçant le vaisseau hésitant à s'écarter de la terrible étreinte des bras de pierre qui défilaient à quelques mètres d'eux. Ils sentirent de nouveau le vaisseau trembler et un raclement sourd monta du fond de la coque. Amos poussa un cri de joie sauvage. « Cela m'étonnerait que ce sabot ait encore un fond quand nous serons passés. »

Arutha sentit ses entrailles se tordre de terreur, puis il fut pris d'une étrange exultation. Il sentit en lui une sorte d'euphorie, une sensation presque joyeuse en s'efforçant de maintenir le navire sur sa course. Il entendit un son étrange couvrir la cacophonie de la tempête et se rendit compte qu'il riait avec Amos, qu'il riait des éléments qui se déchaînaient autour de lui. Il ne craignait plus rien. Il tiendrait ou il ne tiendrait pas. Cela n'avait plus d'importance, maintenant. Il pouvait juste pousser de toutes ses forces, pour obliger le navire à s'écarter des rochers déchiquetés. Chaque fibre de son être riait de terreur et de joie d'être réduit à un niveau d'existence si bas, si primaire. Rien d'autre ne comptait que la seule chose qu'il devait faire et sur laquelle tout reposait.

Arutha découvrit un nouvel état de conscience. Les secondes, les minutes, les heures n'avaient plus de sens. Il luttait, avec Amos, pour garder le vaisseau sous contrôle, ses sens lui montraient tout dans les plus infimes détails. Il sentait le grain du bois à travers le cuir détrempé de ses gants, le tissu de ses chausses coincé entre ses doigts de pied dans ses bottes pleines d'eau. Le vent avait une odeur de sel et de poix, de capuches de laine mouillée et de tissu gorgé de pluie. Chaque grincement de planche, chaque claquement de corde sur le bois, chaque cri : il entendait tout cela avec une acuité surhumaine. Sur son visage il sentait le vent et la froidure de la neige fondue mêlée à l'eau de mer et il riait. Jamais il n'avait côtoyé la mort de si près et jamais il ne s'était senti vivre autant. Les muscles noués, il se mesurait à des forces terribles et primitives. Ils plongeaient toujours plus loin, toujours plus profond dans le chaos des passes des Ténèbres.

Arutha entendait Amos hurler des ordres, dirigeant chacun de ses hommes à la seconde près. Il jouait de son navire comme un musicien aurait joué de son luth, attentif à chaque vibration, à chaque son, cherchant l'harmonique qui sortirait le *Vent de l'aube* intact de ces eaux mortelles. L'équipage obéissait instantanément à chacun de ses ordres, risquant la mort à chaque instant dans le gréement glissant, car ils savaient que de sa seule compétence dépendait la réussite de leur passage.

Puis ce fut fini. L'instant d'avant ils luttaient follement pour s'écarter des rochers et traverser les passes en folie, l'instant d'après ils filaient vent arrière, les ténèbres dans leur dos.

Au-dessus d'eux, le ciel était couvert, mais la tempête qui les accompagnait depuis des jours entiers n'était plus qu'une ombre sur l'horizon. Arutha regarda ses mains, comme si elles ne lui appartenaient pas et il fit un effort de volonté pour qu'elles se détachent du gouvernail.

Des marins le rattrapèrent quand il s'effondra sur lui-même et l'allongèrent sur le pont. Pendant un moment, le décor tournoya autour de lui, puis il vit Amos s'asseoir un peu plus loin et Vasco qui prenait le gouvernail. Amos avait encore le sourire aux lèvres quand il dit : « On l'a fait, gamin. Nous sommes dans la Triste Mer. »

Arutha regarda autour de lui. « Pourquoi est-ce qu'il fait si noir ? »

Amos éclata de rire. « C'est presque le coucher du soleil. On a été sur ce gouvernail pendant des heures. »

Arutha commença à rire lui aussi. Il n'avait jamais ressenti un tel sentiment de triomphe. Il rit jusqu'à ce que des larmes d'épuisement lui coulent sur le visage, jusqu'à ce qu'il en ait mal aux côtes. Amos rampa vers lui. « Tu sais ce que c'est que de rire au nez de la mort, Arutha. Tu ne seras plus jamais le même. »

Arutha reprit son souffle. « J'ai cru que tu étais devenu fou, à un moment. »

Amos prit une outre de vin que lui tendait un marin et il avala une grande gorgée. Il passa l'outre à Arutha et dit : « Ouais, comme toi. Y en a pas beaucoup qui sentent ça au moins une fois dans leur vie. C'est la vision de quelque chose de si clair, de si vrai que ça ne peut être que de la folie. Tu vois vraiment ce que vaut la vie et tu sais ce que veut dire la mort. »

Arutha regarda le marin qui se tenait à côté d'eux et vit que c'était celui qu'Amos avait fait basculer par-dessus bord lors de la mutinerie. Vasco fronça les sourcils en le voyant, mais l'homme ne bougea pas. Amos leva les yeux et le marin dit : « Capitaine, je voulais juste vous dire... que j'avais eu tort. En treize année de mer, j'aurais parié mon âme à Lims-Kragma qu'aucun capitaine ne pouvait faire traverser les passes à un navire pareil. » Baissant les yeux, il ajouta : « Je veux bien être fouetté pour ce que j'ai fait, capitaine. Mais après, je vous suivrais jusqu'aux tréfonds des sept enfers, comme n'importe qui d'autre sur ce navire. »

Amos se releva, s'agrippant à la rambarde, les jambes légèrement flageolantes. Il regarda les hommes assemblés et cria : « Le quart de nuit sur le pont ! Les deux quarts de jour vous pouvez vous reposer. Il se tourna vers Vasco. Vérifie l'état de la coque et ouvre la cambuse. On part pour Krondor. »

Arutha se réveilla dans sa cabine. Martin l'Archer était assis à côté de lui. « Tenez. » Le maître chasseur lui tendit une tasse de soupe fumante.

Arutha se releva sur un coude, malgré les protestations de son corps moulu et fatigué. Il prit une gorgée de soupe. « J'ai dormi combien de temps ?

— Vous vous êtes endormi sur le pont la nuit dernière, juste après le coucher du soleil. Ou plutôt, vous vous êtes évanoui, si vous préférez la vérité. Le soleil est levé depuis trois heures.

— Le temps ? »

— Beau, ou du moins ce n'est pas la tempête. Amos est déjà sur le pont. Il pense que ça devrait tenir sur une bonne part du voyage. Les dégâts à la coque ne sont pas trop graves. Nous n'avons pas à nous en faire tant que nous n'avons pas à tenir contre une autre tempête. Même comme ça, Amos dit qu'il y a quelques bons points d'ancrage le long de la côte keshiane si jamais on a en besoin. »

Arutha se sortit de sa couchette, mis sa cape et monta sur le pont. Martin suivit. Amos était debout à côté du gouvernail, observant le vent dans les voiles. Il baissa les yeux vers Arutha et Martin qui montaient l'échelle du gaillard d'arrière. Il les regarda un moment, comme frappé par une idée, puis il sourit quand Arutha lui demanda : « Comment ça va ? »

Amos dit : « Le vent est bon, ça dure depuis qu'on a traversé la passe. S'il reste nord-ouest, on devrait arriver à Krondor assez vite. Mais le vent, c'est rare que ça tienne longtemps, alors ça prendra peut-être plus de temps. »

Une vigie lança : « Voile !

— Par où ? cria Amos.

— Par deux quarts arrière à bâbord ! »

Amos scruta l'horizon et rapidement, trois petits points blancs apparurent. À la vigie, il cria : « Quels vaisseaux ?

— Des galères, capitaine ! »

Amos réfléchit tout haut. « Queganes. C'est un peu au sud pour leur patrouilles habituelles, si ce sont des vaisseaux de guerre et je doute que ce soient des marchands. » Il ordonna qu'on mette plus de voile. « Si le vent se maintient, nous serons passés avant qu'ils n'aient pu se rapprocher. À la voile, ça ne vaut pas mieux qu'une grosse baignoire et les rameurs ne peuvent pas tenir la vitesse sur une telle distance. »

Arutha regarda fasciné les vaisseaux qui grossissaient sur l'horizon. La galère la plus proche tourna pour leur couper la route et au bout d'un moment il put distinguer sa lourde silhouette, ses voiles majestueuses qui s'élevaient loin au-dessus des ponts avant et arrière. Arutha voyait le mouvement gracieux des rames, trois bancs de chaque côté, accéléré par le capitaine qui s'efforçait de gagner un peu de vitesse. Mais Amos avait vu juste et bientôt la galère rapetissa à l'arrière. Comme la distance entre le *Vent de l'aube* et les galères augmentait lentement, Arutha dit : « Ils arboraient le pavillon royal de Queg. Que viennent faire des galères de guerre queganes si loin au sud ?

— Les dieux seuls le savent, dit Amos. Il se peut qu'ils recherchent des pirates, ou alors ils vérifient que des vaisseaux keshians ne montent pas trop au nord. C'est difficile à dire. Queg considère toute la Triste Mer comme sa propriété. Je préfère ne pas avoir à découvrir pourquoi ils sont là. »

Le reste de la journée se passa sans problème et Arutha profita de ces moments de répit après les dangers rencontrés lors des derniers jours. La nuit fut constellée d'étoiles et il passa plusieurs heures sur le pont à regarder les points qui scintillaient dans le ciel. Martin monta sur le pont et le trouva en train de regarder en l'air. Arutha entendit le maître chasseur arriver et il lui dit : « Kulgan et Tully disent que les étoiles sont des soleils assez semblables au nôtre, rapetissés par la distance. »

Martin répondit : « Une idée difficile à avaler, mais je pense qu'ils ont raison.

— T'es-tu déjà demandé si l'un de ces mondes était celui des Tsurani ? »

Martin s'appuya à la lisse. « Plusieurs fois, altesse. Dans les collines, on voit les étoiles comme ça, quand les feux de camp sont éteints. Sans les lumières parasites de la ville ou du château, elles resplendissent dans le ciel. Je me suis demandé si l'une d'entre elles pouvait être l'endroit où vivent nos ennemis. Charles m'a dit que leur soleil est plus brillant que le nôtre et que leur monde est plus chaud.

— Ça paraît impossible. Faire la guerre au-delà d'un tel vide défie toute logique. »

Ils restèrent silencieux l'un à côté de l'autre en regardant les splendeurs du ciel nocturne, sans faire attention à la morsure du vent frais qui les poussait vers Krondor. Des pas derrière eux les firent se retourner comme un seul homme et ils virent Amos Trask apparaître. Il hésita un moment, scruta leur visage, puis il les rejoignit contre la lisse. « Vous observez les étoiles ? »

Les autres ne répondirent pas et Trask regarda le sillage du navire, puis le ciel. « Il n'y a rien de mieux que la mer, messieurs. Ceux qui vivent sur terre toute leur vie ne peuvent pas vraiment comprendre. La mer est primitive, parfois cruelle, parfois douce, jamais prévisible. Mais c'est des nuits comme ça qui me font remercier les dieux de m'avoir fait marin. »

Arutha dit : « Et un peu philosophe, aussi. »

Amos rit tout bas. « Prenez n'importe quel marin de haute mer qui a affronté la mort aussi souvent que moi et grattez un peu. En dessous, vous trouverez un philosophe, altesse. Vous n'aurez pas des jolis mots, je vous l'assure, mais un vrai sens de sa place dans le monde. La plus vieille des prières de marin à Ishap qu'on connaisse c'est : "Ishap, ta mer est grande et mon bateau est petit ; aie pitié de moi." Ça résume tout. »

Martin parla tout bas, presque pour lui-même. « Quand j'étais petit, sous les grands arbres, j'avais un peu ce genre de sentiments. Être à côté d'un tronc si ancien qu'il est plus vieux que le plus vieil homme qu'on ait connu, ça vous donne un sens particulier de votre place dans le monde. »

Arutha s'étira. « Il est tard. Je vais vous souhaiter bonne nuit à tous les deux. » Au moment de partir, il sembla être frappé par une idée. « Je ne suis pas versé dans ce genre de philosophie mais... je suis content d'avoir fait ce voyage avec vous. »

Après qu'il fut parti, Martin regarda les étoiles un moment, puis il se rendit compte qu'Amos l'observait avec attention. Il se tourna vers le marin et dit : « Tu sembles avoir une idée en tête, Amos.

— Ouais, maître Archer. » En s'appuyant sur la lisse, il continua : « Cela fait presque sept ans que je suis arrivé à Crydee. Quelque chose me titille depuis la première fois que je t'ai rencontré.

— Quoi donc, Amos ?

— Tu es un type étrange, Martin. Il y a beaucoup de choses dans ma vie dont je préfère ne pas causer, mais toi, c'est autre chose. »

Martin semblait ne pas s'inquiéter de la tournure de cette conversation, mais ses yeux se plissèrent légèrement. « Il n'y a pas grand-chose qu'on ignore de moi à Crydee.

— C'est vrai, mais c'est le peu de choses manquantes qui me trouble.

— Rassure-toi, Amos. Je suis le maître chasseur du duc, rien de plus. »

Doucement, Amos dit : « Je crois que tu es plus que cela, Martin. Dans mes balades en ville, quand j'ai supervisé la reconstruction, j'ai rencontré pas mal de gens et en sept ans j'ai entendu pas mal de ragots sur toi. Il y a quelque temps de ça, j'ai remis les pièces en place et j'ai trouvé une réponse. Ça explique pourquoi je te vois changer — juste un peu, mais assez pour qu'on le sente — quand tu es en présence d'Arutha et plus encore quand tu es en présence de la princesse. »

Martin rit. « Tu me racontes une vieille histoire usée, Amos. Tu penses que je suis un pauvre chasseur éperdu d'amour pour la jeune princesse ? Tu penses que je suis amoureux de Carline ? »

Amos dit : « Non, quoique je ne doute pas que tu l'aimes. Comme un frère peut aimer sa sœur. »

Martin avait à moitié tiré son couteau quand Amos lui attrapa le poignet. Le marin trapu tenait le poignet du chasseur comme dans un étau et Martin n'arrivait plus à bouger son bras. « Rengaine ta colère, Martin. Je ne voudrais pas avoir à te jeter par-dessus bord pour te rafraîchir la tête. »

Martin cessa de lutter contre Amos et lâcha son couteau, le laissant retomber dans son fourreau. Amos tint le poignet du chasseur encore un moment, puis il le relâcha. Au bout de quelques instants, Martin dit : « Elle n'en sait rien et ses frères non plus. Jusqu'alors, je pensais que seuls le duc et une ou deux autres personnes le savaient. Comment tu as deviné ? »

Amos répondit : « C'était pas bien difficile. En général, les gens ne voient pas ce qu'ils ont sous les yeux. » Amos se retourna et regarda les voiles au-dessus, vérifiant l'équipage en détail sans y penser tout en continuant à parler. « J'ai vu le double du duc dans la salle de réception. Si tu te laissais pousser une barbe comme la sienne, tout le monde verrait la ressemblance. Tout le monde fait remarquer à quel point d'année en année Arutha ressemble de plus en plus à son père et de moins en moins à sa mère et je me suis demandé dès notre première rencontre pourquoi personne n'avait remarqué qu'il te ressemblait aussi. J'imagine qu'ils ne le remarquent pas parce qu'ils le veulent bien. Ça explique bien des choses : pourquoi le duc t'a fait la faveur de te placer auprès de l'ancien maître chasseur et la raison pour laquelle c'est toi qui as été choisi pour lui succéder. Cela faisait déjà quelque temps que je le soupçonnais, mais cette nuit, j'en ai eu la certitude. Quand je suis monté du pont inférieur et que vous vous êtes retournés tous les deux dans le noir, un moment, je n'aurais su vous distinguer l'un de l'autre. »

Martin parla sans émotion, énonçant simplement un fait : « Tu parles de ça à qui que ce soit et c'en est fait de ta vie. »

Amos s'appuya sur la rambarde. « Je ne suis pas un homme qu'il faut menacer, Martin l'Archer.

— C'est une question d'honneur. »

Amos croisa les bras sur sa poitrine. « Monseigneur Borric n'est pas le premier noble à avoir un bâtard et ce ne sera pas le dernier. Il y en a même beaucoup à qui on donne un poste, un rang. L'honneur du duc de Crydee n'a pas grand-chose à y craindre. »

Martin s'agrippa à la lisse, immobile comme une statue dans la nuit. Ses mots semblèrent venir de très loin. « Pas son honneur, capitaine. Le mien. » Il se tourna vers Amos et ses yeux brillèrent dans le noir, reflétant la flamme de la lanterne derrière le marin, semblant comme illuminés d'un feu intérieur. « Le duc sait le secret de ma naissance et pour des raisons qui lui sont propres il m'a ramené à Crydee alors que je n'étais pas plus qu'un enfant. Je suis sûr que le père Tully sait, car le duc lui fait toute confiance, et peut-être Kulgan aussi. Mais aucun d'eux ne sait que je sais. Ils croient que j'ignore tout de mon héritage. »

Amos se caressa la barbe. « C'est un épineux problème, Martin. Des secrets dans des secrets et tout ça. Va, je te donne ma parole — par amitié et non par peur — que je ne dirai rien de tout ça à personne, sauf si tu le veux. Mais si je juge bien Arutha, il préférerait le savoir.

— Ça, c'est à moi d'en décider, Amos, et à personne d'autre. Un jour, peut-être, je le lui dirai, ou alors je ne le lui dirai pas. »

Amos s'écarta du bastingage. « J'ai beaucoup de choses à faire avant de rentrer, Martin, mais j'ai encore une chose à te dire. Tu t'es réservé une vie bien solitaire. Je ne t'envie pas pour ça. Bonne nuit.

— Bonne nuit. » Quand Amos fut reparti sur le pont arrière, Martin regarda les étoiles familières dans le ciel. Les compagnes de ses voyages solitaires dans les collines de Crydee le regardaient. Les constellations scintillaient dans la nuit, le chasseur et le chien, le dragon, le kraken et les cinq joyaux. Il regarda la mer, plongeant les yeux dans les eaux noires, perdu dans des pensées qu'il avait cru enterrées à jamais.

« Terre ! cria la vigie.

— Par où ? demanda Amos.

— Droit devant, capitaine. »

Arutha, Martin et Amos descendirent du château arrière et s'avancèrent rapidement vers la proue. En attendant que la terre arrive en vue, Amos dit : « Vous sentez ce tremblement à chaque fois que nous fendons une lame ? C'est cette carlingue, je connais mon affaire. Il va falloir mettre le navire en cale sèche à Krondor. »

Arutha regarda la fine bande de terre au loin grandir dans le soir. Le temps était plutôt bon, malgré quelques nuages. « Nous devrions en avoir le temps. J'aimerais rentrer à Crydee dès que nous aurons convaincu Erland des risques, mais même s'il accepte tout de suite, ça nous prendra quelque temps pour rassembler les hommes et les navires. »

Martin dit, impassible : « Et je ne voudrais pas retraverser les passes des Ténèbres avant que le temps ne soit plus clément. »

Amos dit : « Petite nature. Tu l'as déjà fait par le côté le plus difficile. Aller en plein hiver sur la côte Sauvage, c'est juste un tout petit peu suicidaire. »

Arutha attendit en silence que la terre au loin commence à se faire plus distincte. En moins d'une heure, ils purent apercevoir les tours de Krondor qui s'élevaient dans les airs et les vaisseaux amarrés au port.

« Bien, dit Amos, si vous voulez une réception en grande pompe, je ferais mieux de sortir votre bannière et de la faire flotter en haut du mât. »

Arutha le retint et dit : « Attends, Amos. Tu vois ce vaisseau, à l'embouchure du port ? »

Tout en continuant à s'approcher du port, Amos regarda attentivement le vaisseau en question. « Belle bête. Le prince les fait construire sacrément plus grands que la dernière fois que je suis passé à Krondor. Trois mâts, équipés pour une bonne trentaine de voiles du petit foc à la brigantine. Vu sa coque, il est taillé pour la course, ça fait pas de doute. Je ne voudrais pas tomber dessus sans au minimum trois galères de Queg. C'est perdu sans rameurs, vu comme il est recouvert d'arbalètes géantes de la poupe à la proue qui doivent vous taillader les voiles en un rien de temps. Maintenant, on sait pourquoi ces galères queganes étaient si loin de chez elles. Si le royaume amène des vaisseaux de guerre comme ceux-ci dans la Triste Mer, ceux de Queg...

— Regarde bien la bannière qui flotte au sommet du mât, Amos », dit Arutha.

En entrant dans le port, ils passèrent à côté du vaisseau. Son nom était peint à la proue : le *Griffon royal*. Amos dit : « Un vaisseau de guerre du royaume, pas de doute, mais d'habitude de tels vaisseaux portent le pavillon de Krondor. » Au sommet du mât le plus haut, une bannière noire frappée d'un aigle d'or claquait dans le vent. « Je croyais connaître toutes les bannières de la Triste Mer, mais je n'avais jamais vu celle-là.

— Il y a la même qui flotte sur le port, Arutha », dit Martin en désignant la ville au loin.

Calmement, Arutha dit : « Cette bannière n'a jamais flotté sur la Triste Mer auparavant. » Son visage se durcit. « Sauf contrordre de ma part, nous sommes des marchands du Natal, rien de plus.

— C'est à qui, cette bannière ? »

S'agrippant à la lisse, Arutha répondit : « C'est la bannière de la seconde plus vieille famille du royaume. Elle annonce que mon lointain cousin Guy, le duc de Bas-Tyra, est actuellement à Krondor. »

CHAPITRE 6

Il y avait foule dans l'auberge.

Amos ouvrit un chemin dans la salle pour Arutha et Martin jusqu'à une table vide près de la cheminée. Des bribes de conversation parvinrent aux oreilles d'Arutha alors qu'ils s'asseyaient. En y regardant de plus près, l'ambiance dans la pièce était plus tendue qu'on aurait pu le croire au premier abord.

Arutha réfléchissait à toute vitesse. Ses plans pour demander de l'aide à Erland avaient été balayés en quelques minutes après l'accostage au port. Il était clair en regardant la ville que Guy de Bas-Tyra n'était pas simplement à Krondor en tant qu'invité, mais qu'il en était devenu le maître absolu. Les hommes de la garde de la ville étaient sous les ordres d'officiers qui portaient le noir et or de Bas-Tyra et la bannière de Guy flottait sur toutes les tours de la ville.

Quand une serveuse mal attifée arriva, Amos commanda trois bocks de bière et les hommes attendirent en silence qu'on les leur amène. Quand la serveuse fut partie, Amos dit : « Maintenant, il va falloir faire gaffe à tout ce qu'on fait. »

Le visage d'Arutha restait impassible. « Il faudra combien de temps avant que nous puissions repartir ?

— Plusieurs semaines. Au moins trois. Il va falloir faire réparer la coque et remettre la carlingue en place. Ça dépendra des charpentiers. L'hiver est mauvais : les marchands qui ne naviguent que par beau temps mettent leurs vaisseaux en cale et les font préparer pour le printemps. Je commence à me renseigner dès demain.

— Ça risque d'être trop long. Si nécessaire, nous en achèterons un autre. »

Amos haussa un sourcil. « Vous avez de quoi ?

— Dans mon coffre sur le navire. » Il ajouta avec un sourire : « Les Tsurani ne sont pas les seuls à se servir de la guerre pour faire leurs manœuvres politiques. Pour beaucoup de nobles de Krondor et de l'Est, la guerre est une chose lointaine, difficile à imaginer. Elle dure depuis bientôt neuf ans et tout ce qu'ils voient, c'est leurs dépenses.

« Et nos loyaux marchands ne donnent pas des marchandises et des navires pour les beaux yeux de notre roi Rodric. Cet or était une réserve qui devait nous permettre de pallier le coût du rapatriement des soldats de Krondor à Crydee, pour les dépenses officielles comme pour les pots-de-vin.

— Bien, dit Amos. Même comme ça, ça pourrait bien nous prendre une ou deux semaines. Acheter un bateau, ça se fait pas en entrant dans une boutique et en dépensant quelques pièces d'or, en tout cas pas si on ne veut pas se faire remarquer. Et la plupart des vaisseaux à vendre ne valent rien. Ça prendra du temps.

— Et, ajouta Martin, il y a les passes.

— Effectivement, acquiesça Amos, mais nous pourrions suivre tranquillement la côte jusqu'à Sarth et attendre le bon moment pour les traverser.

— Non, dit Arutha. Sarth est encore dans la principauté. Si Guy contrôle Krondor, il aura des agents et des soldats là-bas. Nous ne serons pas en sécurité tant que nous ne serons pas sortis de la Triste Mer. Nous risquons moins d'attirer l'attention à Krondor qu'à Sarth : les étrangers sont monnaie courante, ici. »

Amos regarda longuement Arutha, puis il lui dit : « Je ne prétends pas vous connaître aussi bien que d'autres, mais je ne pense pas que ce soit pour votre peau que vous êtes si inquiet. »

Arutha jeta un coup d'œil dans la pièce. « Nous ferions mieux de trouver un lieu plus tranquille où parler. »

Amos poussa une sorte de soupir geignard et se leva péniblement.

« Le Repos du Marin n'est pas l'endroit que je préfère, mais il conviendra. » Il se fraya un chemin vers le comptoir et parla un moment avec le tenancier, un homme plutôt épais. Il lui montra l'escalier et Amos acquiesça. Il fit signe à ses compagnons de le rejoindre et leur fraya un chemin dans la foule qui encombrait de la pièce commune. Puis ils montèrent les marches et allèrent à la dernière porte au fond d'un long couloir. Il la poussa et leur fit signe d'entrer.

La pièce manquait singulièrement de tout ce qui aurait pu la rendre un tant soit peu confortable. Il y avait quatre paillasses étendues par terre. Un grand coffre dans un coin servait de placard pour tout le monde. Une lampe toute simple, juste une mèche flottant sur un bol d'huile, était placée sur une table rustique. Elle brûla en dégageant une odeur âcre quand l'Archer l'alluma.

Amos ferma la porte et Arutha dit : « Je vois ce que tu voulais dire en parlant de tes préférences.

— J'ai déjà dormi dans bien pire que ça, répondit Amos en s'asseyant sur l'une des paillasses. Si nous voulons rester en liberté, il va nous falloir établir des identités vraisemblables. À partir de maintenant, vous vous appelerez Arthur. C'est assez proche de votre nom pour qu'on puisse aisément s'expliquer si quelqu'un crie votre vrai nom et que vous vous tournez ou que vous répondez. Et puis c'est facile à se rappeler. »

Arutha et Martin s'assirent et Amos continua. « Arthur — faites-vous à ce nom — vous ne savez pas grand-chose des villes portuaires et mais vous en savez au moins deux fois plus que Martin. Vous ferez un excellent rejeton de petite famille noble venu d'un coin reculé. Martin, tu seras un chasseur des collines du Natal.

— Je parle assez bien leur langue. »

Arutha eut un demi-sourire. « Avec une cape grise, il fera un excellent ranger. Je ne parle pas la langue du Natal ni celle de Kesh, donc il vaut mieux que je fasse le fils d'un petit noble de l'Est, venu pour le plaisir. Il n'y a pas grand monde à Krondor qui connaisse ne serait-ce que la moitié des barons de l'Est.

— Tant qu'il n'est pas trop proche de Bas-Tyra. Avec tous ces tabards noirs qui traînent dans les environs, nous serions bien si nous tombions sur un de vos cousins supposés parmi les officiers de Guy. »

Arutha s'assombrit. « Tu avais raison au sujet de ce qui m'inquiétait, Amos. Je ne quitterai pas Krondor tant que nous n'aurons pas découvert exactement ce que Guy fait ici et ce que ça signifie pour la suite de la guerre.

— Même si je nous trouvais un vaisseau demain, dit Amos, ce qui est peu probable, vous devriez avoir largement le temps de fouiner un peu partout. Vous en découvrirez probablement plus que vous ne le voudrez. Cette ville est une vraie passoire pour les secrets. Ça doit jaser partout dans le marché et toutes les petites gens de la ville doivent en savoir assez pour qu'on ait une idée de ce qui est arrivé. Rappelez-vous simplement de garder la bouche close et les oreilles grandes ouvertes. Les informateurs, ça vous vend ce que vous voulez savoir et puis après ça va voir les gardes pour les prévenir que vous leur avez posé des questions si vite que c'est à vous en faire touner la tête. » Amos s'étira, puis il dit : « Il est encore tôt, mais je crois que nous devrions prendre un repas chaud et aller au lit. Nous allons avoir pas mal de boulot demain. » Sur ces mots, il se leva et ouvrit la porte. Les trois hommes retournèrent à la salle commune.

Arutha mâchonnait un pain fourré à la viande presque froid. Il baissa la tête et se força à reprendre une bouchée de son en-cas huileux. Il n'osait imaginer ce que contenait la croûte spongieuse en plus du bœuf et du porc qu'avait promis le marchand.

Jetant un regard en coin sur la place en effervescence, Arutha observa les portes du palais du prince Erland. Il finit son pain et se dirigea rapidement vers une échoppe de bière pour demander un grand bock histoire de faire passer l'arrière-goût. Cela faisait une heure qu'il passait, sans but apparent, d'étal en étal, achetant ceci ou cela, en se faisant passer pour le fils d'un petit noble. Et durant cette heure-là, il avait appris beaucoup de choses. Il vit Martin et Amos entrer sur la place presque une heure avant le moment prévu. Tous deux avaient l'air sombres et ils regardaient nerveusement autour d'eux. Sans un mot, Amos fit signe à Arutha de les suivre quand ils passèrent à côté de lui. Ils se frayèrent un chemin dans la foule du marché et s'éloignèrent rapidement de la grand-place. Ils finirent par arriver dans des ruelles moins avenantes, quoique tout aussi actives que la place du marché et continuèrent leur chemin jusqu'à ce que Amos leur fasse signe d'entrer dans un bâtiment particulier.

Passé la porte, l'atmosphère était chaude et humide. Arutha se fit accueillir par un serviteur. « Des bains ? » demanda Arutha.

Sans un sourire, Amos dit : « Vous avez besoin de vous laver de la poussière du voyage, Arthur. » Il se tourna vers le serviteur. « Un bain de vapeur pour nous tous. »

L'homme les conduisit à un vestiaire et leur tendit à chacun une serviette rêche ainsi qu'un sac de toile pour leurs affaires. Ils se dévêtirent, s'enroulèrent dans leur serviette et emportèrent leurs vêtements et leurs armes dans le bain de vapeur.

La grande pièce était intégralement carrelée, mais on voyait quelques plaques verdâtres par endroits sur les murs et le sol. L'air était fétide et sentait le renfermé. Un petit garçon à moitié nu était accroupi au centre de la pièce, devant le lit de pierres qui alimentait la pièce en vapeur. De temps en temps, il glissait du bois dans un grand brasier qui brûlait dessous puis faisait couler de l'eau sur les pierres, provoquant d'énormes nuages de vapeur.

Quand ils s'assirent sur un banc, dans le coin le plus éloigné de la pièce. Arutha demanda : « Pourquoi des bains ? »

Amos murmura : « Notre auberge a des murs vraiment très fins et on passe beaucoup d'accords dans des endroits comme celui-ci, alors trois hommes qui parlent tout bas dans un coin, ça ne risque pas d'attirer l'attention. » Il cria au garçon : « Hé, gamin, va nous chercher un peu de vin bien frais. » Amos lui lança une pièce d'argent.

Le gamin l'attrapa au vol, mais ne partit pas. Amos lui en lança une autre et le gamin décampa. Avec un soupir, Amos dit : « Le prix du vin frais a doublé depuis la dernière fois que je suis venu ici. Il est parti pour un moment, mais pas pour très longtemps.

— Qu'est-ce qu'il y a ? » demanda Arutha, qui ne cherchait pas à cacher sa mauvaise humeur. La serviette le grattait, la pièce puait et il doutait de ressortir de cet endroit plus propre qu'il ne serait ressorti de la place du marché.

« Martin et moi avons des nouvelles inquiétantes.

— Moi aussi. Je sais déjà que Guy est vice-roi de Krondor. Que savez-vous d'autre ? »

Martin dit : « J'ai entendu une conversation qui m'a fait penser que Guy garde Erland et sa famille bien enfermés au palais. »

Arutha plissa les yeux et il dit à voix basse, d'un ton furieux : « Même Guy n'oserait pas toucher au prince de Krondor. »

Martin répondit : « Il le ferait si le roi lui en donnait la permission. Je ne sais pas exactement ce qui est arrivé entre le roi et le prince, mais il est clair que Guy détient le pouvoir à Krondor et qu'il agit sur les ordres du roi, sinon avec sa bénédiction. Vous m'aviez parlé de l'avertissement de Caldric la dernière fois que vous étiez allé à Rillanon. Peut-être que la maladie du roi a empiré.

— La folie, pour dire les choses clairement, répondit sèchement Arutha.

— Pour ajouter aux problèmes de Krondor, dit Amos, il semble que nous soyons en guerre contre Kesh la Grande.

— Quoi ! » s'exclama Arutha.

— Une rumeur, rien de plus, dit Amos tout bas, en parlant rapidement. Avant de rejoindre Martin, j'étais en train de fouiner près d'un bordel local, pas loin de la garnison. J'ai entendu quelques soldats qui prenaient un peu de bon temps dire qu'ils allaient partir en campagne dès l'aube. Quand l'objet des attentions temporaires du soldat lui a demandé quand elle le reverrait, il a dit : “Le temps d'aller au val et d'en revenir, si la chance est avec nous” et il a invoqué le nom de Ruthia, pour que la dame de la chance ne prenne pas mal les doutes qu'il venait d'exprimer sur sa juridiction.

— Le val ? dit Arutha. Il devait sans doute parler du val des Rêves. Kesh doit avoir attaqué Shamata avec un corps expéditionnaire. Guy n'est pas un imbécile. Il sait que la seule chose à faire, c'est de répondre au plus vite en attaquant depuis Krondor pour montrer à l'impératrice de Kesh la Grande que nous sommes encore capables de défendre nos frontières. Dès que leur armée aura été renvoyée au sud du val, il y aura une nouvelle série de négociations pour déterminer à qui il appartient. Cela veut dire que même si Guy voulait aider Crydee, ce dont je doute, il ne le pourrait pas. Il n'aura pas le temps de s'occuper de Kesh, revenir et arriver à Crydee au printemps, ni même au début de l'été. » Arutha jura. « Voilà de bien mauvaises nouvelles, Amos.

— J'en ai d'autres. Tôt ce matin je suis allé voir le vaisseau, juste pour vérifier que Vasco avait les choses bien en main et que les hommes ne s'impatientaient pas trop de devoir rester à bord. Notre bateau est surveillé.

— Tu en es sûr ?

— Certain. Il y a deux gamins pas très loin qui font semblant de ravauder des filets, mais ils ne travaillent pas vraiment. Ils m'ont regardé faire l'aller-retour.

— À ton avis, qui c'est ?

— Je n'en ai aucune idée. Des hommes de Guy, des fidèles d'Erland, des agents de Kesh la Grande, des contrebandiers, ou même des Moqueurs.

— Des Moqueurs ? demanda Martin.

— La guilde des voleurs, dit Arutha. Il ne se passe pas grand-chose à Krondor sans que leur chef, le Juste, l'apprenne. »

Amos dit : « Ce type bizarre dirige les Moqueurs avec plus de poigne qu'un capitaine de navire. Il y a des endroits de la ville où même le prince n'a aucune influence, mais il n'y a aucun endroit de Krondor que le Juste ne puisse atteindre. S'il s'intéresse à nous, quelles que soient ses raisons, nous avons beaucoup à craindre. »

La conversation fut interrompue par le retour du gamin de service. Il posa un pichet en étain plein de vin bien frais et trois coupes. Amos lui demanda : « Va au plus proche marchand d'encens, mon garçon. Cet endroit pue. Achète-nous quelque chose de doux à mettre dans le feu. »

Le garçon les regarda d'un air un peu fatigué, puis il haussa les épaules quand Amos lui lança une autre pièce. Il sortit et Amos dit : « Il sera bientôt de retour et je ne trouve pas d'autre bonne raison de l'envoyer ailleurs. De toute manière, cet endroit va bientôt être plein de marchands venus prendre leur bain de vapeur de l'après-midi.

— Quand le gamin reviendra, prenez un peu de vin, essayez de vous détendre et ne partez pas trop tôt. Malgré toutes ces catastrophes, nous avons encore une petite lueur d'espoir.

— J'aimerais bien savoir laquelle, dit Arutha.

— Guy va bientôt partir de la ville. »

Arutha fronça les sourcils. « Mais ses hommes seront encore là. Malgré tout, c'est déjà ça. Peu de gens à Krondor sauraient me reconnaître, ça fait presque neuf ans que je suis venu ici pour la dernière fois et la plupart de ceux qui m'ont vu ont probablement disparu avec le prince. Et puis j'avais pensé à un plan. Guy hors de Krondor, ça me donne encore plus de chances de réussir.

— Quel plan ? demanda Amos.

— Je vous l'expliquerai quand nous aurons plus de temps. Où pouvons-nous nous voir dans un endroit sûr ? »

Amos réfléchit. « Les bordels, les fumeries et les salles de jeu sont aussi dangereuses pour ça que les auberges. Soit ce sont les Moqueurs qui les contrôlent et dans ce cas-là ils vérifient tout le monde, ou alors il y a d'autres personnes qui y traînent pour y chercher des informations monnayables. Si quelqu'un vous entend dire un truc de travers, les Moqueurs ou la garde peuvent vous tomber dessus en quelques minutes. » Il se tut un moment, puis sourit. « Je sais ! Quand la garde sonnera la cloche, deux heures après le coucher du soleil, retrouvons-nous à l'est de la place du Temple. »

Le garçon revint et jeta un petit paquet d'encens sur le feu, coupant court à la conversation. Arutha se renversa en arrière et but un peu de vin frais, en se réchauffant rapidement dans la touffeur du bain de vapeur. Il ferma les yeux, mais au lieu de se détendre, il réfléchit à la situation. Au bout d'un moment, il commença à se dire que son plan marcherait peut-être s'il arrivait à joindre Dulanic. Perdant patience, il se leva le premier, se rinça, s'habilla et partit.

Arutha attendait Martin et Amos, qui devaient entrer sur la place du Temple en arrivant de différents côtés de la ville. Les temples des grands dieux et des dieux mineurs se dressaient de toutes parts. Certains étaient presque déserts et d'autres complètement engorgés de pèlerins et de dévots qui entraient et sortaient constamment.

En arrivant près du prince, Amos demanda : « Comment ça s'est passé, cet après-midi ? »

Arutha parla tout bas : « Je suis resté dans une taverne et j'ai fait attention à bien me tenir. J'ai entendu quelques conversations sur Erland, mais quand j'ai essayé de m'approcher, celui qui parlait est parti. Sinon, j'ai réfléchi au plan dont je vous ai parlé. »

Martin regarda autour de lui, puis il dit : « Tu as choisi un endroit de mauvais augure, Amos. De ce côté-ci de la place, il y a tous les dieux et les déesses des ténèbres et du chaos. »

Amos haussa les épaules. « Ce qui implique qu'il y a peu de gens dans le coin après la tombée de la nuit. Et qu'on voit arriver de loin tous ceux qui approchent. » Il se tourna vers Arutha. « Qu'est-ce que c'est que ce plan ? »

Calmement et rapidement, Arutha exposa son idée : « J'ai remarqué deux choses ce matin : les gardes personnels d'Erland patrouillent encore les terres du palais, alors le pouvoir de Guy doit encore avoir des limites. Ensuite, plusieurs courtiers d'Erland ont l'air de pouvoir aller et venir assez librement, donc une bonne part des affaires quotidiennes de l'Ouest doivent continuer normalement. »

Amos se gratta le menton en réfléchissant. « Ça semblerait logique. Guy a fait venir son armée avec lui, mais pas ses administrateurs. Ils doivent encore diriger Bas-Tyra.

— Ce qui veut dire que monseigneur Dulanic et d'autres qui ne seraient pas encore complètement dévoués à Guy devraient être en mesure de nous aider. Si Dulanic accepte, je peux encore réussir ma mission.

— Comment cela ? demanda Amos.

— En tant que général d'Erland, Dulanic contrôle les garnisons vassales de Krondor. Sur sa simple signature, il pourrait lever les garnisons de val Durrony et de la croisée de Malac. S'il leur donne l'ordre de marcher vers Sarth, elles pourraient y rejoindre la garnison qui s'y trouve et prendre la mer pour Crydee. Ce serait une marche difficile, mais nous pourrions quand même les avoir à Crydee au printemps.

— Et votre père n'en pâtirait pas. Ah ! oui, j'allais vous le dire : on dit que Guy a envoyé des soldats de la garnison de Krondor à votre père. »

Amos secoua la tête. « Ce n'est pas si étrange. Votre père croira que Guy a été envoyé par le roi pour épauler Erland, j'imagine que les rumeurs selon lesquelles Erland serait prisonnier de son palais ne sont pas encore très répandues. C'est aussi un bon prétexte pour débarrasser la ville des officiers et des hommes les plus loyaux au prince. Enfin, ce n'est pas un mince service qu'il rend là à votre père. D'après ce que je sais, quatre mille hommes sont partis ou sont en train de partir vers le nord. Cela pourrait suffire à contenir les Tsurani s'ils attaquent le duc. »

Martin dit : « Mais s'ils s'attaquaient à Crydee ?

— C'est pour ça que nous devons chercher de l'aide. Nous devons entrer dans le palais et trouver Dulanic. »

— Comment ? demanda Amos.

— J'espérais que vous auriez une suggestion. »

Amos baissa la tête, puis il dit : « Y a-t-il une personne dans le palais en qui vous puissiez avoir parfaitement confiance ?

— Avant, je vous en aurais donné une dizaine, mais cette affaire me fait douter de tout le monde. Je n'ai aucune idée de qui soutient le vice-roi et de qui soutient le prince.

— Alors il va falloir qu'on trouve quelqu'un. Et aussi garder l'œil sur de potentiels vaisseaux de transport. Quand nous en aurons engagé quelques-uns, nous les ferons sortir de Krondor à raison d'un ou deux à la fois, une fois de temps en temps. Il va nous en falloir au moins une douzaine pour convoyer les effectifs de trois garnisons. À condition que vous réussissiez à obtenir le soutien de Dulanic, ce qui nous ramène à la question de comment rentrer dans le palais. » Amos jura tout bas. « Êtes-vous sûr de ne pas vouloir abandonner tout simplement cette affaire et devenir corsaire ? » Arutha lui fit clairement sentir que cette plaisanterie ne l'amusait pas. « Je me disais bien que non. »

Arutha dit : « Tu sembles bien connaître les milieux louches de la ville, Amos. Sers-toi de ça pour nous trouver un moyen de nous introduire dans le palais, même s'il faut passer par les égouts. Je vais essayer de trouver un homme d'Erland sur la grand-place. Martin, il va juste falloir que tu restes l'oreille aux aguets. »

Avec un long soupir résigné, Amos dit : « Rentrer dans le palais, c'est risqué mais j'imagine que c'est pas la peine de vous dire que nos chances sont faibles. » Il désigna du doigt un temple à côté d'eux. « Je pourrais aussi bien débarquer dans le temple de Ruthia et demander à la dame de la Chance de nous sourire. »

Arutha tira une pièce d'or de sa bourse et dit à Amos : « Va faire une prière à la Dame pour moi aussi. Je vous retrouve à la taverne plus tard. »

Arutha partit lentement dans la pénombre et Amos fit un signe de tête vers le temple de la déesse de la chance. « Une petite offrande propitiatoire, Martin ? »

L'appel aux armes sonna, rompant le silence nocturne. Arutha fut le premier à la fenêtre. Il écarta prestement les volets et regarda. Comme la ville était encore endormie, il y avait peu de lueurs pour masquer la grande clarté à l'est. Amos vint se mettre à côté d'Arutha, suivi de Martin.

Martin dit : « Des feux de camp, des centaines de feux de camp. » Le maître chasseur regarda le ciel dégagé et d'après la position des étoiles, il dit : « On est deux heures avant l'aube.

— Guy se prépare à mettre son armée en marche », dit tranquillement Arutha.

Amos se pencha dangereusement à la fenêtre. En tordant le cou, il pouvait apercevoir le port. Au loin, des hommes criaient dans les bateaux. « Semblerait qu'ils se préparent à appareiller aussi. »

Arutha se pencha en posant ses deux mains sur la table à côté de la fenêtre. « Guy va envoyer ses fantassins par bateau le long de la côte, dans la mer des Rêves, jusqu'à Shamata et sa cavalerie va partir vers le sud. Ses fantassins arriveront assez frais à la ville pour aider à la défense et les chevaux ne seront pas malades du voyage en bateau. Et ils n'auront que quelques jours d'écart. »

Comme pour confirmer ses dires, des bruits de centaines d'hommes en marche montèrent de l'est. Quelques minutes plus tard, la première compagnie de fantassins du Bas-Tyra arriva en vue. Arutha et ses compagnons les regardèrent passer en face du portail ouvert donnant sur la cour intérieure de l'auberge. Les lanternes donnaient aux soldats une apparence étrange, comme des être venus d'un autre monde, alors qu'ils s'avançaient en colonne le long de la rue. Ils marchaient au pas cadencé, les bannières à l'aigle d'or claquant au-dessus de leur tête. Martin dit : « Ce sont des troupes bien entraînées. »

Arutha dit : « Guy a de nombreux défauts, mais il est une chose qu'on ne peut lui reprocher : c'est le meilleur général du royaume. Même père est obligé de l'admettre, bien qu'il ne lui laisse passer rien d'autre. Je serais le roi, j'enverrais les armées de l'Est sous son commandement combattre les Tsurani. Par trois fois Guy a combattu Kesh et par trois fois il les a écrasés. Si les Keshians ne savent pas qu'il est à l'ouest, la simple vue de ses bannières sur le champ de bataille pourrait bien les mener directement à la table des négociations, tellement ils le craignent et le respectent. » La voix d'Arutha se fit songeuse. « Une histoire court sur lui. Quand Guy est devenu duc du Bas-Tyra, il a subi une humiliation personnelle — père ne m'a jamais dit laquelle — et il a décidé de ne porter que du noir à cause de cela, ce qui lui a valu le surnom de Guy le Noir. Ce genre de chose vous pose un peu là. Quoi que l'on puisse dire d'autre sur Guy du Bas-Tyra, personne ne pourrait le traiter de lâche. »

Arutha et ses compagnons regardèrent en silence les soldats qui continuaient à passer en dessous. Puis, alors que le soleil se levait à l'est, les derniers soldats disparurent dans les rues du port.

Le matin suivant le départ de l'armée de Guy, on annonça que la cité était fermée, les portes closes aux voyageurs et le port sous blocus. Arutha considéra cela comme normal, pour éviter que des agents keshians ne quittent la ville à bord d'un sloop ou d'un coursier pour prévenir du départ de Guy. Amos profita d'une visite au *Vent de l'aube* pour regarder comment était fait le blocus et il découvrit que celui-ci était assez léger, car Guy avait ordonné que l'on envoie la majeure partie des navires le long de la côte en embuscade, au cas où une flottille keshiane n'apprendrait que la ville n'avait plus de garnison. Les gardes portaient maintenant la livrée de Guy, car les derniers soldats de Krondor étaient partis pour le Nord. La rumeur disait que Guy enverrait aussi la garnison de Shamata au front quand il aurait réglé les combats contre Kesh, laissant toutes les garnisons de la principauté aux mains de soldats loyaux à Bas-Tyra.

Arutha passait le plus clair de son temps dans les tavernes, les lieux d'échange et les marchés ouverts qui avaient le plus de chances d'être fréquentés par des gens du palais. Amos traînait du côté des docks ou dans les parties les plus mal famées de la ville, tout particulièrement dans le Quartier Pauvre, de triste réputation et il commença à se renseigner discrètement sur la possibilité de trouver un navire. Martin tira profit de son air de simple homme des bois pour se balader dans tous les endroits qui lui semblaient prometteurs.

Ils passèrent presque une semaine entière ainsi, sans récolter grand-chose de neuf. Puis, à la fin du sixième jour suivant le départ de Guy, Martin interpella Arutha en plein milieu d'une place fourmillante d'activité.

« Arthur ! cria le chasseur en courant vers Arutha. Venez vite. » Il repartit vers le front de mer et le Repos du Marin.

À l'auberge, Amos était déjà dans la chambre et se reposait avant de passer la nuit dans le Quartier Pauvre. Quand la porte fut close, Martin dit : « Je crois qu'ils savent qu'Arutha est à Krondor. »

Amos se leva d'un bond et Arutha demanda : « Quoi ? Comment... ?

— Je suis allé voir une taverne près des casernes, juste avant le repas de midi. Comme l'armée n'est plus en ville, il n'y avait pas grand monde. Un homme est entré, juste au moment où je m'apprêtais à sortir. Un scribe de l'intendance militaire, qui brûlait de trouver quelqu'un à qui dire un truc énorme. Alors, avec un peu de vin, je lui ai fourni son public en jouant le simple trappeur impressionné par son importance.

« Ce gars-là m'a dit trois choses. Monseigneur Dulanic a disparu de Krondor, la nuit où Guy est parti. On dit qu'il serait allé quelque part au nord, maintenant que Guy est vice-roi, mais le scribe en doutait. La deuxième chose, c'est que monseigneur Barry est mort. »

Arutha sembla atterré. « L'amiral du prince est mort ?

— L'homme m'a dit que Barry était mort dans des circonstances mystérieuses, bien qu'il n'y ait pas d'annonce officielle en prévision. Un seigneur de l'Est, un certain Jessup, a reçu le commandement de la flotte de Krondor.

— Jessup est l'une des âmes damnées de Guy, dit Arutha. Il dirigeait les escadres du Bas-Tyra dans la flotte royale.

— Et enfin, l'homme m'a fait tout un plat d'un secret qu'il savait, comme quoi on recherchait quelqu'un qu'il m'a juste désigné comme "le royal parent du vice-roi". »

Amos jura. « J'ignore comment ils ont fait, mais ils vous ont vu. Erland et sa famille sont virtuellement captifs du palais, il est peu probable qu'il y ait un autre parent royal de Guy qui soit venu se balader à Krondor ces derniers jours, à moins que vous n'en ayez d'autres dans la région dont vous ne nous auriez pas parlé. »

Arutha ignora la pauvre tentative d'humour d'Amos. Les nouvelles de l'Archer venaient balayer tous ses plans pour Crydee. La ville était sous le contrôle de gens soit qui étaient loyaux à Guy, soit qui étaient indifférents à la personne qui dirigeait ici sous mandat royal. Il n'avait plus personne en ville vers qui se tourner pour obtenir de l'aide et son incapacité à trouver des troupes pour Crydee lui laissait un goût amer dans la bouche. Il dit calmement : « Nous n'avons donc plus qu'à rentrer aussi vite que possible à Crydee.

— Ça risque de ne pas être facile, dit Amos. Y a pas mal de trucs bizarres qui se passent en ce moment. J'ai essayé de contacter des gens qui acceptent habituellement de faire quelques trucs malhonnêtes, mais j'ai eu beau aller un peu partout — discrètement, rassurez-vous -, je me suis heurté à un mur de silence. Si je ne savais pas à quoi m'en tenir, je dirais que le Juste a fermé boutique et que tous les Moqueurs sont maintenant engagés dans l'armée de Guy. Je n'ai jamais vu autant d'aubergistes sourds, de putains qui ne savent rien, de mendiants sans la moindre information et de joueurs qui ont perdu leur langue. Pas besoin d'être un génie pour voir qu'on s'est passé le mot. Personne ne doit parler aux étrangers, quelle que soit la transaction proposée. Donc, on ne peut espérer aucune aide pour sortir de la ville et si les agents de Guy savent que vous êtes à Krondor, ils ne lèveront pas le blocus et n'ouvriront pas les portes avant de vous avoir retrouvé, malgré les protestations des marchands.

— Nous sommes en plein dans la gueule du loup, acquiesça Martin.

— Mais si les hommes de Guy ne sont pas absolument sûrs que je suis à Krondor, ils pourraient se fatiguer de me chercher.

— Effectivement, dit Amos et au bout d'un moment, il se pourrait que les Moqueurs s'ouvrent aussi. S'ils acceptent de nous aider — ça nous coûtera cher, je peux vous l'assurer — ils pourront nous fournir une sacrée aide pour quitter la ville. »

Arutha ferma le poing et frappa sa paillasse. « Maudit Bas-Tyra. Je le tuerais bien maintenant. Non seulement il met l'Ouest en péril, mais avec ça, il risque de déchirer les deux royaumes en faisant passer la principauté sous sa bannière. Si quelque chose arrive à Erland et à sa famille, la guerre civile pourrait bien éclater. »

Amos secoua lentement la tête. « Une sacrée putain de mission et c'est pas de votre faute, Arutha. » Il soupira. « Bon, en tout cas, il ne faut pas paniquer. Notre ami Martin a peut-être mal compris la dernière remarque du scribe ou alors l'homme s'est juste écouté parler. Il va falloir être prudent, mais on ne peut pas filer comme ça. Si vous disparaissiez d'un coup, quelqu'un pourrait le remarquer. Il vaut mieux que vous restiez près de l'auberge, mais continuez à faire comme avant pendant quelque temps. Je vais continuer à essayer de contacter quelqu'un qui pourrait nous aider à sortir de la ville — des contrebandiers, si je n'arrive pas à trouver des Moqueurs. »

Arutha se leva sur sa paillasse et dit : « Je n'ai pas faim, mais nous mangeons ensemble dans la salle commune tous les soirs. J'imagine qu'il vaudrait mieux qu'on descende bientôt pour le souper. »

Amos lui fit signe de se rallonger. « Restez encore un peu. Je vais foncer aux docks voir le bateau. Si le scribe de Martin ne racontait pas du vent, ils vont certainement fouiller les vaisseaux au port. Il vaut mieux que je prévienne Vasco et l'équipage d'être prêts à se jeter à l'eau si nécessaire et il faut trouver un endroit où mettre votre coffre. On va devoir encore attendre une bonne semaine avant de commencer les réparations, alors il vaut mieux être prudent. J'ai déjà brisé des blocus. Mieux vaut ne pas le faire avec une coque aussi abîmée que celle du *Vent de l'aube*, mais si on ne trouve pas d'autre navire... » À la porte, il se retourna et dit à Arutha et Martin : « C'est une putain de tempête, les gars, mais on a déjà vu pire. »

Arutha et Martin étaient assis dans la salle commune quand Amos entra. Le marin tira une chaise et commanda de la bière et un repas. Quand il fut servi, il dit : « Tout est arrangé. Votre coffre restera en sûreté tant que le vaisseau est amarré.

— Où l'avez-vous caché ?

— Il est délicatement enveloppé d'une toile huilée et soigneusement attaché à l'ancre. »

Médusé, Arutha demanda : « Sous l'eau ?

— Vous pouvez vous acheter d'autres vêtements et l'or et les pierres précieuses ne rouillent pas. »

Martin demanda : « Comment vont les hommes ?

— Ils râlent parce qu'il vont devoir rester à bord une semaine de plus, mais c'est de bons gars. »

La porte de l'auberge s'ouvrit et six hommes entrèrent. Cinq d'entre eux prirent des chaises à côté de la porte et le sixième resta debout à surveiller la pièce. Amos siffla : « Vous voyez cette face de rat qui vient de s'asseoir ? C'est l'un des types qui surveillaient les docks cette semaine. Visiblement, ils m'ont suivi. »

L'homme qui était debout aperçut Amos et s'approcha de la table. Il avait l'air assez commun et sympathique. Ses cheveux blond-roux étaient en bataille et il portait des habits de marin plutôt simples. Il tenait un bonnet de laine à la main et leur souriait.

Amos lui fit un signe de tête et l'homme dit : « Si c'est vous la capitaine du *Vent de l'aube*, j'aimerais causer avec vous. »

Amos haussa un sourcil, mais il ne dit rien. Il montra la chaise libre et l'homme s'assit. « Mon nom, c'est Radburn. Je cherche une couchette, capitaine. »

Amos regarda autour de lui et vit que les compagnons de Radburn faisaient semblant de ne pas remarquer ce qui se passait à la table. « Pourquoi mon navire ?

— J'en ai essayé d'autres. Ils sont tous pleins. Je me suis dit que je pourrais vous demander à vous.

— Tu as servi sous qui et pourquoi t'es parti ? »

Radburn éclata d'un rire amical. « Ben, j'ai navigué avec une compagnie de transport par barge, qui faisaient du transit dans le port entre les bateaux et la côte. Je suis resté coincé là-dedans pendant un an. » Il se tut quand la servante approcha. Amos commanda une autre tournée de bière et quand Radburn fut servi, il dit : « Merci, capitaine. » Il prit une longue gorgée et s'essuya la bouche avec le dos de la main. « Avant que j'en arrive là, j'ai navigué avec le capitaine John Avery, sur le *Bantamina.*

— Je connais le Petit Coq et John Avery, mais je ne l'ai plus vu depuis mon dernier passage à Durbin il y a six ou sept ans.

— Ben je me suis un peu saoulé et le capitaine m'a dit qu'il ne voulait pas d'ivrogne à bord de son navire. Je ne bois pas plus qu'un autre, capitaine, mais vous connaissez la réputation de maître Avery, qu'est un abstinent qui suit la voie de Sung le Blanc. »

Amos regarda Martin et Arutha, mais il ne dit rien. Radburn demanda : « Ce sont vos officiers, capitaine ?

— Non, des partenaires. » Quand il fut clair qu'Amos n'en dirait pas plus, Radburn laissa le sujet des identités. Amos dit finalement : « Ça fait un peu plus d'une semaine qu'on est en ville et j'avais des affaires personnelles à m'occuper. Quelles sont les nouvelles ? »

Radburn haussa les épaules. « La guerre continue. C'est bon pour les marchands, mauvais pour les autres. Et voilà maintenant qu'on a ce problème avec Kesh. Avant, c'était sur la côte Sauvage mais maintenant... Krondor pourrait bien ne pas être très sain si le vice-roi ne renvoie pas les chiens de Kesh chez eux. Sinon, c'est les rumeurs habituelles... Il jeta un coup d'œil autour de lui, comme s'il voulait s'assurer que personne ne l'écoutait. Et puis il y en a d'autres moins habituelles. »

Amos leva son verre à ses lèvres sans rien dire. « Depuis que le vice-roi est arrivé, dit calmement Radburn, les choses ne sont plus les mêmes à Krondor. Les honnêtes gens ne sont plus en sûreté dans les rues avec tous ces esclavagistes de Durbin et les enrôleurs qui sont presque aussi mauvais. C'est pour ça que j'ai besoin d'un bateau, capitaine.

— Des enrôleurs ! explosa Amos. Ça fait trente ans qu'il n'y a pas eu d'enrôleur dans une ville du royaume.

— Avant ça, y en avait eu, mais maintenant, les choses ont encore changé. Vous vous bourrez un peu trop, vous trouvez pas de couchette pour la nuit, les enrôleurs arrivent et ils vous collent au cachot. C'est pas juste, non, monsieur. On n'a pas le droit de coller un type sur un navire de monseigneur Jessup pour sept ans juste parce qu'il est entre deux engagements. Sept ans de chasse aux pirates et de guerre contre les galères de Queg ! »

Amos plissa les yeux. « Comment ça se fait que Guy dirige Krondor ? On a entendu des histoires, mais c'était plutôt confus. »

Radburn acquiesça. « Vous avez bien raison, capitaine. C'est que tout ça, c'est pas clair. Il y a un mois, le duc Guy arrive avec toute son armée, ses drapeaux qui claquent au vent, les tambours et tout le reste. Le prince, qu'on dit, l'a bien accueilli et le traite en ami, même si du Bas-Tyra amène avec lui un mandat du roi qui fait de lui le nouveau vice-roi. Le prince l'aide même, qu'on dit, jusqu'à ce qu'il entende parler de ces affaires avec les enrôleurs et tout. » Radburn baissa la voix. « J'ai entendu dire que quand il s'est plaint, Guy l'a fait enfermer dans ses appartements. Des beaux trucs, sans doute, mais on a beau avoir des barreaux en or, une prison c't'une prison. Enfin, c'est ce qu'on m'a dit. »

Arutha fut si outragé par cette histoire qu'il faillit parler. Amos lui serra le bras pour l'obliger à se taire, puis il dit : « Bon, Radburn, on trouve toujours quelque chose pour un marin qui a été avec John

Avery. Je vais te dire ce qu'on va faire. Je dois encore retourner au bateau ce soir et j'ai quelques affaires personnelles dans ma chambre que je veux ramener à bord. Tu viens avec moi et tu me les portes. »

Amos se leva et, sans laisser à l'homme le temps d'émettre une objection, il l'attrapa par le bras et le poussa vers l'escalier. Arutha jeta un regard au groupe qui était entré avec Radburn. Ils semblaient pour l'instant ne pas s'être rendu compte de ce qui se passait de l'autre côté de la pièce bondée alors qu'Amos tirait Radburn dans l'escalier, suivi d'Arutha et de Martin.

Amos fit passer Radburn dans le couloir et dès qu'ils eurent passé la porte de leur chambre, il fit volte-face et lui envoya un violent direct dans l'estomac, le pliant en deux. D'un brutal coup de genou au visage, il assomma Radburn et le laissa glisser au sol.

— Qu'est-ce que c'est que cette histoire ? demanda Arutha.

— Cet homme est un menteur. La tête d'Avery est mise à prix à Kesh. Il a vendu les capitaines de Durbin à une flotte quegane il y a vingt ans. Et pourtant Radburn n'a pas même cillé quand je lui ai dit que j'avais vu Avery à Durbin il y a six ans. Et il parle trop librement du vice-roi. Son histoire pue comme un poisson mort depuis une semaine. On sortait avec lui et on se retrouvait deux pâtés de maisons plus tard avec une douzaine d'hommes sur le dos.

— Qu'est-ce qu'on va faire ? demanda Arutha.

— On se barre. Ses copains vont prendre l'escalier dans une minute. » Il montra la fenêtre. Martin se mit à côté de la porte et Arutha déchira un rideau sale, puis il ouvrit les volets de bois. Amos dit : « Vous voyez pourquoi j'ai choisi cette chambre-là, maintenant. » À moins d'un mètre au-dessous du bord de la fenêtre, il y avait le toit de l'étable.

Arutha sortit, suivi d'Amos et de Martin. Ils filèrent rapidement jusqu'au bord du toit en pente douce. Arutha sauta et se reçut en silence. Quelques instants plus tard, Martin arriva. Amos atterrit plus lourdement, mais seule sa dignité en fut légèrement blessée.

Ils entendirent quelqu'un tousser puis jurer et, en levant les yeux, ils virent un visage plein de sang apparaître à la fenêtre. Radburn cria : « Ils sont dans la cour ! » Les trois fugitifs coururent vers la porte.

« J'aurais dû lui couper la gorge », se maudit Amos.

Ils coururent vers la porte et quand ils passèrent dans la rue, Amos attrapa Arutha. Un groupe d'hommes se précipitait dans leur direction d'un côté de la rue. Arutha et ses compagnons s'enfuirent de l'autre côté et virèrent dans une rue transversale toute sombre.

Ils coururent entre deux murs aveugles, puis traversèrent une rue animée, en renversant plusieurs charrettes à bras, plongèrent dans une autre allée, poursuivis par les insultes des propriétaires des charrettes. Ils continuèrent, toujours poursuivis, empruntant un labyrinthe de ruelles au travers de la ville de Krondor complètement noire.

À un moment, ils se trouvèrent au coin d'un longue ruelle étroite flanquée des deux côtés par de hauts bâtiments. Amos passa le premier et fit signe de l'attendre à Arutha et à Martin. À voix basse, il dit : « Martin, cours vers le coin et jette un coup d'œil. Arutha, passez de l'autre côté. » Il montra un endroit où filtrait une vague lumière. « Je vais rester à guetter de là. Si nous sommes séparés, courez au bateau. Essayez de passer le blocus en catastrophe, c'est une manœuvre désespérée, mais si vous réussissez, dites à Vasco d'aller à Durbin. Avec votre or, vous pourrez acheter votre protection le temps de faire réparer le bateau et de revenir à Crydee. Maintenant, allez-y. »

Arutha et Martin partirent en courant chacun de son côté de la rue, tandis qu'Amos restait derrière pour guetter. Brusquement, des cris retentirent dans la ruelle étroite et Arutha regarda derrière lui. À l'autre bout de la rue, il vit la silhouette de Martin qui luttait contre plusieurs hommes. Il commença à rebrousser chemin mais Amos cria : « Continuez. Je vais l'aider. Partez ! »

Arutha hésita, puis il reprit sa course vers la lumière au loin. Il arriva au bout complètement essoufflé et faillit déraper en s'arrêtant. Il se trouvait dans une avenue fréquentée et bien éclairée. Des charrettes décorées de lanternes, des crieurs qui vendaient leur marchandise à des citoyens en goguette sortis après leur souper. Il faisait bon — il n'y aurait probablement pas de neige cet hiver — et beaucoup de gens étaient de sortie. Au vu de l'état des bâtiments et des vêtements des passants, Arutha devina qu'il devait se trouver dans l'un des quartiers prospères de la ville.

Arutha entra dans la rue et se força à marcher d'un pas tranquille. Il se retourna et fit semblant d'examiner des vêtements quand d'autres hommes sortirent de la rue qu'il venait de quitter. Il tira une cape rouge vif du tas de vêtements, se la passa sur les épaules et tira la capuche sur sa tête. « Hé, vous, où est-ce que vous vous croyez ? » demanda d'une voix grêle un vieil homme au visage plein de rides.

Sur un ton nasillard, Arutha répondit : « Mais mon bon, vous croyez que je vais acheter un vêtement sans l'essayer d'abord ? »

Soudain confronté à un acheteur, l'homme se fit onctueux. « Oh, non, certainement messire. » Il regarda Arutha enveloppé dans sa cape mal taillée. « Elle a été taillée pour vous, messire et la couleur vous va à merveille, si vous me permettez. »

Arutha risqua un coup d'œil vers ses poursuivants. Radburn se tenait au coin de la rue, du sang sur le visage et le nez enflé, mais encore capable de diriger les recherches. Arutha rajusta la cape, une grande pièce de tissu encombrante qui traînait presque par terre. D'un air exagérément ennuyé, il dit : « Vous croyez ? Je ne voudrais pas risquer d'avoir l'air d'un vagabond à la cour.

— Oh, la cour, hein, messire ? Mais c'est exactement ce qu'il vous faut, croyez-moi. Vous êtes d'une rare élégance avec ça.

— C'est combien ? » Arutha vit les hommes de Radburn s'avancer dans la foule affairée, certains observant les tavernes et les boutiques en passant, d'autres poussant les gens pour avancer plus vite. D'autres hommes sortirent de la ruelle et Radburn leur donna quelques ordres rapides. Il laissa certains à regarder les passants, puis il se retourna et ramena les autres dans la ruelle.

« C'est un excellent tissu de Ran, messire, lui assura le vendeur. Il a été importé à grands frais des côtes de la mer du Royaume. Je ne m'en séparerai pas pour moins de vingt souverains d'or. »

Arutha pâlit, si choqué par ce prix exorbitant qu'il faillit s'oublier. « Vingt ! » Il baissa la voix quand un membre de la bande de Radburn passa à côté et lui jeta un regard. « Mon bon monsieur, dit-il en reprenant son rôle, je veux acheter une cape, pas assurer les rentes de vos petits-enfants. » L'homme de Radburn se retourna et disparut dans la foule. Ce manteau est plutôt simplet, après tout. Je pense que deux souverains devraient suffire largement. »

L'homme sembla piqué. « Messire, vous cherchez à me ruiner. Je ne pourrais pas m'en séparer à moins de dix-huit souverains. »

Ils marchandèrent encore une bonne dizaine de minutes et Arutha partit finalement avec sa cape, payée huit souverains et deux réaux d'argent. C'était deux fois le prix qu'il aurait dû l'acheter, mais ses poursuivants n'avaient pas fait attention à cet homme qui marchandait ferme avec un vendeur ambulant et le fait de leur avoir échappé valait encore cent fois ce prix-là.

Arutha resta aux aguets au cas où quelqu'un chercherait à l'observer dans la rue. Malheureusement, il ne connaissait pas bien Krondor et la fuite l'avait complètement perdu. Il se cantonna dans la partie la plus active de la rue, restant le plus près possible des groupes pour essayer de se fondre dans la foule.

Arutha vit un homme appuyé à un coin de mur qui semblait désœuvré, mais qui regardait clairement les passants. Arutha regarda autour de lui et il vit une taverne de l'autre côté de la rue, avec pour enseigne une colombe d'un blanc éclatant. Il traversa rapidement la rue, se protégeant le visage pour que l'homme ne le voie pas et il s'approcha de l'entrée de la taverne. En arrivant à la porte, une main lui agrippa la cape et Arutha fit volte-face, l'épée déjà à moitié tirée. Un gamin d'environ treize ans se tenait là, avec une tunique rapiécée et un pantalon d'homme coupé aux genoux. Il avait les yeux et les cheveux sombres et un sourire fendait son visage crasseux. « Pas par là, messire », dit-il sur un ton joyeux.

Arutha rengaina son épée et reprit son rôle. « Passe ton chemin, gamin. Je n'ai pas de temps à perdre avec des mendiants et des entraîneurs, même hauts comme trois pommes. »

Le sourire du gamin s'élargit. « Si vous insistez, mais il y en a deux, là-dedans. »

Arutha perdit son ton nasillard. « Qui ?

— Les types qui vous poursuivent depuis la rue. »

Arutha regarda autour de lui. L'enfant semblait être seul. Il le regarda droit dans les yeux et lui demanda : « De quoi parles-tu ?

— Je vous ai vu faire. Vous courez vite, messire. Mais ils ont bouclé la zone et vous n'arriverez pas à vous en tirer tout seul. »

Arutha se pencha en avant. « Qui tu es, gamin ? »

En rejetant ses cheveux sales en arrière, il dit : « Moi, c'est Jimmy. Je bosse par ici. Je peux vous tirer de là. Moyennant finances, bien sûr.

— Et qu'est-ce qui te fait croire que je veux sortir d'ici ?

— Ne me prenez pas pour un imbécile, comme vous avez fait avec l'autre marchand, messire. Vous avez besoin d'échapper à quelqu'un qui pourrait fort bien me payer pour savoir où vous êtes. J'ai déjà eu maille à partir avec Radburn et ses gars alors vous m'êtes plus sympathique que lui. Tant que vous pouvez me payer plus pour votre liberté que lui me payerait pour votre capture.

— Tu connais Radburn ? »

Jimmy sourit. « Pas autant que je le prétends, mais ouais, on a déjà eu quelques échanges. »

Arutha était impressionné par le calme de l'enfant, qui n'allait pas du tout avec celui des gamins de chez lui. Il se trouvait en présence d'un habitué des rues sombres de la ville. « Combien ?

— Radburn me payera vingt-cinq pièces d'or pour vous avoir, cinquante s'il tient tout particulièrement à vous. »

Arutha sortit sa bourse et la tendit au garçon. « Voici cent souverains, mon garçon. Sors-moi de là et ramène-moi sur les docks et tu en auras le double. »

Le garçon cilla un bref instant, mais il ne perdit pas son sourire. « Vous devez avoir offensé quelqu'un qui a une sacrée influence. Venez. »

Il partit si vite qu'Arutha faillit le perdre dans la foule. Le garçon se déplaçait avec l'aisance née d'une longue habitude dans cette cohue alors qu'Arutha avait du mal à ne pas bousculer tout le monde.

Jimmy le fit passer dans une allée à quelques pâtés de maisons de là. Quand ils se furent un peu enfoncés dedans, Jimmy s'arrêta. « Vous feriez mieux de jeter cette cape. Le rouge n'est pas la couleur idéale pour se planquer. » Quand Arutha se fut débarrassé de la cape dans un tonneau vide, Jimmy lui dit : « On va bientôt arriver au port. Si quelqu'un nous tombe dessus, je ne pourrai rien pour vous. Mais pour ces cent de plus, je vais essayer de vous surveiller en chemin. »

Ils se frayèrent un chemin de l'autre côté de la rue, probablement peu utilisée au vu des objets jetés là : des cageots, des meubles cassés et des choses indéfinissables entassées contre les murs. Jimmy écarta une caisse, révélant un trou. « Voilà qui devrait nous permettre de passer au travers des mailles du filet de Radburn, en tout cas je l'espère », dit Jimmy.

Arutha dut se mettre à quatre pattes pour suivre le gamin dans ce boyau. À l'odeur affreuse qui y régnait, il était clair que quelqu'un avait dû ramper dedans pour y mourir assez récemment. Comme s'il avait lu dans son esprit, Jimmy lui dit : « On jette un chat mort dans ce tunnel une fois de temps en temps. Ça empêche les autres d'aller fourrer leur nez trop loin.

— On ? » fit Arutha.

Jimmy ignora la question et continua à avancer. Ils finirent par sortir dans une autre allée encombrée de déchets. Tout au bout, Jimmy fit signe à Arutha de s'arrêter et d'attendre. Il courut dans la ruelle noire puis revint sur ses pas. « Les hommes de Radburn. Ils devaient savoir que vous iriez au port.

— Pouvons-nous passer sans nous faire voir ?

— Aucune chance. Il y a autant de gars là-bas que de poux sur la tête d'un mendiant. »

Le garçon repartit dans la direction opposée. Arutha suivit Jimmy qui tourna dans un autre petit passage. Arutha espéra qu'il ne s'était pas fourvoyé en faisant confiance à ce gamin des rues. Au bout de quelques minutes de marche, Jimmy s'arrêta. « Je connais un coin où vous pourrez vous planquer quelque temps, que je puisse trouver d'autres gars pour vous aider à rentrer à votre navire. Mais ça va vous coûter plus de cent souverains.

— Ramène-moi à mon navire avant l'aube et je te donnerai ce que tu voudras. »

Jimmy sourit. « C'est que je peux vouloir vraiment beaucoup. » Il regarda Arutha un peu plus longuement, puis avec un petit signe de tête, il repartit. Arutha le suivit et ils s'enfoncèrent dans la ville par un dédale de ruelles. Le bruit des passants décrut et Arutha se dit qu'ils devaient avoir pénétré dans un quartier moins fréquenté la nuit. D'après les bâtiments qui les entouraient, Arutha pensa qu'ils se dirigeaient vers un des quartiers pauvres de la ville, sans doute loin du port.

Au bout de plusieurs détours dans des allées sombres et étroites, Arutha se sentit complètement perdu. Brusquement, Jimmy se retourna et dit : « Nous y sommes. » Il ouvrit une porte dans un mur sans fenêtres et entra. Arutha monta une longue volée de marches derrière lui.

Jimmy lui fit traverser un couloir en haut des marches, jusqu'à une porte. Le garçon l'ouvrit et fit signe à Arutha d'entrer. Arutha fit un pas, puis il s'arrêta en voyant trois épées pointées sur son ventre.

CHAPITRE 7

Un homme fit signe à Arutha d'entrer.

Il était assis derrière une petite table face à la porte. Il se pencha en avant dans la lumière de la lampe posée sur la table et il dit : « Je vous en prie, entrez donc. » Son visage éclairé, orné d'un gros nez crochu, était criblé de marques de petite vérole. Il ne quitta pas Arutha des yeux quand ses trois hommes d'armes reculèrent pour laisser entrer le prince. Arutha eut un mouvement d'hésitation en voyant les formes ligotées et inconscientes d'Amos et de Martin affalées contre le mur. Amos grognait et bougeait un peu, mais Martin restait parfaitement immobile.

Arutha mesura la distance qui le séparait des trois hommes armés, la main tout près du pommeau de sa rapière. Toute velléité de sauter en arrière pour tirer l'épée s'évanouit quand il sentit la pointe d'une dague lui titiller le bas du dos. Une main le délesta de son arme.

Puis Jimmy fit le tour du prince et examina la rapière en dissimulant soigneusement sa dague dans son ample tunique. Il fit un grand sourire. « J'en ai déjà vu quelques-unes, des comme ça. C'est assez léger pour moi. »

Arutha dit sèchement : « Vu les circonstances, il ne me semble pas si déplacé de te la léguer. Fais-en bon usage. »

L'homme au visage troué dit : « T'as de la repartie », tandis qu'un homme d'armes faisait signe à Arutha d'avancer dans la pièce. Un autre posa son arme et ligota les mains d'Arutha dans son dos. On le poussa rudement sur une chaise, en face de l'homme qui venait de parler et qui poursuivit : « Mon nom, c'est Aaron Cook et tu connais déjà Jimmy les mains vives, ajouta-t-il en montrant le garçon. Les autres préfèrent pour l'instant rester anonymes. »

Arutha regarda l'enfant. « Jimmy les mains vives ? »

Celui-ci fit une révérence assez bien imitée et Cook dit : « Le meilleur pickpocket de Krondor, bien parti pour en devenir le meilleur voleur par la même occasion, si vous vous laissez avoir par son baratin.

— Bon, venons-en au fait. Qui êtes-vous ? »

Arutha raconta qu'il était le partenaire d'Amos, qu'il s'appelait Arthur et Cook le regarda stoïquement. Il poussa un soupir, fit un geste de la tête et l'un des hommes qui étaient restés silencieux s'avança et frappa Arutha sur la bouche. La tête d'Arutha partit en arrière et des larmes lui montèrent aux yeux. « Mon cher Arthur, dit Aaron Cook en secouant la tête, il y a deux façons de procéder à cet interrogatoire. Je vous conseille de ne pas choisir la manière forte. Ce sera très déplaisant et de toute manière, nous finirons par apprendre ce que nous voudrons. Alors réfléchissez soigneusement à ce que vous allez dire. » Il se leva et fit le tour de la table. « Qui êtes-vous ? »

Arutha commença à répéter son histoire et l'homme qui l'avait frappé s'avança à nouveau, le faisant taire d'un autre coup de poing. Cook se pencha pour mettre son visage juste en face de celui d'Arutha. Arutha cligna des yeux pour chasser ses larmes et Cook lui dit : « Réponds à la question, l'ami. Pour nous éviter de perdre notre temps — il montra Amos — nous sommes d'accord, cet homme est le capitaine de ton navire, mais que tu sois son partenaire... je n'arrive pas à le croire. Cet autre type a dit qu'il était un chasseur des montagnes dans plusieurs tavernes de la ville et ça, je veux bien : il a l'air de quelqu'un qui s'y connaît mieux dans les montagnes que dans les rues d'une ville, c'est un truc pas facile à imiter. » Il regarda Arutha. « Mais toi... toi t'es au moins un soldat et tes belles bottes et ta belle épée font de toi un gentilhomme. Mais il y a autre chose. » Il regarda Arutha droit dans les yeux. « Bon, pourquoi est-ce que Jocko Radburn veut tellement vous récupérer ? »

Arutha rendit son regard à Aaron Cook. « Je ne sais pas. »

L'homme qui avait frappé Arutha s'avança de nouveau, mais Cook leva la main. « C'est peut-être bien vrai. Vous avez fait les marioles, à fouiner dans tous les coins, à traîner autour du palais en jouant les innocents. Soit vous êtes de mauvais espions, soit vous êtes vraiment stupides, mais clairement, vous avez éveillé l'intérêt des hommes du vice-roi et donc le nôtre.

— Qui êtes-vous ? »

Cook ignora la question. « Jocko Radburn est le chef de la police secrète du vice-roi. Sous ses dehors bonhommes, Radburn est l'un des bâtards aux nerfs d'acier les plus froids que les dieux aient offerts à ce monde. Il arracherait sans hésiter le cœur de sa propre grand-mère s'il pensait qu'elle divulgue des secrets d'État. Le fait qu'il se soit déplacé lui-même nous montre, au minimum, qu'il vous considère comme potentiellement importants.

« Nous avons d'abord appris que trois hommes fouinaient un peu partout en ville, un ou deux jours après votre arrivée et quand nos gens ont constaté que des hommes de Radburn vous surveillaient, nous avons décidé d'en faire autant. Quand ils ont commencé à filer de l'argent pour en savoir plus sur votre compte, ça a nettement éveillé notre intérêt. Nous nous sommes contentés de garder un œil sur vous, en attendant que vous dévoiliez votre jeu.

« Mais quand Jocko et ses hommes sont arrivés au Repos du Marin, on a bien été obligés d'agir. On a subtilisé ces deux-là sous le nez de Jocko, mais lui et ses gros bras se sont interposés entre toi et nous dans l'allée, alors on les a évacués. Jimmy a eu du bol de te retrouver, il savait pas qu'on te voulait. » Il fit un signe de tête approbateur au gamin. « T'as bien fait de nous l'amener. »

Jimmy éclata de rire. « J'étais sur les toits, j'ai tout vu. J'ai su que vous le vouliez dès que vous avez attrapé les deux autres. »

L'un des hommes gronda : « Vaut mieux pour toi que t'aies pas été faire de la fauche sans l'accord du maître de nuit, gamin. »

Cook leva la main et l'homme se tut. « Tu peux toujours savoir que certains des gens ici présents sont des Moqueurs et que d'autres n'en sont pas, mais qu'on est tous là pour un job très important. Écoute-moi bien, Arthur. Ta seule chance de sortir d'ici en vie, c'est de nous convaincre que tu risques pas de nous gêner pour ce boulot. Peut-être bien que Radburn s'intéresse à toi pour tout autre chose que ce qui l'occupe en ce moment. Ou alors il se pourrait que ça fasse partie d'un tout que je ne saisis pas encore. De toute manière, on saura la vérité et quand tu nous auras dit ce qu'on veut savoir, on vous libérera — on vous aidera même peut-être, toi et tes compagnons — ou on vous tuera. Commençons par le commencement. Pourquoi est-ce que vous êtes venus à Krondor ? »

Arutha réfléchit. À mentir, il ne gagnerait que des coups, mais il n'avait aucune envie de dire toute la vérité. Rien ne lui prouvait que ces gens ne travaillaient pas avec les hommes de Guy. Il pouvait s'agir d'une ruse et Radburn pouvait être dans une pièce à côté et tout écouter. Il se décida sur la part de vérité qu'il allait leur livrer. « Je suis un agent de Crydee. Je suis venu parler au prince Erland et au général Dulanic en personne, pour leur demander de l'aide contre une future offensive tsurani. Quand nous avons appris que Guy du Bas-Tyra avait pris possession de la ville, nous avons décidé de voir comment les choses se passaient avant de nous risquer à faire quoi que ce soit. »

Cook écouta attentivement, puis il demanda : « Pourquoi un émissaire de Crydee se planquerait en ville ? Pourquoi pas se faire accueillir comme un roi avec ses drapeaux et tout ?

— Parce que Guy le Noir le jetterait au trou à la première occasion, espèce d'imbécile. »

Cook tourna la tête d'un quart de tour. Amos, assis dos au mur, s'ébrouait pour s'éclaircir les idées. « Je crois que tu m'as fait exploser la caboche, Cook. »

Aaron Cook regarda Amos en fronçant les sourcils. « Tu me connais ?

— Et comment, tête de bois, rat d'eau douce, que je te connais. Je te connais suffisamment pour savoir qu'on ne dira pas un mot de plus tant que tu nous auras pas amené Trevor Hull. »

Cook se leva, l'air perplexe. Il fit signe à l'un des hommes à côté de la porte, qui avait l'air lui aussi brusquement mal à l'aise après avoir entendu Amos. L'homme opina et sortit de la pièce. Quelques minutes plus tard il revint, suivi d'un autre homme, grand, les cheveux gris en bataille, encore solide malgré son âge apparent. Une sale cicatrice lui barrait le visage depuis le front jusqu'à la joue en passant par l'œil droit, qui était tout blanc. Il regarda Amos un long moment, puis il éclata de rire et en montrant les captifs il dit : « Détachez-les. »

Deux hommes soulevèrent Amos et le détachèrent. Quand il fut libre, il dit : « Je croyais qu'ils t'avaient pendu il y a deux ans, Trevor. »

L'homme lui donna une claque dans le dos. « Je me disais la même chose pour toi, Amos. »

Cook jeta un regard interrogateur au nouvel arrivant, tandis qu'on libérait Arutha et qu'on ranimait Martin en lui jetant un verre d'eau au visage. Trevor Hull regarda Cook et dit : « Où t'as la tête, mon gars ? Il s'est laissé pousser la barbe et il a coupé ses fameux cheveux bouclés — il s'est un peu dégarni et il a pris du lard, aussi — mais c'est quand même Amos Trask. »

Cook regarda Amos d'un peu plus près, puis ses yeux s'écarquillèrent. « Le capitaine Trenchard ? »

Amos opina et Arutha le regarda avec étonnement. Même dans une ville aussi perdue que Crydee ils avaient entendus parler de Trenchard le pirate, le Poignard de la Mer. Sa courte carrière lui avait valu une sacrée réputation. On disait que même les galères de guerre queganes avaient fui devant la flotte de Trenchard et chaque ville côtière de la Triste Mer tremblait en pensant à ses écumeurs.

Aaron Cook lui tendit la main. « Désolé, capitaine. Ça fait tellement longtemps qu'on s'était pas vus. On pouvait pas savoir si vous faisiez pas partie d'un plan de Radburn pour nous retrouver.

— Qui êtes-vous ? demanda Arutha.

— Chaque chose en son temps, répondit Hull. Venez. »

L'un des hommes aida un Martin encore mal en point à se remettre debout et Cook et Hull les emmenèrent dans une pièce confortable, avec des chaises pour tout le monde. Quand chacun fut assis, Amos dit : « Cette vieille canaille, c'est Trevor Hull, le Borgne, capitaine du *Corbeau rouge*. »

Hull secoua tristement la tête. « Plus maintenant, Amos. Il a brûlé au large d'Élarial, mis en flammes par des vaisseaux de la marine impériale keshiane. Mon second, Cook, et quelques-uns de mes gars ont réussi à regagner la rive avec moi, mais la majeure partie de l'équipage a coulé avec le *Corbeau rouge*. On est revenus à Durbin mais les temps changent, avec ces guerres et tout. Je suis venu à Krondor il y a un an et j'y travaille depuis.

— Tu travailles ? Toi, Trevor ? »

L'homme sourit, fronçant sa cicatrice et il dit : « Je fais de la contrebande, en fait. C'est ce qui m'a fait rencontrer les Moqueurs. Y a pas grand-chose dans ce genre qui se passe sans la permission du Juste. Quand le vice-roi est venu à Krondor, on s'est retrouvés face à Jocko Radburn et à sa police secrète. Il nous a fait les pires crasses dès le début. Cette idée des gardes qui se baladent déguisés comme monsieur Tout-le-Monde, c'est pas honorable. »

Amos marmonna : « Je savais que j'aurais dû lui couper la gorge quand je le pouvais. La prochaine fois, je serai pas aussi civilisé.

— Tu te fais vieux, Amos ? Bon, il y a une semaine, on a reçu un message du Juste qui nous disait qu'il avait un colis important à faire sortir de la ville. On devait attendre que le bateau soit prêt. Radburn a sacrément envie de retrouver cette cargaison avant qu'elle ne quitte Krondor. Alors tu vois, la situation est plutôt délicate, parce qu'on ne peut pas la faire partir tant que le blocus n'est pas levé. Ou alors, il faut réussir à acheter un des capitaines du blocus. Quand on a eu vent des questions que vous posiez, on s'est dit que ça devait être un plan de Jocko pour retrouver notre cargaison. Maintenant qu'on a éclairci les choses, j'aimerais savoir la réponse à la question que Cook vous a posée. Pourquoi est-ce qu'un émissaire de Crydee craindrait d'être découvert par les hommes du vice-roi ?

— Tu nous écoutais, hein ? » Amos se tourna vers Arutha, qui acquiesça. « Ce n'est pas un simple émissaire, Trevor. Notre jeune ami est le prince Arutha, le fils du duc Borric. »

Les yeux d'Aaron Cook s'écarquillèrent et l'homme qui avait frappé Arutha pâlit. Trevor Hull opina. « Le vice-roi payerait cher pour mettre la main sur le fils de son vieil ennemi, tout particulièrement au moment où il veut faire entendre ses revendications au congrès des seigneurs.

— Quelles revendications ? » demanda Arutha.

Hull se pencha en avant, les coudes sur les genoux. « Vous ne savez pas, bien entendu. Nous-mêmes on en a entendu parler il y a seulement quelques jours et la nouvelle ne s'est pas répandue. Mais je n'ai pas le droit de tout vous dire sans permission. »

Il se leva et sortit de la pièce. Arutha et Amos échangèrent un regard, puis Arutha regarda Martin. « Ça va ? »

Martin se palpa prudemment la tête. « Je me remettrai, mais ils ont dû m'abattre un arbre sur le crâne. »

L'un des hommes lui fit un sourire amical, presque désolé. Il tapota une matraque de bois qui pendait à sa ceinture et dit : « Il est pas facile à assommer, c'est sûr. »

Hull revint dans la pièce, suivi d'une autre personne. Les malfrats se levèrent tous immédiatement et Arutha, Amos et Martin suivirent le mouvement avec un temps de retard. Derrière Hull se trouvait une jeune fille qui devait avoir à peine seize ans. Au premier coup d'œil, Arutha fut charmé par sa beauté naissante : de grands yeux vert océan, un nez droit et délicat et une bouche légèrement pulpeuse. Quelques taches de rousseur parsemaient sa peau blanche. Elle était grande et mince et marchait avec grâce. Elle traversa la pièce, droit vers Arutha, se hissa sur la pointe des pieds et lui fit une bise sur la joue. Arutha, l'air surpris, la regarda reculer avec un sourire aux lèvres. Elle portait une simple robe bleu sombre et ses cheveux roux lui tombaient librement sur les épaules. Il y eut un instant de flottement, puis elle dit : « Bien sûr, comme je suis bête. Tu ne peux pas me connaître. Je t'ai vu la dernière fois où tu es venu à Krondor, mais nous ne nous sommes jamais rencontrés. Je suis ta cousine Anita, la fille d'Erland. »

Arutha en resta foudroyé. Son sourire et son regard clair le troublaient terriblement et il ne se serait jamais attendu à la trouver en compagnie de ces brigands. Il se rassit lentement et elle prit une chaise. Il était si habitué à la convivialité de la cour de son père qu'il fut assez surpris de l'entendre donner aux autres la permission de s'asseoir.

« Comment... ? » commença Arutha.

Amos le coupa : « C'est la précieuse cargaison du Juste ? »

Hull acquiesça et la princesse prit la parole. Son visage était soucieux et elle avait l'air bouleversée. « Quand le duc du Bas-Tyra est venu avec des ordres du roi, père l'a accueilli aimablement et n'a offert aucune résistance. Au début, père a tout fait pour l'aider à prendre le commandement de l'armée, mais quand il a entendu parler de ce que Guy faisait avec sa police secrète et ses enrôleurs, il a protesté. Et puis quand monseigneur Barry est mort et que Guy a nommé monseigneur Jessup amiral de la flotte malgré les objections de père et que monseigneur Dulanic a disparu si mystérieusement, père a envoyé une lettre au roi, demandant à ce qu'il rappelle Guy. Guy a intercepté le message et nous a fait mettre sous bonne garde dans une aile du palais. Et puis Guy est venu dans ma chambre une nuit. »

Elle frissonna. Arutha cracha presque : « Vous n'êtes pas obligéc de nous parler dc ça. » Sa rage soudaine surprit la jeune fille.

« Non, dit-elle, ce n'est pas ce que vous croyez. Il a été très courtois, très formel. Il m'a simplement informée que nous allions nous marier et que le roi Rodric allait le nommer héritier du trône de Krondor. En fait, il avait l'air plutôt irrité de devoir en passer par de telles méthodes. »

Arutha frappa violemment le mur. « Il se démasque enfin ! Guy veut la couronne d'Erland et celle de Rodric ensuite. Il veut devenir roi. »

Anita regarda timidement Arutha. « C'est ce qu'il semble. Père ne va pas bien et il ne pouvait pas lui résister, mais il a refusé de signer les fiançailles. Guy l'a fait mettre au cachot et il le gardera là jusqu'à ce qu'il signe. » Ses yeux se gonflèrent de larmes. « Père ne vivra pas longtemps dans un endroit aussi froid et humide. Je crains qu'il ne meure avant de céder aux exigences de Guy. » Elle continua à parler, le visage impassible, mais des larmes lui coulèrent sur les joues lorsqu'elle évoqua l'emprisonnement de son père et de sa mère. « Puis l'une de mes dames de compagnie m'a parlé d'une servante qui connaissait des gens dans la ville qui pourraient accepter de nous aider. »

Trevor Hull dit : « Avec votre permission, altesse. L'une des filles du palais est la sœur d'un Moqueur. Avec tout ce qui se passe en ce moment, le Juste s'est dit qu'il pourrait tirer son épingle du jeu en se mêlant de tout ça. Il s'est arrangé pour faire sortir la princesse du palais la nuit où Guy est parti et elle est ici depuis. »

Amos dit : « Alors la rumeur que nous a rapporté Martin avant qu'on s'échappe du Repos du Marin comme quoi ils recherchaient un "parent royal", c'était parce qu'ils cherchaient Anita, pas Arutha. »

Hull fit un signe vers le prince. « C'est possible que Radburn et les siens ne sachent toujours pas qui vous êtes. Ils ont dû vous sauter dessus parce qu'ils espéraient que c'était vous qui deviez faire échapper la princesse. Nous sommes presque certains que le vice-roi ne sait pas qu'elle a disparu du palais, parce qu'elle a fui après son départ. J'imagine que Radburn veut à tout prix la retrouver avant que son maître ne rentre de la guerre contre Kesh. »

Arutha regarda la princesse et ressentit un besoin impérieux de faire quelque chose pour elle, un besoin qui allait au-delà de la simple nécessité de contrecarrer les plans de Guy. Il repoussa ces étranges émotions qui l'assaillaient. Il demanda à Trevor Hull : « Pourquoi est-ce que le Juste voudrait se retourner contre Guy ? Pourquoi est-ce qu'il ne la lui rend pas contre de l'argent ? »

Trevor Hull regarda Jimmy les mains vives, qui répondit avec un sourire. « Mon maître, un homme très perspicace, a vu tout de suite qu'il servirait ses intérêts en servant ceux de la princesse. Depuis qu'Erland est prince de Krondor, les affaires en ville vont bien, cette prospérité arrange bien les nombreux trafics de mon maître. La stabilité nous est à tous profitable, voyez-vous. Avec Guy, nous sommes sans cesse confrontés à sa police secrète, qui dérange le bon déroulement des affaires de notre guilde. Et de toute manière, nous sommes de fidèles sujets de son altesse le prince de Krondor. S'il ne veut pas que sa fille épouse le vice-roi, nous ne le voulons pas non plus. » Avec un rire, Jimmy ajouta : « De plus, la princesse a accepté de payer vingt-cinq mille souverains d'or à notre maître si la guilde la fait sortir de Krondor, à livrer quand son père reviendra au pouvoir ou quand le destin la mettra sur le trône. »

Arutha prit la main d'Anita et lui dit : « Eh bien, cousine, il n'y a rien d'autre à faire. Nous devons t'emmener à Crydee dès que possible. »

Anita sourit et Arutha se surprit à lui sourire aussi. Trevor Hull dit : « Comme je le disais, nous attendions une bonne opportunité pour la faire sortir de la ville. » Il se tourna vers Amos. « Tu es l'homme de la situation, Amos. Il n'y a pas de meilleur forceur de blocus que toi dans la Triste Mer — excepté moi, bien entendu, mais j'ai d'autres chats à fouetter par ici. »

Trask dit : « Nous ne pouvons pas partir d'ici avant quelques semaines. Même si le blocus était levé, mon vaisseau doit être réparé impérativement. Et si nous partions maintenant, il nous faudrait attendre que le temps s'améliore au niveau de la passe. Avec la flotte de Jessup en embuscade, ça pourrait s'avérer dangereux. Mieux vaut nous cacher un moment ici pour foncer vers l'ouest, traverser la passe et remonter le long de la côte Sauvage d'une seule traite. »

Hull lui donna une grande claque sur l'épaule. « Bon, ça va nous laisser du temps. J'ai entendu parler de ton navire : les gars m'ont dit que c'était guère plus qu'une péniche. On va t'en trouver un autre. Je ferai savoir à tes hommes quand tout sera prêt. Radburn va probablement laisser ton équipage tranquille, en espérant que vous allez repointer le bout de votre nez. On les fera passer petit à petit sur le nouveau bateau pendant la nuit, en les remplaçant par des hommes à moi. Comme ça, les hommes de Radburn ne remarqueront rien d'anormal à bord. »

Il se tourna vers Arutha. « Ici, vous serez en sûreté, altesse. Ceci est l'un des nombreux bâtiments qui appartiennent aux Moqueurs et personne ne peut s'en approcher sans que nous en soyons prévenus. Quand il sera temps, nous vous ferons tous sortir de la ville. Maintenant nous allons vous montrer vos chambres et vous pourrez vous reposer. »

Arutha, Martin et Amos furent conduits à une chambre dans le couloir près de la pièce où ils avaient rencontré Anita et la princesse rentra dans ses propres quartiers. La pièce dans laquelle ils entrèrent était simple, mais propre. Les trois hommes étaient épuisés. Martin s'effondra lourdement sur une paillasse et s'endormit rapidement. Amos s'assit lentement et Arutha le regarda un moment. Avec un petit sourire, il dit : « Quand tu es arrivé à Crydee, j'ai tout de suite su que tu étais un pirate. »

Retirant ses bottes avec difficulté, Amos dit : « En fait, j'ai essayé de laisser ces histoires derrière moi, altesse. » Il rit. « Peut-être que c'est une vengeance des dieux, mais vous savez, pendant quinze ans, tout jeune d'abord et puis en tant qu'homme, j'ai été corsaire et capitaine. Et puis la première fois que j'essaye de faire honnêtement du commerce, je me fais capturer et brûler mon vaisseau, mon équipage se fait massacrer et j'échoue dans le coin le plus paumé du royaume qui soit. »

Arutha s'allongea sur sa paillasse. « Tu m'as bien servi comme conseiller, Amos Trask et comme compagnon aussi. Ton aide au cours de ces dernières années t'aura valu une bonne dose de pardon pour tes fautes passées, mais... » Il secoua la tête. « Trenchard le pirate ! Par les dieux, mon gaillard, c'est lourd à pardonner. »

Amos bâilla et s'étira. « Quand nous rentrerons à Crydee, vous pourrez me faire pendre, Arutha, mais pour l'instant, s'il vous plaît, faites-moi la grâce de garder le silence et d'éteindre les lumières. Je deviens trop vieux pour ces bêtises. J'ai besoin de sommeil. »

Arutha s'étira et mit le capuchon sur la lampe. Il se recoucha dans le noir, des images et des pensées plein la tête. Il pensa à son père et à ce qu'il ferait s'il était là, puis il se demanda comment allaient son frère et sa sœur. Penser à Carline lui fit penser à Roland, ce qui l'amena à spéculer sur l'avancement des fortifications de Jonril. Il s'efforça d'écarter ces pensées parasites et laissa son esprit dériver. Puis avant que le sommeil l'emporte, il se souvint d'Anita, qui s'était levée sur la pointe des pieds pour lui faire une bise sur la joue et il sentit son estomac se nouer au fond de lui. Il s'endormit le sourire aux lèvres.

Anita applaudit d'un air appréciateur quand Arutha détourna la pointe de l'épée de Jimmy. Le jeune voleur rougit de sa maladresse, mais Arutha dit : « C'était mieux. »

Jimmy et lui pratiquaient les bases de l'escrime, Jimmy s'étant acheté une rapière avec une partie de l'or qu'Arutha lui avait donné. Cela faisait un mois qu'ils s'entraînaient et Anita avait pris l'habitude de venir les regarder. En présence de la princesse, Jimmy les mains vives, habituellement si effronté, se faisait doux comme un agneau et rougissait à chaque fois qu'elle lui adressait la parole. Arutha était maintenant certain que le jeune voleur s'était complètement entiché de la princesse, qui n'avait guère que trois ans de plus que lui. Arutha comprenait la détresse de Jimmy car la présence de la princesse le troublait lui aussi. Elle commençait à peine à devenir femme, mais elle se comportait avec grâce et noblesse, elle était intelligente et bien éduquée et sa beauté encore immature promettait beaucoup. Penser à la princesse était décidément trop compliqué pour Arutha.

Le sous-sol où ils s'entraînaient était humide et mal aéré et il devenait rapidement moite et puant. Arutha dit : « C'est bon pour aujourd'hui, Jimmy. Tu es trop impatient d'en finir et cela peut s'avérer fatal. Tu es rapide et c'est bien que tu apprennes si jeune, mais tu n'as pas assez de force dans le bras pour frapper aussi fort qu'un homme plus âgé. Avec une rapière, ça aussi cela pourrait s'avérer fatal. Souviens-toi : la lame est faite pour couper...

— ... et la pointe pour tuer, termina Jimmy avec un sourire gêné. Je vois bien qu'il faut faire très attention contre un homme avec une épée large. Il pourrait casser ma lame si jamais j'essayais de bloquer au lieu de parer, mais qu'est-ce qu'on fait contre un de ces guerriers d'ailleurs qui vous fonce dessus avec cette grande épée que vous avez décrite ? »

Arutha répondit en riant : « Tu essayes de savoir lequel de vous deux court le plus vite. » Anita et Jimmy éclatèrent de rire. « Sérieusement, il faut le tenir à bout de rapière. Avec cette grande épée, ton adversaire n'a droit qu'à un seul coup, après quoi toi, tu auras une ouverture... »

La porte s'ouvrit et Amos entra en compagnie de Martin et de Trevor Hull. Amos dit : « Une sacrée putain de malchance — oh, pardon, princesse. Arutha, le pire est arrivé. »

Arutha épongea la sueur sur son front avec une serviette et dit : « Ne nous fais pas languir. Quoi ?

— La nouvelle est arrivée ce matin, dit Hull. Guy revient à Krondor.

— Pourquoi ? » demanda Anita.

Amos dit : « Il semblerait que notre seigneur du Bas-Tyra soit entré dans Shamata et qu'il ait fait flotter sa bannière sur les murailles. Le commandant keshian a eu la bonne grâce de monter une attaque de plus, pour la forme, et puis il est rentré chez lui en courant à s'en faire péter les tripes. Il a laissé une poignée de noblaillons marchander avec les lieutenants de Guy les conditions d'un armistice le temps qu'on puisse établir un traité de paix formel entre le roi et l'impératrice de Kesh. Il n'y a qu'une seule raison pour que Guy revienne aussi vite. »

Anita dit calmement. « Il sait que je me suis enfuie. »

Trevor Hull dit : « Oui, votre altesse. Guy le Noir est un sacré roublard. Il doit avoir un espion chez les hommes de Radburn. Visiblement, il ne fait même pas vraiment confiance à sa propre police secrète. Heureusement qu'on a encore des gens dans le palais qui sont loyaux à votre père, ou nous n'aurions jamais eu vent de ça. »

Arutha s'assit à côté de la princesse. « Bien, il va falloir partir vite. Soit nous rentrons directement soit nous faisons voile vers Ylith pour rejoindre mon père. »

Amos dit : « Aucun choix ne me semble plus avantageux que l'autre. L'un comme l'autre ont leurs avantages et leurs inconvénients. »

Martin regarda la jeune fille, puis il dit : « Je ne pense pas que le camp du duc soit un bon endroit pour une jeune femme. »

Amos s'assit à côté d'Arutha. « Votre présence à Crydee n'est pas vitale, au moins pas pour le moment. Fannon et Gardan savent y faire et si jamais c'était nécessaire, je pense que votre sœur ne ferait pas un mauvais commandant. Ils devraient être capables de garder les choses sous contrôle aussi bien que vous. »

Martin dit : « Cependant il y a une question à se poser : que va faire votre père quand il saura que Guy ne dirige pas Krondor aux côtés d'Erland mais qu'il tient la ville entièrement sous sa coupe, qu'il n'envoie pas d'aide pour la côte Sauvage et qu'il a des vues sur le trône ? »

Arutha opina vigoureusement. « Tu as raison, Martin. Tu connais bien père. Ça va être la guerre civile. » Son visage s'assombrit. « Il détachera une bonne moitié des armées de l'Ouest et va descendre la côte sur Krondor. Il ne s'arrêtera que quand la tête de Guy sera plantée sur un pieu aux portes de la ville. Alors, il n'aura plus le choix. Il devra continuer vers l'est et marcher contre Rodric. Il ne veut pas de la couronne, mais une fois qu'il aura commencé, il ne pourra pas s'arrêter avant la victoire totale ou la défaite. Mais entre-temps, les Tsurani auront envahi l'Ouest. Brucal ne pourra pas les contenir très longtemps avec une armée réduite de moitié. »

Jimmy dit : « Ça m'a l'air d'être une sale affaire, cette guerre civile. »

Arutha se pencha sur sa chaise. Il s'épongea le front et le regarda à travers ses boucles humides. « Cela fait deux cent cinquante ans que nous n'en avons pas eu. La dernière fois, c'était quand le premier des Borric a tué son demi-frère Jon le prétendant. Comparé à ce qui risque d'arriver, avec les armées de l'Est liguées contre celles de l'Ouest, l'autre n'aura été qu'une escarmouche. »

Amos regarda Arutha, l'air inquiet. « L'histoire c'est pas mon fort, mais il me semble que vous feriez mieux de laisser votre père dans l'ignorance de tout ça tant que l'offensive tsurani du printemps ne sera pas passée. »

Arutha poussa un long soupir. « Il n'y a rien d'autre à faire. Nous savons que nous n'obtiendrons aucune aide pour Crydee. Je serai mieux à même de décider ce qu'il faudra faire quand nous serons là-bas. Peut-être qu'en conseil avec Fannon et les autres nous arriverons à trouver une manière de nous défendre contre les Tsurani quand ils viendront. » Il avait un ton presque résigné. « Père saura les plans de Guy en son temps. Il est trop difficile de garder secret ce genre d'information. Notre seul espoir, c'est qu'il ne l'apprenne pas avant l'offensive tsurani. Peut-être qu'alors la situation aura changé. » Il était évident à sa voix qu'il n'y croyait pas.

Martin dit : « Peut-être que les Tsurani vont décider de marcher sur Elvandar, ou de s'attaquer à votre père. Qui saurait le dire ? »

Arutha se renversa en arrière et se rendit compte qu'Anita avait posé doucement sa main sur son bras. « Quel choix, dit-il doucement. Envisager la perte de Crydee et de la côte Sauvage ou plonger le royaume dans la guerre civile. Les dieux doivent réellement détester le royaume. »

Amos se leva. « Trevor m'a dit qu'il avait un navire. Nous pourrons partir dans quelques jours. Avec un peu de chance, la passe commencera à se calmer juste quand nous y arriverons. »

Ruminant sombrement sa propre défaite, Arutha l'entendit à peine. Il était venu si confiant à Krondor. Il avait espéré convertir Erland à sa cause et sauver Crydee des Tsurani. Voilà que maintenant il se retrouvait confronté à une situation plus désespérée encore que s'il était resté chez lui. Tout le monde sortit, le laissant seul, à l'exception d'Anita qui passa quelques minutes assise à côté de lui sans rien dire.

Des silhouettes sombres s'avançaient en silence vers le front de mer. Trevor Hull, dans la rue silencieuse, était à la tête d'une douzaine d'hommes avec Arutha et ses compagnons. Ils rasaient les murs des maisons et Arutha jetait régulièrement des regards vers Anita pour voir comment elle se débrouillait. Elle lui retournait des sourires vaillants, qu'il distinguait vaguement dans la pénombre de l'aube.

Arutha savait que plus d'une centaine d'hommes avaient envahi les rues adjacentes, débarrassant les alentours des gardes de la ville et des agents de Radburn. Les Moqueurs étaient sortis en force pour qu'Arutha et les autres puissent quitter tranquillement la ville. Hull avait annoncé la nuit d'avant qu'à grands frais, le Juste avait fait en sorte que l'un des vaisseaux du blocus « dérive » de son poste. Depuis qu'il avait appris exactement ce qui était en train d'arriver, y compris au sujet des plans de Guy pour devenir prince de Krondor, le Juste avait puisé dans ses propres ressources, non négligeables, pour porter assistance à la fuite du prince et d'Anita. Anita se demandait si quelqu'un en dehors de la guilde des voleurs avait une chance d'apprendre un jour la véritable identité du mystérieux chef. Des quelques remarques qu'Arutha avait pu saisir, il semblait que très peu de Moqueurs le connaissaient réellement.

Comme Guy était en train de revenir en ville, les hommes de Jocko Radburn avaient intensifié frénétiquement leurs recherches. On avait institué le couvre-feu et ils forçaient les maisons au hasard pour les fouiller au beau milieu de la nuit. Tous les informateurs connus de la ville, ainsi que de nombreux mendiants avaient été traînés au cachot et mis à la question, mais quoi qu'aient tenté les hommes de Radburn, ils n'avaient pas réussi à apprendre où on avait caché la princesse. L'homme de la rue avait beau craindre Radburn, il craignait le Juste plus encore.

Anita entendit Hull glisser à Amos : « C'est un forceur de blocus : *L'Eau vive*, et il porte bien son nom. Il n'y a pas de vaisseau plus rapide dans le port, tous les gros vaisseaux de guerre de Jessup sont partis. Tu devrais arriver à l'ouest en un temps record. Il y a un bon vent du nord, en ce moment, donc tu pourras mettre toutes les voiles sur la majeure partie du trajet. »

Amos dit : « Trevor, j'ai déjà fait un petit peu de navigation dans la Triste Mer. Je sais assez bien comment soufflent les vents à cette époque de l'année. »

Hull renifla. « Bien, comme tu dis. Tes hommes et l'or du prince sont en sûreté à bord et les chiens de garde de Radburn n'y ont vu que du feu. Ils continuent à surveiller le *Vent de l'aube* comme un chat regarde un trou à rat, mais ils ne s'occupent pas de *L'Eau vive*. On s'est arrangés avec un courtier pour avoir des faux papiers comme quoi il serait en vente, alors même s'il n'y avait pas de blocus, ils n'iraient pas imaginer qu'il va quitter le port dans peu de temps. »

Ils atteignirent les docks et se pressèrent vers une chaloupe qui les attendait. Il y eut quelques bruits étouffés et Arutha en déduisit que les Moqueurs et les contrebandiers de Trevor étaient en train de s'occuper des gardes de Radburn.

Puis il y eut des cris derrière eux. Le fracas de l'acier brisa le silence matinal et Arutha entendit Hull hurler : « Au navire ! »

Des bottes martelèrent bruyamment les quais de bois et des Moqueurs jaillirent en masse des rues avoisinantes, interceptant ceux qui cherchaient à leur couper la route. Ils arrivèrent au bout du quai et descendirent rapidement l'échelle menant à la chaloupe. Arutha attendit en haut qu'Anita soit descendue, puis il se retourna.

En posant le pied sur l'échelon du haut, il entendit des sabots approcher et vit des chevaux se forcer un passage entre les Moqueurs, qui rompirent les rangs sous la violence de la charge. Les cavaliers en noir et or du Bas-Tyra taillèrent dans la masse à grands coups d'épées, pour écarter ceux qui cherchaient à les ralentir.

Martin cria du bateau et Arutha descendit précipitamment l'échelle. Lorsqu'il prit pied sur le bateau, une voix cria d'au-dessus : « Bon voyage ! »

Anita leva les yeux et vit Jimmy les mains vives suspendu sous un quai de bois, un sourire nerveux aux lèvres. Comment le gamin avait réussi à les rejoindre alors que tout le monde le croyait en sûreté dans leur cachette, Arutha n'en avait aucune idée. Voyant qu'il était désarmé, le prince sursauta. Il déboucla sa rapière et la lança en l'air. « Tiens et fais-en bon usage ! » Vif comme un serpent, Jimmy attrapa le fourreau, puis disparut.

Le marins tirèrent sur leurs rames et la chaloupe s'écarta rapidement du quai. Des lanternes apparurent sur l'appontement et les bruits de combat se firent plus fort. Il faisait encore nuit, mais on entendait de nombreux « Qu'est-ce qu'il y a ? » et « Qui va là ? » des gardes responsables de la surveillance des vaisseaux et des marchandises du port. Anita regarda par-dessus son épaule, pour essayer de distinguer ce qui ce passait derrière. On amenait d'autres lanternes et un quai commença à prendre feu. De grands ballots dissimulés sous une toile s'enflammèrent d'un coup. Ceux qui se trouvaient dans le bateau purent voir clairement le combat. De nombreux voleurs se dispersaient dans les rues de la ville ou sautaient dans l'eau glacée du port. Arutha ne vit nulle part la silhouette aux cheveux gris de Trevor Hull, ni celle plus petite de Jimmy les mains vives. Puis il aperçut distinctement Jocko Radburn, vêtu comme la dernière fois d'une simple tunique. Radburn s'approcha du bord de l'eau et regarda la chaloupe qui s'enfuyait. Il pointa son épée vers elle et cria quelque chose qui se perdit dans le fracas du combat.

Arutha se retourna et vit Anita assise en face de lui, sa cagoule rejetée en arrière, le visage éclairé par les lumières du quai. Elle était captivée par le spectacle qui se déroulait à terre et semblait ne pas remarquer qu'on venait de découvrir sa présence. Arutha lui remit immédiatement sa capuche sur la tête, la ramenant à la réalité, mais il savait que le mal était fait. Il jeta un coup d'œil en arrière et vit Radburn qui donnait l'ordre à ses hommes de poursuivre les Moqueurs qui s'enfuyaient des quais. Il resta seul, puis se retourna et disparut dans les ténèbres au moment où la chaloupe atteignait *L'Eau vive.*

Dès qu'ils furent tous à bord, l'équipage d'Amos jeta les câbles d'amarrage et grimpa dans les cordages pour mettre les voiles. *L'Eau vive* commença à sortir du port.

La percée promise dans le blocus apparut et Amos les dirigea droit dessus. Ils passèrent avant que quiconque ait pu tenter de leur couper la route et il se retrouvèrent brusquement hors du port, face à la mer.

Arutha sentit un joie étrange s'emparer de lui quand il comprit qu'ils étaient sortis de Krondor. Puis il entendit Amos pousser un juron : « Regardez ! »

Dans les lueurs de l'aube naissante, Arutha distingua une silhouette sombre dans la direction qu'indiquait Amos. Le *Griffon royal*, le trois-mâts qu'ils avaient vu en entrant au port était à l'ancre derrière le môle, invisible depuis la ville. Amos dit : « Je croyais qu'il était parti avec la flotte de Jessup. Ce satané Radburn est une vraie salope. Ce vaisseau va nous courir au train dès qu'il montera à bord. » Il donna l'ordre qu'on mette toutes voiles dehors, puis il regarda le vaisseau rapetisser derrière eux. « Je serais vous, je ferais une prière à Ruthia, votre altesse. Si on peut gagner assez de temps avant qu'il ne parte, on pourra peut-être s'en sortir. Mais on va avoir besoin de toute la bonne fortune que voudra bien nous accorder la dame de la Chance. »

Le matin était frais et clair. Amos et Vasco regardaient l'équipage travailler d'un air approbateur. Les hommes les moins expérimentés avaient été remplacés par d'autres, choisis par Trevor Hull. Ils travaillaient vite et bien et *L'Eau vive* filait vers l'ouest.

On avait montré sa cabine à Anita sur le pont inférieur et Martin se tenait sur le pont avec Amos. La vigie annonça que l'horizon était dégagé.

Amos dit : « Ça va se jouer à un cheveu, altesse. S'ils ont réussi à mettre ce monstre en route rapidement, nous n'aurons qu'une ou deux heures d'avance sur eux. Il est possible que leur capitaine ne choisisse pas la bonne route, mais comme on essayait visiblement d'éviter de se faire prendre en embuscade par les vaisseaux de Jessup, ils préféreront suivre la côte keshiane, au risque de tomber sur un navire de guerre de Kesh, pour éviter de nous perdre. Je ne serai pas tranquille tant que nous n'aurons pas passé deux jours sans un signe de poursuite.

« Mais même s'ils sont partis tout de suite, ils ne pourront nous rattraper que petit à petit. Alors tant que nous ne sommes pas sûrs qu'ils ne sont pas derrière nous, mieux vaut prendre un peu de repos. Descendez, je vous appellerai s'il y a quoi que ce soit. »

Arutha acquiesça et partit, suivi de Martin. Il souhaita bonne nuit à Martin et regarda le maître chasseur entrer dans la cabine qu'il partageait avec Vasco. Arutha entra dans sa propre cabine et il s'arrêta en voyant Anita assise sur sa couchette. Lentement, il referma la porte et dit : « Je vous croyais en train de vous reposer dans votre cabine. »

Elle secoua doucement la tête, puis soudain elle se jeta à son cou et blottit sa tête contre sa poitrine. Entre deux sanglots, elle dit : « J'ai essayé d'être courageuse, Arutha, mais j'ai eu si peur. »

Il resta là un moment sans trop savoir que faire, puis il la prit doucement dans ses bras. Son vernis d'assurance venait de s'effondrer et Arutha réalisa à quel point elle était jeune. Son éducation de dame de cour et ses manières l'avaient bien aidée à garder une certaine contenance en compagnie des Moqueurs, mais la pression était telle qu'elle ne pouvait garder son masque bien longtemps. En lui caressant les cheveux, il lui dit : « Tout ira bien. »

Il lui prodigua d'autres paroles rassurantes, sans bien faire attention à ce qu'il disait, troublé par sa présence. Elle était assez jeune pour avoir encore l'air d'une fille à ses yeux, mais assez mûre pour qu'il en doute. Il n'avait jamais été très fort pour badiner avec les jeunes femmes de la cour comme Roland, préférant des conversations sérieuses qui semblaient laisser froides les dames. Et il ne les avait jamais attirées comme Lyam, avec ses cheveux blonds, sa beauté, son aisance et sa joie de vivre. En général, les femmes le mettaient mal à l'aise et cette femme — ou cette fille, il n'arrivait pas à se décider — plus que les autres.

Quand ses larmes s'apaisèrent, il la fit asseoir sur l'unique chaise de son étroite cabine et se mit sur sa banquette. Elle renifla, puis dit : « Je suis désolée, je ne suis pas convenable. »

Arutha éclata de rire. « Petite fille ! » dit-il avec une affection sincère. « Si j'étais à ta place, obligé de sortir en fraude du palais, de me cacher parmi des voleurs et des coupe-jarrets, d'esquiver les fouines de Radburn et tout le reste, ça ferait longtemps que j'aurais craqué. »

Elle sortit un petit mouchoir de sa manche et s'essuya délicatement le nez. Puis elle lui fit un grand sourire. « Merci de me dire ça, mais je sais bien que tu es plus fort. Martin m'a beaucoup parlé de toi ces dernières semaines et à ce qu'il m'a dit, tu es très brave. »

Arutha sembla embarrassé de ces attentions. « Le maître chasseur a tendance à beaucoup exagérer les choses. » Arutha savait que ce n'était pas vrai et il changea de sujet. « Amos m'a dit que si nous ne voyons pas l'autre navire dans les deux jours qui viennent, cela voudra dire que nous aurons réussi à nous échapper. »

Elle baissa les yeux. « C'est bien. »

Il se pencha en avant pour sécher une larme qui lui coulait encore sur la joue, puis, gêné, il s'écarta. « Tu seras en sécurité à Crydee, loin des manigances de Guy. Ma sœur te fera bon accueil chez nous. »

Elle eut un faible sourire. « Je suis inquiète pour père et mère. »

Arutha fit de son mieux pour apaiser ses craintes. « Sachant que tu n'es plus à Krondor, Guy n'a rien à gagner à causer du tort à tes parents. Il peut toujours arracher à ton père son consentement pour votre mariage, mais Erland n'a rien à perdre s'il le lui donne maintenant. Tu es hors de portée, cette promesse de fiançailles ne vaudra rien. Avant que tout ça soit fini, le cher cousin Guy devra nous rendre des comptes. »

Elle soupira et son sourire s'agrandit. « Merci Arutha, je me sens mieux, maintenant. »

Il se leva et dit : « Essaye de dormir. Je vais prendre ta cabine pour l'instant. » Elle souriait en allant à sa couchette. Il ferma la porte derrière lui. Brusquement, il ne se sentait plus fatigué et il remonta sur le pont. Amos se tenait à côté du barreur, les yeux fixés sur l'arrière. Arutha s'approcha de lui. Amos lui dit : « Là-bas, sur l'horizon, vous le distinguez ? »

Arutha plissa les yeux et vit un tout petit point blanc sur le ciel bleu. « Radburn ? »

Amos cracha par-dessus la barre. « J'imagine. Quelle que soit notre avance, ils nous rattrapent lentement. Mais une bonne chasse est une longue chasse, comme on dit. Si on arrive à rester assez loin pour le reste de la journée, on pourra peut-être dévier de notre course à la nuit — s'il y a assez de nuages pour que les lunes ne nous trahissent pas. »

Arutha ne répondit pas et regarda le petit point au loin.

Pendant toute la journée, ils avaient regardé grossir le navire qui les poursuivait. Au début, le petit point grossissait avec une lenteur exaspérante, mais sa vitesse était maintenant inquiétante. Arutha voyait clairement les contours des voiles, qui ne faisaient plus une simple tache blanche floue et il devinait un minuscule point noir en haut du mât, sans doute la bannière de Guy.

Amos regarda le soleil qui se couchait pile en face de *L'Eau vive* en fuite, puis il scruta le vaisseau qui les suivait. Il cria à la vigie en haut : « Tu le reconnais ? »

La vigie renvoya : « C'est un trois-mâts, capitaine. »

Amos se tourna vers Arutha : « C'est le *Griffon royal*. Il nous aura rejoints au coucher du soleil. Il nous suffirait d'une dizaine de minutes, ou d'un banc de brume, ou qu'il soit un tout petit peu plus lent...

— Qu'est-ce que tu peux faire ?

— Pas grand-chose. Par vent de trois quarts arrière, il est plus rapide, assez pour qu'on ne puisse pas nous en débarrasser d'un coup de voile. Si j'essayais de tourner pour avoir vent arrière juste quand il arrive, je pourrais creuser un peu la distance qui nous sépare, mais il reprendrait quand même de la vitesse plus vite que nous. Et puis dès qu'ils auraient réorienté les voiles, ils nous rattraperaient. Mais ça nous ramènerait vers le sud et sur cette partie de la côte, il y a des hauts-fonds et des récifs assez traîtres, pas très loin d'ici. Ce serait risqué. Non, quel que soit le vent, il va nous rejoindre. Quand il sera à côté de nous, comme ses mâts sont plus hauts, il va nous couper le vent, on va ralentir brusquement et ils vont nous aborder sans problème. »

Arutha regarda encore une bonne demi-heure le vaisseau qui s'approchait petit à petit. Martin monta sur le pont et regarda la distance qui séparait les deux vaisseaux réduire de minute en minute. Amos prenait soin de profiter du vent au maximum, poussant *L'Eau vive* à la limite de sa voilure, mais l'autre approchait inexorablement.

« Malédiction ! lança Amos, crachant presque de frustration. Si on allait vers l'est, on les perdrait dans la nuit, mais en allant à l'ouest, on va se découper sur le ciel un bon moment encore après le coucher du soleil. Ils continueront à nous voir que nous on les aura déjà perdus de vue. »

Le soleil se couchait et la poursuite continuait. Sur l'horizon, il formait comme une boule de feu rouge posée sur une mer vert sombre. Le vaisseau de guerre était maintenant à moins de trois cents mètres.

Amos dit : « Avec leurs grosses arbalètes, ils pourraient tailler notre gréement ou encore balayer le pont, mais comme la fille est à bord, il est possible que Radburn ne tente rien par peur de la blesser. »

Deux cent cinquante, deux cents mètres, le *Griffon royal* avançait inexorablement sur eux dans la houle. Arutha distinguait des silhouettes, accrochées aux cordages, noires sur les voiles rouge sang à cause du soleil couchant.

Quand le vaisseau ne fut plus qu'à cent cinquante mètres derrière, la vigie hurla : « Brouillard ! »

Amos leva les yeux. « Où ?

— Sud-ouest. Deux kilomètres environ. »

Amos se précipita à la proue, suivi d'Arutha. Au loin ils voyaient le soleil se coucher et un peu à gauche un banc de brume blanche paressait au-dessus les eaux noires. « Par les dieux ! s'écria Amos. Il nous reste une chance. »

Amos cria au timonier de mettre cap sur le sud-ouest, puis il courut vers l'arrière, Arutha sur ses talons. Quand ils arrivèrent à la poupe, ils constatèrent que la manœuvre avait diminué de moitié la distance qui les séparait. Amos dit : « Martin, est-ce que tu vois leur timonier ? »

Martin plissa les yeux puis il dit : « Il fait un peu noir, mais ce n'est pas une cible bien difficile. »

Amos dit : « Vois si tu peux lui faire oublier la poursuite. »

Martin sortit son arc qu'il ne quittait jamais et le tendit. Il sortit une longue flèche et visa le navire adverse. Il attendit, s'efforçant de compenser le roulis, puis il tira. Comme un oiseau furieux, la flèche bondit au-dessus de l'eau, frappant l'autre navire à la poupe.

Martin suivit sa flèche du regard, puis il murmura « ha ». D'un mouvement fluide, il sortit une autre flèche, l'encocha, banda l'arc et tira. Elle suivit la première, mais au lieu de frapper l'arrière de l'autre bateau, elle se planta en vibrant dans la barre du pont, à quelques centimètres de la tête du timonier.

Depuis le pont de *L'Eau vive*, ils virent le timonier du *Griffon royal* plonger à terre, lâchant la barre. Le vaisseau de guerre hésita et commença à perdre du terrain. Martin dit : « Un peu trop de vent pour un bon tir » et il tira une autre flèche qui se planta à un cheveu de la première, empêchant quiconque d'approcher de la barre.

Lentement, les deux navires commencèrent à s'écarter l'un de l'autre et Amos se tourna vers l'équipage. « Passez le mot. Quand je donnerai ordre de faire silence, s'il y en a un qui se permet ne serait-ce qu'un murmure servira à nourrir les poissons. »

Le vaisseau de guerre vacilla derrière eux pendant une minute, puis il reprit sa course. « Ils se décalent, Amos, dit Martin. Je ne peux pas tirer au travers des voiles.

— Non, mais si tu voulais bien me faire le plaisir d'écarter ces gamins à la proue qui font joujou avec leurs balistes, je t'en serais très reconnaissant. J'ai l'impression que tu as irrité Radburn. »

Martin et Arutha virent les servants de la baliste préparer leurs armes. Le maître chasseur tira une volée de flèches vers la proue du navire adverse, si vite que sa dernière n'était qu'à mi-parcours qu'il en avait déjà lâché une autre. La première toucha un homme à la jambe. Il s'effondra par terre et les autres se mirent à couvert.

« Brouillard droit devant, capitaine ! » cria la vigie.

Amos se tourna vers le timonier. « Bâbord toute. »

L'Eau vive mit cap au sud. Le *Griffon royal* filait juste derrière, à un peu plus de cent mètres. Le vent faiblit lorsqu'ils changèrent de direction. Comme ils approchaient du banc de brume, Amos dit à Arutha : « Le vent ne vaudra pas mieux qu'un pet foireux, ici. Je vais faire prendre les ris, pour que le claquement de nos voiles ne trahisse pas notre position. »

Brusquement, ils pénétrèrent dans un mur de brouillard gris sombre, qui s'obscurcit rapidement quand le soleil se coucha sous l'horizon. Dès que le vaisseau de guerre eut disparu à leurs yeux, Amos dit : « Prenez les ris ! »

L'équipage tira les voiles et le navire ralentit aussitôt. Puis Amos dit : « Tribord toute, et plus un bruit, passez le mot. »

Soudain, le vaisseau devint silencieux comme la tombe. Amos se tourna vers Arutha et lui murmura : « Les courants vont nous porter vers l'ouest. Nous allons nous laisser dériver. J'espère que le capitaine de Radburn vient de la mer du Royaume.

« La barre avant », murmura-t-il au timonier. À l'intention de Vasco, il ajouta : « Qu'on attache les vergues, passe le mot. Et surtout que nos gars là-haut ne bougent pas. »

Soudain, Arutha se rendit compte du silence. Après le vacarme de la poursuite, le souffle frais du vent du nord, le sifflement des cordages et des voilures dans les vergues et le bruissement incessant de la toile, ce banc de brume qui étouffait tout paraissait anormalement silencieux. Dans le noir, on n'entendait qu'un mât grincer de temps à autre, ou encore un cordage qui claquait. Les minutes s'étirèrent, semblant durer une éternité.

Puis il y eut comme une violente alarme : des voix et des bruits de navire. Le grincement des mâts et le vent dans les voiles les envahirent. Arutha ne vit rien pendant un long moment, puis une faible lueur perça les ténèbres à l'arrière, passant sur un axe nord-est sud-ouest : les lanternes du *Griffon royal* à leur recherche. Tous les hommes à bord de, sur le pont comme dans les vergues, s'immobilisèrent sur place, de peur que le bruit de leurs pas ne porte sur l'eau et ne trahisse leur présence aussi sûrement qu'un clairon. Ils entendirent au loin des cris venant de l'autre navire : « La ferme, bon sang ! Avec tout ce boucan on ne les entendra jamais ! » Puis tout redevint calme, à l'exception du bruit des voiles et des cordages du *Griffon royal.*

Le temps passa lentement dans le noir. Puis il y eut un grincement affreux, comme un roulement de tonnerre : un déchirement, le grincement du bois qui craque en s'écrasant sur le roc. Immédiatement, il y eut des hurlements de panique.

Amos se tourna vers ses compagnons, qu'il distinguait vaguement dans le noir. « Ils se sont échoués. Au bruit, il ont dû fendre la coque par en dessous. Ce sont des hommes morts. » Il donna l'ordre de mettre la barre au nord-est pour s'écarter des hauts-fonds et des récifs et les marins s'empressèrent de remettre les voiles.

« Sale manière de mourir », dit Arutha.

Martin haussa les épaules, à demi éclairé par les lanternes que l'on montait sur le pont. « Il y a une bonne manière ? J'ai vu pire. »

Arutha descendit du pont arrière, suivi par les cris pitoyables des hommes qui se noyaient encore, triste contrepoint aux ordres triviaux de Vasco disant d'ouvrir la cambuse. Il ferma la porte du couloir menant aux cabines pour se couper de ces bruits déplaisants. Il ouvrit doucement la porte de sa cabine et vit Anita endormie à la lumière vacillante d'une lanterne. Ses cheveux brun-roux semblaient presque noirs, étalés en couronne autour de sa tête. Il s'apprêtait à refermer la porte, quand il l'entendit dire : « Arutha ? »

Elle le regardait. Il entra. Il s'assit sur le bord de la couchette. « Ça va ? » demanda-t-il.

Elle s'étira et fit oui de la tête. « J'ai dormi profondément. » Ses yeux s'agrandirent. « Tout va bien ? » Elle s'assit, rapprochant son visage d'Arutha.

Il la prit dans ses bras et la serra contre lui. « Tout va bien. Nous sommes en sécurité, maintenant. »

Elle soupira en posant sa tête sur son épaule. « Merci pour tout, Arutha. »

Il ne répondit pas, troublé par des sentiments très forts, l'envie de la défendre, de la protéger du mal, de s'occuper d'elle. Ils restèrent longtemps ainsi, puis Arutha reprit contrôle sur ses émotions. S'écartant un petit peu, il dit : « Tu dois avoir faim. »

Elle eut un rire franc et joyeux. « En fait, oui, je suis même affamée. »

Il dit : « Je vais faire envoyer quelque chose, mais ce sera simple, je le crains, même par rapport à ce qu'on te donnait chez les Moqueurs.

— Je prendrai ce qu'on me donnera. »

Il remonta sur le pont et demanda à un marin d'aller à la cuisine chercher quelque chose pour la princesse, puis il retourna à la cabine et la trouva en train de se coiffer. « Je dois avoir l'air affreuse », dit-elle.

Arutha dut lutter pour ne pas sourire. Il ne savait pas pourquoi, mais il se sentait inexplicablement heureux. « Pas du tout, dit-il. Tu es plutôt bien faite, à vrai dire. »

Elle arrêta de se coiffer et Arutha s'émerveilla de la manière dont elle pouvait paraître si jeune à un moment, puis si femme l'instant d'après. Elle lui sourit. « Je me souviens t'avoir regardé à la dérobée lors d'un dîner à la cour de père, la dernière fois que tu étais à Krondor.

— Moi ? Mais dieux du ciel pourquoi donc ? »

Elle ne répondit pas à la question. « Ce jour-là, je me suis dit aussi que tu étais bien fait, quoique un peu raide. Il y avait un garçon qui m'avait tenue en l'air pour que je puisse te voir. Il faisait partie de la suite de ton père. J'ai oublié son nom, mais il m'a dit qu'il était apprenti magicien. »

Arutha perdit son sourire. « C'était Pug.

— Qu'est-ce qui lui est donc arrivé ?

— Il a été porté disparu dès la première année de guerre. »

Elle posa son peigne. « Je suis désolée. Il a été si gentil alors que je devais être si importune.

— C'était un garçon gentil, effectivement, capable d'actes de grande bravoure et il était très cher à ma sœur. Elle a longtemps pleuré sa perte. » Luttant contre un brusque accès de mélancolie, il dit : « Dis-moi, pourquoi une princesse de Krondor aurait-elle voulu regarder en douce un de ses lointains cousins de la campagne ? »

Anita regarda Arutha un long moment, puis elle dit : « Je voulais te voir parce que nos pères envisageaient de nous marier. »

Arutha en resta abasourdi. Il lui fallut toute sa maîtrise de lui-même pour garder son calme. Il tira la chaise à lui et s'assit. Anita demanda : « Ton père ne t'a jamais parlé de cela ? »

Ne sachant que dire d'intelligent, Arutha secoua simplement la tête.

Anita acquiesça. « Je sais, la guerre et tout ça. Les choses se sont précipitées peu après votre départ de Rillanon. »

Arutha avala sa salive avec peine, la bouche soudain sèche. « Mais, qu'est-ce que c'est que cette histoire de... mariage dont auraient discuté nos deux pères ? »

Arutha regarda Anita, ses yeux verts couvant la flamme vacillante de la bougie et autre chose encore. « Des affaires d'État, je le crains. Père voulait s'assurer que j'hérite du trône et Lyam était un parti trop dangereux, parce que c'était l'aîné. Tu étais le parti idéal, le roi avait peu de chances d'émettre des objections... enfin à l'époque, j'imagine. Maintenant que Guy me veut, j'imagine que le roi est d'accord avec lui. »

Arutha commença à s'énerver, sans savoir exactement pourquoi. « Et je suppose que nous n'avions pas notre mot à dire dans l'affaire ! » Son ton monta.

« Je t'en prie, ce n'est pas de mon fait.

— Désolé. Je ne voulais pas t'offenser. C'est juste que je n'ai jamais vraiment pensé au mariage et certainement pas à un mariage d'État. » Il retrouva son sourire ironique. « C'est habituellement réservé aux fils aînés. Nous autres cadets sommes habituellement destinés à nous trouver au mieux une vieille veuve comtesse, ou la fille d'un riche marchand. » Il s'efforça vainement d'en rire. « Une jolie fille de riche marchand, si nous avons de la chance, ce qui est loin d'être toujours le cas. » Il se rassit. Finalement, il dit : « Anita, tu resteras à Crydee tant qu'il le faudra. Ce sera peut-être dangereux à cause des Tsurani pendant un temps, mais nous trouverons bien un moyen de pallier le problème, en t'envoyant à Carse, peut-être. Quand la guerre sera finie, tu pourras rentrer chez toi tranquillement, je te le promets. Et jamais, jamais personne ne te forcera à faire quoi que ce soit contre ta volonté. »

Leur conversation fut interrompue par un marin qui frappa à la porte et entra avec un bol de soupe de poisson fumante, du pain dur et du porc salé sur un plateau. Tandis que le marin plaçait la nourriture sur la table et versait du vin dans un verre, Arutha regarda Anita. Quand le marin fut parti, Anita commença à manger.

Arutha parla de petites choses avec Anita, à nouveau captivé par les manières ouvertes et envoûtantes de la jeune fille. Quand finalement il lui souhaita bonne nuit et referma la porte, il se rendit brusquement compte que cette idée de mariage d'État ne le dérangeait pas vraiment. Il monta sur le pont. Le brouillard s'était levé et ils filaient de nouveau avec un bon vent. Il regarda les étoiles dans le ciel et pour la première fois depuis des années, siffla un petit air joyeux.

Près du gouvernail, Martin et Amos se passaient une outre de vin et parlaient tout bas. « Le prince semble exceptionnellement joyeux ce soir », dit Amos.

Martin tira sur sa pipe et souffla un nuage de fumée, rapidement emporté par le vent. « Et je parierais qu'il ne sait même pas pourquoi il se sent aussi heureux. Anita est jeune, mais pas assez pour qu'il arrive à résister à ses attentions très longtemps. Si elle s'est décidée et je crois bien que c'est le cas, elle l'aura attrapé dans ses rets en moins d'un an. Et il en sera heureux. »

Amos éclata de rire. « Il va lui falloir encore du temps avant d'en profiter. Moi, je parie que le jeune Roland va se retrouver devant l'autel avant Anita. »

Martin secoua la tête. « C'est pas un pari, ça. Roland s'est fait avoir il y a des années. Anita a encore du travail.

— Tu n'es donc jamais tombé amoureux, Martin ? »

Martin répondit : « Non, Amos. Les forestiers, tout comme les marins, ça fait de mauvais maris. Jamais longtemps à la maison, des jours entiers, même des semaines entières tout seuls. On est plutôt dans le genre ours solitaire. Et toi ?

— Comme tu vois. » Amos soupira. « Plus je me fais vieux et plus je me demande ce que j'ai raté.

— Mais tu y changerais quelque chose ? »

Avec un petit rire, Amos dit : « Probablement pas, Martin, probablement pas. »

Le vaisseau arriva à quai et Fannon et Gardan descendirent de cheval. Arutha aida Anita à descendre la planche et il la présenta au maître d'armes de Crydee.

« Nous n'avons pas de carrosses à Crydee, votre altesse, lui dit Fannon, mais je vais faire mander un chariot immédiatement. La route est longue jusqu'au château. »

Anita sourit. « Je sais monter, maître Fannon. N'importe quel cheval pas trop nerveux fera l'affaire. »

Fannon donna ordre à deux de ses hommes de repartir vers l'écurie pour ramener un des palefrois de Carline équipé d'une selle pour dame. Arutha demanda : « Quelles nouvelles ? »

Fannon emmena le prince à l'écart et dit : « La fonte n'a commencé que tard dans les montagnes, votre altesse, alors les Tsurani n'ont pas encore fait de grosse manœuvre. Des avant-postes ont été attaqués, mais il n'y a rien de notre côté qui laisse penser que nous aurons à subir une offensive ce printemps. Peut-être vont-ils s'attaquer à votre père.

— J'espère que vous avez raison, père a reçu la majeure partie de la garnison de Krondor. » Il expliqua en quelques mots ce qui était arrivé à Krondor et Fannon écouta attentivement.

« Vous avez bien fait de ne pas aller au campement de votre père. Je crois que vous avez correctement estimé la situation. Rien ne serait plus désastreux qu'une grande offensive tsurani contre les positions du duc Borric s'il est parti faire la guerre contre Guy. Gardons cela pour nous encore un moment. Votre père apprendra ce qui est arrivé bien assez tôt, mais plus il mettra de temps à connaître la traîtrise de Guy, plus nous aurons de chances de contenir les Tsurani encore un an. »

Arutha sembla troublé. « Ça ne pourra pas durer bien longtemps, Fannon. Il faut mettre un terme à cette guerre. » Il se retourna un moment et vit les villageois regarder fixement la princesse. « Enfin, nous avons encore un peu de temps pour organiser notre défense contre les Tsurani, si nous arrivons ne serait-ce qu'à trouver quelques idées. »

Fannon réfléchit un moment, s'apprêta à dire quelque chose, puis se tut. Il avait l'air sombre, presque comme s'il souffrait. Arutha lui demanda : « Qu'y a-t-il, maître d'armes ?

— J'ai de tristes nouvelles à vous annoncer pour votre arrivée, votre altesse. Monseigneur Roland est mort. »

Arutha fut atterré par la nouvelle. Un bref instant, il se demanda si Fannon ne lui faisait pas une farce de mauvais goût, car il n'arrivait pas à accepter ce qu'il venait d'entendre. Finalement, il bégaya : « Quoi... comment ?

— Nous avons appris la nouvelle il y a trois jours du baron Tolburt, qui est extrêmement triste. Le châtelain s'est fait tuer dans un raid tsurani. »

Arutha regarda le château sur la colline. « Carline ?

— Comme on s'y serait attendu. Elle pleure, mais elle accuse bien le choc. »

Arutha se sentit étouffer. Il avait un air sombre en revenant vers Anita, Amos et Martin. Tout le monde savait déjà que la princesse de Krondor était à quai. Les soldats qui étaient arrivés avec Fannon et Gardan formaient un anneau de calme autour d'elle, gardant les villageois à bonne distance et Arutha annonça la triste nouvelle à Amos et à Martin.

Les montures arrivèrent rapidement et ils se retrouvèrent tous en selle pour revenir au château. Arutha partit au galop et il était descendu de cheval avant que les autres ne débarquent dans la cour.

La majeure partie des serviteurs l'attendait et sans trop de formalités, il cria à l'intendant Samuel : « Nous avons la princesse de Krondor comme hôte au château. Faites préparer des appartements. Escortez-la jusqu'à la grand-salle et dites-lui que je la rejoindrai dans quelque temps. »

Il courut pour entrer dans le donjon, passant à côté des gardes qui se mirent au garde-à-vous devant lui. Il arriva à la porte de la suite de Carline et frappa.

« Qui est là ? demanda une faible voix à l'intérieur.

— Arutha. »

La porte s'ouvrit d'un seul coup et Carline se précipita dans les bras de son frère et le serra très fort. « Oh, je suis si heureuse que tu sois de retour. Tu ne sais pas à quel point je suis heureuse. » Elle recula pour le regarder. « Je suis désolée. Je voulais t'accueillir, mais je n'ai pas réussi à me remettre assez pour cela.

— Fannon vient de me dire. Je suis terriblement désolé. »

Elle le regarda calmement, d'un air résigné. Elle le prit par la main et le fit entrer dans ses appartements. Elle s'assit sur un divan et dit : « Je savais bien que cela pouvait arriver. Ça s'est passé de la manière la plus ridicule possible, tu sais. Le baron Tolburt a écrit une très longue lettre, le pauvre homme. Il a vu son fils si peu de temps, ça l'a beaucoup éprouvé. » Des larmes commencèrent à monta et elle avala sa salive en détournant les yeux d'Arutha. « Roland est mort...

— Tu n'es pas obligée de m'en parler. »

Elle secoua la tête. « Ça va. Ça fait mal... » Les larmes lui montèrent à nouveau aux yeux, mais elle continua à parler. « Oh, ça fait mal, mais je supporterai la douleur. C'est Roland qui me l'a appris, Arutha. Il savait qu'il courait des risques et il m'a dit que s'il mourait, je devrais vivre ma vie. Il m'a bien appris. Je crois que c'est parce que j'ai fini par comprendre combien je l'aimais et que je le lui ai dit que j'ai eu la force de supporter sa perte.

« Roland est mort en essayant de sauver des vaches qu'on volait à un fermier. » Elle sourit à travers ses larmes. « Ça lui ressemble bien, n'est-ce pas ? Il a passé tout l'hiver à construire ce fort et au premier problème, ce sont quelques Tsurani affamés qui tentent de voler des vaches maigrichonnes. Roland est sorti avec ses hommes pour les chasser, mais il s'est fait abattre par une flèche. Il a été le seul blessé et il est mort avant qu'ils puissent le ramener au fort. » Elle poussa un long soupir. « Il fallait toujours qu'il fasse le pitre. À croire qu'il l'a fait exprès. »

Elle commença à pleurer et Arutha la regarda en silence. Elle se maîtrisa et dit : « Tout ça ne nous amène rien de bon, tu sais. » Elle se leva et regarda par la fenêtre, en ajoutant doucement : « Maudite soit cette stupide guerre. »

Arutha la rejoignit et la serra un moment contre lui. « Maudites soient toutes les guerres », dit-il.

Ils restèrent silencieux encore quelques minutes, puis elle lui demanda : « Quelles nouvelles nous amènes-tu de Krondor ? »

Arutha lui expliqua brièvement ce qui s'était passé là-bas, tout en l'observant. Elle semblait accepter plus aisément la perte de Roland que celle de Pug. Arutha partageait sa douleur, mais d'un autre côté, il était sûr qu'elle s'en remettrait. Il était content de découvrir combien Carline avait grandi en quelques années. Quand il eut fini de lui parler du sauvetage d'Anita, Carline l'interrompit : « Anita, la princesse de Krondor, est ici ? »

Arutha acquiesça et Carline lui dit : « Je dois avoir l'air affreuse et tu amènes la princesse de Krondor ici. Arutha, tu es un monstre. » Elle se précipita vers un miroir de métal poli et tenta nerveusement d'arranger son visage en le tamponnant avec un tissu humide.

Arutha sourit. Sous le voile du deuil, sa sœur gardait malgré tout sa vivacité et sa force de caractère.

En se brossant les cheveux, Carline se tourna vers son frère. « Est-ce qu'elle est belle, Arutha ? »

Le sourire ironique d'Arutha se fit plus franc. « Oui, je dirais qu'elle est belle. »

Carline regarda le visage d'Arutha. « Je vois qu'il va falloir que j'apprenne à bien la connaître. » Elle reposa son peigne et rajusta sa robe. Elle lui tendit la main. « Viens, nous ne pouvons faire attendre plus longtemps ta jeune dame. »

La main dans la main, ils quittèrent la pièce et descendirent l'escalier jusqu'au couloir principal, pour accueillir Anita à Crydee.

CHAPITRE 8

Une maison abandonnée surplombait la ville.

Le site sur lequel cette maison avait été construite avait brillé de toute les splendeurs d'une grande famille. Elle se trouvait au sommet de la plus haute des collines qui encerclaient la cité d'Ontoset et les gens disaient que c'était de là qu'on avait la meilleure vue sur la ville et sur la mer. La famille avait été déchue, pour avoir soutenu le mauvais parti lors d'un grave conflit politique, comme il y en avait tant au sein de l'empire. La maison était tombée en ruine et on l'avait oubliée, car bien que le bâtiment fût l'un des plus beaux de la région, les Tsurani étaient très superstitieux et ils associaient souvent la malchance à la terre.

Un jour, on apprit en ville que des bergers de Kula avaient vu à leur réveil une silhouette en robe noire qui montait la colline en direction de la vieille maison. Ils s'étaient écartés précipitamment pour l'éviter, comme le leur dictait leur condition. Ils étaient restés dans les environs, pour leurs bêtes — unique source de leurs maigres revenus : la laine de kula. Vers midi, ils entendirent un grand bruit, comme si un monstrueux coup de tonnerre déchirait les cieux. Leur troupeau terrifié se dispersa et certaines bêtes coururent vers le sommet de la colline. Les bergers avaient beau être terrifiés, ils devaient sauver leur gagne-pain. Ils rassemblèrent tout leur courage et partirent récupérer leurs bêtes.

L'un des bergers, un homme du nom de Xanothis, monta jusqu'en haut de la colline où se trouvait la grande maison et aperçut le magicien en robe noire qu'il avait vu quelque temps auparavant, debout sur la crête. La grande maison en ruine n'était plus. À sa place, creusée sur une profondeur de plusieurs mètres, il y avait une grande bande de terre nue, fumante. Craignant d'avoir interrompu un Très Puissant dans son travail, Xanothis commença à reculer, espérant n'avoir pas été remarqué, car l'homme lui tournait le dos et il avait relevé sa capuche sur la tête. Il recula d'un pas et le magicien se tourna vers à lui, le fixant de ses étranges yeux bruns profonds.

Le berger salua comme le voulait la coutume, les genoux à terre, les yeux baissés. Il ne se prosterna pas complètement, car c'était un homme libre et bien qu'il ne fût pas noble, il était le chef de sa famille.

« Relève-toi », ordonna le magicien.

Un peu confus, Xanothis se leva, les yeux toujours baissés.

« Regarde-moi. »

Il leva les yeux vers un visage qui l'observait intensément sous la capuche. Une barbe aussi noire que ses yeux soulignait sa peau claire, ce qui troubla encore davantage Xanothis, car seuls les esclaves portaient la barbe. Le magicien sourit devant l'air si troublé du berger et il l'inspecta en tournant autour de lui.

Le magicien voyait un homme plutôt grand pour un Tsurani, plus grand que lui de presque cinq centimètres, alors qu'il faisait déjà un bon mètre soixante-dix. Sa peau était sombre comme du chocha, ou du café. Il avait les yeux et les cheveux noirs, à l'exception de quelques mèches blanches. La robe verte courte qu'il portait dévoilait la musculature puissante d'un ancien soldat, fait que le magicien déduisit de son maintien bien droit et de ses nombreuses cicatrices. Il devait avoir plus de cinquante ans, mais malgré tout, il semblait encore capable de supporter la vie difficile d'un berger. Bien qu'un peu plus petit, cet homme ressemblait un peu à Gardan de Crydee.

« Ton nom ? » demanda le magicien en se remettant face au berger. Xanothis répondit d'une voix qui trahissait son malaise. Le magicien le surprit ensuite en lui demandant : « À ton avis, berger, ce lieu est-il un bon endroit où s'installer ? »

Troublé, Xanothis bégaya : « Si... si c'est... si tel est votre désir, Très Puissant. »

Le magicien répondit vivement : « Ne me demande pas ce que je pense ! C'est ton avis à toi, que je veux ! »

Xanothis eut du mal à cacher sa colère devant sa propre honte. Les Très Puissants étaient sacro-saints et faire défaut à l'un d'eux était le déshonneur assuré. « Pardonnez-moi, Très Puissant. On dit que ce lieu est maudit par les dieux.

— Et qui dit cela ? »

Le ton cassant du magicien fit reculer le vieil homme comme si on l'avait frappé. Ses yeux ne cachaient pas sa colère, mais sa voix resta calme : « Ceux qui vivent en ville, Très Puissant et d'autres encore dans le pays. » Le berger croisa le regard du magicien et le soutint.

De petites rides d'amusement apparurent au coin des yeux du magicien et sa bouche s'incurva légèrement vers le haut, mais sa voix tonnait encore. « Mais toi, tu n'y crois pas, berger ?

— J'ai été soldat pendant quinze ans, Très Puissant. J'ai vu de nombreuses fois les dieux favoriser ceux qui prennent soin d'eux-mêmes. »

Le magicien sourit, mais ce n'était pas un sourire chaleureux. « Un homme qui compte sur lui-même. Bien. Je suis content que nous pensions la même chose, car j'envisage d'installer ma maison ici : j'aime bien voir la mer. »

Le berger se raidit à cette remarque, ce que ne manqua pas de voir le magicien, qui lui demanda : « Cela te convient-il, Xanothis d'Ontoset ? »

Xanothis se dandina d'un pied sur l'autre, puis il dit : « Le Très Puissant se joue de moi. Que cela me plaise ou non ne changera rien, j'en suis certain.

— C'est vrai, mais tu n'as pas répondu à ma question. Cela te convient-il ? »

Les épaules de Xanothis s'affaissèrent un peu et il répondit : « Il va me falloir déplacer mes bêtes, Très Puissant. C'est tout. Sauf votre respect.

— Parle-moi de cette maison, Xanothis, celle qui se tenait ici avant aujourd'hui. »

— C'était la maison du seigneur des Almach, Très Puissant. Il a soutenu le cousin qu'il ne fallait pas contre Almecho lors de sa nomination au poste de Seigneur de Guerre. » Il haussa les épaules. « J'étais chef de patrouille de cette maison. J'étais un homme très orgueilleux, ce qui limitait mon avancement en tant que soldat. Mon seigneur m'a donné la permission de quitter son service et de me marier, alors j'ai repris les bêtes du père de mon épouse. Si j'étais resté soldat, je serais maintenant esclave, ou mort, ou encore un guerrier gris. » Il regarda la mer au loin. « Que voulez-vous savoir de plus, Très Puissant ? »

Le magicien dit : « Tu peux laisser tes bêtes sur cette colline, Xanothis. Les bêtes qui broutent gardent l'herbe rase et je n'aime pas les herbes folles. Empêche-les juste d'approcher du bâtiment principal où j'effectuerai mes travaux, sinon j'en ferai cuire une de temps à autre pour mon dîner. »

Sans un mot supplémentaire, le magicien tira un objet des replis de sa robe et l'activa. Il y eut un étrange bourdonnement pendant un moment, puis la silhouette en robe noire disparut avec un petit claquement. Xanothis resta là quelques minutes, puis il se remit à la recherche de ses bêtes perdues.

Plus tard dans la nuit, autour d'un feu de camp, il parla de sa rencontre avec le Très Puissant à sa famille et aux autres bergers. Nul ne douta de ses mots, car quels que fussent ses défauts, Xanothis n'était pas du genre à exagérer, mais ils furent très étonnés. Et il y eut une chose à laquelle ils ne s'habituèrent jamais vraiment : lors des mois qui suivirent, alors que l'on reconstruisait une autre grande maison, certains bergers apercevaient de temps en temps Xanothis qui discutait avec un Très Puissant, en haut de la colline, ses kula broutant un peu en contrebas.

Maintenant, une nouvelle bâtisse de forme étrange se trouvait en haut de la colline. Les gens se posaient beaucoup de questions à son sujet et elle faisait un peu l'envie de tous. Les questions, on se les posait sur son propriétaire, l'étrange Très Puissant. Ce qu'on lui enviait, c'était sa conception et sa construction, qui était une sorte de révolution pour l'architecture tsurani. Fini, le bâtiment de trois étages avec une cour intérieure. À la place se trouvait un long bâtiment à un étage, avec plusieurs dépendances plus petites reliées par des allées couvertes. C'était une chose pleine de coins et de recoins avec de nombreux petits jardins et des ruisseaux qui serpentaient partout. Les matériaux utilisés faisaient autant sensation que la conception, car les bâtiments étaient essentiellement constitués de pierre, avec des tuiles de brique cuite sur le toit. Certains se dirent que cela devait protéger de la chaleur au plus fort de l'été.

Il y avait deux autres choses encore qui contribuaient à la fascination que les gens avaient pour cette maison et son propriétaire. Tout d'abord, c'était la manière dont ce projet avait été commandité. Le magicien était arrivé un jour à Ontoset, dans la maison de Tumacel, le plus riche prêteur de la ville. Il s'appropria plus de trente mille souverains impériaux et laissa le prêteur effaré de sa perte de liquidités. C'était la manière que Milamber avait trouvée d'échapper aux complications bureaucratiques dans lesquelles se complaisaient les Tsurani. Les marchands ou les fournisseurs qui travaillaient pour un Très Puissant devaient ensuite demander au trésor impérial de les rembourser. Au résultat, les matériaux demandés arrivaient très lentement, les services rendus ne l'étaient qu'avec un enthousiasme très modéré et en règle générale cela provoquait beaucoup de ressentiment. Milamber paya tout simplement d'avance et laissa au prêteur — qui avait plus de facilité à gérer ses pertes que la plupart des autres marchands, tout simplement parce que c'était son métier — la charge de réclamer son argent au trésor. Ce qui fascinait aussi, c'était le style des décorations de la maison. Au lieu de peintures murales aux couleurs vives, le bâtiment avait été laissé pratiquement tel quel, à l'exception d'un ou deux paysages aux couleurs neutres et naturelles. Nombre de jeunes artistes de talent furent employés à ce projet et quand tout fut fini, tout le monde s'arracha leurs services. En un mois, une nouvelle vague dans l'art tsurani venait de naître.

Cinquante esclaves travaillaient maintenant aux champs avoisinants, libres d'aller et venir comme bon leur semblait, vêtus d'habits de leur propre monde, Midkemia. Le Très Puissant était allé un jour à un marché aux esclaves et les avait emmenés avec lui sans payer.

Beaucoup de voyageurs qui arrivaient à Ontoset passaient une soirée en haut des sommets avoisinants pour voir la maison. À distance respectable, bien entendu. On questionnait souvent le berger, Xanothis, sur l'étrange Très Puissant qui vivait dans cette maison, mais l'ancien soldat souriait sans rien dire.

« L'idée que la grande faille actuelle vers Midkemia est contrôlable n'est qu'en partie exacte. » Milamber marqua une pause, laissant à son scribe le temps de finir d'écrire ce qu'il venait de lui dicter. « On constate que des failles peuvent être créées sans les déchaînements d'énergie associés à leur apparition accidentelle, que ce soit par l'entremise de sortilèges mal lancés ou par la proximité d'un trop grand nombre d'objets magiques instables. »

Quand elles seraient terminées, les recherches que faisait Milamber sur l'énergie dégagée par les failles seraient ajoutées aux archives de l'Assemblée. Comme d'autres projets qu'il avait parcourus dans les archives, les recherches sur les failles montraient à Milamber que la plupart des travaux de ses frères magiciens avaient un gros défaut. En général, les projets n'étaient pas menés jusqu'au bout, ce qui dénotait un manque de profondeur dans la réflexion. Dès que la procédure de création de failles sûres avait été établie, on avait arrêté toutes les recherches sur leur nature exacte

Il reprit sa dictée : « Ce qui manque à ce concept de contrôle, c'est la capacité à sélectionner le point de contact, la possibilité de "cibler" la faille. On a pu constater grâce à l'arrivée sur les côtes de Crydee, en Midkemia, du vaisseau transportant Fanatha, qu'il était probable que certaines affinités pouvaient exister entre une nouvelle faille en formation et une faille préexistante. Toutefois, comme le montrent certains tests ultérieurs, cette affinité est limitée et les limites en sont assez mal comprises. Même si la probabilité qu'une seconde faille apparaisse dans la même région est plus importante, ce n'est en aucun cas une certitude. »

Quand le scribe eut terminé de recopier, Milamber ajouta : « Par ailleurs, on peut se demander pourquoi les failles font montre de certaines contradictions. La taille semble relative à l'énergie déployée lors de leur formation, mais d'autres caractéristiques semblent dénuées de raisons logiques. Certaines failles sont unidirectionnelles... » Milamber avait perdu de nombreux appareils de grande valeur en découvrant cela. « ... alors que d'autres permettent des déplacements des deux côtés. Il existe aussi des "paires liées", deux failles unidirectionnelles qui apparaissent simultanément, l'une permettant l'aller et l'autre le retour entre le point d'origine et le point d'arrivée. Bien que ces failles puissent être parfois à des kilomètres de distance, elles sont liées l'une à l'autre... »

Milamber cessa de dicter, interrompu par le gong qui annonçait l'arrivée d'un membre de l'Assemblée. Il congédia son scribe et se dirigea vers la salle de transport. En chemin, il réfléchit aux raisons pour lesquelles il se plongeait dans ses recherches depuis ces deux derniers mois. Il fuyait la décision qu'il lui faudrait prendre bientôt : devait-il ou non retourner chez les Shinzawai pour chercher Katala ?

Milamber savait qu'il y avait des chances pour qu'elle ait épousé quelqu'un d'autre, car cela faisait presque cinq ans qu'ils s'étaient séparés et elle n'avait eu aucune raison de croire qu'il pourrait revenir un jour. Mais le temps et l'entraînement n'avaient en rien émoussé les sentiments qu'il ressentait pour elle. En arrivant à la salle de transport, il prit sa décision : demain, il irait la voir.

En entrant, il vit Hochopepa sortir du motif géométrique dessiné en marqueterie sur le sol. « Ah, dit le magicien replet. Te voilà. Comme cela faisait deux semaines que je ne t'avais pas vu, j'ai décidé de te rendre visite.

— Je suis bien content de te voir. Mes études sont très prenantes et un peu de répit me fera le plus grand bien. »

Ils sortirent de la pièce et passèrent dans un jardin. Hochopepa dit : « Je voulais te demander quelque chose : quel est le sens du motif que tu as choisi ? Je ne le reconnais pas. »

Milamber répondit : « C'est une représentation stylisée du motif d'une fontaine que j'ai vue un jour. Trois dauphins.

— Dauphins ? »

Milamber lui parla des mammifères marins de Midkemia, en s'asseyant sur des coussins entre deux arbres nains.

« Pourquoi les dauphins de cette fontaine ?

— Je ne sais pas. Une impulsion, peut-être. Et quand j'ai passé mon dernier test sur la tour, j'ai vu quelque chose dont je ne me suis souvenu qu'un ou deux mois après.

— Quel rapport y a-t-il entre les deux ?

— Dans la représentation de l'ultime combat contre l'Étranger, te souviens-tu d'un magicien en robe brune tout seul, qui a dévié la faille de manière à empêcher Kelewan d'entrer dans l'univers de l'Ennemi ? »

Hochopepa réfléchit. « Je ne saurais dire, Milamber. Mais le sortilège utilisé pour créer ces images nous affecte tous d'une manière différente. Si tu compares tes visions avec celles des autres, tu découvriras de grandes différences. Mais à l'époque de l'Étranger, nous avions tous des robes noires. Qui pourrait bien être ce magicien en robe brune ? »

Milamber dit : « Un homme que j'ai rencontré il y a des années.

— Impossible. Ces choses se sont passées il y a des siècles. »

Milamber sourit. « Quoi qu'il en soit, je l'ai rencontré. J'ai utilisé ce motif en souvenir de notre rencontre.

— Comme c'est étrange. On s'est posé de nombreuses questions sur le voyage dans le temps. Ce doit être la clé de toute cette histoire, à moins que ton esprit de barbare ne t'ait joué des tours lors du test », ajouta-t-il avec un sourire.

Milamber claqua dans ses mains et un serviteur apparut avec un plateau de rafraîchissements. Le serviteur, Netoha, avait été le hadonra de la famille qui résidait en ces lieux auparavant. Milamber l'avait retrouvé alors qu'il cherchait quelqu'un pour s'occuper des plantations de ses jardins. L'homme avait eu le courage de l'approcher, ce qui faisait de lui quelqu'un d'exceptionnel pour un Tsurani. Incapable, depuis la ruine de son employeur, de trouver un travail similaire à celui pour lequel il avait été formé, Netoha avait survécu tout ce temps dans la misère en grappillant ce qu'il pouvait. Milamber l'avait pris à son service, autant par sympathie que parce qu'il avait besoin de lui. Netoha avait rapidement su se rendre utile de mille manières auxquelles n'aurait jamais pensé le jeune magicien et leur relation s'avérait tout à fait satisfaisante.

Ochopepa se servit des rafraîchissements et des gâteaux qu'on lui proposait. « Je suis venu t'annoncer certaines choses. Dans deux mois va se tenir un festival impérial, avec des jeux. Seras-tu des nôtres ? »

Cela piqua la curiosité de Milamber. Il congédia Netoha d'un geste. « Et qu'est-ce qui rend ce festival si particulier ? Je ne me souviens pas t'avoir déjà vu si excité.

— Ce festival est donné par le Seigneur de Guerre en l'honneur de son neveu, l'empereur. Il prépare une nouvelle offensive de grande envergure pour la semaine juste avant les jeux et on espère qu'il annoncera le succès de sa campagne. » Il baissa la voix. « Les gens ayant accès à la cour n'ignorent pas qu'il subit actuellement beaucoup de pressions pour justifier sa conduite de la guerre devant le Grand Conseil. Selon la rumeur, il aurait dû faire de grandes concessions au parti de la Roue bleue pour bénéficier à nouveau de son aide militaire.

« Mais ce qui va rendre ces jeux exceptionnels, c'est que la Lumière du Ciel va sortir de son palais de la Contemplation, contrairement à toutes les traditions. Ce serait un bon moyen pour toi de t'introduire à la cour.

— Je suis désolé, Hocho, dit Milamber. Je n'ai pas très envie d'assister à un festival. Dans le cadre de mes études, je suis allé en voir un à Ontoset ce mois-ci. Les danses sont ennuyeuses, la nourriture est à la limite de l'ignoble et le vin est aussi plat que les conversations. Les jeux sont encore moins intéressants. Si c'est de ce genre de cour-là dont tu me parles, je m'en passerai fort bien.

— Milamber, ton éducation pêche encore par de nombreux côtés. Le fait d'avoir gagné le droit de porter la robe noire ne veut pas dire que tu as atteint toute la maîtrise de notre art. Protéger l'empire, c'est bien plus que simplement rester là à rêver à de nouvelles manières de projeter de l'énergie dans tous les sens ou de créer un chaos économique avec les prêteurs locaux. » Il choisit un autre gâteau et reprit sa réprimande. « Tu dois venir à ce festival pour plusieurs raisons, Milamber. Tout d'abord, tu es une sorte de célébrité dans ton genre pour les nobles, car d'un bout à l'autre de l'empire on parle de ta merveilleuse maison, essentiellement à cause de ces jeunes brigands que tu as si grassement payés pour te faire ces délicates peintures que tu aimes tant. On considère maintenant comme une marque de distinction le fait d'avoir le même genre de chose chez soi.

« Et ce lieu… » il désigna la maison d'un grand geste de la main, feignant l'émerveillement. « Quiconque capable de concevoir un tel édifice doit sans doute être digne d'intérêt. » Il perdit son ton moqueur et ajouta : « Au fait, ton mystérieux isolement en ces terres perdues n'a en rien diminué l'impact de toutes ces sottises. Bien au contraire, cela n'a fait qu'ajouter à ta réputation.

« Revenons-en à des raisons bien plus importantes que les obligations sociales. Comme tu le sais sans doute, on s'inquiète de plus en plus du fait que les nouvelles de la guerre soient probablement minimisées. En tant de temps, on n'a pratiquement rien gagné et on dit que l'empereur pourrait bien décider de s'opposer à la politique du Seigneur de Guerre. Si cela arrivait... » Il laissa sa phrase en suspens.

Milamber ne dit rien pendant un moment. « Hocho, je crois qu'il est temps que je te parle de quelque chose et si tu penses que cela suffit à me condamner, tu peux rentrer à l'Assemblée et m'accuser. »

Hochopepa se fit très attentif, oubliant toutes ses piques et ses remarques acerbes.

« Quand tu m'as entraîné, tu as bien fait les choses, car je ressens un réel besoin de travailler pour l'empire, au mieux de mes capacités. Je n'ai que très peu de sentiments pour ma terre natale et tu n'imagineras jamais tout ce que cela implique. Mais lors du processus qui a fait de moi ce que je suis, tu n'as jamais pu recréer en moi l'amour que je pouvais porter auparavant à Crydee. Ce que tu as créé, c'est un homme avec un sens du devoir très fort, mais sans amour pour l'objet de ce devoir. » Hochopepa resta silencieux, le temps de digérer ce que venait de lui dire Milamber, puis il acquiesça et Milamber continua.

« Il se peut que je sois la plus grande menace pour l'empire depuis que l'Étranger a envahi vos cieux, car si je m'implique dans votre politique, la justice que je représenterai sera sans merci. Je suis au courant de toutes ces histoires de factions, de l'interpénétration des familles au sein des divers partis et de toutes les conséquences de ces actes. Crois-tu donc que parce que je reste en haut de ma colline au beau milieu des terres de l'est, je ne me rends pas compte des changements et de tout ce qui agite la fourmilière politique de la capitale ? Bien sûr que non. Si le parti de la Roue bleue s'effondre et que ses membres rejoignent le parti de la Guerre ou les Impériaux, tous les petits marchands dans les rues d'Ontoset en parlent dès le lendemain sur la place du marché. Je sais tout ce qu'il se passe aussi bien que n'importe qui d'autre qui ne serait pas impliqué directement dans tout cela. Et pendant les quelques mois que j'ai passés ici, je suis parvenu à une conclusion : l'empire est en train de se tuer lui-même. »

Son aîné ne dit rien pendant un moment, puis il demanda : « T'es-tu vraiment demandé les raisons profondes pour lesquelles notre système se retourne ainsi contre nous ? »

Milamber se leva pour faire les cent pas. « Bien entendu. Je suis en train d'étudier tout cela et j'ai choisi d'attendre avant d'agir. J'ai besoin de plus de temps pour mieux comprendre l'histoire, que tu m'as si bien enseignée. Mais j'ai déjà quelques idées sur ce qui ne va pas et cela me fournit un point de départ. » Il inclina la tête, pour voir s'il devait continuer. Hochopepa lui fit signe que oui. « Il me semble que plusieurs problèmes se posent, des problèmes dont je ne peux qu'imaginer l'impact réel sur l'empire.Tout d'abord » — il leva l'index — « les gens qui détiennent le pouvoir se préoccupent plus de leur propre grandeur que du bien de l'empire. Et comme la population pense qu'ils représentent l'empire, il est facile de ne pas remarquer que celui-ci s'effondre sur lui-même.

— Qu'entends-tu par là ? demanda le vieux magicien.

— Quand tu penses à l'empire, qu'est-ce qui te vient à l'esprit ? L'histoire de l'expansion territoriale ? La montée en puissance de l'Assemblée ? Peut-être penses-tu à une chronique des dirigeants ? Quoi qu'il en soit, on oublie l'évidence. L'empire, c'est tous ceux qui vivent à l'intérieur des frontières, depuis les nobles jusqu'au plus humble des serviteurs, y compris les esclaves qui travaillent dans les champs. Il doit être considéré comme un tout et non pas comme incarné par une infime fraction que tout le monde voit, comme le Seigneur de Guerre ou le Grand Conseil. Tu comprends ? »

Hochopepa semblait troublé. « Je n'en suis pas sûr, mais je crois... continue.

— Si ce que je dis est vrai, déduis-en toi-même les conséquences. Deuxièmement, il ne faut jamais que le besoin de stabilité prime sur le besoin de se développer.

— Mais nous nous développons depuis toujours ! objecta Hochopepa.

— Inexact, corrigea Milamber. Ce que vous développez depuis

toujours, c'est votre territoire et cela peut ressembler effectivement à un développement si l'on n'y regarde pas de trop près. Mais alors que vos armées vous rapportaient constamment de nouvelles terres, qu'est-il arrivé à votre art, à votre musique, à votre littérature, à vos recherches ? Même l'Assemblée dont tous se vantent se contente d'affiner des connaissances qui existent déjà. Tu semblais dire tout à l'heure que je perdais mon temps à trouver de nouvelles manières “de projeter de l'énergie dans tous les sens”. Eh bien qu'y a-t-il de mal à cela ? Rien. Mais il y a quelque chose qui ne va pas dans une société qui considère d'office comme suspect tout ce qui est nouveau.

« Regarde autour de toi, Hocho. Vos artistes sont scandalisés parce que j'ai décrit des peintures de ma jeunesse et quelques rares jeunes artistes en ont été tout excités. Vos musiciens passent leur temps à apprendre de vieilles chansons, à la perfection, à la note près et personne n'en compose de nouvelles, ils ne se permettent que quelques variations brillantes sur des mélodies vieilles de plusieurs siècles. Personne ne crée de nouvelles épopées, ils ne redisent que les anciennes. Hocho, votre peuple stagne. Cette guerre en est un exemple de plus. Elle n'a aucune justification, vous la faites par simple habitude, afin que certains groupes gardent le pouvoir, pour que les riches deviennent encore plus riches et pour perpétuer le jeu du Conseil. Et à quel prix ! Des milliers de vies perdues chaque année, les vies de ceux qui sont l'empire, ses propres citoyens. L'empire est un cannibale qui dévore son propre peuple. »

Le vieux magicien semblait dérouté par tout cela, qui était en parfaite contradiction avec ce qu'il avait toujours cru voir : une culture en perpétuel développement, énergique, vivante.

« Troisièmement, dit Milamber, si je dois servir l'empire et que l'ordre social est responsable de la stagnation, il est de mon devoir de changer cet ordre social, même si je dois le détruire. »

Hochopepa était atterré. Le raisonnement de Milamber était sans faille, mais la solution qu'il suggérait était potentiellement pleine de risques pour tout ce qu'il connaissait et révérait. « Je comprends ce que tu veux dire, Milamber, mais ce dont tu parles est trop difficile à envisager comme ça, d'un coup. »

Milamber prit un ton rassurant. « Je ne veux pas dire que la destruction de l'ordre social actuel soit la seule solution, Hocho. J'ai employé cette image pour te choquer et te faire comprendre une chose. L'objet de mes recherches actuelles, ce n'est pas seulement la maîtrise visible de l'énergie, mais aussi la compréhension de la nature du peuple tsurani et de l'empire. Crois-moi, je suis décidé à prendre le temps qu'il faudra pour cela. J'envisage d'en passer un peu dans les archives. »

Hochopepa fronça les sourcils et il regarda son jeune ami. « Attention, tu pourrais trouver certaines choses dérangeantes dans ces archives. Comme je te l'ai dit, ton éducation n'est pas terminée. »

Milamber baissa la voix. « J'ai déjà découvert certaines choses dérangeantes, Hocho. La majeure partie de ce que les nations considèrent comme une vérité n'est fondée que sur des mensonges. »

Hochopepa sembla inquiet. « Il y a des choses qui sont interdites à tous sauf aux membres de l'Assemblée, Milamber, et il n'est pas sage d'en parler même à tes frères. » Il détourna les yeux et réfléchit. « Toutefois, quand tu auras fini de fouiner dans ces vieilles cryptes moisies, si tu as envie de parler de tes découvertes, tu trouveras en moi une oreille consentante. » Il regarda de nouveau son ami. « Je t'apprécie et je trouve que tu nous apportes quelque chose de neuf et de rafraîchissant, Milamber, mais beaucoup de gens préféreraient te voir mort. Ne va pas parler de cette recherche sur la société à qui que ce soit hormis à Shimone ou à moi-même.

— D'accord. Mais quand j'aurai découvert ce que je dois faire, j'agirai. »

Hochopepa se leva, l'air inquiet. « Ce n'est pas que je ne sois pas d'accord avec toi, mon ami, c'est juste qu'il me faut du temps pour assimiler ce dont tu viens de me parler.

— Je ne pouvais faire autrement que te dire la vérité, Hocho, en dépit du fait qu'elle soit extrêmement troublante. »

Hochopepa sourit. « C'est une chose que j'apprécie, Milamber. Il me faut quelque temps pour réfléchir à cette proposition. » Un peu de sa bonne humeur lui revint. « Tu m'accompagnerais à l'Assemblée ? Tu en as été absent assez longtemps, avec cette maison à faire construire et tout le reste. Tu ferais bien de te montrer une fois de temps en temps. »

Milamber sourit à son ami. « Bien entendu. » Il fit signe à Hochopepa de passer le premier. En y allant, Hochopepa proposa : « Si tu veux étudier notre culture, Milamber, je maintiens ce que je t'ai dit pour le festival impérial. Il va y avoir plus d'activité politique au milieu des sièges de l'arène en une seule journée qu'en tout un mois de séances du Grand Conseil. »

Milamber se tourna vers Hochopepa. « Tu as peut-être raison. Je vais y réfléchir. »

Quand ils arrivèrent sur le motif de l'Assemblée, Shimone était là. Il les salua en inclinant la tête et dit : « Bienvenue. J'allais justement vous chercher. »

Hochopepa dit, légèrement amusé : « Sommes-nous donc si vitaux pour les affaires de l'Assemblée que l'on doive t'envoyer nous chercher ? »

Shimone inclina légèrement la tête. « Peut-être, mais pas aujourd'hui. Je pensais juste que les affaires à l'ordre du jour avaient des chances de vous intéresser. »

Milamber demanda : « Qu'y a-t-il ?

— Le Seigneur de Guerre a fait parvenir des messages à l'Assemblée et Hodiku désire poser des questions à ce sujet. Pressons, ils vont bientôt commencer. »

Ils se dirigèrent rapidement vers le hall central de l'Assemblée et entrèrent. On avait disposé dans la grande pièce une série de bancs pour former un amphithéâtre. Ils prirent des sièges dans les premiers rangs. Il y avait déjà là plusieurs centaines de Très Puissants en robe noire. Au centre se trouvait Fumita, l'ancien frère du seigneur des Shinzawai, seul. Il devait assurer la séance du jour, qui était tirée au sort entre les participants. Milamber n'avait vu Fumita que deux fois depuis que celui-ci l'avait conduit à l'Assemblée.

Shimone dit : « Cela fait presque trois semaines qu'on ne t'a pas vu à l'Assemblée, Milamber.

— Je m'excuse, mais je devais mettre ma maison en ordre.

— C'est ce que j'ai entendu dire. Tu es le sujet de nombreuses discussions à la cour impériale. Je crois savoir que le Seigneur de Guerre lui-même aimerait beaucoup te rencontrer.

— Un jour, peut-être. »

Hochopepa dit à Shimone : « Qui arriverait à comprendre un tel homme ? Se mettre en tête de construire une telle maison. » Il se tourna vers Milamber. « La prochaine fois, tu vas nous dire que tu as décidé d'épouser une femme. »

Milamber éclata de rire. « Alors ça, Hocho, comment as-tu deviné ? »

Les yeux d'Hochopepa s'écarquillèrent. « Tu ne vas pas faire ça !

— Et pourquoi pas ?

— Milamber, ce n'est pas une sage décision, crois-moi. Je regrette encore aujourd'hui mon propre mariage.

— Hocho, je ne savais pas que tu étais marié.

— Je préfère en parler le moins possible. Ma femme est quelqu'un de bien, mais elle a la langue acérée et l'esprit caustique. Dans ma propre maison, je ne suis guère plus qu'un serviteur parmi tant d'autres à envoyer faire telle ou telle chose. C'est pourquoi je ne vais la voir qu'aux jours prescrits. Ce serait mauvais pour mes nerfs de la voir plus souvent. »

Shimone demanda : « Qui donc est ta future, Milamber ? Une jeune noble ?

— Non. Elle était esclave chez les Shinzawai. »

Hochopepa réfléchit tout haut : « Une esclave... mmouais. Ça marchera peut-être, alors. »

Milamber et Shimone rirent. Plusieurs autres magiciens les regardèrent avec curiosité, car en général, l'Assemblée n'était pas le lieu idéal pour s'amuser.

Fumita leva la main et l'Assemblée retrouva son calme. « Aujourd'hui, l'Assemblée entendra une question soulevée par Hodiku. »

Un Très Puissant très maigre, la tête rasée et le nez crochu, se leva de son siège pour faire face à Milamber et Hochopepa au centre de l'amphithéâtre. Il regarda les magiciens assemblés dans la salle, puis prit la parole. « Je viens aujourd'hui pour parler de l'empire. » C'était la formule d'introduction rituelle pour toute affaire portée devant l'Assemblée. « Je parle pour le bien de l'empire, ajouta-t-il, pour finir le rituel. Je m'inquiète de la demande d'aide du Seigneur de Guerre reçue aujourd'hui pour intensifier la guerre contre le monde de Midkemia. »

Il y eut un chœur de huées et de cris où l'on entendit des « Politique ! » et des « Assis ! » dans toute la salle. Shimone et Hochopepa se retrouvèrent bientôt debout avec les autres en criant : « Laissez-le parler ! »

Fumita leva la main pour faire le silence et la pièce se calma rapidement. Hodiku poursuivit. « Il existe un précédent. Il y a quinze ans, l'Assemblée a donné ordre au Seigneur de Guerre de mettre fin à la guerre contre la confédération Thuril. »

Un autre magicien bondit de son siège. « Si la conquête de Thuril s'était poursuivie, il y aurait eu trop peu d'hommes au nord pour repousser la migration thūn de l'année. C'était clairement dans le but de sauver la province de Szetac et la Cité sainte. Nos frontières nord sont parfaitement sûres, maintenant. La situation n'est plus la même. »

Des disputes éclatèrent dans toute la salle et il fallut à Fumita un long moment pour restaurer l'ordre. Hochopepa se leva et dit :

« J'aimerais qu'Hodiku nous expose les raisons pour lesquelles il considère que cette requête est vitale pour la sécurité de l'empire. Tout magicien volontaire est libre de participer à la conquête.

— C'est le problème, répondit Hodiku. Rien n'empêche un magicien qui pense que cette guerre de conquête dans un autre espace-temps est une bonne chose pour l'empire. Sans les Robes noires qui servent déjà le Seigneur de Guerre, jamais la faille n'aurait pu être utilisée à une telle chose. C'est le fait qu'il en fasse appel directement à l'Assemblée que je trouve inacceptable. Que cinq ou six magiciens décident de servir la guerre, ou même d'aller dans cet autre monde pour risquer leur vie au combat, c'est leur problème. Mais qu'un seul magicien réponde à cette demande sans en peser toutes les conséquences et l'Assemblée semblera à tous soumise aux décisions du Seigneur de Guerre. »

Plusieurs magiciens applaudirent à cet argument et d'autres semblèrent en considérer les mérites. Seuls quelques-uns huèrent. Hochopepa se leva de nouveau. « J'aimerais faire une proposition. Je pourrais, au nom de l'Assemblée, envoyer un message au Seigneur de Guerre lui exprimant nos regrets du fait que l'Assemblée en tant qu'entité ne peut exiger de ses magiciens qu'ils obéissent à ses ordres, mais qu'il est libre de requérir les services de tout magicien qui accepterait de travailler pour lui. »

Un murmure d'approbation général parcourut la pièce et Fumita demanda : « Hochopepa propose d'envoyer un communiqué d'ordre politique au Seigneur de Guerre au nom de l'Assemblée. Quelqu'un a-t-il des objections ? » Il n'y en eut pas. « L'Assemblée remercie Hochopepa pour sa sagesse. »

Il garda le silence un moment, puis dit : « Une autre question demande notre attention : le novice Shiro n'a pas les qualités morales nécessaires à la pratique de la haute magie. Les sondages mentaux nous ont révélé qu'il avait des convictions anti-impériales, acquises pendant sa jeunesse auprès de sa grand-mère maternelle, une femme de Thuril. L'Assemblée est-elle d'accord ? »

Les mains se levèrent, chacune nimbée d'une lumière colorée exprimant le vote des magiciens. Vert pour la vie, rouge pour la mort et bleu pour l'abstention. Milamber vota l'abstention, mais les autres votes furent unanimement pour la mort. Une Robe noire se leva et Milamber sut que dans les minutes qui suivraient, le novice serait assommé puis téléporté au fond du lac où son corps sans vie reposerait, trop froid pour remonter à la surface.

Après la fin de la séance, Shimone dit : « Tu devrais faire attention à venir plus souvent, Milamber. On ne te voit pratiquement plus. Et tu passes trop de temps seul. »

Milamber sourit. « C'est vrai, mais j'envisage de remédier à cette situation dès demain. »

Le gong résonna dans toute la maison et les serviteurs se précipitèrent pour préparer l'arrivée du Très Puissant. Kamatsu, le seigneur des Shinzawai, savait qu'un Très Puissant avait sonné le gong dans les salles de l'Assemblée pour ici, afin d'annoncer son arrivée imminente.

Dans la chambre de Kasumi, Laurie et le fils aîne de la maison étaient plongés dans une partie de pashawa, un jeu qui se jouait avec des morceaux de papier rigides et peints. C'était un jeu courant dans les brasseries et les auberges de Midkemia, un détail supplémentaire à connaître pour le jeune Tsurani qui voulait maîtriser chaque aspect de la vie de Midkemia.

Kasumi se leva. « C'est très probablement mon oncle. Il faut que j'y aille. »

Laurie sourit. « Est-ce que ça ne serait pas plutôt l'envie de ne pas perdre ? »

Le Tsurani secoua la tête. « Je crains d'avoir créé des problèmes dans ma propre maison. Tu n'as jamais fait un bon esclave, Laurie, et tu es devenu de plus en plus indocile. Il est bon pour toi que je t'apprécie. »

Ils rirent tous les deux et le fils aîné de la maison sortit. Quelques minutes plus tard, un esclave accourut et informa Laurie que le seigneur de la maison exigeait sa présence immédiate. Il se leva d'un bond, plus à cause de l'agitation évidente de l'esclave que pour réellement obéir à l'ordre. Il courut vers les appartements du seigneur et frappa au chambranle de la porte. La porte coulissa, poussée par Kasumi. Laurie entra, vit le seigneur des Shinzawai en compagnie de son hôte et il fut pris d'une profonde confusion.

L'hôte portait la robe noire des Très Puissants tsurani, mais il avait le visage de Pug. Laurie ouvrit la bouche, s'arrêta, puis reprit : « Pug ? »

Le seigneur de la maison sembla furieux de ce comportement outrageant de la part d'un esclave, mais son rappel à l'ordre fut coupé par le Très Puissant. « Puis-je disposer de cette salle quelques minutes, monseigneur ? Je désirerais parler à cet esclave en privé. »

Kamatsu, le seigneur des Shinzawai, s'inclina avec raideur. « Comme vous voudrez, Très Puissant. » Il sortit de la pièce, suivi de son fils. Il était encore sous le choc de l'arrivée de l'ancien esclave et troublé par des émotions conflictuelles qui s'agitaient en lui. Qu'il soit en effet un Très Puissant, nul ne pouvait en douter : sa manière d'arriver le prouvait. Mais Kamatsu ne pouvait s'empêcher de penser que cette arrivée sonnait le désastre du plan que son fils et lui préparaient si soigneusement depuis neuf ans.

Milamber prit la parole. « Ferme la porte, Laurie. »

Laurie la ferma, puis il regarda son ancien ami. Il semblait en bonne santé, mais il avait beaucoup changé. Il avait presque un port de roi, comme si le pouvoir dont il disposait maintenant reflétait une force intérieure qu'il n'avait pas auparavant.

« Je... », commença Laurie, qui, ne sachant que dire, retomba dans le silence. Finalement, il demanda : « Ça va ? »

Milamber acquiesça. « Tout va bien, mon vieil ami. »

Laurie sourit, traversa la pièce et prit son ami dans ses bras. Puis il s'écarta. « Laisse-moi te regarder. »

Milamber sourit. « Je m'appelle Milamber, Laurie. Le Pug que tu connaissais est aussi mort que des fleurs vieilles d'un an. Viens, assieds-toi et causons. »

Ils s'assirent à la table et se servirent deux coupes de chocha. Laurie sirota le breuvage amer et dit : « On n'a jamais eu de nouvelles de toi. Au bout d'un an, je me suis dit que tu étais perdu. Je suis désolé. »

Milamber acquiesça. « C'est comme ça, avec l'Assemblée. En tant que magicien, je suis censé oublier mes attaches, sauf dans un cadre social acceptable. Cornme je n'avais pas de clan ni de famille, je n'avais pas à renoncer à quoi que ce soit. Et tu as toujours été un pauvre esclave incapable de savoir quelle était sa place. Comment trouver un meilleur ami pour un renégat, un magicien barbare ? »

Laurie opina. « Je suis content que tu sois revenu. Tu vas rester ? »

Milamber secoua la tête. « Je n'ai pas ma place ici. En plus, j'ai du travail à faire. J'ai maintenant ma propre demeure, près de la ville d'Ontoset. Je suis venu pour toi. Et Katala si... » Sa voix mourut, comme s'il avait peur de poser la question.

Comprenant sa détresse, Laurie dit : « Elle est encore ici et elle n'a toujours pas pris d'époux. Elle ne voulait pas t'oublier. » Il sourit. Par les dieux de Midkemia ! Ça m'est complètement sorti de l'idée. Tu ne pouvais pas savoir.

— Quoi ?

— Tu as un fils. »

Milamber en fut estomaqué. « Un fils ? »

Laurie éclata de rire. « Il est né huit mois après qu'on t'a enlevé. C'est un bon garçon et Katala est une bonne mère. »

Milamber se sentit comblé par cette nouvelle et il dit : « S'il te plaît, tu veux bien l'amener ici ? »

Laurie se leva. « Tout de suite. »

Il sortit de la pièce en courant. Milamber resta assis, luttant contre ses émotions. Il se servit de ses pouvoirs de magicien pour détendre son esprit et se calmer.

La porte coulissa et Katala apparut, l'air hésitante. Laurie se tenait derrière, un garçon d'environ quatre ans dans les bras.

Milamber se leva et lui tendit les bras. Katala se précipita vers lui et il en pleura presque de joie. Ils se serrèrent doucement un moment, puis elle murmura : « Je te croyais disparu à jamais. J'espérais... mais je te croyais disparu. »

Ils restèrent là de longues minutes, chacun jouissant éperdument de la présence de l'autre, jusqu'à ce qu'elle s'écarte. « Il faut que tu voies ton fils, Pug. »

Laurie s'avança avec le garçon. Il regarda Milamber avec de grands yeux bruns. C'était un garçon bien fait, qui ressemblait beaucoup à sa mère, mais quelque chose dans la manière dont il inclinait la tête le faisait ressembler au garçon qui avait vécu au château de Crydee. Katala le prit des bras de Laurie et le passa à Milamber. « William, voici ton père. »

Le garçon sembla prendre la nouvelle avec un certain scepticisme. Il se risqua à faire un sourire timide, mais il s'écarta, gardant une certaine distance. « Je veux par terre », dit-il brusquement. Milamber rit et reposa le garçon. Il regarda son père, puis il perdit immédiatement tout intérêt pour cet étranger en noir. « Ooh ! » s'écria-t-il et il courut jouer avec les pièces du jeu de shāh du seigneur des Shinzawai.

Milamber le regarda un moment, puis il dit : « William ? »

Katala se tenait à côté de lui, les bras autour de sa taille, le serrant comme si elle avait peur qu'il disparaisse encore. Laurie dit : « Elle voulait lui donner un nom midkemian, Milamber. »

Katala sursauta : « Milamber ?

— C'est mon nouveau nom, mon amour. Il va falloir t'habituer à m'appeler par ce nom. » Elle fronça les sourcils, l'idée ne lui plaisait pas tout à fait. « Milamber », répéta-t-elle pour essayer. Elle haussa les épaules. « C'est un bon nom.

— Pourquoi William ? »

Laurie s'approcha du garçon, qui essayait d'empiler les pièces les unes sur les autres et il les lui retira doucement des mains. Le garçon lui jeta un regard noir. « Je veux jouer », dit-il d'un air indigné.

Laurie le souleva et dit : « Je lui ai proposé plein de noms et elle a choisi celui-ci.

— La sonorité me plaisait, dit-elle. William. »

En entendant son nom, le garçon regarda sa mère : « J'ai faim.

— Je préférais James ou Owen, mais elle a insisté », dit Laurie, alors que le garçon essayait de se dégager de ses bras.

Katala l'attrapa. « Il faut que je le nourrisse. Je vais l'emmener à la cuisine. » Elle embrassa Milamber et sortit de la pièce.

Le magicien resta silencieux un moment. « C'est encore mieux que tout ce que j'avais espéré. J'avais peur qu'elle en ait trouvé un autre.

— Pas elle, P... Milamber. Elle ne voulait même pas entendre parler de tous ceux qui l'ont courtisée et il y en a eu un bon nombre. C'est une sacrée femme. N'en doute pas.

— Je n'en douterai jamais, Laurie. »

Ils s'assirent. Un toussotement les fit se retourner. Kamatsu se tenait sur le pas de la porte. « Puis-je entrer, Très Puissant ? »

Milamber et Laurie commencèrent à se lever et le seigneur de la maison leur fit signe de rester où ils étaient. « Non, restez assis. » Kasumi entra derrière son père et ferma la porte. Milamber remarqua que le fils de la maison portait des vêtements de style midkemian. Il haussa un sourcil, mais ne fit rien remarquer.

Le chef de la famille Shinzawai semblait extrêmement troublé et il tenta de rassembler ses esprits. Au bout d'un certain temps, il dit : « Très Puissant, puis-je être franc avec vous ? Votre arrivée aujourd'hui est inattendue et elle pourrait causer de nombreux problèmes.

— Je vous en prie, dit Milamber. Je ne veux en aucun causer de troubles dans votre maisonnée, monseigneur. Je veux juste ma femme et mon fils. Et je vous demanderai aussi cet esclave. » Il montra Laurie.

« Comme vous voudrez, Très Puissant. Il est bon, bien entendu, que la femme et l'enfant partent avec vous. Mais si je puis me permettre de vous faire une demande, je vous prie de permettre à cet esclave-ci de rester. »

Milamber les dévisagea. Les deux Shinzawai restaient maîtres d'eux-mêmes, mais à la manière dont ils échangeaient des regards et dont ils regardaient Laurie, ils cachaient mal leur détresse. Quelque chose avait changé ces cinq dernières années, ici. La relation entre les différentes personnes dans la pièce n'était pas une relation normale de maître à esclave.

« Laurie ? » Milamber regarda son ami. « Qu'y a-t-il ? »

Laurie regarda les deux autres hommes, puis Milamber. « Il va falloir que je te demande de me promettre quelque chose. »

Kamatsu, choqué, retint sa respiration. « Laurie ! Comment osez-vous ? On ne marchande pas avec un Très Puissant. Leurs paroles sont la loi. »

Milamber leva la main. « Non. Laissez-le parler. »

D'un ton implorant, Laurie dit à son ami : « Je ne connais pas grand-chose à tout cela, Milamber. Tu sais que je n'ai pas le sens du protocole. Il se peut que je viole la coutume, mais je te le demande en souvenir de notre amitié. Jurerais-tu que tu garderas pour toi ce que tu entendras dans cette pièce ? »

Le magicien réfléchit. Il pouvait ordonner au seigneur des Shinzawai de tout lui dire et l'homme le ferait, aussi sûrement qu'un soldat obéit aux ordres qu'on lui donne, mais son amitié pour le troubadour lui importait beaucoup. « Je vous donne ma parole que je ne répéterai pas ce que vous allez me dire. »

Laurie poussa un soupir et sourit. Les Shinzawai semblèrent se détendre un peu. Laurie dit : « J'ai passé un marché avec mon seigneur ici présent. Quand nous aurons accompli certaines tâches, on me rendra ma liberté. »

Milamber secoua la tête. « Ce n'est pas possible. La loi ne permet pas à un esclave d'être libéré. Même le Seigneur de Guerre ne peut libérer un esclave. »

Laurie sourit : « Et toi-même ? »

Milamber répondit d'un ton inflexible : « Je suis en dehors de la loi. Nul ne peut me commander. Serais-tu magicien ?

— Non, Milamber, rien de tout cela. Il est vrai qu'ici, je ne peux être qu'esclave. Mais je ne serai pas ici. Je vais rentrer à Midkemia. »

Milamber s'étonna. « Comment serait-ce possible ? Il n'y a qu'une seule faille allant à Midkemia et elle est sous le contrôle de mages voués au Seigneur de Guerre. Il n'y en a pas d'autre, sinon je le saurais.

— Nous avons un plan. C'est compliqué et ça prendrait beaucoup de temps à t'expliquer, mais en quelques mots, voici : je vais accompagner Kasumi déguisé en prêtre de Tukamaru le Rouge. Il va diriger des troupes fraîches pour le front. Personne ne sera choqué par ma taille, car les prêtres du Rouge bénéficient de grandes litières. Les troupes seront toutes loyales aux Shinzawai. Quand nous serons en Midkemia, nous nous glisserons au travers des lignes et rejoindrons les forces du royaume. »

Milamber acquiesça. « Maintenant, je comprends mieux les cours de langue et les vêtements. Mais dis-moi, Laurie. Tu serais prêt à espionner pour le compte des Tsurani en échange de ta liberté ? » Sa voix n'exprimait aucune désapprobation, c'était une simple question.

Laurie rougit. « Je ne vais pas servir d'espion. Je vais servir de guide. Je dois mener Kasumi à Rillanon, pour qu'il puisse voir le roi.

— Pourquoi ? » demanda Milamber, surpris.

Kasumi l'interrompit : « Je vais aller voir le roi pour lui faire une proposition de paix. »

Milamber s'insurgea : « Comment pouvez-vous envisager de mettre fin à la guerre alors que le parti de la Guerre contrôle toujours le Grand Conseil ?

— Il y a une chose qui joue en notre faveur, répondit Kamatsu. Cette guerre dure depuis neuf ans et personne n'en voit la fin. Très Puissant, je ne prétends pas vous apprendre quoi que ce soit, mais puis-je me permettre d'expliquer certains points obscurs ? »

Milamber lui fit signe de continuer. Kamatsu prit une gorgée de boisson. « Depuis la fin de la guerre contre la confédération Thuril, le parti de la Guerre a du mal à maintenir sa position dominante dans le Grand Conseil. Chaque incident de frontière avec Thuril a déclenché une demande de reprise du conflit. Grâce aux combats sur la frontière et aux tentatives répétées des Thūn de traverser les passes au nord pour récupérer leurs terres du sud, le parti de la Guerre réussit tout juste à maintenir son hégémonie. Une coalition menée par le parti de la Roue bleue s'apprêtait il y a dix ans à les déloger, mais c'est à ce moment-là que l'Assemblée découvrit la faille menant à votre monde natal. Dès que l'on apprit combien ce monde était riche en métaux, le conseil appela à la guerre. Nous avons perdu à cet instant-là tout le travail accompli pendant des années.

« Alors nous nous sommes immédiatement mis en devoir de lutter contre cette folie. Les métaux que nous extrayons dans votre monde sont, d'après les dires de Laurie, tirés de mines abandonnées que ceux que vous appelez les nains considèrent comme sans intérêt. Tout ceci n'est rien de plus pour Tsuranuanni qu'une excuse pour lever à nouveau le drapeau de la guerre et faire couler le sang.

« Vous connaissez notre histoire. Vous savez combien il est difficile pour nous de régler nos différends de manière pacifique. J'ai été soldat et je connais les honneurs de la guerre. Je sais aussi quel gâchis cela peut être. Laurie m'a convaincu que mes soupçons sur les habitants du royaume étaient fondés. Vous n'êtes pas un peuple très guerrier, malgré vos nobles et leurs armées personnelles. Vous auriez accepté de commercer. »

Milamber l'interrompit. « C'est tout à fait exact. Mais je ne suis pas sûr que cela ait une quelconque influence sur la situation actuelle. Cela faisait presque cinquante an que mon ancienne nation n'avait pas participé à une grande guerre, juste quelques escarmouches avec les gobelins du nord et le long de nos frontières avec Kesh. Vous avez donné le goût du sang aux armées du royaume. La nation a été envahie sans raison. Ils n'accepteront pas, je crois, de tout arrêter juste comme ça et de pardonner ce qui a été fait. Il y aura une demande de rétribution, ou au moins des réparations. Le Grand Conseil accepterait-il de renoncer à l'honneur de Tsuranuanni et de payer une rétribution pour les torts causés par ses soldats ?

Le seigneur de Shinzawai se troubla. « Le conseil, non, j'en suis sûr. Mais l'empereur le ferait.

— L'empereur ? fit Milamber, surpris. Qu'a-t-il donc à voir dans tout cela ?

— Ichindar, le ciel le bénisse, pense que la guerre est en train de saigner l'empire aux quatre veines. Lors de notre campagne contre les Thuril, nous avons appris que certaines frontières étaient simplement trop vastes et trop éloignées de l'empire pour être contrôlables, sauf à un coût bien supérieur aux gains potentiels. La Lumière du Ciel sait qu'il ne peut y avoir de frontière plus vaste ni plus lointaine que celle que nous avons trouvée à Midkemia. Il est en train de s'impliquer dans le jeu du Conseil. C'est peut-être le plus grand des jeux jamais joué de toute l'histoire de Tsuranuanni. La Lumière du Ciel désire obliger le Seigneur de Guerre à faire la paix et même lui retirer son office si nécessaire. Mais il ne prendra pas le risque de faire une telle entorse à nos traditions s'il n'est pas certain de la volonté du roi Rodric de conclure un accord. Il doit arriver devant le Grand Conseil avec une paix toute prête. Sinon les risques seraient trop grands.

« On n'a commis de régicide qu'une seul fois dans toute l'histoire de l'empire, Très Puissant. Le Grand Conseil a acclamé l'assassin et l'a nommé empereur. C'était le fils de l'homme qu'il venait de tuer. Son père avait tenté d'imposer des taxes aux temples et ce fut la dernière fois qu'un empereur s'impliqua dans le jeu du Conseil. Il nous arrive d'être durs, Très Puissant, même avec nous-mêmes et jamais un empereur n'aura tenté de faire ce que cherche à faire Ichindar et ce que d'autres, beaucoup d'autres, considéreront comme une abdication de l'honneur de l'empire, un acte inimaginable. Mais s'il peut offrir la paix au conseil, alors il sera clair pour tous que les dieux ont donné leur bénédiction à ce projet et nul n'osera le contester.

— Vous risquez gros, seigneur des Shinzawai.

— J'aime ma nation et l'empire, Très Puissant. Je mourrais volontiers au combat pour lui et j'ai souvent risqué ma vie quand j'étais plus jeune, lors des campagnes de Thuril. Je risquerais aussi ma vie, celle de mes enfants, l'honneur de ma famille et de mon clan pour remettre l'empire sur pied. L'empereur est prêt à le faire lui aussi. Nous sommes des gens patients. Ce plan nous a demandé des années de préparatifs. Le parti de la Roue bleue est depuis longtemps l'allié secret du parti de la Paix. Nous avons retiré nos troupes à la troisième année de guerre pour embarrasser le Seigneur de Guerre et pour que Kasumi ait le temps de s'entraîner au voyage à venir. Nous avons passé plus d'un an à aller voir les différents seigneurs du parti de la Roue bleue et du parti de la Paix pour nous assurer de la coopération de chaque membre lors du jeu du Conseil, avant que Laurie et vous ne veniez ici comme tuteurs.

« Nous sommes tsurani et la Lumière du Ciel ne permettrait pas que nous tentions une ouverture si nous n'avions pas un messager parfaitement prêt. Nous avons fait de Kasumi ce messager, en nous efforçant de lui donner le plus de chances possible d'arriver sans encombre devant votre roi. Il doit en être ainsi, car si jamais quelqu'un qui ne fait pas partie de nos factions entend parler de notre tentative et qu'elle échoue, de nombreuses têtes, y compris la mienne, tomberaient. C'est le prix à payer quand on perd au jeu. Si vous emmenez Laurie, Kasumi n'a que peu de chances d'atteindre le roi de votre ancien monde et l'effort de paix sera reporté jusqu'à ce que nous puissions trouver un autre guide auquel nous puissions faire un parfaite confiance, ce qui prendra sans doute au moins deux ans. La situation a atteint un point critique. Le parti de la Roue bleue s'est de nouveau rangé du côté de l'Alliance pour la Guerre, après des années de négociations avec le parti de la Guerre et des milliers d'hommes sont envoyés au front pour que Kasumi puisse se glisser entre les lignes du royaume afin d'atteindre votre ancien pays. Ce sera bientôt le bon moment. Réfléchissez aux conséquences ne serait-ce que d'une seule année de guerre supplémentaire. En conquérant votre pays natal, le Seigneur de Guerre pourrait se protéger de toutes nos manœuvres. »

Milamber pesa ce qu'on venait de lui dire, puis il demanda à Kasumi : « Quand ? »

Kasumi répondit : « Bientôt, Très Puissant, c'est une question de semaines. Le Seigneur de Guerre a des espions partout et il a quelques indices concernant nos plans. Il se méfie du revirement soudain du parti de la Roue bleue au sein du conseil, mais il ne peut pas refuser notre aide. Il faut qu'il obtienne une victoire capitale. Il prévoit de lancer une grande offensive au printemps contre les forces des ducs Borric et Brucal, l'armée principale. Elle est prévue juste avant le festival impérial, orchestrée de manière à annoncer la victoire lors des jeux impériaux, pour sa gloire personnelle. »

Kamatsu dit : « C'est un peu comme un gambit final au shāh, Très Puissant. Une victoire écrasante permettrait au Seigneur de Guerre de prendre le contrôle du Grand Conseil, mais nous en preñons le risque pour pouvoir jouer notre coup final. Le front sera plongé dans le chaos à cause des préparatifs de l'offensive. C'est là que Kasumi et Laurie auront les meilleures chances de s'éclipser. Si le roi Rodric accepte, la Lumière du Ciel pourra apparaître devant le Grand Conseil avec une déclaration de paix et tout ce sur quoi se fondent le pouvoir et l'influence du Seigneur de Guerre tombera en poussière. En terme de shāh, nous exposons notre dernière pièce pour que notre empereur puisse mettre en échec un seigneur de guerre. »

Milamber rēsta pensif un moment. « Votre plan est des plus risqués, seigneur des Shinzawai. Je respecterai ma parole et ne dirai rien. Laurie peut rester ici. » Il regarda Laurie. « Puissent les dieux de nos ancêtres te protéger et t'assurer le succès. Je prie pour que cette guerre puisse bientôt prendre fin. » Il se leva. « Si cela ne vous dérange pas, je vais me retirer. Je voudrais ramener ma femme et mon enfant chez moi, maintenant. »

Kasumi se leva et s'inclina. « J'aimerais ajouter une chose, Très Puissant. »

Milamber lui fit signe de continuer. « Il y a des années, quand vous m'avez demandé que Katala devienne votre épouse et que je vous ai répondu que votre requête serait refusée, je vous avais dit aussi qu'il y avait de bonnes raisons à cela. Nous prévoyions de vous faire rentrer chez vous aussi. J'imagine que vous le comprenez aujourd'hui. Notre peuple est dur, Très Puissant, mais il n'est pas cruel.

— Cela m'est apparu dès que vous m'avez révélé votre plan. » Il regarda Laurie. « Pour celui que je suis devenu, cette terre est maintenant mon foyer, mais il reste en moi quelque chose qui n'a pas changé et pour cette raison je t'envie de rentrer. Je chérirai ton souvenir, mon vieil ami. »

Sur ces mots, Milamber quitta la pièce. Hors du grand bâtiment, il trouva Katala qui l'attendait dans un jardin en regardant jouer leur fils. Elle s'avança vers lui et ils s'embrassèrent, savourant leur douce union. Au bout d'un long moment, il dit : « Viens, mon amour, ramenons notre fils à la maison. »

CHAPITRE 9

L'Archer pleurait en silence.

Seul dans une clairière à la lisière de la forêt des elfes, le maître chasseur de Crydee était penché sur les cadavres de trois elfes morts. Leurs corps sans vie étaient étendus sur le sol ; les bras et les jambes faisant des angles bizarres avec leur corps, leur beau visage couvert de sang. Martin savait ce que la mort signifiait pour les elfes, qui n'avaient normalement qu'un ou deux enfants par famille en un siècle. Il connaissait bien le visage de l'un d'entre eux, Algavins, le compagnon d'enfance de Galain, qui avait moins de trente ans — encore un enfant, pour les elfes.

Il y eut des pas derrière. Martin sécha ses larmes et reprit son visage impassible. Il entendit Garret dire dans son dos : « Il y en a un autre groupe sur la piste, maître chasseur. Les Tsurani ont traversé la forêt comme un vent mauvais. »

Martin opina, puis se mit en route sans un mot. Garret suivit. Malgré sa jeunesse, Garret était le meilleur pisteur de l'Archer et ce fut du même pas léger qu'ils s'avancèrent sur le chemin d'Elvandar.

Au bout de plusieurs heures de voyage, ils franchirent la rivière à l'ouest de l'enclave tsurani et quand ils se retrouvèrent en sûreté dans les forêts elfiques, une voix les héla du haut des arbres. « Bienvenue, Martin l'Archer. »

Martin et Garret s'arrêtèrent et trois elfes apparurent dans les arbres, comme s'ils étaient sortis de l'air même. Galain et ses deux compagnons s'approchèrent du maître chasseur et de Garret. Martin fit un léger signe de tête vers la rivière et Galain acquiesça. Ils ne leur en fallait pas plus pour se rendre compte tous deux qu'ils savaient pour la mort d'Algavins et des autres. Garret remarqua l'échange, bien qu'il ne fût pas très au fait des subtilités des coutumes elfiques.

— Tomas ? Calin ? demanda Martin.

— En conseil avec la reine. Tu nous apportes des nouvelles ?

— Des messages du prince Arutha. Vous allez au conseil ? »

Galain répondit d'un demi-sourire ironique, typiquement elfe. « La garde du chemin nous incombe. Nous devons rester quelque temps. Nous viendrons dès que les nains auront passé la rivière. Ils devraient arriver sous peu, maintenant. »

Martin ne manqua pas de noter ce renseignement, puis il les salua et continua en direction d'Elvandar. En s'approchant de la clairière qui entourait la cité arboricole des elfes, il se demanda pourquoi on avait exclu Galain et les plus jeunes elfes du conseil. C'étaient les plus fidèles compagnons de Tomas depuis que celui-ci s'était installé définitivement à Elvandar. Martin n'était plus revenu ici depuis le début du siège de Crydee, mais entre-temps il avait parlé avec certains des rangers du Natal qui faisaient passer les messages entre le duc, Elvandar et Crydee. En de nombreuses occasions, il avait passé des heures à discuter avec Léon le Long et Grimsworth du Natal. Ces gens-là restaient muets comme des carpes tant qu'ils n'étaient pas entre eux, mais ils s'ouvraient un peu plus en présence de l'Archer, car ils sentaient en la personne du maître chasseur de Crydee un esprit qui leur était frère. Martin était le seul homme qui ne soit pas un ranger du Natal à pouvoir entrer et sortir librement d'Elvandar. Les deux rangers du Natal avaient parlé de grands changements à la cour de la reine et Martin sentait monter en lui une angoisse étrange.

En approchant d'Elvandar à petites foulées, Garret demanda : « Maître chasseur, ne vont-ils pas envoyer quelqu'un récupérer les corps ? »

Martin s'arrêta et s'appuya sur son arc. « Garret, ce n'est pas dans leurs coutumes. Ils laisseront la forêt s'occuper d'eux, car ils pensent que leur esprit est déjà parti pour les îles Bénies. » Il réfléchit un moment et dit : « De tous mes pisteurs, tu es peut-être le meilleur que j'aie jamais connu. » L'homme encore jeune rougit du compliment, mais l'Archer ajouta : « Ce n'est pas de la flatterie, c'est juste un fait. Je te le dis car il est probable que ce serait toı qui prendrais ma place si jamais quelque chose arrivait. »

L'expression de chien battu qu'avait habituellement Garret se fit brusquement plus attentive. Martin poursuivit : « Si quelque chose m'arrache à cette vie, j'aimerais que quelqu'un continue à empêcher Elvandar et le monde des hommes de se séparer. »

Garret acquiesça. « Je crois que je comprends.

— Il le faut, car serait une mauvaise chose pour les deux races qu'elles se détournent l'une de l'autre. » Il parlait à voix basse. « Tu devras apprendre leurs coutumes comme tu le pourras, mais il y a certaines choses qu'il faut absolument que tu saches, tout particulièrement en temps de guerre. Est-ce que tu te souviens qu'on dit que certains prêtres sont capables de ramener les morts à la vie, si ceux-ci sont partis depuis moins d'une heure ? »

Garret répondit : « J'ai entendu parler de cela, mais je n'ai jamais rencontré quelqu'un qui dise l'avoir vu, ou même qui dise avoir connu quelqu'un qui l'avait vu.

— C'est exact. Tully le dit et il n'est pas du genre à tromper les gens sur des questions de foi. » Martin baissa les yeux au sol. « On raconte une histoire, là-dessus : un prêtre important — de quel ordre, je l'ignore — s'écartait des dieux et il s'était laissé émouvoir par les tourments des hommes. Il quitta alors ses belles robes et ses bijoux d'or pour passer la tunique simple des moines itinérants. Il voyageait dans les terres sauvages, à la recherche de l'humilité. Il finit, par hasard, par atteindre Elvandar, où il découvrit le corps d'un elfe qui venait de mourir d'un accident à peine quelques minutes avant son arrivée. Il s'apprêta à ramener l'elfe à la vie, car c'était un prêtre qui disposait de grands pouvoirs et il voulait les partager avec tous ceux qui étaient dans le besoin. L'épouse de l'elfe l'arrêta et quand il lui demanda pourquoi, elle lui répondit : "Ce n'est pas ainsi que vont les choses chez nous. Il est maintenant en un lieu bien meilleur et si vous le rappeliez, il ne reviendrait que contraint et forcé, à notre grande tristesse. C'est pourquoi nous ne prononcerons plus jamais son nom, de peur qu'il n'entende notre tristesse dans nos voix et qu'il ne revienne nous réconforter au prix de son propre repos." De tout ce que je sais, aucun elfe n'a jamais été rappelé à la vie.

« On m'a dit que les elfes ne pouvaient pas être ressuscités par les pouvoirs des hommes. Certains disent que les elfes n'ont pas vraiment d'âme et que c'est pour cela qu'ils ne reviennent pas. Je pense que les deux interprétations sont fausses et qu'il savent simplement mieux que nous quelle est leur place dans le monde. »

Garret resta silencieux un moment, le temps de digérer l'information. « C'est une étrange histoire, maître chasseur. Qu'est-ce qui vous y a fait penser ? »

— La mort de ces elfes et ta question. C'est pour te montrer combien ils diffèrent de nous et que tu dois apprendre leurs coutumes. Tu vas passer un certain temps chez eux. »

— Cette histoire de l'elfe mort, elle est vraie ? »

— Oui. L'elfe qui venait de mourir, c'était l'ancien roi des elfes, l'époux de la reine Aglaranna. Je n'étais qu'un enfant alors, il y a trente ans, mais je m'en souviens encore. J'étais avec les chasseurs quand l'accident est arrivé et j'ai vu le prêtre. »

Garret ne dit rien et Martin reprit son arme et repartit.

Ils arrivèrent peu de temps après à la lisière d'Elvandar. Martin s'arrêta et Garret resta là, fasciné par les grands arbres. On était en fin d'après-midi et le soleil projetait de longues ombres sur la forêt, mais les hautes branches des grands arbres brillaient déjà de leurs propres lumières féeriques.

Martin prit Garret par le coude et il guida doucement le pisteur impressionné jusqu'à la cour de la reine. Il arriva devant le cercle du conseil et entra en saluant la reine.

Aglaranna sourit à son arrivée. « Bienvenue, Martin l'Archer. Cela faisait longtemps que tu n'étais pas venu. »

Martin présenta Garret, qui s'inclina gauchement devant la reine. Puis une autre silhouette qui était restée cachée dans l'ombre entra dans le cercle.

Martin avait grandi en compagnie d'autres enfants elfes et il était tout à fait capable de cacher ses émotions quand il le fallait, mais Tomas l'impressionna tellement qu'il manqua de s'exclamer. Ravalant un commentaire, il se força à ne pas le regarder et entendit Garret retenir sa respiration sous le coup de la surprise. Ils avaient entendu parler des changements qu'avait subis Tomas, mais Martin et Garret n'étaient pas préparés à voir ce géant qui se tenait devant eux. Des yeux étranges les regardaient. Il ne restait plus grand-chose du jeune garçon joyeux et souriant de jadis qui poursuivait Martin dans les bois en lui demandant de lui raconter des histoires sur les elfes, ou qui jouait à la balle au panier avec Garret. Froidement, Tomas s'avança et demanda : « Quelles nouvelles de Crydee ? »

Martin s'appuya sur son arc. « Le prince Arutha vous salue, dit-il à la reine et il vous fait parvenir toute son affection et ses vœux de bonne santé. » Il se tourna vers Tomas, qui avait visiblement usurpé un poste de commandement dans le conseil de la reine et dit : « Arutha vous fait savoir ceci : Guy le Noir, duc de Bas-Tyra, règne maintenant sur Krondor. On ne peut donc espérer de renforts pour la côte Sauvage. Le prince a aussi de bonnes raisons de croire que les étrangers prévoient de lancer bientôt une grande offensive soit contre Crydee, soit contre Elvandar, soit contre l'armée ducale, il ne saurait dire. Toutefois, aucun renfort ne transite par les mines des nains vers les enclaves du sud, bien que l'activité minière y soit très importante. Mes pisteurs ont vu quelques signes de déplacements vers le nord, mais rien de très important. Arutha pense qu'il est plus probable que l'offensive se porte contre l'armée de son père et de Brucal. » Puis il ajouta : « Je viens vous dire aussi que l'écuyer d'Arutha a été tué. » Il respecta la coutume elfe de ne pas nommer les morts.

Les yeux de Tomas trahirent une lueur d'émotion à la nouvelle de la mort de Roland, mais il dit simplement : « À la guerre, les hommes meurent. »

Calin réalisa qu'il devait y avoir une affaire personnelle entre l'Archer et Tomas au sujet de Roland. Personne à la cour ne connaissait vraiment Roland, bien que Calin gardât encore quelques souvenirs du dîner qu'ils avaient eu à Crydee il y avait si longtemps. Martin était troublé par la réaction de Tomas à l'annonce de la mort de son ami d'enfance. Revenant au sujet de la guerre, le prince elfe dit : « C'est logique. Si l'armée du royaume de l'Ouest est vaincue, les étrangers pourront se reporter entièrement contre les autres fronts et envahir rapidement les cités libres et Crydee. Dans un an, deux tout au plus, leur drapeau flottera sur toute l'ancienne Bosania keshiane. Alors ils pourront facilement marcher sur Yabon. Avec le temps, ils pourraient marcher jusqu'aux portes de Krondor. »

Tomas fit face à Calin, comme pour prendre la parole, les yeux plissés. Il y eut un échange de regards entre la reine et Tomas et ce dernier reprit sa place dans le cercle du conseil. Calin poursuivit : « Si les étrangers ne campent pas à l'ouest des montagnes, les nains devraient nous rejoindre bientôt. Nous avons fait quelques sorties de l'autre côté de la rivière au travers des lignes ennemies, mais rien ne nous laisse penser qu'une attaque se prépare contre nos lignes. Je pense qu'Arutha a vu juste et si les ducs font appel à nous, nous devrions essayer de les aider. »

Tomas se retourna contre le prince elfe. « Laisser Elvandar sans protection ! » s'exclama-t-il d'un ton outragé. Martin fut étonné par la violence de la rage à peine contenue de Tomas. « Sans dépouiller la forêt elfique de ses défenseurs, nous ne pourrons jamais rassembler assez d'hommes pour peser vraiment dans une telle bataille. »

Le visage de Calin resta impassible, mais ses yeux brillaient d'une colère aussi terrible que celle de Tomas. Ses mots restèrent calmes. « Je suis le chef de guerre d'Elvandar. Je ne laisserai pas nos forêts sans protection. Mais si les étrangers montent une offensive de grande envergure contre les ducs, ils ne laisseront pas assez de soldats le long de la rivière pour menacer nos forêts. Ils ne nous ont plus attaqués depuis que nous les avons battus avec l'aide du sorcier et que leurs Robes noires se sont fait tuer. Mais s'ils s'attaquent à messires Borric et Brucal et que l'issue de la bataille est incertaine, nos forces pourraient faire pencher la balance, tout particulièrement si nous frappons leur flanc le plus faible. »

Tomas garda le contrôle de lui-même, restant immobile un moment. Puis d'un ton glacé il dit : « Les nains suivent Dolgan et Dolgan me suit. Ils ne viendront pas tant que je ne leur en donnerai pas l'ordre. » Sans un mot de plus, il quitta le cercle du conseil.

Martin regarda Tomas partir. Il avait la chair de poule, en sentant pour la première fois le pouvoir que recelait cet étrange métissage entre un homme et cette autre chose qui s'était animée chez le garçon de Crydee. Il n'avait fait qu'entr'apercevoir ce qu'il y avait en Tomas, mais cela lui suffisait. Tomas était un être à craindre.

Martin vit une expression fugitive passer sur le visage d'Aglaranna. Elle se leva et dit : « Il vaut mieux que j'aille parler avec Tomas. Il est si fatigué depuis quelque temps. »

Quand elle fut partie, Martin fut sûr d'une chose. Essentiellement, il venait d'assister à un conflit entre le fils de la reine des elfes et son amant et ce conflit la minait intérieurement. Aglaranna semblait piégée par un destin inéluctable.

Quand la reine fut partie, Calin dit : « Tu es venu au bon moment, Martin. Ta sagesse nous sera précieuse. »

Martin acquiesça. Il envoya Garret chercher quelque chose à manger et quand ce dernier fut parti, Martin regarda le prince des elfes et les autres membres du conseil. Tathar se tenait à sa place habituelle, à la droite du trône royal. Il connaissait les autres, tous de vieux conseillers en qui la reine avait entièrement confiance. Beaucoup d'entre eux étaient de vieux tisseurs de sorts.

Martin s'assit, attendant patiemment que Calin prenne la parole. Le prince des elfes resta silencieux un moment. Martin l'observa, car il le connaissait bien et sentait son inquiétude. Enfant, Martin avait considéré le prince elfe comme l'incarnation même de toutes les vertus elfiques. Même s'il n'avait plus pour Calin la même admiration d'enfant, il avait toujours un grand respect pour lui.

Calin prit la parole. « Martin, de nous tous tu es le seul qui ait connu Tomas avant son changement. Que peux-tu nous dire de la transformation qu'il a subie ? »

Martin prit un certain temps à réfléchir à ce qu'il allait répondre. « Je n'ai fait qu'entrevoir ces changements au fil des ans, jusqu'à aujourd'hui. Ils sont importants, c'est évident. Mais de ce qu'ils présagent, je n'ai pas la moindre idée. C'était plutôt un bon garçon. Il nous jouait rarement des sales tours et pourtant il aurait été assez malin pour ça. Il était sensible et ne cachait pas ses sentiments. Il avait bon caractère, même s'il lui arrivait de perdre le contrôle de lui-même quand on menaçait ou qu'on frappait un de ses amis. En gros, c'était un enfant comme les autres, un rêveur.

— Et maintenant ? »

Martin était troublé et ne chercha pas à le cacher. « Ce qu'il est devenu, je ne peux pas le comprendre. »

Tathar dit : « Vos paroles nous sont claires, Martin et justes, car pour nous aussi il est devenu incompréhensible. »

Calin dit doucement : « De tous les hommes, tu es celui qui connaît le mieux notre histoire. Tu connais notre haine des temps que nous avons passés sous la coupe des Valheru. Tu sais que nous refusons la Voie des Ténèbres sur laquelle ils s'étaient engagés. Nous craignons le retour de ce pouvoir autant que nous craignons l'invasion de ces étrangers et de leurs Robes noires. Tu as vu Tomas. Tu imagines bien que tout cela nous force à réfléchir. »

Martin opina. « Oui. Vous pesez sa vie.

— Bien des jeunes elfes le suivent aveuglément, dit Tathar. Ils manquent de maturité et de sagesse pour résister à l'influence subtile de la magie valheru qui est en lui. Et bien que les nains ne le suivent pas aussi aveuglément, ils le suivent quand même, car ils n'ont pas hérité des mêmes craintes que nous et qu'ils ont une grande foi en son commandement. C'est grâce à lui qu'ils survivent depuis huit ans maintenant et il en a sauvé beaucoup d'une mort certaine.

« Mais bien que Tomas soit pour nous une bénédiction dans ce combat contre les envahisseurs, nous allons peut-être avoir à considérer une question qui prime : est-ce que ce demi-homme demi-Valheru va essayer de devenir notre maître ? » Tathar fronça les sourcils. « Si c'est le cas, il devra être détruit. »

Martin senti son sang se glacer. Parmi tous les garçons qu'il avait connus à Crydee, il avait porté une affection toute particulière à seulement trois d'entre eux : Garret, Tomas et Pug. Il avait en silence fait le deuil de Pug quand celui-ci avait été pris par les Tsurani et il s'était souvent demandé si Pug avait été tué ou seulement emmené en captivité. Maintenant, il faisait le deuil de Tomas, car quoi qu'il puisse arriver maintenant, Tomas ne serait plus jamais le même.

Martin demanda à Calin : « Il n'y a rien à faire ? »

Calin fit signe à Tathar de répondre à la question. Le vieux tisseur de sorts consulta le cercle du regard, quêtant l'approbation des autres tisseurs. Il dit à Martin : « Nous faisons ce que nous pouvons pour que tout ceci se termine bien. Mais si le Valheru apparaissait dans toute sa puissance, nous ne pourrions y résister et c'est ce qui nous inquiète. Nous n'avons aucune haine envers Tomas. Mais on a beau prendre en pitié un loup atteint de la rage, il faut l'abattre malgré tout. »

Martin regarda sombrement les lumières d'Elvandar qui brillaient plus fort à mesure que les ténèbres s'épaississaient. Dans son souvenir, cette vue lui avait toujours été d'un grand réconfort. Mais aujourd'hui il ne ressentait que de la froideur et de l'amertume. « Quand prendrez-vous votre décision ? »

Tathar répondit : « Vous connaissez nos coutumes. Nous nous déciderons quand il le faudra. »

Martin se releva lentement. « Alors voici le conseil que je vous donne : tant que vous ne l'avez pas clairement vu prendre la Voie des Ténèbres, ne laissez pas vos anciennes peurs vous aveugler. On m'a longuement appris que ceux qui règnent maintenant sur Elvandar sont plus courageux et plus indépendants que ceux que les Valheru ont libérés il y a si longtemps. Retenez votre main jusqu'au dernier instant. Quelque chose de bon pourrait encore advenir de tout cela, ou en tout cas, quelque chose qui ne soit pas entièrement mauvais. »

Tathar acquiesça. « Tu nous as bien conseillés et nous t'avons écouté. »

Martin sembla accablé. « Je ferai ce que je pourrai. Avant, j'avais une certaine influence sur Tomas, peut-être pourrais-je réessayer. Je vais aller méditer là-dessus, puis j'irai le voir pour lui parler. » Les elfes assemblés à la cour le laissèrent partir en silence. Ils savaient que Martin avait le cœur aussi troublé qu'eux.

Ses élancements allaient en empirant. Ce n'était pas vraiment une douleur, plutôt une gêne agaçante qui se faisait de plus en plus persistante. Tomas était allé s'asseoir dans une clairière fraîche, près d'un bassin d'eau calme, déchiré par une lutte intérieure. Depuis qu'il était venu vivre à Elvandar, ses rêves n'étaient plus que de vagues images brumeuses, accompagnées de phrases et de noms dont il ne se souvenait qu'à moitié. Ils étaient moins troublants, moins inquiétants, moins présents dans sa vie de tous les jours, mais la pression dans sa tête, cette fausse douleur sourde se faisait toujours plus forte. Au combat, il se perdait dans une rage écarlate et il ne sentait plus la douleur, mais quand la folie du combat s'apaisait, tout particulièrement quand il mettait du temps à rentrer à Elvandar, les élancements reprenaient.

Il entendit des pas légers derrière lui et sans se retourner, il dit : « Je veux être seul. »

Aglaranna dit : « La douleur, Tomas ? »

Un faible émoi issu d'une étrange sensation monta brièvement en lui et il pencha la tête comme pour écouter quelque chose. Puis il répondit d'un ton cassant : « Oui. Je vais bientôt rentrer à nos appartements. Va-t'en maintenant et prépare-toi, je te rejoindrai plus tard. »

Aglaranna recula, son noble visage empreint de douleur à cause de la dureté de cette réponse. Elle se détourna rapidement et partit.

Elle courut dans les bois, l'estomac noué par l'émotion. Depuis qu'elle avait cédé aux désirs de Tomas et aux siens, elle avait perdu toute autorité sur lui et elle en ressentait de la honte. C'était une union sans joie, loin du bonheur retrouvé qu'elle avait espéré. Mais elle ressentait en elle une compulsion qui sapait sa volonté, un besoin d'être avec lui, de lui appartenir, qui la laissait complètement sans défense face à lui. Tomas était dynamique, puissant et parfois cruel. Elle se corrigea : pas cruel, juste si loin de toute autre créature qu'il ne pouvait y avoir de comparaison possible. Il n'était pas indifférent à ses envies, il ne se rendait tout simplement pas compte qu'elle en avait. En s'approchant d'Elvandar, les larmes qui lui caressaient les joues scintillèrent aux douces lumières féeriques de la cité.

Tomas n'était qu'en partie conscient de son départ. À travers la douleur sourde qui battait à ses tempes, il entendit une faible voix qui l'appelait. Il se concentra pour écouter, reconnaissant son timbre, sa couleur. Il savait qui l'appelait...

« Tomas ? »

Oui.

Ashen-Shugar regardait la plaine désolée, les terres sèches et craquelées dépourvues de la moindre humidité, à l'exception des nappes alcalines bouillonnantes qui répandaient dans l'air des odeurs pestilentielles. Tout haut, il dit à son compagnon invisible : « Cela fait un moment que nous ne nous sommes pas parlé. »

Tathar et les autres cherchent à nous séparer. Tu es souvent oublié.

Les vents fétides du nord soufflaient, froids mais écœurants. Partout régnait une odeur de décomposition et dans le sillage de la monstrueuse folie qui s'était emparée de l'univers, on ne ressentait plus que les faibles élans d'une vie qui tentait d'éclore à nouveau.

« Peu importe. Nous sommes à nouveau réunis. »

Quel est cet endroit ?

« C'est la désolation des guerres du Chaos. Le monument de Draken-Korin, une toundra sans vie qui jadis était une grande plaine herbue. Il n'y a que peu d'êtres vivants par ici. La plupart des créatures ont fui vers le sud, vers des climats plus hospitaliers. »

Qui es-tu ?

Ashen-Shugar éclata de rire. « Je suis ce que tu es en train de devenir. Nous ne faisons qu'un. C'est ce que tu m'as si souvent dit. »

J'avais oublié.

Ashen-Shugar lança un appel et Shuruga fila vers lui sur la plaine grisâtre, se découpant sur le ciel couvert de nuages noirs et grondants. Le puissant dragon se posa et son maître grimpa sur son dos. Jetant un regard à la tache de cendres sur le sol, seul rappel de l'existence de Draken-Korin, le Valheru dit : « Viens, allons voir ce qu'a préparé le destin. »

Shuruga s'élança dans les cieux et ils volèrent au-dessus de la désolation. Ashen-Shugar chevauchait en silence son énorme dragon, s'enivrant du vent qui soufflait sur son visage. Ils volèrent et le temps passa. Ils assistaient à la mort d'une ère et à la naissance d'une autre. Ils s'élevèrent très haut dans le ciel bleu, se libérant de l'horreur des guerres du Chaos.

Cela mériterait bien des larmes.

« Je ne pense pas. Il y a en cela une leçon, bien que je n'arrive pas à la comprendre. Mais je sens que tu y arrives, toi. » Ashen-Shugar ferma les yeux en sentant les élancements revenir.

Oui, je me souviens.

« Tomas ? »

Les yeux de Tomas s'ouvrirent immédiatement. Il trouva Galain à quelques mètres de lui, au bord de la clairière. « Dois-je revenir plus tard ? »

Tomas sortit péniblement de ses rêves et se remit lentement debout. Sa voix était rauque et fatiguée. « Non, qu'y a-t-il ?

— La bande de nains de Dolgan est arrivée à la lisière extérieure de la forêt et il t'attendent près du ruisseau aux lacets. Les nains ont attaqué une enclave étrangère en passant la rivière. Le jeune elfe eut un sourire joyeux : « Ils ont enfin capturé des prisonniers. »

Une étonnante expression passa sur le visage de Tomas, un mélange de joie et de rage. Galain éprouva un étrange sentiment devant la réaction du guerrier en blanc et or. Comme s'il venait d'entendre un appel au loin, Tomas dit d'un ton distrait : « Va au camp des nains. Je t'y rejoindrai bientôt. »

Galain se retira et Tomas écouta. Une voix lointaine s'éleva.

« Me serais-je trompé ? »

La grande salle résonna de ces mots. Elle était vide maintenant, tous les serviteurs s'étaient esquivés. Ashen-Shugar ruminait sombrement sur son trône. Il parla aux ombres. « Me serais-je trompé ? »

Maintenant, tu sais ce que c'est que le doute, répondit la voix omniprésente.

« Ce calme étrange en moi, qu'est-ce que c'est ? »

C'est la mort qui approche.

Ashen-Shugar ferma les yeux. « C'est ce que je me disais. Peu d'entre nous survivaient aux batailles. C'était chose rare. Je suis le dernier. Mais j'aimerais voler une fois encore en compagnie de Shuruga. »

Il n'est plus. Mort, il y a des siècles.

« Mais j'ai volé avec lui ce matin même. »

C'était un rêve. Comme tout ceci.

« Je suis donc fou, aussi ? »

Tu n'es qu'un souvenir. Tout ceci n'est qu'un souvenir.

« Alors, je vais faire ce que j'avais prévu. J'accepte l'inéluctable. Un autre viendra prendre ma place. »

C'est déjà arrivé, car je suis celui qui est venu et j'ai brandi ton épée et passé ton manteau. Ta cause est maintenant la mienne. Je lutte contre ceux qui veulent piller ce monde.

« Alors je meurs heureux. »

Ouvrant les yeux, il regarda une dernière fois son hall recouvert par la poussière des siècles passés. En les fermant pour la dernière fois, le seigneur du Nid d'Aigle lança son dernier sortilège. Ses pouvoirs déclinants, encore sans pareils à l'exception de ceux des nouveaux dieux, s'écoulèrent de son corps fatigué, s'insinuant dans son armure. Des serpentins de fumée s'élevèrent de l'endroit où s'était trouvé son corps et il ne resta plus bientôt que l'armure d'or, le tabard blanc, le bouclier et l'épée blanc et or.

Je suis Ashen-Shugar, je suis Tomas.

Les yeux de Tomas s'ouvrirent et un moment il fut dérouté de se retrouver dans la clairière. Une passion étrange monta ne lui comme il sentait une force nouvelle se diffuser dans tout son être. Dans son esprit, une voix claironna : *Je suis Ashen-Shugar, le Valheru. Je détruirai tous ceux qui cherchent à piller mon monde.*

Il sortit de la clairière, mû par une terrible résolution et se dirigea vers l'endroit où les nains avaient conduit ses ennemis.

« C'est bon de te revoir, mon ami l'Archer », dit Dolgan en tirant sur sa pipe. Ils ne s'étaient pas vus depuis une rencontre de hasard plusieurs années auparavant alors que les nains allaient vers Elvandar en passant par la forêt à l'est de Crydee.

Martin, Calin et quelques elfes étaient venus voir les prisonniers des nains. Il étaient encore attachés et on les avait rassemblés dans un coin de la clairière. Ils jetaient à leurs ravisseurs des regards furieux. Galain entra dans la clairière et dit : « Tomas arrive bientôt. »

Martin dit : « Comment se fait-il, Dolgan, après tout ce temps, que tu aies réussi à capturer des prisonniers ? Toute une enclave, en plus. »

Derrière les huit guerriers ligotés se trouvait un groupe d'esclaves tsurani terrifiés, les mains libres, blottis les uns contre les autres, incertains du sort qu'on leur réservait. Dolgan fit un geste vague de la main. « Habituellement, nous devons courir pour traverser la rivière et les prisonniers ont tendance à ralentir les choses dans ces cas-là, soit ils sont inconscients soit ils ne veulent pas coopérer. Cette fois-ci, on n'a pas eu trop le choix, il fallait traverser la rivière Crydee. Les années précédentes, nous attendions la nuit pour nous glisser à travers les lignes mais cette année ils sont aussi nombreux que des épines dans un roncier tout le long de la rivière.

« On a trouvé cette bande dans un coin relativement isolé, avec seulement ces huit-là pour garder les esclaves. Ils réparaient un renfort de terre, qui avait dû être attaqué par des elfes un peu avant. On les a cernés en douceur et puis quelques-uns de nos gamins ont grimpé aux arbres — bien qu'ils n'aiment pas trop ça. On s'est laissés tomber sur les trois gardes à l'extérieur et on les a réduits au silence avant qu'ils puissent crier. Les cinq autres dormaient, les feignasses. On s'est glissés dans le camp et après quelques coups de marteau bien placés, on les a attachés. Les autres — il indiqua les esclaves — étaient trop timides pour oser dire quoi que ce soit. Quand on a été sûrs qu'on n'avait pas alerté les enclaves d'à côté, on s'est dit qu'on pourrait les embarquer avec nous. Ç'aurait été bête de les laisser derrière. Je me suis dit qu'on pourrait apprendre quelque chose d'utile. » Dolgan tentait de rester impassible, mais sa fierté pour l'exploit que venait d'accomplir sa compagnie était visible comme un phare en pleine nuit.

Martin sourit, approbateur, et dit à Calin : « J'espère que nous pourrons apprendre d'eux ce qu'ils nous préparent, s'ils vont effectivement lancer cette offensive et contre qui. J'ai appris quelques mots dans leur langue, mais pas assez pour bien les comprendre. Seuls le père Tully et Charles, mon pisteur tsurani, pourraient leur parler facilement. Nous devrions peut-être essayer de les amener à Crydee ? »

Calin répondit : « Nous avons les moyens d'apprendre leur langue, avec un peu de temps. Je doute qu'ils soient très coopératifs si on les déplace. Ils vont probablement tenter de prévenir les leurs à la première occasion. »

Martin lui concéda la chose. Un bruit soudain le fit se retourner.

Tomas entrait à grands pas dans la clairière. Dolgan s'apprêta à le saluer, mais quelque chose dans les manières et dans l'expression du jeune guerrier le fit taire. La folie brillait dans les yeux de Tomas, une folie que le nain avait déjà entr'aperçue fugitivement, mais qui maintenant étincelait au grand jour.

Tomas regarda les prisonniers attachés, puis il tira lentement son épée et la pointa vers eux. Les mots qu'il prononça furent incompréhensibles pour Martin et pour les nains, mais ils firent trembler les elfes. Plusieurs elfes parmi les plus âgés tombèrent à genoux d'un air suppliant et les plus jeunes reculèrent instinctivement, apeurés. Seul Calin ne bougea pas, mais il semblait ébranlé. Puis, lentement, le prince elfe se tourna vers Martin, le visage livide. D'un ton terrifié, il dit : « Le Valheru est finalement parmi nous. »

Ignorant tout le monde dans la clairière, Tomas s'avança vers le premier prisonnier Tsurani. Le soldat attaché leva les yeux, à la fois effrayé et plein de défi. Soudain, l'épée d'or s'éleva dans les airs et retomba, sectionnant la tête de l'homme. Du sang jaillit sur le tabard blanc, puis glissa dessus, sans laisser de traces. Un gémissement de terreur monta des esclaves recroquevillés et les yeux des soldats restants s'écarquillèrent de terreur. Lentement, Tomas se tourna face au prisonnier suivant et de nouveau son épée prit une vie.

Martin sortit de sa paralysie, se forçant à détourner les yeux de cette boucherie. Il ressentait une peur terrible, mais ce n'était rien en comparaison de ce que semblaient subir les elfes, visiblement écrasés par la présence de Tomas. Le visage de Calin reflétait la lutte qu'il menait en lui-même pour surmonter l'instinct qui le poussait à obéir aux paroles de l'ancienne langue des Valheru, les maîtres incontestés de leurs aïeux. Les elfes les plus jeunes, moins avancés dans la voie de l'ancienne sagesse, ne comprenaient simplement pas ce qui les poussait irrésistiblement à obéir à cet homme en blanc et or. La langue des Valheru était encore la langue du pouvoir.

Tomas se détourna de son massacre et Martin sentit un choc quand son regard se posa sur lui. L'enfant de Crydee avait complètement disparu. C'était maintenant une présence étrangère qui imprégnait cet être. Tomas arma son bras et Martin se tendit pour esquiver le coup. Tout humain représentait une victime potentielle et même les nains reculaient face à la menace terrifiante qu'était Tomas. Ce fut alors qu'une lueur de reconnaissance passa dans les yeux de Tomas et il dit d'une voix lointaine : « Martin, pour l'amour que je te portais, va-t'en ou il en sera fini de ta vie. »

Rassemblant tout son courage contre une peur telle qu'il n'en avait jamais ressentie, Martin hurla : « Je ne vais pas rester là à te regarder massacrer des gens sans défense ! »

À nouveau, une voix lointaine lui répondit, imprégnée d'une antique majesté, d'une grandeur retrouvée. « Ils sont venus dans mon monde, Martin. Nul ne saurait me prendre mon domaine, ces terres sont à moi seul ! Envahirais-tu, toi aussi, mon monde, Martin ? » Tomas fit volte-face à une vitesse surhumaine et deux Tsurani moururent.

Martin chargea, traversant d'un bond l'espace qui les séparait, et il poussa Tomas hors de portée des prisonniers. Ils s'écroulèrent tous deux à terre et Martin attrapa le poignet qui tenait l'épée d'or.

Martin était assez fort pour porter un daim fraîchement tué sur des kilomètres, mais il ne faisait pas le poids face à Tomas. Avec autant de facilité que s'il attrapait un enfant importun, Tomas écarta Martin et se releva avec aisance. Martin sauta de nouveau sur Tomas, mais cette fois celui-ci prêt. Il attrapa simplement Martin par sa tunique et dit : « Nul ne saurait se mettre en travers de mon chemin. » Il jeta Martin à l'autre bout de la clairière comme un simple fétu de paille.

Martin vola en agitant les bras en l'air, pour essayer de contrôler sa chute. Il tomba rudement et tous entendirent son souffle rauque.

Dolgan courut vers lui, car les elfes restaient envoûtés par la scène. Le chef nain prit une gourde à son côté, versa de l'eau sur le visage de Martin et le secoua pour le ranimer. Martin entendit à son réveil les cris étranglés des esclaves tsurani terrifiés qui regardaient les soldats se faire massacrer.

Martin avait du mal à retrouver la vue et le décor ne cessait de bouger devant ses yeux. Quand il put enfin voir, il eut un sifflement d'horreur.

Tomas abattait le dernier soldat tsurani et commençait à s'avancer vers les esclaves recroquevillés. Ils semblaient incapables de bouger, regardant avec de grands yeux l'être qui s'approchait pour les détruire, semblables, aux yeux de Martin, à une bande de cerfs surpris par une brusque lumière dans la nuit.

Un cri rauque sortit des lèvres de Martin quand Tomas tua le premier esclave tsurani, un pauvre homme effondré. L'Archer essaya de se relever, chancelant, aidé de Dolgan.

Tomas leva son épée et un autre mourut. À nouveau l'épée d'or s'éleva et il regarda le visage de sa victime. Les yeux écarquillés par la peur, un jeune garçon d'à peine douze ans attendait le coup qui devait l'abattre.

Soudain le temps se dilata pour Tomas, qui se figea dans son mouvement. Il observa la tignasse noire et les grands yeux bruns du garçon. L'enfant s'était tapi dans l'attente de la mort qui le dominait, faisant non de la tête, ses lèvres formant et reformant sans cesse la même phrase.

Dans la pénombre de la clairière, Tomas vit un vieux fantôme, le spectre d'un ami oublié depuis longtemps. Un souvenir de son enfance, un lien qu'il avait oublié se refit en lui. Les images se brouillèrent, confondant passé et présent et il dit : « Pug ? »

Une terrible douleur explosa dans sa tête et une autre volonté tenta de s'imposer à lui.

Pug ! criait-elle

Tue-le ! entendit-il en réponse. Et en lui, deux volontés s'affrontèrent.

Non ! hurla l'autre.

Pour tous les gens présents, Tomas était figé, tremblant, déchiré par un conflit intérieur, l'épée encore levée, attendant de frapper.

Ce sont nos ennemis ! Tue-les.

C'est un enfant, juste un enfant !

C'est l'ennemi !

Un enfant !

Le visage de Tomas se tordait de douleur : les dents serrées, les muscles contractés, la peau tirée à craquer. Ses yeux étaient exorbités et la sueur commença à couler sous son heaume, inondant ses sourcils et ses joues.

Martin tituba. Il se déplaça lentement, ressentant comme une torture chacun de ses gestes à cause des coups qu'il avait reçus.

La main de Tomas s'abaissa lentement, centimètre par centimètre, tremblant sous le conflit qui l'agitait. L'enfant était paralysé, incapable de bouger, les yeux suivant le mouvement de la lame.

Je suis Ashen-Shugar ! Je suis Valheru ! hurlait une voix furieuse, un torrent de rage, de folie guerrière et d'envie de sang.

Seul contre cet océan de rage se tenait un roc, une voix calme et faible qui, simplement, disait : *Je suis Tomas.*

Encore et encore la mer de haine venait s'écraser sur le roc de calme, l'engloutissait, puis repartait et revenait encore. Mais chaque fois la vague diminuait et le roc se dégageait, s'élevant au-dessus des flots en furie. Quelque chose éclata, le grondement des âges perdus et passés résonna dans la tête de Tomas. Il vacilla, puis plongea dans un paysage étrange, nageant vers la lueur qui devait l'amener à la liberté. Constamment noyé sous les vagues, il luttait pour garder la tête hors de cette mer noire et étouffante. Un vent mauvais hurlait au-dessus de lui, comme un chant de malheur. Il sortit la tête et vit de nouveau un point brillant. De nouveau la mer l'engloutit, l'écartant de son but, mais moins fort cette fois. Il repartit vers la lumière.

C'est alors qu'un ultime assaut, terrifiant, déferla d'un coup contre lui. *Je suis Ashen-Shugar !* Une volonté se brisa, comme une branche morte qui casse sous le poids de la neige fraîche, comme le bruit des glaces hivernales qui se craquellent sous la caresse du printemps, comme si le dernier assaut avait demandé trop d'efforts.

La mer de ténèbres perdit de sa rage et s'apaisa et de nouveau il se retrouva sur la terre ferme, un rocher unique. *Je suis Tomas.* Au loin, la lumière commença à grandir devant lui, se précipita sur lui et l'enveloppa.

Je suis Tomas.

« Tomas ! »

Il cilla et se retrouva dans la clairière. Devant lui se trouvait l'enfant qui attendait la mort. Il tourna la tête et vit Martin, l'arc tendu, la main contre la joue, une longue flèche pointée sur lui. Le maître chasseur de Crydee dit : « Baisse ton épée, ou par les dieux, je t'abats sur place. »

Le regard de Tomas fit le tour de la clairière et il vit les nains et les elfes les plus âgés qui avaient les armes à la main. Calin, encore tremblant, avait tiré l'épée et avançait lentement sur lui.

Martin regardait Tomas droit dans les yeux, sans crainte, mais plein de respect pour sa force et sa rapidité terrifiantes. Il attendit et vit que la lueur de folie brillait encore dans les yeux de Tomas. Puis, comme si un voile venait de se lever, ils s'éclaircirent. Brusquement, l'épée d'or tomba de sa main et les yeux pâles, presque décolorés, s'emplirent de larmes. Tomas tomba à genoux et un gémissement d'angoisse s'échappa de ses lèvres : « Oh, Martin, qu'est-ce que je suis devenu ? »

Martin abaissa son arc, regardant Tomas serrer ses bras autour de son corps. Tathar et les autres tisseurs de sorts accoururent dans la clairière. Ils s'approchèrent de Tomas puis inspectèrent les autres hommes présents. Les sanglots angoissés de Tomas étaient si terribles, si pleins de tristesse et de remords que beaucoup d'elfes se surprirent à pleurer aussi.

Tathar dit à Martin l'Archer : « Nous avons senti nos sortilèges céder et nous sommes venus le plus vite possible. Nous craignions que le Valheru ne soit arrivé, avec justesse, visiblement. »

Martin dit : « Maintenant ?

— Le contrecoup. Il ne fait aucun doute que le Valheru s'est fait repousser par l'enfant, mais celui-ci doit maintenant supporter le poids des siècles de massacres et de toute la joie qu'il a ressentie à prendre la vie de ses ennemis. Il porte à nouveau le même fardeau que les mortels et nous allons voir s'il est capable de les supporter. Cette douleur pourrait sonner sa fin. »

Martin laissa le vieil elfe et alla voir Tomas. Il fut le premier à se rendre compte du changement qu'il avait subi, dans la pénombre. L'aspect étrange de ses traits avait disparu, les yeux brillants et le front hautain. Il était redevenu Tomas, un homme, bien qu'il gardât des traces de son expérience. Ses oreilles elfiques, ses yeux pâles, montraient encore clairement que malgré tout il restait plus qu'un homme. Disparu le seigneur du pouvoir, l'Ancien, le Valheru. Là où se tenait auparavant un seigneur dragon était recroquevillée la forme d'un homme secoué de frissons, malade, tourmenté par tout ce qu'il avait perpétré.

Tomas leva la tête quand Martin lui toucha l'épaule. Les yeux rouges, presque fou de désespoir, il regarda Martin un bref instant avant de refermer les yeux, comme s'il cherchait à oublier l'extérieur. Pendant quelque temps, les elfes et les nains le regardèrent et les esclaves tsurani restèrent silencieux, sachant sans le comprendre qu'un miracle venait de se produire, mais soudain sûrs qu'ils seraient épargnés. Ils regardèrent Martin l'Archer prendre dans ses bras l'homme en blanc et or qui sanglotait, pleurant sous le coup d'une angoisse bien trop terrible à entendre.

Aglaranna était assise sur son lit et brossait ses longs cheveux roux et or. Comme chaque fois, elle attendait Tomas, craignant et espérant à la fois sa venue.

Un cri à l'extérieur la fit se lever. Elle attrapa ses robes et sortit de ses appartements. Du haut d'une plate-forme, elle regarda un groupe d'elfes et de nains revenir vers le cœur d'Elvandar. Avec eux se trouvaient Martin l'Archer et quelques humains, clairement des étrangers au vu de leurs vêtements.

Elle eut un hoquet et porta la main à sa bouche. Au centre du groupe se trouvait Tomas et à ses côtés un jeune garçon qui regardait d'un air émerveillé les splendeurs d'Elvandar.

Aglaranna se sentait incapable de bouger, craignant que cette vision ne fût qu'une illusion née de ses propres espoirs. Le temps fila et Tomas se retrouva devant elle. Lâchant l'enfant, il s'avança. Martin prit l'enfant par la main et s'écarta avec lui, suivi des autres, laissant la reine des elfes et Tomas à la solitude dont ils avaient tant besoin.

Tomas tendit lentement les mains et lui toucha le visage. Il se délecta de sa vue, comme il l'avait fait la première fois à Crydee. Puis, sans un mot, lentement, doucement, il l'enveloppa dans ses bras. Il la tint en silence contre lui, lui communiquant toute la chaleur de l'amour qui l'envahissait à sa vue.

Au bout d'un moment, il lui chuchota à l'oreille. « Pour chaque instant de malheur que je t'ai fait subir, ô ma dame, je prie les dieux pour qu'ils m'accordent une année pour te rendre la joie. Je suis de nouveau ton fervent sujet. »

Trop heureuse pour parler, la reine des elfes s'accrocha simplement à lui, oubliant sa tristesse.

CHAPITRE 10

Les troupes restaient calmes.

De longues colonnes d'hommes attendaient leur tour pour passer la faille vers Midkemia. Des officiers allaient et venaient, pour assurer la discipline dans les rangs. Laurie, portant la robe et le masque d'un prêtre rouge, était impressionné par le contrôle que ces officiers pouvaient avoir sur leurs hommes. Il se dit que le code d'honneur tsurani, selon lequel on était censé suivre les ordres sans poser de questions, était une chose bien étrange.

Kasumi et lui descendirent rapidement le long de la colonne d'hommes, se dirigeant vers le détachement qui se tenait juste derrière celui qui entrait dans la faille. Laurie devait plier les genoux et courber les épaules, pour diminuer sa taille impressionnante. Comme ils l'avaient espéré, la plupart des soldats détournaient les yeux au passage du faux prêtre rouge.

Quand ils arrivèrent en tête de la colonne, Kasumi rentra dans le rang. Son frère cadet, qui avait été promu au rang de chef de troupe à l'occasion de cette offensive, ne sembla pas faire attention à l'arrivée tardive de son commandant, ni au prêtre de Tukamaru qui était avec lui.

Au bout d'une attente qui leur parut interminable, on leur donna un ordre et ils s'avancèrent dans le « néant » miroitant qui marquait la frontière entre ces deux mondes. Il y eut un flash très bref, un léger étourdissement et ils se retrouvèrent en train de marcher sous une légère pluie midkemiane. Des écharpes d'humidité, plus qu'un vrai brouillard, se glissaient autour d'eux. Les soldats tsurani, habitués à des climats plus chauds, s'enveloppèrent dans leur cape.

Un officier d'intendance échangea quelques mots avec Kasumi et les troupes reçurent l'ordre de partir vers le nord-est, à une distance précise et de monter le camp. Kasumi et Hokanu devaient ensuite retourner à la tente du Seigneur de Guerre pour une réunion. Le Seigneur de Guerre lui-même était de retour à Kentosani, la Ville sainte, pour préparer les jeux impériaux, mais son commandant en second devait leur expliquer quelles seraient leurs tâches et leurs responsabilités jusqu'à son retour.

Ils remontèrent rapidement le front et montèrent le camp. Dès que la tente du commandeur fut prête, Laurie et les frères Shinzawai passèrent à l'intérieur. Tout en ouvrant des paquets de vêtements et d'armes de Midkemia, Kasumi dit : « Dès que nous reviendrons de notre réunion avec le commandant en second, nous mangerons. Ce soir, nous patrouillerons notre zone et nous essayerons de nous glisser entre nos propres lignes. » Kasumi regarda son frère. » Après notre départ, mon frère, tu devras dissimuler notre disparition aussi longtemps que possible. Dès qu'il y aura eu un combat, tu pourras annoncer que l'ennemi nous a sans doute capturés. »

Hokanu sourit : « Mieux vaut aller à la réunion, maintenant. »

Kasumi regarda Laurie. « Reste là. Ne prenons aucun risque. Tu es le plus grand des prêtres que j'aie jamais vu. »

Laurie opina. Il s'assit sur des coussins et attendit.

La patrouille se déplaçait en silence sous les arbres. La pluie avait cessé, mais le temps avait fraîchi et Laurie réprima un frisson. Les années passées dans la chaleur de Kelewan lui avaient fait perdre sa résistance au froid. Il se demanda comment allaient réagir les nouvelles troupes de Tsuranuanni aux premières chutes de neige. Probablement en feignant l'indifférence, quels que fussent leurs réels sentiments. Un soldat tsurani n'aurait jamais laissé croire que quelque chose d'aussi trivial que de l'eau solide tombant du ciel puisse le déranger.

Ils avaient choisi la passe nord, car elle menait vers le front le plus étendu, ce qui leur offrait moins de chances de se faire repérer en passant les lignes. Ils arrivèrent à l'entrée de la passe et un garde leur fit signe d'avancer. Une fois à l'extérieur de la vallée, ils s'enfoncèrent légèrement plus à l'est que leur patrouille ne l'aurait dû.

Au-delà de ces collines et de quelques petits bois, il y avait la route pour LaMut ou Zun. Dès que les deux voyageurs auraient quitté la patrouille et atteint la route, ils partiraient pour Zun, achèteraient des chevaux et iraient vers le sud. Avec de la chance, en deux semaines ils seraient à Krondor. Là, ils changeraient de monture et partiraient pour Salador, où ils prendraient un navire pour Rillanon.

Le seul obstacle qui se tenait entre eux et la route, c'était une bonne partie de l'armée du royaume. Si une patrouille les interceptait, ils essaieraient de se faire passer pour des voyageurs capturés par les Tsurani qui avaient réussi à s'échapper. Laurie n'avait vraiment pas l'air d'un Tsurani et Kasumi maîtrisait si bien la langue du royaume qu'il pourrait aisément passer pour un citoyen du royaume originaire du val des Rêves : on parlait de nombreuses langues le long de cette frontière avec Kesh et le léger accent de Kasumi s'expliquerait de lui-même.

La patrouille s'avança au pas de course sur quelques kilomètres. Laurie courait à côté de Kasumi, s'étonnant de l'endurance des soldats. Ils ne montraient peut-être pas leur fatigue, mais lui se sentait épuisé. Hokanu fit signe à la patrouille de s'arrêter devant une large zone à découvert près d'un bois. « C'est ici que nous allons commencer à tourner pour retourner vers notre zone de patrouille. Espérons pour vous, que nous non plus nous ne rencontrerons pas de troupes du royaume. »

Sur son ordre, ils repartirent. Laurie et Kasumi reçurent des sacs à dos et des vêtements. Ils se changèrent rapidement, puis ils suivirent le chemin que la patrouille avait emprunté. Ils la suivraient sur une courte distance et s'en serviraient comme couverture si jamais des troupes du royaume arrivaient.

Ils passèrent dans une petite combe et trouvèrent la patrouille, arrêtée par quelque chose qui devait se trouver plus loin devant elle. Le dernier homme de la ligne leur fit signe de rester discrets. Ils remontèrent jusqu'en tête de ligne et Laurie observa les alentours à la recherche d'un échappatoire si jamais il y avait un problème. Hokanu souffla : « J'ai cru entendre quelque chose, mais ça fait déjà un certain temps qu'il n'y a plus un bruit. »

Kasumi opina. « Bien, continue. Nous attendrons que vous ayez traversé cette zone à découvert là devant, puis nous vous suivrons dans les bois. » Il montra un bouquet d'arbres, de l'autre côté de la clairière.

Quand la patrouille atteignit le centre de la clairière, les nuages se séparèrent et des rayons de lune éclairèrent le sol. « Malheur ! jura Kasumi entre ses dents. Ils auraient pris des torches que ça aurait eu le même effet. »

Soudain, il y eut des bruits et des mouvements au niveau des arbres. Le sol trembla sous les sabots des cavaliers en pleine charge, jaillissant des arbres sous lesquels ils s'étaient cachés. Ils portaient tous une cotte de mailles complète et un grand heaume. De longues lances se pointèrent sur les Tsurani surpris.

Les Tsurani eurent à peine le temps de former une vague ligne de défense avant que les cavaliers ne leur tombent dessus. Les hennissements des chevaux et les hurlements des hommes emplirent l'air et les Tsurani cédèrent devant la charge. Les cavaliers les traversèrent et se reformèrent à l'autre bout de la combe, là où se cachaient les deux fugitifs. Ils firent volte-face et chargèrent à nouveau. Les survivants, moins de la moitié des hommes, coururent vers la pente ouest de la combe, là où les arbres et la pente briseraient l'élan des cavaliers.

Laurie toucha le bras de Kasumi et lui fit un signe vers la droite. Il était évident que l'officier tsurani avait du mal à se retenir de ne pas rejoindre ses hommes. Soudain, Kasumi partit, en restant à la lisière des arbres, penché en avant. Laurie le suivit et aperçut une vague piste vers l'est. Il attrapa Kasumi par la manche et la lui montra. Ils tournèrent le dos aux combats et s'éloignèrent.

Le jour suivant, deux voyageurs descendaient la route en direction de Zun. Ils portaient tous les deux une chemise, un pantalon et une cape. Un examen plus poussé aurait pu révéler que le tissu qu'ils portaient n'était pas vraiment de la laine, mais quelque chose de proche. Leur ceinture et leurs bottes étaient en peau de needra, teint pour ressembler à du cuir. Tout semblait à la mode midkemiane, comme les épées qu'ils portaient à la ceinture.

L'un d'eux était visiblement un ménestrel, car il portait un luth par-dessus son sac à dos. L'autre semblait être un mercenaire. Un observateur attentif aurait eu peu de chances de deviner leur origine exacte, ou leur réelle richesse, car ils portaient une petite fortune en gemmes cachée dans leurs sacs à dos.

Une troupe de cavaliers les croisa sur la route et Laurie dit : « Les choses ont changé depuis la dernière fois que je suis venu ici. Ces hommes dans la forêt, c'étaient des lanciers royaux de Krondor et ceux qui viennent de passer portaient les couleurs de Questor les Terrasses. Toutes les forces des armées de l'Ouest doivent s'être rassemblées par ici. Il semble que quelque chose se prépare. Peut-être ont-ils réussi à découvrir que le Seigneur de Guerre prépare une grande offensive.

— Je l'ignore. Quoi qu'il arrive, il n'y a rien ici de la stabilité dont on nous parle chez nous. Les alliances sont très malaisées depuis la mort du seigneur des Minwanabi et l'émergence de nouvelles forces dans le Grand Jeu. Le Seigneur de Guerre est peut-être encore plus désespéré que ne le pensait mon père. Et la concentration des troupes dans la région me laisse penser que le Seigneur de Guerre ne gagnera peut-être pas si facilement la victoire. » Kasumi marcha un long moment en silence. « J'espère que Hokanu faisait partie de ceux qui ont atteint les arbres. » C'était la première fois qu'il mentionnait son frère et Laurie ne trouva rien à lui dire.

Deux jours plus tard, Laurie, ménestrel de Tyr-Sog et Kenneth, mercenaire du val des Rêves, faisaient étape à l'auberge du Chat vert dans la ville de Zun. Ils dévoraient tous les deux de grand appétit, car cela faisait deux jours qu'ils se nourrissaient exclusivement de rations de soldat — des gâteaux de céréales et des fruits secs.

Laurie avait passé plus d'une heure à négocier avec un courtier en gemmes à la réputation plus que douteuse une série de pierres de petite valeur. Ils s'étaient mis d'accord pour le tiers de leur valeur réelle et Laurie dit à Kasumi : « S'il pense qu'elles ont été volées, il ne posera pas trop de questions. »

Kasumi demanda : « Pourquoi ne lui as-tu pas vendu toutes les pierres ?

— Ton père nous en a tant donné que nous aurions de quoi nous retirer pour le reste de nos jours. Je doute que les courtiers de Zun tous ensemble aient assez d'or pour nous les payer toutes. Nous en vendrons au fur et à mesure de notre voyage. De toute manière, elles pèsent moins lourd que de l'or. »

Les deux hommes terminèrent leur repas, payèrent et partirent. Kasumi avaient du mal à s'empêcher de regarder tout ce métal qui s'étalait sous ses yeux, la fortune d'une vie sur Kelewan. Rien que le prix du repas en argent aurait pu nourrir une famille tsurani pour l'année entière.

Ils se pressèrent dans une rue commerçante de la ville, en direction de la porte sud. On leur avait dit que non loin de là se trouvait un bon maquignon qui pourrait leur vendre des montures et un harnachement pour un bon prix. C'était un homme très maigre au profil d'aigle qui s'appelait Brin. Laurie passa pratiquement une heure à marchander avec lui pour deux de ses meilleures montures. Quand ils le quittèrent, il s'inquiétait encore des nuits blanches qui les hanteraient dans les temps à venir, pour avoir escroqué un honnête homme d'affaires qui devait bien gagner de l'argent pour nourrir ses enfants affamés.

En passant la porte de la ville donnant sur la route pour Ylith, Kasumi dit : « Il y a beaucoup de choses qui me semblent bizarres dans ton monde, mais en te voyant marchander avec cet homme, ça m'a rappelé chez moi. Nos marchands à nous sont beaucoup plus polis, mais c'est la même chose. Ils ont tous des enfants à nourrir. »

Laurie éclata de rire et talonna sa monture. Ils se retrouvèrent rapidement hors de vue de la ville.

Au sud de Questor, ils croisèrent d'autres troupes sur la route, cette fois-ci l'armée régulière du royaume, avec des auxiliaires. Les soldats étaient à pied et les officiers à cheval. Laurie et Kasumi s'arrêtèrent et dessellèrent leurs montures pour les laisser paître, le temps que la colonne passe. Le guerrier regarda passer les soldats d'un œil avisé. Les soldats en uniforme rouge avançaient en rangs serrés et les autres plus dépenaillés, les auxiliaires, arrivaient malgré tout à maintenir un semblant d'organisation. Le train de ravitaillement roulait en ordre impeccable, mené par des charretiers expérimentés qui obligeaient les bêtes à rester à intervalles réguliers. Quand ils eurent fini de passer, Kasumi dit : « Ces soldats sont bien meilleurs que tous ceux que j'ai vus jusque-là dans ton monde, Laurie. Ceux en rouge doivent être des professionnels. Ils marchent bien. Et les autres ont l'air d'avoir de l'expérience, malgré leurs uniformes hétéroclites. »

Laurie opina. « J'ai reconnu leur bannière. C'est la garnison de Shamata, du val des Rêves. Ce sont des vétérans, qui ont souvent combattu contre l'armée de Kesh. Les autres, ce sont les auxiliaires, des mercenaires du val. Ce ne sont pas des tendres, mieux vaut ne pas s'y frotter. » Laurie reprit sa selle et la posa son cheval. « C'est face à une armée bien entraînée que tes compatriotes vont se retrouver. »

Quand les chevaux furent prêts, Laurie et Kasumi se remirent en selle et repartirent. Ils arrivèrent bientôt en vue de la Triste Mer, lorsque la route contourna Questor les Terrasses.

Laurie tira sur ses rênes et regarda la mer. « Qu'est-ce qu'il y a ? » demanda Kasumi.

Laurie mit sa main en visière. « Des vaisseaux ! Un flotte tout entière qui va vers le nord. » Il la regarda un moment et finalement Kasumi aperçut des points blancs sur la mer bleue.

« Vers où vont-ils ? demanda Kasumi.

— Le port le plus important au nord d'ici, c'est Ylith. Ce doit être du ravitaillement pour la guerre. »

Ils reprirent leur route. Ils se sentaient pressés par les événements : tout ce qu'ils voyaient leur indiquait que la guerre allait devenir plus terrible encore et que plus ils prendraient de temps, moins leur mission aurait de chances de réussir.

Quatorze jours plus tard, ils arrivèrent aux portes nord de Krondor. Quand ils entrèrent, des gardes en noir et or les regardèrent avec suspicion. Dès qu'ils furent hors de portée d'ouïe des gardes de la porte, Laurie dit : « Ce ne sont pas les tabards du prince. La bannière de Bas-Tyra flotte sur Krondor. »

Ils ralentirent un moment, puis Kasumi demanda : « Qu'est-ce que cela signifie ?

— Je l'ignore. Mais je connais un endroit où nous pourrons le découvrir. » Ils traversèrent une série de rues bordées de chaque côté par des entrepôts et des entreprises commerciales. On entendait les bruits des docks à quelques rues de là, mais par ailleurs tout était calme. « Étrange, remarqua Laurie en passant. Habituellement, cette partie de la ville est plutôt active à cette heure de la journée. »

Kasumi regardait autour de lui, sans savoir à quoi s'attendre. Les villes de Midkemia, comparées à celles de l'empire, semblaient petites et sales. Mais effectivement, le manque d'activités par ici avait quelque chose d'anormal. Zun et Ylith grouillaient de soldats, de marchands et de badauds à midi, alors qu'elles étaient plus petites que la ville de Krondor. À mesure qu'ils avançaient, Kasumi se sentait de plus en plus mal à l'aise.

Ils entrèrent dans une partie de la ville encore plus délabrée que le quartier des entrepôts. Les rues y étaient très étroites et des bâtiments de quatre ou cinq étages s'empilaient les uns sur les autres. Il y avait des ombres partout, même à midi. Les gens des rues, quelques marchands et des femmes qui allaient au marché, tout le monde était silencieux, pressé. Les cavaliers ne voyaient autour d'eux que des visages fermés et inquiets.

Laurie guida Kasumi jusqu'à une porte de cour derrière laquelle on voyait s'élever un bâtiment de trois étages. Laurie se pencha sur sa selle et tira sur la clochette. Quelques minutes plus tard, comme il n'y avait toujours pas de réponse, il tira à nouveau.

Un judas coulissa dans la porte quelques instants plus tard, deux yeux apparurent et une voix demanda : « Qu'est-ce que vous voulez ? »

Laurie répondit d'un ton sec : « Lucas, c'est toi ? Comment se fait-il qu'on ne puisse pas entrer ? »

Les yeux s'écarquillèrent et le judas se referma. La porte s'ouvrit en grinçant et un homme sortit pour écarter les battants plus largement. « Laurie, vieille canaille ! dit-il en laissant entrer les cavaliers. Ça fait bien cinq... non, au moins six ans. »

Ils passèrent dans la cour et Laurie regarda l'auberge d'un air consterné. D'un côté, il y avait une écurie en ruine. En face de l'entrée, était accrochée une enseigne décolorée représentant un perroquet aux ailes déployées et au plumage terni. Ils entendirent la porte se refermer derrière eux.

L'homme appelé Lucas, grand et maigre, les cheveux gris, dit : « Il va falloir que vous vous occupiez vous-mêmes de vos montures. Je suis tout seul ici et je dois retourner à la salle commune avant que mes clients ne m'aient tout volé. Je vous verrai toi et ton ami à l'intérieur et là nous pourrons causer. » Il repartit, laissant les deux cavaliers prendre soin de leurs chevaux.

En retirant les selles, Laurie dit : « Je ne comprends pas ce qui se passe, ici. Le Perroquet bigarré n'a jamais été un palace, mais ça a toujours été l'une des meilleures tavernes du quartier pauvre. « Il étrilla tranquillement son animal. « S'il y a un endroit où nous avons une chance de savoir ce qui se passe à Krondor, c'est bien ici. Et si j'ai appris une chose de tous mes voyages dans le royaume, c'est bien que quand les gardes des portes regardent les voyageurs de près, il vaut mieux aller à un endroit qu'ils visitent rarement. On peut facilement se faire couper la gorge dans le quartier pauvre, mais les gardes y sont rares. Et quand ils débarquent, l'homme qui essayait de te couper la gorge a de grandes chances de te cacher jusqu'à ce qu'ils soient partis.

— Et puis de réessayer de te couper la gorge. »

Laurie éclata de rire. « Tu apprends vite. »

Quand ils se furent occupés de leurs chevaux, les deux voyageurs prirent leur selle et leurs sacs et les emportèrent avec eux dans l'auberge. Ils trouvèrent une salle commune mal éclairée, avec un bar qui courait le long du mur arrière. À gauche se trouvait une grande cheminée et à droite un escalier montant. Il y avait beaucoup de tables vides, deux seulement étaient occupées. Les clients jetèrent un regard aux nouveaux arrivants, puis ils retournèrent à leur verre et à leurs conversations à voix basse.

Laurie et Kasumi allèrent au bar, où Lucas essuyait des verres à vin avec un torchon d'une propreté douteuse. Ils posèrent leurs sacs à leurs pieds et Laurie dit : « Tu as du vin de Kesh ? »

Lucas répondit : « Un peu, mais il est cher. On ne fait plus beaucoup de commerce avec Kesh depuis que les troubles ont commencé. »

Laurie regarda Lucas, comme s'il réfléchissait au prix. « Alors deux bières. »

Lucas tira deux grandes chopes de bière et dit : « C'est bon de te revoir, Laurie. Ta jolie voix m'a manqué. »

Laurie dit : « Ce n'est pas ce que tu m'as dit la dernière fois. Si je me souviens bien, tu l'avais comparée au feulement d'un chat qui cherche la bagarre. »

Ils rirent et Lucas dit : « Au train où vont les choses, je suis plus coulant avec les vrais amis. Il n'y en a plus beaucoup. » Il jeta un regard insistant sur Kasumi.

Laurie le rassura : « C'est Kasumi, un bon ami à moi, Lucas. »

Lucas continua à regarder un moment le Tsurani, puis il sourit. « Les recommandations de Laurie valent de l'or. Bienvenue. » Il tendit la main et Kasumi la lui serra à la mode du royaume.

« Votre accueil me plaît. »

Lucas fronça les sourcils en entendant son accent. « Un étranger ?

— Du val des Rêves, dit Kasumi.

— Côté royaume », ajouta Laurie.

Lucas regarda le guerrier. Au bout d'un moment, il haussa les épaules. « Peu importe. Ça me fait ni chaud ni froid, mais faites gaffe. Les gens sont soupçonneux et on n'aime pas beaucoup les étrangers. Faites attention à qui vous parlez, on dit que des soldats de Kesh se préparent encore une fois à marcher vers le nord et vous n'êtes pas très loin d'être un Keshian. »

Avant que Kasumi ne puisse répondre, Laurie dit : « On va avoir des problèmes avec Kesh, alors ? »

Lucas secoua la tête. « Je sais pas. Il y a plus de rumeurs au marché qu'un mendiant a de furoncles. » Il baissa la voix. « Il y a deux semaines, des marchands sont arrivés et ont annoncé que l'empire de Kesh la grande était à nouveau en guerre au sud et qu'ils cherchaient à nouveau à mater leurs anciens vassaux de la confédération. Les choses devraient se calmer un moment. Ça fait plus d'un siècle qu'ils ont compris que c'était une folie de mener une guerre sur deux fronts à la fois, quand ils ont réussi à perdre toute la Bosania sans battre pour autant la confédération. »

Laurie dit : « Ça fait longtemps qu'on est sur les routes et on n'a pas eu beaucoup de nouvelles. Pourquoi est-ce que la bannière de Bas-Tyra flotte sur Krondor ? »

Lucas jeta un coup d'œil rapide sur la salle. Les clients n'avaient pas l'air de s'intéresser à la conversation au bar, mais il fit signe à

Laurie de se taire. « Je vais vous montrer votre chambre », dit-il tout haut. Laurie et Kasumi furent un peu surpris, mais ils prirent leurs bagages et suivirent Lucas dans l'escalier sans rien dire.

Il les conduisit à une petite pièce, avec deux lits et une table de chevet. Quand la porte fut fermée, il dit : « Je te fais confiance, Laurie, alors je ne te poserai pas de questions, mais il faut que tu saches que les choses ont beaucoup changé depuis que tu es parti. Même dans le quartier pauvre, le vice-roi a des oreilles. Bas-Tyra tient la ville à la gorge et il faut être fou pour parler sans savoir qui t'écoute. »

Lucas s'assit sur l'un des lits et Laurie et Kasumi s'assirent en face de lui. Laurie poursuivit : « Quand Bas-Tyra est arrivé à Krondor, il avait un mandat du roi qui l'autorisait à régner sur Krondor, avec tous les pouvoirs de vice-roi. Le prince Erland et sa famille ont été enfermés au palais, même si Guy a dit que c'était pour leur sécurité. Et puis Guy s'est mis à s'occuper de la ville. Des recruteurs ont commencé à traîner dans les rues et beaucoup d'hommes se sont retrouvés sur les navires de la flotte de Jessup sans que leur femme ou leurs enfants sachent ce qu'il était advenu de leur vieux. Depuis, tous ceux qui disent du mal du vice-roi ou du roi lui-même disparaissent, tout simplement, parce que la police secrète de Guy a les oreilles collées à toutes les portes de la cité.

« Les taxes augmentent chaque année à cause de la guerre et le commerce est en train de s'effondrer. Même ceux qui vendent des marchandises à l'armée, tout ce qu'ils reçoivent, ce sont des coupons sans valeur. Les temps sont durs et le vice-roi ne fait rien pour arranger ça. La nourriture est rare et il n'y a pas beaucoup d'argent pour payer ce qu'on trouve. Beaucoup de fermiers ont perdu leur ferme à cause des taxes et maintenant les terres sont en jachère parce qu'il n'y a plus personne pour les cultiver. Alors les fermiers viennent à la ville et augmentent encore la population. La plupart des hommes jeunes ont été engagés dans l'armée ou dans la flotte. Ne donnez pas à la garde la moindre raison de vous attraper et faites attention aux recruteurs. Enfin, ricana Lucas, l'atmosphère a été chaude quand le prince Arutha est venu à Krondor.

— Le fils de Borric ? Il est dans la ville ? » demanda Laurie.

Une lueur malicieuse passa dans les yeux de Lucas. « Plus maintenant. » Il eut à nouveau un petit rire. « L'hiver dernier, sans complexe, le prince est arrivé en navire à Krondor. Il a dû traverser les passes des Ténèbres pendant l'hiver, sinon il ne serait jamais arrivé à cette époque-là en ville. » Il leur expliqua rapidement l'histoire de la fuite d'Arutha et d'Anita.

Laurie demanda : « Ils sont rentrés à Crydee ? »

Lucas opina. « Un marchand est venu de Carse il y a une semaine avec plein de nouvelles du monde. L'une des choses qu'il a apprises, c'est que les Tsurani faisaient des trucs vers Jonril et que le prince de Crydee était prêt à descendre les aider si nécessaire. J'imagine qu'Arutha à réussi à rentrer. »

Laurie dit : « Guy a dû être furieux en apprenant ça. »

Lucas cessa de sourire. « Pour ça, oui, Laurie. Il avait mis le prince Erland au cachot pour qu'il lui accorde la permission d'épouser Anita. Après qu'Anita se fut échappée, il l'y a laissé. Je pense qu'il a dû se dire que la fille préférerait revenir plutôt que laisser son père moisir dans une cellule humide, mais il a eu tort. Maintenant, on dit dans les rues que le prince est mourant à cause du froid. C'est pour ça que la ville est dans un tel état. Personne ne sait ce qui va arriver si Erland meurt. Le peuple l'aime et il pourrait bien y avoir des problèmes. » Laurie regarda Lucas, une question muette brillant dans ses yeux. « Non, pas une rébellion, répondit Lucas. Nous sommes trop découragés. Mais certains des gardes de Guy pourraient bien manquer à l'appel et le palais et la garnison risquent d'avoir du mal à obtenir leur ravitaillement. Et je ne voudrais pas être à la place du collecteur d'impôts du vice-roi quand il va passer dans le quartier pauvre. »

Laurie réfléchit à tout cela. « Nous devons aller vers l'est. Comment est la route ? »

Lucas secoua lentement la tête. « On y voyage encore un peu. Je pense que passé la lande Noire, vous ne devriez plus avoir trop de problèmes. On dit que les choses sont plus tranquilles à l'est. Faites attention quand même. »

Kasumi demanda : « Nous n'aurons pas de problème à quitter la ville ? »

— La porte nord est encore la plus pratique. Elle n'est pas gardée, comme d'habitude. Pour quelques pièces, les Moqueurs peuvent vous faire passer sans difficulté. »

— Les Moqueurs ? » demanda le guerrier.

Lucas leva un sourcil d'un air surpris. « Tu viens de loin. La guilde des voleurs. Ils contrôlent encore le quartier pauvre et le Juste a encore une certaine influence chez les marchands et les commerçants, tout spécialement au niveau des quais. Le quartier des entrepôts, c'est leur second foyer, après le quartier pauvre. Ils peuvent vous faire sortir, si vous avez des problèmes aux portes. »

Laurie dit : « Nous y penserons, Lucas. Et ta famille ? Je ne les ai pas vus. »

Lucas sembla se recroqueviller sur lui-même. « Ma femme est morte, Laurie, de la fièvre, il y a un an. Mes fils sont tous les deux dans l'armée. Je n'ai pas beaucoup entendu parler d'eux en un an. La dernière fois que j'ai reçu un message, ils étaient au nord avec les ducs Borric et Brucal.

« La ville est pleine de vétérans de la guerre. On en voit partout. Ce sont ceux à qui il manque des membres ou un œil. Mais ils portent encore leur vieux tabard. Ils sont pathétiques. » Lucas détourna les yeux, le regard lointain. « J'espère juste que mes gamins ne finiront pas comme ça. »

Laurie et Kasumi ne dirent rien. Lucas sortit de sa rêverie. « Je dois redescendre. Le souper sera prêt dans quatre heures, mais ça ne vaut pas ce que je servais avant. » En s'apprêtant à partir, il dit : « Si vous avez besoin de contacter les Moqueurs, dites-le-moi. »

Après son départ, Kasumi dit : « Il est difficile de voir ton pays, Laurie et de continuer à trouver que la guerre est glorieuse. »

Laurie opina.

L'entrepôt était sombre et moisi. À l'exception de Laurie, Kasumi et deux chevaux frais, il était vide. Ils étaient restés une nuit au Perroquet bigarré et avaient acheté au prix fort de nouvelles montures, puis ils avaient essayé de quitter la ville. Quand ils étaient arrivés aux portes, un détachement de gardes de Bas-Tyra les avait arrêtés. Quand il avait été clair que les gardes ne les laisseraient pas partir tranquillement, Laurie et Kasumi s'étaient enfuis et ils avaient filé comme des fous dans la ville. Ils avaient semé leurs poursuivants dans le quartier pauvre et ils étaient retournés au Perroquet bigarré. Lucas avait envoyé un message au Juste et maintenant ils attendaient qu'un voleur vienne les aider à sortir de la ville.

Il y eut un sifflement dans l'entrepôt silencieux. Laurie et Kasumi sortirent immédiatement l'épée. Un rire aigu fusa et une petite silhouette tomba du plafond. Dans le noir, il était difficile de savoir d'où elle venait exactement, mais Laurie se dit que leur visiteur avait dû rester caché dans les poutres un bon moment.

La silhouette s'avança et ils découvrirent un enfant, qui ne devait pas avoir plus de treize ans. « Il y a une fête chez ma mère, dit le nouveau venu.

— Et tout le monde va bien s'amuser, répondit Laurie.

— C'est donc vous les voyageurs.

— C'est toi, le guide ? » demanda Kasumi sans chercher à cacher sa surprise.

Le garçon répondit d'un ton bravache. « Ouais. C'est Jimmy les mains vives, votre guide. Et vous n'en trouverez pas de meilleur dans tout Krondor. »

Laurie dit : « Qu'est-ce qu'il faut faire ?

— D'abord, le paiement. Ça fait cent souverains chacun. »

Sans commentaire, Laurie sortit plusieurs petites gemmes et les tendit : « Ça ira ? »

Le garçon se tourna vers la porte de l'entrepôt et l'entrouvrit légèrement, laissant passer un rayon de lune. Il inspecta les gemmes d'un œil d'expert et revint voir les deux fugitifs. « Ça ira. Pour cent de plus, vous pouvez avoir ça. » Il leur montra un morceau de parchemin.

Laurie le prit, mais il faisait trop sombre et il n'arriva pas à lire ce qui y était écrit. « Qu'est-ce que c'est ? »

Jimmy ricana. « Un mandat royal, qui autorise le porteur à prendre la route royale.

— Il est authentique ? demanda le ménestrel.

— Parole. Je l'ai piqué à un marchand de Luldland ce matin et il est valable encore un mois.

— Marché conclu », dit Laurie et le ménestrel tendit une autre gemme au garçon.

Quand les gemmes se retrouvèrent en sûreté dans la bourse du voleur, il dit : « Ils vont bientôt entendre un brouhaha à la porte. Quelques gamins vont faire une farce aux gardes. Quand ce sera le bordel, on passera. »

Il se tourna vers la porte et regarda dehors sans un mot de plus. Kasumi chuchota : « On peut lui faire confiance ?

— Non, mais nous n'avons pas le choix. Si le Juste pense que c'est plus avantageux pour lui de nous livrer, ce gamin n'hésitera pas à le faire. Mais les Moqueurs n'aiment pas beaucoup les gardes, maintenant encore moins qu'avant, d'après Lucas, alors c'est peu probable. Reste quand même sur la défensive. »

Le temps s'étira interminablement, puis soudain ils entendirent des cris. Jimmy lança un coup de sifflet et en reçut un autre en réponse. « C'est bon », dit-il. Et il sortit par la porte.

Laurie et Kasumi firent sortir leurs chevaux derrière lui. « Suivez-moi vite et restez près de moi », leur dit leur petit guide en partant.

Ils tournèrent au coin de l'entrepôt et virent la porte nord. Des hommes se bagarraient, dont visiblement un bon nombre de marins du port. Les gardes faisaient ce qu'ils pouvaient pour que tout rentre dans l'ordre, mais chaque fois que l'un d'eux réussissait à repousser un des hommes de la mêlée, un autre jaillissait de l'ombre qui entourait la porte et se joignait à la bagarre. Au bout de quelques minutes, tous les gardes étaient occupés à essayer de calmer les choses. Jimmy dit alors : « Maintenant ! »

Il courut, suivi de près par les deux voyageurs et fila vers le mur juste à côté du poste de garde. Ils se faufilèrent dans l'ombre, le bruit des sabots couvert par la bagarre. Quand ils arrivèrent près de la porte, il n'y avait qu'un seul garde, de l'autre côté, qu'ils n'avaient pas pu voir auparavant.

Laurie prit Jimmy par l'épaule. « Il va falloir nous débarrasser rapidement de celui-ci. »

Jimmy dit : « Non. Si quelqu'un tire les armes, les gardes vont abandonner leur petit divertissement comme un bordel en flammes. Laissez-moi faire. »

Jimmy bondit et courut vers le garde. Comme le garde lui pointait sa lance sur la poitrine en criant « Halte ! » Jimmy lui donna un bon coup de pied dans le tibia, juste au-dessus de la botte. L'homme hurla, puis regarda son petit assaillant avec rage. « Espèce de demi-portion... »

Jimmy lui tira la langue et s'enfuit en direction des quais. Le garde s'élança à sa poursuite et les deux voyageurs purent se glisser hors des murs. Dès qu'ils furent à l'extérieur de la ville, ils se mirent rapidement en selle et s'éloignèrent. Ils quittèrent Krondor, poursuivis par les bruits de la bagarre.

Arrivés à la lande Noire, ils se reposèrent une journée dans une auberge de la ville blottie sous le château. Ils avaient chevauché pendant deux jours dans les collines et leurs montures devaient prendre un peu de repos avant de repartir pour les prairies de la croisée de Malac. La ville était tranquille et il ne s'y passait rien d'intéressant jusqu'à ce que la porte de l'auberge s'ouvre et qu'un homme en robe brune sale entre. L'homme était vieux et courbé, maigre au point d'en être décharné. L'aubergiste leva les yeux du verre qu'il essuyait et demanda : « Qu'est-ce que tu veux ? »

Tout doucement, l'homme demanda : « S'il vous plaît, messire, un peu à manger.

— Tu peux payer ?

— Je peux vous faire des sorts pour débarrasser votre auberge de sa vermine, si vous avez des rats, messire. Peut-être...

— Va-t'en ! Je n'ai rien à manger pour les mendiants et les magiciens. Sors d'ici ! Et si mon lait a tourné, je t'enverrai mes chiens ! »

Le magicien jeta un coup d'œil autour de lui. Laurie tapota le bras de Kasumi de l'autre côté de la table. Son héritage tsurani le trahissait et il regardait la scène avec un air parfaitement ahuri. Sous ses yeux, un magicien se faisait traiter comme un chien. Laurie le rappela à l'ordre. Le magicien se retourna lentement et sortit de l'auberge.

Laurie se leva d'un bond et alla voir l'aubergiste. Faisant claquer quelques pièces sur le comptoir, il dit : « Vite. Un morceau de viande froide, une tranche de pain et une gourde de vin. »

L'aubergiste parut surpris, mais les pièces sur le bar le convainquirent d'obtempérer. Quand il eut ce qu'il avait commandé, Laurie attrapa le tout. Il prit un moment pour saisir un morceau de fromage sur un plateau et sortit rapidement. Kasumi était aussi étonné que l'aubergiste.

Laurie regarda la route et il vit le vieil homme, le dos bien droit, qui marchait en s'aidant d'un bâton comme d'une canne. Il lui courut après et quand il l'eut rattrapé, il dit : « Excusez-moi, mais j'étais à la taverne tout à l'heure et... » Il lui tendit la nourriture et l'outre de vin.

Il vit les yeux du magicien perdre de leur fierté. « Pourquoi faites-vous cela, ménestrel ? »

Laurie répondit : « J'ai un ami magicien, un ami qui m'est très cher. Il m'a rendu un grand service une fois et je... c'est une sorte de rétribution. »

Le magicien accepta l'explication et prit la nourriture. Tant qu'il était encore encombré par tout cela, Laurie glissa deux gemmes dans sa bourse vide. Cela suffirait à ce magicien pour ne plus jamais avoir faim, pour peu qu'il vive modestement. « Quel est le nom de ce magicien, je le connais peut-être ?

— Milamber. »

Le vieil homme secoua la tête. « Je n'ai jamais entendu parler de lui. Où vit-il ? »

Laurie regarda vers l'ouest, là où le soleil se couchait derrière les collines. Avec beaucoup d'émotion dans la voix, il répondit : « Loin d'ici, l'ami, très loin d'ici. »

Le vaisseau se lançait à l'assaut des vagues, l'équipage remontait les voiles. Laurie et Kasumi étaient debout sur le pont, regardant les flèches et les tours de Rillanon. Ils arrivaient au port. « Une cité fabuleuse, dit l'ancien officier tsurani. Pas aussi grande que les villes de chez moi, mais si différente. Tous ces petits doigts de pierre et les couleurs de ces bannières font penser à une ville de légende.

— Étrange, dit Laurie. Pug et moi avons pensé la même chose en voyant Jamar pour la première fois. Je suppose que c'est simplement parce que nous sommes très différents. »

Ils étaient montés sur le pont, la brise était fraîche, mais on sentait quand même la chaleur du soleil. Ils étaient vêtus tous les deux des plus beaux atours qu'ils avaient pu trouver à Salador, car ils voulaient pouvoir être présentables à la cour et savaient qu'ils n'auraient pas beaucoup de chances d'obtenir une audience du roi s'ils ressemblaient à de simples vagabonds.

Le capitaine du navire donna l'ordre de diminuer la voilure et le vaisseau vint se glisser à sa place le long du quai quelques instants plus tard. On lança des câbles à des hommes qui attendaient sur le port et le vaisseau fut rapidement amarré.

Dès qu'ils le purent, les deux voyageurs débarquèrent et entrèrent dans la ville. Rillanon, la fameuse capitale historique du royaume des Isles, étincelait de mille couleurs sous le soleil, mais on sentait comme une tension dans l'atmosphère des rues et des marchés. Où qu'ils passent, les gens se parlaient à voix basse, comme s'ils craignaient que quelqu'un les entende et même les colporteurs des rues ne semblaient vendre leurs marchandises qu'à contrecœur.

Il était pratiquement midi et sans chercher de chambres, ils se dirigèrent droit sur le palais. Quand ils arrivèrent devant la porte principale, un officier portant le pourpre et l'or de la garde royale leur demanda ce qui les amenait.

Laurie répondit : « Nous apportons au roi un message de la plus haute importance concernant la guerre. »

L'officier réfléchit. Ils étaient bien habillés et n'avaient pas l'air des fous habituels venus prédire la mort du royaume ni de prophètes illuminés par une vérité quelconque. Mais ce n'étaient pas non plus des personnalités officielles de la cour ou de l'armée. Il décida de suivre la procédure habituelle en cours dans toutes les armées en toute circonstance : il les fit présenter à une autorité supérieure.

Un garde les escorta jusqu'au bureau d'un assistant du chancelier royal. On les fit attendre là une demi-heure, le temps que l'assistant puisse les voir. Ils entrèrent dans le bureau et se trouvèrent confrontés à l'intendant de la maison royale, un petit homme bedonnant imbu de son importance, qui parlait en sifflant. « Quelle affaire occupe ces gentilshommes ? » demanda-t-il, montrant clairement que la considération qu'il avait pour eux restait provisoire.

« Nous avons un message pour le roi concernant la guerre, répondit Laurie.

— Oh, renifla-t-il. Et pourquoi ces documents, ou ces messages ne nous parviennent-ils pas par la voie militaire habituelle ? »

Kasumi, visiblement exaspéré par cette attente maintenant qu'ils étaient arrivés au palais, dit : « Laissez-nous parler avec quelqu'un qui peut nous obtenir une audience auprès du roi. »

L'intendant de la maison royale s'empourpra. « Je suis le baron Gray. C'est à moi qu'il vous faudra vous adresser, jeune homme ! Et j'ai bien envie de demander aux gardes de vous jeter dehors. Sa majesté ne saurait être dérangée par tous les charlatans qui désirent une audience avec elle. C'est moi qu'il vous faut convaincre et je ne vous trouve pas convaincants. »

Kasumi fit un pas en avant et attrapa l'homme par sa tunique. « Et moi, je suis Kasumi des Shinzawai. Mon père est Kamatsu, seigneur des Shinzawai et chef de guerre du clan Kanazawai. Je veux voir votre roi ! »

Monseigneur Gray pâlit à vue d'œil. Il tenta frénétiquement de se dégager et essaya de parler. Il était sous le choc de ce qu'il venait d'entendre et de la manière dont on le traitait. C'en était trop pour qu'il arrive à prononcer la moindre parole. Il opina frénétiquement jusqu'à ce que Kasumi le relâche.

Lissant le devant de sa tunique, l'homme dit : « Le chancelier du roi va en être informé... immédiatement. »

Il se dirigea vers une porte et Laurie vérifia qu'il ne prévenait pas les gardes, se disant qu'ils devaient être fous. Quoi qu'il ait pu en penser, les manières de Kasumi avaient dû le convaincre qu'il se trouvait face à des gens très différents de tous ceux qu'il avait pu voir auparavant. Un messager partit et quelques minutes plus tard, un homme âgé entra dans la pièce.

Il demanda simplement : « Qu'y a-t-il ?

— Votre grâce, dit l'intendant, je crois que vous feriez bien de parler à ces gens et d'envisager de les présenter à sa royale majesté. »

L'homme se tourna vers les deux autres personnes qui se trouvaient dans le bureau. « Je suis le duc Caldric, le chancelier du roi. Pour quelle raison désirez-vous vous entretenir avec sa majesté ? »

Kasumi répondit : « Je porte un message de l'empereur de Tsuranuanni. »

Le roi était assis dans un pavillon installé sur une terrasse surplombant le port. En dessous, une rivière passait directement devant le palais, un ouvrage de défense désormais inutile. Des ponts gracieux l'enjambaient pour que les gens puissent passer aisément d'une rive à l'autre.

Le roi Rodric écoutait apparemment avec attention ce que lui disait

Kasumi. Il jouait d'un air absent avec une balle dorée de la main droite, tandis que Kasumi lui expliquait en détail le message de paix de l'empereur.

Rodric resta un moment silencieux après que Kasumi eut terminé, comme s'il réfléchissait à ces propositions. Kasumi tendit plusieurs documents au duc Caldric, puis il attendit la réponse du roi. Au bout d'un moment de silence, Kasumi ajouta : « Les propositions de l'empereur sont détaillées sur ces parchemins, votre majesté, si vous désirez les étudier plus à votre aise. J'attendrai votre réponse et la ferai parvenir à mon empereur. »

Rodric restait silencieux et les courtisans qui assistaient à la scène commencèrent à se regarder nerveusement. Kasumi allait reprendre la parole quand le roi dit : « Cela m'amuse toujours de regarder mes petits sujets grouiller dans la ville comme autant de fourmis. Je me demande souvent à quoi ils pensent, en vivant leur petite vie toute simple. » Il se tourna vers les deux émissaires. « Vous savez, je pourrais les condamner à mort, n'importe lequel d'entre eux. Il me suffirait d'en choisir un, depuis cette terrasse, à ma guise. Il me suffirait de dire à mes gardes : "Vous voyez cet homme avec son chapeau bleu ? Allez lui trancher la tête" et ils iraient le faire, vous savez. C'est parce que je suis le roi. »

Laurie sentit un frisson lui remonter l'échine. C'était encore pis que tout ce qu'il avait imaginé. Le roi ne semblait pas avoir entendu un seul mot de ce qu'on lui avait dit. Kasumi, très tranquillement, dit en tsurani : « Si nous échouons, l'un de nous devra aller annoncer la nouvelle à mon père. »

À ces mots, la tête du roi se tourna brusquement vers eux. Ses yeux s'écarquillèrent et il parla d'une voix tremblante. « Qu'est ceci ? » Sa voix monta d'un ton. « Je ne supporte pas que l'on chuchote ! » Il prit un air traqué. « Vous savez, ils chuchotent constamment, ceux qui complotent. Mais je sais qui ils sont et je les ferai mettre à genoux devant moi, oh ! oui, je le ferai. J'ai mis à genoux ce traître de Kerus avant de le pendre. J'aurais fait pendre sa famille, s'ils n'avaient pas fui à Kesh. » Il regarda Kasumi. « Vous espérez m'avoir avec votre histoire bizarre et ces soi-disant documents. N'importe quel imbécile serait capable de vous percer à jour. Vous êtes des espions ! »

Le duc Caldric sembla désespéré et tenta de calmer le roi. Plusieurs gardes non loin se dandinaient d'un pied sur l'autre, gênés par ces paroles.

Le roi repoussa le duc soucieux. Il dit d'un ton presque hystérique : « Vous êtes des agents de ce traître de Borric. Lui et mon oncle complotaient pour me prendre mon trône. Mais je les en ai empêchés. Mon oncle Erland est mort... » Il se tut un moment, confus. « Non, je veux dire, il est malade. C'est pour ça que mon loyal Guy a été envoyé du Bas-Tyra pour diriger Krondor jusqu'à ce que mon cher oncle se sente mieux... » Ses yeux semblèrent s'éclairer un moment et il dit : « Je ne vais pas très bien. Je vous prie de m'excuser. Je vous reparlerai demain. » Il se leva de sa chaise. Il fit quelques pas, puis se retourna vers Laurie et Kasumi. « Pourquoi vous vouliez me voir ? Ah, oui, la paix. Oui, c'est bien. Cette guerre est une chose terrible. Il faut y mettre fin pour que je puisse me remettre à la construction. Nous devons reprendre la construction. »

Un page prit le bras du roi et l'emmena. Le chancelier du roi dit : « Suivez-moi, ne dites rien. »

Il les fit traverser le palais au plus vite et les conduisit à une salle avec deux gardes à la porte. Un garde leur ouvrit la porte et ils entrèrent. C'était une chambre avec deux grands lits et dans le coin une table et des chaises. Le chancelier leur dit : « Votre arrivée tombe mal. Notre roi, comme vous l'avez sans doute compris, est malade et je crains qu'il ne s'en remette pas. J'espère qu'il sera mieux à même de comprendre votre message demain. Restez, je vous prie, jusqu'à ce que l'on vienne vous mander. On va vous apporter un repas. »

Il alla à la porte et avant de partir, il leur dit : « À demain. »

Un cri dans la nuit les réveilla en sursaut. Laurie se leva rapidement et alla à la fenêtre. Par les rideaux, il vit une silhouette sur la terrasse au-dessous d'eux. En chemise de nuit, le roi Rodric avait l'épée à la main et frappait les buissons. Laurie ouvrit la fenêtre quand Kasumi le rejoignit. Ils entendirent les cris du roi en bas. « Les assassins ! Ils sont là ! » Des gardes arrivèrent en courant et fouillèrent les buissons, tandis que des pages de la cour reconduiaient le monarque hurlant à ses appartements.

Kasumi dit : « En vérité, les dieux l'ont frappé. Ils doivent sûrement haïr votre nation. »

Laurie répondit : « J'ai bien peur, mon ami Kasumi, que les dieux n'aient pas grand-chose à voir là-dedans. Je crois qu'il vaudrait mieux que nous trouvions un moyen de sortir d'ici. J'ai le sentiment que sa royale majesté n'est pas réellement apte à gérer les finesses d'une négociation de paix. Je crois que nous ferions mieux de repartir vers l'ouest et d'en parler au duc Borric.

— Sera-t-il capable de mettre fin à la guerre, ce duc ? »

Laurie alla à la chaise où il avait plié ses vêtements. En prenant sa tunique, il dit : « Je l'espère. Si les seigneurs qui sont ici peuvent regarder le roi se comporter ainsi sans rien faire, la guerre civile va bientôt éclater. Mieux vaut en finir avec une guerre avant d'en commencer une autre. »

Ils s'habillèrent rapidement. Laurie dit : « Espérons que nous pourrons trouver un navire qui parte avec la marée du matin. Si le roi donne l'ordre de boucler le port, nous sommes faits. Ce serait un peu long à la nage. »

Alors qu'ils finissaient de rassembler leurs affaires, la porte s'ouvrit et le chancelier du roi entra. Il s'arrêta, les regarda, déjà habillés. « Bien, dit-il en refermant rapidement la porte. J'espérais bien que vous réagiriez intelligemment. Le roi a donné l'ordre que l'on exécute les espions. »

Laurie, incrédule, demanda : « Il nous prend pour des espions ? »

Le duc Caldric s'assit sur une des chaises à côté de la table, l'air visiblement fatigué. « Qui sait ce que peut penser sa majesté, ces derniers jours ? Nous sommes rares à essayer de réfréner ses impulsions les plus terribles, mais cela devient chaque jour plus difficile. Il est victime d'une maladie terrible à voir. Il y a quelques années, c'était un homme impétueux, c'est vrai, mais ses plans étaient empreints d'une certaine grandeur, une folie créatrice qui aurait pu faire de nous la plus grande nation de Midkemia.

« Maintenant, il y a beaucoup de gens pour profiter de lui, qui utilisent ses peurs à leurs propres fins. Je crains que bientôt on me fasse passer pour traître et que je rejoigne les autres dans la mort. »

Kasumi boucla le ceinturon de son épée. « Pourquoi rester, votre grâce ? Si cela est vrai, pourquoi ne pas venir avec nous voir le duc Borric ? »

Le duc regarda le fils aîné des Shinzawai. « Je suis un noble du royaume et c'est mon roi. Je dois faire tout ce que je peux pour l'empêcher de faire du mal au royaume, même au prix de ma propre vie, mais je ne pourrai pas lever les armes contre lui, ni aider ceux qui le feront. Je ne sais pas comment ces choses-là se passent dans votre monde, Tsurani, mais ici, il faut que je reste. C'est mon roi. »

Kasumi acquiesça. « Je comprends. À votre place, je ferais la même chose. Vous êtes un homme brave, duc Caldric. »

Le duc se leva. « Je suis un homme fatigué. Le roi a pris une boisson forte, de ma propre main. Il refuse de boire de qui que ce soit d'autre, car il craint le poison. J'ai demandé au chirurgien de lui donner quelque chose pour qu'il dorme. Vous devriez déjà être en mer quand il se réveillera. Je ne sais pas s'il se souviendra de votre visite, mais soyez assurés que quelqu'un la lui rappellera dans un jour ou deux au plus. Alors ne traînez pas. Allez directement voir monseigneur Borric et dites-lui ce qui est arrivé. »

Laurie dit : « Le prince Erland est-il réellement mort ?

— Oui. La nouvelle nous est parvenue il y a une semaine. Il était trop faible pour résister au froid des cachots. C'est maintenant Borric l'héritier de la couronne. Rodric ne s'est jamais marié : il a trop peur des gens. Le destin du royaume est entre les mains de Borric. Dites-le lui. »

Ils allèrent à la porte. Avant que le duc ne l'ouvre, il ajouta : « Dites-lui aussi qu'il est probable que je sois mort quand il arrivera à Rillanon. Ce sera une bonne chose, car il me faudrait m'opposer à quiconque lèverait les armes contre la bannière royale. »

Avant que Laurie ou Kasumi n'aient pu répondre quoi que ce soit, il ouvrit la porte. Il y avait deux gardes à l'extérieur et le duc leur donna l'ordre d'escorter Laurie et Kasumi jusqu'aux quais. « *L'Hirondelle royale* est à quai. Vous donnerez ceci au capitaine. » Il tendit un papier à Laurie. « C'est un mandat royal qui le charge de vous emmener à Salador. » Il lui tendit un second papier. « En voici un autre, pour que les armées du royaume vous prêtent assistance dans vos déplacements. »

Ils se serrèrent la main puis les deux émissaires suivirent les gardes dans le couloir. Laurie regarda Caldric par-dessus son épaule en partant. Le vieux duc attendait, les épaules voûtées, fatigué, le visage marqué par l'inquiétude, la tristesse et la peur. En perdant le duc de vue, Laurie se dit que pour rien au monde il ne voudrait être à la place de ce vieil homme.

Les chevaux écumaient. Les cavaliers les cravachèrent pour leur faire monter la colline. Cela faisait un mois qu'ils étaient partis voir le duc Borric et ils arrivaient au terme de leur voyage. *L'Hirondelle royale* les avait ramenés à toute vitesse à Salador, d'où ils étaient partis immédiatement pour l'Ouest. Ils avaient peu dormi en route, échangeant leurs montures contre des fraîches, ou en réclamant quand ils le pouvaient aux patrouilles à cheval grâce au mandat royal que leur avait donné Caldric. Laurie n'en était pas absolument sûr, mais il pensait qu'ils avaient dû couvrir la distance en un temps record.

En plusieurs occasions depuis qu'ils avaient quitté Zun, des soldats les avaient arrêtés. Chaque fois, ils avaient présenté le mandat du chancelier et on les avait laissés passer. Ils approchaient maintenant du camp du duc.

Le Seigneur de Guerre tsurani avait lancé sa grande offensive. Les forces du royaume avaient tenu une semaine, puis elles s'étaient écroulées, quand dix mille nouveaux soldats tsurani s'étaient jetés contre leurs lignes, faisant pencher la balance. Les combats s'étaient faits plus durs alors, une bataille furieuse qui s'était poursuivie sans discontinuer pendant trois jours, avant que l'armée du royaume ne soit finalement mise en déroute. Quand tout fut fini, une bonne partie du front avait été enfoncée et les Tsurani avaient établi une tête de pont de l'autre côté de la passe nord.

Maintenant, les elfes et les nains, tout comme les châteaux de la côte Sauvage, étaient coupés de l'armée principale du royaume. Aucune communication ne passait, car les pigeons messagers avaient été détruits quand l'ancien camp s'était fait envahir. On ne savait rien des autres fronts.

Les armées de l'Ouest se regroupaient et il fallut du temps à Laurie et à Kasumi pour trouver le quartier général. En avançant vers le pavillon de commandement, ils virent les signes d'une terrible défaite de tous côtés. C'était le pire des revers que le royaume avait subis depuis le début de la guerre. Partout ils voyaient des malades et des blessés et ceux qui n'avaient apparemment pas reçu de blessures avaient l'air désespérés.

Un sergent inspecta leur laissez-passer et demanda à un garde de leur indiquer la tente des ducs. Ils arrivèrent à la grande tente de commandement et un laquais leur prit leurs montures, pendant que le garde entrait. Quelques instants plus tard, un jeune homme à barbe blonde qui portait le tabard de Crydee sortit. Derrière lui apparut un gros homme à barbe grise — un magicien, vu ses vêtements — et un autre au visage barré d'une cicatrice. Laurie se demanda si c'étaient les vieux amis dont Pug lui avait parlé, mais il concentra rapidement toute son attention sur le jeune officier qui venait de se placer face à lui. « J'amène un message pour monseigneur Borric. »

Le jeune homme eut un sourire triste, puis il dit : « Vous pouvez me donner le message, messire. Je suis Lyam, son fils. »

Laurie insista : « Sauf votre respect, votre altesse, c'est avec le duc en personne que je dois parler. C'est ce que m'a dit le duc Caldric. »

À la mention du nom du chancelier du roi, Lyam échangea un regard avec ses compagnons, puis il leva un pan de la tente. Laurie et Kasumi entrèrent, suivis des autres. À l'intérieur, il y avait un petit brasero et une grande table jonchée de cartes. Lyam les guida jusqu'à une autre section de l'énorme tente, séparée du reste par un rideau. Il tira le rideau et ils virent un homme allongé sur un lit.

C'était un homme de grande taille, les cheveux noirs semés de gris. Il avait le visage tiré, exsangue, les lèvres presque bleues. Son souffle était rauque et irrégulier dans son sommeil. Il avait une chemise de nuit propre, mais on voyait de gros bandages dépasser de son col défait.

Lyam laissa retomber le rideau quand un autre homme entra dans la tente. Vieux, les cheveux presque entièrement blancs, il avait le dos encore droit et les épaules larges. Il dit doucement : « Qu'y a-t-il ? »

Lyam répondit : « Ces gens ont un message de Caldric pour père. »

Le vieux guerrier tendit la main : « Donnez-le-moi. »

Voyant Laurie hésiter, l'homme aboya : « Bon sang, l'ami, je suis Brucal. Borric blessé, c'est à moi qu'échoit le commandement des armées de l'Ouest. »

Laurie répondit : « Je n'ai pas de message écrit, votre grâce. Le duc Caldric m'a dit de vous présenter mon compagnon. Cet homme est Kasumi des Shinzawai, émissaire de l'empereur de Tsuranuanni, qui porte une offre de paix au roi. »

Lyam demanda : « Il va enfin y avoir la paix ? »

Laurie secoua la tête. « Malheureusement non. Le duc a dit cela, aussi : le roi est fou et le duc du Bas-Tyra a tué le prince Erland. Il craint que seul Borric ne puisse sauver le royaume. »

Brucal se trouva visiblement ébranlé par la nouvelle. Il dit calmement à Lyam : « Nous savons maintenant que les rumeurs étaient vraies. Erland était bien prisonnier de Guy. Erland, mort... J'ai du mal à le croire. » Secouant la tête pour se remettre, il dit : « Lyam, je sais que tu penses surtout à ton père en ce moment, mais il va falloir que tu réfléchisses à cela : ton père est mourant, tu seras bientôt duc de Crydee. Et comme Erland est mort, tu vas aussi devenir de droit héritier du trône. »

Brucal s'assit lourdement sur un tabouret près de la table avec les cartes. « C'est un lourd fardeau que tu dois porter, Lyam, mais l'Ouest va se tourner vers toi comme il s'est tourné vers ton père. Si les deux parties du royaume s'appréciaient auparavant, ce lien est maintenant sur le point de se rompre, avec Guy sur le trône de Krondor. C'est maintenant clair pour nous tous, Bas-Tyra veut être roi, car on ne laissera pas très longtemps un Rodric fou rester sur le trône. » Il regarda fixement Lyam. « Tu vas bientôt devoir décider de ce que va faire l'Ouest. Sur ton ordre, ce sera la guerre civile. »

CHAPITRE 11

La Ville sainte était en fête.

On avait pavoisé tous les grands bâtiments. Le peuple était dans les rues et lançait des fleurs sous les litières des nobles qui s'avançaient vers le stade. C'était l'une des plus grandes fêtes de l'année, qui aurait pu se sentir soucieux un tel jour ?

Une personne effectivement soucieuse arriva dans la salle de transport du stade, alors que résonnaient encore les derniers échos du gong signalant l'arrivée d'un Très Puissant de Tsuranuanni. Milamber oublia un moment ses préoccupations en sortant de la salle, qui jouxtait la tribune centrale du grand stade impérial. Les nobles tsurani agglutinés là, qui passaient le temps en attendant le début des jeux, s'écartèrent pour laisser Milamber accéder à l'arche menant aux sièges des magiciens. En jetant un coup d'œil sur la petite mer de robes noires, il aperçut Shimone et Hochopepa, qui lui avaient gardé une place.

Ils lui firent de grands signes quand il passa le seuil séparant la tribune réservée aux magiciens de celle réservée au parti Impérial et il les rejoignit. En bas, sur le sol de l'arène, des sortes de nains de Tsubar — la prétendue terre oubliée, de l'autre côté de la mer de Sang — luttaient contre de grandes créatures insectoïdes qui ressemblaient à des cho-ja sans intelligence. Le combat qui se déroulait, entre des épées de bois tendre et des mandibules essentiellement inoffensives, était plus amusant qu'autre chose. Les roturiers et les gens de petite noblesse en riaient aux éclats. Ces combats leur permettaient de se divertir, le temps que les grands de ce monde et les un peu moins grands attendent de faire leur entrée dans le stade. À partir d'un certain rang social, le retard devenait une vertu en Tsuranuanni.

Shimone dit : « Quel dommage que tu aies mis tant de temps à venir, Milamber. Il y a eu un match singulièrement réussi tout à l'heure.

— Je croyais que la tuerie ne commencerait pas tout de suite. »

Hochopepa, mâchonnant des noix cuites dans des huiles parfumées, dit : « C'est vrai, mais notre ami Shimone est une sorte d'aficionado des jeux. »

Shimone dit : « Tout à l'heure, de jeunes officiers de noble famille ont livré des combats au premier sang avec des armes d'entraînement, pour faire montre de leur talent et honorer leur clan...

— Sans parler de ce que peuvent rapporter les paris », interrompit Hochopepa.

Sans prêter attention à la remarque, Shimone continua. « Il y a eu un match très disputé entre le fils des Oronalmar et celui des Keda. Cela faisait des années que je n'avais pas vu une si belle démonstration. »

Tandis que Shimone décrivait le match, Milamber parcourut le stade du regard. Il distinguait les petites bannières des Keda, des Minwanabi, des Oaxatucan des Xacatecas, des Anasati et d'autres grandes familles de l'empire. Il vit que la bannière des Shinzawai était absente et se demanda pourquoi. Hochopepa dit : « Tu sembles préoccupé, Milamber. »

Milamber acquiesça. « Avant de partir pour le festival, j'ai entendu dire qu'une motion proposant de réformer les taxes foncières et d'abolir l'esclavage avait été déposée devant le Grand Conseil hier. C'est le seigneur des Tuclamekla qui m'a fait parvenir ce message et je ne comprenais pas la raison pour laquelle il avait bien pu me l'envoyer, jusqu'à la fin de sa lettre, où il me remerciait de lui avoir fourni les idées de réformes sociales que cette motion était destinée à initier. Cet acte m'a complètement abasourdi. »

Shimone éclata de rire. « Si en tant qu'étudiant tu avais toujours été aussi lent à comprendre, tu porterais encore la robe blanche. »

Milamber les regarda sans comprendre et Hochopepa dit : « Tu remues toutes sortes de choses avec tes discours devant l'Assemblée en ressassant constamment toutes les faiblesses de notre société et après tu t'étonnes que des gens t'écoutent ?

— Ce que j'ai dit à nos frères magiciens n'était pas censé sortir des murs de l'Assemblée.

— Comme c'est vilain, dit Hochopepa. Un membre de l'Assemblée a discuté de cela avec un de ses amis qui n'était pas magicien !

— Ce que j'aimerais comprendre, dit Shimone, c'est comment cette série de réformes proposée devant le Grand Conseil par le clan Hunzan a fini par être associée à ton nom ? »

Milamber parut gêné, au grand amusement de ses amis. « L'un des jeunes artistes qui a travaillé sur les fresques murales de ma propriété est un fils des Tuclamekla. Nous avons effectivement discuté des différences qui existaient entre les valeurs culturelles et sociales des Tsurani et celles du royaume, mais c'était juste un complément à nos discussions sur les différences de style artistique. »

Hochopepa leva les yeux au ciel, comme s'il en appelait aux dieux. « Quand j'ai entendu dire que le parti du Progrès — dominé par le clan Hunzan, lui-même dirigé par la famille des Tuclamekla — t'avait cité comme source d'inspiration, j'ai eu du mal à en croire mes oreilles, mais je constate qu'en fait tu trempes dans tous les maux qui empoisonnent l'empire. » Il regarda son ami d'un air faussement sérieux. « Dis-moi, est-il vrai que le parti du Progrès va bientôt s'appeler le parti de Milamber ? »

Shimone éclata de rire et Milamber fixa Hochopepa d'un regard mauvais. « Katala trouve très drôle que ce genre de choses me gênent, Hocho. Et tu peux trouver ça drôle aussi, mais je veux qu'on sache que je n'avais pas voulu que ça arrive. J'ai simplement émis quelques remarques et donné mon opinion. Ce que le clan Hunzan et le parti du Progrès en ont fait, je n'y suis pour rien. »

Hochopepa dit d'un ton sévère : « Je crains que si quelqu'un d'aussi célèbre que toi ne veut pas que de telles choses arrivent, il vaille mieux ne rien dire. »

Shimone rit et Milamber sentit l'amusement le gagner. « Très bien Hocho, répliqua Milamber. J'en prends la responsabilité. Mais malgré tout, je ne sais pas si l'empire est prêt à subir les changements dont à mon avis il a besoin. »

Shimone dit : « Nous avons déjà entendu tes arguments, Milamber et ce n'est ni le jour ni l'endroit pour se lancer dans un débat sur notre société. Vivons l'instant présent. Souviens-toi, beaucoup de membres de l'Assemblée sont choqués par tes réflexions, qu'ils trouvent par trop politiques. Et même si moi j'ai tendance à soutenir tes idées en arguant du fait qu'elles sont novatrices et progressistes, n'oublie pas que tu te fais des ennemis. »

L'approche du parti Impérial fut annoncée à grand renfort de tambours et de trompettes, ce qui coupa court à toute conversation. Des dresseurs chassèrent les Tsubar et les insectoïdes de l'arène. Quand la piste fut dégagée, des hommes passèrent rapidement avec des râteaux et des herses pour lisser le sable. Les trompettes retentirent à nouveau et des hérauts vêtus du blanc impérial firent leur entrée, à la tête de la procession. Ils portaient de longues trompes recourbées creusées dans la corne d'un gros animal, qui s'enroulait autour de leurs épaules et leur remontait au-dessus de la tête. Derrière, des tambours battaient à un rythme soutenu.

Ils se placèrent en face de la tribune impériale et la garde d'honneur du Seigneur de Guerre entra. Tous étaient vêtus d'une armure et d'un heaume recouverts de peau de needra d'un blanc immaculé. Les plastrons et les heaumes étaient ornés d'un précieux liséré de fils d'or qui étincelait au soleil. Milamber entendit Hochopepa marmonner quelque chose au sujet d'une stupide perte de métaux précieux.

Quand ils eurent pris place, un héraut annonça : « Almecho,

Seigneur de Guerre ! » et la foule se leva pour l'acclamer. Il était accompagné de sa suite, qui comprenait plusieurs hommes en robe noire — ses toutous, comme les appelaient les autres membres de l'Assemblée. À la tête de ces magiciens se trouvaient les deux frères Elgahar et Ergoran.

Puis le héraut clama : « Ichindar ! Quatre-vingt-onze fois empereur ! » Les gradins croulèrent sous les ovations et la Lumière du Ciel apparut. Il était entouré de prêtres des vingt ordres. La foule se leva et se lança dans un tonnerre d'applaudissements. Les vivats se poursuivirent longtemps et Milamber se demanda si l'amour que les Tsurani portaient à la Lumière du Ciel résisterait à une confrontation directe entre le Seigneur de Guerre et le jeune empereur. Malgré l'absolu respect que les Tsurani portaient aux traditions, il ne pensait pas que le Seigneur de Guerre serait homme à abandonner son office sans combattre — chose qui n'était encore jamais arrivée — si l'empereur lui en donnait l'ordre.

Lorsqu'il commença à y avoir un peu moins de bruit, Shimone dit : « Il semble, mon cher Milamber, que la vie contemplative ne siée pas à la Lumière du Ciel. Je ne saurais l'en blâmer : devoir rester assis toute la journée avec pour seule compagnie une horde de prêtres et de femmes stupides choisies pour leur beauté et non pour leur conversation, cela doit finir par être affreusement ennuyeux. »

Milamber éclata de rire. « Je doute que beaucoup d'hommes soient d'accord avec toi. »

Shimone haussa les épaules. « J'oublie toujours que tu as commencé ton entraînement sur le tard et que tu as aussi une femme. »

À la mention des femmes, Hochopepa prit un air dégoûté. Il les interrompit. « Le Seigneur de Guerre va parler. »

Almecho se mit debout et leva les mains pour réclamer le silence. Quand le stade fut calmé, il claironna : « Les dieux sourient à Tsuranuanni ! Je vous apporte la nouvelle d'une grande victoire contre les barbares de l'autre monde ! Nous avons écrasé le gros de leur armée et nos guerriers célèbrent la victoire ! Bientôt, la Lumière du Ciel trouvera à ses pieds toutes les terres de ce qu'ils appellent le royaume. » Il se tourna et s'inclina avec déférence devant l'empereur.

Milamber prit la nouvelle comme un coup de poing. Sans même s'en rendre compte, il se serait levé, si Hochopepa ne lui avait pris le bras en lui sifflant : « Tu es tsurani ! »

Milamber surmonta immédiatement ce choc inattendu et il redevint impassible. « Merci, Hocho. J'ai failli m'oublier.

— Chut ! » fit Hocho.

Ils reportèrent leur attention sur le Seigneur de Guerre. « ... et en signe de dévotion envers la Lumière du Ciel, nous lui dédions ces jeux. » Une vague d'acclamations parcourut l'arène et le Seigneur de Guerre s'assit.

Milamber dit tout bas à ses amis : « Il semble que ces nouvelles ne mettent pas l'empereur en extase. » Hochopepa et Shimone regardèrent l'empereur, qui restait parfaitement stoïque.

Hochopepa confirma : « Il le cache bien, mais je crois que tu as raison, Milamber. Il y a quelque chose dans tout cela qui le dérange. »

Milamber n'insista pas, il en connaissait bien la cause : cette victoire affaiblirait la portée de l'initiative de paix du parti de la Roue bleue et augmenterait le pouvoir du Seigneur de Guerre au détriment de celui de l'empereur.

Shimone tapota l'épaule de Milamber. « Les jeux commencent. »

Les portes de l'arène s'ouvrirent pour laisser entrer les combattants. Milamber regarda l'empereur. Il était jeune, il devait avoir tout juste vingt ans et il semblait brillant. Il avait le front haut et ses cheveux brun-roux lui tombaient en cascade sur les épaules. Il se tourna en direction de Milamber, pour parler à un prêtre qui se tenait à côté de lui et Milamber vit ses yeux vert clair briller au soleil. Leurs yeux se rencontrèrent un moment et un instant, il crut y voir une lueur de reconnaissance. Milamber se dit : ainsi, il sait quelle est ma part au sein de son plan. L'empereur poursuivit sa conversation sans même une hésitation et personne ne remarqua leur échange.

Hochopepa dit : « C'est un spectacle de clémence. Ils vont se battre jusqu'à ce qu'il n'y en n'ait plus qu'un. Celui-ci sera pardonné pour ses crimes.

— Quels crimes ont-ils commis ? » demanda Milamber.

Shimone répondit : « Comme d'habitude. De petits vols, mendier sans autorisation du temple, faux témoignage, se soustraire à l'impôt, désobéir aux ordres, des choses comme ça.

— Et les crimes capitaux ?

— Le meurtre, la trahison, le blasphème, frapper son maître : tous ces crimes ne peuvent être pardonnés. » Il dut élever la voix pour couvrir les bruits de la foule. « Ces gens-là sont mis avec les prisonniers de guerre qui refusent de servir comme esclaves. Ils sont condamnés à se battre jusqu'à ce qu'ils finissent par se faire tuer. »

Les gardes sortirent de l'arène, laissant les prisonniers seuls. Hochopepa dit : « De petits criminels. Ça ne va pas être très intéressant. »

La remarque semblait justifiée, les prisonniers formaient un groupe bien affligeant. Nus à l'exception d'un pagne, ils portaient des armes et des boucliers dont ils ne devaient même pas savoir se servir. Beaucoup d'entre eux étaient vieux et malades, visiblement déroutés et en pleine confusion et ils laissaient pendre leur hache, leur épée ou leur lance à bout de bras.

Les trompes annoncèrent le début du combat et les malades et les vieillards se firent rapidement exécuter. Plusieurs d'entre eux n'avaient même pas levé leur arme pour se défendre, trop perdus pour essayer de protéger leur vie. Au bout de quelques minutes, pratiquement la moitié des prisonniers étaient étendus sur le sable, morts ou mourants. L'action se ralentit un peu, les combattants se retrouvant peu ou prou à égalité. Lentement, le nombre d'adversaires diminua et l'aspect un peu chaotique du combat se modifia. Parfois lorsqu'un adversaire s'effondrait, un combattant se retrouvait juste à côté d'une autre paire. Cela donnait souvent un combat à trois, que la foule acclamait à grands cris, car il y avait alors davantage de blessures et davantage de sang.

À la fin, seulement trois guerriers étaient encore debout. Deux d'entre eux n'avaient pas réussi à se départager. Ils étaient pratiquement épuisés. Le troisième homme s'approcha prudemment, maintenant une distance constante avec les deux autres, cherchant une ouverture.

Il la trouva au bout de quelques secondes. Un couteau dans une main et une épée dans l'autre, il bondit en avant et abattit l'un des deux hommes, d'un coup à la tête.

Shimone dit : « L'imbécile ! Il n'a donc pas remarqué que l'autre était plus fort ? Il aurait dû attendre que l'un des deux prenne clairement l'avantage pour le frapper, comme ça il aurait eu le plus faible en face de lui. »

Milamber tremblait presque. Shimone, son ancien professeur, était son meilleur ami après Hochopepa. Et malgré toute son éducation, sa sagesse, il réclamait du sang comme le plus ignorant des roturiers du dernier banc. Il avait beau essayer, Milamber n'arrivait pas à assimiler l'enthousiasme que les Tsurani montraient pour la mort des autres. Il se tourna vers Shimone et dit : « Il devait sans doute être un peu trop occupé pour les finesses tactiques. » Shimone ne remarqua même pas le sarcasme, trop passionné par le combat.

Milamber se rendit compte que Hochopepa ne prêtait aucune attention à ce qui se passait dans l'arène. Le magicien tortueux observait toutes les conversations qui se déroulaient sur les gradins : pour lui, les jeux n'étaient que l'occasion d'étudier les aspects les plus subtils de cet autre jeu qu'était le jeu du Conseil. Milamber trouva cet aveuglement devant le spectacle de la mort et de la souffrance qui se déroulait en bas aussi troublant que l'enthousiasme de Shimone.

Le combat s'arrêta rapidement, sur la victoire de l'homme avec le couteau. La foule applaudit avec enthousiasme. On lança des pièces dans le sable, pour que le gagnant puisse retourner à la société avec un petit capital.

Tandis que l'on nettoyait le sol de l'arène, Shimone appela un héraut et lui demanda quel était le programme de la journée. Il se tourna vers les autres, visiblement content de ce qu'on venait de lui annoncer. « Il va y avoir quelques duels, mais très peu, puis ensuite il y aura deux combats spéciaux : un groupe de prisonniers contre un harulth affamé et un combat entre des soldats de Midkemia et des guerriers thuril capturés. Cela promet d'être très intéressant. »

Milamber ne semblait pas d'accord. Estimant que le moment était venu de poser sa question, il demanda : « Hocho, tu as remarqué qu'il n'y a pas de membres des Shinzawai présents ? »

Celui-ci regarda autour de lui, cherchant du regard les bannières familiales des maisons les plus importantes de l'empire. « Minwanbi, Anasati, Keda, Tonmargu, Xacatecas, Acoma... Non, Milamber. Je ne saurais dire si tes anciens... disons bienfaiteurs sont parmi nous. Mais cela m'aurait étonné.

— Pourquoi ?

— Ils sont entrés dans les mauvaises grâces du Seigneur de Guerre, il y a quelque temps. Une défaite, ou quelque chose comme ça. Et j'ai entendu dire qu'il avait des soupçons à leur égard, malgré le fait que leur clan ait brusquement décidé de participer à l'effort de guerre. Le clan Kanazawai se repose sur sa gloire passée et les Shinzawai sont les plus traditionalistes de tous. »

Les combats se poursuivirent tout l'après-midi, toujours plus ingénieux à mesure que le niveau des adversaires augmentait. Bientôt, les derniers duels furent terminés. Maintenant, la foule attendait en silence. Même les nobles se turent, car le prochain événement allait être exceptionnel. Un groupe de vingt guerriers, midkemians au vu de leur taille, s'avança au centre de l'arène. Ils tenaient des cordes, des filets plombés, des lances et de longs couteaux courbes. Ils ne portaient qu'un pagne, leurs corps huilés brillaient sous le soleil. Ils semblaient détendus, mais les soldats qui étaient dans la foule reconnurent en eux les signes subtils de la tension qui animait tous les guerriers avant le combat. Une minute plus tard, les grandes doubles portes s'ouvrirent de l'autre côté du stade et une abominable créature à six pattes entra à pas traînants dans l'arène.

Le harulth était doté de nombreuses dents et de griffes acérées, et possédait un naturel combatif. Il avait le cuir épais comme une armure et il était presque aussi grand qu'un éléphant de Midkemia. Il hésita, clignant des yeux, le temps de s'habituer à la lumière, puis il chargea droit sur le groupe d'hommes devant lui.

Ceux-ci se dispersèrent devant la créature, cherchant à la dérouter. Le harulth, par stupidité ou parce qu'il avait trop de suite dans les idées, continua à poursuivre un pauvre infortuné. En trois énormes enjambées, il écrasa l'homme sous son poids, puis l'engloutit en deux bouchées. Les autres se regroupèrent derrière l'animal et déployèrent rapidement leurs filets. L'hexapode fit volte-face, plus vite qu'on ne l'aurait soupçonné de la part d'une créature aussi monstrueuse et chargea de nouveau. Cette fois, les hommes attendirent le dernier moment, lancèrent les filets puis plongèrent sur le côté. Les filets étaient bordés de crochets prévus pour se planter dans le cuir épais de la bête. Il les piétina et se retrouva rapidement occupé à les déchirer. Comme il ne s'intéressait momentanément plus à eux, les lanciers se jetèrent sur lui. Le harulth recula, troublé, sans comprendre d'où venait l'attaque. Les lances n'avaient visiblement aucun effet, car elles ne pouvaient pas lui percer le cuir. Comprenant rapidement la futilité de cette tentative, un guerrier en prit un autre par le bras et lui montra le postérieur de la créature. Ils coururent vers sa queue, qui balayait le sol avec la force d'un bélier.

Ils échangèrent quelques mots, puis lâchèrent leur lance quand la créature se décida à attaquer. Elle bondit en avant et attrapa un autre homme entre ses mâchoires. Elle resta immobile un instant, le temps d'avaler sa proie. Les deux hommes à l'arrière se précipitèrent et sautèrent aussi haut qu'ils purent sur la queue de l'animal. Il ne sembla rien remarquer pendant un moment, puis il se secoua violemment, jetant l'un des deux hommes à terre. Comme il venait de faire un demi-tour, il s'arrêta pour dévorer l'homme encore étourdi. L'autre réussit à tenir et profita des quelques instants pendant lesquels le harulth avalait son camarade pour se hisser plus haut le long de la queue, là où elle rejoignait les hanches. Il plongea violemment son long poignard entre deux vertèbres, suggérées par un repli de peau. C'était un pari désespéré et la foule du stade hurla de joie. Le couteau s'enfonça dans le cartilage entre les os et transperça la colonne vertébrale. La créature beugla de rage et commença à tourner sur elle-même, menaçant de jeter à terre son importun cavalier, mais au bout de quelques instants, la paire de pattes arrière s'effondra. Le harulth en resta confondu, ses deux autres paires de pattes tirant le poids mort de son arrière-train. Il tenta vainement par deux fois de mordre son bourreau, mais son cou était trop court pour cela. L'homme retira sa lame et rampa le long du dos de la bête, tandis que les lanciers survivants la harcelaient pour distraire son attention. Trois fois il faillit se faire renverser, mais il réussit à se retenir. Quand il eut dépassé légèrement la paire de jambes du milieu, il replongea sa lame entre deux vertèbres. Les jambes s'effondrèrent quelques instants plus tard et l'homme se fit éjecter du dos de l'animal. Le harulth hurlait de rage et de douleur, mais il était effectivement immobilisé. Les guerriers reculèrent et attendirent. La colonne vertébrale sectionnée en deux endroits, le harulth tomba dans le coma au bout de quelques minutes, les pattes avant agitées de quelques soubresauts spasmodiques avant de s'immobiliser complètement.

La foule enthousiaste applaudit au combat, car jamais un groupe de guerriers n'avait réussi à vaincre un harulth sans perdre au moins cinq fois plus d'hommes. Seuls trois hommes étaient morts cette fois-ci. Les guerriers restèrent sans bouger, leurs doigts engourdis par l'épuisement laissant glisser leurs armes sur le sable. La bataille avait duré moins de dix minutes, mais la dépense d'énergie, la concentration, la sueur et la peur avaient amené ces hommes au bord de l'inanition. Sans faire attention aux vivats de la foule, ils titubèrent vers la sortie. Seul l'homme au couteau semblait ressentir quelque chose et il pleurait ouvertement en marchant dans le sable.

« Pourquoi cet homme est-il si malheureux ? demanda Shimone. C'était un grand triomphe. »

Milamber répondit d'un ton qu'il s'efforça de garder calme : « Parce qu'il est épuisé, effrayé et malade de tout cela. » Il ajouta doucement : « Et il est très loin de chez lui. » Il avala sa salive avec difficulté, luttant contre une rage qui montait en lui lentement, puis il dit : « Il sait que ça ne sert à rien. Encore et encore il va devoir entrer dans cette arène, combattre d'autres créatures, d'autres hommes, des amis de chez lui et un jour ou l'autre il en mourra. » Hochopepa regarda fixement Milamber et Shimone parut gêné. « Si je n'avais pas eu de chance, ajouta Milamber, j'aurais été avec ces gens-là en bas. Ils avaient une famille, une maison, ils aimaient, ils savaient rire. Maintenant, ils attendent la mort. »

Hochopepa agita la main d'un air absent. « Milamber, tu as la détestable habitude de tout prendre trop à cœur. »

Milamber se sentait furieux et écœuré par ce spectacle sanglant, mais il enfouit ses émotions au fond de lui. Il avait décidé de rester. Il serait tsurani.

Le sable nettoyé, les trompettes retentirent de nouveau, annonçant le dernier combat de l'après-midi. Une douzaine de guerriers à fière allure, vêtus de harnais de cuir, de bracelets de force cloutés et de coiffes de plumes multicolores s'avancèrent d'un côté de l'arène. Milamber n'en avait jamais vu mais il reconnut les vêtements qu'ils portaient aux visions qu'il en avait eu en haut de la tour. C'étaient les descendants des fiers cavaliers-serpents, les Thuril. Ils avaient les yeux durs, l'air sombre et décidé.

De l'autre côté, douze guerriers en imitation criarde d'armure midkemiane entrèrent. On avait trouvé que leurs armures métalliques étaient à la fois trop précieuses et trop ternes pour ce combat et les artisans tsurani leur en avaient fait des imitations stylisées.

Les Thuril regardèrent les arrivants d'un air de mépris absolu. De toutes les peuples humains, seuls les Thuril avaient su résister à l'empire. Les Thuril étaient incontestablement les meilleurs guerriers des montagnes de Kelewan et jamais l'empire n'avait réussi à conquérir leurs montagnes et leurs hauts pâturages. Ils l'avaient tenu en échec jusqu'à ce que la paix finisse par être déclarée. C'était un peuple de grande taille, qui ne s'était pas mêlé aux races plus petites de Kelewan, qu'ils considéraient comme inférieures.

Les trompettes sonnèrent une nouvelle fois et le silence se fit dans la foule. Un héraut annonça d'une voix claire : « Ces soldats de la confédération Thuril ont violé le traité passé entre leurs nations et l'empire, en attaquant des soldats de l'empire. Ils ont été exilés par leur propre peuple, qui les a déclarés hors la loi et les a condamnés. Ils combattront des captifs venus du monde de Midkemia. Ils lutteront jusqu'à se qu'il n'en reste plus qu'un. » La foule applaudit.

La trompette sonna et les guerriers se mirent en position. Les Midkemians se penchèrent en avant, les armes prêtes, mais les Thuril restèrent droits et fiers, les regardant d'un air de défi L'un des Thuril s'avança et s'arrêta devant le Midkemian le plus proche. D'un ton méprisant, il prononça quelques mots et montra l'arène d'un grand geste.

Milamber sentit une rage violente monter en lui, ainsi que de la honte pour le spectacle qui se déroulait sous ses yeux. Il existait des jeux en Midkemia — il en avait entendu parler —, mais jamais comme ceux-là. Les hommes qui se battaient à Krondor et en d'autres endroits du royaume étaient des professionnels qui gagnaient leur vie en menant des combats au premier sang. Il arrivait parfois que l'on fasse des duels à mort, mais c'était pour régler des affaires personnelles, quand toutes les autres solutions proposées pour régler le problème avaient échoué. Tout cela n'était qu'un stupide gâchis de vies humaines organisé pour le bon plaisir d'oisifs gorgés de plaisirs et avides de sensations fortes propres à leur redonner goût à la vie. Milamber observa la foule et se sentit écœuré par les expressions des visages qui l'entouraient.

Le guerrier thuril poursuivait son discours devant les Midkemians et ils semblèrent changer d'humeur. Au début, on les sentait tendus, prêts au combat. Maintenant, ils semblaient presque détendus. Le Thuril continuait à montrer la foule assemblée.

Puis un grand Midkemian aux larges épaules s'avança comme pour parler. Le Thuril se mit en garde, l'épée levée, prêt à frapper. Une voix s'éleva derrière, un autre guerrier dit quelque chose d'un ton rassurant. Le premier Thuril sembla se détendre à nouveau.

Le Midkemian retira lentement son heaume, révélant un visage hagard et fatigué, encadré de cheveux noirs, humides et emmêlés. Il parcourut l'arène du regard, tandis que les gens commençaient à murmurer et à grommeler contre l'attitude inattendue de ces guerriers, puis il inclina légèrement la tête. Il lâcha son épée et son bouclier et adressa quelques paroles à ses compagnons. Les autres guerriers de l'arène suivirent rapidement son exemple et bientôt toutes les armes furent par terre.

Milamber s'étonna de ce geste et Shimone dit : « Tout ça va mal finir. Les Thuril refusent de combattre les leurs et il semblerait qu'ils ne veuillent pas non plus combattre les barbares. Une fois, j'ai vu six Thuril massacrer tous les gens qu'on leur opposait, puis refuser de se battre entre eux. Quand les gardes sont venus les tuer, ils les ont combattus et les ont repoussés. Finalement, il a fallu que des archers en haut des murs les abattent à coups de flèches. Une vraie honte. La foule s'est rebellée et le responsable des jeux a été réduit en pièces. Plus d'une centaine de citoyens sont morts. »

Milamber se sentit soulagé. Au moins, il n'aurait pas à subir le spectacle de gens du peuple de Katala et du sien luttant les uns contre les autres. La foule commença à huer et à siffler les combattants.

Hochopepa donna un coup de coude à Milamber et dit : « Le Seigneur de Guerre ne semble pas trouver la chose très amusante. »

Milamber se tourna vers le visage livide du Seigneur de Guerre qui voyait sa représentation pour l'empereur tourner à la farce.

Almecho se leva lentement à côté de la Lumière du Ciel et il clama : « Que le combat commence ! »

De solides gardes qui travaillaient pour les jeux accoururent dans l'arène avec des fouets. Ils encerclèrent les guerriers immobiles et commencèrent à les fouetter. Milamber sentit sa gorge se serrer en les voyant faire, déchirant la peau dénudée des bras et des jambes des soldats thuril et midkemians. Il avait déjà senti la morsure du fouet dans les marais. Chaque coup qui s'abattait sur les soldats dans la piste de sable était comme un coup qui s'abattait sur lui.

La foule commença à s'agiter, car les gens n'étaient pas venus voir des hommes se faire fouetter sans bouger. Ils commencèrent à siffler et à conspuer la tribune impériale et quelques-uns, plus hardis, commencèrent à jeter des détritus et de piécettes dans l'arène, pour montrer ce qu'ils pensaient de tout ça. Finalement, l'un des gardes s'impatienta, s'avança face à un guerrier thuril et le frappa au visage avec le manche de son fouet. Avant que le garde ne puisse réagir, le Thuril s'était élancé en avant et avait arraché le fouet des mains de l'homme effrayé. L'instant d'après, il avait fermement enroulé celui-ci autour de la gorge de l'homme pour l'étrangler.

Les autres gardes se tournèrent vers le guerrier qui s'attaquait à leur compagnon et ils commencèrent à faire pleuvoir sur lui une grêle de coups. Au bout d'une douzaine, le Thuril commença à tituber et il tomba à genoux. Mais il s'agrippait au fouet, continuant à étrangler le garde suffocant. Encore et encore, les coups plurent sur le Thuril, jusqu'à ce que son armure soit entièrement couverte de sang. Il continua à serrer la gorge de sa victime.

Quand le garde mourut, les yeux exorbités dans son visage violacé, le Thuril sembla lui aussi perdre ses forces. Lorsque le corps inanimé du garde s'effondra sur le sol, le Thuril tomba à côté de lui.

Ce fut un soldat midkemian qui réagit le premier. Avec un détachement absolu, il prit simplement une épée et la passa au travers du corps de l'un des gardes. Puis, comme un seul homme, les soldats thuril et midkemians se retrouvèrent avec une arme en main et une minute plus tard tous les gardes étaient morts. Puis, de nouveau, les prisonniers jetèrent leurs armes au sol.

Milamber lutta pour garder son calme devant un tel spectacle. Il n'avait que de l'admiration pour ces gens qui préféraient mourir plutôt que s'entre-tuer. Peut-être y en avait-il parmi eux qui s'étaient lancés dans la vallée avec lui pour découvrir la machine de la faille tant d'années auparavant. Il était calme en apparence, comme un Tsurani, mais il bouillait intérieurement.

Hochopepa murmura : « J'ai un mauvais pressentiment. Quel que soit l'avantage qu'Almecho ait cherché à obtenir aujourd'hui avec l'empereur, sa tentative risque de tomber à l'eau. Je crains qu'il n'apprécie pas beaucoup le manque d'enthousiasme de tes compatriotes à mourir pour le diverstissement de la Lumière du Ciel. »

Milamber cracha : « Maudits soient ces jeux. » Il regarda Hochopepa avec des yeux brûlants de rage, que le gros magicien n'avait jamais vu auparavant. Milamber se leva à demi en disant : « Et maudits soient tous ceux qui trouvent plaisir à de tels massacres. »

Hochopepa lui prit le bras et tenta de le rasseoir fermement sur son siège en disant : « Milamber, tiens-toi ! »

Milamber se dégagea, ignorant l'ordre.

Milamber et ses compagnons regardèrent la tribune impériale, où le Seigneur de Guerre parlait avec un capitaine de la garde. Milamber sentit une étrange bouffée de chaleur monter en lui et pendant un moment, il lutta contre une envie soudaine de se servir de ses pouvoirs et de jeter le Seigneur de Guerre dans l'arène, pour voir comment il s'y prendrait contre ces hommes qui refusaient de mourir sur son ordre.

La voix d'Almecho tonna, faisant taire tous les gens autour de lui. « Non, pas des archers. Ces animaux ne méritent pas une mort de guerriers. » Il se tourna vers l'un des ses toutous et lui donna un ordre. L'homme en robe noire acquiesça et commença une incantation. Milamber sentit sa nuque se hérisser au moment où il y eut un afflux de magie.

Un murmure de terreur se répandit dans le stade quand les hommes dans l'arène s'effondrèrent sans connaissance.

Le Seigneur de Guerre lança : « Maintenant, attachez-les, montez une plate-forme et pendez-les devant tout le monde. »

Un silence abasourdi accueillit ces paroles, puis la foule réagit, en criant : « Non ! Ce sont des guerriers ! » et « Ce n'est pas honorable ! »

Hochopepa ferma les yeux et poussa un soupir. Il dit, pour lui-même et pour ses compagnons : « Le seigneur de Guerre est en train de se laisser aller à son mauvais caractère une fois de plus et ça va être la débâcle. Ça ne va pas améliorer sa position dans le Grand Conseil ni la stabilité de l'empire. » Comme une bête enragée et aux abois, le Seigneur de Guerre se retourna. Les gens les plus proches de lui se turent, mais d'autres, un peu éloignés, reprirent leurs cris. Pour les Tsurani, un tel traitement était si déshonorant qu'on ne pouvait l'infliger qu'à des hommes sans aucun honneur. Ils avaient eu beau gâcher leur spectacle, les prisonniers avaient prouvé qu'ils étaient des combattants et en tant que tels ils méritaient une mort honorable.

Hochopepa se tourna vers Milamber pour lui dire quelque chose, mais se tut en voyant le visage de son ami. On voyait maintenant clairement la colère qui animait Milamber, aussi violente que celle du Seigneur de Guerre. Sentant que quelque chose de terrible était sur le point d'arriver, Hochopepa voulut attirer l'attention de Shimone et vit que lui aussi regardait en silence l'attitude terrifiante de Milamber. Tout ce que put dire Hochopepa, ce fut un « Milamber, non ! » à peine audible. Puis l'esclave devenu magicien s'avança.

Il enjamba un Hochopepa choqué, à qui il dit : « Va mettre l'empereur en sûreté. » Milamber titubait sous un torrent d'émotions enfouies en lui depuis des années, qui jaillissaient maintenant à la surface. Il venait d'avoir une révélation, étrange et absolue. Je ne suis pas tsurani ! reconnut-il pour lui-même. Jamais je ne pourrai tremper dans tout cela. Pour la première fois depuis qu'il avait mis la robe noire, ses deux natures se trouvaient en harmonie. Ce qui se passait sous ses yeux était une honte pour les deux cultures, une chose qui le poussait sans la moindre hésitation à prendre une terrible résolution.

À l'exception des gens proches de la tribune impériale, la foule tout entière scandait : « L'é-pée, l'é-pée, l'é-pée », exigeant que l'on accorde à tous ces hommes une mort de guerrier. Le cœur de Milamber se mit à battre à l'unisson de ce rythme, faisant monter sa rage à son paroxysme.

Arrivé à mi-chemin de la tribune des magiciens et de la tribune impériale, Milamber regarda les soldats et les menuisiers courir sur le sol de l'arène. Ils étaient en train d'attacher les Midkemians et les Thuril inconscients comme pour l'abattoir et la foule commençait à s'énerver dangereusement. Quelques jeunes officiers de familles nobles dans les gradins les plus bas semblaient prêts à tirer l'épée et à sauter dans l'arène pour défendre en personne le droit des prisonniers à mourir en guerriers. Nombre de spectateurs avaient combattu contre les soldats de Thuril et contre ceux du royaume et ils les considéraient comme de vaillants adversaires. Ils n'auraient pas hésité à tuer ces hommes sur un champ de bataille, mais ils refusaient de voir ces ennemis si braves humiliés de la sorte.

Un flot de rage noire, de haine et de tristesse envahit Milamber. Il avait beau essayer de se contrôler, son esprit hurlait de fureur. Sa tête se renversa en arrière, ses yeux se révulsèrent dans leurs orbites et, comme cela lui était déjà arrivé par deux fois dans sa vie, des lettres de feu apparurent aux yeux de son esprit. Mais jamais il n'avait eu la puissance suffisante pour profiter de cet instant. Avec une joie presque animale, il puisa dans cette source de pouvoir qui s'ouvrait en lui. Il lança son bras droit en avant et l'énergie jaillit de sa main. Une boule de flammes bleues, brillantes comme un soleil, fila vers le bas et frappa le sol au beau milieu des gardes du Seigneur de Guerre. Les hommes furent dispersés dans toutes les directions, comme des fétus de paille. Ceux qui venaient d'entrer avec des outils pour construire l'échafaud furent mis à genoux par l'onde de choc, si violente que tous les spectateurs sur les sièges du bas en furent étourdis. Il n'y eut plus un bruit dans le stade et la foule, étonnée, se tut.

Tous les yeux se tournèrent vers la source de cet éclair et les gens qui étaient près de lui reculèrent instinctivement. Il était écarlate de rage et regarda autour de lui. Ses iris parfaitement noirs se détachaient nettement sur le blanc de ses yeux. D'un geste sec de la main, le magicien dit « Suffit ! »

Personne n'osa bouger d'un pouce, sauf Hochopepa et Shimone. Ils n'avaient aucune idée des intentions de Milamber, mais au vu de ce qu'il venait de faire, ils prirent son ordre au sérieux. Ils coururent vers le jeune empereur, mi-étonné, mi fasciné, qui comme tout le stade regardait Milamber. Ils échangèrent quelques mots avec Ichindar et quelques instants plus tard, le siège de l'empereur était vide.

Milamber tourna la tête à gauche en entendant un rugissement de colère : « Qui ose ? »

Milamber se retrouva confronté au Seigneur de Guerre, debout, semblable à un demi-dieu furieux dans son armure blanche. Son visage était aussi terrible que celui de Milamber.

« Moi, j'ose ! répondit Milamber sur le même ton. Une telle chose ne peut pas arriver, elle n'arrivera pas ! Plus jamais les hommes ne mourront pour le plaisir des autres ! »

Se retenant à peine, Almecho, Seigneur de Guerre des nations de Tsuranuanni hurla : « De quel droit ferais-tu une chose pareille ? » Les tendons de son cou saillaient, son corps tremblait et la sueur luisait sur son front.

Milamber baissa le ton et il choisit soigneusement ses mots, disant d'un ton de défi et de rage contenue : « Par le droit de faire comme il me semble bon. » Il se tourna vers un garde : « Les hommes qui sont dans l'arène doivent être détachés. Ils sont libres ! »

Le garde hésita un moment, puis son entraînement de Tsurani reprit le dessus. « À vos ordres, Très Puissant. »

Le Seigneur de Guerre hurla : « Ne bouge pas ! »

La foule retint son souffle. Jamais dans toute l'histoire de l'empire un Très Puissant et un Seigneur de Guerre ne s'étaient affrontés ainsi. Le garde s'arrêta et Milamber gronda : « Ma parole a force de loi. Va ! »

Soudain, le garde repartit et le Seigneur de Guerre s'emporta. « Tu violes la loi ! Nul ne peut libérer un esclave ! »

Bouillant à nouveau de rage, Milamber renvoya : « Moi, je le peux ! Je suis au-dessus des lois ! »

Le Seigneur de Guerre recula, comme s'il venait de prendre un coup. De toute sa vie, nul n'avait osé s'opposer ainsi à sa volonté. Nul Seigneur de Guerre dans l'histoire n'avait eu à subir une telle honte en public. Il était abasourdi.

Près du Seigneur de Guerre, un autre magicien se leva d'un bond. « Moi, je dis que tu es un traître et que tu n'es pas un véritable Très Puissant. Tu cherches à saper le pouvoir du Seigneur de Guerre et à apporter le chaos dans l'ordre impérial. Rétracte-toi ! »

Immédiatement, les spectateurs cherchèrent frénétiquement à s'écarter des deux magiciens. Milamber regarda le toutou du Seigneur de Guerre. « Voudrais-tu mesurer tes pouvoirs aux miens ? »

Le Seigneur de Guerre regarda Milamber d'un air de haine absolue. Il ne détourna pas les yeux un instant du jeune magicien et dit à son favori : « Anéantis-le ! »

Les bras de Milamber s'élevèrent brusquement, se croisant aux poignets. Instantanément, un nimbe de lumière dorée l'entoura. L'autre magicien lui lança une boule d'énergie, un feu bleu qui frappa le bouclier d'or, sans effet.

Milamber se tendit, ivre de rage. Par deux fois dans sa vie, quand il s'était fait attaquer par les trolls et quand il s'était battu contre Roland, il avait puisé dans des réserves de pouvoir profondément enfouies en lui. Il arracha les ultimes barrières qui subsistaient entre son esprit conscient et ces réserves cachées. Elles n'avaient plus de mystère pour lui, elles étaient la source de tout son pouvoir. Pour la première fois Milamber comprenait enfin ce qu'il était : non pas une Robe noire, limitée par les savoirs d'un monde, mais un adepte du Grand Art, un maître en pleine possession de toutes les énergies de deux mondes.

Le magicien du Seigneur de Guerre le regarda, terrifié. Il se trouvait confronté à tout autre chose qu'une simple curiosité, un barbare magicien. Il se trouvait face à un être à craindre et à respecter, les bras levés vers les cieux, le corps tremblant de rage, les yeux étincelants de puissance.

Milamber claqua des mains au-dessus de sa tête et le tonnerre gronda, ébranlant l'assistance. L'énergie s'éleva de ses mains, au-dessus de sa tête. Un vortex de forces scintillantes tourbillonna au-dessus de lui, s'élevant en flèche. La fontaine continua de s'élever jusqu'à ce qu'elle se retrouve très haut dans le ciel. Elle commença à s'aplatir, recouvrant le stade d'un grand dais. Le scintillement persista quelques instants, puis le ciel sembla comme voler en éclats, aveuglant tous les gens qui regardaient en l'air. Le ciel s'obscurcit et l'éclat du soleil se ternit, comme si on tirait lentement de grands voiles devant lui.

La voix de Milamber résonna dans tout le stade. « Que vous ayez vécu ainsi pendant des siècles n'excuse pas ces cruautés. Voici venu le jour de votre jugement et tous, vous êtes déclarés coupables. »

Des magiciens partirent, disparaissant de leur siège, mais beaucoup restèrent encore. Des gens prudents s'enfuirent par les sorties les plus proches, mais beaucoup restèrent aussi, pensant que tout cela n'était qu'un nouveau spectacle destiné à les amuser. La plupart étaient trop ivres ou excités par les combats pour que les avertissements du magicien les atteignent.

Milamber décrivit un arc de cercle devant lui. « Vous qui prenez plaisir à la mort et à l'humiliation des autres, soyez confrontés à votre propre destruction ! » La foule sursauta.

Milamber leva une main et tout devint silencieux. Même la légère brise estivale cessa de souffler. Puis, d'une voix terrible, il parla. Tous pâlirent à ses mots, comme si la mort elle-même venait de prendre corps. Le stade trembla aux paroles de Milamber : « Tremblez et craignez pour vous, car je suis le Pouvoir ! »

Un son aigu et entêtant s'éleva, émanant de Milamber. L'air vibra sous la puissance de la magie mise en œuvre. « Vent ! » cria Milamber.

Une brise glacée qui sentait la charogne, à l'odeur infecte et nauséabonde, souffla sur le stade. Il y avait un long gémissement de tristesse et de peur dans son sillage. Elle soufflait plus fort d'instant en instant, de plus en plus menaçante, de plus en plus déprimante. Le froid se fit plus intense, comme jamais un Tsurani ne l'avait subi, jusqu'à devenir presque insupportable. Les hommes pleurèrent sous sa caresse mordante et loin au-dessus du stade, des nuages s'accumulèrent dans les ténèbres.

Les vents hurlaient, couvrant les cris de la foule assemblée dans l'arène. Les nobles essayèrent de fuir, maintenant trop terrifiés pour penser à autre chose qu'à se frayer un chemin à coups de griffes à travers leur propre famille, écrasant les faibles et les vieillards pour passer. Plusieurs, renversés par une bourrasque de vent, tombèrent à genoux ou furent renversés de leur siège et jetés dans l'arène.

De grands nuages orageux, noirs et gris, filèrent au-dessus de leur tête, semblant tourbillonner autour d'un point situé juste au-dessus de la tête de Milamber. Le magicien était enveloppé d'une lumière surnaturelle, vibrante d'énergie. Il se trouvait au centre de la tempête, silhouette terrifiante dans le noir. Le vent sifflait de rage, mais la voix de Milamber coupa au travers comme une lame.

« Pluie ! »

Une pluie froide se mit à tomber, portée par le vent. Elle s'intensifia rapidement, devint un torrent qui martelait le sol, puis un déluge. Un véritable cascade s'abattait sur les gens, les écrasant douloureusement au sol, les assommant avec une force terrifiante, visiblement surnaturelle. Quelques-uns réussirent à s'enfuir dans les tunnels et d'autres se blottirent les uns contre les autres, terrifiés.

Certains magiciens tentèrent de contrer ces sortilèges, mais il ne purent y parvenir et s'évanouirent d'épuisement. Ils luttaient contre un véritable maître en magie, capable de contrôler directement les éléments, qui venait de prendre conscience de ses pouvoirs. Le magicien qui avait défié Milamber était affalé sur son siège, étourdi, clignant des yeux, essayant de mettre mentalement un semblant d'ordre dans le chaos qui régnait autour de lui. Le Seigneur de Guerre tentait de résister à la tempête, de rester debout et de résister à la terreur qui envahissait la foule autour de lui.

Milamber abattit le bras et leva une main devant lui. « Feu ! » cria-t-il, si fort que tous l'entendirent.

Les nuages semblèrent s'enflammer. Les cieux explosèrent en voiles de couleurs terribles, en flammes multicolores qui se déchaînèrent dans le noir. Des éclairs déchirèrent le ciel, comme si les dieux annonçaient le jugement final de l'humanité. Les gens hurlaient, pris d'une terreur primitive devant les éléments en folie.

Puis la pluie de feu commença. Des gouttes tombaient sur les bras et les vêtements, les visages et les capes et commencèrent à brûler. Des cris de douleur montaient de toutes parts et les gens tentaient vainement d'étouffer les feux qui consumaient leur chair. D'autres magiciens disparurent de l'arène, emmenant avec eux leurs camarades inconscients. Milamber se retrouva seul dans la tribune des magiciens. L'odeur de la chair grillée emplit l'air, mêlée à celle de la terreur.

Milamber croisa les bras devant lui. Il regarda vers le bas.

« Terre ! »

En bas, un grondement commença à monter des profondeurs. Le sol sous le stade commença à trembler légèrement. Les vibrations s'intensifièrent et l'air s'emplit d'un bourdonnement furieux, comme si un essaim d'insectes géants venait d'entourer l'arène. Le grondement et le bourdonnement se mirent à l'unisson et le sol commença à bouger.

Le stade trembla, puis se mit à rouler et à se soulever avec violence. Milamber restait debout, parfaitement calme, comme sur une île. C'était comme si le sol, la terre elle-même était devenue fluide. La foule fut projetée sur le sol de l'arène. L'énorme stade palpitait de forces primitives. Des statues tombaient de leur piédestal et les énormes portes s'arrachèrent de leurs gonds, dans un craquement de bois sec. Elles s'avancèrent en sautillant, d'une allure d'ivrogne, dans les tunnels, puis s'effondrèrent sur le sable, écrasant plusieurs personnes qui se trouvaient en dessous. Les bêtes enfermées sous l'arène, affolées par le tremblement de terre, se débattirent dans leur cage, firent sauter les serrures et se libérèrent. Elles sortirent des tunnels en courant, piétinant au passage les portes tombées. La pluie de feu déclencha un concert de beuglements, de hululements et de rugissements. Rendues folles de terreur, elles s'attaquèrent aux spectateurs abasourdis qui gisaient sur le sable, massacrant quiconque tombait sous leurs griffes. Certains hommes, hallucinés, étouffaient machinalement les gouttes de feu qui leur tombaient dessus du ciel, tandis que d'autres se faisaient éviscérer à quelques mètres de là par des créatures horribles sorties de forêts exotiques.

L'arène elle-même commençait à gémir. Les antiques pierres bougeaient, glissant les unes contre les autres. Le mortier, vieux d'un millier d'années, se changea instantanément en poussière alors que le stade s'effondrait. Les cris de pitié furent emportés par le vent ou encore noyés dans la cacophonie générale de la destruction. La fureur des éléments monta encore et encore et le monde sembla sur le point de se déchirer. Milamber leva de nouveau les mains au-dessus de sa tête. Il les fit claquer une fois et un monumental coup de tonnerre éclata. Puis, d'un coup, le chaos cessa.

Le ciel était clair et ensoleillé, un légère brise soufflait à nouveau de l'est. Le sol était comme il aurait dû, immobile et solide et la pluie de feu n'était plus qu'un souvenir.

Le silence qui suivit fut assourdissant. Puis on commença à entendre les râles des blessés et les pleurs des gens terrifiés. Le Seigneur de Guerre restait debout, le visage livide, quelques brûlures sur le visage et sur les bras. Le puissant chef de l'empire n'était plus qu'un homme privé de toute émotion hormis la terreur. Ses yeux étaient si écarquillés qu'on en voyait tout le blanc. Il bougeait les lèvres, comme pour parler, mais les mots ne sortaient pas. Milamber leva de nouveau les mains et le Seigneur de Guerre recula avec un hoquet de peur. Le magicien claqua dans ses mains et disparut.

L'odeur des fleurs d'été flottait dans la brise du soir. Dans le jardin, Katala jouait aux mots avec William. Elle avait insisté pour qu'ils apprennent tous les deux la langue natale de son mari.

Le soir tombait déjà : ils étaient plus à l'est que la Ville sainte. Le soleil était bas sur l'ouest et les ombres s'allongeaient dans le jardin. Comme le gong n'avait pas annoncé l'arrivée de Milamber, Katala s'étonna de l'apparition de son époux à la porte de chez eux. Elle se releva lentement, sentant tout de suite qu'il y avait un problème. « Mon époux, qu'y a-t-il ? »

William courut vers son père et Milamber répondit : « Je t'expliquerai tout plus tard. Il faut prendre William et partir. »

William tira sur la robe noire de son père. « Papa ! » cria-t-il, exigeant qu'on l'écoute. Milamber prit son fils et le serra dans ses bras. Puis il lui dit : « William, nous allons faire un voyage dans mon pays. Tu vas être un gentil garçon et tu ne pleureras pas. »

William fit la moue, car si son père lui demandait de ne pas pleurer, il devait y avoir de bonnes raisons pour cela, mais il opina et retint ses larmes.

« Netoha ! Almorella ! » appela Milamber. Quelques instants plus tard, les deux serviteurs arrivèrent dans le jardin. Nethoa s'inclina, mais Almorella courut vers Katala. Katala avait insisté pour qu'Almorella les accompagne dans la maison de Milamber quand il avait ramené sa famille de chez les Shinzawai. C'était plus une sœur pour Katala et une tante pour William qu'une esclave. Elle vit immédiatement que quelque chose n'allait pas et des larmes lui montèrent aux yeux.

« Vous partez. » C'était une constatation.

Netoha regarda son maître. « Vos ordres, Très Puissant ? »

Milamber répondit : « Nous partons. Il le faut. Je suis désolé. » Netoha prit la nouvelle stoïquement, en bon Tsurani, mais Almorella serra Katala dans ses bras en pleurant ouvertement.

Milamber dit : « Je veux que vous soyez tous deux bien dotés. J'ai fait des documents en prévision de ce jour. Quand nous serons partis, vous trouverez tous mes travaux classés dans mon étude. Au-dessus de mon bureau, sur l'étagère du haut, vous trouverez un parchemin scellé de noir. Je te donne cette propriété, Netoha. » Il se tourna vers Almorella. « Je sais que vous avez des sentiments l'un pour l'autre. Le document qui donne cette propriété à Netoha contient aussi une clause qui te rend ta liberté, Almorella. Ce sera un bon mari pour toi. Même l'empereur ne peut casser un document portant le sceau d'un Très Puissant, vous n'avez donc aucun souci à vous faire. »

L'incrédulité, le bonheur et la tristesse se mêlaient sur le visage d'Almorella. Elle acquiesça lentement pour montrer qu'elle comprenait, les yeux pleins de gratitude.

Milamber s'adressa de nouveau à Netoha. « Je donne les pâturages du bas de la colline à Xanothis le berger. Tu feras en sorte que les autres serviteurs ne soient pas lésés, Netoha. Maintenant, dans mon étude, vous trouverez aussi plusieurs parchemins scellés de rouge. Ils doivent être brûlés tout de suite. Tous les autres travaux doivent être envoyés à Hochopepa de l'Assemblée, avec toute mon amitié et l'espoir qu'ils lui soient utiles. Il saura ce qu'il faut en faire. »

Almorella serra encore une fois Katala dans ses bras, puis elle embrassa William. Netoha dit : « Allons, vite, jeune fille. Tu n'es pas encore la maîtresse de cette propriété et il y a des choses importantes à faire. » Le hadonra commença à s'incliner, puis il dit d'un ton hésitant : « Très Puissant, je... je vous souhaite bonne chance. » Il s'inclina rapidement et partit vers l'étude. Milamber avait vu que ses yeux étaient un peu humides.

Almorella, des larmes inondant son visage, suivit Netoha dans la maison. Katala se tourna vers Milamber. « Maintenant ?

— Maintenant. » En les emmenant à la salle de transport, il dit : « Il faut encore que je vérifie quelque chose avant d'essayer de passer la faille. » Il saisit sa femme, maintenant leur fils entre eux et se projeta vers un autre motif.

Ils se retrouvèrent entourés de brume blanche pendant un instant, puis arrivèrent dans une autre pièce. Ils passèrent rapidement la porte et Katala vit qu'ils étaient arrivés chez les Shinzawai.

Ils se dirigèrent à grands pas vers le bureau de Kamatsu et ouvrirent la porte sans formalités. Kamatsu leva les yeux, irrité par cette interruption. Son expression se modifia dès qu'il vit les nouveaux arrivants. « Très Puissant, que se passe-t-il ? » demanda-t-il en se levant.

Milamber lui fit un rapide résumé des derniers événements et Katala pâlit. Le seigneur des Shinzawai secoua la tête. « Il est possible que vous ayez déclenché un processus qui va modifier pour toujours l'ordre établi de l'empire, Très Puissant. J'espère que ce ne sera pas un coup mortel. Quoi qu'il en soit, il faudra des années pour en déterminer les effets. Déjà, le parti du Progrès fait des propositions d'alliance au parti de la Paix. En peu de temps, vous avez eu beaucoup d'effet sur notre pays. »

Kamatsu poursuivit, empêchant Milamber de prendre la parole. « Ce n'est pas le moment d'en parler, toutefois. Vous qui avez été mon esclave, vous avez beaucoup appris, mais vous n'êtes toujours pas tsurani. Il faut que vous compreniez que le Seigneur de Guerre ne peut garder la face en subissant un tel revers. La honte va très probablement le pousser à se suicider, mais ceux qui le suivent — sa famille, son clan, ses subordonnés — vont mettre votre tête à prix. Il se peut qu'ils aient déjà engagé des assassins, ou que des magiciens s'apprêtent à agir contre vous. Vous n'avez d'autre choix que de fuir vers votre monde natal. »

William décida que le moment était bien choisi pour pleurer, car malgré toute sa bravoure, sa mère était effrayée et l'enfant le ressentait. Milamber s'écarta de Kamatsu et incanta un sortilège. William s'endormit immédiatement. « Il va dormir jusqu'à ce que nous soyons en sécurité. » Katala opina, elle savait que c'était nécessaire, mais cela ne lui plaisait pas.

« Je ne crains pas les magiciens, Kamatsu, dit Milamber, mais je crains pour l'empire. Il y a une une chose que je sais maintenant : malgré tous les efforts de mes professeurs de l'Assemblée, je ne serai jamais tsurani. Mais je sers l'empire. Dans mon dégoût du spectacle que j'ai vu dans l'arène, j'ai vu avec certitude que ce que je pensais depuis quelque temps déjà était vrai. L'empire doit changer, ou il s'effondrera. Le cœur faible et pourri de sa culture ne peut plus soutenir son propre poids et comme un arbre ngaggi au tronc pourri, il finira par craquer et tomber de lui-même. Il y a d'autres choses, des choses dont je ne peux pas parler, que j'ai apprises lors de mon séjour ici et qui m'ont persuadé que de grands changements étaient nécessaires.

« Je dois partir, car si jamais je restais, l'Assemblée, le Grand Conseil, tout l'empire se diviseraient. J'aurais du mal à quitter l'empire si mon départ n'allait pas dans l'intérêt de Tsuranuanni. Cela, je le dois à mon entraînement. Mais avant que je parte, il faut que je sache une chose : avez-vous eu des nouvelles des propositions de paix de l'empereur que Laurie et votre fils devaient faire parvenir ?

— Non, nous savons qu'ils ont disparu lors d'une escarmouche la première nuit. Les hommes de Hokanu ont fouillé la région après la bataille et ils n'ont rien retrouvé d'eux, on pense donc qu'ils ont réussi à partir sans problème. Mon cadet est sûr qu'ils ont réussi à atteindre une route derrière les lignes du royaume. Depuis, pas de nouvelles. D'autres membres de notre faction attendent avec autant d'impatience que moi. »

Milamber réfléchit. « Alors l'empereur n'est toujours pas prêt à agir. J'avais espéré que cela pourrait se faire vite, de manière à ce que nous puissions partir sans risque lors de la trêve, avant qu'ils n'organisent l'opposition contre moi. Maintenant, comme le Seigneur de Guerre vient d'annoncer sa victoire contre l'armée du duc Borric, on ne conclura peut-être jamais la paix. »

Kamatsu dit : « Il est clair que vous n'êtes pas tsurani, Très Puissant. Le Seigneur de Guerre est en disgrâce car vous avez anéanti les jeux qu'il dédiait à la Lumière du Ciel et le parti de la Guerre va se retrouver complètement désorganisé. Maintenant, le clan Kanazawai va de nouveau se retirer de l'Alliance pour la Guerre. Nos alliés de la Roue bleue vont faire d'autant plus d'efforts au sein du Grand Conseil pour que la trêve soit déclarée. Le parti de la Guerre n'a plus de véritable chef. Même si le Seigneur de Guerre n'avait aucun honneur et qu'il ne se donnait pas la mort, il serait rapidement destitué, car le parti de la Guerre a besoin d'un chef fort et que les Minwanabi sont ambitieux. Cela fait trois générations qu'ils briguent le blanc et or. Mais d'autres au sein du Grand Conseil vont aussi se présenter. Le parti de la Guerre va être en déroute et nous devrions avoir le temps de renforcer nos positions, le jeu du Conseil va continuer pendant ce temps-là. »

Kamatsu regarda longuement Milamber. « Comme je viens de le dire, il doit déjà y avoir des gens qui complotent contre votre vie. Partez pour votre monde maintenant. Ne perdez pas de temps, vous avez pour l'instant de grandes chances de passer. Peu de gens penseront que vous irez à la faille tout de suite. Tout autre Très Puissant prendrait une bonne semaine pour mettre sa maison en ordre. » Il fit un sourire à Milamber. « Très Puissant, vous avez été la fraîcheur de la brise dans une pièce close lors de votre séjour parmi nous. Je suis désolé de vous voir quitter nos terres, mais il faut que vous partiez tout de suite.

— J'espère qu'un jour viendra où nous pourrons nous revoir en amis, seigneur des Shinzawai, car nos deux peuples ont beaucoup à apprendre l'un de l'autre. »

Le seigneur des Shinzawai posa la main sur l'épaule de Milamber. « J'espère moi aussi que ce jour viendra, Très Puissant. Mes prières vous accompagnent. Autre chose. Si par chance, vous voyez Kasumi dans votre monde, dites-lui que son père pense à lui. Maintenant partez et au revoir.

— Au revoir », dit Milamber. Il prit son épouse par le bras et retourna rapidement à la salle de transport. Quand ils y arrivèrent, un gong sonna et Milamber écarta sa femme et son fils, qui étaient encore derrière lui. Un léger nuage blanc monta au-dessus du motif dessiné sur le sol et Fumita apparut, surpris.

« Milamber ! dit-il en s'avançant.

— Stop, Fumita ! »

Le vieux magicien s'arrêta. « Je ne te veux pas de mal. Les membres de l'Assemblée qui n'étaient pas aux jeux ont entendu parler des événements. L'Assemblée est en ébullition. Tapek et les autres toutous du Seigneur de Guerre réclament ta tête. Hochopepa et Shimone te défendent. On n'avait jamais vu un tel chaos. Dans le Grand Conseil, le parti de la Guerre exige qu'en temps de guerre, l'Assemblée ne dispose plus de son indépendance et le parti du Progrès et le parti de la Paix se sont alliés ouvertement au parti de la Roue bleue. L'empire est sens dessus dessous. »

Le vieux magicien sembla s'affaisser en racontant cela. Il parut brusquement beaucoup plus vieux. « Tu avais peut-être raison pour certaines choses, Milamber. Il faut que l'empire change s'il ne veut pas tomber en ruine, mais tant de changements et si vite ? Je ne sais pas. »

Le silence s'appesantit entre eux un moment. Milamber dit : « Ce que j'ai fait, je l'ai fait pour l'empire, Fumita. Il faut que tu le croies. »

Le vieux magicien acquiesça lentement. « Je te crois, Milamber, ou en tout cas je veux te croire. » Il sembla se redresser. « Quelle que soit l'issue de tout cela, l'Assemblée aura beaucoup à faire quand les choses se seront apaisées. Peut-être pourrons-nous ramener l'empire sur une pente plus saine.

« Mais il faut que tu partes vite. Les soldats ne chercheront pas à t'arrêter, peu de gens en dehors de la Ville sainte ont entendu parler de tes actes, mais les toutous du Seigneur de Guerre doivent déjà être à ta recherche. Tu as pris nos frères par surprise aux jeux et aucun d'eux ne pourrait lutter seul contre toi, mais s'ils décident d'agir ensemble contre toi, même tes fameux pouvoirs ne te serviront pas à grand-chose. Il te faudrait tuer d'autres magiciens pour ne pas te faire tuer.

— Oui, Fumita, je sais. Je dois partir. Je n'ai aucune envie de tuer de magicien, mais je le ferai s'il le faut. »

Fumita sembla en souffrir. « Comment vas-tu aller à la faille ? Tu n'as jamais été sur l'aire de départ, je crois ?

— Non, mais je vais aller à la cité des Plaines et de là je pourrai prendre une litière.

— C'est trop lent. Il faut plus d'une heure à une litière pour arriver là-bas. » Il fouilla dans ses robes et en sortit un objet de transfert. Il le tendit à Milamber. « Le troisième dessin te mènera directement à la machine de la faille. »

Milamber s'en saisit. « Fumita, je vais essayer de refermer la faille. »

Fumita secoua la tête. « Milamber, même avec tes pouvoirs, je ne pense pas que tu en sois capable. Des dizaines de magiciens ont travaillé à sa création et les sorts permettant de la contrôler n'ont été ancrés que du côté de Kelewan. La machine midkemiane ne sert qu'à en stabiliser le point d'arrivée.

— Je sais, Fumita. Tu le sauras bientôt, car j'ai envoyé mes travaux à Hocho. Durant mes "mystérieuses" recherches, j'ai fait une étude intensive des énergies des failles. Il est probable que j'en sache plus sur elles que tout autre magicien de l'Assemblée. Je sais que ce serait une action désespérée, peut-être même suicidaire à tenter côté midkemian, mais il faut mettre un terme à cette guerre.

— Alors pars vers ton monde et attends. L'empereur va bientôt agir, j'en suis sûr. Le coup que tu as porté au Seigneur de Guerre dans l'arène lui a fait autant de mal que s'il avait perdu la guerre. Si la Lumière du Ciel déclare qu'il nous faut faire la paix, alors nous pourrons peut-être régler la question de la faille. Retiens ta main jusqu'à ce que tu saches si ton roi a accepté l'offre de paix.

— Alors toi aussi, tu participes au Grand Jeu ? »

Fumita sourit. « Je ne suis pas le seul magicien à s'abaisser à faire de la politique, Milamber. Hochopepa et moi avons participé à tout cela depuis le début. Va, maintenant et que les dieux soient avec toi. Je te souhaite bon voyage et une vie longue et prospère dans ton monde natal. »

Puis il sortit, contournant Milamber et sa famille. Dès qu'il fut hors de vue, Milamber activa l'objet.

Le soldat sursauta. L'instant d'avant, il était assis à l'ombre d'un arbre pour se protéger du soleil et brusquement, un mage avec une femme et un enfant apparaissaient sous ses yeux. Le temps qu'il se relève, ils s'avançaient déjà vers la machine de la faille, à quelques centaines de mètres de là. Quand ils atteignirent la machine, une plate-forme avec de hautes colonnes dressées de chaque côté, un voile de « vide » scintillant s'étendait entre les deux colonnes. Un officier chargé de faire passer les troupes par la faille se mit au garde-à-vous.

« Écartez ces hommes de la plate-forme.

— À vos ordres, Très Puissant. » Il aboya des ordres et les hommes reculèrent. Milamber prit Katala par la main et la fit passer.

Un pas, un moment de désorientation et ils se retrouvèrent au milieu du campement tsurani dans la vallée des Tours grises. Des feux de camp brillaient dans la nuit. Plusieurs officiers, surpris par cette arrivée inhabituelle, s'écartèrent.

Milamber demanda : « Avez-vous capturé des chevaux ? »

L'un des officiers opina bêtement.

« Amenez-en deux, immédiatement. Sellés.

— À vos ordres, Très Puissant », dit l'homme. Et il partit en courant.

Un soldat arriva peu de temps après avec les deux chevaux. Quand il s'approcha, Milamber vit que c'était Hokanu. Le jeune fils Shinzawai regarda prestement autour de lui en tendant les rênes à Milamber. « Très Puissant, nous venons d'apprendre que quelque chose de terrible était arrivé lors des jeux impériaux, mais les rapports ne sont pas clairs. J'imagine que votre arrivée ici a un rapport avec cette histoire. Vous devez partir vite, ce campement est tenu par les hommes du Seigneur de Guerre et s'ils en arrivent à la même conclusion, je ne saurais dire ce qu'ils pourraient tenter. »

Milamber prit William dans ses bras le temps que Katala monte sur un cheval avec l'aide de Hokanu. Il lui tendit leur fils et monta en selle. « Hokanu, je viens d'aller voir ton père. Rejoins-le : il a besoin de toi.

— Je vais rentrer sur les terres de mon père, Très Puissant. » Le jeune Tsurani hésita, puis il ajouta : « Si vous voyez mon frère, dites-lui que je suis en vie, car il ne le sait pas. »

Milamber lui promit de le faire, puis il se tourna vers Katala et prit les rênes de son cheval. « Tiens-toi au pommeau de la selle, mon aimée. Je porterai William. »

Sans ajouter un mot, ils sortirent du camp. À plusieurs reprises, des gardes s'apprêtèrent à les arrêter, mais la robe noire les fit taire. Ils chevauchèrent plusieurs heures à la lumière de la lune. Des soldats criaient au loin tandis que Milamber menait sa famille en lieu sûr. Katala supporta tout cela en vraie fille de guerrier et Milamber s'émerveilla de sa résistance. Elle n'était jamais montée à cheval avant cette nuit, mais elle ne se plaignit à aucun moment. Se faire enlever de chez elle pour être jetée dans un monde étrange et sombre où elle ne connaissait personne devait être terrifiant. Elle dévoilait un aspect de son caractère qu'il n'avait fait que deviner jusque-là.

Au bout d'une chevauchée qui leur parut durer une éternité, une voix retentit dans le noir. Des silhouettes sombres et imprécises se détachèrent entre les arbres. « Halte ! Qui va là dans la nuit ? » La voix parlait dans la langue du royaume. Les deux cavaliers firent halte et l'homme qui était en tête cria d'un ton soulagé : « Pug de Crydee ! »

CHAPITRE 12

Kulgan restait assis sans rien dire.

Leurs retrouvailles étaient bien tristes. Le duc Borric souriait faiblement à Pug, qui se tenait près de son lit, le visage empreint de gravité. Pendant que le duc et Pug parlaient, Lyam, Brucal et Meecham attendaient un peu à l'écart en échangeant quelques paroles à voix basse et Katala jouait avec William.

Borric, épuisé par sa blessure, parlait doucement et son visage se crispait de douleur chaque fois qu'il respirait. « Je suis content de te voir... de retour parmi nous, Pug. Et d'autant plus heureux que tu as une femme et un fils. » Il toussa et quelques bulles de salive lui coulèrent au coin des lèvres, teintées de sang.

Les yeux de Katala étaient pleins de larmes, l'affection que Pug avait pour cet homme la touchait. Borric fit signe à Kulgan et le magicien corpulent vint se mettre à côté de son ancien élève. « Oui, votre grâce. »

Borric souffla quelques mots et Kulgan se tourna vers Meecham. « Pourrais-tu montrer notre tente à Katala et à l'enfant ? Il y retrouveront Laurie et Kasumi. »

Katala lança à Pug un regard interrogateur et il lui fit signe d'accepter. Meecham avait déjà attrapé le garçon, qui le regarda d'un air plutôt sceptique. Quand ils furent partis, Borric s'efforça de s'asseoir dans son lit et Kulgan l'aida à se soulever, puis il lui mit des coussins dans le dos. Le duc fut pris d'une longue quinte de toux, serrant les paupières sous la douleur.

Quand il put reprendre son souffle, il soupira, puis parla lentement.

« Pug, est-ce que tu te souviens du jour où je t'ai récompensé pour avoir sauvé Carline des trolls ? » Pug acquiesça, n'osant dire un mot tant il était ému. Borric continua. « Tu te souviens que je t'avais promis un autre cadeau ? » Pug acquiesça encore une fois. « J'aimerais que Tully soit là pour te le donner maintenant, mais je vais t'expliquer rapidement ce que c'est. Cela fait longtemps que je me dis que le royaume perd l'une de ses plus grandes ressources en considérant les magiciens comme des marginaux et des mendiants. Les loyaux services que Kulgan m'a rendus pendant des années m'ont prouvé que j'avais raison. Maintenant que tu es de retour et bien que je ne comprenne pas grand-chose de ton histoire, je vois que tu es passé maître dans ton art. C'était un espoir que je caressais, car j'avais eu une vision.

« J'avais laissé une importante somme d'or pour toi, au cas où un jour tu deviendrais un maître magicien. Avec cet or, j'aimerais que toi et Kulgan, ainsi que d'autres magiciens, vous établissiez une école où l'on puisse apprendre, un lieu où tous pourraient venir partager leurs savoirs. Tully te donnera les documents ainsi que mes instructions, t'expliquant mon plan en détail. Mais pour l'instant, je ne puis que te demander ceci : accepterais-tu cette charge ? Accepterais-tu de construire une académie pour apprendre la magie et d'autres choses encore ? »

Pug acquiesça, au bord des larmes. Kulgan en restait bouche bée, n'en croyant pas ses oreilles. Son vœu le plus cher, l'ambition de sa vie, celle qu'il avait partagée avec le duc lors de longues rêveries autour d'une coupe de vin, tout cela lui était enfin accordé.

Borric recommença à tousser, puis quand ce fut passé, il dit : « Je possède une île, au cœur du grand lac salé, près de Shamata. Quand cette guerre sera enfin terminée, va là-bas et fais-y construire ton académie. Peut-être un jour cet endroit deviendra-t-il le plus grand centre d'apprentissage du royaume. »

Le duc fut pris d'une nouvelle quinte, encore plus terrible que les précédentes. Elle le laissa essoufflé, à peine capable de parler. Il fit signe à Lyam de s'approcher, montra Pug et dit : « Dis-lui », puis il retomba sur ses coussins.

Lyam avala sa salive, luttant contre ses larmes et s'adressa à Pug. « Quand tu as été pris par les Tsurani, père a voulu faire quelque chose pour que l'on se souvienne de toi. Il s'est demandé ce qui conviendrait le mieux, car tu avais fait preuve de bravoure en trois occasions, deux fois en sauvant la vie de Kulgan et une fois en sauvant celle de ma sœur. Il s'est dit alors que la seule chose qui te manquait, c'était un nom, car nul ne connaissait tes parents. Il a donc demandé que l'on établisse un document et qu'on l'envoie aux archives royales, pour inscrire ton nom sur les rouleaux de la famille conDoin, en t'adoptant dans notre maison. » Lyam se força à sourire. « J'aurais préféré que le moment soit mieux choisi pour t'annoncer cette nouvelle. »

Bouleversé, Pug tomba à genoux à côté du duc. Il lui prit la main et embrassa sa chevalière, incapable de prononcer un mot. Tout bas, Borric dit : « Tu serais mon propre fils que je ne pourrais être plus fier de toi. » Il inspira lourdement. « Fais honneur à notre nom. »

Pug serra la main qui autrefois avait été si forte et qu'il trouvait maintenant si faible et impuissante. Les yeux de Borric commencèrent à se fermer et il lutta pour reprendre son souffle. Pug lui lâcha la main et le duc leur fit signe à tous de s'approcher. Même le vieux Brucal avait les yeux rouges en voyant la vie du duc s'échapper de son corps.

À Brucal, il souffla : « Sois mon témoin, vieux compagnon. »

Le duc de Yabon haussa un sourcil et regarda Kulgan d'un air interrogateur. « Qu'est-ce qu'il veut dire ? »

Kulgan répondit : « Il désire que vous soyez le témoin de sa dernière déclaration. C'est son droit. »

Borric regarda Kulgan et dit : « Prends soin de tous mes fils, vieil ami. Que la vérité soit connue de tous. »

Lyam demanda à Kulgan : « Pourquoi dit-il “tous mes fils” ? Quelle vérité ? »

Kulgan regarda Borric avec insistance et celui-ci acquiesça faiblement. Le magicien dit calmement : « Ton père reconnaît son fils aîné, Martin. »

Les yeux de Lyam s'écarquillèrent. « Martin ? »

Le bras de Borric jaillit, animé d'une force soudaine, et saisit la manche de Lyam. Il tira Lyam vers lui et murmura : « Martin est ton frère. Je l'ai lésé, Lyam. C'est un homme bon et je l'aime beaucoup. » À Brucal, d'une voix rauque, il dit : « Témoigne ! »

Brucal opina. Des larmes coulant sur ses moustaches blanches, il jura : « Moi, Brucal, duc de Yabon, je suis témoin de cette déclaration. »

Soudain, les yeux de Borric perdirent leur éclat. Son dernier souffle s'échappa bruyamment de sa poitrine et il ne bougea plus.

Lyam tomba à genoux et pleura et les autres laissèrent libre cours à leur douleur. Jamais Pug n'avait connu un moment à la fois si heureux et si triste.

Cette nuit, le groupe assemblé dans la tente que Meecham avait fait monter pour Pug et sa famille veilla en silence. La nouvelle de la mort de Borric avait jeté un froid dans le camp et Kulgan ne pouvait ressentir toute la joie qu'aurait dû lui procurer le retour de son apprenti. Un jour passa lentement, pendant lequel tout le monde se raconta les années qui venaient de s'écouler, mais la discussion se fit à mi-voix, sans joie. De temps en temps, quelqu'un quittait la tente, pour rester seul un moment avec ses pensées. Ils s'étaient échangé l'histoire des neuf années écoulées et Pug en était arrivé au moment de sa fuite de l'empire.

Katala gardait un œil sur William, recroquevillé sur un lit, un bras autour de Fantus. Le dragonnet et le garçon s'étaient liés d'amitié au premier regard. Meecham se tenait à côté du feu de cuisine, regardant les autres avec attention. Laurie et Kasumi étaient assis par terre à la manière tsurani, attendant que Pug finisse son récit.

Kasumi prit la parole le premier. « Très Puissant, comment se fait-il que vous ayez pu quitter l'empire maintenant et pas avant ? »

Kulgan leva un sourcil. Il était toujours fasciné par les changements qu'il voyait chez son ancien apprenti. Il avait encore du mal à comprendre cette histoire de magie mineure et de haute magie et n'arrivait pas à croire à l'attitude révérencieuse du Tsurani envers le garçon. Il rectifia intérieurement : le jeune homme.

« Après ma confrontation avec le Seigneur de Guerre, il m'est apparu clairement que la meilleure manière pour moi de servir l'empire, c'était de partir, car ma présence ne pouvait qu'être désormais un facteur de division alors que l'empire avait besoin de se remettre. Il faut mettre fin à la guerre, établir une paix, car l'empire est en train de s'épuiser.

— Ouais, ajouta Meecham, tout comme le royaume. Neuf ans de guerre nous ont saignés à blanc. »

Kasumi se sentait tout aussi mal à l'aise de la manière trop simple dont ces gens s'adressaient à Pug. « Très Puissant, et si l'empereur n'arrivait pas à arrêter le nouveau Seigneur de Guerre ? Le conseil va sûrement en élire rapidement un autre.

— Je ne sais pas, Kasumi. Il faudra que j'essaye de refermer la faille, dans ce cas-là. »

Kulgan tira longuement sur sa pipe, puis il souffla un gros nuage de fumée. « Je ne comprends pas encore exactement tout ce dont tu as parlé, Pug. Je ne vois pas ce qui pourrait les empêcher d'ouvrir une autre faille.

— Rien, sinon que les failles sont des choses instables. Il n'y a aucun moyen de contrôler où va une faille. C'est pur hasard que celle-là ait relié nos deux mondes. À partir du moment où elle a été établie, d'autres pouvaient se former, comme si un chemin pratiqué entre deux mondes agissait sur les autres failles de la façon dont un aimant agit sur du fer. Les Tsurani pourraient tenter de rétablir la faille, mais de nouvelles tentatives les amèneraient probablement vers d'autres mondes. Ils n'ont qu'une chance sur des milliers de retrouver ce monde-ci. Si la faille se referme, il leur faudra des années pour revenir, s'ils reviennent un jour.

— Tu nous as dit que le Seigneur de Guerre pourrait se suicider, dit Kulgan, pouvons-nous espérer un répit pour les combats ? »

Ce fut Kasumi qui répondit. « Je crains que non, ami Kulgan, car je connais le commandant en second du Seigneur de Guerre. C'est un Minwanabi, issu d'une famille orgueilleuse et d'un clan puissant. Cela servirait grandement sa cause si au moment de la réunion du Grand Conseil son clan apportait la nouvelle d'une grande victoire. Il va probablement lancer une attaque en force dans les jours qui viennent. »

Kulgan secoua la tête. « Meecham, il vaudrait mieux que tu demandes à monseigneur Lyam de nous rejoindre : il faut qu'il entende cela. » Le grand homme se leva et sortit de la tente.

Kasumi fronça les sourcils. « J'ai fini par apprendre certaines choses dans ce monde et je suis d'accord avec le Très Puissant. La paix nous serait sans doute profitable à tous, mais je ne vois pas comment l'établir. »

Le jeune duc entra dans la tente avec Meecham quelques minutes plus tard et Kasumi répéta sa mise en garde. « Alors, il faut nous préparer à nous battre », dit Lyam.

Kasumi parut gêné. « Monseigneur, je m'excuse, mais s'il devait y avoir un combat, je ne pourrais lutter contre mon propre peuple. Puis-je vous demander la permission de retourner vers mes propres lignes ? »

Le duc réfléchit et Pug remarqua que son visage était plus marqué, plus autoritaire. Finis les yeux rieurs et le sourire omniprésent. Il ressemblait plus que jamais à son père. « Je comprends. Je vais donner l'ordre de vous laisser passer nos lignes, uniquement si vous me donnez votre parole que vous ne répéterez rien de ce que vous avez entendu en ces lieux. »

Kasumi accepta et se leva pour partir. Pug se leva aussi et dit : « Je vais te donner un dernier ordre, Kasumi, en tant que magicien de Tsuranuanni. Retourne voir ton père, car il a besoin de toi. La mort d'un soldat supplémentaire ne sera pas d'un grand secours à ta nation. »

Kasumi inclina la tête. « À vos ordres, Très Puissant. »

Il serra Laurie dans ses bras et sortit avec Lyam.

Kulgan dit : « Tu m'as dit tellement de choses que j'ai du mal à tout digérer. Je pense que pour l'instant, il vaut mieux que je me retire, j'ai besoin de repos. »

Comme le vieux magicien se levait, Pug lui dit : « J'ai attendu avant de vous demander encore une chose. Et Tomas ?

— Ton ami d'enfance va bien, il est chez les elfes d'Elvandar. C'est un guerrier de grand renom, comme il l'avait voulu. »

Pug sourit. « C'est une nouvelle qui me fait plaisir. Merci. »

Kulgan, Laurie et Meecham leur souhaitèrent bonne nuit et ils partirent. Katala dit : « Mon époux, tu es épuisé. Viens te reposer. »

Pug s'approcha du lit sur lequel elle était assise. « Tu m'impressionnes. Il t'est arrivé tellement de choses cette nuit et pourtant tu t'inquiètes encore de moi. »

Elle lui prit la main. « Quand je suis avec toi, tout est en ordre pour moi. Mais on a l'impression que tu portes le poids du monde sur tes épaules.

— Le poids de deux mondes, je le crains, mon amour. »

Ils s'éveillèrent au son des trompettes. Laurie arriva dans la tente en courant, surprenant Pug et Katala qui se réveillaient à peine. Il avait ouvert en grand l'un des pans de l'entrée de la tente et d'après la lumière, ils comprirent qu'ils avaient dormi longtemps. « Le roi arrive ! » Il tendit des vêtements à Pug. « Mets ça. »

Comprenant qu'il valait mieux ne pas traverser le camp en robe noire, Pug s'exécuta. Laurie tourna le dos le temps que Katala passe sa robe. Elle alla voir William assis sur son lit, l'air effrayé. Il s'apaisa rapidement et commença à tirailler la queue de Fantus, poussant le dragonnet mécontent de se faire maltraiter ainsi, à renifler.

Pug et Laurie sortirent de la tente et allèrent à la tente de commandement qui se trouvait au-dessus du camp des armées du royaume. Loin vers le sud-est ils virent l'armée royale approcher rapidement et ils entendirent les vivats des soldats au passage de la bannière royale. Des milliers de soldats reprirent les acclamations, car ils n'avaient encore jamais vu le roi et sa simple présence leur remontait le moral, bien bas depuis que les Tsurani les avaient mis en déroute.

Laurie et Pug se placèrent à côté de la tente de commandement, juste assez près pour être sûrs d'entendre ce qui allait se dire. Le duc Brucal gardait les yeux fixés sur le roi, mais Lyam les remarqua et leur fit un signe de tête approbateur.

Les deux rangs de la garde de la maison royale avancèrent à cheval jusque devant la tente, puis ils s'écartèrent pour laisser passer le roi. Rodric, roi du royaume des Isles, chevauchait un énorme cheval de guerre noir, qui frappa le sol en s'arrêtant devant les deux ducs. Rodric était paré d'une lourde armure criarde, couverte d'or, dont le plastron était gravé d'une profusion de cannelures et de figures en relief. Son heaume doré était orné d'une couronne. Un plumet de pourpre royale flottait dessus, agité au gré du vent matinal.

Au bout d'un moment, il retira son heaume et le tendit à un page. Il resta sur son cheval et observa les deux commandants, les regardant de haut avec un sourire mauvais. « Eh bien, ne ferez-vous pas bon accueil à votre seigneur ? »

Les ducs s'inclinèrent. Brucal dit : « Votre majesté. Nous sommes simplement surpris. Nous n'avions pas été prévenus. »

Rodric éclata d'un rire un peu fou. « C'est parce que je n'ai prévenu personne. Je voulais vous surprendre. » Il regarda Lyam. « Quelle est cette personne qui porte le tabard de Crydee ?

— Lyam, votre majesté, répondit Brucal. Le duc de Crydee. »

Le roi hurla : « Il est duc uniquement si je dis qu'il est duc. » Changeant brusquement d'humeur, il dit d'un ton plein de sollicitude : « Je suis désolé pour la mort de votre père. » Puis il ricana. « Mais c'était un traître, vous savez. Je m'apprêtais à le faire pendre. » À ces mots, Lyam se tendit et Brucal lui agrippa le bras.

Le roi vit le mouvement et hurla : « Vous oseriez vous attaquer à votre roi ? Traître ! Vous ne valez pas mieux que votre père et les autres. Gardes, saisissez-vous de lui ! » Il désigna le jeune homme.

Des gardes royaux descendirent de cheval et les soldats de l'Ouest qui se tenaient tout autour s'avancèrent pour les arrêter. « Stop ! » ordonna Brucal et les soldats de l'Ouest s'arrêtèrent. Il se tourna vers Lyam. « Il vous suffit d'un mot et c'est la guerre civile », siffla-t-il.

Lyam dit : « Je me rends, votre majesté. » Les soldats de l'Ouest grommelèrent.

Le roi dit froidement : « Il va falloir que je vous fasse pendre, vous le savez. Ramenez-le à sa tente et mettez-le sous bonne garde. » Les gardes obéirent. Le roi se retourna vers Brucal. « Êtes-vous l'un de mes loyaux sujets, monseigneur Brucal, ou faut-il comme pour Crydee que je nomme un nouveau duc de Yabon ?

— Je reste loyal à la couronne, votre majesté », reçut-il en réponse.

Le roi descendit de cheval. « Oui, je vous crois. » Il eut un nouveau ricanement. « Vous saviez combien mon père vous tenait en haute estime, n'est-ce pas ? » Il prit le duc par le bras et ils entrèrent dans la tente de commandement.

Laurie mit la main sur l'épaule de Pug et dit : « Nous ferions mieux de rester dans nos tentes. Si l'un de ses courtisans me reconnaît, je pourrais bien rejoindre le duc au gibet. »

Pug acquiesça. « Va chercher Kulgan et Meecham et dis-leur de nous rejoindre dans ma tente. »

Laurie partit en courant et Pug rentra à sa tente. Katala donnait à manger à William un peu de ragoût de la veille. « Je crains qu'il n'y ait à nouveau de gros problèmes, mon aimée, dit Pug. Le roi est au camp et il est encore plus fou que je ne l'aurais cru. Il nous faut partir au plus vite, il a fait arrêter Lyam. »

Katala parut choquée. « Où irons-nous ?

— Je devrais pouvoir nous ramener à Crydee, voir le prince Arutha. Je connais la cour du château de Crydee aussi bien que si on y avait mis un motif. Ça ne devrait pas être difficile pour moi de nous y transporter. »

Laurie, Meecham et Kulgan les rejoignirent quelques minutes plus tard et Pug leur expliqua son plan d'évasion. Kulgan secoua la tête. « Prends l'enfant et Katala, Pug, mais moi il faut que je reste. »

Meecham ajouta : « Moi aussi. »

Pug les regarda sans comprendre. « Pourquoi ?

— J'ai servi le père de Lyam et maintenant c'est Lyam que je sers. Si le roi veut faire exécuter Lyam, il va y avoir du grabuge. Les armées de l'Ouest ne vont pas rester là à ne rien faire en regardant Lyam se faire pendre. Le roi n'a ici que sa garde royale et ils se feront facilement éliminer. Dès que les choses en seront arrivées là, ce sera la guerre civile. Bas-Tyra va prendre la tête des armées de l'Est. Lyam aura besoin de mon aide. »

Meecham dit : « Tout cela prendra du temps. Les soldats des armées de l'Ouest sont des vétérans, mais ils sont fatigués. Leur moral est assez bas. Les soldats des armées de l'Est sont frais et Guy le Noir est le meilleur général du royaume. Lyam est encore inexpérimenté. Les combats vont durer. »

Pug comprit. « Nous n'en arriverons peut-être pas là, malgré tout. Brucal semble prêt à suivre Lyam, mais s'il change d'avis ? Qui sait si Ylith, Tyr-Sog et les autres suivront Lyam sans Yabon ? »

Kulgan poussa un soupir. « Brucal n'en démordra pas. Il déteste Bas-Tyra autant que Borric le détestait, bien que ses raisons soient moins personnelles. Il voit Guy derrière chacun des coups faits pour affaiblir les forces de l'Ouest. Je pense que le duc de Yabon couperait volontiers la tête de Rodric, mais même ainsi, il est possible que Lyam se soumette plutôt que de prendre le risque de déclencher une guerre civile et de laisser l'Ouest aux mains des Tsurani. Nous allons bien voir comment les choses vont se passer.

« Raison de plus pour que tu ailles à Crydee, Pug. Si Lyam meurt, Arutha sera l'héritier de la couronne. Quand il aura commencé, le roi n'aura de cesse d'avoir tué Arutha. Même Martin — dont on pourrait écarter les prétentions pour bâtardise — et Carline seraient pourchassés et tués. Peut-être même Anita aussi. Rodric ne prendrait pas le risque qu'un héritier de l'Ouest puisse monter sur le trône. À la mort de Lyam, le bain de sang ne s'arrêtera que lorsque Rodric ou Arutha se retrouveront sur le trône sans rivaux. Tu es le mage le plus puissant du royaume. » Pug ouvrit la bouche pour protester. « J'en sais assez sur les arts pour savoir ce que tu vaux d'après ce que tu nous as raconté. Et je me souviens de ce que tu pouvais faire, plus jeune. Tu es capable d'exploits inégalables dans ce monde. Arutha aura grand besoin de ton aide, car il ne laissera pas impunie la mort de son frère. Crydee, Carse et Tulan se mettront en marche dès qu'il n'y aura plus de Tsurani. D'autres, comme Brucal, se rallieront à eux. Alors, ce sera la guerre civile. »

Meecham cracha à l'extérieur de la tente. Il se figea, laissant la tente ouverte un moment, puis il dit : « Je crois que la discussion est terminée. Regardez. »

Ils allèrent voir par l'ouverture. Ils n'avaient pas la vue perçante de Meecham et au début ils ne virent pas ce que celui-ci désignait. Puis, lentement, ils reconnurent le nuage de poussière qui s'élevait au loin vers le sud-est. Il s'étendait à l'horizon sur des kilomètres, un ruban brun sale qui courait sous le ciel bleu.

Meecham se tourna vers les autres. « Les armées de l'Est. »

Ils se tenaient non loin de la tente de commandement, dans un groupe de soldats de LaMut. En compagnie de Laurie, Kulgan, Pug et Meecham, se trouvait le comte Vandros de LaMut, l'ancien officier de cavalerie qui avait dirigé des années auparavant le raid dans la vallée, la première fois où ils avaient vu la faille. Il avait obtenu son titre de comte à la mort de son père, moins d'un an après la capture de Pug et il avait prouvé depuis que c'était l'un des officiers de terrain les plus compétents du royaume.

Un groupe de nobles montait la colline à cheval, en direction du pavillon. Le roi et Brucal les attendaient. À côté de chaque seigneur se tenait un porte-étendard, avec sa bannière. Vandros énonça le nom de chaque armée représentée. « Rodez, Timons, Sadara, Ran, Cibon, ils sont tous là. » Il se tourna vers Kulgan. « Je doute qu'il reste plus d'un millier d'hommes entre ici et Rillanon. »

Laurie dit : « Il y a une bannière que je ne vois pas, c'est celle du Bas-Tyra. »

Vandros regarda. « Salador, Taunton, Pont Suet... non, vous avez raison. L'aigle doré sur fond noir n'est pas là. »

Meecham dit : « Guy le Noir n'est pas un imbécile. Il a déjà le trône de Krondor. Si Lyam se fait pendre et que Rodric tombe au combat, il n'aura pas beaucoup de chemin à faire pour monter sur celui de Rillanon. »

Vandros regarda les nobles. « Il y a presque l'intégralité du congrès des seigneurs, ici. S'ils rentraient à Krondor sans le roi, Guy aurait tôt fait de prendre la couronne. Nombre d'entre eux lui sont tout dévoués. »

Pug demanda : « Qui est celui avec la bannière de Salador ? Ce n'est pas monseigneur Kerus. »

Vandros cracha par terre. « C'est Richard, précédemment baron de Dolth, maintenant duc de Salador. Le roi a fait pendre Kerus et sa famille a fui vers Kesh. Maintenant, Richard dirige le troisième duché de l'Est en puissance. C'est l'un des bons amis de Guy. »

Quand les nobles se furent assemblés devant le roi, Richard de Salador, un ours au visage rougeaud, dit : « Monseigneur, nous voilà. Où devons-nous monter le camp ?

— Le camp ? Nous n'allons pas monter de camp, monseigneur duc. À cheval ! » Il se tourna vers le duc Brucal. « Levez les armées de l'Ouest, Brucal. » Le duc fit un signe et des hérauts partirent dans le camp, lançant à tous l'ordre de se rassembler. Les tambours de guerre et les trompettes retentirent bientôt dans tout le camp de l'Ouest.

Vandros partit rejoindre ses soldats et il n'y eut bientôt plus grand monde près d'eux. Kulgan, Pug et les autres s'écartèrent, pour que le roi ne les voie pas.

Le roi dit aux nobles en face de lui : « Neuf ans durant, les commandants de l'Ouest ont mené cette guerre trop timidement. Je vais mener l'attaque qui chassera nos ennemis hors de nos terres. » Il se tourna vers Brucal. « Par déférence pour vos longues années, seigneur duc, je donne le commandement de l'infanterie au duc Richard. Vous resterez ici. »

Le vieux duc de Yabon, qui commençait à endosser son armure, fut piqué au vif. Il dit seulement : « Votre majesté », d'un ton froid et tendu. Il se retourna et rentra d'un pas raide à la tente de commandement.

On amena le cheval du roi et Rodric monta en selle. Un page lui tendit son heaume couronné et le roi s'en couvrit la tête. « L'infanterie suivra aussi vite que possible. Partons ! »

Le roi descendit la colline, suivi de la garde royale et de tous les nobles. Quand il fut hors de vue, Kulgan se tourna vers les autres et dit : « Maintenant, attendons. »

La journée traîna en longueur. Les heures leur semblaient durer des jours. Ils étaient dans la tente de Pug, se demandant ce qui se passait à l'ouest. L'armée était partie en avant, sous la bannière royale, au son des tambours et des trompettes. Plus de dix mille cavaliers et vingt mille fantassins étaient partis à l'assaut des Tsurani. Il ne restait que quelques soldats au camp, les blessés et une seule compagnie en état. Le silence au-dehors était inquiétant après les bruits incessants du campement des jours précédents.

William avait commencé à s'énerver et Katala l'avait emmené jouer dehors. Fantus avait apprécié cette opportunité de prendre un peu de repos sans être dérangé par son infatigable compagnon de jeu.

Kulgan était assis sans rien dire, tirant sur sa pipe. Pug et lui passaient le temps en parlant un peu de magie, mais pour l'essentiel ils restaient silencieux.

Laurie fut le premier à briser la tension. Il se leva et dit : « Je ne supporte plus d'attendre comme ça. Je crois que nous ferions mieux d'aller voir le duc Lyam et de l'aider à prendre une décision pour quand le roi reviendra. »

Kulgan lui fit signe de se rasseoir. « Lyam ne fera rien, c'est le fils de son père et il ne déclenchera pas une guerre civile, pas ici. »

Pug jouait avec une dague d'un air absent. « Les armées de l'Est tiennent le camp, Lyam sait qu'une bataille laisserai l'Ouest entre les mains des Tsurani et la couronne passerait à Bas-Tyra. Il est prêt à marcher au gibet et à se passer lui-même la corde au cou plutôt que de voir ça.

— C'est la pire des folies, contesta Laurie.

— Non, répondit Kulgan. Ce n'est pas de la folie, ménestrel, c'est une affaire d'honneur. Lyam, comme son père, croit que les nobles ont une responsabilité, qu'ils doivent mettre leur vie, ou même leur mort au service du royaume. Borric et Erland sont morts, Lyam est un des prétendants au trône. Mais la succession n'est pas claire, car Rodric n'a pas nommé d'héritier. Lyam ne pourrait supporter de prendre la couronne si quelqu'un pouvait croire qu'il l'avait usurpée. Arutha, c'est autre chose, car il irait au plus simple, il prendrait le trône — même si ça ne lui plaisait pas — et s'inquiéterait de ce qu'on dirait de lui en temps voulu. »

Pug opina. « Je crois que Kulgan a bien saisi la situation. Je ne connais pas les frères aussi bien que lui, mais je crois que ça se serait mieux passé s'ils étaient nés dans un ordre différent. Lyam ferait un bon roi, mais Arutha ferait un grand roi. Les hommes accepteraient de suivre Lyam dans la mort, mais le cadet saurait user de sa ruse pour les garder en vie.

— Bonne manière de présenter les choses, concéda Kulgan. Si

quelqu'un peut trouver un moyen de sortir de cette impasse, c'est bien Arutha. Il a le courage de son père, mais il a aussi la vivacité d'esprit de Bas-Tyra. Il saurait survivre aux intrigues de la cour, même s'il ne les apprécie pas. » Kulgan sourit. « Quand ils étaient petits, nous appelions Arutha “la petite tempête”, parce que quand il se mettait en colère, il jetait des regards noirs partout et il grommelait, alors que Lyam s'emportait vite, se battait et puis oubliait aussitôt. »

Kulgan fut interrompu par des cris venant de l'extérieur. Ils bondirent hors de la tente.

Un cavalier couvert de sang, portant le tabard de LaMut fila devant eux et ils coururent derrière lui. Ils arrivèrent à la tente de commandement au moment où le duc Brucal en sortait. Le vieux duc de Yabon demanda : « Quelles sont les nouvelles ?

— Le comte Vandros m'envoie. Victoire ! » On entendit d'autres cavaliers approcher du camp. « Nous avons fondu sur eux comme le vent, leur ligne à l'est est enfoncée et la tête de pont est coupée. Nous les avons brisés, avons isolé la tête de pont, puis nous nous sommes tournés vers l'ouest et avons repoussé leurs renforts. L'infanterie tient bon maintenant et la cavalerie fait reculer les Tsurani dans la passe nord. Ils fuient en désordre ! La victoire est à nous ! »

On tendit du vin au cavalier, dont la voix commençait à s'érailler. Il renversa la tête en arrière et laissa le vin couler dans sa gorge. Du vin ruissela sur son menton, se mêlant au rouge plus sombre qui couvrait son tabard. Il jeta l'outre. « Il y a autre chose. Richard de Salador n'est plus, le comte de Silden non plus. Et le roi a été blessé. »

Brucal s'inquiéta. « Comment va-t-il ?

— Mal, je le crains », dit le cavalier en retenant sa monture, trop nerveuse, qui commençait à piaffer. « C'est une sale blessure. Son heaume a été fendu par une épée large après que son cheval s'est fait tuer sous lui. Cent hommes sont morts pour le protéger, son tabard royal attirait tous les Tsurani. Il arrive. » Le cavalier désigna le chemin par lequel il était arrivé.

Pug et les autres se retournèrent et virent une troupe de cavaliers approcher. À l'avant-garde, se trouvait un garde royal qui maintenait le roi devant lui. Le visage du monarque était couvert de sang et il se tenait de la main droite au pommeau de sa selle, l'autre bras ballant. Ils s'arrêtèrent devant la tente et des soldats aidèrent le roi à descendre de cheval. Ils commencèrent à le porter à l'intérieur, mais le roi dit, d'une voix faible et traînante : « Non. Laissez-moi au soleil. Amenez une chaise, que je puisse m'asseoir. »

Des nobles arrivèrent au galop alors que l'on amenait une chaise pour le roi. On le plaça dessus et il s'adossa, laissa sa tête pencher à gauche. À travers le sang qui lui couvrait le visage, on voyait le blanc de l'os apparaître sous les cheveux.

Kulgan alla voir Rodric. « Mon roi, puis-je vous soulager ? »

Le roi s'efforça de voir qui lui parlait. Ses yeux semblèrent se perdre dans le vide un moment, puis ils s'éclaircirent. « Qui parle ? Le magicien ? Oui, le magicien de Borric. Je vous en remercie, la douleur est grande. »

Kulgan ferma les yeux, pour apaiser de ses pouvoirs les souffrances du roi. Il mit la main sur l'épaule de Rodric et les spectateurs virent le maître du royaume se détendre. « Merci, magicien. Je me sens plus à l'aise. » Rodric s'efforça de tourner légèrement la tête. « Messire Brucal, veuillez faire approcher Lyam, s'il vous plaît. »

Lyam était dans sa tente sous bonne garde et on envoya un soldat le chercher. Quelques instants plus tard, le jeune homme s'agenouilla devant son cousin. « Monseigneur, votre blessure ? »

Un prêtre de Dala rejoignit Kulgan, qui confirma son diagnostic pour la blessure. Il regarda Brucal et secoua lentement la tête. On apporta des herbes et des bandages et on s'occupa du roi. Kulgan laissa le prêtre à ses soins et rejoignit les autres. Katala était arrivée, tenant William dans ses bras. Kulgan dit : « Je crains que cette blessure ne soit mortelle. Le crâne est brisé et du liquide suinte de la blessure. »

Ils regardèrent en silence. Le prêtre se releva et se mit à prier pour Rodric. Tous les nobles, sauf ceux qui dirigeaient l'infanterie, entouraient maintenant le roi. On entendit d'autres chevaux arriver au camp. Ils rejoignirent les autres et on leur dit ce qui était arrivé. Tout le monde se tut quand le roi prit la parole.

« Lyam, dit-il d'une voix faible. J'ai été malade, c'est bien cela ? » Lyam ne répondit rien, des émotions contradictoires se lisant sur son visage. Il n'aimait pas beaucoup son cousin, mais c'était toujours le roi.

Rodric se risqua à sourire. Seul un côté de son visage bougea un peu, comme s'il n'arrivait pas à contrôler ses muscles. Rodric tendit sa bonne main, la droite, et Lyam la prit entre les siennes. « Je ne sais pas à quoi je pensais ces derniers temps. Tout ce qui s'est passé ressemble à un rêve, sombre et effrayant. J'étais piégé dans ce rêve, mais je suis libre maintenant. » Son front se couvrit de sueur et il pâlit à en devenir presque livide. « Un démon a été chassé de moi, Lyam, et je me rends compte qu'il y a beaucoup de choses que j'ai faites qui n'étaient pas bonnes, maléfiques même. »

Lyam s'agenouilla devant son roi. « Non, mon roi, pas maléfiques. »

Le roi toussa violemment, puis il reprit son souffle avec difficulté. « Lyam, je n'ai plus beaucoup de temps. » Il monta un peu la voix. « Brucal, soyez mon témoin. » Le vieux duc le regarda, un masque implacable sur le visage. Il se plaça à côté de Lyam et dit : « Je suis là, votre majesté. »

Le roi agrippa la main de Lyam et se redressa encore un peu. Il éleva encore la voix et dit : « Nous, Rodric le quatrième du nom, roi héréditaire du royaume des Isles, proclame ici même que Lyam conDoin, notre cousin de sang, est de sang royal. En tant que fils aîné des conDoin, il est nommé héritier du trône de notre royaume. »

Lyam jeta à Brucal un regard inquiet, mais le vieux duc lui fit un rapide signe de tête, pour lui enjoindre de se taire. Lyam inclina la tête et l'on sentait que sa tristesse n'était pas feinte. Il serra fermement la main du roi. Brucal dit : « Moi, Brucal, duc de Yabon, suis témoin de cette déclaration. »

La voix de Rodric s'affaiblit. « Lyam. Il est une chose que je te demande. Ton cousin Guy a fait ce qu'il a fait sur mon ordre. Je pleure la folie qui m'a fait destituer Erland. Je savais que l'envoyer au cachot, c'était signer son arrêt de mort et je n'ai rien fait pour l'en empêcher. Aie pitié de Guy. C'est un homme ambitieux, mais il n'est pas mauvais. »

Le roi parla ensuite des plans qu'il avait pour le royaume, lui demandant de poursuivre son œuvre, quoiqu'avec davantage de clémence pour la population. Il parla de bien d'autres choses : de sa jeunesse et de sa tristesse à n'avoir jamais eu d'épouse. Au bout d'un moment, sa diction se fit trop inarticulée pour qu'on le comprenne et sa tête retomba sur sa poitrine.

Brucal dit aux gardes de s'occuper du roi. Ils le relevèrent doucement et le portèrent à l'intérieur. Brucal et Lyam entrèrent dans la tente tandis que les autres nobles attendaient dehors. D'autres gens arrivaient et on leur expliquait les derniers événements. Presque un tiers des armées du royaume se tenait devant la tente de commandement, une mer de visages qui recouvrait la colline. Ils restaient là en silence, attendant la veillée mortuaire.

Brucal referma la tente et se coupa des lueurs rouges du couchant. Le prêtre de Dala examina le roi, puis il regarda les deux ducs. « Il ne reprendra pas conscience, messires. Ce n'est qu'une affaire de temps. »

Brucal prit Lyam par le bras et l'emmena avec lui. Dans un souffle, il dit : « Ne dites rien, surtout, quand je vous proclamerai héritier, Lyam. »

Lyam arracha son bras à l'étreinte de Brucal et fixa le vieux guerrier. « Tu es témoin, Brucal, répondit-il sur le même ton. Tu as entendu mon père reconnaître Martin comme mon frère et le légitimer. C'est l'aîné des conDoin. La proclamation de Rodric est invalide. Elle impliquait que c'était moi l'aîné ! »

Brucal parla calmement, mais ses mots étaient durs. « Tu as une guerre à terminer, Lyam. Alors, si tu réussis à accomplir cette petite chose, tu devras ramener ton père et Rodric à Rillanon, pour les inhumer dans la tombe de vos ancêtres. Quand Rodric sera au caveau, il y aura douze jours de deuil, puis au midi du treizième jour, tous les prétendants à la couronne se présenteront devant les prêtres d'Ishap et ce satané congrès des seigneurs. Entre maintenant et ce moment-là, tu auras tout le temps qu'il te faut pour décider de ce que tu veux faire. Mais pour l'instant, ce qu'il faut que tu sois, c'est l'héritier du trône. Il n'y a pas d'autre solution.

« Aurais-tu oublié Bas-Tyra ? Si jamais tu hésites, il sera à Rillanon avec son armée un mois avant nous. Et alors ce sera la guerre civile, gamin. Si tu acceptes de te taire, j'enverrai mes troupes les plus fidèles à Krondor, sous mandat royal, pour arrêter Guy le Noir. Ils jetteront Bas-Tyra au cachot avant que ses hommes ne puissent faire quoi que ce soit — il y aura assez de Krondoriens loyaux pour ça. Tu pourras l'y maintenir jusqu'à ce que tu arrives à Krondor et puis tu l'emmèneras à Rillanon pour le couronnement, que ce soit le tien ou celui de Martin. Mais tu dois agir, ou par les dieux, les laquais de Guy vont déclencher la guerre civile le jour même où tu diras que Martin est le véritable héritier. Tu comprends ? »

Lyam acquiesça en silence. Avec un soupir, il dit : « Mais est-ce que les hommes de Guy vont nous laisser le prendre ?

— Même un capitaine de sa propre garde n'oserait braver un mandat royal, tout particulièrement s'il est contresigné de tous les représentants du congrès des seigneurs. Et je te garantis qu'elles y seront, ces signatures », dit-il en refermant le poing devant son visage.

Lyam resta immobile un moment, puis il dit : « Tu as raison. Je ne veux pas que le royaume tombe dans le chaos par ma faute. Je ferai comme tu as dit. »

Les deux hommes retournèrent aux côtés du roi et attendirent.

Presque deux heures passèrent avant que le prêtre n'écoute le cœur du roi et dise : « Le roi est mort. »

Brucal et Lyam se joignirent au prêtre qui fit une prière silencieuse pour Rodric. Puis le duc de Yabon prit un anneau à la main de Rodric et il se tourna vers Lyam :

« Viens, il est temps. »

Il écarta un pan de la tente et Lyam regarda dehors. Le soleil s'était couché et le ciel nocturne scintillait d'étoiles. On avait allumé des feux et apporté des torches, la foule ressemblait maintenant à un océan de feux follets. Un homme sur vingt environ était parti, bien qu'ils fussent tous épuisés et affamés après la victoire.

Brucal et Lyam apparurent à l'entrée de la tente et le vieux duc dit : « Le roi est mort. » Son visage était de marbre, mais il avait les yeux rouges. Lyam semblait pâle, mais il restait bien droit, la tête haute.

Brucal brandit quelque chose au-dessus de sa tête. Il y eut un éclat de feu rouge sombre quand la lumière des torches se refléta sur le petit objet. Les nobles qui se tenaient tout près inclinèrent la tête en comprenant, car ce que Brucal tenait, c'était l'anneau sigillaire royal, que tous les rois conDoin portaient depuis que Delong le Grand avait quitté Rillanon et traversé la mer pour planter le drapeau du royaume des Isles sur le rivage du continent.

Brucal prit la main de Lyam et passa l'anneau à son doigt. Lyam regarda le vieil anneau usé, avec son sceau taillé dans le rubis intouché par le temps. Il leva les yeux face à la foule et un noble s'avança. C'était le duc de Rodez, qui s'agenouilla devant Lyam. « Votre altesse », dit-il. Un par un les autres nobles assemblés devant la tente, de l'Est comme de l'Ouest, s'agenouillèrent pour lui rendre hommage et comme une vague, tous les gens sur la colline s'agenouillèrent, jusqu'à ce que Lyam fût le seul à rester debout.

Lyam regarda tous ces gens devant lui, muet d'émotion. Il mit la main sur l'épaule de Brucal et fit signe à tous de se relever.

Soudain, la foule fut debout et l'acclama : « Vive Lyam ! Longue vie à l'héritier ! » Les soldats du royaume poussèrent un hurlement d'approbation, d'autant plus fort qu'ils savaient que quelques heures auparavant, le spectre de la guerre civile avait plané sur leurs têtes. Les hommes de l'Est et de l'Ouest s'embrassèrent et célébrèrent la nouvelle, car une terrible catastrophe venait d'être évitée.

Lyam leva les mains et bientôt tout le monde se tut. Sa voix retentit au-dessus de leurs têtes et tous l'entendirent déclarer : « Que nul ne se réjouisse en cette nuit. Que les tambours soient assourdis et que les trompettes sonnent bas, car cette nuit, nous pleurons un roi. »

Brucal montra la carte. « La tête de pont est encerclée et toutes les tentatives pour franchir les lignes jusqu'à l'armée principale ont été repoussées. Il y a presque quatre mille soldats isolés là-bas. » Il était tard dans la nuit. Rodric avait été enterré avec tous les honneurs possibles dans ce camp.

On n'avait pu respecter toute la pompe des funérailles royales habituelles, mais la poursuite de la guerre passait avant tout. Il avait été rapidement embaumé et enterré avec son armure aux côtés de Borric, à flanc de colline, au-dessus du camp. Quand la guerre serait finie, tous deux seraient emmenés aux tombeaux de leurs ancêtres à Rillanon.

Maintenant, le jeune héritier regardait la carte, jaugeant la situation à la lumière des derniers communiqués du front. Les Tsurani tenaient la passe nord, à l'entrée de la vallée. L'infanterie s'était retranchée face à eux, enfermant tous ceux qui se trouvaient dans la vallée et isolant les deux forces, celle située le long de la Crydee et ce qui restait de la tête de pont.

« Nous avons cassé leur offensive, dit Lyam, mais c'est une victoire à double tranchant. Nous ne pouvons pas lutter sur deux fronts à la fois. Il faut que nous soyons prêts au cas où les Tsurani tentent de nous attaquer par le sud. Je n'en vois pas le bout, malgré notre victoire. »

Brucal dit : « Mais ceux de la tête de pont vont sûrement se rendre bientôt. Ils sont coupés des leurs, ils n'ont presque rien à manger ou à boire et ne peuvent espérer de ravitaillement. Dans quelques jours, ils seront affamés. »

Pug l'interrompit : « Pardonnez-moi, monseigneur Brucal, mais c'est faux.

— Que peuvent-ils espérer en résistant ? Leur position est intenable.

— Ils clouent notre armée pour nous empêcher d'attaquer leur campement principal. Bientôt, la situation en Tsuranuanni sera réglée et les magiciens pourront rentrer de l'Assemblée. Alors, ils pourront de nouveau recevoir de l'eau et de la nourriture sans que nous puissions rien y faire. Et chaque jour qui passe, les Tsurani se renforcent en ramenant des troupes de Kelewan. Ce sont des Tsurani et ils préfèrent la mort à la captivité. »

Lyam demanda : « La mort plutôt que le déshonneur, c'est bien ça ?

— Oui. À Kelewan, ils savent que les captifs sont emmenés en esclavage. L'idée d'un échange de prisonniers leur est parfaitement étrangère.

— Alors nous devons porter nos forces immédiatement contre la tête de pont, dit Brucal. Il faut les écraser pour permettre à nos soldats de s'occuper d'autre chose.

— Ça risque d'être coûteux, fit remarquer Lyam. Cette fois nous ne bénéficierons pas de la surprise et ils se sont enterrés comme des taupes. Nous allons perdre deux fois plus d'hommes qu'eux. »

Kulgan était assis à proximité avec Laurie et Meecham. « C'est malheureux que nous n'ayons réussi qu'à étendre le conflit. Et si peu de temps après l'offre de paix de l'empereur. »

Pug dit : « Peut-être n'est-il pas trop tard. »

Lyam regarda Pug. « Que veux-tu dire ? » Kasumi a déjà dû annoncer que la paix avait été refusée.

« Oui, mais il peut être encore temps d'annoncer qu'il y a un nouveau roi qui veut bien entamer des pourparlers de paix.

— Qui portera ce message ? demanda Kulgan. Ta vie est en danger si tu rentres dans l'empire.

— Nous devrions pouvoir résoudre deux problèmes à la fois. Votre altesse, promettriez-vous de laisser les Tsurani de la tête de pont rentrer dans leurs lignes sans les attaquer ? »

Lyam réfléchit. « Oui, si j'ai leur parole qu'ils ne reviendront pas avant un an.

— Alors je vais aller les voir, dit Pug. Peut-être pourrons-nous encore mettre fin à cette guerre malgré toutes les calamités qui nous sont tombées dessus. »

Les soldats Tsurani, nerveux et sur leurs gardes, se tendirent au bruit d'un cavalier à l'approche. « Ils arrivent ! » cria l'un d'eux et des hommes saisirent leurs armes et se précipitèrent sur les barricades. Les défenses sud étaient encore intactes, mais ici, du côté ouest de l'ancienne tête de pont, les piquets de garde avaient jeté à la va-vite quelques arbres coupés et creusé des tranchées peu profondes.

Les archers se tinrent prêts, flèches encochées, mais la charge attendue ne vint pas. Une silhouette seule s'approcha. Elle avait les mains levées au-dessus de la tête, les paumes jointes en signe de pourparlers. Plus encore, il portait la robe noire.

Le cavalier approcha son cheval du bord de la barricade et demanda, dans un tsurani parfait : « Qui commande ici ? »

Un officier étonné répondit : « Le commandant Wataun. »

Le cavalier répliqua sèchement : « Vous oubliez vos manières, chef de troupe. » Il regarda les couleurs et les ornements du plastron et du heaume de l'homme. « Les Chilapaningo sont-ils donc si malappris ? »

L'officier se mit au garde-à-vous. « Je demande pardon, Très Puissant, bégaya l'homme. Vous n'étiez pas attendu, c'est tout.

— Amenez-moi le commandant Wataun.

— À vos ordres, Très Puissant. »

Le commandant de la tête de pont tsurani arriva peu de temps après. C'était un vieux guerrier aux jambes arquées et au torse musclé et, Très Puissant ou pas, ce qui lui importait, c'était la survie de ses troupes. Il regarda le magicien d'un air suspicieux. « Je suis là, Très Puissant.

— Je suis venu vous donner l'ordre, à vous et vos soldats, de retourner à la vallée. »

Le commandant Wataun eut un sourire désabusé et secoua la tête. « Je regrette, Très Puissant, c'est une chose que je ne puis faire. Vos exploits sont connus jusqu'ici et l'Assemblée a remis votre statut en question. Il se pourrait bien que vous ne soyez plus au-dessus des lois, désormais. Si vous n'étiez pas venu pour entamer des pourparlers, je vous aurais fait capturer, même si cela nous avait coûté très cher. »

Pug sentit le rouge lui monter aux joues. Il s'était douté que l'Assemblée le renierait, mais cela lui fit mal. Tristement, il se dit que son entraînement devait toujours le pousser à rester loyal pour cette terre étrangère et qu'il ne se sentirait plus jamais tout à fait chez lui sur sa terre natale.

Avec un soupir, Pug dit : « Alors, qu'allez-vous faire ? »

Le commandant haussa les épaules. « Garder cette position. Mourir s'il le faut.

— Alors je vous fais une offre, commandant. Vous devrez décider si c'est un piège ou non. Kasumi des Shinzawai a fait parvenir au roi de Midkemia une offre de la part de la Lumière du Ciel. C'était une offre de paix. Le roi l'a rejetée, mais un nouveau roi a pris sa place, qui veut faire la paix. Je vous demande d'aller à la Cité sainte annoncer à l'empereur que le prince Lyam accepte la paix. Le ferez-vous ? »

Le commandant réfléchit. « Si ce que vous dites est vrai, je serais bien bête de laisser mourir mes hommes en pure perte. Quelles garanties me donnerez-vous ?

— Je vous donne ma parole de Très Puissant — si cela a encore un sens pour vous — que ce que je viens de vous dire est vrai. Je vous promets aussi que vos hommes seront reconduits librement à la vallée, s'ils promettent de rentrer dans l'empire pour au moins un an. Et je me constituerai comme otage auprès de vous, jusqu'à vos lignes à l'entrée de la vallée. Cela vous suffit-il ? »

Le commandant réfléchit un moment, puis il regarda ses troupes épuisées et assoiffées. « J'accepte, Très Puissant. Si la Lumière du Ciel désire en finir avec la guerre, qui suis-je pour vouloir la prolonger ?

— Les Oaxatucan ont toujours été renommés pour leur bravoure. Que l'on sache que leur sagesse les honore aussi. »

Le commandant s'inclina, puis il se tourna vers ses soldats. « Passez le mot. Nous partons... pour chez nous. »

Un message annonçant que l'empereur accepterait la paix arriva au camp quatre jours plus tard. Pug avait donné une lettre à Wataun qui devait passer la faille. Elle portait le sceau noir de l'Assemblée, de manière à ce que nul ne puisse empêcher qu'elle parvienne à son destinataire. Elle était adressée à Fumita et lui demandait de dire à la Ville sainte que le nouveau roi n'exigeait aucun dédommagement mais qu'il acceptait son offre de paix.

Lyam s'était montré très ému quand Pug lui avait lut le message. L'empereur lui-même passerait la faille dans un mois pour signer le traité officiel avec le royaume. Pug avait senti les larmes lui monter aux yeux quand il avait lu la nouvelle et l'annonce que la guerre était finie se répandit dans le camp à toute vitesse. Il y eut de grands vivats.

Pug et Kulgan étaient installés dans la tente du vieux magicien. Pour la première fois depuis des années, ils renouaient leur ancienne relation. Pug terminait une longue explication du système d'instruction des novices organisé par les Tsurani.

« Pug, dit Kulgan entre deux bouffées de pipe. Il semble que maintenant que la guerre est finie, nous puissions en revenir à nos affaires de magiciens. Mais désormais, ce sera toi le maître et moi l'élève.

— Nous avons beaucoup à apprendre l'un de l'autre, Kulgan. Mais je crains que les vieilles habitudes ne soient pas si faciles à oublier. Je ne crois pas que je m'habituerai un jour à l'idée que tu sois mon élève. Et il y a de nombreuses choses dont tu es capable et que je ne sais toujours pas faire. »

Kulgan parut surpris. « Vraiment ? J'aurais cru mes arts simplistes bien en deçà de ta grandeur. »

Pug ressentit le même embarras que quand il était l'élève de Kulgan. « Tu te moques de moi, encore. »

Kulgan rit. « Juste un peu, mon garçon. Et tu n'es encore qu'un garçon pour un homme de mon âge. Ce n'est pas facile pour moi de voir un apprenti médiocre devenir le magicien le plus puissant d'un autre monde.

— Médiocre est le bon mot. Au début, je voulais simplement être soldat. Je crois que tu le savais. Et puis quand j'ai finalement décidé de me vouer à mes études, l'invasion a commencé. » Pug sourit. « Je crois que tu as eu pitié de moi, le jour où je me suis retrouvé tout seul devant la cour ducale, à être le seul gamin que personne n'appelait.

— C'est en partie vrai, mais j'avais été le premier à sentir un pouvoir en toi. Et mon jugement était bon, quels que soient les événements extravagants par lesquels tu aies dû en passer pour que tes pouvoirs se révèlent finalement. »

Pug soupira. « En fait, l'Assemblée offre par-dessus tout un entraînement extrêmement complet. Quand le pouvoir est détecté, il n'y a que deux options, la réussite ou la mort. N'ayant que cela à penser, l'élève n'a pas grand-chose d'autre que ses études en tête. Sans cela, je doute que j'aurais pu arriver jusque-là. »

Kulgan dit : « Je ne pense pas. Si les Tsurani n'étaient jamais arrivés, tu aurais toujours pu trouver un moyen pour développer ta puissance. »

Cette discussion, leurs retrouvailles les réconfortaient tous deux. Au bout de quelque temps, ils allumèrent des feux, comme le soir tombait. Katala alla à la tente demander si son époux pensait les rejoindre elle et leur fils aux réjouissances donnée par le roi Lyam. Elle regarda à l'intérieur et vit qu'ils étaient tous les deux perdus dans leur conversation.

Elle recula, un léger sourire aux lèvres et retourna vers son fils.

CHAPITRE 13

Tomas s'éveilla en sursaut.

Dans la pénombre de l'aube naissante, un étrange sentiment fugitif avait attiré son attention. Il s'assit sur son lit, les sens en alerte, essayant de saisir ce qui l'avait réveillé

Aglaranna bougea à côté de lui. Depuis la confrontation avec Martin pour les prisonniers tsurani, ses rêves étranges et ses colères noires avaient disparu. Il n'était plus ni le Tomas de Crydee ni l'ancien seigneur dragon, mais un nouvel être possédant des qualités des deux.

Elle s'éveilla et tendit lentement la main pour lui toucher l'épaule. Ses muscles étaient détendus, depuis qu'il ne luttait plus contre ses anciens rêves. Elle poussa un long soupir puis dit : « Tomas, qu'y a-t-il ? »

Il leva la main et la posa sur la sienne. « Je ne sais pas. Il y a quelque chose de bizarre qui vient d'arriver. » Il s'assit, la tête légèrement penchée, comme à l'écoute d'un bruit lointain. « Un changement... un changement dans l'ordre des choses, peut-être. »

La reine des elfes ne dit rien. Depuis qu'il était devenu son amant, elle avait fini par s'habituer à son étrange capacité à ressentir des événements lointains, un pouvoir que même les plus doués des anciens tisseurs de sorts ne pouvaient égaler. Vestige de son héritage valheru, cette conscience des choses ne s'était pleinement révélée que depuis qu'il avait recouvré son humanité. Elle trouvait étrange mais rassurant, que ses pouvoirs de Valheru n'aient commencé à se développer que depuis qu'il était redevenu humain. C'était comme si une force les avait sciemment affaiblis, jusqu'à ce qu'il ait assez de sagesse pour les utiliser.

Tomas cessa d'écouter. « C'est quelque chose à l'est, un mélange de joie et de grande tristesse. » L'émotion lui nouait la gorge. « Une époque est en train de mourir. »

Il roula hors du lit et se leva, dévoilant dans la pénombre ses muscles puissants à Aglaranna. Il resta à la porte de leur chambre, regardant Elvandar, écoutant les bruits nocturnes. Tout semblait calme.

L'odeur de la forêt, forte, douce et entêtante, était couverte par les arômes légers du dîner du soir et l'odeur du pain fraîchement sorti du four pour le déjeuner du matin. Les oiseaux nocturnes hululaient encore, tandis que les oiseaux diurnes commençaient leur gazouillis matinal pour saluer le soleil qui s'apprêtait à se lever à l'est. La caresse de l'air frais sur sa peau nue lui donna une impression de plénitude et de paix qu'il n'avait jamais ressentie dans toute sa courte vie.

Aglaranna le saisit à la taille et il la sentit se serrer contre lui. Il entendit battre son cœur. « Mon seigneur, mon amour, lui dit-elle, reviens dans notre lit. »

Il se retourna dans le creux de ses bras et sentit son corps chaud blotti contre le sien. « Il y a quelque chose... il la prit doucement dans ses bras. Comme un espoir. »

Elle le sentait brûler de désir pour elle. « L'espoir. Si cela pouvait être vrai. »

Il baissa les yeux sur elle, voyant aussi bien qu'elle dans la pénombre, la dévorant du regard. « Ne perds jamais espoir, ma reine. »

Il l'embrassa longuement et quelle que fût la chose qui l'avait éveillé, il l'oublia rapidement.

Lyam était tranquillement assis dans sa tente. Il était en train de composer le message qu'il allait envoyer à Crydee quand un garde entra pour annoncer l'arrivée de Pug et de Kulgan. Lyam se leva pour les accueillir et quand les gardes furent partis, il leur fit signe de s'asseoir. « J'ai grand besoin de votre sagesse. » Il se rassit et montra les parchemins devant lui. « Si nous voulons qu'Arutha nous rejoigne à temps pour la conférence de paix, ces messages doivent partir aujourd'hui. Mais je n'ai jamais été très fort pour les lettres et je vous avoue aussi que j'ai bien du mal à conter les événements de la semaine passée. »

Kulgan demanda : « Puis-je ? » en montrant la lettre.

Lyam fit oui de la tête et le magicien prit le parchemin et en commença la lecture. « À mes chers frère et sœur : c'est avec la plus grande tristesse que je dois vous annoncer la mort de notre père. Il a été mortellement blessé pendant la grande offensive tsurani, alors qu'il menait une contre-attaque destinée à secourir des soldats qui s'étaient fait cerner, essentiellement des Hadati des collines, auxiliaires de la garnison de Yabon. Les Hadati chantent son nom et composent des sagas en l'honneur de sa grande bravoure. Il est mort en pensant à ses enfants et son amour pour nous n'a jamais faibli.

Le roi est mort lui aussi et la tâche m'est revenue de diriger nos armées. Arutha, je voudrais que tu viennes, car nous en sommes désormais à la fin de la guerre. L'empereur veut conclure la paix. Nous devons nous rencontrer dans la vallée au nord des Tours grises dans vingt-neuf jours, à midi. Carline, je voudrais que tu prennes un navire pour Krondor avec Anita, car il y a beaucoup à faire là-bas et la princesse Alicia aura besoin de sa fille. Je vous y rejoindrai avec Arutha dès que la paix aura été conclue. Sachez que je partage toute votre douleur. Affectueusement, votre frère qui vous aime, Lyam. »

Kulgan resta silencieux un moment et Lyam insista : « Je me disais que vous pourriez ajouter une ou deux choses, pour que ce soit plus élégant. »

Kulgan répondit : « Je trouve que tu as annoncé la mort de votre père avec simplicité et douceur. C'est un bon message. »

Lyam s'agita inconfortablement sur sa chaise. « Il y a encore tant de choses à écrire. Je n'ai rien dit sur Martin. »

Kulgan prit une plume. « Je vais la recopier, ta plume est un peu nerveuse, Lyam. » Avec un sourire chaleureux, il ajouta : « Tu as toujours préféré l'épée à la plume. J'ajouterai quelques instructions à la fin, pour dire à Martin d'aller à Krondor avec ta sœur. Gardan et Fannon feront le voyage eux aussi. Ainsi qu'une compagnie d'honneur de la garnison du château. Les gens penseront que tu veux rendre honneur à ceux qui ont si bien servi à Crydee. Cela te laissera suffisamment de temps pour trouver comment dire les choses à Martin. »

Pug secoua tristement la tête. « Je voudrais que vous puissiez ajouter le nom de Roland à cette liste. » Depuis son arrivée, il avait appris la mort du châtelain de Tulan. Kulgan lui avait raconté ce qu'il savait du sort qu'avaient connu ses anciens amis de Crydee et d'ailleurs ces neuf dernières années.

Lyam dit : « Quel idiot ! Carline ne peut pas savoir que tu es revenu, Pug. Il faut que vous le rajoutiez, Kulgan. »

Pug dit : « J'espère que ça ne lui fera pas un trop grand choc. »

Kulgan eut un petit rire. « Pas autant que d'apprendre que tu as une femme et un enfant. »

Des souvenirs de sa jeunesse et de ses relations orageuses avec la princesse lui revinrent et Pug dit : « J'espère qu'elle a perdu certaines de ses idées d'il y a neuf ans. »

Lyam éclata de rire pour la première fois depuis la mort de son père, sincèrement amusé par l'embarras de Pug. « Tu peux en être sûr, Pug. J'ai eu une correspondance soutenue avec mon frère et ma sœur ces dernières années et je crois que Carline est une jeune femme très différente de la fille que tu as connue. Elle avait quinze ans quand tu l'as vue pour la dernière fois. Regarde comme tu as changé, toi, en neuf ans. »

Pug acquiesça.

Kulgan finit de recopier et tendit le document à Lyam. Il le lut et dit : « Merci, Kulgan. Vous y avez ajouté juste ce qu'il fallait de douceur. »

L'entrée de la tente s'ouvrit et Brucal entra, son visage ridé animé d'une joie sauvage. « Bas-Tyra est en fuite !

— Comment cela ? demanda Lyam. Nos soldats doivent encore être à une bonne semaine de Krondor, sinon plus. »

Le vieux duc s'assit lourdement sur une chaise. « Nous avons trouvé une cache avec des pigeons voyageurs qui appartenaient à feu Richard de Salador. L'un de ses hommes a annoncé à Guy la mort de Rodric et le fait que vous ayez été nommé héritier. Nous avons questionné le bonhomme, un valet de Richard. Il a admis qu'il était l'un des espions de Bas-Tyra à la cour de Richard. Guy a fui la ville, se doutant que l'une de vos premières décisions en tant que roi serait de le faire pendre. Je pense qu'il va aller directement à Rillanon.

— J'aurais cru que ce serait le dernier endroit de Midkemia où il se serait réfugié, fit remarquer Kulgan.

— Guy le Noir n'est pas un imbécile, quels que soient ses autres défauts. Il va se cacher, c'est sûr, mais nous entendrons encore parler de lui avant que tout cela soit fini. Tant que Lyam n'aura pas été couronné, Guy a encore une certaine influence dans le royaume. »

Lyam sembla troublé par cette dernière remarque, repensant à la déclaration de son père sur son lit de mort. Depuis que Brucal lui avait enjoint de ne rien dire à propos de Martin, tout le monde ne parlait que du couronnement de Lyam et personne ne mentionnait le fait que Martin pouvait avoir des droits sur la couronne.

Lyam écarta de son esprit ces pensées troublantes car Brucal poursuivait : « Enfin, maintenant que Bas-Tyra est obligé de se terrer, la plupart de nos problèmes sont derrière nous. Et comme la guerre est pratiquement terminée, nous allons pouvoir nous mettre à la reconstruction du royaume. Moi, j'en suis bien content. Je me fais trop vieux pour toutes ces sornettes que sont la guerre et la politique. Mon seul regret est de ne pas avoir de fils à nommer à ma placer pour me retirer. »

Lyam, dubitatif, regarda Brucal avec affection. « Vous ne vous retirerez jamais si facilement, vieux chien de guerre. Vous ferez encore des pieds et des mains sur votre lit de mort jusqu'au dernier moment et ça ne risque pas d'arriver de sitôt.

— Qui parle de mourir ? renifla Brucal. Je veux pouvoir chasser à courre et au faucon et pêcher un peu aussi. Qui sait ? J'arriverai peut-être même à me trouver une jolie demoiselle assez solide pour me supporter, dans les dix-sept, dix-huit ans, par exemple, et puis je me remarierai pour avoir enfin un fils. Si ce jeune idiot de Vandros arrive un jour à voir plus loin que le bout de son nez et à épouser ma Felinah, vous allez voir s'il n'aura pas tôt fait de devenir duc de Yabon et comme ça je me retirerai. Tout le monde se demande pourquoi elle continue à attendre qu'il se décide. » Il se leva de sa chaise. Je vais prendre un bain chaud et un peu de repos avant le souper. « Puis-je me retirer ? »

Lyam lui fit signe qu'il pouvait et, quand il fut parti, il dit : « Je ne m'habituerai jamais au fait que ces gens aient besoin de ma permission pour toutes leurs allées et venues. »

Pug et Kulgan se levèrent. Kulgan dit : « Tu ferais mieux, parce qu'à partir de maintenant, tout le monde te le demandera. Avec votre permission... ? »

Feignant le dégoût, Lyam leur fit signe qu'ils pouvaient partir.

Le conseil était déjà assemblé quand Aglaranna prit place sur le trône. En plus du conseil normal, Martin l'Archer était là, derrière Tomas. Quand tout le monde eut pris place, Aglaranna dit : « Vous avez fait mander un conseil, Tathar. Dites-nous maintenant la raison pour laquelle vous nous avez fait venir. »

Tathar s'inclina légèrement devant la reine. « Nous autres membres du conseil pensions qu'il était temps d'éclaircir certaines choses.

— À quel propos, Tathar ? » demanda la reine des elfes.

Tathar dit : « Nous avons longuement œuvré pour que cette affaire avec Tomas puisse arriver à une conclusion calme et paisible. Tous ici savent que nous avons usé de nos arts pour calmer la rage qui l'envahissait, affaiblir la puissance du Valheru, afin que le jeune homme ne se fasse pas détruire dans le processus de sa transformation. »

Il fit une pause et Martin se pencha vers Tomas. « Des ennuis. »

Tomas lui fit un surprenant petit sourire et un clin d'œil. Martin retrouvait bel et bien le garçon enjoué qu'il avait connu à Crydee, au moins autant que le seigneur dragon. « Tout ira bien, souffla Tomas.

— Nous considérons, dit Tathar, que ce travail est maintenant terminé, car il n'y a plus à craindre que Tomas devienne un Ancien. »

Aglaranna dit : « Ce sont de bonnes nouvelles, en effet. Mais est-ce la raison de ce conseil ?

— Non, madame. Il va falloir aussi régler autre chose. Car bien que nous ne craignions plus Tomas, nous ne voulons toujours pas nous placer sous sa coupe. »

Aglaranna se leva, le visage furieux. « Qui ose présumer de cela ? Quelqu'un aurait-il une seule fois suggéré que Tomas voudrait nous diriger ? »

Tathar resta ferme face à la colère de sa reine. « Madame, vous voyez avec les yeux d'une amante. » Avant qu'elle ne puisse répondre, il leva la main. « Inutile de vous emporter contre moi, fille de mon plus vieil ami : je n'accuse personne. Le fait qu'il partage votre couche n'est l'affaire de nul autre que vous. Nous ne vous en tenons pas rigueur. Mais désormais, s'il avait des prétentions, elles seraient légitimes et nous voudrions que l'affaire soit réglée maintenant. »

Aglaranna pâlit et Tomas s'avança. « Quelle légitimité ? » fit-il d'une voix impérieuse.

Tathar sembla légèrement surpris. « Elle porte un enfant de vous. Vous ne le saviez pas ? »

Tomas en perdit sa langue. Des sentiments conflictuels s'agitaient en lui. Un enfant ! On ne lui avait rien dit. Il regarda Tathar. « Comment le savez-vous ? »

Tathar sourit doucement. « Je suis vieux, Tomas. Je sais voir les signes. »

Tomas regarda Aglaranna. « Est-ce vrai ? »

Elle acquiesça. « Je ne voulais rien te dire tant qu'il serait possible de te cacher la vérité. »

Le doute l'assaillit. « Pourquoi ?

— Pour que tu ne t'inquiètes pas. Tant que la guerre n'est pas terminée, il faut que rien ne te dérange. Je ne voulais pas te troubler. »

Tomas resta immobile un moment, puis il rejeta la tête en arrière et éclata d'un rire clair et joyeux. « Un enfant. Les dieux soient loués ! »

Tathar regarda pensivement Tomas : « Réclamez-vous le trône ?

— Oui, Tathar », dit Tomas, un sourire aux lèvres.

Calin prit la parole pour la première fois. « C'est mon héritage, Tomas. Il te faudra me le disputer. »

Tomas sourit à Calin. « Je ne croiserai pas le fer contre toi, fils de mon aimée.

— Si tu veux être notre roi, c'est ce qu'il te faudra faire. »

Tomas s'approcha de Calin. Ils ne s'étaient jamais aimés car, plus encore que les autres, Calin avait craint la menace potentielle que représentait Tomas pour son peuple et il était prêt à se battre maintenant, si nécessaire.

Tomas mit la main sur l'épaule de Calin et le regarda droit dans les yeux. « C'est toi l'héritier. Je ne prétends pas devenir votre roi. » Il s'écarta et s'adressa au conseil. « Je suis ce que vous voyez devant vous, un être disposant des fruits de deux héritages. J'ai le pouvoir des Valheru, bien que je ne sois pas né avec et mon esprit se souvient d'âges depuis longtemps retournés à la poussière. Mais j'ai les souvenirs d'un garçon humain et je trouve plaisir au rire comme aux caresses. » Il regarda la reine des elfes. « Je ne demande que le droit de siéger à côté de ma reine, avec votre bénédiction, en tant qu'époux. Je me plierai à la décision qu'elle et vous prendrez, rien de plus. Si vous n'en prenez pas, je resterai malgré tout à ses côtés. » Puis il ajouta avec fermeté : « Mais il est une chose dont je ne démordrai pas : notre enfant ne souffrira pas la honte de la bâtardise. »

Il y eut un murmure d'approbation général et Tomas se tourna vers Aglaranna. « M'acceptes-tu pour époux ? » demanda-t-il dans l'ancienne langue des elfes.

Aglaranna s'assit, les yeux brillants. Elle regarda Tathar. « Oui. Quelqu'un m'en refuse-t-il le droit ? »

Tathar regarda les autres conseillers autour de lui. Ne voyant aucune contestation, il dit : « Cela vous est autorisé, madame. »

D'un seul coup, les elfes assemblés dans le cercle poussèrent des cris de joie. D'autres accoururent afin d'apprendre pourquoi le conseil était soudain devenu si bruyant. Ils se joignirent à la fête, car tous savaient l'amour de la reine pour le guerrier en blanc et or et ils le considéraient comme un parfait époux.

Calin dit : « Tu connais bien nos usages, Tomas. Si tu en avais décidé autrement, il y aurait eu des dissensions, ou des doutes. Je te remercie pour ta prudence. »

Tomas lui prit fermement la main. « Ce n'est que justice, Calin. Nul ne peut te contester ton titre. Quand ta reine et moi serons partis pour les îles Bénies, notre enfant restera ton loyal sujet. »

Aglaranna vint se mettre à côté de Tomas et Martin les rejoignit, pour leur dire : « Tous mes vœux de bonheur. » Tomas, puis la reine, serrèrent Martin dans leurs bras.

Calin demanda le silence. Quand le bruit se fut apaisé, il dit : « Il est temps de parler clairement. Que tous sachent qu'aujourd'hui, une situation de fait qui dure depuis des années est enfin reconnue. Tomas est chef de guerre d'Elvandar et prince consort de la reine. Moi, Calin, ai parlé.

— Moi, Tathar, confirme cette déclaration », ajouta Tathar en écho. Puis le conseil s'inclina devant la reine et son futur époux.

Martin dit : « C'est plaisant, de quitter Elvandar en sachant que le bonheur est revenu. »

Aglaranna demanda : « Vous partez ?

— Je crains que ce soit nécessaire. Nous sommes toujours en guerre et je suis toujours le maître chasseur de Crydee. De plus, dit-il avec un sourire, je crains que le jeune Garret ne finisse par devenir trop heureux de se reposer et de profiter de vos largesses. Il faut que je le renvoie sur les routes avant qu'il ne grossisse.

— Tu restes pour le mariage ? » demanda Tomas.

Martin s'apprêtait à s'excuser et Aglaranna dit : « La cérémonie peut se faire dès demain. »

Martin accepta. « Un jour de plus ? Ce sera un plaisir. »

Une voix forte retentit et Tomas vit Dolgan traverser la foule. Quand le chef nain les eut rejoints, il dit : « On n'était pas invités à votre conseil, mais quand on a entendu les cris, on est venus. » Derrière lui, Tomas et Aglaranna virent les autres nains approcher.

Tomas posa la main sur l'épaule de Dolgan. « Vieux compagnon, tu es le bienvenu. C'est la fête. Il va y avoir un mariage. »

Dolgan les fixa avec un sourire entendu. « Ouais, ben il était grand temps. »

Le cavalier talonna son cheval quand il traversa les lignes tsurani. Il était mal à l'aise à la vue de tant d'hommes qui rentraient vers l'est et les anciens ennemis le regardèrent se diriger vers Elvandar d'un air méfiant.

Laurie arrêta son cheval près d'une gros bloc de rochers où un officier tsurani en armure noir et orange supervisait le départ des soldats. D'après ses plumes et ses insignes, ce devait être un chef d'armée, entouré de son staff de chefs de troupe et de chefs de patrouille. Au chef d'armée, il demanda : « Où se trouve le gué le plus proche sur la rivière ? »

Les autres officiers regardèrent Laurie d'un air soupçonneux, mais si le tsurani presque impeccable de ce barbare avait surpris le chef d'armée, celui-ci ne le montra pas. Il fit un signe de tête dans la direction d'où venaient ses hommes et dit : « Un peu plus loin d'ici. À moins d'une heure de marche. Moins de temps avec votre bête, c'est sûr. C'est marqué par deux gros arbres de chaque côté d'une clairière, au-dessus d'un endroit où il y a une petite chute. »

Laurie n'eut aucune difficulté à identifier la maison qu'il servait aux couleurs qu'il portait, c'était l'une des cinq grandes familles. Il répondit : « Merci, chef d'armée. Honneur à votre maison, fils des Minwanabi. »

Le chef d'armée se redressa. Il ne savait pas qui était ce cavalier, mais c'était un homme courtois et il fallait lui répondre. « Honneur à votre maison, étranger. » Laurie continua à remonter la file de soldats tsurani déprimés qui pataugeaient sur les bords de la rivière. Il trouva la clairière au-dessus de la petite cascade et s'avança dans l'eau. Le cours de la rivière était rapide ici, mais le cheval réussit à traverser sans incident. Le vent rabattit sur Laurie un paquet d'embruns soulevé par la cascade. Après avoir chevauché en pleine chaleur, il trouva le rafraîchissement agréable. Il était en selle depuis le lever du jour et n'arriverait pas avant la tombée de la nuit. Là, il serait assez près d'Elvandar pour se faire intercepter par des sentinelles elfes. Elles seraient sans doute en train d'observer avec intérêt la retraite des Tsurani et l'un d'eux pourrait le guider à leur reine.

Laurie s'était porté volontaire pour transmettre le message, car on pensait que le messager aurait moins de problèmes s'il parlait tsurani. On l'avait arrêté trois fois pendant son voyage et à chaque fois il avait expliqué où il allait à des officiers tsurani suspicieux. La trêve était peut-être établie, mais il faudrait encore du temps pour que la confiance suive.

Quand il ressortit de la rivière, la monture de Laurie était fourbue et il en descendit. Il retira la selle. Il étrillait son cheval avec une brosse tirée de ses fontes quand une silhouette sortit des arbres. Laurie sursauta, car ce n'était pas un elfe. C'était un homme aux cheveux noirs, légèrement grisés aux tempes, vêtu d'une robe brune, qui tenait un bâton. Il s'approcha du ménestrel sans hâte, visiblement sûr de lui. Il s'arrêta à quelques mètres et s'appuya sur son bâton. « Bonjour, Laurie de Tyr-Sog. »

L'homme avait d'étranges manières et Laurie ne se rappelait pas l'avoir déjà vu. « Est-ce que je vous connais ?

— Non, mais j'ai entendu parler de vous, troubadour. »

Laurie se rapprocha de sa selle, sur laquelle se trouvait son épée. L'homme sourit et fit quelques mouvements de la main. Brusquement, Laurie sentit le calme l'envahir et il oublia d'aller chercher son épée. Qui que fût cet homme, il ne représentait visiblement aucun danger, se dit-il.

« Qu'est-ce qui t'amènes dans la forêt des elfes, Laurie ? »

Sans savoir pourquoi, Laurie répondit : « J'apporte un message à la reine des elfes.

— Que dois-tu lui dire ?

— Que Lyam est maintenant l'héritier et que la paix a été conclue. Il invite les elfes et les nains à venir à la vallée dans trois semaines, car c'est là que l'on y scellera la paix. »

L'homme acquiesça. « Je vois. Je dois aller voir la reine des elfes. Je vais porter ton message. Tu dois avoir mieux à faire de ton temps. »

Laurie allait protester, mais il se tut. Pourquoi aller à Elvandar alors que cet homme y allait de toute manière ? C'était une perte de temps.

Laurie opina. L'homme ricana. « Pourquoi ne pas te reposer pour la nuit ? Le bruit de l'eau est relaxant et il ne pleuvra probablement pas. Demain, tu rentreras voir le prince et tu lui diras que tu as porté son message à Elvandar. Tu as parlé avec la reine et Tomas et ils ont accepté la proposition du prince. Les nains des monts de Pierre seront là aussi. Et puis dis à Lyam que les elfes et les nains viendront. Il peut en être sûr. Ils viendront. »

Laurie opina. Ce que lui disait l'homme était tout à fait sensé.

L'étranger se retourna et en partant, il dit : « Au fait, inutile de parler de notre petite rencontre. »

Laurie ne dit rien, mais il accepta ce que lui dit l'étranger sans poser de question. Après son départ, il se sentit très soulagé d'être de retour d'Elvandar et d'avoir délivré son message à bon port.

La cérémonie se déroula dans une clairière tranquille. Aglaranna et Tomas échangèrent leurs vœux devant Tathar. Il n'y avait personne d'autre, comme c'était la coutume chez les elfes quand ils s'engageaient sur leur amour. Tathar demanda aux dieux de bénir ce mariage et leur expliqua les devoirs qu'ils auraient l'un envers l'autre.

Quand la cérémonie fut terminée, Tathar dit : « Maintenant rentrons à Elvandar, car il est temps de festoyer et de se réjouir. Vous apportez la joie à notre peuple, ma reine et mon prince. »

Ils étaient encore à genoux. Ils se relevèrent et s'étreignirent. Tomas recula d'un pas et dit : « Je voudrais que l'on se souvienne de ce jour, mon aimée. » Il se retourna et mit ses mains en coupe autour de sa bouche. Il lança un appel dans l'ancien langage des elfes : « Belegroch ! Belegroch ! Viens à nous. »

Ils entendirent des sabots approcher. Puis une petite troupe de chevaux blancs arrivèrent au galop dans la clairière, filant vers eux et ils se cabrèrent pour saluer la reine des elfes et son prince consort. Tomas sauta sur le dos de l'un d'eux. La monture elfique ne broncha pas et Tathar dit : « Vous n'auriez pu trouver de meilleure façon de montrer que vous faites désormais partie des nôtres. »

Aglaranna et Tathar montèrent à sa suite et ils rentrèrent à cheval à Elvandar. Quand ils arrivèrent en vue de la cité d'arbres, un grand hurlement monta de l'assemblée. La vue de la reine des elfes et de son prince consort sur des montures elfiques fut pour eux, comme l'avait dit Tathar, la confirmation de la place de Tomas à Elvandar.

La fête dura des heures et Tomas vit que tout le monde partageait leur joie. Aglaranna était assise auprès de lui, car on avait placé un second trône dans la salle du conseil, reconnaissant ainsi le rang de Tomas. Tous les elfes qui ne surveillaient pas les étrangers vinrent se présenter devant eux, leur jurant fidélité et leur offrant leur bénédiction pour leur union. Les nains aussi offrirent toutes leurs félicitations et se joignirent de bon cœur aux festivités, emplissant les clairières d'Elvandar de leurs chants tapageurs.

Les festivités se poursuivirent tard dans la nuit. Soudain, Tomas se raidit. C'était comme un vent froid qui l'avait traversé. Aglaranna lui prit le bras, sentant que quelque chose n'allait pas. « Mon époux, qu'y a-t-il ? »

Tomas regarda dans le vague. « Quelque chose... d'étrange... comme l'autre nuit : plein d'espoir, mais si triste. »

Brusquement, il y eut un cri montant de la lisière de la clairière sous Elvandar. Il avait couvert les bruits des festivités, mais on n'en comprenait pas bien les paroles. Tomas se leva, Aglaranna à ses côtés et il alla jusqu'au bord de la grande plate-forme. Regardant en bas, il vit un éclaireur elfe, visiblement hors d'haleine. « Que se passe-t-il ? cria Tomas.

— Monseigneur, lui répondit-on, les étrangers... ils se retirent. »

Tomas resta figé sur place. Ces simples mots lui firent l'effet d'un coup de poing. Il n'arrivait pas à comprendre le départ des Tsurani après tant d'années de guerre. Il se secoua. « Dans quel but ? Ils se rassemblent ? »

L'éclaireur secoua la tête. « Non, monseigneur, ils ne sont pas en train de monter une attaque. Ils se déplacent lentement, sans surveillance. Leurs soldats ont l'air découragés. Ils décampent tout le long de Crydee et ils se dirigent vers l'est. » L'elfe au visage levé avait l'air à la fois étonné et heureux. Il regarda les gens à côté de lui et avec un sourire, dit simplement : « Ils s'en vont. »

Un cri de joie formidable monta et beaucoup pleurèrent ouvertement, car il semblait qu'enfin la guerre prenait fin. Tomas se retourna et vit des larmes couler sur le visage de son épouse. Elle l'embrassa et ils restèrent ainsi un moment. Puis le nouveau prince consort d'Elvandar dit à Calin, qui se tenait à côté : « Envoie des gens pour les suivre, ça pourrait être un piège. »

Aglaranna dit : « Tu le penses vraiment, Tomas ? »

Il secoua la tête. « Je veux seulement m'en assurer, mais quelque chose en moi me dit que c'est réellement la fin. C'est l'espoir de la paix et la tristesse de la défaite que j'avais ressentis. »

Elle lui toucha la joue et il ajouta : « Je vais envoyer des coursiers au campement du royaume pour demander au duc Borric ce qui arrive. »

Elle dit : « S'ils ont conclu la paix, il va nous envoyer un message. »

Tomas la regarda. « C'est juste. Attendons, alors. » Il regarda son visage vieux de plusieurs siècles et pourtant encore paré de toute la beauté d'une femme dans la fleur de l'âge. « Ce jour sera fêté doublement. »

Ni Tomas ni Aglaranna ne furent surpris de voir Macros arriver à Elvandar, car les apparitions du sorcier avaient cessé de les étonner après sa première visite. Simplement, il sortit des bois qui entouraient la clairière et se dirigea vers la cité d'arbres.

La cour entière était assemblée, y compris l'Archer, quand Macros vint se présenter devant la reine et Tomas. Il s'inclina et dit : « Salut à vous madame, ainsi qu'au prince consort.

— Bienvenue, Macros le Noir, dit la reine. Êtes-vous ici pour nous dévoiler le mystère du départ des étrangers ? »

Macros s'appuya sur son bâton et opina. « Je vous apporte des nouvelles. » Il sembla réfléchir soigneusement à ses mots. « Il faut que vous sachiez que le roi et le seigneur de Crydee sont morts tous les deux. Lyam est maintenant l'héritier de la couronne. »

Tomas regarda Martin. Le visage du maître chasseur était livide. Ses traits restaient impassibles, mais il était clair pour Tomas que Martin était profondément touché par la nouvelle. Tomas se retourna vers Macros. « Je ne connaissais pas le roi, mais le duc était un homme remarquable. Cela me touche beaucoup. »

Macros s'approcha de Martin. Celui-ci regarda le sorcier, car bien qu'il ne l'eût jamais rencontré, il le connaissait de réputation. Arutha lui avait parlé de leur rencontre sur son île et Tomas de son intervention lors de l'invasion d'Elvandar par les Tsurani. « Toi, Martin l'Archer, tu dois rentrer immédiatement pour Crydee. De là, tu devras mener par navire les princesses Carline et Anita jusqu'à Krondor. » Martin s'apprêta à dire quelque chose mais Macros leva la main : les membres de la cour se turent comme s'ils retenaient leur respiration. Dans un souffle, Macros dit : « Tout à la fin, ton père a dit qu'il t'aimait. » Puis sa main retomba et tout redevint normal.

Martin ne ressentit aucune inquiétude, il se sentait plutôt réconforté par les mots que lui avait dits le sorcier. Il savait que nul autre n'avait entendu cette dernière remarque.

Macros dit : « Écoutez maintenant des nouvelles plus heureuses. La guerre est finie. Lyam et Ichindar se retrouveront dans vingt jours pour signer un traité de paix. »

On poussa des hourras à la cour et les elfes au-dessus crièrent la nouvelle à ceux de dessous. Bientôt toute la forêt des elfes retentit de cris de joie. Dolgan entra encore une fois au conseil en se frottant les yeux. « Qu'y a-t-il ? Vous faites encore la fête sans nous alors que je suis en train de dormir ? Vous allez finir par me faire croire que je ne suis plus le bienvenu. »

Tomas rit. « Rien de tout cela, Dolgan. Va chercher tes frères et qu'ils nous rejoignent pour célébrer cela. La guerre est finie. »

Dolgan sortit sa pipe et en tapota le culot, faisant tomber les cendres par-dessus le bord de la plate-forme. « Enfin », dit-il en ouvrant sa blague. Il se retourna, comme pour bourrer sa pipe et Tomas fit semblant de ne pas remarquer que les yeux du chef nain étaient humides.

Arutha était assis sur le trône de son père, seul dans le grand hall. Il tenait entre ses mains le message de son frère, qu'il avait relu plusieurs fois, s'efforçant de comprendre qu'effectivement, leur père n'était plus. Il ressentait une profonde tristesse.

Carline avait bien pris la nouvelle. Elle était partie dans le jardin tranquille à côté du donjon, pour rester seule avec ses pensées.

Souvenirs et réflexions tournoyaient dans la tête d'Arutha. Il se souvenait de la première fois où son père l'avait emmené à la chasse, puis de la fois où il était rentré d'une chasse avec Martin l'Archer et combien il avait été fier que son père s'exclame devant le grand daim qu'il avait pris. Il se souvenait vaguement de la douleur qu'il avait ressentie quand on lui avait annoncé la mort de sa mère, mais c'était quelque chose de lointain, émoussé par le temps. L'image de son père furieux dans le palais du roi lui revit soudain et Arutha poussa un long soupir. « Au moins, se dit-il à lui-même, ce que tu espérais a fini par arriver, père. Rodric est mort et Guy est en disgrâce.

— Arutha ? » dit une voix à l'autre bout de la salle.

Arutha leva les yeux. Sortant de l'ombre de la porte, Anita traversa la salle sans bruit sur le sol dallé de pierre grâce à ses chausses de satin.

Perdu dans ses pensées, il ne l'avait pas entendue entrer. Elle portait une petite lampe, car le soir avait plongé la salle dans de profondes ténèbres. « Les pages ne voulaient pas te déranger, mais je ne voulais pas que tu restes seul dans le noir », lui dit-elle. Arutha avait plaisir à la voir et il se sentit soulagé qu'elle soit là. Anita était une jeune femme d'une intelligence peu commune et qui savait être tendre, c'était la première personne qui comprenait ce qui se cachait sous le calme apparent et l'humour acerbe d'Arutha. Mieux encore que ceux qui le connaissaient depuis son enfance, elle comprenait ses sautes d'humeur et savait l'apaiser, en trouvant les mots justes pour le réconforter.

Sans attendre sa réponse, elle dit : « J'ai appris la nouvelle, Arutha. Je suis tellement désolée. »

Arutha lui fit un sourire. « Tu n'as pas encore fini de pleurer ton père que tu veux m'aider à pleurer le mien. Tu es gentille. »

La nouvelle de la mort d'Erland était arrivée par un bateau venant de Krondor Anita secoua la tête, ses beaux cheveux roux lui tombant en cascade sur le visage. « Père était très malade depuis des années. Il nous avait bien préparés à sa mort. C'était une quasi-certitude quand il a été mis au cachot. Je le savais quand nous avons quitté Krondor.

— Malgré tout, tu es forte. J'espère que j'arriverai à le supporter aussi bien que toi. Il y a tant à faire. »

Elle parla doucement. « Je crois que vous régnerez sagement. Lyam à Rillanon et toi à Krondor.

— Moi ? À Krondor ? Je préfère ne pas y penser. »

Elle s'assit près de lui, se mettant sur le trône de Carline, à côté de celui de son père. Elle tendit le bras vers la main d'Arutha qui reposait sur l'accoudoir du trône et posa sa main sur la sienne. « Il le faut, Arutha. Lyam roi, tu seras l'héritier de la couronne. C'est à l'héritier de la couronne de prendre la charge de prince de Krondor. Nul autre que toi ne peut régner là-bas. »

Arutha parut gêné. « Anita, j'ai toujours cru que je deviendrais comte d'un petit château, ou peut-être que je ferais carrière comme officier dans l'armée d'un baron des marches. Mais je n'avais jamais imaginé que je régnerais. Je ne suis pas sûr d'apprécier l'idée de devenir duc de Crydee, alors ne parlons pas de prince de Krondor. De plus, Lyam va se marier, j'en suis sûr — il a toujours plu aux femmes et je sais sûr qu'en tant que roi il n'aura que l'embarras du choix. Quand il aura un fils, celui-ci pourra devenir prince de Krondor. »

Anita secoua fermement la tête. « Non, Arutha. Il y a bien trop à faire maintenant. Le royaume de l'Ouest a besoin d'une main forte, ta main. Un autre vice-roi n'aurait aucune chance de gagner la confiance des seigneurs : ils soupçonneraient tous celui d'entre eux qui serait nommé. Ce ne peut être que toi. »

Arutha regarda la jeune femme. Cela faisait cinq mois qu'elle était à Crydee et il avait fini par tenir énormément à elle, bien qu'il n'ait jamais réussi à lui exprimer ses sentiments, incapable de trouver ses mots quand elle était avec lui. Chaque jour elle devenait plus belle, plus femme. Elle était encore jeune, ce qui le mettait mal à l'aise. Avec la guerre, il avait pu oublier que son père avait pensé les marier, comme elle le lui avait dit la nuit à bord du *Vent rapide.* Maintenant qu'ils allaient conclure la paix, Arutha se trouvait de nouveau confronté brusquement à cette question.

« Anita, ce que tu dis est peut-être vrai, mais toi aussi tu as des droits sur le trône. N'as-tu pas dit que si ton père voulait nous marier, c'était pour que ta légitimité au trône de Krondor soit plus forte ? »

Elle le regarda de ses grands yeux verts. « C'était un plan pour contrer les ambitions de Guy. C'était pour que ton frère ou toi ayez davantage de droits sur la couronne si jamais Rodric mourait sans héritier. Maintenant, tu n'as pas à te sentir obligé de suivre ces plans.

— Et si je prends Krondor, que feras-tu ?

— Mère et moi avons d'autres terres. Nous pourrons vivre assez bien de ses revenus, j'en suis sûre. »

Luttant contre ses émotions, Arutha dit lentement : « Je n'ai pas eu le temps de d'y réfléchir sérieusement. La dernière fois que j'étais à Krondor, j'ai vu combien j'étais ignorant des villes et combien j'étais encore plus ignorant de comment l'on gouvernait. Toi, tu as été élevée pour ce genre de choses. Je... je ne suis qu'un fils cadet. Mon éducation a des lacunes.

— Il y a de nombreuses personnes de valeur, ici comme à Krondor, qui accepteront de te conseiller. Tu es fait pour ça, Arutha, tu sais toujours ce qu'il faut faire et tu as le courage de faire ce qui doit être fait. Tu ferais un très bon prince de Krondor. »

Elle se leva et se pencha pour l'embrasser sur la joue. « Tu as encore le temps de décider de quelle manière tu serviras le mieux ton frère, Arutha. Ne laisse pas cette responsabilité te peser trop lourd sur le cœur.

— Je vais essayer. Malgré tout, ça irait mieux si je savais que tu resterais près de moi... toi et ta mère, bien sûr », ajouta-t-il précipitamment.

Elle lui fit un grand sourire. « Nous serons là si tu as besoin de nos conseils, Arutha. Nous nous installerons probablement dans nos terres proches de Krondor, juste à quelques heures de cheval du palais. Krondor a toujours été mon seul foyer et mère vit là-bas depuis qu'elle est toute jeune. Si jamais tu voulais nous voir, il te suffirait de le demander et nous reviendrions à la cour avec plaisir. Et si jamais tu voulais te reposer un peu, loin de tes lourdes charges, tu serais le bienvenu chez nous. »

Arutha fit un sourire à la jeune fille. « Je crois bien que je vous rendrai visite très régulièrement et j'espère que je ne vous importunerai pas.

— Jamais, Arutha. »

Tomas était seul sur la plate-forme, observant les étoiles à travers les branches. Grâce à ses sens d'elfe, il sentit que quelqu'un approchait dans son dos. Il fit un signe de tête pour saluer le sorcier. « Je n'ai vécu cette vie-ci que vingt-cinq ans, Macros, mais j'ai en moi des souvenirs qui portent sur des millénaires. Ma vie d'adulte n'est faite que de guerre. J'ai l'impression que tout cela n'est qu'un rêve.

— Faisons en sorte que ce rêve ne tourne pas au cauchemar. »

Tomas regarda le sorcier. « Que voulez-vous dire ? »

Macros ne répondit rien pendant un moment et Tomas attendit patiemment qu'il parle. Finalement, le sorcier dit : « Il reste une chose à faire, Tomas et c'est à vous que reviendra la tâche de mettre fin à cette guerre.

— Je n'aime pas tellement ce que vous sous-entendez par là. Je croyais vous avoir entendu dire que la guerre était finie.

— Le jour de la rencontre entre Lyam et l'empereur, vous devrez mener les elfes et les nains à l'ouest du champ. Quand les souverains se retrouveront au centre, il y aura trahison.

— Quelle trahison ? » Tomas s'empourpra de colère.

« Je ne peux vous en dire plus, sauf que quand Ichindar et Lyam se seront assis, vous devrez attaquer les Tsurani avec toutes vos forces. C'est seulement ainsi que l'on pourra sauver Midkemia d'une destruction totale. »

Tomas le regarda d'un air soupçonneux. « Vous en demandez beaucoup à quelqu'un qui est las de donner toujours plus. »

Macros se releva, tenant son bâton à côté de lui comme un sceptre royal.

Ses yeux noirs se plissèrent et ses sourcils se rejoignirent au-dessus de son nez crochu. Sa voix était encore douce, mais ses mots étaient pleins de rage. Même Tomas ressentit de la peur en le voyant ainsi.

« Plus ! cracha-t-il. Je t'ai tout donné, Valheru ! Tu n'es qu'une conséquence d'actes que j'ai accomplis au fil des ans. J'ai passé plus de temps de ma vie que tu ne peux l'imaginer à préparer ta venue. Si je n'avais pas vaincu Rhuagh, puis que je m'étais fait un allié de lui, tu n'aurais jamais survécu aux mines de Mac Mordain Cadal. C'est moi qui ai préparé l'armure et l'épée d'Ashen-Shugar, les laissant avec le marteau de Tholin et avec mon cadeau pour le dragon, afin que tu puisses les découvrir des siècles plus tard. C'est moi qui ai guidé tes pas, Tomas. Si je n'étais pas venu t'aider, il y a des années, Elvandar ne serait plus que cendres. Crois-tu donc que Tathar et les autres tisseurs de sorts d'Elvandar ont été les seuls à travailler pour toi ? Sans mon aide ces neuf dernières années, tu aurais été complètement détruit par les cadeaux du dragon. Un simple humain n'aurait jamais pu supporter une magie si ancienne et si puissante sans l'aide de ma puissance à moi. Quand tu étais renvoyé dans le passé par tes rêves épiques, c'était moi qui te ramenais au présent, moi qui te rendais ta tête. » Le sorcier haussa le ton. « C'est moi qui t'ai donné le pouvoir d'influencer Ashen-Shugar ! Tu étais ma chose ! » Tomas recula devant la rage froide du sorcier. « Non, Tomas, je ne t'ai pas donné beaucoup. Je t'ai tout donné ! »

Pour la première fois depuis qu'il avait passé l'armure dans le Mac Mordain Cadal, Tomas eut peur. Au plus profond de lui il se rendait brusquement compte de la puissance dont ce sorcier disposait et il savait que si Macros le voulait, il pourrait le balayer comme un insecte importun. « Qui êtes-vous ? » demanda-t-il calmement, maîtrisant sa peur.

La fureur de Macros s'apaisa. Il était de nouveau appuyé sur son bâton et Tomas oublia même qu'il avait eu peur. Avec un petit ricanement, Macros dit : « J'ai tendance à m'oublier parfois. Je m'excuse. » Puis il redevint sérieux. « Je ne vous demande pas de faire cela par gratitude envers moi. Ce que j'ai fait est fait et vous ne me devez rien. Mais sachez une chose : la créature qui s'appelait Ashen-Shugar et le jeune homme qui s'appelait Tomas partageaient l'un comme l'autre un amour sincère pour ce monde, chacun à sa manière, que l'autre n'aurait pu comprendre. À vous deux, vous rassemblez les deux aspects de l'amour de la terre : le désir du Valheru de protéger et de contrôler et le désir du garçon de développer et de nourrir. Mais si vous n'accomplissez pas la tâche que je vous ai confiée, si jamais vous hésitez au dernier moment, soyez certain que ce monde dans lequel nous vivons sera perdu, perdu au-delà de tout espoir. Je vous jure sur tout ce que j'ai de plus cher que c'est la vérité.

— Alors je ferai comme vous me l'avez demandé. »

Macros sourit. « Alors retournez voir votre épouse, prince consort d'Elvandar, mais quand le temps sera venu, rassemblez vos armées. Je vais aux monts de Pierre, car Harthorn et ses soldats vont se joindre à vous. Nous aurons besoin de toutes les épées et de tous les marteaux disponibles.

— Vous reconnaîtront-ils ? »

Macros regarda Tomas. « Oh oui, ils me reconnaîtront, Tomas d'Elvandar, soyez-en sûr.

— Je rassemblerai toute la puissance d'Elvandar, Macros. » Sa voix se fit plus sombre. « Et nous mettrons fin pour toujours à cette guerre. »

D'un mouvement de bâton, Macros disparut. Tomas resta seul un moment, luttant contre la peur que cette guerre risquait de durer à jamais.

CHAPITRE 14

Les armées se faisaient face.

De chaque côté de la vallée se tenaient des vétérans aguerris qui s'observaient d'un air suspicieux, pas encore prêts à se sentir tout à fait à l'aise en présence de l'ennemi qu'ils avaient combattu pendant plus de neuf ans. Chaque armée était composée de compagnies d'honneur, qui représentaient d'un côté les nobles du royaume et de l'autre les clans de l'empire. Chacune comportait plus d'un millier d'hommes. Le dernier des contingents d'invasion tsurani était en train de passer la faille, rentrant chez lui à Kelewan, ne laissant derrière lui que la garde d'honneur de l'empereur. L'armée du royaume était encore installée à l'entrée de chacune des passes de la vallée et elle ne quitterait pas la zone avant que le traité ne soit conclu. La confiance était une chose toute nouvelle, chacun restait prudent.

Côté royaume, Lyam attendait l'arrivée de l'empereur sur un palefroi blanc. Les nobles du royaume l'entouraient, eux aussi à cheval, ayant revêtu leurs armures soigneusement nettoyées et polies. Avec eux, se trouvaient les dirigeants des milices des cités libres ainsi qu'un détachement de rangers du Natal.

Des trompes sonnèrent et l'on vit émerger de la faille la suite de l'empereur. Les bannières impériales flottaient au vent en suivant la procession qui s'avançait vers la tête du contingent tsurani.

Un héraut tsurani traversait le long champ libre qui séparait les deux monarques et Lyam se retourna pour regarder les hommes à cheval tout près de lui. Pug, Kulgan, Meecham et Laurie avaient eu l'honneur de se faire accorder cette position pour services rendus au royaume. Le comte Vandros et plusieurs officiers qui s'étaient distingués étaient aussi tout près de là. À côté de Lyam se trouvait Arutha, monté sur un cheval de guerre nerveux à la robe noisette, qui piaffait sur place.

Pug regarda autour de lui, ressentant une impression étrange à la vue de toutes les bannières des deux puissantes nations auxquelles son destin avait été si profondément lié. De l'autre côté de la vallée, il distinguait celles des puissantes familles de l'empire, qui lui étaient si familières : les Keda, les Oaxatucan, les Minwanabi et le reste. Derrière lui flottaient celles du royaume, toutes celles des duchés, depuis Crydee, le plus à l'ouest, jusqu'à Ran, le plus à l'est.

Kulgan remarqua le regard lointain de son ancien élève et il lui tapota l'épaule avec son long bâton. « Ça va ? »

Pug se retourna. « Oui, ça va. Je me suis juste senti envahi, un moment, par mes souvenirs. Ce jour me semble tellement étrange, dans un sens. Ces deux peuples se sont tellement haïs alors que moi, j'étais lié aux deux terres. Il va me falloir juger de mes sentiments. »

Kulgan sourit : « Tu auras le temps de te livrer à toutes les introspections que tu voudras plus tard. Peut-être Tully pourra-t-il t'aider. » Le vieux clerc avait accompagné Arutha dans son voyage à bride abattue, car il ne voulait pas rater les pourparlers de paix. Mais ces quatorze jours de cheval ne l'avaient pas épargné et il se reposait pour l'instant dans la tente de Lyam. Il avait fallu que Lyam lui en donne l'ordre, car il avait voulu absolument accompagner la troupe royale.

Le héraut tsurani arriva face à Lyam. Il s'inclina profondément, puis dit quelque chose en tsurani. Pug s'avança pour traduire. « Il dit : "Sa très haute majesté impériale Ichindar, quatre-vingt-onze fois empereur, Lumière du Ciel et souverain de toutes les nations de Tsuranuanni fait part à son frère monarque, sa très haute majesté royale le prince Lyam, souverain des terres nommées le royaume, de ses salutations. Le prince accepte-t-il son invitation à le rejoindre au centre de la vallée ?" »

Lyam dit : « Dis-lui que je lui fais aussi part de mes salutations et que je serai content de le rencontrer à l'endroit prévu. » Pug traduisit avec les formules de politesse d'usage en tsurani, le héraut s'inclina profondément et retourna vers ses propres lignes.

Ils virent la litière impériale s'avancer. Lyam fit signe à son escorte de l'accompagner et ils partirent rejoindre l'empereur au centre de la vallée. Pug, Kulgan et Laurie faisaient partie de l'escorte d'honneur. Meecham attendit avec les soldats.

Les cavaliers du royaume arrivèrent les premiers à l'endroit prévu et ils attendirent que la suite impériale les y rejoigne. Vingt esclaves choisis pour leur ressemblance physique portaient la litière sur leur dos. Leurs muscles épais étaient noués par l'effort qu'ils devaient déployer pour porter la lourde litière incrustée d'or. Des voiles blancs pendaient de l'encadrement de bois recouvert d'or, incrusté de merveilleuses gemmes de grande valeur. Les métaux et les pierres précieuses étincelaient vivement sous le soleil.

Derrière la litière, marchaient des représentants des familles les plus puissantes de l'empire, les chefs de guerre de chacun des clans. Ils étaient cinq, un pour chaque famille pouvant prétendre au titre de Seigneur de Guerre.

On posa la litière et Ichindar, empereur des nations de Tsuranuanni, sortit. Il était vêtu d'une armure d'or, d'une valeur incommensurable pour les Tsurani. Sur la tête, il portait un heaume à cimier recouvert du même métal. Il s'approcha de Lyam, qui avait mis pied à terre pour le rencontrer. Pug, qui devait servir d'interprète, descendit de cheval et vint se placer à côté des deux souverains. L'empereur le salua d'une légère inclination de la tête.

Lyam et Ichindar se regardèrent et tous deux semblèrent surpris de leur jeunesse respective. Ichindar n'avait guère que trois ans de plus que le nouvel héritier.

Lyam commença par souhaiter la bienvenue à l'empereur et par renouveler son désir de conclure la paix. Ichindar répondit dans le même sens. Puis la Lumière du Ciel fit un pas en avant et tendit la main droite. « Je crois savoir que c'est la coutume chez vous ? »

Lyam prit la main de l'empereur de Tsuranuanni. Soudain, la tension se dissipa et des vivats montèrent des deux côtés de la vallée. Les deux jeunes monarques souriaient et la poignée de main fut ferme et vigoureuse.

Lyam dit : « Puisse ce jour marquer une paix durable pour nos deux nations. »

Ichindar répondit : « La paix est une chose nouvelle pour Tsuranuanni, mais je crois que nous apprendrons vite. Mon Grand Conseil est assez divisé sur mes décisions. J'espère que les fruits du commerce et des connaissances que nous échangerons permettront de rallier tout le monde à cette cause.

— C'est aussi ce que j'espère, dit Lyam. En l'honneur de cette trêve, j'ai demandé à ce que l'on vous prépare un cadeau. » Il fit un signe de la main et un soldat sortit au trot des lignes du royaume, menant par la bride un superbe cheval de guerre noir. Il avait une selle noire incrustée d'or et au pommeau de celle-ci pendait une épée large au fourreau constellé de pierres précieuses.

Ichindar regarda le cheval avec un certain scepticisme, mais il fut impressionné par la qualité de l'épée. Il brandit la grande lame et dit : « Vous me faites un grand honneur, prince Lyam. »

Ichindar se tourna vers l'un des membres de son escorte, qui donna l'ordre de faire venir un coffre. Deux esclaves s'avancèrent et le posèrent devant l'empereur. Il était en bois de ngaggi gravé, poli et vernis, d'une belle couleur sombre et luisante. Tout autour, on avait gravé des bas-reliefs d'animaux et de plantes tsurani. Chaque gravure avait été subtilement ombrée, lui donnant presque vie. En soi, c'était déjà un beau cadeau, mais lorsqu'on ouvrit le couvercle, une pile de pierres merveilleusement taillées, toutes plus grosses qu'un pouce, étincelèrent au soleil.

L'empereur dit : « J'aurais eu du mal à justifier aux yeux des membres du conseil que nous vous accordions des réparations et pour l'instant ma position n'est pas excellente auprès d'eux, mais ils ne peuvent me reprocher de vous offrir un cadeau pour l'occasion. J'espère que ceci vous permettra de réparer une partie des dégâts que nous avons pu vous causer. »

Lyam s'inclina légèrement. « Vous êtes généreux et je vous remercie. Désirez-vous que nous prenions des rafraîchissements ? » L'empereur acquiesça et Lyam donna l'ordre d'ériger un pavillon. Une douzaine de soldats arrivèrent au galop et descendirent de cheval. Ils portaient des perches et des rouleaux de toile. En peu de temps, un grand pavillon ouvert fut érigé au centre de la vallée. On plaça des chaises et une table sous le toit. D'autres soldats apportèrent du vin et de la nourriture et les mirent sur la table.

Pug tira une grande chaise recouverte d'un coussin pour l'empereur et Arutha fit de même pour son frère. Les deux souverains s'assirent et Ichindar dit : « Voilà qui est bien plus confortable que mon trône. Je vais me faire faire un coussin. »

On versa du vin et Lyam et l'empereur se portèrent mutuellement un toast. Puis on en porta à la paix. Tous les gens présents burent.

Ichindar se tourna vers Pug. « Très Puissant, il semble que notre rencontre doive se solder par un résultat plus plaisant pour les gens présents que la dernière fois. »

Pug s'inclina. « Je le crois, votre majesté impériale. J'espère que je serai pardonné d'avoir interrompu les jeux impériaux. »

L'empereur fronça les sourcils : « Interrompu ? C'était plus proche d'une destruction pure et simple. »

Pug traduisit pour les autres et Ichindar eut un sourire ironique et appréciateur. « Ce Très Puissant a fait de nombreuses choses très novatrices pour l'empire. Les conséquences de ses actes perdureront et agiront sur notre monde bien après que l'on aura oublié son nom. Mais tout cela est du passé. Occupons-nous de l'avenir. »

Les invités d'honneur des deux camps les rejoignirent sous le pavillon et les deux monarques commencèrent leur discussion concernant la meilleure manière d'établir des relations entre leurs deux mondes.

Tomas regardait le pavillon. Calin et Dolgan attendaient à ses côtés. Derrière eux, plus de deux mille elfes et nains se tenaient prêts. Ils étaient entrés dans la vallée par la passe nord et étaient passés à côté des forces du royaume rassemblées là. Ils avaient contourné la clairière et s'étaient rassemblés dans les bois à l'ouest, d'où ils pouvaient voir clairement le déroulement des événements.

Tomas dit à ses deux compagnons : « Je ne vois pas grand-chose qui puisse faire penser à une traîtrise. »

Un second nain, Harthorn des monts de Pierre, s'approcha d'eux. « Ouais, l'elfe. Tout m'a l'air plutôt paisible, malgré ce que nous a dit le sorcier. »

Soudain, la vallée se troubla légèrement comme sous la chaleur. Alors, Tomas et les autres virent les soldats tsurani tirer les armes.

Tomas se tourna vers ceux qui se tenaient derrière lui et leur dit : « Tenez-vous prêts. »

Un soldat du royaume s'avança vers le pavillon. Les seigneurs tsurani le regardèrent avec méfiance, car jusque-là les seuls soldats qui s'approchaient du pavillon étaient ceux qui servaient les rafraîchissements.

« Votre altesse ! cria-t-il. Quelque chose de bizarre est en train de se passer.

— Comment ça ? demanda Lyam, car l'homme semblait très nerveux.

— De là où nous sommes, on voit des silhouettes se déplacer dans les bois à l'ouest. »

Lyam se leva et vit des formes près de la lisière des arbres. Au bout d'un moment, alors que Pug traduisait l'échange à l'empereur Lyam dit : « Ce doivent être les elfes et les nains. » Il se tourna vers Ichindar. « J'ai envoyé un message à la reine des elfes et aux chefs de guerre des nains pour leur dire que nous faisions la paix. Ce sont sans doute eux qui arrivent. »

L'empereur s'approcha de Lyam et regarda les bois. « Pourquoi restent-ils sous les arbres ? Pourquoi se cachent-ils ? »

Lyam se tourna vers le cavalier. « Va dire aux gens qui sont sous les arbres de venir nous rejoindre. »

Le garde obéit. Quand il fut à mi-chemin des bois, un cri monta des arbres et des elfes vêtus de vert, accompagnés de nains en armure chargèrent en courant. Des chants et des cris de guerre emplirent l'air. Ichindar regarda les hommes qui les chargeaient sans comprendre. Plusieurs de ses compagnons tirèrent les armes. Un soldat des lignes tsurani courut vers le pavillon et cria : « Majesté, nous sommes faits. C'est un piège ! »

Tous les Tsurani reculèrent, l'épée au clair. Ichindar cria : « Est-ce donc ainsi que vous faites la paix ? Vous venez à nous pleins de promesses, la traîtrise au cœur ? »

Lyam ne comprit pas ses mots, mais le ton était clair. Il prit Pug par le bras et dit : « Dis-lui que je ne comprends rien de tout cela ! »

Pug essaya de couvrir les bruits autour du pavillon, mais les nobles tsurani commençaient à faire retraite, entourant la Lumière du Ciel et des soldats accouraient des lignes tsurani pour venir protéger Ichindar.

En voyant approcher les soldats Tsurani, Lyam cria : « En arrière ' En arrière ! Rentrons dans nos lignes ! » Les Midkemians sautèrent en selle.

Pug entendit Ichindar hurler : « Traître, voici donc ta vraie nature. Jamais Tsuranuanni ne traitera avec des gens qui n'ont pas d'honneur. Nous écraserons votre royaume ! »

Les nains et les elfes entrèrent avec fracas en contact avec les lignes tsurani et le combat commença. Lyam et les autres rentrèrent au galop vers leurs lignes, qui se préparaient à se joindre à la mêlée. Lyam tirait à peine sur ses rênes que Brucal lui demandait : « Nous chargeons, altesse ? »

Lyam secoua la tête. « Je ne tremperai pas dans une telle traîtrise. »

Il regarda la scène qui se déroulait sous ses yeux. Les elfes et les nains repoussaient les Tsurani vers la machine de la faille. L'empereur et ses gardes firent un détour pour éviter les combats et les mille soldats de la garde d'honneur lui firent un rempart de leurs corps. Des coursiers se précipitèrent dans la faille.

Quelques instants plus tard, des soldats tsurani en jaillirent. Ils coururent se porter contre les attaquants. La ligne de défense tsurani qui commençait à céder se renforça et tint bon, puis elle commença à repousser les elfes et les nains.

Arutha se rapprocha de Lyam. « Lyam ! Il faut attaquer. Les elfes et les nains vont bientôt se faire déborder. Il y a dix mille Tsurani de l'autre côté de cette faille, à un pas d'ici. Si jamais tu veux mettre fin à cette guerre sanglante, nous devons prendre cette machine et la tenir. »

Pug se fraya à cheval un chemin vers Lyam. « Lyam ! cria-t-il. Il faut faire ce que te dit Arutha. »

Le jeune héritier restait pris de doutes. Pug cria plus fort encore. « Essaye de comprendre : pendant neuf ans, vous n'avez combattu qu'une partie de l'empire, juste les soldats qui étaient fidèles au parti de la Guerre. Jusqu'à aujourd'hui, vous aviez de nombreux alliés dans l'ombre, qui faisaient tout pour ralentir l'effort de guerre. Mais là, cette traîtrise a mis en rage le seul homme capable d'exiger de tous les clans de l'empire une obéissance absolue. Ichindar peut rassembler tous les clans de Tsuranuanni !

« Vous n'avez jamais combattu plus de trente mille hommes à la fois, répartis sur plusieurs fronts. Dès demain, ces trente mille hommes seront de nouveau dans la vallée. Dans une semaine, il y en aura le double. Lyam, tu n'as aucune idée de ses pouvoirs. En un an, il peut envoyer un million d'hommes et un millier de magiciens contre nous ! Tu dois agir ! »

Lyam restait très raide, le visage amer. « Peux-tu nous aider ?

— Peut-être, mais il faudrait m'ouvrir un chemin vers cette machine et encore je ne suis pas sûr d'avoir un pouvoir suffisant pour fermer cette faille. J'ai d'autres pouvoirs, mais même si j'arrivais à surmonter mon conditionnement, à m'opposer à l'empire et à tuer tous les hommes qui sont sur le champ de bataille, cela ne nous servirait pas à grand-chose, il y en aurait toujours plus à un pas d'ici. »

Lyam acquiesça. Lentement, il se tourna vers Arutha. « Envoie des messagers à cheval vers les passes nord et sud. Bats le rappel de toutes nos armées. » Arutha fit volte-face pour crier des ordres et des cavaliers partirent au galop vers les deux passes.

Lyam se tourna de nouveau vers Pug. « Si tu peux nous aider, fais-le, mais pas tant que le passage n'aura pas été dégagé. Tu es le seul qui maîtrises tes arts dans ce monde. » Montrant Laurie, Meecham et Kulgan, il ajouta : « Écarte-les des combats eux aussi, car ils n'ont pas de raison de s'en mêler. Restez à l'écart et si jamais nous échouons, use de tes pouvoirs pour vous transporter à Krondor. Carline et Anita doivent être envoyées vers l'est, chez leur grand-oncle Caldric, car l'Ouest sera très certainement tsurani. » Il tira son épée et donna l'ordre d'avancer.

Les mille cavaliers s'avancèrent lourdement, un mur d'acier en mouvement qui prit de la vitesse aux ordres de leurs officiers, qui maintenaient la cohésion de la formation. Puis Lyam donna le signal de la charge et les lignes se morcelèrent quand les cavaliers chargèrent les Tsurani au galop dans la clairière. Les Tsurani entendirent le grondement des sabots et certains d'entre eux s'écartèrent des elfes et des nains pour former un mur de boucliers. Pug, Laurie, Meecham et Kulgan regardèrent les cavaliers du royaume se heurter au mur. Des chevaux et des hommes hurlèrent lorsque les longues lances plièrent et se brisèrent sous le choc. Le mur de boucliers vacilla, affaibli par les morts, mais d'autres soldats se précipitèrent pour les remplacer et l'host du royaume fut repoussé. Lyam rassembla de nouveau ses troupes et lança une nouvelle charge, qui cette fois perça le mur de boucliers.

Pug vit l'aile droite des forces tsurani reculer devant les cavaliers, mais l'empereur lui-même remit de l'ordre dans ses troupes et le centre de la ligne tint bon. Même à cette distance, Pug vit les nobles tsurani essayer de convaincre l'empereur de partir.

L'empereur avait tiré l'épée et criait des ordres. Il refusa de quitter le champ de bataille. Il ordonna à ses hommes de resserrer le cercle autour de la machine afin de la protéger, pour que les autres qui étaient encore à Kelewan puissent rentrer dans la vallée. Il regarda autour de lui et vit que les soldats sortaient maintenant de la faille en grand nombre. Bientôt, ils seraient assez nombreux pour écraser la petite armée du royaume.

L'empereur sentit comme une sorte de tremblement sous ses pieds et l'un des seigneurs tsurani montra quelque chose derrière lui. Ichindar vit des centaines de cavaliers jaillir des arbres au nord. La cavalerie de l'armée du nord était la première à répondre à l'appel de Lyam. L'empereur disposa une ligne de troupes fraîches au nord pour contrer cette nouvelle menace.

Il se tourna en entendant un cri à l'est. Un grand guerrier, vêtu de blanc et or, était en train de se tailler un chemin au travers des gardes tsurani, droit sur la Lumière du Ciel. Tous les seigneurs tsurani coururent à sa rencontre pour lui couper la route. Il y avait un chef d'armée d'un clan non loin de là. Celui-ci courut vers l'empereur et cria : « Votre majesté, il faut partir. Nous ne pourrons pas tenir très longtemps. Si vous mourez, l'empire aura perdu son cœur et les dieux se détourneront de nous. »

L'empereur tenta de le repousser et le géant en blanc et or abattit un autre seigneur tsurani. L'officier dit : « Puisse le ciel me comprendre » et il frappa Ichindar à l'arrière du crâne du plat de son épée. L'empereur s'effondra au sol et le chef d'armée donna l'ordre à des soldats de lui faire traverser la faille. « L'empereur est blessé ! Emmenez-le en lieu sûr ! » Sans poser de questions, les soldats s'emparèrent de leur souverain et l'emportèrent vers la machine.

Un chef de troupe courut vers le chef d'armée et cria : « Sire, tous nos seigneurs ont été tués ! » Le chef d'armée vit le grand guerrier se faire repousser par les soldats tsurani qui s'agglutinaient autour de lui en masse pour l'empêcher de continuer, mais il avait massacré tous les chefs de guerre de haut rang qui avaient accompagné l'empereur. Un rapide coup d'œil vers la machine lui permit de voir que l'empereur serait bientôt en lieu sûr. Les gardes qui portaient Ichindar disparurent à sa vue par la faille. D'autres soldats sortaient à flots de son côté de la faille. Voyant qu'il n'y avait pas de temps à perdre, le chef d'armée dit : « Je vais faire office de commandant ! Vous serez second. Des hommes vers le nord ! » L'homme courut envoyer d'autres soldats vers la ligne au nord et la cavalerie de la passe leur fondit dessus dans un galop furieux.

L'armée du nord heurta la ligne de soldats tsurani dans un grand fracas. Le mur de boucliers, fait à la va-vite, faiblit mais tint bon. Le commandant regarda autour de lui et pria pour qu'ils tiennent jusqu'à ce que des renforts suffisants arrivent.

Pug et ses trois compagnons virent le contingent nord de l'armée se heurter au mur de boucliers. Des lances se brisèrent, des chevaux s'effondrèrent, des hommes se firent piétiner en hurlant. Le mur tenait toujours et les forces du royaume reculèrent pour se reformer et lancer une nouvelle charge. Le contingent de Lyam se fit repousser et il ordonna un repli, afin de lancer une attaque coordonnée avec les forces venues du nord. Les elfes et les nains sous le commandement de Tomas étaient à l'ouest au beau milieu des lignes tsurani et ils leur causaient les plus grandes difficultés, mais se faisaient eux aussi lentement repousser.

Lorsque les cavaliers eurent reculé, les Tsurani se reportèrent entièrement contre les elfes et les nains. Ceux qui se tenaient derrière les murs de bouclier au nord et au sud quittèrent leur poste pour apporter de l'aide à leurs camarades du flanc ouest.

Voyant cela, Meecham fit remarquer : « Si les elfes ne reculent pas, les Tsurani vont les encercler. » Ils regardèrent le flot de Tsurani sortir de la faille. « Si Lyam n'arrive pas à atteindre la machine à la prochaine charge, l'équilibre des forces changera : les Tsurani vont devenir plus puissants que nous et nos armées vont faiblir. »

Pug dit : « Il ne pourra les bloquer que s'il arrive à placer des archers à l'entrée de la faille. Un tir nourri d'archers au travers de la faille devrait les faire reculer assez longtemps pour que l'on érige une sorte de barrière. Là, nous pourrons peut-être la rendre inopérante. »

Laurie demanda : « On ne peut pas la détruire ? Sinon, nous allons courir de terribles risques. »

Pug s'assit calmement un moment. « Je ne sais pas si mes pouvoirs suffiront à détruire la faille. Mais je pense qu'il est temps d'essayer. »

Alors qu'il s'apprêtait à talonner son cheval, une voix derrière lui cria : « Non ! »

Ils se retournèrent d'un bloc et virent qu'une silhouette vêtue d'une robe brune, un bâton à la main, était apparue de nulle part. « Même tes pouvoirs ne suffiraient pas à la tâche, Très Puissant.

— Macros ! » S'exclama Kulgan.

Macros eut un sourire amer. « Comme je l'avais prédit, je viens à vous au moment le plus critique, lorsque l'heure est grave. »

Pug l'interrogea : « Que pouvons-nous faire ?

— Je vais fermer la faille, mais j'ai besoin de votre aide. » Il se tourna vers Kulgan. « Je vois que vous avez encore mon bâton avec vous. Bien. Descendez de cheval. »

Pug et Kulgan descendirent de selle. Pug avait oublié que le bâton que Kulgan portait toujours avec lui était celui que Macros lui avait donné.

Macros s'approcha de Kulgan. « Plantez fermement l'extrémité de ce bâton dans le sol. » Il se tourna et tendit à Pug son propre bâton. « Ce bâton est une réplique exacte de l'autre. Tiens-le fermement et ne le lâche sous aucun prétexte, si tu veux avoir une chance de survivre. » Il regarda la bataille qui se déroulait un peu plus loin. « C'est presque l'heure, mais pas tout à fait. Écoute attentivement, car nous n'avons plus beaucoup de temps. » Il regarda Pug, puis

Kulgan. « Quand tout cela sera fini, si la faille est détruite, retournez à mon île. Là-bas, vous trouverez toutes les explications sur ce qui s'est passé, quoiqu'il ne soit pas certain que cela vous satisfasse tout à fait. » Il eut de nouveau un sourire amer. « Kulgan, si vous voulez revoir votre ancien élève, tenez ce bâton de toutes vos forces. Pensez à Pug constamment et ne laissez jamais ce bâton perdre contact avec le sol de Midkemia. C'est bien compris ? »

Kulgan dit : « Mais et vous ? »

Macros répondit d'un ton dur : « Ma sécurité, c'est à moi de m'en occuper. Ne vous inquiétez pas pour moi. Ma place dans ce drame avait été prévue de longue date, tout comme la vôtre. Maintenant, regardez. »

Ils reportèrent leur attention sur la bataille. Les unités nord de l'armée du royaume chargèrent et Lyam et Tomas donnèrent ordre à leurs propres troupes de repartir à l'attaque. Les cavaliers frappèrent à nouveau les murs de boucliers et les lignes tsurani cédèrent. Pendant un moment, la cavalerie du royaume se rendit maîtresse du terrain et les Tsurani durent reculer. Puis comme la charge commençait à perdre de son allant sous la masse grouillante de fantassins qui tuaient les chevaux sous leurs cavaliers ou qui s'alliaient pour tirer les hommes à terre, un nouvel équilibre se forma. Les combattants luttaient autour de la machine comme une mer houleuse. Il n'y avait plus ni organisation ni discipline. Les hommes se battaient pour survivre et non plus pour atteindre une position. Le fracas du métal contre le cuir et le bois durci résonnait dans toute la vallée. Partout le sang coulait et les mourants poussaient des cris terribles.

Macros regarda Pug et lui dit : « Il est temps. Viens avec moi. »

Pug suivit le sorcier en robe brune. Il tenait fermement le bâton de Macros, car il croyait le sorcier quand celui-ci lui disait que c'était sa seule chance de survivre à ce qui les attendait. Ils passèrent au travers de la bataille, comme protégés par quelque chose. Plusieurs fois, un soldat se tourna pour les frapper, mais ils se faisaient toujours intercepter par un adversaire. Les chevaux qui s'apprêtaient à les écraser faisaient volte-face au dernier moment. C'était comme si un chemin s'ouvrait devant eux pour se refermer juste derrière.

Ils approchèrent de ce qui restait de la ligne de défense tsurani. Un porteur de bouclier tomba sous la lance d'un cavalier. Ils lui passèrent sur le corps et entrèrent dans le petit cercle de calme relatif qui régnait autour de la faille. Des soldats continuaient à s'en déverser et le cercle s'agrandissait. Macros et Pug montèrent sur la plate-forme du côté le plus éloigné de la faille. Les soldats sortaient quant à eux du côté le plus proche. Les soldats ne parurent pas remarquer les deux magiciens.

Macros fit un pas dans le vide de la faille. Pug entra derrière lui. Au lieu d'arriver à Kelewan comme il s'y serait attendu, ils se retrouvèrent dans un lieu sans couleur. Il ne semblait pas y avoir de direction. Les lieux étaient sans lumière, mais ils n'étaient pas noirs, juste dans les teintes de gris. Pug se retrouva seul, la seule chose qu'il entendait, c'étaient les battements de son cœur, comme pour l'assurer que son existence ne venait pas de s'achever. Doucement, il dit : « Macros ? »

Il entendit la voix de Macros : « Ici, Pug.

— Je ne peux pas vous voir. »

Il entendit un petit rire. « Non, il n'y a pas de lumière. Ce que tu vois est une vague illusion que je maintiens par magie pour te donner une sorte de point de référence. Sans préparation, même tes fameux pouvoirs ne t'aideraient pas beaucoup à garder ton sang-froid, Pug. Accepte simplement que l'esprit humain n'est pas vraiment fait pour supporter cet endroit.

— Quel est cet endroit ?

— C'est un interstice. Ici, les dieux se sont battus lors des guerres du Chaos et c'est ici que nous allons accomplir notre tâche.

— Des hommes meurent, Macros. Il nous faut faire vite.

— Ici, le temps n'existe plus, Pug. Par rapport à ceux qui se battent, nous sommes figés dans l'instant. Nous pourrions vieillir et mourir sans qu'une seconde ne passe sur le champ de bataille. Mais effectivement, nous devons nous mettre rapidement au travail. Même moi, je ne peux rester ici sans dépenser un peu d'énergie pour nous maintenir en vie, une énergie dont nous allons avoir besoin pour faire ce que nous devons faire. Il vaut mieux ne pas traîner, mais je voudrais te dire quelques petites choses. J'ai attendu longtemps que tu remplisses ta promesse. Je ne pouvais pas fermer la faille sans ton aide. »

Pug parla, malgré ses sens qui se rebellaient face à toute cette grisaille et à la voix désincarnée qui semblait toujours quelque part à côté de lui. « C'est vous qui avez détourné la faille à l'époque de l'Étranger, quand l'Ennemi a cherché à reprendre les nations de Tsuranuanni. Cela dû demander une puissance extraordinaire. »

Il entendit le sorcier ricaner. « Tu te souviens donc de ce détail ? Bah, j'étais plus jeune, à l'époque. » Comme s'il savait que sa réponse n'était pas satisfaisante, Macros ajouta : « À l'époque, la faille était une chose instable, créée par la volonté des hommes qui se trouvaient en haut des tours de l'Assemblée. Je n'ai fait que la détourner vers un autre endroit, pour déjouer les plans de l'Ennemi et à grand risque. Cette fois, la faille est parfaitement maîtrisée, fermement ancrée à Kelewan, dirigée par une machine. Les nombreux sorts entrelacés les uns dans les autres qui la contrôlent et la gardent en harmonie avec Midkemia m'empêchent de la manipuler. Tout ce que je peux faire, c'est la détruire, mais pour cela, j'ai besoin d'aide.

« Avant que ce drame-ci ne s'achève, j'aimerais te dire une chose : tu comprendras presque tout en allant sur mon île. Mais il est une chose dont il faut que tu te souviennes par-dessus tout quand tu écouteras mon message. Souviens-toi que tout ce que j'ai fait, je l'ai fait parce que c'était mon destin. Je voudrais que tu te souviennes de moi en bien. »

Il ne pouvait pas voir le sorcier, mais Pug le sentait tout proche de lui. Il allait dire quelque chose, mais la voix de Macros l'interrompit. « Quand j'en aurai fini, use de toute l'énergie qui te reste pour te transporter par ta volonté jusqu'à Kulgan. Le bâton t'aidera, mais il faudra que tu y mettes toutes tes forces pour y arriver. Si tu ne le fais pas, tu mourras. »

C'était le second avertissement de Macros et Pug eut peur pour la deuxième fois depuis des années. « Et vous ?

— Occupe-toi de toi-même, Pug. J'ai autre chose à faire. »

Puis il ressentit un changement, comme si le vide autour d'eux s'altérait légèrement. Macros dit : « Quand je te le dirai, tu devras déchaîner tout ton pouvoir. Tout ce que tu as fait lors des jeux impériaux n'aura été que l'ombre de ce que tu devras faire cette fois-ci.

— Vous savez, pour ça ? »

Il eut encore un petit rire. « J'y étais, même si je n'y avais pas un siège aussi prestigieux que le tien. Je dois admettre que c'était assez impressionnant. Même moi, j'aurais eu du mal à produire quelque chose d'aussi spectaculaire. Nous n'avons plus le temps. Attends mon ordre, puis laisse tes pouvoirs se déverser vers moi. »

Pug ne répondit rien. Il sentait la présence du sorcier devant lui, comme si Macros le guidait. À nouveau, il ressentit cette sorte de distorsion autour de lui. Soudain, il y eut une lueur aveuglante, puis le noir. L'instant d'après, tout ce qui l'entourait se couvrit d'énergies en folie, un peu comme ce qu'il avait vu par la faille du pont d'Or. De tous côtés il y avait des explosions de couleurs, des forces primaires dont il ne savait rien.

« Maintenant, Pug ! » cria Macros.

Pug se concentra sur sa tâche. Il alla chercher au plus profond de lui. De là, il ramena toutes ses réserves de pouvoir magique venues des deux mondes. Des forces qui auraient suffi à détruire des montagnes, à détourner des fleuves de leur cours et à réduire des cités entières en ruine, tout cela il le concentra. Puis, comme s'il rejetait de lui quelque chose qui lui faisait mal, il dirigea toute cette énergie vers l'endroit où il sentait que se trouvait le sorcier. Il y eut une explosion de force inimaginable et l'espace et le temps eux-mêmes gémirent. Pug les sentit se tordre autour de lui, comme si l'univers tentait de rejeter ces corps étrangers. Puis il y eut comme un relâchement et ils furent expulsés.

Pug flottait dans des ténèbres absolues. Il dérivait, engourdi, incapable de réfléchir de manière cohérente. Son esprit n'arrivait pas à supporter ce qu'il avait ressenti et il était au bord de l'évanouissement. Il sentit ses doigts se relâcher et le bâton commença à lui glisser des mains. Il s'y raccrocha instinctivement, d'un geste spasmodique. C'est alors qu'il ressentit un appel, très faible. Son esprit lutta contre les ténèbres glacées qui menaçaient de l'envelopper et il tenta de se rappeler quelque chose. Le froid se faisait de plus en plus intense autour de lui et il sentait ses poumons le brûler, par manque d'air. Il tenta de nouveau de se souvenir, sans succès. C'est alors qu'il sentit l'appel encore une fois et une voix familière tout près.

« Kulgan ? » dit-il faiblement et il laissa les ténèbres l'envahir.

Le commandant tsurani était en vie. Il se demanda par quel miracle en voyant tous ceux qui étaient morts autour de lui devant la machine. L'explosion avait tué des centaines d'hommes et de nombreux autres étaient étendus par terre un peu plus loin, étourdis.

Il se releva et fit une estimation rapide de la situation. La terrible explosion de la faille n'avait pas aidé non plus les forces du royaume. Les cavaliers tentaient désespérément de calmer leurs montures affolées et l'on en voyait d'autres s'enfuir au galop après s'être libérées. Partout régnait la plus parfaite confusion. Mais ceux qui étaient au bord de la bataille avaient été moins étourdis que les autres et les combats commençaient à reprendre.

Ils n'avaient plus beaucoup d'espoir, maintenant qu'ils étaient coupés de Kelewan, d'obtenir du renfort ou de réussir à rentrer chez eux. Cependant, ils n'étaient qu'un tout petit peu moins nombreux que leurs ennemis et ils avaient toujours une chance de gagner la bataille. Ils pourraient s'occuper de la faille plus tard.

Brusquement, les bruits de combat cessèrent au moment où les forces du royaume reculèrent. Le commandant regarda autour de lui et, ne voyant toujours pas d'officier de plus haut rang que lui, il commença à donner des ordres pour que l'on reforme le mur de boucliers en prévision d'un nouvel assaut.

Les forces du royaume étaient en train de se regrouper lentement. Elles n'attaquèrent pas, mais prirent position face aux Tsurani. Le commandant attendit, pendant que ses soldats reformaient les lignes. Tout autour, les cavaliers du royaume se tenaient prêts, mais n'attaquaient pas.

Lentement, la tension montait. Le commandant ordonna que l'on érige une plate-forme. Quatre Tsurani se saisirent d'un bouclier, il monta dessus et ils le soulevèrent. Ses yeux s'arrondirent. « Ils ont reçu des renforts. » Loin au sud, il voyait avancer les colonnes des forces armées royales stationnées dans la passe sud. Comme elles étaient les plus éloignées du lieu des négociations, elles n'arrivaient sur le champ de bataille que maintenant.

Un cri montant de l'autre côté lui fit tourner la tête vers le nord : des lignes d'infanterie du royaume étaient en train de sortir des bois. Il regarda à nouveau vers le sud et plissa les yeux. Très loin, il apercevait les signes d'une grande force d'infanterie qui suivait derrière la cavalerie. L'officier demanda à ce que l'on baisse le bouclier et son second lui demanda : « Qu'est-ce qu'il y a ?

— Leur armée tout entière est là. » Il avala sa salive, perdant son impassibilité habituelle. « Mère des dieux ! Ils doivent être au moins trente mille.

— Alors nous allons leur offrir une bataille digne d'une belle ballade avant de mourir », dit le commandant en second.

Le commandant regarda autour de lui. De tous côtés, il y avait des soldats en sang, blessés et confus. Des armées du royaume qui s'assemblaient contre eux, seul un tiers avait déjà combattu. Vingt mille soldats frais s'approchaient de quatre mille Tsurani dont la moitié n'étaient pas au meilleur de leur forme.

Le commandant secoua la tête. « Il n'y aura pas de combat. Nous sommes coupés de chez nous, peut-être à jamais. Nous n'avons aucune raison de le faire. »

Il passa à côté de son second étonné et traversa le mur de boucliers. Levant les mains au-dessus de la tête pour demander des pourparlers, il s'avança vers Lyam, lentement, craignant le moment où il allait être le premier officier tsurani de mémoire d'homme à se rendre avec toute son armée. Il ne lui fallut que quelques minutes pour arriver devant le prince. Il retira son heaume et s'agenouilla.

Il leva les yeux vers la haute silhouette du prince du royaume aux cheveux blonds et dit : « Seigneur Lyam. Je vous confie mes hommes. Acceptez-vous notre reddition ? »

Lyam acquiesça. « Oui, Kasumi, j'accepte votre reddition. »

Ténèbres. Puis une grisaille qui commençait à s'accumuler. Pug se força à ouvrir les yeux. Au-dessus de lui, il y avait le visage familier de Kulgan.

Son ancien professeur se fendit d'un large sourire. « C'est bon de te revoir parmi nous. Nous ne savions pas si tu étais vraiment vivant. Ton corps était si froid au toucher. Tu peux te lever ? »

Pug prit le bras qu'on lui tendait et vit que Meecham, à genoux à côté de lui, l'aidait à se relever. Il sentit le soleil réchauffer ses membres et dissiper le froid qui l'engourdissait. Il resta immobile un moment, puis dit : « Je crois que je survivrai. » Il sentit ses forces lui revenir. Au bout d'un moment, il fut en mesure de se remettre debout et il s'y essaya.

Autour de lui étaient assemblées les armées du royaume. « Qu'est-ce qui s'est passé ? »

Laurie dit : « La faille est détruite et les Tsurani restants se sont rendus. La guerre est finie. »

Pug était trop faible pour ressentir quelque chose. Il regarda les visages qui l'entouraient et lut dans leurs yeux un grand soulagement.

Soudain, Kulgan l'engloutit dans ses bras. « Tu as risqué ta vie pour en finir avec cette folie. C'est ta victoire autant que la nôtre. »

Pug se laissa faire, puis il s'écarta de son ancien maître. « C'est Macros qui a mis fin à la guerre. Est-il revenu ?

— Non. Tu es le seul et dès que tu es arrivé, les deux bâtons ont disparu. Il n'y a pas signe de lui. »

Pug secoua la tête, pour s'éclaircir les idées. « Et maintenant ? »

Meecham regarda par-dessus son épaule. « Il serait peut-être bon que tu rejoignes Lyam. Il semblerait qu'il y ait une certaine agitation. »

Laurie et Kulgan aidèrent Pug à se déplacer, car il était encore affaibli par ce qu'il avait subi dans la faille. Ils se joignirent à Lyam, Arutha, Kasumi et aux nobles du royaume qui les attendaient. De l'autre côté de la vallée, les elfes et les nains approchaient, suivis par les troupes nord du royaume.

Pug fut surpris de voir parmi eux le fils aîné des Shinzawai, car il l'avait cru de retour à Kelewan. Il était l'image même du découragement, debout, sans arme ni heaume, la tête basse. Il ne vit pas arriver Pug et les autres.

Pug tourna son attention vers les elfes et les nains. Quatre personnes marchaient à leur tête. Il en reconnut deux : Dolgan et Calin. Il y avait un autre nain avec eux que le magicien ne connaissait pas. Quand les quatre eurent rejoint le prince, Pug réalisa que le grand guerrier en blanc et or était son ami d'enfance. Il regarda Tomas, muet d'étonnement, tant celui-ci avait changé, car son vieil ami avait atteint une stature gigantesque et il ressemblait plus à un elfe qu'à un humain.

Lyam était trop épuisé pour exploser. Il regarda le chef de guerre d'Elvandar et dit tranquillement : « Pourquoi avez-vous attaqué, Tomas ? »

Le prince consort des elfes dit : « Les Tsurani ont tiré les armes, Lyam. Ils étaient prêts à attaquer le pavillon. Vous ne les avez donc pas vus ? »

Malgré sa fatigue, Lyam éleva la voix. « J'ai juste vu votre armée charger une conférence de paix. Je n'ai rien vu d'anormal dans le campement tsurani. »

Kasumi releva la tête. « Votre altesse, je vous donne ma parole que nous n'avons tiré les armes que quand ces gens se sont jetés sur nous. » Il désigna les forces de Tomas.

Lyam se retourna vers Tomas. « Ne vous ai-je donc pas fait savoir qu'il y avait une trêve, que nous allions conclure la paix ?

— Ouais, répondit Dolgan, j'étais là quand le sorcier nous a prévenus.

— Le sorcier ? » fit Lyam. Il se retourna et cria : « Laurie ! J'ai quelque chose à te demander. »

Laurie s'avança et dit : « Votre altesse ?

— As-tu porté mon message à la reine des elfes, comme je te l'ai demandé ?

— Sur mon honneur, j'ai parlé avec la reine des elfes elle-même. »

Tomas regarda Lyam droit dans les yeux, la tête en arrière, l'air méfiant. « Et moi, je jure que je n'avais jamais vu cet homme jusqu'à aujourd'hui. On nous a fait parvenir l'annonce de la trahison des Tsurani par Macros. »

Kulgan et Pug s'avancèrent. « Votre altesse, dit Kulgan. Si le sorcier a pris part à ces événements — et il a trempé dans tout le reste, visiblement — il vaudrait peut-être mieux chercher la vérité quand nous serons au calme. »

Lyam était encore furieux, mais Arutha dit : « Laisse. Nous pourrons débrouiller cette affaire au camp. »

Lyam fit un petit signe de tête. « Rentrons au camp. » L'héritier du trône se tourna vers Brucal et dit : « Escortez les prisonniers, qu'ils viennent à notre suite. » Puis il se tourna vers Tomas. « Nous aurons une explication dans ma tente dès que nous serons de retour. Il va y avoir beaucoup à dire. » Tomas acquiesça, bien que visiblement cette perspective ne lui plût pas beaucoup. Lyam lança : « Nous retournons immédiatement au camp. Donnez l'ordre de départ. »

Les officiers du royaume passèrent parmi leurs hommes pour transmettre l'ordre. Tomas se détourna et vit un étranger juste à côté de lui. Il regarda le visage souriant, puis Dolgan dit : « T'es aveugle, gamin ? Tu ne reconnais pas ton compagnon d'enfance ? »

Tomas regarda Pug, épuisé, s'approcher de lui. « Pug ? » dit-il doucement. Puis il tendit les bras pour étreindre son ancien frère adoptif. « Pug ! »

Ils se serrèrent tranquillement l'un contre l'autre dans la clameur des armées en mouvement, pleurant à chaudes larmes.

Kulgan mit les mains sur les épaules des deux hommes. « Venez, nous devons rentrer. Nous avons encore beaucoup de choses à dire et dieux merci, nous avons maintenant largement le temps de le faire. »

Le camp était en fête. Après plus de neuf ans de guerre, les soldats du royaume savaient qu'ils ne risqueraient pas de mourir ou d'être blessés le lendemain. Des chants et des rires s'élevaient partout autour des feux de camp. La plupart ne pensaient pas aux blessés qui devaient garder la tente aux bons soins des prêtres, ni à ceux qui ne verraient même pas le premier jour de paix, ni ne goûteraient aux fruits de la victoire. Les fêtards savaient qu'ils faisaient partie des vivants et c'était ce qu'ils célébraient. Plus tard, ils auraient le temps de pleurer leurs camarades perdus. Pour l'instant, ils buvaient à la vie.

Dans la tente de Lyam, les choses étaient plus calmes. Lors de leur retour, Kulgan avait beaucoup réfléchi à ce qui s'était passé pendant la journée. Lorsqu'ils étaient arrivés à la tente, le magicien de Crydee avait réussi à esquisser vaguement ce qui était arrivé. Il finissait d'exposer son opinion aux gens qui se trouvaient là.

« Il semblerait donc, dit Kulgan, que Macros voulait fermer la faille. Les derniers événements montrent qu'il a trompé tout le monde pour pouvoir atteindre son but. »

Lyam était assis, Arutha et Tully à ses côtés. « Je ne comprends toujours pas ce qui l'a poussé à prendre de si graves mesures. Les combats d'aujourd'hui ont coûté la vie de plus de deux mille hommes. »

Pug prit la parole. « J'imagine que nous trouverons réponse à cela ainsi qu'à d'autres questions sur son île. Pour l'instant, je ne crois pas que nous puissions en avoir la moindre idée. »

Lyam soupira. Il dit à Tomas : « Au moins, me voilà maintenant convaincu que vous avez agi en toute bonne foi. Je préfère cela. Il m'aurait été difficile de vous tenir pour responsable de ce carnage. »

Tomas avait un verre à la main et il but. « Je préfère moi aussi que nous n'ayons pas de raison de nous en vouloir. Mais je me sens frustré par cette affaire.

— Nous aussi », ajoutèrent Harthorn et Dolgan.

Calin dit : « Il est probable que nous ayons tous joué un rôle dans le plan de Macros. Peut-être, comme le dit Pug, allons-nous apprendre la vérité sur l'île du Sorcier, mais quant à moi, ces histoires me déplaisent. »

Lyam jeta un coup d'œil à Kasumi qui restait raide sur sa chaise, les yeux fixés droit devant lui, visiblement oublieux de ce qui se disait autour de lui. « Kasumi, dit Lyam, que dois-je faire de vous et de vos hommes ? »

Les yeux de Kasumi s'animèrent à la mention de son nom. Il dit : « Votre altesse, je connais certaines de vos coutumes, car Laurie m'a appris beaucoup de choses. Mais je suis toujours tsurani. Chez nous, les officiers seraient mis à mort et les hommes placés en esclavage. Je ne puis vous conseiller en cela. Je ne sais pas de quelle manière vous traitez habituellement les prisonniers de guerre dans votre monde. »

Son ton était plat, sans émotion. Lyam s'apprêta à dire quelque chose, mais Pug lui fit signe de se taire. Le magicien voulait dire quelque chose. « Kasumi ?

— Oui, Très Puissant ? » Tomas sembla surpris du titre honorifique, mais il ne dit rien. Les deux amis d'enfance n'avaient eu que très peu de temps pour échanger leurs histoires en rentrant au camp.

« Qu'auriez-vous fait si vous ne vous étiez pas rendu au prince ?

— Nous nous serions battus jusqu'à la mort, Très Puissant. »

Pug approuva de la tête. « Je comprends. Alors vous êtes responsable d'avoir préservé les vies de presque quatre mille de vos hommes ? Et de milliers d'autres soldats du royaume ? »

L'expression de Kasumi s'adoucit, révélant sa honte. « J'ai vécu parmi votre peuple, Très Puissant. Il se peut que j'aie oublié mon entraînement de Tsurani. J'ai amené le déshonneur sur ma maison. Quand le prince aura disposé de mes hommes, je demanderai la permission de mettre fin à ma propre vie, bien qu'il trouve peut-être que cela soit un honneur trop grand à accorder. »

Brucal et les autres ne cachèrent pas leur étonnement. Lyam resta impassible et dit simplement : « Vous n'avez rien fait de déshonorant. Vous n'auriez soutenu aucune cause en mourant. Il a cessé d'y en avoir une au moment où la faille a été détruite. »

Kasumi dit : « Ce sont nos coutumes. »

Lyam répondit : « Plus maintenant. Ce monde est maintenant le vôtre, car vous n'en avez pas d'autre. Ce que Kulgan et Pug ont dit sur les failles montre qu'il est peu probable que vous retourniez un jour en Tsuranuanni. Vous resterez ici et j'ai bien l'intention de tourner cela à notre avantage à tous. »

Une faible lueur d'espoir s'alluma dans les yeux de Kasumi. L'héritier du trône se tourna vers monseigneur Brucal et dit : « Monseigneur duc de Yabon. Comment trouvez-vous les soldats tsurani ? »

Le vieux duc sourit. « Ils sont parmi les meilleurs que j'aie jamais rencontrés. » Kasumi se rengorgea à cette remarque. « Ils sont aussi féroces que la Fraternité des Ténèbres et sont de nature plus noble. Ils sont aussi disciplinés que les soldats de Kesh et ont la résistance des rangers du Natal. Essentiellement, ce sont sans conteste d'excellents soldats.

— Une telle armée ne pourrait-elle pas assurer la sécurité de nos frontières nord plutôt troublées ? »

Brucal sourit. « La garnison de LaMut a été parmi les plus touchées pendant la guerre. Ils feraient d'excellents renforts. »

Le comte de LaMut abonda dans ce sens. Lyam se tourna vers Kasumi. « Mettriez-vous fin à votre vie si vos hommes pouvaient rester des soldats libres ? »

Le fils des Shinzawai répondit : « Comment est-ce possible, votre altesse ?

— Si vous et vos hommes faites serment de loyauté envers la couronne, je vous placerai sous le commandement du comte de LaMut. Vous serez des hommes libres et des citoyens du royaume et vous aurez pour charge de défendre nos frontières nord contre les ennemis de l'humanité qui vivent dans les terres du Nord. »

Kasumi resta assis en silence, ne sachant que dire. Laurie s'approcha de Kasumi et dit : « Ce n'est pas déshonorant. »

Kasumi était visiblement soulagé. « J'accepte et je suis sûr que mes hommes l'accepteront aussi. » Il se tut un moment, puis ajouta : « Nous sommes venus pour servir de garde d'honneur à l'empereur. D'après ce que je vous ai entendus dire, nous avons été utilisés par ce sorcier autant que vous. Je ne voudrais pas que du sang coule encore à cause de lui. Que votre altesse en soit remerciée. »

Monseigneur Vandros dit : « Je pense qu'un rang de chevalier capitaine correspondrait à une personne en charge de près de quatre mille hommes. Êtes-vous d'accord avec moi, monseigneur duc ? » Brucal approuva et Vandros dit : « Venez, capitaine, nous allons discuter avec votre nouvelle armée. »

Kasumi se leva, s'inclina devant Lyam et partit avec le comte de LaMut. Arutha toucha l'épaule de son frère. Lyam tourna la tête et le prince dit : « Assez d'affaires d'État pour aujourd'hui. Il est temps de célébrer la fin de la guerre. »

Lyam sourit. « Juste. » Il se tourna vers Pug. « Magicien, allez donc chercher votre charmante femme et votre adorable fils. J'ai quelques affaires de famille et de foyer à régler. »

Tomas regarda Pug. « Une femme ? Un fils ? Qu'est-ce que c'est que cette histoire ? »

Pug éclata de rire. « Nous avons beaucoup de choses à nous dire. Nous pourrons rattraper le temps perdu quand je serai allé chercher ma famille. »

Il se fraya un chemin jusqu'à sa tente, où Katala racontait une histoire à William. Ils lui sautèrent tous les deux au cou, car ils ne l'avaient pas vu depuis son retour. Il avait envoyé un soldat annoncer qu'il allait bien, mais qu'il avait des affaires à traiter avec le prince.

« Katala, Lyam voudrait que nous le rejoignions pour le dîner. »

William tira sur la robe de son père. « Je veux venir moi aussi, papa. »

Pug prit son fils dans ses bras. « Toi aussi, William. »

La fête dans la tente fut plus calme que celle qui se déroulait à l'extérieur. Mais Laurie les avait régalés de ballades et ils s'étaient réjouis d'avoir enfin retrouvé la paix. La nourriture du camp était la même qu'auparavant, mais ils avaient l'impression qu'elle avait meilleur goût. Une grande quantité de vin avait contribué à les mettre d'humeur joyeuse.

Lyam avait une coupe de vin à la main. Autour de la tente, les autres discutaient calmement. L'héritier était un peu ivre et personne ne lui en voulut de se détendre un peu, vu ce qu'il avait enduré pendant le mois écoulé. Kulgan, Tully et Arutha, qui étaient ceux qui le connaissaient le mieux, savaient que Lyam pensait à son père qui, sans une flèche tsurani, aurait été ici avec eux. Avec toute les responsabilités, tout d'abord la guerre, puis la succession, qui lui étaient retombées sur les épaules, Lyam n'avait pas trouvé le temps de pleurer son père comme l'avait fait son frère. Il se rendait compte seulement maintenant qu'il l'avait perdu.

Tully se leva. D'une voix forte, il dit : « Je suis fatigué, votre altesse. Me donnerez-vous la permission de me retirer ? »

Lyam sourit à son ancien professeur. « Bien entendu. Bonne nuit, Tully. »

Les autres dans la tente suivirent rapidement son exemple et prirent congé de l'héritier. À l'extérieur du pavillon, les invités se souhaitèrent bonne nuit. Laurie, Kulgan, Meecham et les nains partirent eux aussi, laissant Pug et sa famille avec Calin et Tomas.

Les amis d'enfance avaient passé la soirée à se raconter ce qui leur était arrivé ces neuf dernières années. Ils étaient chacun également impressionnés par l'histoire de l'autre. Pug avait exprimé un certain intérêt pour la magie du seigneur dragon, tout comme Kulgan. Ils assurèrent qu'ils visiteraient volontiers un jour le hall du Dragon. Dolgan leur dit qu'il accepterait de les y conduire s'ils le voulaient.

L'amitié retrouvée réconfortait les deux jeunes gens, même s'ils savaient qu'elle n'était plus tout à fait la même qu'auparavant, car ils avaient vécu de grands changements. L'armure du dragon et la robe noire, autant que la présence de William et de Katala, en étaient les signes visibles.

Katala avait trouvé les elfes et les nains fascinants — William avait quant à lui tout trouvé fascinant, en particulier les nains et maintenant il dormait dans les bras de sa mère. Elle ne savait que penser de Tomas. Il ressemblait beaucoup à Calin, mais il ressemblait aussi beaucoup aux hommes du camp.

Tomas regarda le garçon endormi. « Il ressemble à sa mère, mais il y a assez du démon en lui pour me rappeler un autre garçon que j'ai connu. »

Pug sourit. « Sa vie sera plus calme, j'espère. »

Arutha quitta la tente de son frère et vint les rejoindre. Il se mit entre les deux garçons qui avaient chevauché en sa compagnie jusqu'aux mines de Mac Mordain Cadal si longtemps auparavant. « Je ne devrais sans doute pas dire cela, mais il y a des années — vous vous souvenez, Calin, la première fois où vous êtes venu voir mon père — on a entendu deux garçons en grande conversation qui se chamaillaient dans une charrette de foin. »

Tomas et Pug regardèrent le prince sans comprendre. « Vous ne vous en souvenez donc pas ? demanda Arutha. Il y avait un blond aux côtes saillantes assis sur un plus petit, qui l'assurait qu'un jour il deviendrait un grand héros et qu'on l'accueillerait à bras ouverts à Elvandar. »

Pug et Tomas éclatèrent de rire de concert. « Je m'en souviens, dit Pug.

— Et l'autre a promis qu'il deviendrait le plus grand magicien du royaume. »

Katala dit : « Peut-être que William aussi va réaliser son rêve quand il deviendra grand. »

Arutha sourit, une lueur malicieuse dans les yeux. « Alors surveillez-le de près. Nous avons eu une longue discussion avant qu'il ne parte dormir et il m'a dit que quand il serait grand, il voudrait devenir un nain. » Tout le monde éclata de rire, sauf Katala, qui regarda son fils un moment d'un air inquiet, puis elle se mit à rire aussi.

Arutha et Calin souhaitèrent bonne nuit aux autres et Tomas dit : « Moi aussi, je vais au lit. »

Pug dit : « Tu viens à Rillanon avec nous ?

— Non, je ne pourrai pas. Je vais rester avec ma dame. Mais quand l'enfant sera né, il faudra qu'on t'invite, il va y avoir une grande fête. » Il promit de venir. Tomas ajouta : « Nous allons repartir chez nous au matin. Les nains vont rentrer dans leurs villages, car ils ont beaucoup à faire là-bas. Cela fait bien longtemps qu'ils n'ont pas vu leur famille. Et avec le retour du marteau de Tholin, on parle d'une controverse, ils voudraient nommer Dolgan roi de l'Ouest. » Il dit en baissant la voix : « Mais mon vieil ami se servira probablement de ce marteau pour pulvériser le crâne du premier nain qui osera suggérer ouvertement cela en sa présence. » Il mit la main sur l'épaule de Pug et dit : « Il est bon que nous ayons tous deux réussi à nous sortir de tout cela. Même au plus fort de mon étrange folie, je ne t'ai jamais oublié. »

Pug dit : « Moi non plus, je ne t'ai jamais oublié, Tomas.

— Quand tu auras résolu ce mystère sur l'île du Sorcier, tu me préviendras, je peux te faire confiance ? »

Pug dit que oui. Ils s'étreignirent en se disant au revoir et Tomas s'en alla. Il s'arrêta et jeta un coup d'œil en arrière, une lueur enfantine dans les yeux. « Malgré tout, j'aurais bien aimé être là quand tu retrouveras Carline avec une femme et un fils à ta charge. »

Pug rougit, car la perspective de ces retrouvailles le mettait mal à l'aise. Il fit de grands signes à Tomas qui s'éloignait, puis il vit Katala qui le regardait d'un air déterminé. Sur un ton calme et mesuré, elle demanda : « Qui est Carline ? »

Lyam leva les yeux quand Arutha entra dans la tente de commandement. Le frère cadet dit : « Je croyais que tu t'étais retiré. Tu es épuisé.

— J'avais besoin d'un peu de temps pour réfléchir, Arutha. Je n'ai pas eu beaucoup l'occasion d'être seul et je voulais remettre des choses en ordre. » Sa voix était fatiguée et inquiète.

Arutha s'assit à côté de son frère. « Quel genre de choses ?

— Cette guerre, père, toi, moi... — il pensa à Martin —, d'autres choses... Arutha, je ne sais pas si je peux être roi. »

Arutha leva légèrement les sourcils. « Tu n'as pas vraiment le choix, Lyam. Tu seras roi, alors prends-en ton parti.

— Je pourrais refuser la couronne en faveur de mon frère, dit lentement Lyam, comme Erland y a renoncé en faveur de Rodric.

— Et on voit à quel genre de salades ça nous a menés. Si tu veux une guerre civile, c'est le meilleur moyen d'y arriver. Le royaume ne peut se permettre qu'il y ait débat au sein du congrès des Seigneurs. Il y a trop de blessures à réparer entre l'Est et l'Ouest. Et du Bas-Tyra est toujours dans la nature. »

Lyam soupira. « Tu ferais un meilleur roi que moi, Arutha. »

Arutha éclata de rire. « Moi ? Je suis déjà assez mal à l'aise à l'idée de devenir prince de Krondor. Écoute, Lyam, quand nous étions petits, je t'enviais l'affection que les gens te portaient si spontanément. Les gens t'ont toujours préféré à moi. Quand j'ai grandi, je me suis rendu compte que ce n'était pas parce que je déplaisais, c'était simplement qu'il y avait quelque chose en toi qui faisait que les gens t'appréciaient et te faisaient confiance. C'est une bonne qualité pour un roi. Je ne t'ai jamais envié le fait qu'un jour tu prennes la succession de père pour le duché et je ne t'envie pas ta couronne. Une fois, je me suis dit qu'après la guerre, je prendrais un peu de temps pour voyager, mais maintenant, ça ne sera plus possible, car il va falloir que je dirige Krondor. Alors n'essaye pas d'ajouter la charge du royaume sur mes épaules. Je la refuserais.

— Mais tu ferais quand même un meilleur roi. » Lyam planta ses yeux dans ceux d'Arutha et soutint son regard.

Arutha se tut, fronça les sourcils, puis il fixa son frère d'un air sceptique. « Peut-être, mais c'est toi qui deviendras roi et j'espère que tu le resteras un bon bout de temps. » Il se leva en s'étirant. « Je vais au lit. La journée a été longue et difficile. » En retournant vers l'entrée de la tente, il dit : « Rassure-toi, Lyam. Tu feras un bon dirigeant. Caldric te conseillera et les autres aussi : Kulgan, Tully et Pug. Tu nous guideras sur la voie de la reconstruction. »

Lyam dit : « Arutha, avant que tu ne partes... » Arutha attendit que Lyam se décide. « Je voudrais que tu ailles à l'île du Sorcier avec Pug et Kulgan. Tu y avais été la première fois et j'aimerais ton avis sur ce qu'on va trouver là-bas. » Arutha, mécontent, voulut émettre une objection. Lyam lui coupa la parole. « Je sais que tu veux aller à Krondor, mais cela ne prendra que quelques jours. Il y aura douze jours entre le moment où nous arriverons à Rillanon et le couronnement, amplement le temps pour toi de nous rejoindre. »

Arutha voulut encore une fois émettre une objection, puis avec un sourire en coin, il accepta. « Crois en toi, Lyam. Si je refuse la couronne, c'est à toi de la porter. » En sortant de la tente, il ajouta en riant : « Il n'y a pas d'autre frère qui puisse la réclamer. »

Lyam resta seul, sirotant son vin d'un air absent. Il poussa de nouveau un long soupir et dit tout haut, juste pour lui-même : « Il y en a un autre, Arutha, et que les dieux me viennent en aide dans la décision que je vais devoir prendre. »

CHAPITRE 15

Le vaisseau jeta l'ancre.

L'équipage attacha soigneusement les voiles et le groupe qui devait descendre à terre se prépara. Meecham observa les préparatifs de la chaloupe. Les magiciens avaient hâte d'arriver au château de Macros, car ils se posaient plus de questions que les autres. Arutha était curieux, lui aussi, maintenant qu'il s'était résigné au voyage. D'un autre côté, il se sentait soulagé de n'avoir pas à prendre part à la longue procession funéraire qu'ils avaient quittée à Ylith, lorsqu'ils étaient partis en bateau. Il avait déjà enfoui la tristesse de la mort de son père loin en lui et il s'en occuperait le moment venu. Laurie était resté avec Kasumi pour aider les soldats tsurani à s'intégrer à la garnison de LaMut et il les rejoindrait plus tard à Rillanon.

Lyam et ses nobles étaient partis en navire pour Krondor, escortant les corps de Borric et de Rodric. Ils y retrouveraient Anita et Carline, puis tous feraient une grande procession mortuaire jusqu'à Rillanon, où l'on placerait les morts en compagnie de leurs ancêtres. Après le deuil traditionnel de douze jours, Lyam serait couronné roi. À ce moment-là, tous ceux qui voulaient assister au couronnement auraient eu le loisir de se rassembler à Rillanon. Pug et Kulgan auraient largement le temps de terminer leur travail et d'arriver à la capitale.

La chaloupe fut prête et Arutha, Pug et Kulgan rejoignirent Meecham. On la fit descendre et six gardes se mirent à ramer.

Les marins s'étaient sentis nettement soulagés de ne pas avoir à accompagner ces gens à terre, car malgré les assurances des magiciens, ils n'avaient aucune envie de mettre le pied sur l'île du Sorcier.

On tira le bateau sur la plage et les passagers sortirent. Arutha regarda autour de lui. « Il n'y a visiblement pas eu beaucoup de changements depuis la dernière fois. »

Kulgan s'étira. Sa cabine sur le vaisseau était toute petite et il appréciait de fouler à nouveau la terre ferme. « Le contraire m'eût étonné. Macros était du genre à garder sa maison en ordre, je crois. »

Arutha se tourna et dit : « Vous six, vous resterez ici. Si vous nous entendez crier, accourez. » Le prince commença à gravir le sentier en pente et les autres le suivirent sans rien dire. Ils arrivèrent à l'endroit de la bifurcation et Arutha dit : « Nous venons en invités. Je me suis dit qu'il valait mieux ne pas ressembler à des envahisseurs. »

Kulgan ne dit rien, trop occupé à regarder le château dont ils s'approchaient. L'étrange lumière bleue qu'ils avaient vue la dernière fois qu'ils avaient visité l'île ne brillait maintenant plus à la fenêtre de la haute tour. Le château semblait désert, sans un bruit, sans un mouvement. Le pont-levis était abaissé et la herse relevée. Meecham fit remarquer : « Au moins, nous n'aurons pas à prendre les lieux d'assaut. »

Quand ils arrivèrent au bord du pont-levis, ils firent halte. Le château s'élevait devant eux, inquiétant, avec ses hautes murailles, ses tours plus hautes encore. Il était fait d'une pierre noire qu'ils ne connaissaient pas. Autour de la grande arche qui défendait le pont, des sculptures tortueuses de créatures étranges les regardaient de leurs yeux fixes. Des bêtes ailées et cornues perchées sur les hauteurs, qui semblaient comme figées en plein mouvement tant elles étaient réalistes.

Ils mirent pied sur le pont et traversèrent la profonde faille qui séparait le château du reste de l'île. Meecham regarda en bas et vit que l'à-pic rocheux du ravin s'enfonçait jusque dans la mer et que les vagues venaient battre directement en bas, dans l'étroit goulet qui séparait les deux falaises. « C'est bien mieux fait que la plupart des douves que je connais. On y réfléchirait à deux fois avant de traverser un truc pareil en se faisant tirer dessus du haut des murailles. »

Ils entrèrent dans la cour et regardèrent autour d'eux, comme s'ils s'attendaient à tout moment à voir quelqu'un apparaître à l'une des nombreuses portes. Il n'y avait aucun signe de vie, mais le sol autour du donjon central était bien entretenu.

Comme personne n'arrivait, Pug dit : « J'imagine que nous trouverons ce que nous cherchons dans le donjon. » Les autres s'approchèrent avec lui du large escalier qui menait aux portes. Lorsqu'ils montèrent les marches, les portes commencèrent à s'ouvrir et ils virent une silhouette à l'intérieur, debout dans l'ombre. Les portes finirent de s'ouvrir en heurtant bruyamment les murs du donjon et la silhouette s'avança dans la lumière.

Meecham tira l'épée sans même y penser, car la créature qui se tenait devant eux ressemblait fortement à un gobelin. Après un bref examen, Meecham rengaina son arme : la créature n'avait fait aucun geste menaçant, elle les attendait simplement en haut des marches.

Elle était plus grande que les gobelins habituels, presque aussi grande que Meecham. Les arcades sourcilières étaient nettement proéminentes et elle avait un gros nez au milieu du visage, mais ses traits étaient plus fins que ceux d'un gobelin. Deux yeux noirs étincelants les regardèrent monter. Quand ils arrivèrent à son niveau, la créature découvrit ses dents, pour sourire. Sa tête était couverte d'une épaisse tignasse de cheveux noirs et sa peau avait la même teinte verdâtre que celle des gobelins, mais elle n'avait pas les épaules voûtées comme un gobelin et se tenait bien droite, presque comme un homme. Elle portait une tunique et un pantalon de bonne coupe, tous deux vert vif. Aux pieds elle avait une paire de bottes noires cirées, qui lui arrivaient pratiquement aux genoux.

La créature dit en souriant : « Bienvenue, maîtres, bienvenue. Je me nomme Gathis et j'ai l'honneur d'être votre hôte en l'absence de mon maître. » Sa voix était un peu sifflante.

Kulgan dit : « Votre maître est Macros le Noir ?

— Bien entendu. Il en a toujours été ainsi. Je vous en prie, entrez. »

Les quatre hommes accompagnèrent Gathis dans le grand hall d'entrée et s'arrêtèrent pour regarder autour d'eux. À l'exception de l'absence de personnel et des bannières habituelles, cette salle ressemblait beaucoup au hall d'entrée du château de Crydee.

« Mon maître m'a laissé des instructions spécifiques pour votre visite, en tout cas tout ce qu'il a pu en prévoir, j'ai donc préparé le château pour votre venue. Désirez-vous quelques rafraîchissements ? Il y a de la nourriture et du vin pour vous. »

Kulgan secoua la tête. Il ne savait pas à qui il avait affaire et il ne se sentait pas très à l'aise en compagnie d'une créature qui ressemblait tant à un serviteur de la Confrérie des Ténèbres. « Macros nous a dit qu'il y aurait un message. J'aimerais le voir tout de suite. »

Gathis inclina légèrement la tête. « Comme vous voudrez. Venez avec moi, je vous prie. »

Il les conduisit par une série de couloirs jusqu'à une volée de marches qui s'élevait en colimaçon dans la grande tour. Il montèrent et arrivèrent finalement devant une porte fermée. « Mon maître m'a dit que vous seriez capables d'ouvrir cette porte. Il a précisé que si vous n'y arriviez pas, c'est que vous seriez des imposteurs et alors je devrais me débarrasser de vous sans ménagement. »

À ces mots, Meecham empoigna son épée, mais Pug mit la main sur le bras du géant. « Depuis que la faille est refermée, j'ai perdu la moitié de mon pouvoir, celle que je tirais de Kelewan, mais cette porte ne devrait pas constituer un réel obstacle pour moi. »

Pug se concentra pour ouvrir la porte. Au lieu de s'ouvrir normalement, la porte se modifia. Le bois sembla devenir fluide et s'animer pour former quelque chose à sa surface. Il s'agissait d'une sorte de bas-relief, qui ressemblait légèrement à Macros. Il semblait vivant, aucun détail ne manquait et il semblait endormi. Les paupières s'ouvrirent et ses yeux brillèrent, le noir se découpant nettement sur le blanc. Les lèvres bougèrent et une voix puissante et profonde en sortit, demandant dans un tsurani parfait : « Quel est le devoir premier ? »

Sans réfléchir, Pug répondit : « Servir l'empire. »

Le visage se fondit dans la porte et quand il n'y en n'eut plus de traces, la porte s'ouvrit. Ils entrèrent et se retrouvèrent dans le bureau de Macros le Noir, une grande pièce qui occupait tout le dernier étage de la tour.

Gathis dit : « Je présume que j'ai l'honneur d'avoir pour invités maîtres Kulgan, Pug et Meecham ? » Puis il observa le quatrième membre de leur groupe. « Et vous devez être le prince Arutha ? » Ils acquiescèrent. Gathis reprit : « Mon maître n'était pas certain que votre altesse viendrait, mais il m'avait dit que ce serait probablement le cas. Il était sûr que les trois autres gentilshommes seraient là. » Il montra la pièce d'un geste large. « Tout ce qui se trouve ici sous vos yeux est à votre disposition. Si vous voulez bien m'excuser, je vais revenir avec votre message ainsi que quelques rafraîchissements. »

Gathis s'en alla et ils regardèrent tous les quatre ce que contenait la pièce. À l'exception d'un mur nu duquel on avait dû récemment enlever une bibliothèque ou un placard, la pièce entière était tapissée de grandes étagères qui allaient du sol au plafond, lourdement chargées de livres et de parchemins. Pug et Kulgan étaient presque paralysés par la masse de tous ces écrits, incapables de choisir par où commencer leurs investigations.

Arutha résolut le problème en s'approchant d'une étagère où se trouvait un parchemin fermé d'un ruban rouge. Il le descendit et l'étala sur la table ronde au centre de la pièce. Un rayon de soleil tomba de l'unique grande fenêtre sur le parchemin au moment où il le déroula.

Kulgan s'approcha pour voir ce qu'il venait de trouver. « C'est une carte de Midkemia ! »

Pug et Meecham vinrent regarder derrière Kulgan et Arutha. « Et quelle carte ! s'exclama le prince Arutha. Je n'en ai jamais vu de pareille. » Il désigna un point dans une grande masse de terre au centre. « Regardez ! Voilà le royaume. » Sur cette petite partie de la carte, étaient inscrits les mots Royaume des Isles. En dessous, se trouvaient les immenses frontières de l'empire de Kesh la Grande. Au sud de l'empire on voyait clairement les États de la confédération Keshiane.

« À ma connaissance, dit Kulgan, peu de gens du royaume se sont aventurés dans la confédération. Les seules choses que nous en sachions nous sont parvenues par l'intermédiaire de l'empire et par quelques-uns de nos capitaines les plus aventureux qui ont visité certains de leurs ports. Nous en connaissons à peine les noms et nous ne savons rien d'autre d'eux. »

Pug dit : « Voilà qu'en un instant, nous venons d'apprendre énormément de choses sur notre monde. Regardez comme le royaume est minuscule par rapport au continent. » Il montra les étendues gigantesques des terres du Nord au nord du royaume et l'immense superficie qui descendait sous la confédération. Le continent lui-même portait le nom de Triagia.

Kulgan dit : « Il semble que Midkemia soit bien plus grand que dans nos rêves les plus fous. » Il montra d'autres masses de terre de l'autre côté de la mer. Elles se nommaient Wiñet et Novindus. Dessus, on voyait des villes, les frontières des États. Il y avait aussi deux grandes chaînes d'îles, dont beaucoup portaient des indications de villes. Kulgan secoua la tête. « Il y a eu des rumeurs sur des marchands venus de terres très lointaines, qui se seraient aventurés dans les ports de la confédération Keshiane, ou qui auraient traité avec les pirates des îles du Couchant, mais ce n'étaient que des rumeurs. Il n'est pas très étonnant que nous n'ayons jamais entendu parler de ces endroits. Il faudrait un capitaine intrépide pour mettre le cap sur des ports si lointains. »

Le retour de Gathis les sortit de leurs réflexions. Il portait un plateau avec une carafe et quatre verres de vin. « Mon maître m'a dit de vous dire que vous pourrez profiter de son hospitalité aussi longtemps que vous le désirerez. » Il posa le plateau sur la table et versa du vin dans les verres. Puis il sortit un parchemin de sa tunique et le tendit à Kulgan. « Il m'a demandé de vous donner ceci. Je vais me retirer le temps que vous réfléchissiez au message de mon maître. Si vous avez besoin de moi, prononcez mon nom et je reviendrai promptement. » Il s'inclina légèrement et sortit.

Kulgan regarda le parchemin. Il était scellé de cire noire, avec la lettre M. Il brisa le sceau et déroula le parchemin. Il commença à lire pour lui-même, puis dit : « Asseyons-nous. »

Pug enroula la grande carte et la repoussa de côté, puis il revint à la table où se trouvaient les autres. Il tira une chaise et attendit avec Meecham et Arutha que Kulgan finisse de lire. Kulgan secoua lentement la tête. « Écoutez », dit-il. Et il commença à lire à haute voix.

« Aux magiciens Kulgan et Pug, salutations. J'ai anticipé quelques-unes de vos questions et me suis mis en devoir d'y répondre de mon mieux. Je crains que d'autres ne restent sans réponse, car bien des choses sur moi-même ne doivent être connues que de moi. Je ne suis pas ce que les Tsurani appelleraient un Très Puissant, même si j'ai déjà visité leur monde, comme Pug le sait déjà, en plusieurs occasions. Ma magie m'est propre et ne correspond pas aux descriptions en termes de haute magie et de magie mineure. Disons que je suis éclectique.

« Je me vois comme un serviteur des dieux, mais ce n'est peut-être que de la vanité. Quoi qu'il en soit, j'ai voyagé en de nombreux pays et j'ai servi de nombreuses causes.

« Je ne vous dirai pas grand-chose de mes débuts. Je ne suis pas de ce monde, car je suis né sur une terre très loin d'ici, dans l'espace comme dans le temps. Pour des raisons que je ne comprends pas, j'ai vécu pendant des millénaires, alors que mon peuple est mortel comme le vôtre. Il se peut que mon intérêt pour la pratique des arts magiques m'ait conféré sans le faire exprès cette quasi-immortalité, ou peut-être est-ce un don — ou une malédiction — des dieux.

« Depuis que je suis devenu un sorcier, j'ai été condamné à connaître mon propre avenir, comme les autres connaissent leur passé. Je n'ai jamais reculé devant ce que je savais devoir affronter, même si bien souvent je l'aurais voulu. J'ai servi de grands rois comme de simples paysans. J'ai vécu dans les plus grandes villes comme dans les huttes les plus rudimentaires. Souvent, j'ai compris les raisons pour lesquelles je faisais certaines choses, parfois non, mais toujours j'ai suivi la voie qui m'était dictée. »

Kulgan s'arrêta un moment. « Cela nous explique comment il pouvait en savoir autant. » Il reprit sa lecture.

« De toutes mes tâches, le rôle que j'ai joué dans la guerre de la faille m'aura été la plus difficile. Jamais je n'avais ressenti une telle envie de me détourner de ce que je devais faire. Jamais je n'avais été responsable de la perte d'autant de vies et je pleure pour eux bien plus que vous ne l'imaginez. Mais tout en sachant ma "traîtrise", considérez ma situation.

« Je n'étais pas capable de refermer la faille sans l'aide de Pug. Il fallait que la guerre continue le temps qu'il apprenne son art à Kelewan. En regard du prix terrible que vous avez payé, réfléchissez à ce que vous avez gagné. Il y a maintenant à Midkemia quelqu'un qui pratique le Grand Art, celui qui fut perdu lors de l'avènement de l'homme durant les guerres du Chaos. L'histoire seule pourra dire quels profits en seront tirés, mais je crois que cela vaudra la peine.

« Quant au fait de refermer la faille alors que la paix était à portée de main, je puis juste dire que c'était une chose vitale. Les Très Puissants Tsurani avaient oublié que l'Ennemi était capable de détecter les failles. » Kulgan leva les yeux, surpris. « L'Ennemi ? Pug, ceci se réfère à quelque chose qu'il faudrait que tu nous expliques. »

Pug leur parla rapidement du peu qu'il savait du légendaire Ennemi. Arutha demanda : « Un être aussi terrible peut-il vraiment exister ? » Il semblait avoir du mal à le croire.

Pug dit : « Le fait qu'il ait existé ne fait aucun doute et qu'un être d'un tel pouvoir ait survécu au temps n'est pas inimaginable. Mais je n'aurais jamais pensé que Macros avait fait tout cela pour cette raison. Personne dans l'Assemblée n'en aurait même rêvé. C'est incroyable. »

Kulgan reprit. « Pour lui, la faille est comme un phare, qui attire cette terrible entité au travers de l'espace-temps. Peut-être aurait-il fallu encore des années avant qu'il apparaisse, mais dès qu'il serait arrivé, tous les pouvoirs de votre monde auraient eu beaucoup de mal à le déloger de Midkemia, peut-être n'y auraient-ils pas suffi. Il fallait refermer la faille. Les raisons pour lesquelles j'ai choisi de le faire au prix de tant de vies devraient vous être claires. »

Pug l'interrompit. « Que veut-il dire par "devraient vous être claires" ? »

Kulgan dit : « Macros, visiblement, était surtout quelqu'un qui connaissait parfaitement la nature humaine. Seul, aurait-il pu convaincre et le roi et l'empereur de refermer la faille, alors qu'ils avaient tous deux tant à gagner à la garder ouverte ? Peut-être et peut-être pas, mais de toute manière ils auraient eu la tentation bien trop humaine de la garder "juste un tout petit peu plus longtemps". Je pense qu'il le savait et que c'est pour ça qu'il a fait en sorte que nous n'ayons pas le choix. » Kulgan reprit le parchemin. « Quant à ce qui va arriver maintenant, je ne saurais le dire. Ma vision du futur se termine avec l'explosion de la faille. Que ce soit, finalement, ma dernière heure ou simplement le début d'une nouvelle existence pour moi, je l'ignore. Dans l'éventualité où vous assistiez à ma mort, j'ai décidé de faire les choses suivantes. Toutes mes recherches, à quelques exceptions près, sont contenues dans cette pièce. Servez-vous-en pour parfaire la haute magie et la magie mineure. Je désire que vous preniez possession des livres, parchemins et volumes contenus ici et que vous les utilisiez à cette fin. Une nouvelle ère la magie commence pour le royaume et j'aimerais que d'autres bénéficient de mes travaux. Je laisse ce nouvel âge entre vos mains. »

« Et c'est signé : Macros. »

Kulgan reposa le parchemin sur la table. Pug dit : « L'une des dernières choses qu'il m'ait dites, c'est qu'il aurait voulu que l'on se souvienne de lui en bien. »

Ils restèrent silencieux un moment, puis Kulgan appela : « Gathis ! »

Quelques secondes plus tard, la créature apparut dans l'embrasure de la porte. « Oui, maître Kulgan ?

— Sais-tu ce qui est écrit sur ce parchemin ?

— Oui, maître Kulgan. Mon maître m'a donné des instructions très explicites. Il s'est assuré que nous comprenions exactement ce qu'il voulait que nous fassions.

— Nous ? » interrogea Arutha.

Gathis fit de nouveau son sourire plein de dents. « Je ne suis que l'un des serviteurs de mon maître. Les autres ont reçu pour instruction de rester hors de votre vue, car il craignait que leur présence ne vous dérange. Mon maître n'avait pas les mêmes préjugés que les hommes et il se contentait de juger chaque créature selon ses propres mérites.

— Qu'est-ce que vous êtes, exactement ? demanda Pug.

— Je suis d'une race apparentée aux gobelins, comme les elfes peuvent l'être à la Confrérie des Ténèbres. Notre race était ancienne et nous avons péri presque tous, longtemps avant que les humains ne viennent sur la Triste Mer. Ceux qui restaient de notre peuple ont été emmenés ici par Macros et je suis le dernier d'entre eux. »

Kulgan observa la créature. Malgré son apparence, il y avait quelque chose en elle qu'il appréciait. « Qu'allez-vous faire maintenant ?

— Je vais attendre ici le retour de mon maître et garder sa maison en ordre.

— Vous vous attendez à ce qu'il revienne ? demanda Pug.

— C'est très probable. Dans un jour, ou un an, ou un siècle. Cela n'a pas d'importance. Tout sera prêt pour lui s'il revient.

— Et s'il est mort ? demanda Arutha.

— Dans ce cas, je vieillirai et je mourrai en l'attendant, mais je ne pense pas. J'ai servi le Noir pendant très longtemps. Entre nous, il y a... comme une entente. S'il était mort, je pense que je le saurais. Il est seulement... absent. Même s'il est mort, il est possible qu'il revienne. Le temps n'est pas le même pour mon maître que pour les autres hommes. Je suis satisfait d'attendre. »

Pug réfléchit. « Il doit réellement être le maître de toutes les magies. »

Le sourire de Gathis s'élargit. « Cela le ferait beaucoup rire, maître. Il se plaignait toujours qu'il y ait tant de choses à apprendre et si peu de temps pour apprendre. Et c'était un homme qui avait vécu d'innombrables années. »

Kulgan dit, en se levant de sa chaise : « Il va nous falloir aller chercher des hommes pour ramener tout cela au navire. »

Gathis dit : « Ne vous inquiétez pas, maître. Retirez-vous sur votre navire quand vous serez prêt. Laissez deux chaloupes sur la plage de la crique. Aux premières lueurs du jour suivant, vous trouverez tout à bord, soigneusement empaqueté. »

Kulgan acquiesça. « Très bien. Alors nous allons commencer tout de suite à cataloguer tous ces ouvrages avant de les déplacer. »

Gathis alla à une étagère et il en revint avec un rouleau de parchemin à la main. « Comme je m'attendais à ce que vous en ayez besoin, maître, j'ai préparé la liste de toutes les œuvres qui se trouvent ici. »

Kulgan déroula le parchemin et commença à lire l'inventaire des travaux. Ses yeux s'écarquillèrent. « Écoutez, dit-il sur un ton tout excité. Il y a une copie des *Espoirs sur la transformation de la matière* de Vitalus, ici. » Ses yeux s'arrondirent davantage. « Et la *Recherche temporelle* de Spandric. On croyait cet ouvrage perdu depuis un siècle ! » Il regarda les autres, émerveillé. « Et des centaines de volumes avec le nom de Macros dessus. C'est un trésor sans pareil. »

Gathis dit : « Je suis heureux que vous le preniez ainsi, maître. »

Kulgan commença à demander qu'on lui amène ces volumes, mais Arutha intervint : « Attendez, Kulgan. Une fois que vous aurez commencé, il va nous falloir vous ligoter pour vous faire sortir d'ici. Retournons au navire et attendons que tout ceci nous soit amené. Nous devons repartir rapidement. »

Kulgan prit l'air d'un enfant à qui on aurait volé ses bonbons. Arutha, Pug et Meecham se moquèrent gentiment du gros magicien. Pug dit : « Nous n'avons pas de raison de rester, pour l'instant. Nous aurons des années pour étudier tout cela après le couronnement. Regardez autour de vous, Kulgan. Vous n'espérez tout de même faire une bouchée de tout cela ? »

Kulgan se résigna. « Très bien. »

Pug regarda la pièce. « Pensez-y. Une académie pour étudier la magie, avec la bibliothèque de Macros en son cœur. »

Les yeux de Kulgan s'illuminèrent. « J'avais presque oublié le legs du duc. Un lieu où apprendre. Jamais plus un apprenti n'apprendra de tel ou tel maître. Il y en aura toujours plusieurs. Avec ceci et tes propres enseignements, Pug, nous allons pouvoir commencer en beauté. »

Arutha dit : « Partons maintenant. Il y a un nouveau roi à couronner et plus nous traînerons, plus nous avons de chances de vous perdre ici. »

Kulgan, piqué au vif par les doutes que l'on osait formuler à son endroit, dit : « Bien, je vais prendre quelques petites choses à étudier pendant le voyage — si vous n'y voyez pas d'inconvénient ? »

Arutha leva une main conciliante. « Tout ce que vous voudrez, dit-il avec un sourire malicieux. Mais je vous en prie, pas plus que nous ne pourrons ramener raisonnablement au navire. »

Kulgan sourit, l'humeur moins sombre. « D'accord. » Il se tourna vers Gathis. « Voudriez-vous m'amener les deux volumes dont je viens de parler ? »

Gathis lui tendit immédiatement les deux livres, deux vieux volumes visiblement souvent consultés. Kulgan eut l'air surpris et Gathis dit : « Je me disais que vous en arriveriez là et je les ai pris sur les étagères tandis que vous en discutiez. »

Kulgan alla à la porte en secouant lentement la tête et en regardant ses deux livres. Les autres le suivirent et Gathis ferma la porte derrière eux. La créature goblinoïde les raccompagna vers la cour et leur souhaita bon voyage de la porte du donjon.

Quand le grand portail se fut refermé derrière eux, Meecham dit : « Ce Macros semble avoir soulevé cinq nouvelles questions pour chacune des réponses qu'il a données. »

Kulgan dit : « Là, mon vieil ami, tu as bien raison. Peut-être en apprendrons-nous un peu plus par ses notes et ses autres travaux. Peut-être pas, et peut-être que ce sera mieux ainsi. »

CHAPITRE 16

Rillanon était en fête.

Partout des bannières flottaient au vent et des guirlandes de fleurs d'été remplaçaient les fanions noirs qui avaient marqué le deuil du roi et de son cousin Borric. À présent, ils allaient couronner un nouveau roi et le peuple était heureux. Les gens de Rillanon ne savaient pas grand-chose de Lyam, mais il était beau et n'était pas avare de sourires en public. Pour la population, c'était comme un rayon de soleil après les nuages noirs du règne de Rodric.

Peu d'entre eux se rendaient compte du nombre de gardes royaux qui circulaient dans la ville, toujours à l'affût de signes d'agents de Guy du Bas-Tyra et d'assassins potentiels. Et il y en avait moins encore qui remarquaient les hommes vêtus comme tout le monde qui s'approchaient de tous les groupes où l'on parlait du nouveau roi, pour écouter ce qu'il se disait.

Arutha partit au petit trot vers le palais, laissant Pug, Meecham et Kulgan derrière lui. Il maudissait le mauvais temps qui les avait retardés presque une semaine, les laissant sans le moindre souffle de vent à moins de trois jours de Krondor, puis qui avait ralenti leur progression jusqu'à Salador. C'était le milieu de matinée et déjà les prêtres d'Ishap portaient la nouvelle couronne du roi à travers la ville. Dans moins de trois heures, ils se présenteraient devant le trône et Lyam prendrait la couronne.

Arutha arriva au palais et des gardes crièrent dans la grande cour : « Le prince Arutha ! »

Arutha laissa sa monture à un page et il monta les marches du palais quatre à quatre. En arrivant devant l'entrée, Anita apparut en courant, un sourire radieux sur les lèvres. « Oh, s'écria-t-elle, comme je suis contente de te revoir ! »

Il lui rendit son sourire et dit : « J'en suis content aussi. Je dois me préparer pour la cérémonie. Où est Lyam ?

— Il s'est enfermé dans le tombeau royal. Il a dit qu'il fallait que tu le rejoignes immédiatement. » Sa voix était inquiète. « Quelque chose d'étrange est en train de se passer, mais personne ne semble savoir ce qu'il en est exactement. Nous avons vu Lyam au souper hier soir et depuis, il a juste rencontré Martin l'Archer et quand j'ai vu Martin, il avait l'air vraiment bizarre. »

Arutha rit : « Martin a toujours l'air bizarre. Viens, allons voir Lyam. »

Elle ne le laissa pas écarter le problème aussi facilement. « Non, tu dois y aller seul, c'est ce qu'a dit Lyam. De toute manière, il faut que j'aille m'habiller pour la cérémonie. Mais Arutha, l'atmosphère en ce moment est vraiment très étrange. »

Arutha devint pensif. Anita se trompait rarement dans ce genre de cas. « Très bien, il faut que j'attende qu'on amène mes affaires du bateau, de toute manière. Je vais aller voir Lyam et quand ce mystère sera éclairci, je te rejoindrai à la cérémonie.

— Bien.

— Où est Carline ?

— Elle se tracasse de tout. Je vais lui dire que tu es arrivé. »

Elle lui fit une bise sur la joue et partit. Arutha n'était jamais retourné au tombeau de ses ancêtres depuis qu'il était tout petit, la première fois qu'il était venu à Rillanon, pour le couronnement de Rodric. Il demanda à un page de le guider et le garçon lui fit traverser un labyrinthe de couloirs.

Le palais avait subi de nombreuses modifications au cours des âges, on avait ajouté de nouvelles ailes, construit de nouveaux bâtiments par-dessus ceux qui avaient été détruits par le feu les tremblements de terre ou la guerre, mais au centre de ce vaste édifice, l'ancien château était encore intact. On pouvait voir que l'on arrivait dans les salles les plus anciennes quand on se retrouvait entouré de murs de pierre noire, polis par le temps. Deux gardes surveillaient une porte sur laquelle apparaissait en bas-relief le blason des rois conDoin, un lion couronné tenant une épée entre ses griffes. Le page dit : « Le prince Arutha » et les gardes ouvrirent la porte. Arutha passa dans une petite antichambre, d'où descendait une longue volée de marches.

Il emprunta les marches et descendit entre deux rangées de torches allumées qui tachaient les pierres de suie noire. En bas de l'escalier, Arutha se retrouva devant une grande ouverture en arche. De chaque côté s'élevaient des statues héroïques des anciens rois conDoin. À droite, les traits érodés par le temps, se trouvait la statue de Dannis, le premier roi conDoin de Rillanon, datant d'environ sept cent cinquante ans. À gauche se trouvait la statue de Delong, le seul roi surnommé « le Grand », le premier roi à avoir planté la bannière de Rillanon sur le continent en conquérant Bas-Tyra, deux cent cinquante ans après Dannis.

Arutha passa entre les effigies de ses ancêtres et entra dans le caveau. Il s'avança parmi ses propres aïeux, ensevelis derrière les murs et reposant sur de grands catafalques. Sa lignée comprenait des rois et des reines, des princes et des princesses, des canailles et des crapules, des saints et des savants. Tout au bout de l'énorme chambre mortuaire, il trouva Lyam assis à côté du catafalque sur lequel était posé le cercueil de pierre de son père. Une effigie de Borric était gravée sur la dalle de pierre, donnant l'impression que l'ancien duc de Crydee dormait.

Arutha s'approcha en silence, car Lyam semblait perdu dans ses pensées. Lyam leva les yeux et dit : « Je craignais que tu n'arrives en retard.

— Moi aussi. Nous avons eu un temps déplorable et nous n'avons pu avancer que très lentement. mais finalement nous voilà. Alors, qu'est-ce que c'est que ces histoires ? Anita m'a dit que tu étais resté ici toute la nuit et qu'il y avait du mystère dans l'air. Qu'y a-t-il ?

— J'ai beaucoup réfléchi à tout cela, Arutha. Le royaume tout entier va l'apprendre dans quelques heures, mais je voulais que tu voies ce que j'ai fait et que tu entendes ce que j'ai à dire avant tous les autres.

— Anita a dit que Martin était avec toi ce matin. Qu'y a-t-il, Lyam ? »

Lyam s'écarta du catafalque de son père et le montra du doigt. Sur la pierre, les mots suivants étaient inscrits :

CI-GÎT BORRIC, TROISIÈME DUC DE CRYDEE,

ÉPOUX DE CATHERINE,

PÈRE DE

MARTIN,

LYAM,

ARUTHA,

ET CARLINE

Les lèvres d'Arutha bougèrent, mais aucun mot ne sortit. Il secoua la tête, puis dit : « Qu'est-ce que c'est que cette folie ? »

Lyam s'interposa entre Arutha et l'effigie de leur père. « Ce n'est pas de la folie, Arutha. Père a reconnu Martin sur son lit de mort. Il est notre frère. C'est lui l'aîné. »

Arutha eut un rictus de rage. « Pourquoi ne m'as-tu rien dit ? » Sa voix était discordante. « De quel droit m'as-tu caché cela ? »

Lyam éleva la voix. « Tous ceux qui le savaient avaient juré de garder le secret. Je ne pouvais risquer que qui que ce soit l'apprenne jusqu'à ce que la paix soit rétablie. Il y avait tant à perdre. »

Arutha écarta son frère et regarda l'inscription sans y croire. « Malédiction, tout s'explique. Martin qui n'a pas participé au Choix. La manière dont père gardait toujours un œil sur ses allées et venues. Sa liberté d'aller et venir partout où il le voulait. » Arutha demanda amèrement : « Mais pourquoi maintenant ? Pourquoi père a-t-il reconnu Martin après tant d'années ? »

Lyam tenta de réconforter Arutha. « J'ai essayé d'en apprendre autant que possible de Kulgan et Tully. En dehors d'eux, personne ne le savait, pas même Fannon. Père avait été invité chez Brucal la première année de sa charge ducale, après la mort de grand-père. Il a culbuté une jolie petite servante et en a conçu Martin. Il a fallu cinq ans pour que père en entende parler. Père était allé déjà à la cour, il avait rencontré mère et il s'était marié. Quand il a appris pour Martin, sa mère l'avait déjà laissé aux moines de l'abbaye de Silban. Père a décidé de leur laisser la charge de Martin.

« À ma naissance, père a commencé à ressentir du remords envers ce fils dont il ne savait rien et quand j'ai eu six ans, Martin avait atteint l'âge du Choix. Père s'est arrangé pour le faire venir à Crydee. Mais il ne voulait pas le reconnaître, de peur de faire honte à mère.

— Alors pourquoi maintenant ? »

Lyam regarda l'effigie de leur père. « Qui sait ce qui peut passer par l'esprit d'un homme juste avant sa mort ? Peut-être son sentiment de culpabilité, ou son sens de l'honneur. Quelle qu'en soit la raison, il a reconnu Martin et Brucal s'est porté témoin. »

La voix d'Arutha restait pleine de colère. « Et maintenant, il va falloir qu'on se sorte de cette situation absurde, sans nous occuper des raisons de père pour nous avoir mis dedans. » Il jeta à Lyam un regard noir. « Qu'a-t-il dit quand tu l'as fait descendre et que tu lui as fait voir ceci ? »

Lyam détourna les yeux, comme s'il avait du mal à parler. « Il est resté là en silence et puis je l'ai vu pleurer. Finalement, il a dit : "Je suis content qu'il t'en ait parlé". Arutha, il savait. » Lyam agrippa le bras de son frère. « Tout ce temps, père a cru qu'il ne connaissait pas sa naissance et il savait. Et jamais il n'a tenté d'en profiter. »

La colère d'Arutha s'apaisa. « Il a dit autre chose ?

— Juste "Merci, Lyam" et puis il est parti. »

Arutha fit les cent pas un moment, puis il se tourna vers Lyam. « Martin est quelqu'un de bon, c'est le meilleur homme que j'aie jamais connu. Je suis le premier à le dire. Mais le reconnaître ! Par les dieux, sais-tu ce que tu viens de faire ?

— Je suis conscient de mes actes.

— Tu as jeté tout ce que nous avons gagné en neuf ans dans la balance, Lyam. Allons-nous devoir lutter contre des seigneurs de l'Est ambitieux qui voudront se rallier au nom de Martin ? Aura-t-on mis fin à une guerre juste pour en commencer une autre, plus sinistre encore ?

— Il n'y aura pas de contestation. »

Arutha arrêta de faire les cent pas. Il plissa les yeux. « Que veux-tu dire ? Martin t'a promis de ne pas revendiquer la royauté ?

— Non. J'ai décidé de ne pas m'opposer à Martin s'il décide de prendre la couronne. »

Arutha en resta sans voix un moment, atterré par ce que venait de dire Lyam. Pour la première fois, il comprenait les doutes terribles que son frère avait émis sur le fait qu'il allait être roi. « Tu ne veux pas être roi », l'accusa-t-il.

Lyam eut un rire amer. « Nul homme sain d'esprit ne le voudrait. Tu l'as dit toi-même, mon frère. Je ne sais pas si je suis capable de supporter la charge de la royauté. Mais ce n'est plus à moi de choisir, maintenant. Si Martin se propose pour être roi, je ne contesterai pas ses droits.

— Ses droits ! Le sceau royal a été passé à ton doigt, devant la plupart des seigneurs du royaume. Tu n'es pas malade comme Erland pour te désister en faveur du fils de ton frère à cause de ta santé et d'un manque de clarté dans la succession. C'est toi qu'on a nommé héritier ! »

Lyam baissa la tête. « L'annonce de cette succession n'est pas valide, Arutha. Rodric m'a nommé héritier en m'appelant "l'aîné des conDoin mâles", ce qui n'est pas le cas. C'est Martin l'aîné. »

Arutha se dressa face à son frère. « Beau point de loi, Lyam, mais cela pourrait entraîner la destruction du royaume ! Si Martin réclame le trône devant le congrès, les prêtres d'Ishap vont briser la couronne et ce sera au congrès des seigneurs de résoudre le problème. Même si Guy se terre quelque part, il y a des dizaines de ducs, des vingtaines de comtes et des armées de barons qui trancheront allègrement la gorge de leur voisin pour pouvoir participer. À la fin, la moitié des terres du royaume auront changé de mains rien que pour des questions de vote. Ce sera le chaos !

« Si tu prends la couronne, Bas-Tyra est coincé. Mais si tu soutiens Martin, beaucoup refuseront de suivre. Un congrès bloqué, c'est exactement ce dont Guy a besoin. Je suis prêt à parier tout ce que je possède qu'il est quelque part dans la ville en ce moment même, en train de se préparer à une telle éventualité. Si les seigneurs de l'Est retournent leur veste, Guy va sortir son nez et ils seront nombreux à se rallier à sa bannière. »

Lyam semblait dépassé par les paroles de son frère. « Je ne sais pas ce qui va arriver, Arutha. Mais je sais que je n'aurais pas pu faire autrement. »

Arutha parut sur le point de frapper Lyam. « Tu as peut-être hérité du fardeau du sens de l'honneur familial de notre père, mais ça va être au reste d'entre nous de nous charger de la boucherie ! Par les dieux, Lyam qu'est-ce qui va se passer à ton avis si un chasseur qui jusque-là n'avait même pas de nom s'assied sur le trône des conDoin juste parce que notre père a culbuté une jolie servante il y a presque quarante ans ! Ce sera la guerre civile ! »

Lyam tint bon. « À ma place, tu aurais privé Martin de ses droits ? »

La colère d'Arutha se calma d'un coup. Il regarda son frère d'un air parfaitement ahuri. « Dieux ! Tu te sens coupable parce que père a renié Martin toute sa vie, c'est donc ça ? » Il s'écarta de Lyam, comme pour essayer de mieux le jauger. « À ta place, j'aurais effectivement privé Martin de ses droits. Après trente-sept ans, quelques jours de plus qu'est-ce que ça changeait ? Devenu roi, solidement assis sur mon trône, je l'aurais fait duc, je lui aurais donné une armée, je l'aurais nommé premier conseiller, n'importe quoi pour soulager ma conscience, mais pas tant que le royaume courait le moindre risque. Je ne voudrais pas que Martin se retrouve dans la position de Borric le Premier face à Guy jouant Jon le Prétendant et j'aurais fait le nécessaire pour que cela n'arrive jamais. »

Lyam poussa un long soupir de profond regret. « Alors toi et moi sommes deux espèces d'hommes très différentes, Arutha. Je t'ai dit au camp qu'à mon avis, tu aurais fait un meilleur roi que moi. Tu as peut-être raison, mais ce qui est fait est fait.

— Brucal sait-il tout cela ?

— Juste nous trois. » Il regarda Arutha droit dans les yeux. « Juste les fils de notre père. »

Arutha rougit, irrité par cette remarque. « Ne te méprends pas sur ce que je viens de dire, Lyam. Je suis loin de ne pas aimer Martin, mais il y a des enjeux infiniment plus importantes que de simples considérations personnelles. » Il réfléchit un moment sans rien dire. « Alors tout est entre les mains de Martin. Si tu devais le faire, tu as bien fait de ne pas rendre la chose publique. Le choc sera déjà assez violent si Martin se présente au couronnement. Au moins, avec un peu d'avance, on aura du temps pour se préparer. »

Arutha partit vers les marches, puis il s'arrêta et se retourna vers son frère. « Ton argument est à double tranchant, Lyam. C'est peut-être justement parce que tu ne peux pas renier Martin que tu feras un meilleur roi que moi. Mais j'ai beau t'aimer énormément, je ne laisserai pas le royaume se faire déchirer par une guerre de succession. »

Lyam semblait incapable de convaincre son frère. D'un ton fatigué, résigné à ce qui arriverait, il demanda : « Que vas-tu faire ?

— Ce qui doit être fait. Je vais m'assurer que ceux qui nous sont loyaux soient avertis de la chose. S'il faut nous battre, ayons au moins l'avantage de la surprise. » Il se tut un moment.« J'ai une grande affection pour Martin, Lyam, il faut que tu le saches. J'ai chassé avec lui quand j'étais petit et il a joué un grand rôle quand nous avons fui les chiens de garde de Guy, c'est une dette que je ne pourrai jamais lui rembourser. En d'autres temps, en un autre lieu, je l'aurais reconnu comme mon frère avec joie. Mais si jamais il faut que cela se termine par un bain de sang, Lyam, je n'hésiterai pas à le tuer. »

Arutha quitta le tombeau de ses ancêtres. Lyam resta seul, sentant le froid des siècles s'insinuer dans ses os.

Pug regarda par la fenêtre, repensant au passé. Katala s'approcha de lui et il sortit de sa rêverie. « Tu es belle », dit-il. Elle avait mis une robe rouge sombre luisante, avec des parements d'or au corsage et aux manches. « La plus belle des duchesses de la cour ne saurait égaler ta beauté. »

Elle sourit à cette flatterie. « Merci, mon époux. » Elle tourna sur elle-même pour montrer la robe. « Ton duc Caldric est un véritable magicien, je crois. Qu'en deux courtes heures, son personnel ait réussi à trouver toutes ces choses et à les préparer, c'est de la magie. » Elle tapota la jupe ample. « Ces robes lourdes vont me demander un peu d'entraînement pour pouvoir me déplacer avec. Je crois que je préfère les robes courtes de chez moi. » Elle caressa l'étoffe tissu. « Mais c'est un beau tissu. Et dans ton monde si froid, c'est utile. » Le temps avait fraîchi, maintenant que l'été tirait à sa fin. Dans moins de deux mois, la neige commencerait à tomber.

« Attends l'hiver, Katala, si tu penses qu'il fait froid maintenant. »

William arriva dans la pièce en courant, sortant de sa chambre qui jouxtait la leur. « Maman, papa », cria-t-il tout excité. Il portait une tunique et un pantalon de noble, faits de tissus chers et de très bonne coupe. Il sauta entre les bras tendus de son père. « Où vas-tu ? » demanda-t-il avec de grands yeux.

Pug dit : « Nous allons voir Lyam se faire couronner roi, William. Quand nous serons partis, veille bien sur la nourrice et ne dérange pas Fantus. »

Il dit qu'il le ferait et qu'il ne le ferait pas, respectivement, mais son sourire de petit démon laissait planer le doute sur sa crédibilité. La jeune fille qui devait servir de nourrice à William entra et prit l'enfant sous sa garde, le ramenant à sa chambre.

Pug et Katala sortirent de la suite que leur avait donnée Caldric et ils s'avancèrent en direction de la salle du trône. En tournant au coin d'un bâtiment, ils virent Laurie sortir de sa chambre, avec Kasumi qui se dandinait nerveusement à ses côtés.

Laurie s'éclaira en les apercevant et il dit : « Ah ! Vous voilà. J'espérais bien vous voir tous les deux avant le début de la cérémonie. »

Kasumi s'inclina devant Pug, bien que le magicien portât à la place de sa robe noire une superbe tunique feuille morte et un pantalon assorti. « Très Puissant, dit-il.

— C'est du passé, ici, Kasumi. Appelez-moi Pug.

— Vous êtes si beaux avec ces nouveaux vêtements et cet uniforme », dit Katala. Laurie portait un vêtement coloré à la dernière mode, une tunique jaune avec une veste verte sans manches et un pantalon moulant noir enfoncé dans ses bottes. Kasumi portait l'uniforme des capitaines de la garnison de LaMut, une tunique et un pantalon vert sombre avec le tabard à tête de loup gris de LaMut.

Le ménestrel lui fit un grand sourire. « Dans l'agitation des derniers mois, j'avais oublié que je disposais sur moi d'une petite fortune en gemmes. Comme je ne peux m'arranger pour les rendre au seigneur des Shinzawai et que son fils refuse de les reprendre, je suppose qu'elles m'appartiennent de droit. Je n'ai plus à m'inquiéter de trouver une riche veuve. »

Pug dit : « Kasumi, comment cela se passe, avec vos hommes ?

— Plutôt bien, même si tout n'est pas encore parfait avec les soldats de LaMut. Cela devrait finir par se calmer avec le temps. Nous avons rencontré des Frères des Ténèbres la semaine après notre départ. Ils se battent bien, mais nous les avons mis en fuite. Il y a eu une grande fête dans la garnison, et tout le monde y a participé, les Tsurani comme les LaMutians. C'était un bon début. »

Les Tsurani n'avaient pas simplement rencontré les Frères des Ténèbres. On avait entendu parler de la bataille jusqu'à Rillanon. Les Frères des Ténèbres et leurs alliés gobelins avaient fait un raid sur le duché de Yabon en contournant une des garnisons de la frontière affaiblies par la guerre. Les Tsurani avaient dévié de leur marche vers Zun, s'étaient lancés vers le nord et avaient sauvé la garnison. Les Tsurani s'étaient battus comme des diables pour aider leurs anciens ennemis contre l'énorme armée gobeline, qu'ils avaient finalement repoussée dans les montagnes au nord de Yabon.

Laurie fit un clin d'œil à Pug. « Devenus des sortes de héros, nos amis tsurani ont été plutôt bien accueillis quand ils sont arrivés à Rillanon. » Comme ils étaient restés loin de la guerre, les habitants de la ville n'avaient pas de raison de craindre ou de haïr vraiment leurs anciens ennemis et leur avaient réservé un accueil qui n'aurait jamais été possible dans les cités libres, à Yabon ou sur la côte Sauvage. « Je pense que les hommes de Kasumi ne s'étaient pas vraiment attendus à cela.

— C'est le moins qu'on puisse dire, dit Kasumi. Nous n'aurions jamais pu recevoir un tel accueil dans notre monde, mais ici...

— Enfin, continua Laurie, ils ont visiblement pris le pli. Les hommes ont tout de suite su apprécier les vins et la bière du royaume et ils même réussi à surmonter leur dégoût pour les femmes de grande taille. »

Kasumi détourna les yeux, un sourire embarrassé aux lèvres. Laurie dit : « Notre intrépide capitaine a été invité il y a une semaine par l'une des plus riches familles marchandes — l'une de celles qui cherchent à développer leur commerce avec l'Ouest. Depuis, on le voit beaucoup en compagnie d'une certaine fille de marchand. »

Katala rit et Pug sourit devant l'embarras de Kasumi. Pug dit : « Il a toujours appris vite. »

Kasumi baissa la tête, les joues rouges, mais avec un grand sourire aux lèvres. « Malgré tout, ce n'est pas facile d'apprendre que les femmes de votre pays sont si libres. Je comprends mieux maintenant pourquoi vous étiez si têtus, tous les deux. Vous avez dû apprendre de vos mères. »

L'attention de Laurie fut attirée par une personne qui approchait. Pug remarqua l'air admiratif du chanteur. Le magicien se retourna et se retrouva face à une jeune femme merveilleusement belle qui approchait, escortée d'un garde. Les yeux de Pug s'écarquillèrent quand il reconnut Carline. C'était une belle femme, autant qu'elle le promettait dans sa jeunesse. Elle s'arrêta auprès d'eux et congédia son garde d'un geste de la main. Elle avait l'air d'une reine, avec sa robe verte et sa tiare constellée de perles qui reposait comme une couronne sur ses cheveux noirs.

« Maître magicien, dit-elle, vous ne dites donc pas bonjour à une vieille amie ? »

Pug s'inclina devant la princesse, imité par Kasumi et Laurie. Katala fit la révérence comme une des servantes le lui avait appris. Pug dit · « Princesse, vous me flattez, vous vous souvenez d'un simple garçon de château. »

Carline sourit, une lueur malicieuse dans ses yeux bleus. « Oh, Pug... Tu n'as jamais été un simple quoi que ce soit. » Elle regarda Katala qui se tenait derrière lui. « C'est ta femme ? » Quand il eut acquiescé et qu'il l'eut présentée, la princesse embrassa Katala sur la joue et dit : « Ma chère, on m'a dit que vous étiez belle, mais mon frère était loin de la vérité. »

Katala répondit : « Votre altesse est trop aimable. »

Kasumi redevenait nerveux, mais Laurie était incapable de détourner les yeux de la jeune femme en vert. Katala dut lui prendre fermement le bras pour attirer son attention. « Laurie, pourquoi ne nous montrerais-tu pas le palais à Kasumi et à moi avant le début de la cérémonie ? »

Laurie soutit largement, s'inclina devant la princesse et accompagna Kasumi et Katala dans le couloir. Pug et la princesse les regardèrent s'éloigner.

Carline dit : « Ta femme est très subtile. »

Pug sourit. « Elle est effectivement tout à fait remarquable. »

Carline semblait réellement heureuse de le revoir. « J'ai cru comprendre que tu avais un fils.

— William. C'est un petit démon, mais c'est un trésor. »

Carline parut un peu envieuse. « J'aimerais beaucoup le voir. » Elle se tut, avant d'ajouter : « Tu as eu beaucoup de chance.

— Beaucoup, altesse. »

Elle lui prit le bras et ils avancèrent lentement. « Si formaliste, Pug ? Ou dois-je t'appeler Milamber, comme j'ai entendu certaines personnes dire ? »

Il la vit sourire et sourit en réponse. « Parfois, je ne sais pas, mais ici, Pug me semble plus approprié. » Son sourire s'agrandit : « Visiblement, tu en as appris beaucoup sur moi. »

Elle feignit une petite moue. « Tu as toujours été mon magicien favori. »

Ils éclatèrent de rire. Puis, baissant la voix, Pug dit : « Je suis tellement désolé pour la mort de ton père, Carline. »

Elle se rembrunit légèrement. « Lyam m'a dit que tu as assisté à ses derniers instants. Je suis contente que tu sois rentré avant sa mort. Tu savais combien tu comptais pour lui ? »

Pug se sentit rougir d'émotion. « Il m'a donné un nom. Il n'y avait pas grand-chose de plus qu'il pouvait faire pour me le montrer. Tu le savais ? »

Elle s'éclaira. « Oui, Lyam m'a dit ça aussi. Nous sommes cousins, en quelque sorte », dit-elle en riant. En continuant à marcher, elle dit doucement : « Tu as été mon premier amour, Pug, mais plus encore, tu as toujours été mon ami. Et je suis contente de voir que mon ami est de retour à la maison. »

Il s'arrêta et lui fit une bise sur la joue. « Et ton ami est très content d'être de retour chez lui. »

Rougissant légèrement, elle l'emmena jusqu'à un petit jardin sur une terrasse. Ils sortirent dans le soleil éclatant et s'assirent sur un banc de pierre. Carline poussa un long soupir. « Je voudrais tant que père et Roland soient là. »

Pug dit : « J'ai eu aussi beaucoup de peine quand j'ai appris la mort de Roland. »

Elle secoua la tête. « Ce coquin a vécu autant en quelques années que la plupart des hommes en toute une vie. Il se cachait beaucoup derrière ses manières de canaille, mais tu sais, je crois que c'était l'un des hommes les plus sages que j'aie jamais connus. Il savait tirer le maximum de chaque minute qui passait. » Pug regarda son visage et vit que ses yeux brillaient en se souvenant de lui. « S'il avait vécu, je l'aurais épousé. Je crois bien que nous nous serions battus tous les jours, Pug. Oh, comme il savait me mettre en rage. Mais il savait me faire rire, aussi. Il m'a presque tout appris de la vie. Je chérirai sa mémoire à jamais

— Je suis content que tu aies réussi à surmonter tes peines, Carline. Tant d'années d'esclavage, puis ensuite devenir magicien, tout cela dans un autre monde, cela m'a beaucoup changé. Il semblerait que tu aies changé, toi aussi. »

Elle inclina la tête pour le regarder. « Je ne trouve pas que tu aies tant changé que ça, Pug. Il y a toujours de ce petit garçon en toi, celui qui était tellement décontenancé par mes attentions. »

Pug rit. « Je crois que tu as raison. Et dans un certain sens, tu n'as pas changé non plus. En tout cas, tu as toujours le chic pour décontenancer les hommes, à en juger par la réaction de mon ami Laurie. »

Elle lui sourit d'un air radieux et Pug ressentit comme une légère attirance, l'écho de ce qu'il ressentait alors qu'il n'était encore qu'un garçon. Mais maintenant il n'était plus du tout gêné, car il savait qu'il aimerait toujours Carline, quoique pas de la manière qu'il avait envisagée à l'époque. Ce n'était pas une passion violente, ni l'amour profond qu'il avait pour Katala. Ce qu'il ressentait, c'était de l'affection et de l'amitié.

Elle reprit ce qu'il venait de dire. « Ce beau jeune homme blond avec qui tu étais il y a quelques minutes ? Qui est-ce ? »

Pug lui fit un sourire entendu. « Ton sujet le plus dévoué, à ce qu'il semble. C'est Laurie, un troubadour de Tyr-Sog et un fripon infiniment rusé et charmeur. Il a un cœur d'or et l'esprit brave. C'est un vrai ami. Je te dirai un jour comment il m'a sauvé la vie au péril de la sienne. »

Carline pencha à nouveau la tête de côté. « Il m'intrigue beaucoup. » Pug remarqua que malgré les années, un meilleur contrôle d'elle-même et toutes les douleurs qu'elle avait eu à subir, beaucoup de choses en elle restaient inchangées.

« Une fois, pour rire, je lui ai promis de vous présenter. Maintenant, je suis sûr qu'il serait enchanté de faire la connaissance de votre altesse.

— Alors il nous faut arranger cela. » Elle se leva. Je crains qu'il ne me faille aller me préparer pour le couronnement. Les cloches devraient sonner d'un moment à l'autre et les prêtres vont arriver. Nous reparlerons plus tard, Pug. »

Pug se leva aussi. « Cela me fera très plaisir, Carline. »

Elle lui présenta son bras. Une voix derrière dit : « Sire Pug, puis-je m'entretenir avec vous ? »

Ils se retournèrent et virent Martin l'Archer à quelque distance de là, dans le jardin. Il s'inclina devant la princesse. Carline dit : « Maître l'Archer ! Vous voilà. Je ne vous avais pas vu depuis hier soir. »

Martin eut un petit sourire. « J'avais besoin de rester seul. À Crydee, quand cela m'arrive, je pars dans la forêt. Ici... » — il montra le grand jardin en terrasses — « c'est le mieux que j'aie pu trouver. »

Elle le regarda d'un air interrogateur, mais haussa finalement les épaules. « Bien, j'imagine que vous arriverez à temps pour assister au couronnement. Maintenant, si vous voulez bien m'excuser, il faut que je parte. » Elle accepta leurs salutations polies et s'en fut.

Martin regarda Pug et dit : « Ça me fait plaisir de te revoir, Pug.

— Moi aussi, Martin. De tous mes vieux amis ici, tu es le dernier que je retrouve. À l'exception de ceux qui sont restés à Crydee et que je n'ai pas encore revus, c'est par toi que je termine mon retour au pays. » Pug vit que Martin était troublé. « Il y a quelque chose qui ne va pas ? »

Martin regarda autour de lui dans le jardin, vers la ville et la mer au loin. « Lyam m'a dit, Pug. Il m'a dit que tu savais, aussi. »

Pug comprit immédiatement. « J'étais là quand ton père est mort, Martin. » dit-il d'une voix calme.

En silence, Martin commença à marcher et quand il atteignit le muret de pierre qui courait autour du jardin, il s'y cramponna de toutes ses forces. « Mon père, dit-il amèrement. Combien d'années ai-je attendu qu'il me dise "Martin, je suis ton père" ? » Il avala sa salive avec peine. « L'héritage et toutes ces choses, ça ne m'a jamais effleuré. Être maître chasseur de Crydee me suffisait. Si seulement il me l'avait dit lui-même. »

Pug réfléchit à ce qu'il allait dire. « Martin, beaucoup de gens font des choses qu'ils regrettent ensuite. Rares sont ceux qui peuvent faire amende honorable. Si une flèche tsurani l'avait tué sur le coup, si cent autres choses étaient arrivées, il n'aurait peut-être même pas eu l'occasion de faire ce qu'il a fait.

— Je sais, mais ça ne m'est pas d'un bien grand secours.

— Lyam t'a-t-il dit quels ont été ses derniers mots ? Il a dit : "Martin est ton frère. Je l'ai lésé, Lyam. C'est un homme bon et je l'aime beaucoup." »

Les phalanges de Martin blanchirent tant il serrait le muret de pierre. Doucement, il répondit : « Non, il ne me l'a pas dit.

— Monseigneur Borric n'était pas un homme simple, Martin et je n'étais qu'un enfant quand je l'ai connu, mais quoi qu'on puisse dire de lui, il n'avait rien de bas en lui. Je ne prétends pas comprendre pourquoi il a agi ainsi, mais il est sûr qu'il t'aimait

— C'était tellement absurde. Je savais bien que c'était mon père et il n'a jamais su que ma mère me l'avait dit. Que se serait-il passé si j'étais allé le voir pour lui dire ?

— Les dieux seuls le savent. » Il tendit la main pour prendre le bras de Martin. « Ce qui importe maintenant, c'est de savoir ce que tu vas faire. Si Lyam te l'a dit, c'est qu'il va rendre tes droits publics. S'il l'a déjà dit à d'autres, la cour va sombrer dans le plus parfait chaos. Tu es l'aîné et tu as la préemption sur la couronne. Sais-tu ce que tu vas faire ? »

Martin regarda Pug et lui dit : « Quel calme en parlant de ça. Ça ne te dérange pas que je puisse monter sur le trône ? »

Pug secoua la tête. « Tu ne pouvais pas le savoir, mais en Tsuranuanni, j'étais considéré comme l'un des hommes les plus puissants de l'empire. Ma parole, dans un certain sens, avait plus de poids que les ordres d'un roi. Je crois que je sais ce que peut faire le pouvoir et quel genre de personnes le recherche. Je doute que tu aies beaucoup d'ambition personnelle, à moins que tu n'aies énormément changé depuis que j'ai quitté Crydee. Si tu prends la couronne, ce sera pour ce que tu penseras être de bonnes raisons. C'est peut-être le seul moyen d'empêcher une guerre civile, car si tu choisis de te présenter, Lyam sera le premier à te jurer fidélité. Quelles que soient tes raisons, tu feras de ton mieux pour agir sagement. Et si tu endosses la pourpre, tu feras de ton mieux pour être un bon dirigeant. »

Martin parut impressionné. « Tu as beaucoup changé, sire Pug, plus que je ne l'aurais imaginé. Merci de me juger si gentiment, mais je pense que tu es le seul homme du royaume à penser comme cela.

— Quelle que soit la vérité, tu es le fils de ton père et tu ne voudrais pas déshonorer sa maison. »

Le ton de Martin redevint amer. « Il y a des gens qui se diront que ma naissance elle-même est un déshonneur. » Il regarda la ville, puis se retourna et fixa Pug. « Si seulement le choix était simple, mais Lyam a fait en sorte que ce ne soit pas le cas. Si je prends la couronne, beaucoup protesteront. Si je me retire en faveur de Lyam, certains pourraient se servir de moi pour ne pas prêter allégeance à Lyam.

« Dieux tout-puissants, Pug. Si cela se jouait entre Arutha et moi, je n'hésiterais pas un seul instant à me désister en sa faveur. Mais Lyam ? Cela fait sept ans que je ne l'ai pas vu et il a changé, en tout ce temps. Il semble douter tellement. C'est un bon officier de terrain, sans aucun doute, mais un roi ? Me voilà face à la terrible perspective de faire un meilleur roi que lui. »

Pug dit doucement : « Comme je te l'ai dit, si tu réclames le trône, tu le feras pour des raisons que tu jugeras bonnes, le devoir. »

Martin ferma le poing et le tint devant son visage. « Où finit le devoir et où commence l'ambition personnelle ? Où finit la justice et où commence la vengeance ? Il y a en moi une part, une part furieuse qui me dit : “Tire de cela tout ce que tu pourras, Martin.” Pourquoi pas le roi Martin ? Et une autre partie de moi-même se demande si père m'a mis cela sur les épaules en sachant qu'un jour je pourrais être roi. Oh, Pug, où est mon devoir ?

— C'est quelque chose qu'on doit déterminer soi-même. Je ne peux pas te conseiller. »

Martin s'appuya sur la rambarde, les mains sur le visage. « Je crois que j'aimerais être seul un moment, si cela ne t'ennuie pas. »

Pug partit, sachant qu'un homme troublé réfléchissait au destin qu'il allait choisir. Et qu'il allait choisir pour le royaume.

Pug trouva Katala en compagnie de Laurie et de Kasumi, parlant avec le duc Brucal et le comte Vandros. En approchant, il entendit le duc dire : « Nous allons enfin pouvoir célébrer un mariage, maintenant que ce jeune lambin — il désigna Vandros — m'a demandé la main de ma fille. Peut-être vais-je avoir des petits-enfants avant ma mort, après tout. Voilà ce qui arrive, quand on met autant de temps a se décider à se marier. Vos enfants se marient quand vous êtes déjà vieux... » Il inclina la tête à l'arrivée de Pug. « Ah, magicien, vous voilà. »

Katala sourit quand elle vit son mari. « Tes retrouvailles avec la princesse ont été agréables ?

— Très agréables. »

En lui enfonçant son doigt dans la poitrine, elle dit : « Et quand nous serons seuls, tu me répéteras tout ce que vous vous êtes dit. »

Les autres éclatèrent de rire devant l'embarras de Pug, même s'ils voyaient bien qu'elle se moquait de lui.

Brucal dit : « Ah, magicien, votre femme est si jolie que j'aimerais avoir de nouveau soixante ans. » Il fit un clin d'œil à Pug. « Si c'était le cas, je vous la volerais et tant pis pour le scandale. » Il prit Pug par le bras et dit à Katala : « Si vous me pardonnez, madame, à la place, je vais vous prendre votre mari un moment. »

Il partit avec Pug devant le groupe surpris et quand ils furent hors de portée, il dit : « J'ai de graves nouvelles.

— Je sais.

— Lyam est un fou, un noble fou. » Il regarda au loin un moment, comme perdu dans ses souvenirs. « Mais c'est le fils de son père et le petit-fils de son grand-père. Il a le même sens de l'honneur qu'eux. » Les yeux du vieil homme se fixèrent sur lui de nouveau. « Mais j'aimerais bien qu'il ait aussi le même sens du devoir. » Baissant encore plus la voix, il dit : « Faites bien attention à votre femme. Les gardes dans la salle portent la pourpre et mourront pour défendre le roi, quel qu'il soit. Mais cela pourrait mal se passer. Nombre de seigneurs de l'Est sont des gens impulsifs, trop habitués à ce qu'on leur accorde immédiatement tout ce qu'ils exigent. Certains d'entre eux pourraient ouvrir leur grande gueule et se retrouver à mâcher de l'acier.

« Mes hommes et ceux de Vandros ont pris position dans le palais et les Tsurani de Kasumi sont dehors, aux ordres de Lyam. Les seigneurs de l'Est n'aiment pas cela, mais Lyam est l'héritier et ils ne peuvent pas dire non. Avec ceux qui nous soutiendront, nous pouvons prendre le palais et le tenir.

« Du Bas-Tyra terré dans un coin, Richard de Salador mort, les seigneurs de l'Est n'ont plus de chef. Mais ils sont assez nombreux sur l'île et ils ont des gardes d'honneur conséquentes réparties dans la ville et autour de la ville. S'ils réussissent à s'enfuir du palais avant qu'un roi ne soit nommé, cela risque de transformer la région en champ de bataille. Non, nous tiendrons le palais. Nous ne laisserons aucun traître de l'Est aller comploter avec Guy le Noir. Ils devront plier le genou devant celui des frères qui prendra la couronne. »

Pug demanda, surpris : « Vous soutiendrez Martin, donc ? »

La voix de Brucal se fit dure, mais il continua à parler tout bas. « Personne ne plongera mon royaume dans la guerre civile, magicien. Pas tant qu'il me restera un souffle de vie. Arutha et moi avons discuté. Ni lui ni moi nous n'en aimons l'idée, mais nous avons décidé clairement de ce que nous ferons. Si Martin devient roi, tous s'inclineront devant lui. Si Lyam prend la couronne, Martin lui prêtera serment de fidélité ou il ne sortira pas vivant du palais. Si la couronne est brisée, nous tiendrons le palais et nul seigneur ne sortira tant qu'un congrès n'aura pas nommé roi l'un des frères, même si nous devons rester un an dans ce satané hall. Nous avons déjà repéré plusieurs des agents de Guy dans la ville. Il est ici, à Rillanon, cela ne fait aucun doute. Si ne serait-ce qu'une poignée de nobles peut sortir du palais avant que l'on ne puisse rassembler le congrès, ce sera la guerre civile. » Il frappa du poing dans sa main. « Maudites soient ces traditions. Alors que nous parlons, les prêtres avancent vers le palais et chaque pas les rapproche de l'instant du choix. Si seulement Lyam avait agi plus tôt, nous avait donné plus de temps. Si seulement il n'avait pas agi du tout. Ou si nous avions pu enfermer Guy. Si nous avions pu discuter avec Martin, mais il a disparu...

— Moi, j'ai parlé à Martin. »

Brucal plissa les yeux. « Il est dans quel état ? Qu'est-ce qu'il prévoit de faire ?

— C'est un homme troublé, comme vous pouvez l'imaginer. Un tel fardeau et si peu de temps pour se retourner. Il a toujours su qui était son père et il s'était résigné à emporter avec lui son secret dans la tombe, je suis prêt à le parier, mais voilà qu'il s'est fait jeter au cœur de l'affaire. Je ne sais pas ce qu'il va faire. Je ne crois pas qu'il le saura lui-même avant que les prêtres ne lui présentent la couronne. »

Brucal se gratta le menton. « Le fait qu'il ait su sans jamais essayer de l'utiliser à son avantage est tout à son honneur. Mais nous n'avons pas beaucoup de temps. » Il désigna le groupe de gens qui s'assemblaient devant les grandes portes de la salle. « Vous feriez mieux de retourner voir votre épouse. Restez vigilant, magicien, car nous pourrions avoir besoin de vos arts avant la fin de ce jour. »

Ils retournèrent vers les autres et Brucal emmena Vandros et Kasumi à l'intérieur, en leur parlant tout bas. Avant que Katala ne puisse parler, Laurie dit : « Qu'est-ce qui se prépare ? Quand j'ai fait sortir Katala et Kasumi sur un balcon au-dessus de la cour, j'ai vu des hommes de Kasumi partout. Pendant un moment, j'ai cru que l'empire avait gagné la guerre. Je n'ai pas réussi à lui tirer un mot. »

Pug dit : « Brucal sait qu'ils suivront les ordres de Kasumi sans poser de question. »

Katala demanda : « Qu'y a-t-il, mon époux ? Des ennuis ?

— Nous n'avons pas beaucoup de temps. Il pourrait y avoir plus d'un prétendant au trône. Reste près de Kasumi, Laurie, et arrange-toi pour pouvoir tirer l'épée facilement. S'il y a du grabuge, suis les ordres d'Arutha. »

Laurie acquiesça, le visage sombre. Il entra dans le hall et Katala l'interrogea : « William ?

— Il est en sûreté. S'il y a des problèmes, ce sera dans la grande salle, pas dans les quartiers des invités. Les vrais ennuis ne commenceront qu'ensuite. » Visiblement, elle ne comprenait pas tout, mais elle accepta calmement ce qu'il lui disait. « Viens, nous devons prendre place à l'intérieur. »

Ils entrèrent rapidement dans le grand hall et prirent une place d'honneur presque à l'avant. En traversant la foule qui s'assemblait pour voir le couronnement, ils entendirent des murmures qui parcouraient toute la salle. Ils arrivèrent au niveau de Kulgan et le gros magicien les salua d'un signe de tête. Meecham attendait à quelques pas derrière, adossé au mur. Ses yeux fouillaient la pièce, prenant soigneusement note de tous ceux qui se trouvaient à portée d'épée de Kulgan. Pug remarqua que le chasseur avait ouvert le fourreau de son vieux couteau long. Il ne savait peut-être pas quel était le problème, mais il serait prêt à défendre son vieux compagnon.

Kulgan siffla : « Qu'est-ce qui se passe ? Tout était calme il y a quelques minutes à peine. Et voilà maintenant que tout le monde chuchote dans son coin. »

Pug rapprocha sa tête de celle de Kulgan et dit : « Martin va peut-être faire valoir ses prétentions au trône. »

Kulgan écarquilla les yeux. « Grands dieux ! Il y a de quoi mettre toute la cour sur les nerfs. » Il regarda autour de lui et vit que la plupart des nobles du royaume avaient pris place dans le hall. Avec un soupir de regret, il dit : « Il n'y a plus qu'à attendre, maintenant. »

Amos se fraya un chemin dans le jardin, en lançant une bordée d'injures. « Mais pourquoi diable les gens veulent toujours des saloperies de bouquets comme ça ? »

Martin leva les yeux et rattrapa de justesse le verre de cristal que lui jetait Amos Trask. « Que... » dit-il, comme Amos lui remplissait son verre avec une carafe qu'il avait emportée avec lui.

« Je me suis dit que t'aurais bien besoin d'un petit remontant et d'un compagnon de bord à qui causer. »

Martin plissa les yeux. « Que veux-tu dire ? »

Amos remplit son propre verre et but une grande gorgée. « Tout le palais est au courant, maintenant, moussaillon. Lyam est bien bon, mais espérer demander à une équipe de tailleurs de pierre de graver ton nom sur la tombe de ton père sans rien dire à qui que ce soit sous le futile prétexte d'un ordre royal, c'est comme vouloir faire flotter une pierre. Tous les serviteurs du palais ont su que tu étais l'aîné en titre dans l'heure qui a suivi la fin de leur boulot. Ça s'est répandu comme courant d'air, tu peux me croire. »

Martin but son vin et dit : « Merci, Amos. » Il regarda le vin rouge dans le verre. « Est-ce que je dois devenir roi ? »

Amos éclata d'un rire franc et joyeux. « J'en ai aucune idée, Martin. D'abord, c'est toujours mieux d'être capitaine que matelot, c'est pour ça que je suis capitaine et pas matelot. Ensuite, il y a quelques différences entre un vaisseau et un royaume. »

Martin rit. « Pirate, tu ne m'aides pas du tout, là. »

Amos, blessé, répliqua : « Ben tiens, j'ai réussi à te faire rire, non ? » Il se pencha en avant, le coude appuyé sur le muret du jardin et se resservit du vin. « Tu vois, là, il y a ce joli petit trois-mâts dans le port royal. Je n'ai pas eu beaucoup de temps, mais on vient juste d'annoncer la grâce royale, il y a plein de bons gars qui viennent juste de sortir de taule et qui seraient ravis de naviguer avec le capitaine Trenchard. Pourquoi ne pas nous barrer d'ici et faire un tour ? »

Martin secoua la tête. « Bonne idée. Je ne suis monté que trois fois sur un bateau, c'était à chaque fois avec toi et j'ai failli me faire tuer les trois fois. »

Amos, piqué au vif, dit : « Les deux premières, c'était à cause d'Arutha et la troisième c'était pas ma faute. C'est pas moi qui ai demandé à ces pirates cérésiens de nous prendre en chasse entre Salador et Rillanon. En plus si tu t'engages avec moi sur ce navire, c'est nous qui ferons la poursuite. La mer du Royaume, c'est toute une mer à découvrir pour Trenchard. Qu'en dis-tu ? »

La voix de Martin s'assombrit. « Non, Amos, et pourtant ça me plairait presque autant de reprendre la mer avec toi que de retourner à mes forêts. Mais la décision que je dois prendre là, je n'ai pas le droit de la fuir. Pour le meilleur ou pour le pire, c'est moi l'aîné et j'ai le droit d'être le premier à demander la couronne. » Martin regarda Amos d'un air sérieux. « Tu penses que Lyam peut devenir roi ? »

Amos secoua la tête. « Bien entendu, mais c'est pas ça, ta question. Ce que tu veux savoir, c'est s'il fera un bon roi. J'en sais rien, Martin. Mais je vais te dire une chose. J'ai vu plus d'un marin pâlir au combat et se battre pourtant sans hésiter. Parfois, on ne sait pas ce dont un homme est capable avant que vienne pour lui le temps d'agir. » Amos se tut un moment, pesant ses mots. « Lyam est bon, comme j'ai dit. Il a une trouille bleue de devenir roi et je ne lui jette pas la pierre. Mais une fois sur le trône... Je crois qu'il pourrait faire un bon roi.

— J'aimerais tellement être sûr que tu aies raison. »

Un carillon sonna, suivi par de grandes cloches. « Bien, dit Amos, tu n'as plus beaucoup de temps pour te décider. Les prêtres d'Ishap sont aux portes extérieures et quand ils arriveront à la salle du trône, tu ne pourras plus couper les grappins et t'enfuir en pleine mer. Ta route sera tracée. »

Martin tourna le dos au mur. « Merci pour ta compagnie, Amos et pour le vin. Alors, nous allons changer la destinée du royaume ? »

Amos but le vin qui restait dans la carafe de cristal. Il la jeta derrière lui et dit, couvrant le bruit de verre brisé : « C'est toi qui vas décider du destin du royaume, Martin. Je reviendrai plus tard, peut-être, si je n'arrive pas à me débrouiller pour avoir ce petit vaisseau dont je viens de parler. Peut-être repartirons-nous ensemble sur la mer. Si tu changes d'idée pour la royauté ou que tu penses avoir besoin de filer rapidement de Rillanon, viens sur les quais avant le coucher du soleil. Je traînerai quelque part et tu seras toujours le bienvenu au sein de mon équipage. »

Martin lui serra fermement la main. « Porte-toi toujours bien, pirate. »

Amos partit, laissant Martin seul, qui essayait tant bien que mal de mettre de l'ordre dans ses pensées. Finalement, il prit une décision et commença à diriger ses pas vers la salle du trône.

En tendant le cou, Pug arrivait à voir les gens qui entraient dans le grand hall. Le duc Caldric escorta la veuve d'Erland, la princesse

Alicia, dans l'allée qui menait au trône. Ils étaient suivis d'Anita et de Carline. Kulgan fit remarquer : « À leur air sombre et à leur teint pâle, je parie qu'Arutha a dû leur dire ce qui risquait d'arriver. »

Pug vit comme Anita tenait fermement la main de Carline quand elles arrivèrent à leurs sièges. « Quel choc de découvrir que l'on a un frère aîné en de telles circonstances. »

Kulgan souffla : « Tout le monde semble le prendre plutôt bien. »

Des gongs annoncèrent l'arrivée des prêtres d'Ishap dans l'antichambre et Arutha et Lyam firent leur entrée. Tous deux portaient le manteau rouge des princes du royaume et ils s'avancèrent rapidement jusqu'à l'avant de la salle. Les yeux d'Arutha scrutèrent la pièce, comme s'il cherchait à jauger l'atmosphère générale. Lyam semblait calme, comme s'il s'était résigné à accepter ce que le destin déciderait pour lui.

Pug vit Arutha glisser quelques mots à Fannon et le vieux maître d'armes se retourna vers le sergent Gardan. Tous deux regardèrent autour d'eux d'un air tendu, la main près de leur épée, inspectant tout le monde dans la salle.

Pug ne vit pas de trace de Martin. Il souffla à Kulgan : « Peut-être Martin a-t-il décidé d'esquiver le problème. »

Kulgan fit le tour de la salle du regard. « Non, le voilà. »

Pug regarda l'endroit que Kulgan indiquait de la tête. À côté du mur du fond, près d'un coin, s'élevait une énorme colonne. Martin s'était mis dans l'ombre de cette colonne. Ses traits restaient cachés, mais à sa posture on ne pouvait pas se tromper.

Des cloches commencèrent à sonner et Pug regarda le premier des prêtres d'Ishap entrer dans la grande salle. D'autres suivaient qui avançaient à l'unisson, du même pas mesuré. On verrouilla bruyamment certaines portes de la salle, car selon la tradition, la salle devait rester fermée du début à la fin de la cérémonie.

Quand seize prêtres furent entrés dans la pièce, les grandes portes se refermèrent derrière eux. Le dernier des prêtres s'arrêta devant la porte avec un lourd bâton de bois dans une main et un grand sceau de cire dans l'autre. Il plaça rapidement le sceau sur les portes. Pug vit que le sceau portait l'heptagramme d'Ishap et il sentit la magie en lui. Il sut que les portes ne pourraient plus être ouvertes par quiconque sinon celui qui avait placé le sceau ou quelqu'un de plus puissant que lui, mais à grand risque.

Quand les portes furent scellées, le prêtre au bâton s'avança dans la rangée qu'avaient formée ses frères pour l'attendre, en récitant des prières à mi-voix. L'un d'eux tenait la nouvelle couronne, forgée par les prêtres, posée sur un coussin de velours pourpre. La couronne de Rodric avait été détruite par le coup qui l'avait tué, mais même si elle lui avait survécu, la coutume aurait voulu qu'on l'enterre avec lui. Si l'on ne couronnait pas de roi aujourd'hui, celle-ci serait brisée sur le sol de pierre et l'on n'en ferait pas d'autre tant que le congrès des seigneurs n'aurait pas informé les prêtres qu'ils avaient élu un nouveau roi. Pug s'étonna de l'importance que l'on pouvait accorder à un simple cerclet d'or.

Les prêtres s'avancèrent, se placèrent devant le trône, où d'autres prêtres d'ordres mineurs attendaient déjà. Comme le voulait la coutume, on avait demandé à Lyam s'il désirait que le prêtre attaché à sa famille officie à l'investiture et il avait accepté. Le père Tully se trouvait à la tête de la délégation des prêtres d'Astalon. Pug savait que le vieux prêtre serait prompt à accomplir cette charge sans poser de questions, quel que fût le fils de Borric à prendre la couronne et il trouva le choix judicieux.

Le grand prêtre d'Ishap frappa le sol de son bâton seize fois, avec une parfaite régularité. Le son se réverbéra dans la pièce et quand il eut fini, la salle du trône se tut.

« Nous venons couronner le roi ! s'exclama le premier prêtre.

— Ishap bénisse le roi ! répondirent les autres prêtres.

— Au nom d'Ishap, le dieu qui règne sur tout et tous et au nom des quatre dieux supérieurs et des douze dieux inférieurs, que tous ceux qui ont des prétentions au trône s'avancent. »

Pug se surprit à retenir son souffle en voyant Lyam et Arutha s'avancer devant les prêtres. Un instant plus tard, Martin sortit de l'ombre et s'avança.

Au moment où Martin apparut, tout le monde retint son souffle, car beaucoup n'avaient pas entendu la rumeur ou n'y avaient pas cru.

Quand ils furent tous les trois devant le prêtre, celui-ci frappa le sol de son lourd bâton. « Ici et maintenant nous sommes assemblés. » Puis il toucha de son bâton l'épaule de Martin et demanda : « De quel droit te présentes-tu devant nous ? »

Martin parla d'une voix forte et claire. « Du droit de ma naissance. » Pug sentit la présence de la magie. Les prêtres ne laissaient pas ces revendications au trône uniquement à l'honneur et à la tradition. Touché par le bâton, nul ne pouvait porter de faux témoignage.

La même procédure fut répétée et la même réponse fut donnée pour Lyam et Arutha.

De nouveau, le bâton reposa sur l'épaule de Martin et le prêtre demanda : « Donne ton nom et annonce tes droits. »

La voix de Martin s'éleva : « Je suis Martin, fils aîné de Borric, aîné de la lignée royale. »

Il y eut un léger bourdonnement dans la salle et le prêtre le fit taire en frappant le sol de son bâton. Le bâton fut placé sur l'épaule de Lyam, qui répondit : « Je suis Lyam, fils de Borric, de la lignée royale. »

Quelques voix dirent : « L'héritier ! »

Le prêtre hésita, puis il répéta la question pour Arutha, qui répondit : « Je suis Arutha, fils de Borric, de la lignée royale. »

Le prêtre regarda les trois jeunes hommes, puis il demanda à Lyam : « Es-tu l'héritier reconnu? »

Lyam répondit, le bâton posé sur son épaule : « Le droit de succession m'a été accordé dans l'ignorance de l'existence de Martin. L'héritage est invalide, car Rodric me croyait l'aîné des conDoin. »

Le prêtre retira le bâton et conféra avec ses collègues. La salle resta silencieuse tandis que les prêtres se rassemblaient pour discuter de ces événements imprévisibles. Le temps passa lentement, puis le premier prêtre se tourna de nouveau face à eux. Il rendit son bâton et on lui donna la couronne d'or du royaume. Il fit une brève prière : « Ishap, que tes conseils et ta sagesse nous guident en cette affaire. Puisse le futur roi agir en bien. » D'une voix forte, il annonça « Que la succession soit erronée, cela ne fait aucun doute. » Il présenta la couronne à Martin. « Martin, en tant que fils aîné de la lignée royale, c'est toi qui as le droit de réclamer la couronne le premier. Martin, acceptes-tu cette charge et deviendras-tu notre roi ? »

Martin regarda la couronne. Le silence s'appesantit lourdement sur la salle. Tous les regards étaient fixés sur le géant vêtu de vert. La foule entière retenait son souffle dans la salle en attendant sa réponse.

Puis Martin tendit lentement la main et prit la couronne qui reposait sur le coussin. Il l'éleva et tous la suivirent des yeux, illuminée par un rayon de soleil tombant d'une haute fenêtre, scintillant de mille feux dans la pièce.

En la plaçant au-dessus de sa tête, il dit : « Moi, Martın, abdique en ce lieu toutes prétentions à la couronne du royaume des Isles, maintenant et à jamais, pour moi-même et pour toute ma descendance, jusqu'à la dernière génération. » Il se déplaça vivement et plaça la couronne sur la tête de Lyam. La voix de Martin s'éleva de nouveau, comme un défi : « Vive Lyam ! Roi incontesté ! »

Il y eut un moment de silence, le temps que tout le monde dans la salle assimile ce qui venait de se dérouler sous leurs yeux. Puis Arutha se tourna face à la foule muette d'étonnement et sa voix résonna. « Vive Lyam ! Roi incontesté ! »

Lyam était bien droit, encadré par ses deux frères et la salle croula sous les cris et les acclamations. « Vive Lyam ! Vive le roi ! »

Le premier prêtre laissa les vivats se poursuivre un moment, puis il reprit son bâton et frappa le sol pour obtenir le silence. Il regarda Lyam et dit : « Lyam, acceptes-tu cette charge et deviendras-tu notre roi ? »

Regardant le prêtre, Lyam répondit : « Je serai votre roi. »

De nouveau la salle croula sous les acclamations et le prêtre laissa la foule exprimer sa joie. Pug regarda autour de lui et vit de nombreux visages soulagés : Brucal, Caldric, Fannon, Vandros et Gardan, qui s'étaient tous préparés à faire face à de gros ennuis.

De nouveau, le prêtre fit taire la salle en frappant le sol de son bâton. « Tully, de l'ordre d'Astalon », appela-t-il. Le vieux prêtre de la famille s'avança.

Les autres prêtres retirèrent à Lyam son manteau rouge et le remplacèrent par le manteau pourpre de la royauté. Les prêtres s'écartèrent et Tully vint se placer face à Lyam. À Martin et à Arutha, il dit : « Le royaume tout entier vous remercie pour votre tempérance et votre sagesse. » Les frères s'écartèrent de Lyam et retournèrent se placer à côté d'Anita et de Carline.

Carline fit un grand sourire à Martin, lui prit la main et murmura : « Merci, Martin. »

Tully fit face à la foule et entonna : « Ici et maintenant nous sommes assemblés. Nous sommes venus assister ici au couronnement de sa majesté Lyam, premier du nom, notre roi à tous. Quelqu'un dans cette salle lui en conteste-t-il le droit ? »

Plusieurs seigneurs de l'Est semblaient mécontents, mais nul ne fit d'objection. Tully se mit de nouveau face à Lyam, qui s'agenouilla devant le prêtre. Tully mit la main sur la tête de Lyam. « Ici et maintenant nous sommes assemblés. C'est à toi qu'échoit cette charge, Lyam, premier du nom, fils de Borric, de la lignée royale des conDoin. Acceptes-tu cette charge et seras-tu notre roi ? »

Lyam répondit : « Je serai votre roi. »

Tully retira sa main de la tête de Lyam et il lui prit la sienne, serrant le sceau royal. « Ici et maintenant nous sommes assemblés. Toi, Lyam conDoin, fils de Borric, de sang royal, jures-tu de défendre et de protéger le royaume des Isles, de servir fidèlement son peuple, de lui offrir bien-être, bonheur et prospérité ?

— Moi, Lyam, je le jure et le promets. »

Tully commença une longue liturgie, puis quand les prières furent terminées, Lyam se releva. Tully retira sa mitre rituelle et la tendit au grand prêtre d'Ishap, qui la passa à un autre prêtre de l'ordre de Tully. Tully s'agenouilla devant Lyam et embrassa le sceau. Puis il se leva et escorta Lyam vers le trône, tandis que le prêtre d'Ishap incantait : « Ishap, bénis le roi ! »

Lyam s'assit. Une ancienne épée, qu'avait portée Dannis, le premier des rois conDoin, lui fut apportée et posée en travers des genoux, pour montrer qu'il défendrait le royaume au péril de sa vie.

Tully se tourna et fit un signe de tête au prêtre d'Ishap, qui frappa le sol de son bâton. « Maintenant, l'heure du choix est passée. Je proclame en ce lieu Lyam le Premier notre roi légitime et incontesté. »

La foule rugit en chœur : « Vive Lyam ! Longue vie au roi ! »

Les prêtre d'Ishap chantèrent tout bas et le premier prêtre les mena à la porte. Il frappa le sceau de cire de son bâton et le sceau se fendit dans un grand craquement. Il frappa la porte par trois fois et les gardes restés à l'extérieur l'ouvrirent. Avant de sortir, il entonna la dernière phrase du rituel de couronnement. À ceux qui se trouvaient à l'extérieur, ceux qui n'avaient pas eu le privilège d'assister à la cérémonie, il déclara : « Annoncez-le à tous. Lyam est notre roi ! »

L'annonce du couronnement sortit du palais et se répandit dans la ville plus vite que le vent. On porta des toasts au nouveau monarque dans toute la ville au début de la fête et moins d'une personne sur mille sut que le royaume était passé ce jour-là à un cheveu de la catastrophe.

Les prêtres d'Ishap sortirent de la salle et tous les yeux se portèrent sur le nouveau dirigeant du royaume.

Tully fit un signe aux membres de la famille royale et Arutha, Martin et Carline s'avancèrent devant leur frère. Lyam tendit la main et Martin s'agenouilla pour embrasser le sceau de son frère. Ce fut ensuite le tour d'Arutha, puis de Carline.

Alicia accompagna Anita vers le trône, les premières d'une longue procession de nobles et l'interminable cérémonie des hommages et des serments de vassalité des pairs du royaume commença. Monseigneur Caldric plia un genou tremblant devant son roi et il avait des larmes de soulagement dans les yeux quand il se releva. Quand Brucal jura fidélité, il dit quelques mot au roi en se relevant et Lyam acquiesça.

Puis les autres nobles du royaume vinrent chacun à leur tour, jusqu'à ce que, des heures plus tard, le dernier des barons de la frontière, les gardiens des marches du Nord qui ne répondaient à nul autre qu'au roi se lève et rejoigne les autres nobles assemblés dans la salle.

Tendant l'épée de Dannis à un page, Lyam se leva et dit : « Il est de notre désir qu'une période de fête commence. Mais nous devons tout d'abord régler certaines affaires d'État. La plupart sont de nature agréable, mais avant cela, il y a un devoir bien triste que nous nous devons d'accomplir.

« Il est un absent parmi nous aujourd'hui, un qui a cherché à prendre le trône sur lequel nous avons le privilège de nous asseoir. Que Guy du Bas-Tyra ait comploté, cela ne peut être nié. On ne peut nier non plus qu'il ait commis des meurtres. Mais feu le roi Rodric a formé le vœu que l'on fasse preuve de miséricorde en cette affaire. Comme Rodric nous l'a demandé sur son lit de mort, nous lui accorderons cette requête, quoique nous eussions préféré voir Guy du Bas-Tyra châtié comme il le méritait pour ses forfaits.

« Que l'on fasse savoir qu'à compter de ce jour, ce Guy du Bas-Tyra est déclaré hors-la-loi et banni de notre royaume et que ses titres et ses terres reviennent à la couronne. Que son nom et ses armes soient retirées des registres des seigneurs du royaume. Que nul homme ne lui offre l'abri, le feu, la nourriture ou l'eau. » À l'adresse des seigneurs assemblés, il ajouta : « Certains ici se sont alliés à cet ancien duc, nous avons donc peu de doutes que cette sentence lui parvienne. Dites-lui de fuir, d'aller à Kesh, Queg ou Roldem. Dites-lui de se cacher dans les terres du Nord si nul autre ne veut de lui, mais si jamais il est retrouvé à l'intérieur de nos frontières passé une semaine à partir d'aujourd'hui, sa vie lui sera prise. »

Nul ne parla dans la salle pendant un moment, puis Lyam dit : « Notre royaume a souffert des temps de grande tristesse et de grande souffrance. Commençons désormais une nouvelle ère, de paix et de prospérité. » Il fit signe à ses deux frères de le rejoindre et quand ils approchèrent, Arutha regarda Martin. Soudain, il sourit et dans une démonstration d'émotion inattendue, il serra dans ses bras Martin et Lyam. Pendant un instant, tout le monde resta silencieux tandis que les trois frères s'embrassaient, puis la salle s'emplit à nouveau de vivats.

Tandis que la clameur se poursuivait, Lyam parla à ses frères. Au début, Martin souriait largement, puis soudain son expression changea. Arutha et Lyam lui firent signe que oui, mais son visage se vida de ses couleurs. Il essaya de dire quelque chose, insistant comme pour refuser. Lyam le coupa et leva la main pour obtenir le silence.

« Les choses doivent se réarranger dans notre royaume. Que tous sachent qu'à partir d'aujourd'hui, notre frère bien-aimé Arutha sera prince de Krondor et que jusqu'à ce que notre maison ait un héritier, il est nommé héritier du trône. » À ces dernières paroles, Arutha sembla se rembrunir. Puis Lyam dit : « Et nous désirons que le duché de Crydee, foyer de notre père, reste dans notre famille tant que survit sa lignée. À cette fin, nous nommons Martin, notre frère bien-aimé, duc de Crydee, avec toutes les terres, titres et droits attenants. »

Il y eut encore des vivats dans la foule. Martin et Arutha s'écartèrent de Lyam et le nouveau roi dit : « Que le comte de LaMut et le chevalier capitaine Kasumi de LaMut s'approchent. »

Kasumi et Vandros sursautèrent. Kasumi avait été très nerveux toute la journée, car Vandros avait placé en lui toute sa confiance. Son impassibilité de Tsurani reprit le dessus et il suivit Vandros qui s'approchait du trône.

Les deux hommes s'agenouillèrent devant Lyam, qui dit : « Monseigneur Brucal nous a demandé de faire cette heureuse annonce. Son vassal le comte Vandros épousera sa fille, la dame Felinah. »

Dans la foule, on entendit clairement la voix de Brucal dire : « Et c'est pas trop tôt. » Nombre des courtisans plus âgés de la cour de Rodric pâlirent, mais Lyam se joignit à l'éclat de rire général.

« Le duc désirait aussi avoir la permission de se retirer sur ses terres, où il pourrait profiter des fruits de ses longs et honorables services à l'égard du royaume. Nous lui avons accordé notre consentement. Et comme il n'a pas de fils, il désirait aussi que son titre soit accordé à une personne capable de poursuivre son œuvre pour le royaume, un homme qui a fait la preuve de ses capacités exceptionnelles en commandant pour les armées de l'Ouest la garnison de LaMut lors du dernier conflit. Pour sa bravoure et sa fidélité, nous approuvons ici même son mariage et sommes heureux de nommer Vandros duc de Yabon, avec toutes les terres, titres et droits attenants. Levez-vous, monseigneur Vandros. »

Vandros se leva, un peu secoué, puis retourna vers son futur beau-père. Brucal lui donna une grande tape amicale dans le dos et lui serra la main. Lyam tourna son attention vers Kasumi et sourit. « Il en est un ici devant nous qui faisait partie de nos ennemis il y a peu de temps. C'est maintenant l'un de nos loyaux sujets. Kasumi des Shinzawai, pour la peine que vous vous êtes donnée pour rétablir la paix entre deux seigneurs en guerre et pour votre sagesse et votre courage dans la défense de nos terres contre la Confrérie de la Voie des Ténèbres, nous vous donnons le commandement de la garnison de LaMut et vous nommons comte de LaMut avec toutes les terres, titres et droits attenants. Levez-vous, comte Kasumi. »

Kasumi en était sans voix. Il tendit lentement la main et comme il l'avait vu faire par les autres nobles, il embrassa le sceau. Au roi, il dit : « Monseigneur roi, je vous offre ma vie et mon honneur. »

Lyam dit : « Monseigneur Vandros, acceptez-vous le comte Kasumi comme vassal ? »

Vandros sourit : « Avec plaisir, sire. »

Kasumi rejoignit Vandros, les yeux étincelants de fierté. Brucal administra une autre solide tape dans le dos.

Plusieurs autres offices furent accordés, car il y avait de nombreuses vacances suite aux intrigues de la cour de Rodric et aux morts de la guerre. Quand il sembla que tout était terminé, Lyam dit : « Que sire Pug de Crydee approche du trône. »

Pug regarda Katala et Kulgan, surpris de se faire appeler. « Que..? »

Kulgan le poussa en avant. « Vas-y, tu verras bien. »

Pug s'avança devant Lyam et s'inclina. Le roi dit : « Ce qui fut fait le fut en privé, entre notre père et cet homme. Il est maintenant de notre désir que dans tout notre royaume on sache que cet homme, qui se nommait auparavant Pug, orphelin de Crydee, a eu son nom inscrit sur les registres de notre famille. » Il tendit la main et Pug s'agenouilla devant Lyam qui lui présentait son sceau. Puis il prit Pug par l'épaule et lui dit de se lever. « C'était ce que désirait notre père, c'est donc ce que nous désirons. Qu'à partir de ce jour on sache dans tout notre royaume que cet homme est Pug conDoin, membre de la famille royale. »

Beaucoup furent étonnés de l'adoption et de l'anoblissement de Pug, mais ceux qui avaient entendu parler de ses exploits applaudirent sans réserve quand Lyam dit : « Voici notre cousin Pug, prince du royaume. »

Katala, faisant fi de toute bienséance, s'élança pour embrasser son époux. Plusieurs seigneurs de l'Est froncèrent les sourcils, mais Lyam rit et lui fit une bise sur la joue.

« Venez ! cria Lyam. Il est temps de fêter tout cela. Que les danseurs, les musiciens et les acrobates s'avancent. Amenez les tables et couvrez-les de nourriture et de vin. Que la joie règne ! »

Les festivités se poursuivirent sans trêve tout l'après-midi. Un héraut à côté de la table du roi lisait à celui-ci des messages de ceux qui n'avaient pu venir, de nombreux nobles et le roi de Queg, ainsi que des monarques des petits royaumes des côtes est. Des marchands importants et des maîtres de guilde des cités libres envoyaient aussi des félicitations. Il y avait aussi des messages d'Aglaranna et de Tomas, ainsi que des nains de l'Ouest, des monts de Pierre et des Tours grises. Le vieux roi Halfdan, le seigneur des nains de l'Est à Dorgin, faisait parvenir ses meilleurs vœux, et même Kesh la Grande avait envoyé des salutations en demandant à ce qu'il y ait de nouvelles rencontres pour trouver un arrangement pacifique à l'affaire du val des Rêves. Le message était signé de l'impératrice en personne.

En entendant ce message, Lyam dit à Arutha : « Si Kesh nous a envoyé un message personnel en si peu de temps, c'est que l'impératrice doit avoir un réseau d'espions particulièrement doués dans Midkemia. Il va falloir que tu fasses attention à toi à Krondor. »

Arutha soupira, appréciant peu cette perspective. Pug, Laurie, Meecham, Gardan, Fannon et Kasumi étaient tous à la table royale. Lyam avait insisté pour qu'ils se joignent à la famille royale. Le nouveau comte de LaMut semblait encore sous le coup de son nouvel office, mais il montrait clairement sa joie et même dans cette salle bruyante, on entendait faiblement ses guerriers chanter des chants de fête tsurani à l'extérieur. Pug pensa à la gêne que cela devait causer aux portiers et aux pages royaux.

Katala rejoignit son époux, pour lui dire que leur fils faisait un somme avec Fantus, tous deux épuisés par leurs jeux. Katala dit à Kulgan : « J'espère que votre animal arrivera à supporter cette constante agitation. »

Kulgan rit : « Fantus adore qu'on s'occupe de lui. »

Pug dit : « Avec toutes ces récompenses, Kulgan, je m'étonne que l'on ne vous ait pas mentionné. Vous avez servi fidèlement la famille du roi pendant plus longtemps que n'importe qui, à part Tully et Fannon. »

Kulgan renifla. « Tully, Fannon et moi nous sommes réunis avec Lyam hier, avant de savoir s'il allait ou non reconnaître Martin et plonger la cour dans le chaos. Il a commencé à marmonner quelque chose sur les offices et les récompenses et d'autres choses du même genre, mais nous lui avons tous demandé d'oublier ça. Quand il a commencé à protester, je lui ai dit que je me moquais de ce qu'il faisait pour Tully et Fannon, mais que s'il tentait de me traîner devant tous ces gens, je le changerais immédiatement en crapaud. »

Anita, entendant l'échange, rit. « Ainsi, c'est donc vrai ! »

Pug, qui se souvint de la conversation qu'il avait eue avec Anita à Krondor, si longtemps auparavant, se joignit à elle. Il repensa à tout ce qui s'était passé depuis la fois où il était entré dans la petite maison de Kulgan dans la forêt et réfléchit un moment. Après avoir pris énormément de risques et en être passé par de nombreux conflits, il était enfin tranquille, il avait une famille et des amis et il avait encore à accomplir une grande aventure : la mise en place d'une académie. Il aurait voulu que quelques autres — Hochopepa, Shimone, Kamatsu, Hokanu et puis Almorella et Netoha — puissent partager sa joie. Et il aurait aimé que Ichindar et les seigneurs du Haut Conseil puissent connaître les véritables raisons de la trahison le jour du traité de paix. Et par-dessus tout, il aurait aimé que Tomas fût avec eux.

« Tu es pensif, mon époux ? »

Pug sortit de sa rêverie et sourit. « Mon aimée, j'étais en train de me dire que somme toute, je suis un homme qui a beaucoup de chance. »

Son épouse mit sa main sur la sienne et lui rendit son sourire. Tully se pencha en face de la table et inclina sa tête vers l'autre bout, où Laurie restait fasciné par Carline, qui riait à un de ses bons mots. Il était évident qu'elle le trouvait aussi charmant que Pug le lui avait promis. En fait, elle semblait captivée. Pug dit : « Je crois bien reconnaître cette expression sur le visage de Carline. Laurie risque d'avoir des problèmes. »

Kasumi dit : « Connaissant notre cher Laurie, ce sont des problèmes qu'il accueillera volontiers. »

Tully resta pensif. « Il existe un certain duché de Bas-Tyra qui a besoin d'un duc et il me semble être un jeune homme plutôt compétent. Hmmmm. »

Kulgan aboya. « Ça suffit ! Tu n'as donc pas eu assez de pompe ? Dois-tu marier ce pauvre gamin à la fille du roi pour pouvoir officier encore une fois au palais ? Par les dieux ! Ils viennent à peine de se rencontrer ! »

Tully et Kulgan semblaient prêts à se lancer dans une de leurs fameuses disputes quand Martin les coupa tous les deux « Changeons de sujet. J'ai la tête qui tourne, alors vous n'allez pas recommencer à vous disputer. »

Tully et Kulgan échangèrent des regards surpris, puis ils sourirent en même temps. Comme un seul homme, il dirent : « Oui, monseigneur. »

Martin grogna et les autres éclatèrent de rire. « C'est tellement bizarre, après tant de peur et d'inquiétude. Vous savez, j'ai failli partir avec Amos... » Il leva la tête. « Où est Amos ? »

En entendant le nom du marin, Arutha sortit de sa conversation avec Anita. « Où est ce pirate ? »

Martin répondit : « Il a dit quelque chose à propos d'un bateau. Je croyais qu'il plaisantait, mais je ne l'ai plus vu depuis le couronnement. »

Arutha dit : « Un bateau ! Malheur ! » Il se leva et dit : « Si votre majesté m'y autorise. »

Lyam dit : « Va nous le chercher. Vu ce que tu m'as dit, il mérite bien une récompense. »

Martin se leva et dit : « Je vais avec toi. »

Arutha sourit : « Volontiers. »

Les deux frères sortirent en courant de la salle et traversèrent rapidement la cour. Des portiers et des pages tenaient des chevaux prêts pour les convives qui désiraient partir tôt. Arutha et Martin prirent les deux premiers, laissant grossièrement deux nobliaux sans monture. Les deux nobles en restèrent bouche bée, hésitant entre la colère et l'étonnement. « Excusez-nous, messires », cria Arutha en lançant son cheval au galop vers les portes.

En passant les portes du palais, sur le pont en arche qui enjambait la rivière Rillanon, Martin dit . « Il a dit qu'il partirait au coucher du soleil !

— Ça ne nous laisse pas beaucoup de temps ! » cria Arutha. Ils filèrent vers le port en descendant des ruelles tortueuses.

Les rues étaient pleines de fêtards et ils durent ralentir plusieurs fois pour éviter d'en blesser un. Ils arrivèrent sur le port et arrêtèrent leurs montures.

Il n'y avait là qu'un garde, qui semblait dormir devant l'entrée des quais royaux. Arutha sauta de selle et secoua l'homme. Le heaume du garde lui tomba de la tête quand il bascula, s'effondrant par terre. Arutha le regarda et dit : « Il est vivant, mais il va avoir une sacrée bosse demain. »

Arutha remonta et ils se pressèrent le long quai de Rillanon, vers la dernière jetée. Ils entendirent des cris de marins dans les gréements en tournant leurs chevaux au bout d'un long embarcadère.

Un superbe vaisseau s'écartait lentement des quais et quand ils arrivèrent à son niveau, Martin et Arutha virent Amos Trask sur le pont arrière. Il leur adressa de grands signes de la main et ils étaient encore assez près pour le voir faire un grand sourire. « Ah ! Visiblement, tout s'est bien terminé ! »

Arutha et Martin descendirent de cheval, tandis que la distance entre le vaisseau et le quai s'étirait lentement. « Amos ! » cria Arutha.

Amos montra un bâtiment au loin. « Les gars qui surveillaient sont dans l'entrepôt là-bas. Ils sont un peu abîmés, mais ils sont vivants.

— Amos ! C'est le vaisseau du roi ! » cria Arutha, en faisant signe au navire de revenir.

Amos Trask éclata de rire. « J'avais trouvé que *L'Hirondelle royale*, ça en imposait. Bah, tu diras à ton frère que je le lui rendrai un jour. »

Martin commença à rire. Avec un temps de retard, Arutha se joignit à lui « Pirate ! lança le frère cadet. Je lui dirai de te le donner. »

Poussant un cri de désespoir, Amos s'esclama : « Ah, Arutha, tu me gâches tout le plaisir ! »

Remerciements

En 1982 :

Beaucoup de gens m'ont apporté une aide inappréciable pour que ce livre existe. J'aimerais offrir mes vœux les plus sincères à :

Les Friday Nighters : April et Stephen Abrams ; Steve Barrett ; David Brin ; Anita et Jon Everson ; Dave Guinasso ; Conan LaMotte ; Tim LeSelle ; Ethan Munson ; Bob Potter ; Rich Spahl ; Alan Springer et Lori et Jeff Velten pour leurs critiques utiles, leur enthousiasme, leur soutien, leur foi, leurs conseils avisés, leurs idées merveilleuses et, plus encore, leur amitié.

Billie et Russ Blake et Lilian et Mike Fessier, qui ont toujours bien voulu m'aider.

Harold Matson, mon agent, qui a pris le risque de m'accepter.

Adrian Zackheim, mon éditeur, parce qu'il demandait au lieu d'exiger et parce qu'il a travaillé dur pour fabriquer un bon livre.

Kate Cronin, l'assistante de l'éditeur, parce qu'elle a le sens de l'humour et qu'elle a supporté avec grâce toutes mes sornettes.

Elaine Chubb, correctrice, pour sa grande délicatesse et le soin qu'elle porte aux mots.

Et Barbara A. Feist, ma mère, pour toutes ces raisons et plus encore.

Ajouts pour l'édition 1991 :

Mary Ellen Curley, qui a remplacé Katie et nous a maintenus dans le droit chemin.

Peter Schneider, dont l'enthousiasme pour mes œuvres m'a apporté un allié de valeur au sein de Doubleday ainsi qu'un très bon ami au cours de ces dix dernières années.

Lou Aronica, qui a acheté ce livre même s'il ne voulait pas vraiment le réimprimer et qui m'a donné la chance de revenir sur mon texte pour « le réécrire une fois de plus ».

Pat Lobrutto, qui m'a aidé avant que ce ne soit son travail et qui a pris la relève lors des moments difficiles et dont l'amitié va au-delà de nos relations de travail.

Janna Silverstein, qui malgré le peu de temps où elle a été mon éditeur, a su quand il fallait me laisser en paix et quand il fallait me contacter.

Nick Austin, John Booth, Jonathan Lloyd, Malcolm Edwards et toute l'équipe de Granada, maintenant HarperCollins Books, qui ont fait de ce livre un best-seller international.

Abner Stein, mon agent anglais, qui l'a vendu à Nick avant tout.

Janny Wurts, parce que c'est une amie et qu'en travaillant avec moi sur *Les Chroniques de Krondor*, m'a apporté une perspective complètement différente sur les Tsurani ; elle m'a aidé à faire du Jeu du Concile qui n'était qu'un vague concept une véritable arène meurtrière où se déchaînent les passions. Kelewan et Tsuranuanni sont autant d'elle que de moi. J'en ai dessiné les grandes lignes et elle y a ajouté couleurs et détails.

Et Jonathan Matson, qui a repris le flambeau de la main d'un grand homme et qui a poursuivi sa tâche sans hésitation, de ses conseils avisés et de son amitié. Les glands sont tombés très près de l'arbre.

Et par-dessus tout, mon épouse Kathlyn S. Starbuck, qui comprend mes joies et mes douleurs dans ce métier, car elle s'y attelle aussi, qui est toujours là, même quand je ne le mérite pas et qui donne un sens à tout cela par son amour.

RAYMOND E. FEIST
San Diego, California.

MULTI
LA REVUE

Des reportages,
des articles,
sur tous les mondes
imaginaires.

Toute l'actualité de la micro, du livre, de la BD, des jeux...

Un magazine publié par Hexagonal
94-96 rue Faidherbe, 93700 Drancy

Achevé d'imprimer en octobre 2000 sur les presses
de **Bussière Camedan Imprimeries** à Saint-Amand-Montrond.
Dépôt légal : octobre 2000. — N° d'impression : 004729/1.

Imprimé en France